Émile Zola

Die Treibjagd

Zola, Émile

Die Treibjagd

ISBN: 978-3-86267-465-7

Übersetzung von Armin Schwarz. Der Text wurde der neuen deutschen Rechtschreibung angepasst.

Auflage: 1
Erscheinungsjahr: 2011
Erscheinungsort: Bremen, Deutschland
Europäischer Literaturverlag GmbH, Fahrenheitstr. 1, 28359 Bremen
www.elv-verlag.de
Cover: Ausschnitt aus dem Gemälde von Alexander von Bensa *Rückkehr ins Schloss*.

Die Treibjagd

www.elv-verlag.de

Inhalt:

I. 2

II. 44

III. 93

IV. 133

V. 186

VI. 240

VII. 287

I.

Bei der Heimkehr war das Gedränge der längs des Teichufers zurückfahrenden Wagen so stark, dass die Equipage im Schritt fahren musste. Einen Moment lang war das Gewirr so arg, dass dieselbe anzuhalten gezwungen war.

Langsam sank die Sonne an dem Oktoberhimmel hinab, der von hellgrauer Farbe und an seinem Rand von leichten Wolken gestreift war. Ein letzter Strahl, der durch das ferne Dickicht am Wasserfall auf die Fahrstraße fiel, hüllte die lange Reihe der regungslos verharrenden Wagen in ein mattes, rötliches Licht. Die Gold schimmernden Lichter und hellen Blitze, welche die Räder warfen, schienen an das strohgelbe Unterteil der Kalesche festgebannt, in deren dunkelblauen Feldern sich einzelne Stücke der umgebenden Landschaft widerspiegelten. Von dem rötlichen Licht ganz umflossen, welches sie von rückwärts erhielten und die Messingknöpfe ihrer in faltenloser Glätte über den Sitz zurückgelegten Überröcke schimmern machte, verharrten Kutscher und Kammerdiener in ihrer dunkelblauen Livree, ihren ockerfarbenen Beinkleidern und gelb und schwarz gestreiften Westen steif, gelassen und ernst auf ihrem erhöhten Sitz, wie es sich für die Dienstleute eines guten Hauses geziemt, die ein Wagengedränge nicht aus der Fassung zu bringen vermag. Ihre mit einer schwarzen Kokarde versehenen Hüte verrieten viel Würde. Nur die Pferde, herrliche Braune, zeigten eine große Ungeduld.

»Sieh mal!«, sagte Maxime; »dort unten, in dem Coupé, sitzt Laura d'Aurigny ... Sieh doch, Renée!«

Renée richtete sich ein wenig empor, wobei sie die Augen mit einer allerliebsten Grimasse zusammenkniff, um ihre schwache Sehkraft etwas zu unterstützen.

»Ich dachte, sie sei durchgebrannt«, erwiderte sie. »Sie scheint die Farbe ihrer Haare gewechselt zu haben, wie?«

»Ja«, bemerkte Maxime lachend, »ihr neuer Liebhaber mag die rote Farbe nicht.«

Nach vorne geneigt, mit auf dem niedrigen Wagenschlag ruhender Hand blickte Renée in die angedeutete Richtung, nachdem sie das traurige Sinnen von sich geschüttelt hatte, in welchem sie wohl über eine Stunde versunken gewesen war, während sie wie in einem Krankenstuhl, in den weichen Kissen ihres Wagens gelegen hatte. Über dem mit einer Tunique, einem Vorderbesatz und breiten gepressten Falten besetztem grauseidenen Kleid trug sie einen kurzen Paletot aus weißem Tuch mit grauen Überschlägen, welcher ihr ein vornehm-keckes Aussehen verlieh, während ihre Haare, deren blassgelbe Farbe am ehesten mit der der Butter zu vergleichen war, von dem mit bengalischen Rosen besetzten kleinen Hütchen kaum bedeckt wurden. Sie fuhr fort, gleich einem kecken Knaben mit den Augen zu zwinkern, wobei sich eine Falte über ihre glatte Stirn legte und die Oberlippe hervortrat wie bei einem schmollenden Kind. Da sie schlecht sah, nahm sie ihr in Schildpatt gefasstes Binokel, wie es Männer zu tragen pflegen, hervor und es in der Hand haltend, ohne es auf die Nase zu setzen, betrachtete sie gemächlich, mit vollkommen ruhiger Miene die dicke Laura d'Aurigny.

Noch immer kamen die Wagen nicht vorwärts. Inmitten der langen, dunkeln Linie, welche die Equipagen bildeten, die sich an diesem Herbstnachmittag überaus zahlreich im Gehölz eingefunden hatten, erglänzten die Ecke eines Spiegels, das Gebiss eines Pferdes, der silberne Griff einer Laterne, die Tressen eines auf erhöhtem Sitz thronenden Lakaien. Hier und dort gewahrte man in einem offenen Landauer ein Stück Stoff, ein Stück Frauentoilette aus Samt oder Seide. Allmählich hatte sich eine große Stille über dieses regungslos gewordene Gewirr herniedergesenkt und man vernahm vom Wagen aus das Gespräch der Fußgänger. Man tauschte Blicke miteinander von einem Wagen zum andern; doch sprach niemand ein Wort inmitten der allgemeinen Erwartung, welche bloß von dem Reiben der Geschirre und dem Stampfen der Pferdehufe unterbrochen wurde. In der Ferne erstarben die verworrenen Stimmen des Gehölzes.

Trotz der vorgerückten Saison war ganz Paris da: die Herzogin von Sternich in ihrer Kalesche auf acht Federn; Frau von Lauwerens in einer tadellos bespannten Victoria; die Baronin von Meinhold in einem entzückenden braunroten Cab; die Comtesse Vanska mit ihren Ponyschecken; Frau Daste und ihre herrlichen Rappen; Frau von Guende und Frau Teissière im Coupé; die kleine Sylvia in einem dunkelblauen Landauer. Weiterhin Don Carlos in Trauer mit seiner feierlichen, altmodischen Livree; Selim Pascha mit seinem Fez und ohne seinen Erzieher; die Herzogin von Rozan in einem kleinen Coupé, mit ihrer weiß bepuderten Dienerschaft; der Graf von Chibray im Dogcart; Herr Simpson in tadellosem Jagdwagen sowie die ganze amerikanische Kolonie. Und zum Schluss zwei Akademiker im Fiaker.

Endlich konnten sich die ersten Wagen in Bewegung setzen und allmählich, einer nach dem andern, kam die ganze Linie ins Rollen. Es war wie das Erwachen aus einem Traum. Tausend tanzende Lichter sprühten auf, blitzend drehten sich die Räder und die von den Pferden geschüttelten Geschirre sandten Funken nach allen Richtungen. Über den Boden und die Baumstämme glitten spiegelnde Flächen dahin. Dieses Geräusch der Räder und Pferdegeschirre, das Schimmern der lackierten Wagenwände, in welchen sich die sinkende Sonne spiegelte, die heiteren Töne der reichen Livreen und der durch die Kutschenschläge sichtbaren prächtigen Toiletten, – all dies versank sozusagen in einem fortgesetzt dumpfen Getöse, welchem das Stampfen der Pferdehufe etwas Taktmäßiges verlieh. Und so zog die Wagenreihe unter demselben Geräusch, bei demselben Licht, ohne Unterbrechung dahin, als würden die ersten Wagen die übrigen nach sich ziehen.

Renée war der leichten Erschütterung des sich wieder in Bewegung setzenden Wagens gefolgt und ihr Binokel sinken lassend, lehnte sie sich von Neuem in die weichen Kissen zurück. Ein wenig fröstelnd zog sie einen Teil des Bärenfells über ihre Kniee, welches das Innere des Wagens wie mit weißer Seide erfüllte. Ihre fein behandschuhten Hände verschwanden in den langen, krausen Haaren des Fells. Ein leichter Wind hatte sich erhoben. Der laue Oktobernachmittag, der dem Bois etwas Frühlingsartiges verlieh und die vornehmen Damen verleitet hatte, in offenem Wagen auszufahren, drohte mit einem empfindlich kühlen Abend zu enden.

Eine Weile verharrte die junge Frau in sich zusammengekauert, die angenehme Wärme ihrer Ecke genießend und sich dem wohltuenden Gefühl überlassend, welches diese sich um sie her drehenden Räder in ihr erregten. Dann aber wendete sie sich zu Maxime, der kritischen Auges in aller Ruhe die Frauen entkleidete, die sich in den zahllosen Wagen seinen Blicken darboten.

»Ist es wahr«, fragte sie, »dass Du diese Laura d'Aurigny hübsch findest? Ihr habt sie ja neulich, als man von dem Verkauf ihrer Diamanten sprach, in den Himmel gehoben! ... Beiläufig, Du hast das Halsband und die Haarkrone nicht gesehen, welche Dein Vater bei diesem Verkauf für mich erstand?«

»Ja, er macht seine Sache gut«, sagte Maxime mit einem hässlichen Lachen, ohne auf ihre Frage zu antworten. »Er bringt es zuwege, Lauras Schulden zu bezahlen und seiner Frau Diamanten zu schenken.«

Die junge Frau zuckte leicht mit den Schultern.

»Taugenichts!«, murmelte sie lächelnd.

Der junge Mann aber hatte sich nach vorne gebeugt, um mit den Augen einer Dame zu folgen, deren grüne Toilette sein Interesse erweckte und Renée blickte mit zurückgelehntem Kopf und halb geschlossenen Augen lässig um sich, ohne etwas zu sehen. Zur Rechten glitten Büsche und niedrige Hecken mit roten und gelben Blättern und verdorrenden Zweigen an ihr vorüber, zuweilen auch, auf dem für die Reiter reservierten Weg schlanke Herren, deren Pferde im Dahinsprengen feine Staubwolken aufwirbelten. Zur Linken, am Fuße der abfallenden und mit Sträuchern und Blumen bestandenen Rasenflächen lag der Teich regungslos, spiegelglatt, ohne jede Falte da, als hätte der Gärtner mit der Harke seine Grenzen gezogen. Am jenseitigen Rand dieser Kristallfläche sah man die beiden Inseln, zwischen welchen die sie verbindende Brücke wie ein grauer Balken erschien und deren Bäume sich, wie eine Theaterdekoration, von dem bleichen Himmel abhoben, während der Wasserspiegel die Äste derselben gleich einem gewandt angebrachten Vorhang erscheinen ließ. Dieser Winkel der Natur, der an eine frisch gestrichene Kulisse gemahnte, schwamm in leichtem Schatten, in einem bläulichen Dunst, der den köstlichen Reiz, die liebenswürdige Täuschung noch erhöhte. Auf dem anderen Ufer funkelte und glitzerte das Inselschloss gleich einem neuen Spielzeug, als hätte es gestern einen neuen Anstrich erhalten, während die mit gelbem Sand bestreuten Wege, die engen Gartenalleen, die sich über die Rasenflächen schlängelten und sich längs des Teiches hinzogen, dessen Uferränder mit einem Eisengitter umfriedet waren, sich zu dieser Stunde von dem zarten Grün des Wassers und des Rasens seltsam abhoben.

Renée, die an all die wohlberechneten Schönheiten dieses Anblickes gewöhnt war und sich jetzt willenlos ihren Träumereien hingab, hatte die Lider ganz über die Augen gesenkt und sah nur mehr das Spiel der schlanken Finger, die die langen Haare des Bärenfells um sich wickelten. Doch wieder trat mit einem Ruck ein kleiner Aufenthalt ein, der die Wagen für einen Moment anzuhalten zwang. Sie hob den Kopf und begrüßte mit einem Neigen desselben zwei junge Frauen, die nebeneinander behaglich ausgestreckt, in einer herrlichen Equipage lagen, die mit gedämpftem Rollen vom Teichrand abwich, um sich durch eine Seitenallee zu entfernen. Die Marquise von Espanet, deren Gatte, Flügeladjutant des Kaisers, sich zur Entrüstung des schmollenden Adels dem herrschenden

Regime angeschlossen hatte, war eine der hervorragendsten Damen der vornehmen Welt unter dem zweiten Kaiserreich. Die andere, Frau Haffner, hatte einen ungeheuer reichen Industriellen aus Colmar geheiratet, der unter dem Kaiserreich zum Politiker wurde. Renée, die die beiden Unzertrennlichen, wie man sie mit schlauer Miene nannte, noch aus der Pensionszeit kannte, bezeichnete sie nur mit ihren Taufnamen Adeline und Susanne, und als sie nach dem begrüßenden Lächeln sich wieder zurücklehnen wollte, ließ sie das Lachen Maximes diesem den Kopf wieder zuwenden.

»Nein, ich bin traurig, lache nicht, es ist Ernst«, sagte sie, als sie sah, dass der junge Mann sie spöttisch betrachte, belustigt über ihre sinnende Haltung.

»Wir haben also einen großen Kummer! Wir sind eifersüchtig?«, fragte er mit komischer Betonung.

Sie schien im höchsten Grade überrascht.

»Ich?«, fragte sie. »Weshalb sollte ich eifersüchtig sein?«

Und mit verächtlicher Miene, als würde sie sich mit einem Mal erinnern, fügte sie hinzu:

»Ach ja! Die dicke Laura! Ich dachte gar nicht mehr an sie. Wenn, wie Ihr es mich glauben machen wollt, Aristide die Schulden dieser Person bezahlt und ihr derart eine Reise nach dem Ausland erspart hat, so beweist das bloß, dass er sein Geld nicht in dem Maße liebt, wie ich gemeint hatte. Dies wird ihn wenigstens wieder bei den Damen in Gunst bringen ... Ich beschränke ihn in nichts, den teuren Mann.«

Dabei lächelte sie und die Worte ›den teuren Mann‹ sprach sie in einem Ton freundschaftlicher Gleichgültigkeit. Dann wurde sie wieder sehr traurig und mit dem verzweifelten Blick solcher Frauen um sich schauend, die nicht mehr wissen, welche Dinge ihnen noch Zerstreuung bieten können, murmelte sie:

»Oh, ich wollte schon ... Doch nein, ich bin nicht eifersüchtig, nicht im Entferntesten eifersüchtig.«

Unsicher hielt sie inne, um dann plötzlich hinzuzufügen:

»Weißt Du, ich langweile mich!«

Darauf schwieg sie mit zusammengekniffenen Lippen still. Immer noch rollten die Wagen in gleichmäßigem Tempo längs des Teiches dahin, mit einem eigentümlichen Geräusch, das dem eines seichten Wasserfalles gleicht. Nunmehr erhoben sich zur Linken, zwischen dem Teich und der Fahrstraße, kleine grüne Bäume mit schlanken, dünnen Stämmen, die an Säulenbündel erinnerten. Zur Rechten hatten die Gebüsche und niedrigen Hecken aufgehört; das Gehölz öffnete sich zu breiten Rasenflächen, zu einem mächtigen grünen Teppich, nur hier und dort mit einer Baumgruppe bestanden. Diese leicht gewellten grünen Flächen folgten einander bis zur Porte de la Muette, deren niedriges Gitter man gleich einem schwarzen Spitzenwerk schon von Weitem emporragen sah. Auf den Abhängen, an solchen Stellen, wo zwei Wellenzüge des Hügellandes sich kreuzten, war der Rasen ganz blau. Starr blickte Renée vor sich hin, als brächte diese Erweiterung des Horizontes, diese von dem Abendtau benetzten Wiesenflächen sie noch deutlicher zum Bewusstsein der Leere ihres Daseins.

Nach einer Weile wiederholte sie mit dem Ausdruck dumpfen Zornes:

»Oh! Ich langweile mich, langweile mich zum Sterben!«

»Du bist heute gar nicht heiter«, sagte Maxime ruhig. »Du hast wohl wieder Deine Nervenzustände?«

Von Neuem warf sich die junge Frau in die Kissen zurück.

»Ja, ich habe meine Nervenzustände«, erwiderte sie trocken.

Darauf schlug sie eine mütterliche Saite an.

»Ich beginne alt zu werden, mein liebes Kind; bald werde ich meine wohlgezählten dreißig Jahre haben. Das ist schrecklich. Ich finde an gar nichts mehr Vergnügen ... Mit zwanzig Jahren kannst Du freilich nichts wissen ... «

»Hast Du mich mitgenommen, um eine Beichte abzulegen?«, unterbrach sie der junge Mann. »Das würde lang dauern.«

Sie nahm diese freche Bemerkung mit einem matten Lächeln hin, wie die Ungezogenheit eines verhätschelten Kindes, dem alles erlaubt ist.

»Du hast allen Grund, um Dich zu beklagen«, fuhr Maxime fort. »Für Deine Toilette gibst Du jährlich über hunderttausend Francs aus. Du bewohnst ein glänzendes Hotel, hast herrliche Pferde, Deine Launen sind Gesetze und über jede neue Toilette, die Du anlegst, berichten die Zeitungen wie über ein Ereignis von höchster Wichtigkeit. Die Frauen beneiden Dich, die Männer gäben zehn Jahre ihres Lebens darum, wenn sie Dir die Fingerspitzen küssen dürften ... Hab ich recht?«

Sie nickte zustimmend mit dem Kopf, ohne eine Antwort zu geben und gesenkten Blickes fuhr sie fort, mit den Fingern durch die langen Haare des Bärenfells zu streichen.

»Sei nicht so bescheiden«, nahm Maxime von Neuem auf; »gestehe rund heraus, dass Du eine der Säulen des zweiten Kaiserreiches bist. Wenn man unter sich ist, so kann man unbehindert über diese Dinge sprechen. Überall, in den Tuilerien, bei den Ministern, bei den einfachen Millionären, in der Tiefe und in der Höhe, – herrschst Du unbeschränkt. Es gibt kein Vergnügen, welches Du nicht genossen hättest und wenn ich den Mut hätte, wenn die Achtung, die ich Dir schuldig bin, mich nicht zurückhielte, so würde ich sagen ... «

Lachend hielt er während einiger Sekunden inne, um dann rückhaltlos hinzuzufügen:

»So würde ich sagen, dass Du von allen Früchten verkostet hast.«

Sie zuckte mit keiner Wimper.

»Und Du langweilst Dich!«, hob der junge Mann mit komischer Hast von Neuem an. »Das ist ja himmelschreiend! Was willst Du denn? Wovon träumst Du?«

Sie zuckte mit den Achseln, wie um anzudeuten, dass sie es selbst nicht wisse. Obschon sie den Kopf gesenkt hielt, sah Maxime, dass sie ernst und düster vor sich hinblicke, sodass er es für geraten hielt zu schweigen. Er beobachtete die Wagenreihe, die am Teichende angelangt, sich auflöste und zu verbreitern begann, den weiten Raum ganz erfüllend. Die sich jetzt freier bewegenden Wagen wendeten in tadellosen Kurven und der raschere Hufschlag der Pferde erklang lauter auf der harten Erde.

Die Equipage, die jetzt einen weiten Bogen beschrieb, wiegte, hob und senkte sich, was Maxime mit einem angenehmen Gefühl erfüllte. Etwas drängte ihn, Renée zu beschämen und so sagte er:

»Sieh, Du würdest verdienen, im Fiaker zu fahren! Das wäre nur gerecht ... Betrachte doch diese Leute, die nach Paris zurückkehren, diese Leute, die zu Deinen Füßen liegen. Man grüßt Dich, als wärest Du eine Königin und es fehlt wenig, so würde Dir Dein guter Freund, Herr von Mussy, sogar Kusshände zuwerfen.«

Tatsächlich grüßte ein Reiter die junge Frau. Maxime hatte in heuchlerisch spöttischem Tone gesprochen, Renée aber mit den Achseln zuckend, kaum den Kopf gewendet. Nun machte der junge Mann eine Gebärde der Verzweiflung.

»So steht es also?«, fragte er. »Du lieber Gott, Du hast ja alles; was willst Du denn noch?«

Renée hob den Kopf empor. Ihre Augen hatten einen warmen Glanz, ein heißer Ausdruck unbefriedigter Neugierde lag in denselben, als sie halblaut erwiderte:

»Ich will etwas Anderes.«

»Da Du aber alles hast«, entgegnete Maxime lachend, so bedeutet etwas anderes gar nichts ... Was ist dieses Andere?«

»Was? ... «, wiederholte sie.

Damit brach sie ab, Sie hatte sich ganz umgedreht und betrachtete das seltsame Bild, welches allmählich hinter ihr verschwand. Die Nacht war fast gänzlich hereingebrochen, langsam senkte sich die Dämmerung wie ein feiner Ascheregen herab. Bei dem noch auf dem Wasser schwebenden fahlen Tageslicht bot der von oben gesehene Teich den Anblick einer ungeheuren Zinnplatte; an seinen beiden Ufern nahmen die grünen Bäume, deren schlanke, dünne Stämme aus der schlummernden Erde emporzusteigen schienen, zu dieser Stunde das Aussehen violetter Säulen an, deren regelmäßige Architektur die wohlberechneten Krümmungen der Ufer schärfer hervortreten ließ; weiter im Hintergrund schlossen die dichten Baumgruppen gleich großen schwarzen Flecken den Horizont ab. Hinter diesen Flecken glühte die sinkende Sonne, deren Scheibe beinahe ganz versunken war und nur mehr eine Spitze des unendlichen Raumes erleuchtete. Über diesem regungslosen Teich, diesen niedrigen Hecken, diesem ganzen merkwürdigen Bild wölbte sich das Himmelsgezelt in endloser Tiefe und Weite. Dieses große Stück Himmel über diesem Endchen Natur hatte etwas Trauriges an sich; aus diesen immer fahler werdenden Höhen senkte sich eine solch herbstliche Melancholie, eine so sanfte, betrübende Nacht hernieder, dass das Bois, welches allmählich in ein graues Leichentuch gehüllt war, seine vornehme Anmut verlor, von dem mächtigen Reiz der Wälder erfüllt war. Das Rollen der Equipagen, deren lebhafte Farben im Dunkel verblassten, erinnerte an das ferne Rauschen der Bäume und das Plätschern der Flüsse. Alles Geräusch erstarb. Inmitten der allgemeinen Ruhe hob sich auf der Teichfläche bloß das Segel der großen Promenadenbarke kräftig und deutlich von dem leuchtenden Hintergrund des Sonnenunterganges ab. Und dann sah man nichts weiter als dieses Segel, dieses anscheinend übernatürlich vergrößerte dreieckige Stück gelber Leinwand.

In ihrer Übersättigung empfand Renée eine Art unnennbaren Verlangens bei dem Anblick dieses Landschaftsbildes, welches sie nicht mehr erkannte, dieser mit solcher Kunst verfeinerten Natur, aus welcher die anbrechende Nacht einen heiligen Forst, eine jener idealischen Waldlichtungen machte, in deren Tiefen die alten Götter ihren himmelstürmenden Liebesgefühlen, ihren ehebrecherischen und blutschänderischen Gelüsten frönten. Und in dem Maße, wie die Equipage weiterrollte, schien es ihr, als entführte die nächtliche Dämmerung hinter ihr, auf ihren zitternden Schwingen, das Traumland, den unzüchtigen, überirdischen Alkoven, in welchem ihr krankes Herz, ihr erschöpfter Leib endlich Befriedigung gefunden hätte.

Als der Teich und das kleine Gehölz im Schatten versanken und nur mehr als dunkler Streifen zu unterscheiden waren, wandte sich die junge Frau mit einem Male zurück und in einem Tone, in welchem Tränen des Zornes zitterten, nahm sie den unterbrochenen Satz von Neuem auf:

»Was? ... etwas anderes, ja! Ich will etwas anderes. Weiß ich denn was? Wenn ich das wüsste! ... Allein, ich habe die Bälle, die Festlichkeiten, diese Soupers satt; die Sache bleibt sich immer gleich. Es ist zum Verzweifeln ... Und die Männer ... die Männer sind zum Sterben langweilig ... «

Maxime begann zu lachen. Die aristokratischen Mienen der Weltdame verrieten heftige Begierden. Sie drückte die Lider nicht mehr zu, scharf trat die Falte auf ihrer Stirne hervor; ihre Oberlippe schob sich gleich der eines schmollenden Kindes begehrlich vor, unbekannte Genüsse heischend. Sie sah das Lachen ihres Begleiters, war aber schon zu erregt, um noch an sich halten zu können; halb liegend, den wiegenden Bewegungen des Wagens folgend, fuhr sie in kurzen, abgebrochenen Sätzen fort:

»Ja, ja, Ihr seid zum Sterben langweilig ... Auf Dich, Maxime, hat Dies keinen Bezug, Du bist noch zu jung ... Doch wenn ich Dir berichten wollte, wie lästig mir Aristide im Anfang war! Und erst die Anderen! Jene, die mich geliebt haben ... Du weißt, wir sind zwei gute Kameraden; Dir gegenüber tue ich mir keinen Zwang an ... Nun denn, es ist wahr, ich habe Tage, da ich es derart müde bin, das Leben einer reichen, geliebten, respektierten Frau zu führen, dass ich eine Laura d'Aurigny, eine dieser Damen zu sein wünschte, die ein förmliches Junggesellenleben führen.«

Und da Maxime noch lauter lachte, fügte sie hinzu: »Ja, eine Laura d'Aurigny. Das muss weniger langweilig, weniger gleichmäßig sein.«

Sie schwieg eine Weile, als vergegenwärtigte sie sich das Leben, welches sie führen würde, wenn sie Laura wäre. Sodann nahm sie entmutigten Tones von Neuem auf:

»Übrigens mögen auch diese Damen ihre Stunden des Überdrusses haben, – auch sie. Nichts ist kurzweilig. Es ist zum Verzweifeln ... Ich sagte allerdings, ich wünschte etwas anderes; Du verstehst vielleicht, ich selbst errate es nicht; etwas anderes, was noch niemandem widerfuhr, was man nicht alle Tage antrifft, was einen seltenen, einen unbekannten Genuss böte ... «

Sie hatte immer langsamer gesprochen und die letzten Worte wie in tiefes Sinnen versunken geäußert. Der Wagen rollte durch die Allee, die nach dem Ausgang des Bois führte. Die Schatten wurden immer länger; gleich einer grauen Mauer glitten zu beiden Seiten die Hecken dahin; die gelb gestrichenen Stühle, auf welche sich an schönen Abenden die feiernden Bürgersleute niederlassen, standen leer längs des Fußweges, in die schwarze Melancholie der Gartenmöbel versunken, welche vom Winter überrascht werden und das Rollen, das dumpfe, gleichmäßige Geräusch der heimkehrenden Wagen klang gleich einer traurigen Klage durch die einsame Allee.

Gewiss war sich Maxime bewusst, wie unziemlich es war, das Leben heiter zu finden. Wenn er auch noch jung genug war, um sich einer glücklichen Begeisterung zu überlassen, so war sein Egoismus doch entwickelt, seine Gleichgültigkeit groß genug, sein Wesen von wirklichem Überdruss genügend erfüllt, um sich auch für übersättigt, für blasiert zu erklären. Gemeinhin legte er dieses Geständnis mit einiger Ruhmredigkeit ab.

Er streckte sich gleich Renée aus und schlug einen schmerzlichen Ton an, als er sagte:

»Ja, Du hast recht; es ist abscheulich ... Auch ich amüsiere mich nicht mehr als Du; auch ich habe häufig an etwas anderes gedacht ... Nichts ist dümmer als das Reisen. Geld erwerben? Da ziehe ich noch vor, solches auszugeben, obschon dies auch nicht immer so kurzweilig ist, wie man anfänglich glaubt. Lieben, geliebt werden, – das hat man bald satt, nicht wahr? ... Ach ja, das hat man sehr bald satt!«

Die junge Frau gab keine Antwort und er fügte hinzu, in der Absicht, durch eine Gottlosigkeit ihr Staunen zu erregen:

»Ich möchte von einer Nonne geliebt werden. Das wäre vielleicht drollig genug ... Hast Du niemals davon geträumt, einen Mann zu lieben, an den Du nicht denken könntest, ohne ein Verbrechen zu begehen?«

Sie aber verharrte in düsterem Schweigen und da sie ihm keine Antwort gab, so glaubte Maxime, sie höre ihm nicht zu. Sie lehnte den Nacken gegen den gepolsterten Rand der Rückenlehne und schien mit offenen Augen zu träumen. Willenlos sann sie nach, den Träumen preisgegeben, die sie in ihrem Bann hielten und von Zeit zu Zeit erzitterten ihre Lippen nervös. Der Schatten der Abenddämmerung hielt sie weich umflossen; alles, was diese Schatten an unbestimmter Traurigkeit, an uneingestandener Hoffnung und geheimer Wollust enthielten, bemächtigte sich ihrer und umgab sie mit einer erschlaffenden, schweren Atmosphäre. Während sie starr auf den runden Rücken des auf dem Bock sitzenden Kammerdieners blickte, dachte sie an die Genüsse des gestrigen Tages, an diese Festlichkeiten, die ihr so inhaltslos dünkten und von denen sie nichts mehr wissen wollte. Ihr vergangenes Leben zog an ihr vorüber, die sofortige Befriedigung ihrer Wünsche, die bis zum Ekel gesteigerte Pracht, die ertötende Gleichmäßigkeit der gleichen Zärtlichkeiten und desselben Verrats. Sodann tauchte gleich einer Hoffnung, von dem leisen Schauer des Begehrens begleitet, der Gedanke an dieses »Andere« auf in ihr, – dieses Andere, welchem ihr Geist keine Form zu geben vermochte. Bei diesem Punkt verwirrten sich ihre Träume. Sie erschöpfte sich in Anstrengungen, – doch immer wieder entschwand ihr das gesuchte Wort in der sinkenden Nacht, verlor sich in dem unablässigen Wagenrollen. Das weiche Wiegen der Kalesche vermehrte noch das Zögern, welches sie hinderte, ihr Verlangen in Worte zu kleiden. Und eine unendliche Versuchung stieg aus diesem Chaos auf, aus diesem Rollen der Räder, dieser wiegenden Bewegung des Wagens, welche sie in eine köstliche Betäubung hüllte, aus diesen Hecken und Sträuchern, welche der Abend zu beiden Seiten in dunkle Schatten hüllte. Zahllose kleine Schauer glitten über ihren Leib: Unterbrochene Träume, ungenannte Wollust, verworrene Wünsche, – alles, womit die Rückkehr aus dem Bois bei sinkender Nacht an köstlichen und ungeheuerlichen Empfindungen das übersättigte Herz einer Frau zu erfüllen vermag. Sie hatte beide Hände in das weiche Bärenfell vergraben und es war ihr sehr heiß unter dem Paletot aus weißem Tuch mit den grauen Samtaufschlägen.

Sie streckte einen Fuß aus, um sich behaglicher zu dehnen und dabei streifte ihr Knöchel das warme Bein Maximes, der die Berührung gar nicht beachtete. Ein unerwarteter Stoß des Wagens riss sie aus ihrem Halbschlummer. Sie hob den Kopf empor und blickte den in voller Eleganz da liegenden jungen Mann eigentümlich aus ihren grauen Augen an.

In diesem Augenblick verließ die Equipage das Bois. Die Avenue de l'Imperatrice dehnte sich schnurgerade in der Dämmerung hin; zu ihren beiden Seiten erstreckten sich die grün gestrichenen Holzbarrieren, die in weiter Ferne zu einem Punkt zusammenzufließen schienen. In der für Reiter bestimmten Seitenallee wurde ein weißes Pferd sichtbar, welches sich gleich einem lichten Fleck von den grauen Schatten abhob. Auf der anderen Seite, längs der Fahrstraße schritten verspätete Spaziergänger, Gruppen schwarzer Punkte vergleichbar, gemächlich der Stadt zu. Und ganz am Ende dieses Gewimmels von Menschen, Wagen und Pferden hob sich der schief gestellte Arc-de-Triumphe weiß vom schwarzen Nachthimmel ab.

Während der Wagen in raschere Trab dahinfuhr, betrachtete Maxime, dem der englische Anstrich des Bildes gefiel, rechts und links die niedlichen, bizarr erbauten und mit kleinen Vorgärten versehenen Hotels, die sich zu beiden Seiten der Avenue erhoben, während Renée sinnend die Gasflammen des Place de l'Etoile sich entzünden sah, die nacheinander am Horizonte sichtbar wurden und in dem Maße, wie die flackernden Lichtblitze das Dunkel des sinkenden Tages durchbrachen glaubte sie geheime Stimmen zu vernehmen, schien es ihr, als erglänze dieses verführerische Paris für sie, als bereite es für sie die unbekannten Genüsse vor, nach welchen es sie verlangte.

Die Equipage schlug die Avenue de la Reine-Hortense ein und hielt am Ende der Rue Monceaux, einige Schritte vom Boulevard Malesherbes entfernt, vor einem zwischen Hof und Garten gelegenen großen Hotel. Die mit vergoldeten Verzierungen versehenen Flügel der Gittertür, die in den Hof führte, waren zu beiden Seiten von je zwei Laternen flankiert, die die Form einer Urne hatten, gleicherweise mit goldenen Verzierungen beladen waren und in welchen mächtige Gasflammen brannten. Seitwärts von der Gittertür hatte der Torwart einen eleganten Pavillon inne, der an einen kleinen griechischen Tempel erinnerte.

Als der Wagen in den Hof rollen wollte, sprang Maxime leicht zur Erde.

»Du weißt«, sagte Renée, ihn an der Hand zurückhaltend, »dass wir um halb acht Uhr zu Tisch gehen. Du hast also mehr als eine Stunde fürs Umkleiden. Lass nicht auf Dich warten.«

Und mit einem Lächeln fügte sie hinzu:

»Wir haben die Mareuils zu Gast ... Dein Vater wünscht, Du mögest Luise gegenüber sehr galant sein.«

Maxime zuckte die Achseln.

»Das ist Frohndienst!«, murmelte er ärgerlichen Tones. »Ich bin ja bereit, sie zu heiraten; doch ihr den Hof zu machen, ist zu dumm, wahrhaftig! ... Ach, Renée, wie nett wäre es von Dir, wenn Du mir Luise heut Abend vom Hals schaffen wolltest.«

Er nahm seine drollige Miene, die Grimasse und den schmeichelnden Ton an, welchen er jedes Mal ins Treffen führte, so oft er einen seiner gewohnten Scherze anbringen wollte und sagte:

»Willst Du, teure Stiefmama?«

Renée schüttelte ihm die Hand wie einem Kameraden und rasch, mit einer plötzlichen nervösen Kühnheit warf sie hin:

»Wahrlich, wenn ich nicht Deinen Vater geheiratet hätte, würdest Du mir, glaube ich, den Hof machen!«

Dem jungen Mann mochte diese Zumutung offenbar sehr drollig dünken, denn er war schon um die Ecke des Boulevards Malesherbes gekommen, als er noch immer lachte.

Die Equipage rollte in den Hof und hielt vor dem Perron.

Die Stufen desselben waren breit und niedrig; den Perron selbst überragte ein mit goldenen Fransen und Troddeln besetztes Schutzdach. Die beiden Stockwerke des Hotels erhoben sich über Kellerräumlichkeiten, deren mit matten Scheiben versehene viereckige Fenster sich dicht über dem Erdboden befanden. Vom Perron führte eine Tür ins Vestibül, welche auf beiden Seiten von schmächtigen Säulen flankiert war, die eine Art Vorbau bildeten, der sich auf jedem Stock wiederholend, bis zum Dach fortgeführt war, wo er mit einem Delta abschloss. Auf beiden Seiten hatte jedes Stockwerk fünf Fenster in gleichmäßiger Entfernung voneinander, die von einem einfachen steinernen Rahmen umgeben waren. Das steile Dach war in breite Felder geteilt und mit Fenstern versehen.

Auf der Gartenseite aber entfaltete die Fassade eine viel größere Pracht. Ein herrlicher Perron führte zu einer schmalen Terrasse, die sich längs des ganzen Erdgeschosses hinzog; die im Stile der Gitterarbeiten des Monceauxparkes gehaltene Brüstung derselben war noch mehr mit Gold überladen, als das Schutzdach und die Laternen. Sodann kam das Hotel, zu beiden Seiten von zwei Pavillons wie von Türmen flankiert, die zur Hälfte dem Gebäude eingefügt waren und in ihrem Inneren runde Gemächer bargen. In der Mitte ragte ebenfalls ein bescheidenes Türmchen hervor. Die Fenster der Pavillons waren hoch und schmal, die der flachen Teile der Fassade hingegen geräumiger und beinahe quadratförmig; im Erdgeschoss waren sie mit steinernen Balustraden und in den oberen Stockwerken mit Gitterwerk aus vergoldetem Schmiedeeisen versehen. Es war das eine geschmacklose Verschwendung, eine prahlerische Schaustellung des vorhandenen Reichtums. Das Hotel selbst verschwand unter der Menge der sein Mauerwerk bedeckenden Skulpturen. Um die Fenster, längs der Gesimse zogen sich Laub- und Blumenguirlanden hin; die Balkone glichen Fruchtkörben, die von großen nackten Frauen mit gespannten Hüften und hervorspringenden Brustwarzen gehalten wurden. Des Ferneren waren hier und dort Fantasiewappen angebracht: Weintrauben, Rosen, all das Pflanzenwerk, das in Stein gemeißelt werden kann. Und je höher das Auge kam, je blühender erschienen die Außenwände. Rings um das Dach zog sich eine Balustrade hin, auf welcher in gleichmäßigen Abständen Urnen aufgestellt waren, in welchen Flammen aus Stein züngelten. Zwischen den Mansardenfenstern, um die sich eine unglaubliche Menge von Früchten und Blätterwerk schlängelte, breiteten sich die abschließenden Prunkstücke dieser erstaunlichen Verzierungsmanier aus: die Schlusskränze der Pavillons, zwischen welchen die großen nackten Frauen neuerdings zum Vorschein kamen, mit Äpfeln spielend oder sonstige Künste treibend. Das Dach, welches sich all diese Ornamente, zwei Blitzableiter und vier ungeheure Rauchfänge die ihrerseits reich verziert waren, gefallen lassen musste, schien gleichsam die Krone dieses architektonischen Feuerwerkes zu sein.

Zur Rechten befand sich ein geräumiges Gewächshaus, welches sich eng an das Hotel anschmiegend, durch die Glastür eines Salons mit dem Erdgeschoss verbunden war. Der Garten, den ein durch eine Hecke verdecktes niedriges Gitter vom Park Monceaux schied, war ziemlich abschüssig. Zu klein für das Hotel, kaum groß genug, um einem Rasenplatz und einigen Baumgruppen Raum zu bieten, glich er einfach einem Erdhügel, einem grünen Sockel, auf welchem sich das Hotel stolz erhob. Vom Park gesehen, über dieser tadellosen Rasenfläche, diesen Sträuchern, deren Blätterwerk leuchtete, erweckte dieses Gebäude, welches mit tausend Stimmen verkündete, dass es noch ganz neu sei, mit seinem schweren Schieferdach, seinem vergoldeten Gitterwerk und den überreichen Blumengewinden, ganz den Eindruck eines Emporkömmlings. Es war das ein neuer Louvre in kleinerem Maßstab, eine der am meisten charakteristischen Stichproben des unter dem dritten Napoleon gebräuchlichen Stiles, welcher eben ein Bastard sämtlicher Bauarten war. An den Sommerabenden, wenn die untergehende Sonne das Gold der Rampen, Gitter und Guirlanden erglänzen machte, blieben die Spaziergänger des Parkes stehen, betrachteten die roten Seidenvorhänge an den Fenstern des Erdgeschosses und durch die Fensterscheiben, die so groß und glänzend waren, wie die Glasscheiben der modernen Verkaufsläden und nur vorhanden zu sein schienen, um von außen auch das Innere sehen zu lassen, gewahrten die kleinen Bürgersleute Teile einzelner Möbelstücke, Gardinen, Stücke reich verzierter Zimmerdecken und von Neid und Bewunderung erfüllt, blieben sie inmitten des Weges stehen.

Heute aber senkte sich bereits tiefe Dunkelheit hernieder, die glänzende Außenseite schlief. Auf der anderen Seite, im Hof, hatte der Kammerdiener Renée respektvoll geholfen, den Wagen zu verlassen. Zur Rechten sah man die gebräunten Eichentüren der Stallungen, einen weit geöffneten Wagenschuppen, zur Linken, gleichsam als Gegenstück, eine sich an die Mauer des Nachbarhauses lehnende reich geschmückte Nische, in welcher Tag und Nacht ein Wasserstrahl einer von zwei Amoretten gehaltenen Muschel entsprang. Einen Augenblick blieb die junge Frau auf dem Perron stehen, mit ihrer Toilette beschäftigt, die sich beim Absteigen vom Wagen ein wenig verschoben hatte. Der Hof versank wieder in seine, durch das Rollen des Wagens einen Augenblick unterbrochene aristokratische Stille, in welcher bloß das ewige Geplätscher der Wassermuschel vernehmbar war. Von der schwarzen Masse des Hotels, in welchem das erste der großen Herbstdiners alsbald die Kronleuchter entzünden sollte, hoben sich vorerst nur die erleuchteten Fenster des Erdgeschosses ab, die einen blendenden Schimmer auf das Pflaster des regelmäßigen Hofes warfen.

Als Renée die Tür des Vestibüls öffnete, befand sie sich dem Kammerdiener ihres Gatten gegenüber, der mit einem silbernen Teekessel in den Küchenraum hinabgehen wollte. Der Mann hatte ein tadelloses Äußeres; er war ganz in Schwarz gekleidet, groß, stark, hatte ein weißes Gesicht, mit dem korrekten Backenbart eines Engländers und der ernsten, würdevollen Miene einer Gerichtsperson.

»Baptiste«, sprach die junge Frau zu ihm; »ist mein Gemahl zu Hause?«

»Ja, Madame; er kleidet sich an«, erwiderte der Bediente mit einem Neigen des Kopfes, um welches ein Fürst, der die Menge grüßt, ihn hätte beneiden können.

Langsam stieg Renée die Treppe hinauf, während sie ihre Handschuhe auszog.

Im Vestibül herrschte große Pracht. Beim Eintreten in dasselbe empfand man ein leichtes Gefühl der Dämpfung. Die dicken Teppiche, welche den Boden bedeckten und sich über die Stufen legten, die schweren Tapeten aus rotem Samt, die Türen und Wände verhüllten, verliehen der Atmosphäre etwas Dumpfes, die schwüle Stille einer Kapelle. Aus der Höhe senkten sich Draperien herab und die sehr hohe Decke war mit vorspringenden Rosetten geschmückt, die auf einem Geflecht von Goldstäben saßen.

Die Treppe, deren doppelte Marmorbalustrade mit rotem Samt überzogen war, teilte sich in zwei leicht geschweifte Arme; zwischen welchen sich die Tür des großen Salons befand. Auf dem ersten Treppenabsatz bedeckte ein mächtiger Spiegel die ganze Wand. Am Fuß der beiden Treppenarme erhoben sich auf Marmorsockeln zwei Frauen aus Goldbronze, die nackt bis zu den Hüften, große Kandelaber mit fünf Flammen trugen, deren helles Licht durch matte Glaskugeln gedämpft wurde. Und zu beiden Seiten reihten sich herrliche Majolikagefäße, in welchen kostbare exotische Gewächse blühten.

Mit jeder Stufe, die Renée emporstieg, wurde ihr Spiegelbild größer und von den Zweifeln bewegt, welche die am meisten bewunderten Künstlerinnen beschleichen, fragte sie sich, ob sie wirklich so reizend sei, wie man ihr sagte.

In ihrem Appartement angelangt, welches im ersten Stock lag und dessen Fenster auf den Park Monceaux gingen, klingelte sie ihrer Kammerfrau Céleste und ließ sich zum Diner ankleiden. Dies währte gute fünf Viertelstunden. Nachdem auch die letzte Stecknadel angebracht worden war, öffnete sie, da es in dem Zimmer zu heiß war, ein Fenster, lehnte sich hinaus und versank in tiefes Sinnen. Hinter ihr bewegte sich Céleste geräuschlos hin und her, mit dem Forträumen der verschiedenen Toilettegegenstände beschäftigt.

Unten im Park herrschte tiefstes Dunkel. Die schwarzen Massen des Laubes, durch die zeitweilig ein Windstoß fuhr, rauschten geheimnisvoll mit dem Rascheln der dürren Blätter, welche an das Verspritzen der Wogen an einem kiesigen Strand erinnern. Nur die zwei gelben Laternen eines Wagens, der durch die von der Avenue de la Reine-Hortense nach dem Boulevard Malesherbes führende lange Allee rollte, unterbrachen mitunter die Finsternis. Angesichts dieser herbstlichen Melancholie fühlte Renée all die Bitternis und Trauer ihres Herzens mit einem Mal neuerdings erwachen. Sie sah sich wieder als Kind in dem Haus ihres Vaters, in diesem stillen Hotel der Insel Saint-Louis, in welchem die Béraud du Châtels seit zwei Jahrhunderten ihre steife Richterwürde behaupteten. Sodann dachte sie an den Zauberschlag ihrer Verheiratung, an diesen Witwer, der sich verkauft hatte, um sie heiraten zu können und der seinen Namen Rougon gegen Saccard vertauschte, gegen diesen Namen, dessen zwei trockene Silben mit der Brutalität zweier Reicher, die Gold zusammenraffen, an ihr Ohr geschlagen hatten, als sie dieselben zum ersten Mal vernahm. Er nahm sie an sich und schleuderte sie in dieses aufreibende Leben, welches ihren armen Kopf mit jedem Tag mehr zerrüttete. Darauf dachte sie mit kindlicher Freude an die schönen Spiele, die sie einst mit ihrer jüngeren Schwester Christine gespielt hatte. Und eines Morgens wird sie ja doch aus diesem Traum erwachen, welchen sie seit zehn Jahren träumt, beschmutzt, besudelt durch eine Spekulation ihres Gatten, welche ihm selbst noch den Untergang bringen wird. Es war das gleichsam ein flüchtiges Vorgefühl. Lauter wehklagen unten die Bäume. Verwirrt durch diese Gedanken der Schmach und Buße, gab Renée dem Instinkt der ursprünglichen und ehrbaren Bürgerin nach, der in ihr schlummerte und sie versprach der schwarzen Nacht, in sich zu gehen, nicht mehr so viel auf ihre Toilette zu vergeuden und nach einem unschuldigen Spiel zu suchen, welches sie zerstreuen könnte, gleichwie in den glücklichen Zeiten des Pensionats, als die Schülerinnen auf ihren unter der Obhut der Lehrerinnen unternommenen Spaziergängen sangen: »Wir gehen nicht mehr in den Wald.«

In diesem Augenblick kehrte Céleste, die hinabgegangen war, zurück und meldete ihrer Herrin mit gedämpfter Stimme:

»Der Herr lässt Madame bitten hinabzukommen. Es befinden sich bereits Gäste im Salon.«

Renée erschauerte. Sie hatte die scharfe Luft, die um ihre nackten Schultern spielte, gar nicht verspürt. Vor dem Spiegel blieb sie einen Augenblick stehen, um sich gleichsam unbewusst anzublicken. Sie lächelte unwillkürlich und stieg hinab.

Tatsächlich waren fast alle Gäste bereits angelangt. Da war vor allem ihre Schwester Christine, ein Mädchen von zwanzig Jahren, in einer sehr einfachen Toilette aus weißer Musseline; ihre Tante Elisabet, die Witwe des Notars Aubertot, in schwarzen Satin gekleidet, eine kleine alte Dame von sechzig Jahren und ausnehmender Liebenswürdigkeit; die Schwester ihres Gatten, Sidonie Rougon, eine magere, süßliche Frau in einem nicht näher zu bestimmenden Alter und mit einem Gesicht wie aus weichem Wachs, von welchem sich ihr verblasstes Kleid kaum unterschied. Sodann die Familie Mareuil: der Vater, Herr von Mareuil, der soeben die Trauer um seine Frau abgelegt hatte, ein großer schöner Mann, ernst, hohl, dessen Ähnlichkeit mit dem Kammerdiener Baptiste auf den ersten Blick auffiel; seine Tochter, die arme Luise, wie man sie gewöhnlich nannte, ein siebenzehnjähriges Kind, schüchtern, ein wenig buckelig und mit krankhafter Grazie ein weißes Seidenkleid mit roten Punkten tragend; ferner eine Anzahl ernster Männer, lauter Herren die sich des Besitzes verschiedenster Auszeichnungen erfreuten, offizielle Persönlichkeiten, die nichts redeten und kahle Köpfe hatten; etwas entfernter von dieser Gruppe eine andere, von jungen Herren gebildet, die lasterhafte Mienen und tief ausgeschnittene Westen hatten und fünf oder sechs höchst elegante Damen umringt hielten, unter welchen sich auch die beiden Unzertrennlichen: Die kleine Marquise vom Espanet in gelber und die blonde Frau Haffner in veilchenblauer Toilette befanden. Und inmitten der langen Schleppen auf dem Teppich promenierten zwei Unternehmer, zwei reich gewordene Maurermeister, die Herren Mignon und Charrier, mit denen Saccard am nächsten Tag eine Geschäftsangelegenheit erledigen sollte, mit schweren Stiefeln, auf den Rücken gelegten Händen auf und nieder und schienen sich dabei in ihren schwarzen Salonanzügen sehr unbehaglich zu fühlen.

In der Nähe der Tür stehend redete Aristide Saccard mit einer Gruppe ernster Männer in näselndem Ton und mit seiner ganzen südlichen Lebhaftigkeit, ohne dabei einen der ankommenden Gäste zu übersehen, sodass er jeden sofort begrüßen konnte. Er drückte den Leuten die Hand und richtete liebenswürdige Worte an sie. Klein, unansehnlich, bückte und verneigte er sich wie eine Marionette und was an seiner schmächtigen, schlauen, schwärzlichen Person am meisten ins Auge stach, war das rote Band der Ehrenlegion, welches breit und auffällig an seiner Brust prangte.

Als Renée eintrat, erhob sich ein Gemurmel der Bewunderung. Sie war in der Tat göttlich schön. Über einem, rückwärts mit einer Flut von Falten besetzten Mullrock trug sie eine Tunique aus zartgrünem Satin, welche eine hohe englische Spitze zierte, die von großen Veilchensträußen gehalten wurde; ein einziger Besatz befand sich am Vorderteil des Rockes, auf welchem mittelst Blumenguirlanden verbundene Veilchensträußchen eine leichte Musselindraperie festhielten. Die Anmut des Kopfes und des Busens war bewunderungswürdig und kam über dieser Toilette, die von einer königlichen Fülle, vielleicht sogar etwas überladen war, voll zur Geltung. Das Kleid war bis zu den Brustwarzen ausgeschnitten, die Arme nackt und nur an den Schultern mit Veilchen besetzt, welche die Befestigung des Leibchens maskierten und so schien die junge Frau förmlich nackt aus ihrer Wolke von Tülle und Satin hervorzugehen, einer jener Nymphen vergleichbar, deren Oberleib aus den heiligen Eichen hervorragt. Der weiße Busen, der üppige Leib schienen bereits so erfreut über diese halbe Freiheit, dass der Blick darauf zu warten schien, das Mieder und die Röcke herabgleiten zu sehen, gleich den Kleidern einer Badenden, die sich am eigenen Fleische berauscht. Ihre hohe Frisur, die emporgekämmten blonden Haare, durch die sich ein Efeuzweiglein schlang, erhöhten noch den Eindruck der Nacktheit, da dadurch der ganze Nacken bloßgelegt wurde, den bloß einige krause Goldhärchen beschatteten. Um den Hals schlang sich ein reiches Diamantband, dessen Steine von bewunderungswürdigem Glanz und Reinheit waren und die Stirn zierte eine mit zahlreichen Diamanten besetzte silberne Krone. Einige Sekunden verharrte sie auf der Schwelle stehend, ihre herrliche Toilette den bewundernden Blicken preisgegeben, die zarten Schultern von dem blendenden Lichte bestrahlt. Da sie rasch herabgekommen waren, hob und senkte sich der volle Busen. Ihre Augen, die so lange in die Dunkelheit des Monceauxparkes gestarrt hatten, zwinkerten in diesem Meer von Licht und verliehen ihr jene unsichere Miene der Kurzsichtigen, die ihr so gut stand. Bei ihrem Anblick erhob sich die kleine Marquise lebhaft, eilte auf sie zu, ergriff ihre beiden Hände und sie vom Kopf bis zu den Füßen einer scharfen Musterung unterziehend, murmelte sie süß wie Flötenton:

»Oh, meine Teure, wie schön sind Sie! Wie schön ... «

Es war eine allgemeine Bewegung entstanden und jedermann kam heran, um die schöne Frau Saccard zu begrüßen, wie Renée in der Gesellschaft genannt wurde. Sie reichte fast allen Herren die Hand. Sodann umarmte sie Christine und erkundigte sich nach ihrem Vater, der sich niemals in dem Hotel des Monceauxparkes blicken ließ. Und da stand sie nun aufrecht, lächelnd, mit dem Kopf freundlich nickend, die Arme weich gerundet, vor diesem Kreise von Damen, die neugierig ihr Halsband und die Haarkrone musterten.

Die blonde Frau Haffner vermochte der Versuchung nicht zu widerstehen; sie trat dichter heran, betrachtete lange das Geschmeide und fragte neidischen Tones:

»Das ist wohl das Halsband und die Haarkrone, nicht wahr?«

Renée nickte zustimmend mit dem Kopf und nun ergingen sich all diese Frauen in Lobeserhebungen: Die Schmuckgegenstände wären herrlich, göttlich; darauf kamen sie voll neidischer Bewunderung auf den Verkauf zu sprechen, welchen Laura von Aurigny veranstaltet und bei welchem Saccard das Geschmeide für seine Frau erstanden hatte. Sie beklagten sich darüber, dass ihnen diese Dirnen die schönsten Dinge raubten; bald würde es für ehrbare Frauen Diamanten gar nicht mehr geben. Und in diesen Klagen verriet sich der brennende Wunsch, auch auf ihrem nackten Leibe eines dieser Kleinode zu fühlen, welche ganz Paris an den Schultern und um dem Nacken einer bekannten Lebedirne gesehen und welche ihnen vielleicht einige Skandalgeschichten zuflüstern würden, die sich in den Schlafzimmern zugetragen hatten und bei welchen ihre züchtigen Träume der ehrbaren Frau so gerne verweilen. Sie kannten die hohen Preise und führten ein herrliches Kaschmirtuch, wundervolle Spitzen an. Die Haarkrone hatte fünfzehntausend, das Halsband fünfzigtausend Francs gekostet. Frau von Espanet war hingerissen durch diese Zahlen. Sie suchte nach Saccard und rief ihm zu:

»Kommen Sie doch und lassen Sie sich beglückwünschen! Das ist ein guter Gatte! Ein seltener Ehemann!«

Aristide Saccard kam näher, verneigte sich und spielte den Bescheidenen, sein grinsendes Gesicht aber verriet die lebhafte Befriedigung, die ihn erfüllte. Dabei schielte er aus den Augenwinkeln zu den beiden Unternehmern, den zwei reich gewordenen Maurermeistern hinüber, die einige Schritte weit entfernt standen und die Ziffern fünfzehn- und fünfzigtausend mit sichtlicher Hochachtung nennen hörten.

In diesem Augenblick lehnte sich Maxime, der soeben eingetreten war und sich in seinem schwarzen Anzug vorzüglich ausnahm, vertraulich an die Schulter seines Vaters und flüsterte ihm wie einem Kameraden etwas ins Ohr, wobei er den Maurern einen Blick zuwarf. Saccard lächelte still, wie ein Schauspieler, dem Beifall gespendet wurde.

Es gelangten noch einige Gäste an. Im Salon waren etwa dreißig Personen versammelt. Die Unterhaltung wurde ziemlich lebhaft geführt und während der eintretenden kurzen Pausen vernahm man trotz der trennenden Zwischenwände das leise Klirren des Porzellans und Silberzeuges. Endlich öffnete Baptiste eine breite Flügeltür und sprach die althergebrachten Worte:

»Es ist aufgetragen, Madame!«

Nun begann langsam der Zug nach dem Speisesaal. Saccard reichte der kleinen Marquise den Arm; Renée nahm den eines alten Herrn, eines Senators, des Barons Gouraud, dem jedermann mit größter Ehrfurcht begegnete; Maxime war genötigt, seinen Arm Luise von Mareuil zu reichen und dann kamen die übrigen Gäste in langer Reihe, am Schluss derselben die beiden Unternehmer mit lässig baumelnden Armen.

Der Speisesaal war ein geräumiges viereckiges Gemach, dessen dunkles Wandgetäfel Manneshöhe erreichte und mit dünnen Goldeinlagen verziert war. Die vier Wandfelder hätten ursprünglich bemalt werden sollen, dies war aber nicht geschehen, da der Eigentümer des Hauses offenbar vor einer rein künstlerischen Ausgabe zurückgeschreckt war. Sie waren also leer geblieben und bloß mit grünem Samt überzogen worden. Die Möbel, Vorhänge und Portieren aus demselben Stoff verliehen dem Raum ein ernstes Gepräge, welches den Zweck hatte, allen Glanz und Reichtum auf dem Tisch zu konzentrieren.

Und in der Tat glich der Tisch zu dieser Stunde, inmitten des großen persischen Teppichs, der den Schall der Tritte dämpfte, unter dem blendenden Licht des Kronleuchters und von den Stühlen umgeben, deren mit Gold eingelegte schwarze Lehnen ihn mit einer dunkeln Linie umrahmten, einem Altar, einer leuchtenden Kapelle, wo inmitten der schneeigen Weiße des Tafeltuches die lichten Flammen des Kristalls und des Silbers schimmerten. Oberhalb der geschnitzten Lehnen, in wogendem Halbdunkel gewahrte man kaum das Wandgetäfel, ein großes niedriges Büffet, einzelne Zipfel von grünem Samtstoff. Die Augen waren gezwungen, zu dem Tisch zurückzukehren und sich an dessen Glanz zu weiden. Ein herrlicher Aufsatz aus mattem Silber mit meisterhaften Ziselierungen nahm die Mitte desselben ein; der Aufsatz selbst stellte eine Anzahl Faune dar, die Nymphen rauben und über diese Gruppe fielen aus einem mächtigen Füllhorn ganze Strähnen von Naturblumen herab. Auf den beiden Tischenden trugen Vasen gleichfalls Blumen; zwei Kandelaber, deren Motiv mit dem des Mittelaufsatzes übereinstimmte, indem jeder derselben einen laufenden Satyr darstellte, der in einem Arm ein ohnmächtiges Weib, in dem anderen eine Fackel mit zehn Flammen trug, vermehrten mit ihrem Licht das des Kronleuchters. Zwischen diesen Hauptstücken waren in symmetrischer Anordnung die den ersten Gang enthaltenden großen und kleinen Aufwärmer aufgestellt, daneben kleine Muscheln mit den Vorspeisen und getrennt durch Porzellankörbe, Kristallvasen, flache Teller und hohe Kompottschüsseln, die den sich bereits auf dem Tisch befindlichen Teil des Desserts enthielten. Längs der in schnurgerader Linie stehenden Teller ganze Armeen von Gläsern, Wasser- und Weinkaraffen und kleine Salzfässchen; das gesamte Kristallzeug war dünn und leicht wie ein Hauch, ohne jede Verzierung und so durchsichtig, dass es nicht einmal einen Schatten warf. Der Mittelaufsatz und die anderen großen Stücke glichen Feuerquellen; Blitze zuckten aus dem blank gescheuerten Kupfer der Aufwärmer; die Gabeln, Löffel und Messer warfen Funkengarben, die Gläser und Pokale schillerten in allen Farben des Regenbogens und inmitten dieses Regens von Licht und Feuer warfen die Weinflaschen rote Schatten auf den Schnee des Tafeltuches.

Die Gäste, die den Damen zulächelten, die sie am Arm hatten, fühlten sich beim Eintritt in diesen Raum von einer behaglichen Empfindung erfasst. Die Blumen verliehen der lauen Luft eine gewisse Frische. Schwacher Dunst vermengte sich mit dem Duft der Rosen, mit dem herben Geruch der Krebse und der scharfen Säure der Zitronen.

Als jedermann seinen am Rand der Speisekarte vermerkten Namen gefunden hatte, gab es vorerst ein allgemeines Rücken der Stühle, ein helles Rauschen der seidenen Kleider. Die mit Diamanten bestreuten nackten Schultern, neben welchen sich der schwarze Frack bloß als Folie ausnahm, die jene mehr hervortreten ließ, erhöhten durch ihre Milchweiße den Glanz der Tafel. Inmitten des zwischen einzelnen Nachbarn gewechselten Lächelns, unter halblautem Gespräch, welches das gedämpfte Klappern der Löffel übertönte, begann das Mahl. Baptiste kam seinen Verrichtungen als Haushofmeister mit der ernsten Würde eines Diplomaten nach; außer zwei Bedienten standen ihm noch vier Gehilfen zur

Seite, die er bloß bei großen Diners heranzog. Bei jedem Gang, welcher aufgetragen und im Hintergrund des Saales auf einem Serviertisch zerlegt wurde, schritten drei Bediente lautlos um den Tisch und boten die betreffende Speise bei ihrem Namen an. Die anderen gossen Wein ein und beaufsichtigten Brot und Flaschen. Auf- und Abtragen ging so geräuschlos vonstatten, dass niemand gestört wurde.

Die Gäste waren zu zahlreich, als dass die Unterhaltung eine allgemeine hätte werden können. Doch beim zweiten Gang, als Braten und süße Speisen aufgetragen wurden und schwere Weine, wie Burgunder, Pomard, Chambertin anstelle der leichteren Sorten, als Léoville und Château-Lafite traten, nahm das Geräusch der Stimmen zu und das laute Lachen mochte den dünnen Kristall erbeben. Renée, die den Mittelsitz an der Tafel einnahm, hatte zu ihrer Rechten den Baron Gouraud, zu ihrer Linken Herrn Toutin-Laroche, einen ehemaligen Kerzenfabrikanten, späteren Munizipalrat und nunmehrigen Direktor des Crédit Viticole, Mitglied des Aufsichtsrates der marokkanischen Hafengesellschaft, ein magerer, ansehnlicher Mann, den der ihm zwischen Frau von Espanet und Frau Haffner gegenübersitzende Saccard mit schmeichelnder Stimme bald »mein lieber Kollege«, bald »unser großer Administrator« ansprach. Sodann kamen die Männer der Politik: Herr Hupel de la Noue, ein Präfekt, der acht Monate des Jahres in Paris verbrachte; drei Abgeordnete, unter denen auch das breite elsässische Gesicht des Herrn Haffner glänzte; sowie Herr von Saffré, ein sehr liebenswürdiger junger Mann und Sekretär eines Ministers; Herr Michelin, Chef der Straßenbauverwaltung und noch andere hohe Beamte. Herr von Mareuil, der ewig die Deputiertenwürde anstrebte, dehnte und reckte sich dem Präfekten gegenüber, dem er einschmeichelnde Blicke zuwarf. Was Herrn von Espanet betraf, so begleitete er seine Frau niemals in Gesellschaft. Die zur Familie gehörenden Damen waren zwischen den bedeutenderen Persönlichkeiten untergebracht: Nur Saccard hatte seine Schwester Sidonie etwas entfernter zwischen den beiden Unternehmern – Herrn Charrier zur Rechten, Herrn Mignon zur Linken – wie auf einen Vertrauensposten gepflanzt, wo es sich darum handelte, den Sieg zu erringen. Frau Michelin, die Gattin des Bureau-Chefs, eine hübsche, üppige Brünette, befand sich neben Herrn von Saffré, mit dem sie sich lebhaft und mit leiser Stimme unterhielt. An den beiden Enden der Tafel befand sich die Jugend: Auditore vom Staatsrat, die Söhne einflussreicher Väter, angehende Millionäre, Herr von Mussy, der Renée verzweifelte Blicke zuwarf und Maxime mit Luise von Mareuil zu seiner Rechten, die ihn ganz in Anspruch zu nehmen schien. Allmählich fingen sie sogar an, laut zu lachen. Von dieser Stelle ging die Heiterkeit aus.

Herr Hupel de la Noue fragte zuvorkommend:

»Werden wir das Vergnügen haben, heute Abend Seine Exzellenz zu begrüßen?«

»Ich glaube nicht«, erwiderte Saccard mit wichtiger Miene, die einen geheimen Ärger verbarg. »Mein Bruder ist ungemein in Anspruch genommen! ... Er schickte uns seinen Sekretär, Herrn von Saffré, damit er uns seine Entschuldigung überbringe.«

Der junge Mann, der Frau Michelin ganz in Beschlag genommen hatte, hob den Kopf empor, als er seinen Namen nennen hörte und in der Meinung, man habe zu ihm gesprochen, warf er auf gut Glück hin:

»Ja, ja; heute Abend um neun Uhr soll beim Justizminister eine Ministerkonferenz stattfinden.«

Während dieser Zeit fuhr Herr Toutin-Laroche, der unterbrochen worden war, mit größtem Ernst zu sprechen fort, als hätte er bei gespanntester Aufmerksamkeit im Munizipalrat eine Rede gehalten:

»Die Ergebnisse sind vorzügliche. Diese Anleihe der Stadt wird stets eine der schönsten finanziellen Operationen unserer Zeit genannt werden. Ah! Meine Herren ... «

Hier wurde seine Stimme abermals durch lautes Gelächter übertönt, welches mit einem Mal an einem Ende der Tafel erscholl. Inmitten dieses Heiterkeitsausbruches konnte man die Stimme Maximes vernehmen, der eine begonnene Anekdote vollendete: »Warten Sie doch, ich bin noch nicht fertig. Ein armer Wegarbeiter hob die kühne Amazone auf. Man behauptet, sie habe ihn einer vortrefflichen Erziehung teilhaftig werden lassen, um ihn später zu heiraten. Sie will nicht, dass sich außer ihrem Gatten noch jemand rühmen könne, ein gewisses schwarzes Mal oberhalb ihres Knies gesehen zu haben.« – Von Neuem erscholl lautes Lachen; auch Luise lachte unbefangen, lauter noch als die Herren. Und inmitten dieser Heiterkeit schob sich wie taub der ernste Kopf eines Bedienten neben jedem Gast hin, um ihm leisen Tones getrüffeltes Huhn anzubieten.

Aristide Saccard war ungehalten über die geringe Aufmerksamkeit, welche man Herrn Toutin-Laroche zuteilwerden ließ. Und um ihm zu beweisen, dass er ihm Gehör geschenkt, wiederholte er:

»Die städtische Anleihe ... «

Herr Toutin-Laroche aber war nicht der Mann, der sich aus dem Konzept bringen lässt und als sich das allgemeine Gelächter ein wenig gelegt hatte, nahm er von Neuem auf:

»Oh! Meine Herren, der gestrige Tag brachte uns einen großen Trost, da ja unsere Verwaltung so vielen unlauteren Angriffen ausgesetzt ist. Man beschuldigt den Magistrat, die Stadt zugrunde zu richten und nun sehen Sie, dass sobald die Stadt ein Anlehen aufnehmen will, uns von allen Seiten, selbst von den ärgsten Schreiern, Geld in Hülle und Fülle angeboten wird«

»Sie haben ein Wunder vollbracht«, sagte Saccard. »Paris ist die Hauptstadt der Welt geworden.«

»Ja, das ist wirklich wunderbar«, unterbrach ihn Herr Hupel de la Noue. »Denken Sie doch, ich, der ich ein alter Pariser bin, erkenne mein Paris nicht mehr! Als ich gestern vom Stadthaus nach dem Luxembourggarten gehen wollte, verirrte ich mich. Erstaunlich, in der Tat!«

Eine Pause trat ein. Alle ernsten Herren hörten jetzt aufmerksam zu.

»Die gänzliche Umänderung der Stadt«, fuhr Herr Toutin-Laroche fort, »wird der Regierung zum Ruhme gereichen. Das Volk ist undankbar; es sollte die Füße des Kaisers küssen. Ich äußerte mich heute Morgen in diesem Sinne auch in der Magistratssitzung, wo man von dem großen Erfolg des Anlehens sprach. »Meine Herren, sagte ich, lassen Sie diese oppositionellen Krakeeler schreien; Paris umstürzen heißt dasselbe fruchtbar machen.«

Lächelnd schloss Saccard die Augen, wie um den geistreichen Sinn dieser Worte besser zu genießen. Er neigte sich hinter dem Rücken der Frau von Espanet zu Herrn Hupel de la Noue und bemerkte laut genug, dass es jedermann vernehmen konnte:

»Er hat einen bewunderungswürdigen Geist.«

Seitdem von den öffentlichen Arbeiten der Stadt die Rede war, hielt Herr Charrier den Hals vorgestreckt, als wollte er an der Unterhaltung teilnehmen. Sein Verbündeter, Herr Mignon, der mit Frau Sidonie beschäftigt war, wurde von dieser entsprechend bearbeitet. Seit dem Beginn des Diners überwachte Saccard die beiden Unternehmer verstohlen.

»Die Stadtverwaltung hat viel guten Willen angetroffen«, sagte er jetzt, »Jedermann wollte das Seinige zu dem großen Werk beitragen. Ohne den ausgiebigen materiellen Beistand, welcher der Stadt von allen Seiten entgegengebracht wurde, wären diese Erfolge schwerlich erzielt worden.«

Er wandte sich zu den beiden Maurermeistern und fügte mit einer Art brutaler Schmeichelei hinzu:

»Die Herren Mignon und Charrier wüssten Einiges davon zu erzählen; sie, die ihren Anteil an der Mühe hatten, aber auch den Ruhm mitgenießen werden.«

Die reich gewordenen Maurer nahmen die Worte mit behaglichem Schmunzeln hin. Mignon, zu dem Frau Sidonie gerade gezierten Tones sagte: »Ach, mein Herr, Sie schmeicheln nur; die rosa Farbe wäre zu jugendlich für mich ... «, wandte sich inmitten des Satzes weg von ihr, um Saccard zur Antwort zu geben:

»Sie sind sehr gütig; wir haben unser Geschäft dabei gemacht.«

Charrier aber ging schlauer ins Zeug. Er leerte sein Glas Pomard und brachte die Phrase zustande:

»Die öffentlichen Arbeiten haben dem Arbeiter Brot gegeben.«

»Aber auch den finanziellen und gewerblichen Angelegenheiten einen herrlichen Aufschwung«, fügte Herr Toutin-Laroche hinzu.

»Die künstlerische Seite nicht zu vergessen! Die neuen Straßenanlagen sind majestätisch!«, bemerkte Herr Hupel de la Noue, der sich etwas darauf zugute tat, dass er Geschmack hatte.

»Ja, ja, es ist ein schönes Stück Arbeit«, murmelte Herr von Mareuil, nur um auch etwas zu sagen.

»Und was die Ausgaben betrifft«, erklärte der Abgeordnete Haffner, der den Mund nur bei großen Anlässen öffnete; »so werden unsere Kinder für dieselben aufkommen und das wird nur recht und billig sein.«

Und da er bei diesen Worten Herrn von Saffré anblickte, mit dem die niedliche Frau Michelin seit einigen Minuten zu schmollen schien, so wiederholte der junge Sekretär, um zu beweisen, dass er dem Gespräch gefolgt war:

»In der Tat, das wird nur recht und billig sein.«

Unter der Gruppe, welche die ernsten Männer in der Mittelpartie des Tisches bildeten, hatte jedermann seine Bemerkung gemacht. Herr Michelin, der Bureauchef, lächelte und wiegte den Kopf; dies war für gewöhnlich seine Art und Weise, an einer Unterhaltung teilzunehmen. Er lächelte, um zu grüßen, zu antworten, um beizustimmen, zu danken, um

Abschied zu nehmen; er hatte eine ganze Sammlung solcher Lächeln und diese enthoben ihn fast immer der Notwendigkeit des Sprechens, was seiner Ansicht nach offenbar höflicher und für seine Beförderung vorteilhafter war.

Eine zweite Person verhielt sich gleichfalls schweigend: Der Baron Gouraud, der langsam, mit halb geschlossenen Augen kaute, wie ein Ochse. Bislang war er von dem Inhalt seines Tellers vollkommen in Anspruch genommen worden und Renée, die ihm besondere Fürsorge zuteilwerden ließ, hatte nichts als von Zeit zu Zeit ein Knurren der Zufriedenheit von ihm herauszubringen vermocht. Man war daher nicht wenig überrascht, als man ihn den Kopf erheben sah und – während er sich die Lippen vom Fett trocknete – sagen hörte:

»Ich bin Hauseigentümer und wenn ich eine Wohnung renovieren und neu malen lasse, so erhöhe ich den Mietzins.«

Die Worte des Herrn Haffner: »Unsere Kinder werden zahlen«, hatten die Aufmerksamkeit des Senators erweckt. Jedermann gab seinen Beifall zu erkennen und Herr von Saffré rief aus:

»Ausgezeichnet! Dieser Einfall verdient, in den Zeitungen gedruckt zu werden.«

»Sie haben recht, meine Herren, die Zeiten sind günstig«, sagte Herr Mignon inmitten der Lächeln und zustimmenden Bemerkungen, zu welchen die Worte des Barons Anlass geboten. »Ich kenne so manchen, der sich dank derselben ein nettes Vermögen erwarb. Ja, wenn sich Geld verdienen lässt, ist alles schön und gut.«

Die letzten Worte wirkten peinlich auf die ernsten Herren. Die Unterhaltung brach jählings ab und jedermann vermied es, seinen Nachbar anzublicken. Die Bemerkung des Maurers hatte die Herren erschreckt. Michelin, der Saccard gerade mit freundlicher Miene betrachtete, hörte auf zu lächeln, da er fürchtete, einen Augenblick den Anschein gehabt zu haben, als wollte er die Worte des Unternehmers auf den Hausherrn anwenden. Dieser warf einen Blick auf Frau Sidonie, die sofort wieder über Herrn Mignon herfiel, indem sie sagte: »Sie sind also ein Freund der rosa Farbe ... « Darauf richtete Saccard eine letzte Schmeichelei an Frau von Espanet; dabei berührte sein schwärzliches, unansehnliches Gesicht beinahe die milchweißen Schultern der jungen Frau, die sich leise kichernd in ihren Stuhl zurücklehnte.

Man war beim Nachtisch angelangt. Rascher schritten die Bedienten um den Tisch. Man verzehrte Obst und Backwerk. An dem Ende der Tafel, an welchem Maxime saß, wurde das Gelächter immer lauter und man vernahm die etwas scharfe Stimme Luises: »Ich versichere Ihnen, dass Sylvia in ihrer Rolle als Dindonnette ein blaues Seidenkleid trug«, während eine andere Kinderstimme hinzufügte: »Allerdings; doch war dasselbe mit weißen Spitzen besetzt.« – Die Luft war heiß; die geröteten Gesichter schienen ein innerliches Wohlbehagen auszudrücken. Zwei Lakaien schritten um den Tisch und gossen Alicante und Tokajer ein.

Vom Anbeginn des Diners schien Renée zerstreut. Mit einem mechanischen Lächeln kam sie ihren Hausfrauenpflichten nach. Bei jedem neuen Ausbruch der Heiterkeit, der von dem Tischende herüberschallte, an welchem Maxime und Luise saßen, die wie zwei gute Kameraden miteinander scherzten, warf sie einen funkelnden Blick hinüber. Sie langweilte sich; die ernsten Herren waren ihr in der Seele zuwider. Frau von Espanet und Frau Haffner warfen ihr verzweifelte Blicke zu.

»Und wie lassen sich die bevorstehenden Wahlen an?«, wandte sich Saccard plötzlich an Herrn Hupel de la Noue.

»Vortrefflich«, erwiderte dieser lächelnd; »nur für mein Departement habe ich noch keinen bestimmten Kandidaten. Es scheint, dass die Regierung noch unentschlossen ist.«

Herr von Mareuil, der Saccard mit einem raschen Blick dafür gedankt hatte, dass er diesen Gegenstand zur Sprache brachte, schien auf glühenden Kohlen zu sitzen. Er errötete leicht und machte eine verlegene Verbeugung, als sich der Präfekt an ihn wendend, fortfuhr:

»Man hat mir schon wiederholt von Ihnen gesprochen, mein Herr. Ihre ausgedehnten Besitzungen in meinem Departement haben zur Folge, dass Sie sich zahlreicher Freunde rühmen können und man weiß, wie ergeben Sie dem Kaiser sind. Sie haben viele Aussichten für sich.«

»Papa, nicht wahr, die kleine Sylvia verkaufte im Jahre 1849 Zigaretten in Marseille?«, rief in diesem Augenblick Maxime vom anderen Tischende herüber.

Und da sich Aristide Saccard den Anschein gab, als hätte er nicht gehört, fügte der junge Mann leiser hinzu:

»Mein Vater hat sie genau gekannt.«

Ersticktes Lachen wurde hörbar. Da aber Herr von Mareuil noch immer lächelte, so bemerkte Haffner gemessenen Tones:

»In der gegenwärtigen Epoche selbstsüchtiger Demokratie ist die Treue und Ergebenheit für den Kaiser die alleinige Tugend, der einzige Patriotismus. Wer den Kaiser liebt, liebt Frankreich. Es würde uns mit besonderer Genugtuung erfüllen, wenn Sie, mein Herr, unser Kollege werden sollten.«

»Herr von Mareuil wird den Sieg ganz zweifellos erringen«, sagte nun auch Herr Toutin-Laroche. »Die großen Vermögen sollten sich ausnahmslos um den Thron schaaren.«

Nun hielt Renée nicht länger an sich. Die Marquise, die ihr gegenübersaß, unterdrückte ein Gähnen. Und als Saccard von Neuem das Wort ergreifen wollte, wandte sie sich zu ihm und sagte mit liebenswürdigem Lächeln:

»Um Gotteswillen, mein Freund, haben Sie Erbarmen mit uns! Lassen Sie doch Ihre hässliche Politik beiseite.«

Worauf ihr Herr Hupel de la Noue, galant wie nur ein Präfekt, beistimmte und versicherte, dass die Damen recht hätten. Er begann eine zweideutige Geschichte zu erzählen, die sich in seiner Kreisstadt zugetragen. Die Marquise, Frau Haffner und die anderen Damen lachten laut und herzlich bei gewissen Einzelheiten. Der Präfekt erzählte in sehr pikanter Weise, mit Andeutungen, hielt hier an und betonte dort eine Stelle, was den unschuldigsten Worten einen sehr schlüpfrigen Anstrich verlieh. Darauf sprach man von dem ersten Empfang der Herzogin, von einer Posse, die gestern zur Darstellung gelangt war, über den Tod eines Dichters und die letzten Herbstrennen. Herr Toutin-Laroche, der zu gewissen Stunden auch liebenswürdig sein konnte, verglich die Frauen mit Rosen; in seiner Verwirrung, in die ihn seine Kandidaten-Aussichten gestürzt hatten, fand Herr von Mareuil sogar einige tiefsinnige Worte über die neuen Formen der Hüte. Renée aber blieb zerstreut.

Die Gäste aßen nicht mehr. Ein heißer Wind schien über den Tisch hinweg gefahren zu sein, der die Gläser leerte, das Brot zerbröckelte, die Obstschalen auf den Tellern schwarz anhauchte und die schöne Symmetrie des Geschirrs zerstörte. Welk hingen die Blumen in den großen ziselierten Silbervasen herab. Ermattet vergaßen sich die Gäste einen Augenblick angesichts dieser Überreste des Nachtisches, ohne den Mut zu haben, sich zu erheben. Einen Arm auf den Tisch gestützt, halb vornüber gebeugt, hatten fast alle den hohlen Blick, die unbestimmte Abgespanntheit jener mäßigen und verschämten Trunkenheit der Leute der besseren Gesellschaftsklasse, die sich unmerklich, allmählich berauschen. Man lachte nicht mehr und nur spärlich wurden noch Worte gewechselt. Man hatte viel gegessen und getrunken und dies ließ die dekorierten Herren noch ernster dreinschauen. In der dumpfen, schwülen Luft des Gemaches fühlten die Damen, wie sich ihnen Stirne und Nacken mit feuchtem Schweiß bedeckten. Ernst, ein wenig bleich, als schwindelte es sie, harrten sie des Augenblicks, da man sich in den Salon begeben würde. Frau von Espanet war ganz rot, während die Schultern der Frau Haffner die Farbe des Wachses angenommen hatten. Indessen betrachtete Herr Hupel de la Noue den Griff eines Messers; Herr Toutin-Laroche warf Herrn Haffner noch vereinzelte abgerissene Sätze zu, welche dieser mit einem Nicken des Kopfes entgegennahm und Herr von Mareuil träumte, wobei er Herrn Michelin ansah, der ihm leise zulächelte. Was die hübsche Frau Michelin betraf, so sprach sie schon lange nicht; hochrot im Gesicht ließ sie eine Hand herabhängen, welche Herr von Saffré unter dem Tafeltuch in der Seinigen halten mochte, denn er hatte einen Arm linkisch auf den Rand des Tisches gestützt und dabei waren seine Brauen gerunzelt, seine Stirn in tiefe Falten gelegt, als dächte er über ein schwieriges algebraisches Problem nach. Auch Frau Sidonie hatte gesiegt; die Herren Mignon und Charrier stützten sich mit den Ellenbogen auf den Tisch und ihr zugewendet, schienen sie mit besonderer Genugtuung ihre vertraulichen Mitteilungen entgegenzunehmen; die würdige Dame gestand ihnen, dass sie eine Freundin der Milchwirtschaft sei und sich vor Gespenstern fürchte. Aristide Saccard selbst, der mit halb geschlossenen Augen sich dem behaglichen Gefühl eines Hausherrn hingab, der sich bewusst ist, seinen Gästen in anständiger Weise einen gelinden Rausch beigebracht zu haben, dachte nicht daran, die Tafel zu verlassen; mit achtungsvoller Zärtlichkeit beobachtete er den Baron Gouraud, der schwerfällig, der behaglichen Beschäftigung der Verdauung hingegeben, auf dem weißen Tafeltuch seine rechte Hand ruhen hatte, – die Hand eines sinnlichen Greises, kurz, dick, mit blauen Flecken und roten Haaren reich besät.

Mechanisch trank Renée die wenigen Tropfen Tokajer aus, die noch in ihrem Glas geblieben waren. Siedend stieg ihr das Blut in die Wangen; die kurzen blonden Haare an der Stirn und im Nacken flatterten wie von einem feuchten Hauch bewegt. Ihre Nasenflügel, die Lippen zuckten nervös; ihr Gesicht hatte den Ausdruck eines Kindes, welches ungewässerten Wein getrunken hatte. Wenn ihr angesichts der Dunkelheit des Monceauxparkes gut spießbürgerliche Gedanken gekommen waren, so verschwanden dieselben zu dieser Stunde, unter der Aufregung, hervorgerufen durch die Gerüchte, den Wein, das blendende Licht, die betäubende Atmosphäre, inmitten dieses sinnverwirrenden Getriebes, welches den Atem heißer, das Blut rascher kreisen machte. Sie tauschte kein ruhiges Lächeln mehr mit ihrer Schwester Christine und ihrer Tante Elisabet, die sich bescheiden und schüchtern verhielten und kaum zu sprechen wagten. Durch einen harten Blick hatte sie den armen Mussy gezwungen, die Augen niederzuschlagen. Obschon sie es jetzt vermied, sich umzuwenden und sich gegen die Lehne ihres Stuhles stemmte, was ein leises Knistern ihres seidenen Mieders zur Folge hatte, so erschauerten trotz ihrer scheinbaren Zerstreutheit ihre Schultern leise, so oft ein neuer Heiterkeitsausbruch von der Ecke her ertönte, an welcher sich Maxime und Luise inmitten der immer allgemeiner werdenden Stille noch immer laut genug unterhielten.

Und hinter ihr, halb vom Schatten verdeckt, stand die den in Unordnung geratenen Tisch und die ermatteten Gäste hoch überragende Gestalt Baptistes mit unbewegtem, bleichem Gesicht, ernster Miene und der verächtlichen Haltung eines Lakaien, der seine Gebieter gemästet hat. In der von Trunkenheit schweren Atmosphäre, unter dem grellen Licht der Kronleuchter behielt er allein sein korrektes Aussehen bei, mit seiner silbernen Kette um den Hals, seinen kalten Augen, denen der Anblick der nackten Schultern der Frauen keinen wärmeren Strahl entlockte. Er glich einem Eunuchen, der den verlotterten Parisern des zweiten Kaiserreiches aufwartete und dabei nichts von seiner Würde verlor.

Endlich stand Renée mit einer nervösen Bewegung auf; jedermann folgte ihrem Beispiel. Man begab sich in den Salon, wo der Kaffee aufgetragen wurde.

Der große Salon des Hauses war ein langer, weiter Raum, eine Art Galerie, die sich von einem Pavillon zum anderen erstreckte und die ganze Gartenfront des Gebäudes einnahm. Eine breite Glastür führte auf den Perron. In dem weiten Raum schimmerte alles in Gold. Die leicht gerundete Decke war mit zahllosen Schnörkeln bedeckt, die um große vergoldete Medaillons liefen, welche gleich Wappenschildern funkelten. Rosetten, Guirlanden zogen sich längs der Wölbung hin: Goldlinien erstreckten sich wie flüssiges Metall über die Wände und umrahmten die in roter Seide gehaltenen Wandfüllungen; Rosenbüschel hingen neben den Spiegeln herab. Über das Parkett breitete ein Aubussonteppich seine purpurnen Blumen aus. Die roten Seidenmöbel, die Vorhänge und Portieren aus demselben Stoff, die mächtige Muscheluhr, die auf dem Kamin stand, die auf den Konsols stehenden chinesischen Vasen, die Füße der mit Florentiner Mosaik eingelegten zwei langen Tische bis zu den in den Fensternischen stehenden Blumenständern – alles schimmerte in Gold, alles war überladen mit Gold, in den vier Ecken standen vier große Lampen auf roten Marmorsockeln, an welchen sie mit Ketten von Goldbronze befestigt waren, die in anmutigen Bogen herunterhingen. Außerdem hingen von der Decke drei große Kronleuchter mit Kristallprismen herab, die in einem Meere von rotem und blauem Licht schimmerten und deren blendendes Licht alles Gold des Raumes scharf hervortreten ließen.

Nach kurzer Zeit zogen sich die Herren in das Rauchzimmer zurück. Herr von Mussy nahm vertraulich den Arm Maximes in den Seinigen, den er noch vom Collège her kannte, obschon er sechs Jahre älter war als er. Er zog ihn mit sich auf die Terrasse hinaus und nachdem sie ihre Zigarren angezündet hatten, begann er sich bitter über Renée zu beklagen.

»Was hat sie denn, sagen Sie es mir doch? Ich sah sie gestern, sprach sogar mit ihr und da war sie anbetungswürdig. Und nun behandelt sie mich in einer Weise, als wäre alles zu Ende zwischen uns. Welches Verbrechen mag ich begangen haben? Es wäre sehr liebenswürdig von Ihnen, bester Maxime, wenn Sie sie befragen und ihr sagen wollten, wie sehr ich unter dieser Kälte leide.«

»Das werde ich hübsch bleiben lassen!«, erwiderte Maxime lachend. »Renée hat heute ihre Nervenzufälle und ich bin gar nicht begierig, den Ansturm derselben auszuhalten. Bitte, besorgen Sie derlei Dinge gefälligst selbst.«

Und nachdem er an seiner Havanna langsam einen Zug getan, fügte er hinzu:

»Sie wollen mich da eine nette Rolle spielen lassen!«

Herr von Mussy aber sprach ihm von seiner lebhaften Freundschaft und erklärte dem jungen Mann, dass er bloß auf eine Gelegenheit warte, um ihm zu beweisen, wie sehr er ihm ergeben sei. Er sei sehr unglücklich, er liebe Renée unbeschreiblich! »Nun gut!«, sagte Maxime endlich; »ich werde es ihr sagen. Aber versprechen kann ich nichts; ich zweifle gar nicht daran, dass sie mich mit einer langen Nase fortschicken wird.«

Damit kehrten sie in das Nebenzimmer zurück und ließen sich in den bequemen Fauteuils nieder. Hier erzählte Herr von Mussy während einer geschlagenen halben Stunde seinem jungen Freund alles Leid, welches ihn bewegte; zum zehnten Mal schilderte er ihm, wie er sich in seine Stiefmutter verliebt, wie ihn diese ausgezeichnet habe und während Maxime seine Zigarre zu Ende rauchte, erteilte er ihm Ratschläge, erklärte er ihm, wie launisch Renée sei und unterwies ihn, wie er sich benehmen müsse, um sie zu beherrschen.

Saccard hatte sich in einiger Entfernung von den jungen Leuten niedergelassen, was Herrn von Mussy veranlasste, in seinen Ergüssen innezuhalten, während Maxime seinen Vortrag mit den Worten beschloss:

»Ich an Ihrer Stelle würde nach Husarenart zu Werke gehen; sie hat das gerne.«

Am Ende des Salons gelegen, nahm das Rauchzimmer einen jener runden Räume ein, welche die kleinen Türme bildeten. Dasselbe war in reichem Stil gehalten. An den Wänden eine Tapete, die eine Nachahmung des Korduanleders war, Vorhänge und Portieren in algerischem Stil und anstelle des Teppichs ein Mokadestoff mit persischem Muster. Die mit holzfarbenem Chagrinleder überzogene Einrichtung bestand aus kleinen Tabourets, Fauteuils und einem sich längs der runden Wand hinziehenden Diwan. Der kleine Kronleuchter, der von der Decke herabhing, die Verzierungen der Rauchschränke, sowie die Kamingarnitur waren aus blassgrüner Florentiner Bronze.

Bei den Damen waren nur einige junge Leute und mehrere alte Herren mit weichen, blassen Gesichtern, die einen Abscheu vor Tabak hatten, zurückgeblieben. Im Rauchzimmer wurde gelacht und in sehr freier Weise gescherzt. Herr Hupel de la Noue trug ganz ungemein zur Erheiterung der Herren bei, indem er die Geschichte, die er schon bei Tisch zum Besten gegeben hatte, von Neuem vortrug, diesmal aber mit Details vermehrt und gewürzt, deren er sich beim ersten Mal enthalten hatte. Dies war seine Spezialität; er verstand eine Anekdote stets auf zweierlei Weise vorzutragen, – einmal wie sie Damen, dann wie sie Herren aufgetischt werden durfte. Als Aristide Saccard eintrat, wurde er umringt und beglückwünscht und als er nicht zu verstehen schien, teilte ihm Herr von Saffré in sehr beifällig aufgenommenen Worten mit, dass er sich ganz ungemein um das Vaterland verdient gemacht habe, als er verhinderte, dass die schöne Laura d'Aurigny zu den Engländern übergehe.

»Nein, wahrhaftig, meine Herren, Sie befinden sich im Irrtum«, erklärte Saccard mit falscher Bescheidenheit.

»Ach, sträube Dich doch nicht!«, rief ihm Maxime scherzhaft zu. »In Deinem Alter ist das sehr schön gehandelt.«

Der junge Mann warf seine Zigarre weg und kehrte in den Salon zurück. Es waren noch viele Gäste gekommen. In dem weiten Raum wimmelte es von Herren in schwarzen Fräcken, die herumstanden und mit halblauter Stimme plauderten und von Damen, die in ihren Gesellschaftsroben breit auf den Causeusen saßen. Schon begannen die Lakaien, Eis und Punsch auf silbernen Tassen herumzureichen.

Maxime, der mit Renée sprechen wollte, durchschritt den großen Salon der Länge nach, wohl wissend, wo er den Damenzirkel finden würde. Am anderen Ende des Saales, gleichsam als Gegenstück zu dem Rauchzimmer befand sich ein runder Raum, aus welchem man einen allerliebsten kleinen Salon zurechtgemacht hatte. Mit seinen Tapeten, seinen Vorhängen und Portieren aus golddurchwirkter Seide bot er einen Anblick, der ebenso wollüstig, als originell und einladend wirkte. Das zart verteilte Licht des Kronleuchters wirkte wie eine Symphonie in Moll inmitten dieser sonnigen Umgebung. Es war wie ein Gerieselt gedämpfter Strahlen über dem in fantastischem Muster gehaltenen Aubussonteppich. Ein mit Perlmutt eingelegter Ebenholzflügel, zwei niedrige Möbelstücke, deren Spiegel zahllose kleine Nippes sehen ließen, ein Tisch im Stil Ludwigs XVI. und ein Blumentisch mit köstlichen Blumen genügten als Einrichtung dieses Raumes. Die Fauteuils, Tabourets und Diwans waren mit blauem Seidenzeug überzogen, über welches sich breite, mit blühenden Tulpen bestickte schwarze Seidenbänder spannten. Außer diesen Sitzmöbeln waren noch andere kleine Schemel vorhanden, die in den verschiedensten Abwechselungen zum Sitzen einluden. Man sah das Holz dieser Möbel gar nicht; überall war dasselbe mit Seide und Polsterungen bedeckt. Die Kissen der Diwans legten sich weich und schmiegsam zurück. Jeder derselben glich einem verschwiegenen Lager, auf welchem man nach Herzenslust lieben und träumen konnte, inmitten der Symphonie in Moll.

Renée liebte diesen kleinen Salon, der durch eine Glastür mit dem herrlichen Treibhaus in Verbindung stand, welches sich an das Hotel schmiegte. Während des Tages verbrachte sie ganze Stunden daselbst. Die in gelblichen Tönen gehaltenen Tapeten verdunkelten ihr blondes Haar nicht, sondern umgaben es mit einem goldenen Glorienschein; ihr Kopf hob sich weiß und rosig von der üppigen Umgebung ab, gleich dem einer blonden Diana, die im Morgenlicht erwacht und so liebte sie denn dieses Gemach zweifellos, weil es ihre Schönheit voll zur Geltung kommen ließ.

Heute Abend hatte sie sich mit ihren Vertrauten hieher zurückgezogen. Ihre Schwester und ihre Tante hatten sich bereits entfernt. Es waren nur mehr die Tollköpfchen da. In halb liegender Stellung nahm Renée in einem Fauteuil hingegossen die vertraulichen Mitteilungen ihrer Freundin Adeline entgegen, die ihr lachend und kichernd ins Ohr flüsterte. Susanne Haffner war stark umschwärmt; sie befand sich inmitten einer Gruppe junger Leute, die ihr hart zusetzten, ohne dass sich ihr deutsches Schmachten, ihre herausfordernde Frechheit, die nackt und kalt war wie ihre Schultern, verleugnet hätte. In einer Ecke unterwies Frau Sidonie mit leiser Stimme eine junge Frau, die züchtig und verschämt drein blickte. Etwas weiter plauderte Luise mit einem großen schüchternen Jüngling, der jeden Augenblick errötete, während der Baron Gouraud ganz ungezwungen in einem Fauteuil schlummerte und sein Schmerbauch und feistes Gesicht sich inmitten der zarten Anmut und schlanken Gestalten der Damen breitmachten. Und über die wie Porzellan glänzenden seidenen Toiletten, über die Schultern, deren Milchweiße mit Diamanten bestreut war, breitete eine feenhafte Beleuchtung einen goldenen Schimmer aus. In dem Gemach herrschte eine drückende Hitze. Langsam bewegten sich die Fächer gleich ebenso vielen Flügeln, mit jedem Schlag einen Hauch der den Leibchen entquellenden scharfen Parfüms in die Luft sendend.

Als Maxime im Türrahmen erschien, richtete sich Renée, die der Marquise nur zerstreut Gehör schenkte, lebhaft empor, indem sie sich den Anschein gab, als müsste sie ihren Pflichten als Hausfrau nachkommen. Sie begab sich in den großen Salon, wohin ihr auch der junge Mann folgte. Dort machte sie einige Schritte, lächelte, teilte Händedrücke aus und sagte dann, indem sie Maxime zur Seite zog, halblauten Tones und ironisch lächelnd:

»Der Frohndienst scheint denn doch nicht so schlimm zu sein, ja, es ist wohl ganz angenehm, ihr den Hof zu machen?«

»Ich verstehe nicht«, erwiderte der junge Mann, der sich für Herrn von Mussy zu verwenden gedachte. »Es scheint aber, als hätte ich wohlgetan, Dir Luise nicht vom Halse zu nehmen. Ihr beide macht die Sache schnell.«

Und gleichsam ärgerlich fügte sie hinzu:

»Das war bei Tisch geradezu unschicklich.«

Maxime begann zu lachen.

»Ach ja! Wir haben uns Geschichten erzählt. Ich kannte das kleine Ding gar nicht. Sie ist ordentlich drollig. Sie schaut aus wie ein Junge.«

Und da Renée noch immer die gereizte Miene einer in ihrem moralischen Gefühl verletzten Person zeigte, fügte der junge Mann, dem derlei Empfindeleien bei seiner Stiefmutter etwas Unbekanntes waren, mit lächelnder Vertraulichkeit hinzu:

»Denkst Du vielleicht, Stiefmama, ich hätte ihr unter dem Tisch die Knie gedrückt? Alle Wetter, man weiß ja, was man seiner Verlobten schuldig ist ... Ich habe Dir Wichtigeres zu sagen. Höre einmal ... Du hörst doch, nicht wahr?«

Und die Stimme noch mehr dämpfend, sagte er:

»Die Sache ist die ... Herr von Mussy ist sehr unglücklich; er hat es mir soeben gesagt. Es ist, wie Du Dir denken kannst, nicht meine Sache, Euch miteinander auszusöhnen, wenn Ihr Streit gehabt habt. Du weißt aber, dass ich ihn noch vom Collège her kenne und da er wirklich sehr betrübt dreinblickte, so habe ich ihm versprochen, ein Wort für ihn bei Dir einzulegen ... «

Er hielt inne, denn Renée blickte ihn mit einer unerklärlichen Miene an.

»Du antwortest nicht?«, fuhr er fort. »Gleichviel; ich habe das Meinige getan und Ihr könnt nun tun, was Ihr wollt ... Offen gestanden, scheint es mir, als wärst Du sehr grausam. Der arme Junge flößt mir Mitleid ein. An Deiner Stelle würde ich ihm wenigstens ein gutes Wort bieten.«

Nun erwiderte Renée, die nicht aufgehört hatte, Maxime starren Auges anzublicken, in welchem ein brennender Ausdruck lag:

»Sage Herrn von Mussy, dass er mich langweilt.«

Damit ließ sie ihn stehen und schritt wieder lächelnd, grüßend, Händedrücke austeilend zwischen den Gruppen dahin. Maxime verharrte einen Augenblick regungslos, erstaunt; dann begann er leise zu lachen.

Da es ihn nicht sonderlich drängte, Herrn von Mussy von dem Resultat seiner Bemühungen in Kenntnis zu setzen, so begann er einen Rundgang durch den Salon. Die Festlichkeit, die ebenso gelungen und ebenso gewöhnlich war, wie derlei Festlichkeiten zu sein pflegen, war ihrem Ende nahe. Mitternacht war nicht mehr fern, die Gäste begannen sich zu entfernen. Er wollte nicht mit dem Gefühl des Ärgers zu Bett gehen und beschloss, Luise aufzusuchen. Vor der Ausgangstür vorüberschreitend, erblickte er im Vestibül die hübsche Frau Michelin, die ihr Gatte zärtlich in einen blauroten Überwurf hüllte.

»Er war reizend, geradezu reizend«, sagte die junge Frau. »Während des Speisens sprachen wir immer nur von Dir. Er wird mit dem Minister sprechen; nur hängt die Sache nicht von ihm ab ... «

Und da zur selben Zeit ein Lakai unweit von ihnen den Baron Gouraud in einen warmen Mantel verpackte, flüsterte sie ihrem Gatten, während er ihr die Schnur des Capuchons unter dem Kinn zusammenband, leise ins Ohr:

»Dieser Dickwanst kann den Ausschlag geben. Er tut was er will, der Minister vertraut ihm rückhaltlos. Morgen, bei den Mareuils wird man trachten müssen ... «

Herr Michelin lächelte. Vorsichtig nahm er seine Frau mit sich, als hätte er ein gebrechliches, kostbares Spielzeug am Arm geführt. Nachdem sich Maxime mit einem Blick überzeugt hatte, dass Luise nicht im Vestibül sei, begab er sich direkt in den kleinen Salon. Tatsächlich traf er sie dort an, beinahe allein, ihren Vater erwartend, der den ganzen Abend im Rauchzimmer, in Gesellschaft der politisierenden Herren verbracht hatte. Die Marquise und Frau Haffner waren nicht mehr zugegen. Nur Frau Sidonie war noch anwesend und erzählte mehreren ältlichen Damen, dass sie eine große Tierfreundin sei.

»Ah! Mein kleiner Gatte!«, rief Luise aus, als sie den jungen Mann erblickte. »Setzen Sie sich doch zu mir und sagen Sie mir, in welchem Fauteuil mein Vater eingeschlafen ist. Er wird gemeint haben, sich schon im Parlament zu befinden.«

Maxime antwortete in demselben Tone und dasselbe heitere Lachen, welches während des Diners so oft ertönt, erscholl neuerdings von den Lippen der beiden jungen Leute. Auf einem niedrigen Schemel zu ihren Füßen sitzend, nahm er ihre Hände in die Seinigen, um mit denselben zu spielen, als hätte er einen Kameraden vor sich. Und in der Tat glich sie in ihrem rot getupften weißen Seidenkleidchen, dem hohen Leibchen mit der flachen Brust und dem kleinen, schmächtigen, hässlichen Knabenkopfe einem als Mädchen verkleideten jungen Burschen. Von Zeit zu Zeit aber verrieten die dünnen Arme, die verbogene Taille eine gewisse Hingebung und ein heißer Ausdruck erschien in ihren noch voll Unschuld blickenden Augen, ohne dass sie im Entferntesten ob des Getändels ihres Gesellschafters errötet wäre. Und beide lachten, sich allein wähnend, ohne selbst Renée zu bemerken, die halb verborgen hinter einer Pflanze des Treibhauses, sie von Weitem beobachtete.

Vor einigen Sekunden war die junge Frau, als sie durch eine Allee des Treibhauses schritt, bei dem Anblick Maximes und Luises hinter einem Strauch stehen geblieben. Rings um sie her breitete das Gewächshaus, das einem Kirchenschiff vergleichbar war und dessen dünne, eiserne Säulchen kühn in die Höhe strebten, wo sie das mächtige Glasdach stützten, seine üppige Vegetation, seine mächtigen Pflanzenblätter, seine grünen Laubdächer aus.

In einem die Mitte des Raumes einnehmenden und sich in gleicher Höhe mit dem Boden befindlichen ovalen Bassin war das geheimnisvolle, meergrüne Leben der Wasserpflanzen, die ganze Wasserflora der heißen Länder vereinigt. Seine grünen Helmbüsche emporreckend, umgab der Cyclantus gleich einem mächtigen Gürtel den Wasserstrahl, der dem verstümmelten Schaft einer zyklopischen Säule glich. An den beiden Enden des Bassins breiteten große Cornelias ihr absonderliches Strauchwerk über das Wasser, ihre trockenen, nackten, an kranke Schlangen gemahnenden Schäfte, deren Wurzelwerk gleich langen Angelschnüren in der Luft hing. Nahe am Rand entfaltete ein Java-Pendanus seine mit weißen Streifen durchzogenen grünlichen Blätter, die schmal waren wie Degenklingen und gezahnt und stachelig gleich einem malayischen Dolch. Und dicht oberhalb der Wasserfläche, in der lauen Temperatur des fortwährend erwärmten Wassers öffneten Nymphäen ihre rosenroten Sterne, während die Eurnaden ihre runden, gleichsam aussätzigen Blätter herabhängen ließen, die dem Rücken ungeheurer, mit Pusteln bedeckten Kröten gleich auf dem Wasser schwammen.

Statt des Rasens umgab ein breites Band von Selaginelle das Bassin. Diese Zwergart der Farnkräuter bildete einen dichten, zartgrünen Moosteppich. Und jenseits der großen Verbindungsallee strebten vier mächtige Gruppen in kräftigem Schwung bis zur Decke empor: Die in ihrer Anmut ein wenig gebeugten Palmen breiteten ihre Fächer aus, entfalteten ihre abgerundeten Wipfel, wobei ihre Blätter herabhingen, gleich erschöpften Rudern, die von ihrer ewigen Reise durch die Lüfte ermüdet waren; der große indische Bambus stieg schlank, hart, kerzengerade in die Höhe, von wo es seine dürren, leichten Blätter herunterhängen ließ; ein Ravenala, der Baum des Reisenden, breitete seine ungeheuren ofenschirmartigen Blätter aus und in einer Ecke entsendete eine mit Früchten beladene Banane ihre langen horizontalen Blätter nach allen Richtungen, deren jedes so groß war, dass es zwei Liebende sehr leicht verdecken konnte, wenn sie sich eng aneinander schmiegten. In den Ecken befanden sich verschiedene Arten abessinischen Euphorbus, der wie stacheliges Wachs aussehend, missgestaltet, voll Höcker und Beulen ist und einen giftigen Saft absondert. Und unter den Bäumen bedecken die niedrigen Farnkräuter den Boden; das Adiantum, die Ptériden breiten ihre zarten Spitzen, ihre feinen Blätterfransen aus. Die etwas höhere Art der Alsophila hatte ihre kleinen sechswinkeligen Zweige mit solcher Regelmäßigkeit übereinander emporgeschichtet, dass sie großen Fayencegefäßen glichen, die bestimmt waren, die Bestandteile eines Riesendesserts in sich aufzunehmen. Ferner umgab ein Saum von Begonien und Caladien die Baumgruppen: die zerzausten Blätter der Ersteren reizend in Grün und Rot gefärbt, während die der Caladien breiten Schmetterlingsflügeln glichen, die mit allerlei Streifen und Schnörkeln bedeckt waren; bizarr geformte Pflanzen, deren Blätterwerk ein absonderliches Leben führt und blasse, kränkelnde Blüten zeitigt.

Hinter den Bäumen zog sich eine etwas engere zweite Allee rings um das Treibhaus. Hier blühten auf stufenweise geordneten Ständern, welche zugleich die Verkleidung der Heizröhren bilden, die Maranta mit ihren sich wie Samt anfühlenden Blättern; die Gloxinia mit violetten, glockenförmigen Blütendolden; die Draceana, deren Blätter lackierten Säbelklingen glichen.

Einen der größten Reize dieses Wintergartens bildeten die sich in den Winkeln vorfindenden, aus grünem Laub gebildeten Schlupfwinkel, die verborgenen Nestern vergleichbar, von einem dichten Vorhang von Lianen und anderen Ranken verdeckt wurden. Kleine dichte Wälder waren hieher versetzt worden; sie bauten hier ihre Mauern von Laubwerk auf, ihr Dickicht von Stängeln und Fäden, die sich an das Gezweige hängen, dann in kühnem Flug in die Höhe emporsteigen, um von der Decke niederzuhängen, gleich den Fransen eines reichen Gezeltes. Ein Vanillestrauch, dessen reife Blüten einen durchdringenden Duft entsandten, rankte sich an einem moosumgebenen Portikus empor; Kockelskörner bedeckten die kleinen Säulchen mit ihren runden Blättern; die Bauhinia mit ihren roten Blütenkelchen, der Quisqualus, dessen Blätter gleich Schnüren aus Glasperlen hernieder hingen, reckten, dehnten, schlangen und verknüpften sich gleich Nattern endlos und verwirrend unter dem dunkeln Schatten der Laubdächer.

Und unter diesen natürlichen Bögen, zwischen den Baumstämmen, hingen an dünnen, eisernen Ketten kleinere und größere Körbe, in welchen Orchideen gezüchtet wurden, jene bizarren Gewächse, die nach allen Seiten hin ihre knotigen, höckerigen, verstümmelten Gliedmaßen gleichenden Zweige ansetzen. Da gab es Venusstiefel, deren Blüte genau die Form eines an den Fersen mit Libellenflügeln besetzten Pantoffels hat; zart duftende Aëriden und die Stanhopea mit ihren blassen, getigerten Dolden, die schon von Weitem gleich der bitteren Kehle eines Genesenden, einen starken, herben Geruch aushauchen.

Was aber die Aufmerksamkeit am meisten auf sich zog, war ein großer chinesischer Hibiskus, dessen ungeheure Blätter und Blüten die ganze Mauer bedeckten, welche das Treibhaus mit dem Hotel verband. Die großen purpurnen Blüten dieser gigantischen Pflanze leben bloß einige Stunden und erneuern sich ohne Unterlass. Man könnte dieselben mit den sinnlichen Lippen einer Frau vergleichen, die sich rot, feucht und weich öffnen und wieder schließen, mit den Lippen einer Riesen-Messalina, die von Küssen zermartert werden und mit ihrem lüsternen, blutigen Lächeln immer wieder zu neuem Leben erwachten.

In der Nähe des Bassins stehend, erschauerte Renée inmitten dieser herrlichen Vegetation. Hinter ihr starrte eine große Sphinx aus schwarzem Marmor, die auf einem Granitblock ruhte und den Kopf nach dem Aquarium gewendet hielt, mit einem verstohlenen, grausamen Katzenlächeln sie an; sie erschien hier mit ihren schimmernden Schenkeln gleich der dunkeln Gottheit dieses heißen Bodens. Aus matten Glaskugeln strömte zu dieser Stunde das Licht durch das Blätterwerk. Statuen, Frauenköpfe, deren Nacken sich im Lachen nach rückwärts neigten, schimmerten durch die Baumstämme, hier und dort von dunklen Schatten bedeckt, die das Lachen verzerrt erscheinen ließen. In dem dicken, schlummernden Wasser des Bassins spielten sonderbare Strahlen, die die meergrünen Wesen, die daselbst ihr Dasein fristeten und die ungeheuerlichsten Formen zeigten, in unbestimmte Schatten hüllten. Auf den glatten Blättern der Ravenala, auf den lackglänzenden Fächern der Lantanen lag eine Flut weißen Lichtes, während von den Spitzen der Farnkräuter seine Lichtstrahlen aufzugehen schienen. Hoch oben zwischen den dunklen Wipfeln der schlanken Palmen glitzerte der Widerschein des Glasfensters. Alles andere ringsum war in Dunkel gehüllt und die grünen Schlupfwinkel mit ihren Vorhängen aus Schlinggewächsen und

Lianen versanken in den tiefen Schatten gleich den Nestern schlummernder Reptilien.

Sinnend stand Renée da, von weißem Licht übergossen und betrachtete von Weitem Maxime und Luise. Dies war hier nicht mehr das schwankende Träumen, die unbestimmte Versuchung der anbrechenden Dämmerung, wie in den kühlen Baumgängen des Bois; ihre Gedanken wurden nicht mehr gewiegt und eingeschläfert durch den sanften Trab der Pferde, durch das angenehme Schaukeln der Wagenfedern, an den sorglich gepflegten Rasenplätzen und Gebüschen vorbei, wo am Sonntag Bürgerfamilien ihr Diner einnehmen. Ein klares brennendes Verlangen erfüllte sie nunmehr.

Ein unendliches Liebesbedürfnis, ein Durst nach Wollust wogte durch diesen weiten Raum, in welchem der heiße Lebenssaft der tropischen Pflanzen brodelte. Die junge Frau wurde eine Beute jener mächtigen Paarungen im Erdreich, die dieses üppige Grün, diese ungeheure Vegetation rings um sie her zeugen und die heiße Umarmung dieses Feuermeeres, diese großartige Entfaltung der Natur, diese gewaltige Pflanzenwelt, völlig durchglüht von den Eingeweiden, die sie nährten, erfüllten sie mit einer Verwirrung, die an Trunkenheit grenzte. Zu ihren Füßen dampfte das Bassin, das von dem Saft der schwimmenden Wurzeln gesättigte heiße Wasser, welches schwere Dünste auf ihre Schultern niederschlagen machte, ihre Haut erwärmte, gleich der Berührung einer von Wollust geleiteten Hand. Über ihrem Kopf empfand sie das Spiel der Palmen, den Duft der dunkeln Blätter. Und mehr noch als der warme Hauch der Luft, mehr als das blendende Licht, als die großen, farbensatten Blumen, die lachenden oder grinsenden Gesichtern glichen, die zwischen den Blättern hervorleuchteten, überwältigten sie die von allen Seiten auf sie eindringenden Gerüche. Ein unerklärlicher, schwerer, aufregender Geruch schien aus tausend Düften zusammengesetzt: Aus dem des Schweißes, des Frauenatems und der Haare; ein süßlicher und dennoch widerlicher Hauch, dass man von einer Ohnmacht angewandelt war, wurde durch einen anderen verdrängt, der unerträglich, wie mit Gift geschwängert auf die Nerven wirkte. Doch das Leitmotiv, der einzigen Melodie vergleichbar, die in dieser absonderlichen Symphonie von Gerüchen immer wiederkehrte, die Süße der Vanille und die Schärfe der Orchideen besiegend und erstickend, war dieser menschliche Duft, dieser durchdringende, sinnliche Liebesodem, der des Morgens dem geschlossenen Zimmer zweier junger Ehegatten entströmt.

Langsam hatte sich Renée an den Granitsockel gelehnt. In ihrem grünen Seidenkleid, mit dem von den klaren Tropfen ihrer Diamanten betauten, geröteten Hals und Kopf glich sie einer großen roten und grünen Blume, einer der durch die Hitze ohnmächtig gewordenen Nymphäen des Bassins. In diesen Augenblicken vollkommener Entnervung zerflatterten ihre guten Vorsätze für alle Zeit; die Trunkenheit des Diners drang ihr überwältigend, vermehrt noch durch die sinnberückenden Einflüsse des Treibhauses zu Kopf. Sie dachte nicht mehr an die kühle Nacht, die sie beruhigt hatte, nicht mehr an die murmelnden Schatten des Parkes, deren Stimmen ihr den glücklichen Frieden angeraten. Die Sinne der begehrenden Frau, die Launen der übersättigten Frau erwachten in ihr. Und über ihrem Kopf lachte die Sphinx grinsend, als hätte sie ihn erraten, diesen endlich erkannten Wunsch, welcher dieses tote Herz galvanisierte, das lange verkannte Begehren, dieses »Andere«, wonach Renée, von ihrem Wagen gewiegt, in der sinkenden Nacht vergebens gesucht hatte und das nun mit einem Mal, im grellen Lichte dieses Feuergartens vor ihr stand, hervorgerufen durch den Anblick dieser beiden jungen Leute, – Luises und Maximes – die Hand in Hand miteinander scherzten und plauderten.

In diesem Augenblick ertönten Stimmen aus einer nahen Laube, in welche Aristide Saccard die Herren Mignon und Charrier geführt hatte.

»Nein, nein, Herr Saccard«, sprach die tiefe Stimme des Letzteren; »wir können Ihnen nicht mehr als zweihundert Francs für den Meter geben.«

Dagegen protestierte aber die kreischende Stimme Saccards:

»Sie haben mir aber beim Verkauf den Meter mit zweihundertfünfzig Francs berechnet!«

»Nun denn, hören Sie; wir wollen zweihundertfünfundzwanzig Francs sagen.«

Und weiter tönten die Stimmen, brutal, befremdend unter den wogenden Palmenkronen. Doch vermochten sie nicht das Sinnen Renées zu stören, die einen noch unbekannten Genuss voll verbrecherischer Lust vor sich auftauchen sah, heißer und verzehrender, als alles, was sie bisher verkostet hatte; das Letzte, was ihr die Wollust noch zu bieten vermochte. Sie war nicht mehr müde, nicht mehr erschöpft.

Der Strauch, hinter welchem sie halb versteckt stand, war eine giftige Pflanze, ein Tanghin aus Madagaskar, mit breiten Blättern und weißlichen Stängeln; die zartesten Fasern dieses Gewächses sondern einen giftigen Saft aus. Und in einem Augenblick, da Luise und Maxime in dem Dämmerlicht des Salons lauter als bisher lachten, erfasste Renée wie von Sinnen, mit den harten vertrockneten Lippen einen Zweig des giftigen Strauches, welcher ihr gerade in Mundhöhe hing und biss in eines der bitteren Blätter.

II.

Es war nach dem zweiten Dezember, als Aristide Rougon mit dem Instinkt der Raubvögel, die von Weitem das Schlachtfeld wittern, auf Paris hernieder stieß. Er langte aus Plassans, einer Unterpräfektur des Südens an, wo sein Vater aus dem trüben Wasser der Ereignisse endlich eine schon seit langer Zeit angestrebte Steuereinnehmerstelle erreicht hatte. Nachdem er sich, noch jung an Jahren, einfältigerweise kompromittiert hatte, ohne Nutzen oder Ruhm davon zu haben, musste er sich glücklich schätzen, dass er mit heiler Haut davongekommen war. Wütend über die erlittene Schlappe, gelangte er in Paris an, fluchte der Provinz, sprach von der Hauptstadt mit der Beutegier eines Wolfes und schwor, dass »er nicht mehr so dumm sein werde« und das giftige Lächeln, mit welchem er diese Worte begleitete, nahm auf seinen schmalen Lippen eine unheimliche Bedeutung an.

Er gelangte in den ersten Tagen des Jahres 1852 an. Er brachte seine Frau Angèle, eine blonde, langweilige Person, mit sich und setzte sie in einer kleinen, engen Wohnung der Rue Saint-Jacques ab, gleich einem lästigen Möbelstück, dessen er sich je schneller zu entledigen strebte. Die junge Frau hatte sich von ihrer Tochter, der kleinen vierjährigen Klotilde nicht trennen wollen, obgleich der Vater sie gerne bei seiner Familie zu Hause zurückgelassen hätte. Doch hatte er dem Wunsch Angèles nur nachgegeben, als diese ihre Einwilligung ausgesprochen hatte, ihren Sohn Maxime, einen Knaben von elf Jahren, im Collège zu Plassans zurückzulassen, über den seine Großmutter zu wachen versprochen hatte. Aristide wollte freie Hände haben; eine Frau und ein Kind deuchten ihm bereits eine erdrückende Last für einen Mann, der entschlossen war, über alle Gräben hinwegzusetzen, auf die Gefahr hin, sich die Rippen zu brechen oder in den Kot zu stürzen.

Noch am Abend seiner Ankunft, während Angèle mit dem Auspacken beschäftigt war, empfand er das dringende Verlangen, durch die Straßen von Paris zu stürmen, mit seinen schweren Schuhen eines Provinzbewohners auf dieses heiße Pflaster zu stampfen, aus welchem er seine Millionen hervorzuzaubern gedachte. Er nahm förmlich Besitz von der Stadt. Er schritt dahin, nur um zu gehen, längs des Fußweges einherwandernd, wie in einem eroberten Land. Er hatte eine sehr deutliche Vorstellung der Schlacht, die er liefern wollte und es widerstrebte ihm gar nicht, sich mit einem gewandten Einbrecher zu vergleichen, der gleichviel ob durch List oder durch Gewalt sich in den Besitz seines Anteils an den gemeinsamen Reichtümern setzen will, den man ihm boshafterweise bisher vorenthalten hatte. Hätte er das Bedürfnis einer Entschuldigung empfunden, so hätte er sein während zehn Jahren unterdrücktes brennendes Verlangen, sein jammervolles Provinzleben, vor allem aber seine Fehler angeführt, für die er die ganze Gesellschaft verantwortlich machte. Zu dieser Stunde aber, in seiner Erregung des Spielers, der die begehrlichen Hände endlich auf das grüne Tuch legen kann, war er ganz der Freude hingegeben, einer Freude, die ebenso viel von der Befriedigung eines neidvollen Egoisten, als von den Hoffnungen des unbestraften Hallunken an sich hatte. Die Pariser Luft berauschte ihn; durch das Rollen der Wagen hindurch meinte er die Stimmen aus Macbeth zu vernehmen, die ihm zuriefen: ›Du wirst reich sein!‹ Zwei Stunden beinahe irrte er derart aus einer Straße in die andere, die Freuden eines Mannes genießend, der sich in seinem Laster wälzt. Seit dem glücklichen Jahr, das er als Student in Paris verbracht hatte, war er nicht da gewesen. Die Nacht war hereingebrochen; immer höher flogen seine Träume bei dem lebhaften Licht, welches aus den mächtigen Scheiben der Kaffeehäuser und Verkaufsläden auf die Straße fiel. Und ohne zu wissen, wohin ihn seine Schritte führten, setzte er seine Wanderung fort.

Als er den Kopf emporhob, befand er sich inmitten des Faubourg Saint-Honoré. In einer nahe gelegenen Gasse, der Rue de Pentièvre, wohnte ein Bruder von ihm: Eugen Rougon. Als Aristide nach Paris kam, hatte er hauptsächlich auf Eugen gerechnet, der als einer der tätigsten Agenten des Staatsstreiches, heute eine geheime Machtstellung innehatte. Er war ein kleiner Advokat, in dem ein großer Politiker steckte. Einem Aberglauben, wie er bei Spielern nicht selten ist, Folge leistend, wollte er nicht an diesem Abend bei seinem Bruder vorsprechen, sondern kehrte langsam nach der Rue Saint-Jacques zurück, wobei er voll dumpfen Neides Eugens gedachte, seine noch vom Staub der Reise bedeckten armseligen Gewänder betrachtete und dann wie um sich selbst zu trösten, seine hochfliegenden Traum von Neuem aufnahm. Doch waren selbst diese Träume bittere geworden. Ein Bedürfnis nach Eroberung hatte ihn ins Freie getrieben, die Lebhaftigkeit der Straßen ihn mit Freude erfüllt und als er nun heimkehrte, befand er sich in gereizter Stimmung, hatte sein Unmut noch zugenommen infolge des Glückes, welches er durch die Straßen rennen gewähnt, und in Gedanken machte er heiße Kämpfe mit, in welchen er diese Menschen, die ihn auf der Straße gestoßen und fast über den Haufen gerannt, voll hämischer Freude besiegte und hinterging. Niemals noch hatte er einen solchen Hunger, ein so wildes Verlangen nach Glanz und Reichtümern empfunden.

Früh am anderen Tag befand er sich bei seinem Bruder. Eugen bewohnte zwei große, kaum möblierte, unfreundliche Räume, welche Aristide erschreckten. Er hatte erwartet, seinen Bruder von Pracht und Luxus umgeben anzutreffen. Dieser arbeitete vor einem kleinen schwarzen Tisch und begnügte sich bei seinem Anblick lächelnd, mit seiner langsamen Stimme zu sagen:

»Ah! Du bist's? Ich habe Dich erwartet.«

Aristide war sehr ärgerlich. Er beschuldigte Eugen, er habe ihn vegetieren lassen und ihn nicht einmal eines guten Rates gewürdigt, während er in der Provinz sein Leben verdämmerte. Er würde es sich niemals verzeihen, dass er bis zum zweiten Dezember Republikaner geblieben war; dies sei seine offene Wunde, sein ewiger Gewissensskrupel. Eugen hatte ruhig wieder zu seiner Feder gegriffen und als jener zu Ende gekommen, sagte er:

»Ach was, Fehler lassen sich gut machen und Du hast eine ganze Zukunft vor Dir.«

Er sprach diese Worte so entschiedenen Tones, begleitete dieselben mit einem so durchdringenden Blick, dass Aristide den Kopf hängen ließ, deutlich fühlend, dass sein Bruder in der Tiefe seiner Seele lese. Dann fuhr dieser mit freundschaftlicher Offenheit fort:

»Du bist gekommen, damit ich Dich irgendwo unterbringe, nicht wahr? Ich habe bereits an Dich gedacht, doch noch nichts gefunden. Du wirst begreifen, dass ich Dich nicht an welchem Platze immer unterbringen kann. Du musst eine Stelle erhalten, wo Du Deine Rechnung findest, ohne Gefahr für Dich oder mich ... Bitte, nicht aufbrausen, wir sind allein und können uns gewisse Dinge sagen ... «

Aristide entschloss sich zu lachen.

»Oh, ich weiß, dass Du intelligent bist«, fuhr Eugen fort; »und eine zweite zwecklose Dummheit nicht begehen wirst ... Sobald sich eine günstige Gelegenheit darbietet, werde ich Deiner bedacht sein. Solltest Du inzwischen etwas Geld benötigen, so stehe ich Dir zu Diensten.«

Sie plauderten noch eine Weile über den Aufstand im Süden, welcher ihrem Vater das ersehnte Amt gebracht hatte. Während ihres Plauderns kleidete sich Eugen an. Als er sich auf der Straße von seinem Bruder trennen wollte, hielt er ihn noch einen Augenblick zurück und sagte gedämpften Tones:

»Du würdest mir einen Dienst erweisen, wenn Du nicht in den Straßen herumstreichen, sondern daheim abwarten wolltest, bis ich die versprochene Stelle gefunden ... Es wäre mir unangenehm, wenn ich meinen Bruder in irgendeinem Vorzimmer anträfe.«

Aristide hatte einen gewaltigen Respekt vor seinem Bruder, den er für einen ausnehmend klugen Kopf hielt. Er vergaß ihm sein Misstrauen nicht, so wenig wie seine etwas derbe Offenheit; nichtsdestoweniger verschloss er sich gehorsam in seinen vier Wänden in der Rue Saint-Jacques. Er war mit fünfhundert Francs, welche ihm der Vater seiner Frau vorgestreckt hatte, nach Paris gekommen. Nachdem die Übersiedelungskosten bestritten worden, waren noch dreihundert Francs geblieben, mit denen man einen Monat auskommen konnte. Angèle war eine starke Esserin, außerdem meinte sie ihren Sonntagsstaat durch ein paar Meter malvenfarbener Bänder auffrischen zu müssen. Dieser der Erwartung gewidmete Monat erschien Aristide endlos. Die Ungeduld verzehrte ihn. Wenn er sich ans Fenster setzte und unten die Riesenarbeit von Paris rumoren fühlte, so wurde er von einem wahnsinnigen Verlangen erfasst, mit einem Satz in diesen Schmelzofen zu springen, um daselbst mit seinen fieberhaft zuckenden Händen das Gold gleich weichem Wachs zu kneten. Er sog den noch unbestimmten Hauch ein, welchen die große Stadt zu ihm emporsandte, diesen Hauch des jungen Kaiserreichs, welcher bereits den Duft der Alkoven und Spielhäuser, den Dunst der Genüsse durch die Lüfte trieb. Die leichten Dünste, die zu ihm emporstiegen, sagten ihm, dass er sich auf der richtigen Spur befinde, dass das Wild vor ihm einher lief und dass die große kaiserliche Jagd, die Jagd nach Abenteuern, nach den Frauen und nach den Millionen endlich begonnen habe. Seine Nasenflügel zitterten, sein Instinkt der ausgehungerten Bestie fing sofort die Vorzeichen der heißen Jagd auf, deren Schauplatz die Stadt werden sollte.

Zweimal sprach er bei seinem Bruder vor, um diesen anzutreiben. Eugen empfing ihn zornig, erklärte ihm, dass er ihn nicht vergessen habe, dass aber gewartet werden müsse. Endlich erhielt er einen Brief mit der Aufforderung, sich in der Rue de Pentièvre einzufinden. Hochpochenden Herzens, als ginge es zu einem Liebesrendezvous, fand er sich daselbst ein. Er fand Eugen wieder vor seinem unvermeidlichen kleinen schwarzen Pult sitzen, das in dem großen frostigen Zimmer stand, welches ihm als Bureau diente. Bei seinem Erscheinen hielt ihm der Advokat ein Papier mit den Worten entgegen:

»Gestern wurde Deine Sache erledigt. Du bist zum Wegeaufseher-Gehilfen im Stadthaus ernannt worden und wirst ein Jahresgehalt von zweitausendvierhundert Francs beziehen.«

Aristide blieb unbeweglich stehen. Er war blass geworden und griff nicht nach dem Papier, da er meinte, sein Bruder wolle sich über ihn lustig machen. Er hatte auf eine Anstellung mit wenigstens sechstausend Francs gerechnet. Eugen erriet, was in ihm vorging und sich ihm zuwendend, sprach er zornigen Tones, wobei er die Arme kreuzte:

»Bist Du von Sinnen? Du träumst wohl ungereimtes Zeug wie ein junges Mädchen? Du möchtest ein schönes Haus bewohnen, Dienerschaft haben, gut essen und trinken, in Samt und Seide gekleidet gehen, in den Armen der Erstbesten schwelgen? Wenn wir Dich und Deinesgleichen gewähren ließen, so würdet Ihr die Kassen leeren, noch bevor sie voll geworden wären. Du, lieber Gott, habe doch ein wenig Geduld! Sieh, wie ich lebe und nimm Dir wenigstens die Mühe, Dich zu bücken, um ein Vermögen aufzulesen.«

Er sprach voll tiefer Verachtung über die schülerhafte Ungeduld seines Bruders. Seine rauen Worte verrieten höheren Ehrgeiz, das Verlangen nach unbeschränkter Macht; dieses naive Begehren nach Geld und Reichtum musste ihm niedrig und kindisch erscheinen. Sanfteren Tones, mit einem feinen Lächeln fuhr er fort:

»Gewiss, Deine Anlagen sind gute und ich will denselben nicht hinderlich sein. Leute wie Du sind kostbar und wir gedenken unsere guten Freunde unter den Gierigsten zu suchen. Sei nur unbesorgt; wir werden reiche Gastfreundschaft üben, damit die Hungrigsten gesättigt werden. Dies ist die einfachste Art und Weise, um zu herrschen ... Doch warte zumindest, bis der Tisch gedeckt ist und befolge meinen Rat: Hole Dir Dein Essen selbst aus der Küche.«

Aristide behielt seine unzufriedene Miene bei; der liebenswürdige Vergleich seines Bruders vermochte ihn nicht versöhnlicher zu stimmen. Dies veranlasst jenen, zu einer neuerlichen zornigen Ermahnung anzuheben.

»Ich muss wohl bei meiner ersten Meinung bleiben«, rief er aus; »das heißt, Du bist ein Tor ... Alle Wetter! Was hofftest Du denn, was dachtest Du, dass ich mit Deiner kostbaren Person anfangen würde? Du hattest ja nicht einmal den Mut, Deine Rechtsstudien zu beenden, sondern vergrubst Dich während zehn Jahren als armseliger Beamter einer Unterpräfektur und gelangst hier als übelberüchtigter Republikaner an, den der Staatsstreich allein zu bekehren vermochte ... Meinst Du etwa, es stecke bei einem solchen Leumund das Zeug zu einem Minister in Dir? ... Oh! Ich weiß, Du bist entschlossen, Dich mit allen Mitteln emporzuarbeiten! Dies ist allerdings ein großer Verdienst, ich gebe es ja zu und in Berücksichtigung desselben habe ich danach getrachtet, Dich bei der Stadt unterzubringen.«

Er stand auf, drückte Aristide das Ernennungsschreiben in die Hand und fuhr fort:

»Da nimm; eines Tages wirst Du mir noch danken. Ich selbst habe die Stelle gewählt, denn ich weiß, welchen Nutzen Du aus derselben ziehen kannst ... Du brauchst bloß zu sehen und zu hören. Wenn Du Verstand hast, wirst Du begreifen und danach handeln ... Und nun merke Dir, was ich Dir sage. Wir kommen in eine Zeit, in der jeder Erfolg möglich sein wird. Erwirb viel Geld, ich gestatte es Dir; doch nur keine Dummheiten, keinen Skandal gemacht, sonst lasse ich Dich verschwinden.«

Diese Drohung hatte die Wirkung, welche seine Versprechungen nicht herbeizuführen vermocht hatten. Das ganze Fieber der Habgier Aristides entzündete sich bei dem Gedanken an die Reichtümer, von welchen sein Bruder sprach. Es war ihm, als ließe man ihn endlich sich in das Handgemenge stürzen, als hätte er die Erlaubnis erhalten, die Leute zu erwürgen, doch fein säuberlich, ohne zu viel Lärm zu erregen. Eugen gab ihm zweihundert Francs, damit er bis zum Ende des Monates sein Leben fristen könne.

Sodann blieb er eine Weile nachdenklich.

»Ich möchte meinen Namen ändern«, sagte er endlich. »Du solltest ein Gleiches tun ... Wir würden uns freier bewegen können.«

»Wie Du willst«, erwiderte Aristide ruhig.

»Du wirst Dich um nichts zu bekümmern haben, ich übernehme die Durchführung aller Formalitäten ... Willst Du den Namen Sicardot, den Deiner Frau annehmen?«

Aristide blickte zur Decke empor, während er den Namen silbenweise aussprach, wie um den Wohlklang desselben zu beurteilen.

»Sicardot ... Aristide Sicardot ... Meiner Treu, nein; das klingt läppisch und riecht ordentlich nach dem Bankrott.«

»So suche etwas anderes«, sagte Eugen.

»Sicard ganz kurz wäre mir lieber«, nahm der Andere nach einer Pause von Neuem auf. »Aristide Sicard ... nicht schlecht ... wie? Sogar ein wenig heiter ... «

Er dachte noch einen Augenblick nach und rief mit einem Mal triumphierend aus:

»Ich hab's, ich hab's! ... Saccard, Aristide Saccard! ... mit zwei c ... Hehe! Der Name duftet nach Geld und man sollte meinen, man zähle lauter Hundertsousstücke.«

Eugen machte einen derben Scherz, indem er seinen Bruder verabschiedend, lächelnd zu ihm sagte:

»Ja man kann mit dem Namen ebenso leicht ins Zuchthaus wie in den Besitz von Millionen gelangen.«

Einige Tage später befand sich Aristide Saccard in den Bureaux des Stadthauses. Dort erfuhr er, dass sich sein Bruder eines bedeutenden Einflusses erfreuen müsse, um seine Ernennung mit Umgehung der gebräuchlichen Prüfungen durchzusetzen.

Für das Ehepaar begann nunmehr die gleichförmige Lebensweise der kleinen Beamten. Aristide und seine Frau nahmen ihre Gewohnheiten von Plassans wieder auf. Nur waren sie aus dem Traum plötzlicher Bereicherung gerissen worden und ihre beschränkten Mittel lasteten umso drückender auf ihnen, als sie dies für eine Probezeit ansahen, deren Dauer sie nicht abzuschätzen vermochten. In Paris arm sein, bedeutete zweifache Armut. Angèle nahm das Elend mit ihrem bleichsüchtigen Gleichmute hin; sie verbrachte ihre Zeit in der Küche oder auf der Erde liegend, um mit ihrer kleinen Tochter zu spielen und begann erst zu lamentieren, wenn sie beim letzten Zwanzigsousstück angelangt war. Aristide aber fügte sich nur mit den Zähnen knirschend diesem Elend, dieser jammervollen Existenz, in welcher er gleich einem eingeschlossenen wilden Tier umherraste. Dies war für ihn eine Epoche unbeschreiblicher Leiden; sein Stolz blutete, seine unbefriedigten Wünsche peitschten ihn wie mit Geißelhieben. Seinem Bruder gelang es, sich als Abgeordneter des Arrondissements Plassans in die gesetzgebende Körperschaft entsenden zu lassen und dies vermehrte nur noch sein Leid. Er war sich der Überlegenheit Eugens zu sehr bewusst, um auf dieselbe eifersüchtig zu sein; aber er beschuldigte ihn, er habe für ihn nicht alles getan, was er zu tun imstande gewesen wäre. Wiederholt zwang ihn die Not, an Eugens Tür zu pochen, um eine kleine Geldanleihe zu machen. Eugen bewilligte dieselbe, warf ihm aber in herben Worten seinen Mangel an Willen und Ausdauer vor. Fortab wurde Aristide noch düsterer und verschlossener. Er gelobte sich, von niemandem auch nur einen Sou mehr zu entlehnen und hielt getreulich Wort. In den letzten acht Tagen des Monats aß Angèle trockenes Brot unter Seufzern und Klagen. Diese Epoche vollendete die furchtbare Erziehung Saccards. Seine Lippen wurden noch dünner als bisher; er war nicht mehr so dumm, wachend von seinen Millionen zu träumen; seine hagere Gestalt verhielt sich schweigend und drückte nur mehr einen Willen, eine fixe Idee aus, der er unablässig nachhing. Wenn er aus der Rue Saint-Jacques nach dem Stadthaus eilte, so schlugen seine abgetretenen Stiefelabsätze klappernd auf das Pflaster und er hüllte sich in seinen abgeschabten Überrock wie in ein Gewand des Hasses, während seine Marderschnauze die Luft der Straßen witterte. Es war das eckige Antlitz des eifersüchtigen, neidischen Elends, welches man durch die Straßen von Paris streichen sieht, seinen Träumen von Glanz und Reichtümern nachhängend.

Zu Beginn des Jahres 1855 wurde Aristide zum wirklichen Wegeaufseher ernannt. Als solcher bezog er ein Gehalt von viertausendfünfhundert Francs, die Aufbesserung trat zu sehr gelegener Zeit ein, denn Angèle fiel täglich mehr ab und die kleine Klotilde war ganz bleich. Er behielt seine kleine, aus zwei Zimmern – dem mit Nussholzmöbeln eingerichteten Speisezimmer und dem in Mahagoni gehaltenen Schlafzimmer – bestehende Wohnung bei, blieb bei seiner streng sparsamen Lebensweise und vermied es, Schulden zu machen; das Geld Anderer wollte er nur haben, wenn er tief in demselben wühlen konnte. So belog er selbst seine Instinkte, indem er die wenigen Sous verachtete, die er jetzt mehr bezog, und blieb weiter auf dem Anstande. Angèle fühlte sich vollkommen glücklich. Sie konnte sich einigen Putz anschaffen und ihre Brosche täglich vorstecken. Der dumpfe Zorn ihres Gatten, seine düstere Miene, die Miene eines Mannes, der über die Lösung eines furchtbaren Problems nachdenkt, erschien ihr nunmehr unerklärlich.

Aristide befolgte die Ratschläge Eugens: Er hörte und sah. Als er sich bei seinem Bruder einfand, um ihm für seine Beförderung zu danken, erkannte jener den Umschwung, der sich in ihm vollzogen hatte und er unterließ es nicht, ihn darob zu beglückwünschen. Der Beamte, den innerlich der Neid verzehrte, war schmiegsam und schmeichlerisch geworden. Binnen weniger Monate wurde er ein vollendeter Komödiant. Seine ganze südliche Schlauheit gelangte zur Geltung und er trieb die Kunst so weit, dass ihn seine Kollegen vom Stadthaus für einen guten Jungen ansahen, dem die nahe Verwandtschaft mit einem Deputierten im Vorhinein eine bedeutende Stellung sicherte. Diese Verwandtschaft zog ihm auch das Wohlwollen seiner Vorgesetzten zu. So genoss er denn eine Autorität, welche die Bedeutung seines Amtes überragte und ihm gestattete, gewisse Türen zu öffnen und die Nase in gewisse Schriftstücke zu stecken, ohne dass diese Zudringlichkeit eine üble Auslegung erfahren hätte. Während zweier Jahre sah man ihn durch alle Korridore streichen, sich in allen Sälen aufhalten, tagsüber zwanzigmal aufstehen, um mit einem Kollegen zu plaudern, eine Meldung zu erstatten oder einen Gang durch die Bureaux zu machen, – Spaziergänge, die seine Arbeitsgenossen zu der Bemerkung veranlassten: »Dieser verteufelte Provenzale! Er kann nicht ruhig auf seinem Platz bleiben; der hat Quecksilber in den Beinen!« – In den Augen seiner Vertrauten galt er für einen Faulenzer und der würdige Mann lachte, wenn sie ihm den Vorwurf machten, sein Lebenszweck bestehe darin, der Verwaltung einige Minuten zu stehlen. Niemals beging er den Missgriff, an den Türen zu horchen; dagegen verstand er es so trefflich, unversehens die Türen zu öffnen, mit einem Papier in der Hand, mit nachdenklicher Miene und so leisen, regelmäßigen Schrittes durch die Säle zu schreiten, dass ihm kein Wort der Unterhaltung entging. Dies war eine geniale Taktik und er brachte es so weit, dass man die Unterhaltung gar nicht mehr abbrach, wenn dieser pflichteifrige Beamte vorüberging, der sich stets im Schatten der Bureaux hielt und vollständig seiner Beschäftigung hingegeben schien. Ferner beobachtete er noch eine andere Methode; er war von der verbindlichsten Zuvorkommenheit, machte sich erbötig, seinen Kollegen zu helfen, wenn sie mit ihren Arbeiten im Rückstand waren und stets studierte er mit der größten Aufmerksamkeit die Register und sonstigen Schriftstücke, die sie ihm übergaben. Eine seiner kleinen Sünden war, mit den Bureaudienern Freundschaft zu schließen; ja, er ging so weit, ihnen die Hand zu reichen. Zwischen Tür und Angel stehend, ließ er sich mit ihnen in Gespräche ein, lachte mit ihnen, erzählte ihnen Geschichten und forderte derart ihre vertraulichen Mitteilungen heraus. Die wackeren Leute beteten ihn an, indem sie sagten: »Das ist Einer, der keinen Stolz kennt!« Gab es irgendeinen Skandal, so war er der Erste, der davon Kenntnis erhielt. Und so kam es, dass das ganze Stadthaus nach kaum zwei Jahren keinerlei Geheimnisse mehr für ihn hatte. Das Personal desselben kannte er bis zum letzten Lampenanzünder und die Schriftstücke bis zu den Rechnungen der Wäscherinnen.

Für einen Mann wie Aristide Saccard bot Paris zu dieser Zeit ein überaus interessantes Schauspiel. Das Kaiserreich war eben erst proklamiert worden, nach jener famosen Reise, während welcher der Prinz-Präsident den von Erfolg begleiteten Versuch gemacht hatte, den Enthusiasmus einiger bonapartistischer Departements anzufachen. In der Kammer und in den Zeitungen herrschte Ruhe. Die wieder einmal gerettete Gesellschaft beglückwünschte sich, ruhte aus, überließ sich einem Freudentaumel, denn eine kräftige Regierung beschützte sie und enthob sie der Notwendigkeit, selbst zu denken und ihre Angelegenheiten zu ordnen. Die einzige große Sorge der Gesellschaft bestand darin, auf welche Weise man die Zeit ergötzlich totschlagen solle. Wie sich Eugen Rougon so treffend ausgedrückt hatte, setzte sich Paris zu Tisch und trieb beim Nachtisch flotte Späße. Die Politik verbreitete Schrecken, gleich einer gefährlichen Arznei. Die erschöpften Geister wendeten sich den Geschäften und den Vergnügungen zu. Wer etwas besaß, holte sein Geld hervor und wer nichts besaß, suchte in den Ecken nach vergessenen Schätzen. Es gab in der großen Menge ein dumpfes Beben, ein zunehmendes Klingen der Hundertsousstücke, das silberne Lachen der Frauen, das noch undeutliche Geräusch von Küssen und Tafelgeschirr. In der tiefen Stille der Ordnung, in dem Frieden der neuen Regierung machten sich gar liebliche Töne vernehmbar, goldene und wollüstige Verheißungen. Es schien, als ginge man vor einem jener kleinen Häuser vorüber, deren sorgfältig herabgelassene Vorhänge bloß weibliche Schatten sehen und das Klingen der Goldstücke auf der Kaminplatte vernehmen lassen. Das Kaiserreich war im Begriff, Paris zu dem Freudenhause Europas zu stempeln. Diese Handvoll Abenteurer, die soeben einen Thron gestohlen, bedurfte einer abenteuerlichen Regierung, anrüchiger Geschäfte, verkaufter Gewissen, feiler Frauen und einer allgemeinen Versumpftheit. Und in der Stadt, in welcher das Blut des Dezembers noch kaum getrocknet war, gedieh, anfänglich noch schüchtern, jener Freudenrausch, welcher das Vaterland in die Reihe der entehrten und verlotterten Nationen schleudern sollte.

Schon seit den ersten Tagen fühlte Aristide Saccard diese Flut der Spekulation herannahen, deren Schauer alsbald ganz Paris überschwemmen sollte. Mit gespannter Aufmerksamkeit verfolgte er die Fortschritte, die dieselbe machte. Er befand sich in der Mitte des warmen Goldregens, welcher auf die Dächer der Stadt niederfiel. Auf seinen unablässigen Streifzügen durch das Stadthaus hatte er den umfassenden Plan zur Erweiterung und Verschönerung von Paris aufgegriffen, den Plan der Demolierungen, neuen Straßenzüge und der improvisierten Stadtviertel, des ungeheuren Aufgeldes bei Häuser- und Baugrundverkäufen, jenes Planes, welcher an allen Enden und Ecken der Stadt die Kämpfe der Interessen und den übertriebensten Luxus entfesselte. Von da an war seiner Tätigkeit ein Ziel vorgesteckt; zu dieser Epoche kehrte er den guten Jungen hervor. Er setzte sogar etwas Wohlbeleibtheit an und rannte nicht mehr gleich einer mageren Katze, die einer Beute nachstellt, durch die Straßen. In seinem Bureau wurde er gesprächiger und zuvorkommender denn je. Sein Bruder, den er von Zeit zu Zeit besuchte, beglückwünschte ihn ob der Geschicklichkeit, mit welcher er seine Ratschläge ins Praktische übertrug. Als das Jahr 1854 zu Ende ging, vertraute ihm Saccard an, dass er mehrere Angelegenheiten in Aussicht habe, zur Ausführung derselben aber ziemlich bedeutende Vorschüsse benötige.

»Man sucht sich dieselben zu verschaffen«, sagte Eugen.

»Du hast recht, ich werde suchen«, erwiderte er ohne jeden Ärger, dem Anschein nach sogar ohne zu bemerken, dass sich sein Bruder weigerte, ihm diese ersten Vorschüsse zu bewilligen.

Diese ersten Mittel waren es indessen, die ihm jetzt keine Ruhe ließen. Sein Plan war entworfen und reifte mit jedem Tag mehr. Doch vermochte er die ersten paar tausend Francs nicht zu finden, ohne dass sein Wille darum erlahmt wäre. Er blickte den Leuten jetzt nur mehr gereizt und nervös ins Auge, als hätte er in dem erstbesten Passanten auf der Straße jemanden gewittert, der ihm die gewünschten Gelder vorstrecken würde. Daheim führte Angèle ihre bescheidene, glückliche Lebensweise weiter, während er auf eine günstige Gelegenheit lauerte und sein gutmütiges Lachen immer unfreundlicher tönte, weil diese Gelegenheit zu lange auf sich warten ließ.

Aristide hatte eine Schwester in Paris. Sidonie Rougon hatte einen Advokatengehilfen in Plassans geheiratet, der sich dann mit ihr in der Rue Saint-Honoré zu Paris niederließ, um einen Handel mit Südfrüchten zu betreiben. Als ihr Bruder sie daselbst aufsuchte, war der Gatte verschwunden und der Laden längst aufgegeben. Sie bewohnte jetzt in der Rue du Faubourg-Poissonnière ein aus drei Räumen bestehendes Halbgeschoss, hatte aber auch den sich unter ihrer Wohnung befindlichen Laden im Erdgeschoss gemietet, einen engen, geheimnisvollen Laden, in welchem sie einen Spitzenhandel zu betreiben vorgab. Tatsächlich konnte man in einem gläsernen Schaukasten kleine Stückchen verschiedener Spitzenarten auf vergoldeten Messingstäben aufgehängt sehen; das Innere des Raumes aber glich infolge seines glänzenden Wandgetäfels einem Vorzimmer und zeigte keine Spur irgendwelcher Ware. Tür und Schaufenster waren mit leichten Vorhängen versehen, die einerseits jeden unberufenen Blick von der Straße abwehrten, andererseits dem Laden das verschwiegene und verschleierte Aussehen eines Warteraumes verliehen, welcher gleichsam die Vorhalle zu einem unbekannten Tempel bildete. Nur selten sah man bei Frau Sidonie eine Klientin vorsprechen und in den meisten Fällen war sogar der Türdrücker abgenommen. Der Nachbarschaft erzählte sie, sie gehe selbst ihre Spitzen reichen Damen zum Kauf anbieten. Des Ferneren behauptete sie, Laden und Wohnung im Halbgeschoss, welche durch eine in der Mauer verborgene Treppe miteinander verbunden waren, nur gemietet zu haben, um beides besser ausnützen zu können. Tatsächlich verweilte die Spitzenhändlerin stets auswärts und man sah sie wohl zehnmal im Tage mit geschäftiger Miene heimkehren und wieder fortgehen. Im Übrigen beschränkte sie sich nicht auf den Spitzenhandel; sie verwertete ihr Halbgeschoss, indem sie dort die verschiedensten Dinge feilbot. Sie hatte daselbst Kautschuckgegenstände, als Mäntel, Schuhe, Galoschen veräußert; dann sah man daselbst eine neue Pomade zur Beförderung des Haarwuchses, orthopädische Apparate, eine automatische Kaffeemaschine, eine patentierte Erfindung, deren Vertrieb ihr viele Mühe verursachte. Als ihr Bruder sie aufsuchte, beschäftigte sie sich mit dem Vermieten von Klavieren, mit welchen ihre Wohnung ganz angefüllt war; ein Piano stand sogar in ihrem Schlafzimmer, ein recht kokett eingerichtetes Gemach, welches mit der in den übrigen Räumen herrschenden Unordnung sehr auffallend kontrastierte. Sie betrieb ihre zwei Geschäfte mit vollendeter Metode. Die Klienten, die der im Halbgeschoss befindlichen Waren halber vorsprachen, kamen und gingen durch das Tor, welches das Haus in der Rue Papillon hatte; man musste in das Geheimnis der kleinen Treppe eingeweiht sein, um die zweifachen Geschäfte der Spitzenverkäuferin zu kennen. Im Halbgeschoss nannte sie sich Frau Touche, so wie ihr Gatte geheißen hatte, während sie über die Tür des Ladens bloß ihren Vornamen gesetzt hatte, demzufolge sie zumeist nur Frau Sidonie hieß.

Frau Sidonie war fünfunddreißig Jahre alt; doch kleidete sie sich mit solcher Sorglosigkeit, hatte in ihrem ganzen Gebaren so wenig Frauenhaftes an sich, dass man sie für bedeutend älter gehalten hätte. In Wirklichkeit hatte sie gar kein Alter. Stets trug sie ein schwarzes Kleid, welches durch den Gebrauch weißlich und fadenscheinig geworden war und an den in den Gerichtssälen abgenützten Habit eines Advokaten erinnerte. Sie trug einen schwarzen Hut, der ihr bis in die Stirn reichte und ihr Haar verbarg, plumpe Schuhe an den Füßen und so trottete sie durch die Straßen, mit einem kleinen Korb am Arm, dessen Henkel mit Bindfaden umwickelt war. Dieser Korb, den sie niemals von der Hand ließ, barg eine ganze Welt in seinem Inneren. Wenn sie denselben öffnete, kam eine Musterkarte aller möglichen Dinge zum Vorschein: Notizbücher, Brieftaschen, vor allem aber ganze Bündel gestempelter Papiere, deren unleserliche Schrift sie mit besonderer Geläufigkeit entzifferte. Sie vereinigte Makler und Gerichtsvollzieher in ihrer Person und hatte stets Proteste und gerichtliche Vorladungen bei sich. Wenn sie für zehn Francs Pomade oder Spitzen untergebracht hatte, so erschmeichelte sie sich die Gunst ihrer Klientin und machte sich zu deren Sachwalterin, indem sie an deren Stelle mit den Advokaten, Gerichtspersonen und Gläubigern unterhandelte. So barg denn ihr kleines Körbchen Wochen lang ganze Prozesse, die sie mit sich schleppte, um deren Willen sie sich die denkbar größte Mühe gab, Paris von einem Ende zum anderen durchwanderte, stets mit ihren gleichmäßigen ruhigen Schritten, ohne sich jemals eines Wagens zu bedienen. Nur schwer hätte man zu sagen vermocht, welchen Nutzen sie aus einer derartigen Beschäftigung zog; vorerst ging sie derselben aus reiner Liebe zur Sache nach, aus Neigung für nicht ganz lautere Angelegenheiten, aus Geschmack an Schikanen. Dann aber warf ihr dieselbe eine Menge kleiner Vorteile ab: Diners, die ihr hier und dort angeboten wurden, Zwanzigsousstücke, die sich rechts und links erwerben ließen. Das Beste an der Sache waren aber die vertraulichen Mitteilungen, die ihr von allen Seiten gemacht wurden und die ihr zu manch unverhofftem Vorteil verhalfen. Da sie sozusagen bei fremden Leuten lebte, stets in die Angelegenheiten anderer eingeweiht war, so bildete sie ein lebendes Nachschlagebuch von Gesuchen und Angeboten. Sie wusste, wo es eine Tochter gäbe, die sofort verheiratet werden musste, eine Familie, die dreitausend Francs benötigte, einen alten Herrn, der die dreitausend Francs vorzustrecken bereit wäre, doch nur gegen sichere Bürgschaft und hohe Zinsen. Aber auch delikatere Dinge waren ihr bekannt; so der Kummer einer schönen blonden Dame, die von ihrem Gatten nicht verstanden wurde und die sich danach sehnte, verstanden zu werden; die geheimen Wünsche einer guten Mutter, die ihre Tochter gerne vorteilhaft untergebracht sehen wollte; die Geschmacksrichtung eines reichen Barons, der eine Vorliebe für kleine Soupers und sehr junge Mädchen hatte. Mit einem matten Lächeln setzte Frau Sidonie diese Gesuche und Angebote in Verkehr, legte zwei Meilen zurück, um die Leute einander näherzubringen; sie schickte den reichen Baron zu der guten Mutter, veranlasste den alten Herrn, der bedrängten Familie die dreitausend Francs vorzustrecken, fand einen Tröster für die blonde Dame und einen wenig skrupulösen Gatten für die heiratsbedürftige Tochter. Dann aber hatte sie auch große Angelegenheiten, die sie offen eingestand und mit welchen sie den Leuten den Kopf voll schwatzte, wenn ihr dies von Vorteil schien: einen langwierigen Prozess, mit welchem eine zugrunde gerichtete vornehme Familie sie betraut hatte und eine Schuld, welche England noch aus den Zeiten der Stuarts an Frankreich zu entrichten hatte und die sich die aufgelaufenen Zinsen mit inbegriffen, auf drei Milliarden belief. Diese Schuld von drei Milliarden bildete ihr Steckenpferd; sie erläuterte die Sache mit einer Fülle von Einzelheiten, wobei sie einen ganzen Lehrgang der Geschichte vortrug und die Röte der Begeisterung färbte dann ihre sonst wachsbleichen Wangen. Auf dem Gang zum Gerichtsvollzieher oder zu einer Freundin verkaufte sie zuweilen einen Kautschuckmantel, eine Kaffeemaschine, brachte sie ein Stück Spitze unter oder sie vermietete ein Piano. Dies aber bildete ihre geringsten Sorgen. Darauf eilte sie rasch in ihre Niederlassung zurück, da eine Klientin versprochen hatte, sich dort wegen Besichtigung eines Stückes Seidenspitze einzufinden. Die Klientin gelangte tatsächlich an und glitt wie ein Schatten in den schweigsamen, verhängten Laden. Und es war nichts Seltenes, dass zur selben Zeit ein Herr durch das Tor der Rue Papillon eintrat, um im Halbgeschoss die Klaviere der Frau Touche zu besichtigen.

Wenn sich Frau Sidonie kein Vermögen erwarb, so lag der Grund darin, dass sie häufig aus reiner Liebe zur Kunst arbeitete. Sie war eine Freundin der Prozesse, vergaß an die eigenen Angelegenheiten für die anderer Leute und ließ sich von den Gerichtsvollziehern aussaugen, was ihr übrigens einen förmlichen Genuss bereitete, den nur solche Leute zu würdigen wissen, die selbst Prozesse zu führen gewohnt sind. Von der Frau war in ihr keine Spur mehr vorhanden; sie war nichts weiter mehr als ein Geschäftsvermittler, eine Maklerin, die man zu jeder Tageszeit auf der Straße antreffen konnte und die in ihrem aller Welt bekannten Korb die zweideutigste Ware mit sich führte, alles kaufte und verkaufte, von Milliarden träumte und für eine begünstigte Klientin beim Friedensrichter um einen Nachlass von zehn Francs bettelte. Klein, mager, blass, in ihrem ewigen schwarzen Kleid steckend, war sie gänzlich zusammengeschrumpft und wenn man sie längs der Häuser dahineilen sah, hätte man sie für einen als Mädchen verkleideten Laufburschen angesehen. Ihr Gesicht hatte die fahle Farbe des gestempelten Papiers angenommen. Um ihre Lippen spielte ein mattes Lächeln, während ihre Augen in dem Gewirr der Geschäfte und Unterhandlungen aller Art verloren schienen, von welchen sie in Anspruch genommen war. Von bescheidenem, schüchternem Benehmen, roch sie nach dem Beichtstuhl und der Hebammenstube zugleich; sie gab sich sanft und mütterlich wie eine Nonne, die auf alle irdischen Neigungen Verzicht geleistet hat, doch Mitleid für die Leiden des Herzens empfindet. Sie sprach niemals von ihrem Gatten, so wenig wie von ihrer Kindheit, ihrer Familie, ihren Interessen. Einen Gegenstand gab es indessen, den sie nicht verkaufte und das war sie selbst; nicht etwa, als hätte sie sich darob Skrupel gemacht, sondern weil ihr der Gedanke an einen solchen Handel gar nicht kommen konnte. Sie war trocken wie eine Advokatenrechnung, kalt wie ein Wechselprotest, gleichmütig und brutal wie ein Gerichtsdiener.

Saccard, der frisch aus seiner Provinz angelangt war, vermochte sich fürs Erste nicht in die unergründlichen Tiefen der zahlreichen Geschäfte seiner Schwester zu versenken. Da er ehemals während der Dauer eines Jahres seinen Rechtsstudien oblag, sprach sie mit ihm eines Tages über die bewussten drei Milliarden, was ihm einen recht armseligen Begriff von ihrer Intelligenz gab. Sie fand sich eines Tages in dem bescheidenen Heim der Rue Saint-Jacques ein, schätzte Angèle mit einem Blick ab und ließ sich erst wieder sehen, wenn ihre Geschäfte sie nach dem Viertel führten oder sie das Bedürfnis empfand, ihre drei Milliarden zur Sprache zu bringen. Angèle glaubte an die englische Staatsschuld; die Maklerin bestieg ihr Steckenpferd und ließ es während einer Stunde lustig Kapriolen schlagen, dass das Gold von allen Seiten herbeizuströmen begann. Dies war sozusagen der Riss in diesem starken Geist, der süße Wahn, mit welchem sie ihr Leben verschönte, das sie in schmählichem Handeln verbrachte, der magische Köder, an welchem sie sich samt den leichtgläubigen Personen ihres Kundenkreises berauschte. Da sie überdies an ihrer Überzeugung festhielt, sprach sie über diese drei Milliarden schließlich wie über ihr persönliches Vermögen, welches ihr die Richter früher oder später dennoch zuurteilen müssten und diese Zuversicht umgab ihren armseligen schwarzen Hut, auf welchem einige abgeblasste Veilchen saßen, deren Stängel bereits den dünnen Messingdraht sehen ließ, mit einem wundersamen Glorienschein. Angèle riss die Augen weit auf. Wiederholt sprach sie ihrem Gatten gegenüber in Ausdrücken tiefer Verehrung über ihre Schwägerin, wobei sie behauptete, Frau Sidonie würde sie alle vielleicht eines Tages reich machen. Saccard zuckte die Achseln; er hatte das Halbgeschoss und den Laden in der Rue Faubourg-Poissonnière besichtigt und daselbst bloß die Anzeichen eines bevorstehenden Bankrotts wahrgenommen. Er wollte die Meinung Eugens über ihre Schwester erfahren; der aber nahm eine ernste Miene an und beschränkte sich zu erwidern, dass er sie niemals sehe, aber wisse, dass sie sehr verständig sei, allerdings vielleicht auch ein wenig kompromittierend. Als aber Saccard einige Zeit nachher abermals in der Rue de Pentièvre vorsprach, glaubte er das schwarze Kleid der Frau Sidonie von seinem Bruder herauskommen und längs der Häuser dahineilen zu sehen. Er trat eilig näher, konnte das schwarze Kleid indessen nicht wiederfinden. Die Maklerin hatte eine jener schmiegsamen Gestalten, die unter der Menge verschwinden. Dieser Zwischenfall stimmte ihn nachdenklich und von da an widmete er seiner Schwester mehr Aufmerksamkeit. Bald hatte er auch herausgefunden, welche Arbeitslast auf diesem unscheinbaren, bleichen Geschöpfe ruhe, dessen Antlitz gar so nichtssagend dreinblickt. Er begann, Achtung für sie zu empfinden. In ihren Adern floss das Blut der Familie Rougon. Er erkannte den Gelddurst, das Bedürfnis nach Ränken, welches bei seiner ganzen Familie charakteristisch war; nur war bei ihr das gemeinsame Temperament, dank der Umgebung, in welcher sie alt geworden, dank diesem Paris, in welchem sie sich des Morgens das harte Brot für den Abend erwerben musste, in einer Weise entartet, dass dieser merkwürdige Hermaphroditismus des geschlechtslosen Weibes zum Vorschein kam, das Geschäftsmann und Kupplerin zugleich war.

Als Saccard seinen Plan entworfen hatte und an die Beschaffung der ersten Mittel ging, dachte er natürlich an seine Schwester. Sie schüttelte den Kopf und sprach seufzend von ihren drei Milliarden. Aristide aber ließ ihr diese Torheit nicht ruhig hingehen, sondern kanzelte sie derb ab, so oft sie auf die von den Stuarts kontrahierte Schuld zu sprechen kam; dieser haltlose Traum schien in seinen Augen einer so praktischen Intelligenz zur Unehre zu gereichen. Frau Sidonie, welche die grausamste

Ironie geduldig ertrug, ohne dass ihre Überzeugungen erschüttert werden konnten, setzte ihm hierauf mit großem Scharfsinn auseinander, dass er keinen Sou auftreiben werde, da er keinerlei Garantie bieten könne. Dieses Gespräch fand vor der Börse statt, an welcher sie sicherlich mit ihren Ersparnissen spielte. Gegen drei Uhr nachmittags konnte man mit Sicherheit darauf rechnen, sie auf der Seite, wo sich das Postamt befand, am Gitter lehnen zu sehen, wo sie Leuten, die gleich ihr verdächtigen, zweideutigen Gewerben nachgingen, Audienz erteilte. Als Aristide sich anschickte, seiner Wege zu gehen, murmelte sie bedauernden Tones: »Ach! Wenn Du nicht verheiratet wärst! ... « Diese geheimnisvolle Andeutung, deren eigentlichen Sinn er sich nicht erklären lassen wollte, stimmte Saccard ganz besonders nachdenklich.

Monate flossen dahin und der Krimkrieg war erklärt worden. Paris, das sich einen entfernten Krieg nicht anfechten ließ, stürzte sich ungestümer denn je in die Arme der Spekulation und schöner Frauen. Die Fäuste ballend, sah Saccard diese zunehmende Spielwut mit an, die er ja kommen gesehen hatte. Inmitten der riesigen Schmiede, in welcher die Hämmer das Gold auf dem Ambos bearbeiteten, wurde er von Zorn und Ungeduld verzehrt. Wille und Intelligenz arbeiteten mit solcher Gewalt in ihm, dass er in einem fortwährenden Traum lebte, gleich einem Mondsüchtigen, der von einem nie ablassenden Gedanken gequält, am Rande des Daches einherwandelt. Darum war er auch aufs Höchste überrascht und gereizt, als er eines Abends heimkehrend, Angèle krank und im Bett liegend antraf. Sein mit der Regelmäßigkeit eines Uhrwerkes funktionierendes häusliches Leben wurde gestört und dies erbitterte ihn gleich einer vorbedachten Tücke des Schicksals. Die arme Angèle klagte leise; sie hatte sich offenbar ein heftiges Fieber zugezogen und empfand bald Kälte, bald Hitze. Als der Arzt angelangte, schien er sehr beunruhigt; auf dem Flur draußen sagte er zu dem Gatten, seine Frau habe sich eine Bauchfellentzündung zugezogen und er könne keine Bürgschaft für sie übernehmen. Von da an pflegte Aristide die Kranke ohne zornige Erregung; – er ging nicht ins Amt, verweilte an ihrem Lager und betrachtete sie mit einem unerklärlichen Ausdruck, wenn sie mit fiebergeröteten Wangen, nach Atem ringend, im Schlummer lag. Trotz ihrer erdrückenden Arbeitslast ermöglichte es Frau Sidonie, sich jeden Abend einzufinden, um die Tränke zu brauen, welchen sie eine mächtige Heilkraft zuschrieb. Nebst ihren zahllosen anderen Talenten besaß sie auch das einer Krankenwärterin in hohem Grade; sie war vertraut mit allen Krankheiten und Arzneien, sowie mit den herzbewegenden Gesprächen, die an den Sterbelagern geführt werden. Außerdem schien sie für Angèle eine zärtliche Freundschaft zu empfinden; sie liebte die Frauen mit wahrer Liebe und tausend Schmeicheleien, offenbar des Vergnügens halber, das sie den Männern gewähren. Sie behandelte dieselben mit der zarten Sorgfalt, welche Kaufleute für die kostbaren Artikel ihrer Schaufenster haben, nannte sie »mein Schatz, mein schönes Kind«, löste sich in Liebkosungen um sie auf, wie ein Liebender um den Gegenstand seiner Verehrung. Obschon Angèle eine Person war, aus welcher sie keinen Nutzen ziehen konnte, umschmeichelte sie sie gleich den anderen, aus reiner Gewohnheit. Als sich die junge Frau im Krankenbett befand, äußerte sich die Zuneigung der Frau Sidonie in rührender Weise; ihre Aufopferung erfüllte gleichsam das stille Krankenzimmer. Ihr Bruder sah sie kommen und gehen, mit zusammengepressten Lippen, gleichsam versunken in stummem Schmerz.

Die Krankheit verschlimmerte sich und eines Abends eröffnete ihnen der Arzt, dass die Kranke die Nacht nicht überleben werde. Frau Sidonie hatte sich schon früh eingefunden und blickte Aristide und Angèle aus ihren halb geschlossenen Augen an, in welchen es von Zeit zu Zeit kurz aufflammte. Als der Arzt gegangen war, schraubte sie die Lampe herab und tiefe Stille trat ein. Langsam hielt der Tod seinen Einzug in dieses warme Zimmer mit der feuchten Luft, in welchem der unregelmäßige Atem der Sterbenden gleich dem gestörten Ticken eines in Trümmer gehenden Uhrwerkes zu hören war. Frau Sidonie braute keine Arzneien mehr und ließ das Übel sein Werk vollenden. Sie hatte sich vor dem Kamin, neben ihrem Bruder niedergelassen, der erregt mit der Zange in der Glut stöberte und von Zeit zu Zeit unwillkürlich nach dem Bett hinüberblickte. Dann, gleichsam betäubt von dieser schweren Luft, durch diesen jammervollen Anblick, erhob er sich und ging in das anstoßende Zimmer hinüber. Dort hatte man die kleine Klotilde eingeschlossen, die auf einem Stück Teppich sitzend, mit ihrer Puppe spielte. Seine Tochter lächelte ihm entgegen, als Frau Sidonie, die hinter ihm ins Zimmer glitt, ihn in eine Ecke zog und mit leiser Stimme zu sprechen begann. Die Tür war offen geblieben und man vernahm das leichte Röcheln der Verscheidenden.

»Deine arme Frau«, schluchzte die Maklerin; »ich glaube es ist zu Ende mit ihr. Hast Du gehört, was der Arzt sagte?«

Saccard begnügte sich, traurig mit dem Kopf zu nicken.

»Sie war eine gute Person«, fuhr die Andere fort über Angèle zu sprechen, als wäre dieselbe bereits tot. »Du wirst reichere, welterfahrenere Frauen finden können, ein solches Herz aber niemals.«

Und da sie innehielt und sich die Augen trocknete, als suchte sie nach einem Übergang, fragte Saccard kurz:

»Du hast mir etwas zu sagen?«,

»Ja, ich habe mich mit Dir beschäftigt, in der bewussten Angelegenheit, und glaube auch gefunden zu haben ... Doch in einem solchen Augenblick ... mir bricht's das Herz.«

Wieder wischte sie sich die Augen und Saccard ließ sie ruhig gewähren, ohne etwas zu sagen. Darauf fuhr sie fort:

»Es handelt sich um ein junges Mädchen, welches man auf der Stelle zu verheiraten wünscht. Das arme Kind ist von einem Unglück betroffen worden; doch ist eine Tante da, die gerne ein Opfer bringen möchte ... «

Sie brach abermals ab, greinend, winselnd, als beweinte sie noch immer die arme Angèle. Sie wollte damit ihren Bruder ungeduldig machen und ihn drängen, Fragen an sie zu richten, damit nicht die volle Verantwortlichkeit des Vorschlages, welchen sie ihm machen wollte, auf ihr laste. In der Tat wurde Aristide von dumpfem Zorn erfasst.

»So komm doch zur Sache!«, sagte er. »Weshalb will man dieses junge Mädchen verheiraten?«,

»Sie kam gerade aus der Pension«, nahm die Maklerin kläglichen Tones von Neuem auf; »ein Mann stürzte sie ins Verderben, als sie bei einer Freundin auf dem Lande zu Besuch war. Erst vor Kurzem machte der Vater die Entdeckung des Unglückes, welches seine Tochter betroffen hatte. Er wollte sie töten. Um das arme Kind zu retten, machte sich die Tante zur Mitschuldigen und zu zweien erzählten sie dem Vater eine Geschichte, indem sie ihm sagten, der Verführer sei ein rechtschaffener Junge, der nichts sehnlicher wünscht, als seinen Fehler gutzumachen.«

»So wird der Mann das Mädchen heiraten?«, fragte Saccard überrascht und gleichsam enttäuscht.

»Nein; das kann er nicht, da er verheiratet ist.«

Eine Pause trat ein. Schmerzlicher als vorhin klang das Röcheln Angèles durch den Raum. Die kleine Klotilde hatte aufgehört zu spielen und blickte Frau Sidonie und ihren Vater mit den großen, nachdenklichen

Kinderaugen an, als hätte sie die Worte verstanden, welche da gewechselt wurden. Nun begann Saccard einige kurze Fragen zu stellen:

»Wie alt ist das Mädchen?«

»Neunzehn Jahre.«

»Seit wann ist sie schwanger?«

»Seit drei Monaten. Aller Wahrscheinlichkeit nach wird eine Frühgeburt erfolgen.«

»Und ist die Familie reich und rechtschaffen?«,

»Uralte Bourgeoisie; der Vater war Richter gewesen; Vermögen sehr bedeutend.«

»Wie hoch würde sich das Opfer der Tante belaufen?«,

»Auf hunderttausend Francs.«

Abermals trat eine Pause ein. Frau Sidonie greinte nicht mehr; sie war wieder Geschäftsfrau geworden und ihre Stimme hatte den Mollklang einer Verkäuferin, die über einen Handel spricht. Ihr Bruder blickte zur Seite und fügte einigermaßen zögernd hinzu:

»Und was verlangst Du für Dich?«,

»Das werden wir später sehen«, erwiderte sie. »Auch Du wirst mir einen Dienst erweisen.«

Sie wartete noch einige Sekunden und da er noch immer schwieg, fragte sie rund heraus:

»Was beschließt Du also? Die armen Frauen sind ganz verzweifelt und wollen um jeden Preis einen Skandal vermeiden. Sie sind entschlossen, dem Vater morgen den Namen des Schuldigen preiszugeben. ... Wenn Du einwilligst, werde ich ihnen durch einen Dienstmann Deine Visitenkarte schicken.«

Saccard schien aus einem Traum zu erwachen. Er zuckte zusammen und wendete sich scheu dem Nebengemach zu, von wo er ein leises Geräusch zu vernehmen geglaubt.

»Aber ich kann ja nicht«, sprach er angstvoll; »Du weißt, dass ich nicht kann ... «

Frau Sidonie blickte ihn fest, mit kalter, verächtlicher Miene an. Das Blut der Rougon, sein brennender Golddurst drang ihm wieder zu Kopf. Er entnahm seiner Brieftasche eine Visitenkarte und reichte sie seiner Schwester, die dieselbe in einen Umschlag steckte, nachdem sie die

Adresse sorgfältig weggekratzt hatte. Darauf eilte sie davon. Es war kaum neun Uhr abends.

Allein geblieben, lehnte Saccard die Stirn an die kalten Fensterscheiben. Er vergaß sich so weit, dass er mit den Fingern auf der Fensterscheibe zu trommeln begann. Doch war die Nacht so dunkel, die Schatten ballten sich draußen zu so absonderlichen Massen zusammen, dass er ein leises Unbehagen empfindend, in das Gemach zurückkehrte, in welchem Angèle in den letzten Zügen lag. Er hatte sie ganz vergessen und wurde von einer furchtbaren Erschütterung erfasst, als er sie im Bett halb aufgerichtet sah. Ihre Augen standen weit offen und neues Leben schien ihre Wangen und Lippen zu färben. Mit ihrer unvermeidlichen Puppe im Arm, saß die kleine Klotilde am Rande des Bettes; sobald ihr Vater ihr den Rücken zugewendet hatte, war sie eiligst in dieses Gemach zurückgetrippelt, aus welchem man sie verwiesen hatte und in welches ihre kindliche frohe Neugierde sie zurückführte. Saccard, der den Kopf voll von den Geschichten seiner Schwester hatte, sah seinen Traum mit einem Mal zerstört; ein furchtbarer Ausdruck mochte in seinen Augen liegen, als er nähertrat. Von Entsetzen erfasst, wollte sich Angèle zurückwerfen, an die Mauer schmiegen; doch es kam der Tod. Diese scheinbare Kräftigung war das letzte Aufflackern der Lampe vor dem gänzlichen Erlöschen gewesen. Die Verscheidende vermochte sich nicht zu regen; immer kraftloser wurde sie, doch hielt sie die weit geöffneten Augen auf ihren Gatten geheftet, als wollte sie seine Bewegungen überwachen. Saccard, der an eine teuflische Wiedergenesung geglaubt, die das Schicksal in Szene setzte, um ihn in den Fesseln des Elends festzuhalten, beruhigte sich wieder, als er sah, dass die Unglückliche keine Stunde mehr zum Leben habe. Er empfand nichts weiter als ein unerträgliches Unbehagen. Die Augen Angèles besagten deutlich, dass sie das Gespräch zwischen ihrem Gatten und dessen Schwester gehört habe und dass sie fürchtete, er werde sie erwürgen, wenn sie nicht rasch genug stürbe. Und es lag in diesen Augen auch ein Ausdruck des furchtbaren Erstaunens einer sanften, friedfertigen Natur, die in den letzten Minuten die Entdeckung macht, wie schlecht die Welt sei und die bei dem Gedanken an die langen Jahre erschauert, die sie an der Seite eines Banditen verlebt hatte. Allmählich aber wurde ihr Blick sanfter; sie hatte keine Furcht mehr und verzieh diesem Elenden offenbar, indem sie an den erbitterten Kampf dachte, den er seit so langer Zeit mit dem Schicksal führte. Verfolgt von diesem Blick der Sterbenden, in welchem ein so beredter Vorwurf lag, musste sich Saccard auf die Möbel stützen, während er die dunkelsten Ecken suchte. Mit einer letzten Anstrengung wollte er aber den Alp von sich abschütteln, der ihn wahnsinnig zu machen drohte und er trat in den Lichtkreis der Lampe. Angèle machte ihm ein Zeichen, er möge nicht sprechen. Dabei blickte sie ihn noch immer mit jenem entsetzten Ausdruck an, welchem sich jetzt ein Versprechen der Vergebung beizugesellen schien. Nun bückte er sich, um Klotilde in die Arme zu nehmen und sie in das andere Zimmer hinüberzutragen. Aber auch dies verwehrte sie ihm mit einer Bewegung der Lippen. Sie verlangte, er möge da bleiben. Langsam wich das Leben von ihr, ohne dass sie den Blick von ihm gewendet hätte und in dem Maße, wie er bleicher wurde, schien ihr Blick sanfter zu werden. Mit dem letzten Seufzer hatte sie verziehen. Sie starb, wie sie gelebt hatte, still, ergeben, im Tode sich bescheiden zurückziehend, gleichwie sie im Leben sich stets bescheiden zurückgezogen hatte. Erschauernd stand Saccard vor diesen toten Augen, die offen geblieben waren und die ihn noch in ihrer Unbeweglichkeit zu verfolgen schienen. Leise wiegte die kleine Klotilde – am Rande der Bettdecke sitzend – ihre Puppe und flüsterte ihr zu, sie dürfe Mama nicht wecken.

Als Frau Sidonie zurückkehrte, war alles zu Ende. Als eine in derlei Dingen bewanderte Person drückte sie mit den Fingerspitzen Angèles Augen zu, was Saccard ganz ungemein erleichterte. Nachdem sie sodann die Kleine zu Bett gebracht hatte, machte sie das Zimmer im Handumdrehen zu einem Totengemach. Nachdem sie auf der Kommode zwei Kerzen angezündet und der Toten das Betttuch bis ans Kinn hinaufgezogen, ließ sie einen befriedigten Blick um sich gleiten und streckte sich darauf bequem in einem Fauteuil aus, wo sie bis zum Tagesanbruch schlummerte. Saccard verbrachte die Nacht in dem anstoßenden Gemach, wo er die Traueranzeigen schrieb. Mitunter setzte er in seiner Arbeit aus, um auf einzelnen Papierstreifen lange Zahlenreihen aufzustellen.

Am Abende des Begräbnistages entführte Sidonie ihren Bruder nach der Rue Papillon, wo sie ihr Halbgeschoss bewohnte. Hier wurden große Entschlüsse gefasst. Der Magistratsbeamte beschloss, die kleine Klotilde zu einem seiner Brüder, Pascal Rougon zu bringen, der in Plassans als Arzt tätig war und aus Liebe zu seiner Wissenschaft als Junggeselle lebte, sich aber schon wiederholt erbötig gemacht hatte, seine Nichte zu sich zu nehmen, um ein wenig Heiterkeit in sein stilles Gelehrtenhaus zu bringen. Ferner erläuterte ihm Frau Sidonie, dass er nicht länger in der

Rue Saint-Jacques wohnen könne. Sie wird ihm für einen Monat ein elegant möbliertes Heim in der Nähe des Stadthauses mieten und dieses Heim in einem bürgerlichen Haus zu finden suchen, damit es den Anschein habe, als gehörten die Möbel ihm. Was die Einrichtung seiner bisherigen Wohnung betrifft, so wird dieselbe verkauft werden, um die letzten Spuren der Vergangenheit verschwinden zu machen. Den Erlös für dieselbe wird er zum Ankauf eines Vorrats seiner Wäsche und Kleider verwenden. Drei Tage später befand sich Klotilde in der Obhut einer alten Dame, die gerade nach dem Süden abreiste, und triumphierend, mit glänzenden Backen, gleichsam verjüngt und gestärkt durch diese drei Tage, in welchen ihm das Glück zuzulächeln begann, hatte Aristide Saccard in einem im Marais, Rue Payenne gelegenen Haus von strengem, Achtung gebietendem Äußeren eine aus fünf Räumen bestehende Wohnung inne, die allerliebst eingerichtet war und in welcher er mit gestickten Pantoffeln umherging. Es war das die Wohnung eines jungen Abbés, der plötzlich nach Italien hatte reisen müssen und dessen Magd Weisung erhalten hatte, einen Mieter zu suchen. Diese Magd war die Freundin der Frau Sidonie, die ein wenig dem Pfaffentum ergeben war. Sie empfand für die Priester dieselbe Liebe wie für die Frauen: Eine instinktive Liebe, die vielleicht eine gewisse Verwandtschaft zwischen der Soutane und seidenen Frauenkleidern entdeckt hatte. Nun war Saccard bereit; mit vollendeter Kunst bereitete er seine Rolle vor und sah ohne mit den Wimpern zu zucken, den Schwierigkeiten der Situation entgegen, die er angenommen hatte.

Während der schrecklichen Nacht, da Angèle in den letzten Zügen lag, hatte Frau Sidonie die Lage der Familie Béraud in knappen Worten wahrheitsgetreu geschildert. Das Oberhaupt derselben, Herr Béraud du Châtel, ein stattlicher Greis von sechzig Jahren, war der letzte Spross einer alten Bürgerfamilie, deren Ahnen weiter zurückreichten, als die gewisser adeliger Familien. Einer der Vorfahren war der Gefährte Etienne Marcels gewesen. Im Jahre 1793 endete sein Vater auf dem Blutgerüst, nachdem er die Republik mit dem ganzen Enthusiasmus eines Pariser Bürgers, in dessen Adern revolutionäres Blut rollte, begrüßt hatte. Er selbst war einer jener spartanischen Republikaner, die von einer aus lauterer Gerechtigkeit und vernünftiger Freiheit bestehenden Regierung träumen. Nachdem er als Richter alt geworden war und als solcher eine berufsmäßige Strenge angenommen hatte, nahm er im Jahre 1851, zur Zeit des Staatsstreiches, seinen Abschied als Gerichts-Senatspräsident, nachdem er sich geweigert hatte, an einer jener gemischten Kommissionen teilzunehmen, welche die französische Rechtspflege entehrten. Seit jener Zeit lebte er einsam und zurückgezogen in seinem Hotel auf der Insel Saint-Louis, welches sich an der Spitze der Insel, dem Hotel Lambert beinahe gegenüber befand. Seine Gattin war noch in jungen Jahren gestorben. Ein geheim gehaltenes Drama, welches eine noch immer blutende Wunde geschlagen hatte, verdüsterte das Antlitz des alten Mannes noch mehr. Er hatte bereits eine achtjährige Tochter, Renée, als seine Frau bei der Geburt einer zweiten Tochter starb. Letztere, die den Namen Christine erhielt, wurde von einer Schwester des Herrn Béraud du Châtel aufgenommen, die an den Notar Aubertot verheiratet war. Renée dagegen kam ins Kloster. Frau Aubertot, die keine Kinder hatte, fasste eine mütterliche Zuneigung zu Christine, die an ihrer Seite heranwuchs. Nachdem ihr Gatte gestorben war, brachte sie die Kleine zu ihrem Vater zurück und sie selbst lebte fortan in Gesellschaft des schweigsamen Greises und des lächelnden Blondkopfes. An Renée in ihrer Pension dachte niemand. Wenn sie während der Ferien nach Hause kam, erfüllte sie das Hotel mit solchem Lärm, dass ihre Tante einen Seufzer der Erleichterung ausstieß, wenn sie sie endlich in das Kloster zur Heimsuchung Mariä zurückführen konnte, wo sie seit ihrem achten Jahr lebte. Sie verließ das Pensionat erst im Alter von neunzehn Jahren und da sollte sie gleich die schöne Sommerzeit bei den Eltern ihrer guten Freundin Adeline verbringen, die im Nivernais-Lande einen wunderbaren Landsitz ihr eigen nannten. Als sie im Oktober zurückkehrte, war Tante Elisabet ganz erstaunt, das Mädchen sehr ernst, ja tieftraurig zu sehen. Und eines Abends überraschte sie Renée, wie diese sich in krampfhaftem Schluchzen auf ihrem Bett wand und die Tränen eines wahnsinnigen Schmerzes zwischen den Kissen zu ersticken suchte. Eine Beute tiefster Verzweiflung beichtete ihr die junge Dame eine erschütternde Geschichte: Ein reicher, verheirateter Mann von vierzig Jahren, dessen reizende junge Frau gleichfalls zu Besuch anwesend war, hatte ihr auf dem Lande Gewalt angetan, ohne dass sie Widerstand zu leisten vermocht oder gewagt hätte. Das Geständnis schmetterte Tante Elisabet zu Boden; sie klagte sich an, als wäre sie eine Mitschuldige gewesen; ihre Vorliebe für Christine erschien ihr als ein Verbrechen und sie sagte sich, dass wenn sie auch Renée bei sich behalten hätte, das arme Kind nicht unterlegen wäre. Um diese brennende Gewissenspein, deren Stachel ihre empfindliche Natur noch verschärfte, zu bannen, leistete sie der Schuldigen fortan Beistand; sie beschwichtigte den Zorn des Vaters, dem sie gerade durch das Übermaß ihrer Vorsicht den traurigen Sachverhalt verrieten und ersann in ihrem Bestreben, ihre vermeintliche Schuld wettzumachen, dieses absonderliche Heiratsprojekt, welches ihrer Ansicht nach alles in Ordnung bringen, den Vater versöhnen und Renée in die Reihe der rechtschaffenen Frauen stellen würde, ohne dass sie die beschämende Seite, noch die verhängnisvollen Folgen desselben wahrzunehmen schien.

Auf welche Weise Frau Sidonie von diesem vorteilhaften Geschäft Kenntnis erhielt, konnte niemals festgestellt werden. Die Ehre der Familie Béraud gelangte ebenso in ihren Korb, wie die Wechselproteste aller Dirnen von Paris. Als sie den ganzen Sachverhalt kannte, dachte sie sofort an ihren Bruder, dessen Frau in den letzten Zügen lag. Tante Elisabet war der festen Überzeugung, sie sei dieser sanften, untertänigen Dame zu Dank verpflichtet, die sich mit solchem Eifer für die unglückliche Renée verwendete, dass sie ihr in der eigenen Familie einen Gatten auserkor. Die erste Begegnung zwischen der Tante und Saccard fand in dem Halbgeschoss der Rue du Faubourg-Poissonnière statt. Der Magistratsbeamte, der durch das Tor der Rue Papillon angelangt war, sah Frau Aubertot durch den Laden, über die kleine Treppe anlangen und nun wurde ihm der sinnreiche Mechanismus der beiden Eingänge klar. Er legte viel Takt und Zuvorkommenheit an den Tag. Er behandelte die Sache ganz geschäftsmäßig, doch als weltgewandter Mann, der seine Spielschulden ordnete. Tante Elisabet war bedeutend aufgeregter als er: Sie stotterte und wagte gar nicht von den hunderttausend Francs zu sprechen, die sie zugesichert hatte. Er war denn der Erste, der die Geldfrage berührte, mit der Miene eines Advokaten, der die Sache seines Klienten verficht. Seiner Ansicht nach waren hunderttausend Francs eine lächerliche Morgengabe für den Gatten des Fräuleins Renée. Das Wort »Fräulein« betonte er ganz besonders. Außerdem würde Herr Béraud du Châtel einen armen Schwiegersohn geringschätzen und ihn beschuldigen, seine Tochter ihres Vermögens halber verführt zu haben; vielleicht käme er sogar auf den Gedanken, insgeheim eine Untersuchung einzuleiten. Betroffen von der ruhigen, höflichen Sprache Saccards, verlor Frau Aubertot den Kopf und willigte ein, die Summe zu verdoppeln, als er erklärt hatte, dass wenn er sich nicht im Besitz von zweihunderttausend Francs befände, er es niemals wagen würde, um Renée anzuhalten, da er nicht für einen gemeinen Mitgiftjäger gehalten werden wolle. Die gute Dame entfernte sich ganz verstört, nicht wissend, was sie sich von einem Menschen denken solle, der soviel Würde bekundete und dessen ungeachtet einen solchen Handel einging.

Dieser ersten Unterredung folgte ein offizieller Besuch, welchen Tante Elisabet Aristide Saccard in seiner Wohnung, in der Rue Payenne abstattete. Diesmal kam sie im Namen des Herrn Béraud. Der ehemalige Gerichtsrat hatte sich geweigert, mit »diesem Menschen« zu sprechen, wie er den Verführer seiner Tochter nannte, solange er nicht der Gatte Renées sei, der er im Übrigen ebenfalls seine Tür verboten hatte. Frau Aubertot war mit unbeschränkter Vollmacht zur Führung der Verhandlungen ausgerüstet. Die glanzvolle Einrichtung des Beamten erweckte ihre ganz besondere Genugtuung; sie hatte gefürchtet, der Bruder dieser Frau Sidonie, die stets so nachlässig gekleidet ging, sei ein armer Teufel. Er empfing sie in einem tadellosen Hausanzug. Es war das eine Zeit, zu welcher die Abenteurer des 2. Dezember, nachdem sie ihre Schulden bezahlt hatten, ihre abgetretenen Stiefel und an den Nähten zerschlissenen Gewänder in die Gosse warfen, ihre acht Tage alten Bartstoppeln abrasierten und ordentliche Menschen wurden. Saccard hatte ein Gleiches getan; er reinigte sich die Nägel und wusch sich nur mehr mit duftenden Seifen und stark riechenden Parfüms. Er war sehr galant und änderte insofern seine Taktik, als er eine unglaubliche Uneigennützigkeit bekundete. Als die alte Dame vom Kontrakt sprach, machte er eine Bewegung, wie um zu sagen, dass ihn dies wenig anfechte. Seit acht Tagen studierte er die einschlägigen Gesetzartikel und erwog er diese ernste Frage, von welcher seine Freiheit als Geschäftsmann abhing.

»Kommen wir doch schon zu Ende mit dieser leidigen Geldfrage«, sagte er. »Meiner Ansicht nach sollte Fräulein Renée freie Verfügung über ihr Vermögen behalten und ich über das Meinige. Der Notar wird dies schon besorgen.«

Tante Elisabet billigte diese Auffassung, denn sie hatte davor gezittert, dass dieser Mann, dessen eiserne Faust sie bereits hinter der Samtpfote vermutete, sich auch der Mitgift ihrer Nichte werde bemächtigen wollen. Nun sprach sie auch über diese Mitgift.

»Das Vermögen meines Bruders besteht zum weitaus größten Teil aus Häusern und Liegenschaften«, sprach sie. »Er ist nicht der Mann dazu, um seine Tochter durch Vorenthaltung des ihr zufallenden Anteils zu bestrafen. Er übergibt ihr einen in der Sologne gelegenen Grundbesitz im Wert von dreihunderttausend Francs sowie ein Haus in Paris, welches ungefähr auf zweihunderttausend Francs bewertet ist.« Saccard war förmlich geblendet, – eine solche Summe hatte er nicht erwartet. Er wendete sich halb zur Seite, um die Blutwelle nicht merken zu lassen, die seine Wangen färbte.

»Dies ergibt einen Gesamtwert von fünfhunderttausend Francs«, fuhr die Tante fort; »doch will ich Ihnen nicht verhehlen, dass der Sologner Grundbesitz bloß zwei Perzent abwirft.«

Er lächelte und wiederholte die Bewegung, die seine Uneigennützigkeit ausdrücken sollte, als wollte er damit sagen, dass er sich nicht darum kümmere, da er ja auch mit dem Vermögen seiner Frau nichts zu tun haben wolle. In seinem Fauteuil zurückgelehnt, drückte seine Haltung absolute Gleichgültigkeit aus: er schien zerstreut, spielte mit seinen Pantoffeln und hörte ihr offenbar nur aus Höflichkeit zu, um sie nicht zu verletzen. Frau Aubertot sprach langsam, vorsichtig, in der Einfalt ihres Herzens bemüht, ihn mit keinem Wort zu beleidigen. Und so fuhr sie fort:

»Schließlich möchte auch ich Renée ein Geschenk machen. Ich habe keine Kinder, mein Vermögen fällt eines Tages doch nur meinen Nichten zu und ich werde Herz und Hand nicht verschließen, weil eine derselben heute in Trauer versunken ist. Schon seit langer Zeit sind die Hochzeitsgeschenke beider Schwestern vorbereitet. Das Geschenk, welches für Renée bestimmt ist, besteht aus umfassenden Grundstücken bei Charonne, welche ich auf zweihunderttausend Francs glaube bewerten zu können. Indessen ... «

Bei dem Worte »Grundstücke« war Saccard ein wenig zusammengezuckt. Unter seiner erheuchelten Gleichgültigkeit hörte er mit gespannter Aufmerksamkeit zu. Tante Elisabet geriet wieder in Verlegenheit, da ihr offenbar wieder das entsprechende Wort fehlte und errötend fuhr sie fort:

»Indessen wünsche ich, dass das Eigentumsrecht dieser Grundstücke auf das erste Kind Renées übertragen werde. Sie werden meine Absicht begreifen; ich will nicht, dass Ihnen dieses Kind eines Tages zur Last fallen solle. Sollte dasselbe sterben, so verbleibt Renée alleinige Eigentümerin.«

Er zuckte mit keiner Wimper, nur seine gerunzelten Brauen verrieten, wie erregt er innerlich sei. Die an der Charonne liegenden Grundstücke erweckten eine Flut von Gedanken in ihm. Frau Aubertot fürchtete, ihn verletzt zu haben, als sie von dem Kind Renées sprach und ganz bestürzt schwieg sie stille, nicht wissend, wie sie die Verhandlungen fortführen solle.

»Sie haben mir noch nicht gesagt, in welcher Straße sich das auf zweihunderttausend Francs bewertete Haus befindet?«, fragte er im Tone gutmütiger Zuvorkommenheit.

»In der Rue de la Pepinière, fast an der Ecke der Rue d'Astorg«, erwiderte sie.

Diese einfachen Worte waren von entscheidender Wirkung auf ihn. Er vermochte sein Entzücken nicht mehr zu meistern und seinen Fauteuil näher rückend, sprach er schmeichelnden Tones, mit seiner provenzalischen Zungenfertigkeit:

»Werte Frau, nun ists aber genug und wir wollen nicht weiter über dieses hässliche Geld sprechen ... Sehen Sie, ich will offen und rückhaltlos reden, denn ich wäre verzweifelt, wenn ich mir Ihre Achtung nicht erringen würde. Vor ganz kurzer Zeit habe ich meine Frau verloren, ich habe zwei Kinder und gehe praktisch und vernünftig zu Werke. Indem ich Ihre Nichte heirate, mache ich ein Geschäft, bei welchem jedermann seine Rechnung findet. Sollten Sie noch irgendwelche Vorurteile gegen mich haben, so werden Sie mir späterhin verzeihen, wenn ich jedermanns Tränen getrocknet und die Familie bis auf die spätesten Nachkommen reich gemacht haben werde. Der Erfolg ist eine goldene Flamme, welche alles läutert. Ich will, dass mir Herr Béraud freiwillig die Hand reiche und mir danke.«

Allmählich vergaß er sich und lange sprach er mit spöttischem Egoismus, welcher zeitweise unter seiner gutmütigen Miene hervorlugte. Er prahlte mit seinem Bruder, dem Deputierten und seinem Vater, der in Plassans ein hervorragendes Amt bekleide. Er eroberte auf diese Weise Tante Elisabet, die von unwillkürlicher Freude erfüllt, die Wahrnehmung machte, dass das Drama, welches ihr seit einem Monat Kummer und Sorge bereitete, unter den Fingern dieses geschickten Mannes beinahe zur heiteren Komödie wurde. Es wurde vereinbart, dass man am nächsten Tag zum Notar gehen werde.

Kaum hatte sich Frau Aubertot entfernt, als er sich nach dem Stadthaus begab, wo er einen halben Tag mit der genauen Durchsicht gewisser ihm bekannter Dokumente verbrachte. Beim Notar erhob er einen scheinbar berechtigten Einwurf. Er sagte, dass er die Befürchtung hege, Renée werde noch bedeutenden Unannehmlichkeiten ausgesetzt sein, da ihre Mitgift bloß aus unbeweglichen Gütern bestehe; seiner Ansicht nach würde es sich empfehlen, zumindest das Haus in der Rue de la Pepinière zu verkaufen, und Rententitres dafür anzuschaffen. Frau Aubertot wollte hierüber Herrn Béraud du Châtel berichten, der sich noch immer in seinen Zimmern verschloss. Saccard widmete sich bis zum Abend wieder seinen Gängen. Er ging in die Rue de la Pepinière und eilte durch die Straßen der Stadt mit der Miene eines Generals, der am Vorabend einer entscheidenden Schlacht steht. Am nächsten Tage berichtete Frau Aubertot, dass Herr Béraud du Châtel alles ihr anheimstelle. Der Vertrag wurde auf Grundlage der bereits vereinbarten Bedingungen abgeschlossen. Saccard brachte zweihunderttausend Francs mit in die Ehe, Renée besaß eine Mitgift in Gestalt der in der Sologne gelegenen Ländereien und des in der Rue de la Pepinière gelegenen Hauses, welches zu verkaufen sie sich anschickte; sollte ihr erstes Kind sterben, so wird sie alleinige Eigentümerin des Grundbesitzes bei Charonne bleiben, welchen sie von ihrer Tante erhielt. Der Kontrakt sprach getrennten Güterbesitz aus, welcher jedem der Ehegatten die unabhängige Verwaltung seines Vermögens sichert. Tante Elisabet, die dem Verlesen der einzelnen Punkte mit größter Aufmerksamkeit gefolgt war, schien von der letzteren Bestimmung ausnehmend befriedigt, da ihr dieselbe die Unabhängigkeit ihrer Nichte und das Vermögen derselben vor jeglichem Angriff zu sichern schien. Saccard lächelte still, als er sah, dass die wackere Dame zu jeder Klausel zustimmend mit dem Kopf nicke. Die Vermählung sollte in kürzester Zeit stattfinden.

Als alles geordnet war, begab sich Saccard zu seinem Bruder Eugen, um ihm seine bevorstehende Vermählung mit Fräulein Renée Béraud Du Châtel anzuzeigen. Der Meisterzug erregte die Bewunderung des Abgeordneten.

»Du sagtest mir, ich solle suchen«, bemerkte der Magistratsbeamte; »ich habe gesucht und gefunden.«

Im ersten Augenblick verwirrt, durchschaute Eugen alsbald die Wahrheit. Und liebenswürdigen Tones fügte er hinzu:

»Du bist ein geschickter Mensch und willst mich wohl auffordern, Dir als Trauzeuge zu dienen? Ich bin mit Vergnügen bereit dazu ... Wenn Du willst, setze ich es durch, dass die vollzählige Rechte des Parlaments Deiner Vermählung beiwohnt. Das würde Dir sehr bedeutend zum Vorteil gereichen ... «

Er öffnete die Tür und fügte leiser hinzu:

»Höre mal ... Ich möchte mich derzeit nicht zu sehr kompromittieren, denn wir haben da einen Gesetzentwurf, der nur schwer durchzubringen sein wird ... Ist die Schwangerschaft wenigstens nicht zu sehr bemerkbar?«

Saccard warf ihm einen so scharfen Blick zu, dass Eugen beim Schließen der Tür sich sagte: »Dieser Scherz käme mir teuer zu stehen, wenn ich kein Rougon wäre.«

Die Vermählung fand in der Kirche Saint-Louis-en-l'Ile statt. Saccard und Renée sahen sich erst am Vorabend dieses großen Tages. Die Begegnung fand des Abends, bei Einbruch der Nacht statt; Schauplatz derselben war ein Saal im Hôtel Béraud. Sie betrachteten einander neugierig. Seitdem wegen dieser Verbindung unterhandelt wurde, hatte Renée ihre ganze Ausgelassenheit wiedergefunden. Sie war ein großes Mädchen von ausnehmender Schönheit und mit den unbeschränkten Launen der Pensionärin herangewachsen. Sie fand, dass Saccard klein und hässlich sei; doch verriet sein Gesicht dessen ungeachtet viel Intelligenz und dies missfiel ihr nicht, zumal sein Benehmen in Ton und Gebärde nichts zu wünschen übrig ließ. Er verzog ein wenig das Gesicht, als er sie erblickte; offenbar erschien sie ihm zu groß, jedenfalls war sie größer als er. Sie wechselten einige Worte ohne jede Verlegenheit. Wäre der Vater zugegen gewesen, so hätte er tatsächlich glauben können, dass sie sich seit langer Zeit kannten und einen gemeinschaftlich begangenen Fehltritt hinter sich hätten. Tante Elisabet, die bei der Begegnung anwesend war, errötete anstelle der zukünftigen Eheleute.

Nach der Vermählung, welcher die Anwesenheit Eugen Rougons, der durch eine jüngst gehaltene Rede die allgemeine Aufmerksamkeit auf sich gezogen hatte, einen besonderen Glanz verlieh, konnte das junge Paar endlich vor Herrn Béraud Du Châtel erscheinen. Renée weinte, als sie ihren Vater gealtert, ernster und düsterer denn je wiedersah. Saccard, den bisher nichts außer Fassung zu bringen vermocht, konnte sich eines leisen Schauers nicht erwehren, als er in dem kalten, halbdunkeln Gemach den traurig und streng blickenden großen Greis erblickte, dessen durchbohrendes Auge bis in die Tiefe seines Gewissens dringen zu wollen schien. Langsam küsste der alte Mann seine Tochter auf die Stirn, wie um ihr zu sagen, dass er ihr verzeihe und sich darauf zu seinem Schwiegersohn wendend, sprach er einfach:

»Wir haben viel gelitten, mein Herr, und ich rechne darauf, dass Sie sich bemühen werden, Ihr Unrecht wieder gut zu machen.«

Er reichte ihm die Hand; Saccard aber wurde sein Unbehagen nicht los. Er sagte sich, dass wenn Herr Béraud du Châtel unter der tragischen

Schmach seiner Tochter nicht zusammengebrochen wäre, er mit einem Blick, mit einer Anstrengung alle Machenschaften der Frau Sidonie vereitelt haben würde. Letztere war klüglich auf die Seite getreten, nachdem sie ihren Bruder mit Tante Elisabet zusammengeführt, und nicht einmal bei der Vermählung zugegen gewesen. Aristide gab sich dem alten Mann gegenüber einfach und ungekünstelt, nachdem er in dem Auge desselben den Ausdruck des Staunens darüber wahrgenommen hatte, dass er in dem Verführer seiner Tochter einen kleinen, hässlichen Mann von vierzig Jahren erblickte. Die Neuvermählten waren gezwungen, die ersten Nächte im Hôtel Béraud zu verbringen. Vor einem Monat etwa war Christine aus dem Haus entfernt worden, damit das vierzehnjährige Kind keine Kenntnis von dem Drama erhalte, dessen Schauplatz dieses Haus bildete, in welchem Ruhe und Stille herrschten wie in einem Kloster. Als sie zurückkehrte, war sie bestürzt bei dem Anblick des Gatten ihrer Schwester, den auch sie alt und hässlich fand. Nur Renée schien das Alter und die nichtssagende Miene ihres Gatten nicht sonderlich wahrzunehmen. Sie bekundete ihm gegenüber weder Verachtung, noch Zärtlichkeit, behandelte ihn mit einer absoluten Ruhe, hinter welcher bloß zuweilen ein Anflug ironischer Geringschätzung hervorlugte. Saccard benahm sich seinerseits mit Festigkeit und Selbstbewusstsein und dank seiner Schmiegsamkeit und Einfachheit gelang es ihm allmählich, jedermanns Wohlwollen zu erringen. Als sie das Hôtel verließen, um in einem in der Rue Rivoli gelegenen neuen Haus eine prächtige Wohnung zu beziehen, drückte der Blick des Herrn Béraud du Châtel kein Erstaunen mehr aus und die kleine Christine spielte mit ihrem Schwager wie mit einem Kameraden. Renée war jetzt bereits seit vier Monaten schwanger und ihr Gatte gerade im Begriff, sie aufs Land zu schicken, mit der Absicht, auf irgendeine Weise über das Alter des Kindes ein Märchen zu verbreiten, als sie, wie es Frau Sidonie vorausgesehen, vorzeitig niederkam. Sie hatte sich, um ihre Schwangerschaft zu verbergen, die unter ihren bauschigen Röcken übrigens ganz verschwand, derart geschnürt, dass sie einige Wochen das Bett hüten musste. Er war ganz entzückt über das Geschehnis; endlich blieb das Glück ihm treu. Er hatte einen Goldhandel abgeschlossen, eine glänzende Mitgift und eine Frau erhalten, die so schön war, dass er binnen sechs Monaten eine Auszeichnung zu erhalten hoffte, und dafür keinerlei Lasten auf sich genommen. Man hatte ihm gegen eine Entschädigung von zweihunderttausend Francs seinen Namen für einen Fötus abgekauft, den die Mutter nicht einmal sehen wollte. Fortan dachte er voll Liebe an die in der Charonne gelegenen Besitzungen; vorläufig aber wendete er seine Aufmerksamkeit ausschließlich einer Spekulation zu, welche die Grundlage seines Reichtums bilden sollte.

Trotz der hohen und geachteten Stellung, welche die Familie seiner Frau innehatte, nahm er nicht sofort seine Entlassung als Magistratsbeamter. Er sprach davon, dass er vorher gewisse Arbeiten zu beenden und anderweitige Beschäftigung zu suchen habe. In Wirklichkeit aber wollte er bis zu Ende auf dem Kriegsschauplatz bleiben, wo er seine ersten Trümpfe ausspielte. Er war dort zu Hause und konnte die Karten nach Belieben mischen.

Der Operationsplan des Wegekommissärs war ebenso einfach als praktisch. Nun da er mehr Geld in Händen hatte, als er jemals zu besitzen gehofft hatte, um seine Operationen einzuleiten, konnte er seine Pläne im Großen in Scene setzen. Er kannte sein Paris aufs Genaueste; er wusste, dass der goldene Regen, der daselbst zu fallen begann, mit jedem Tag dichter werden müsse. Intelligente Leute brauchten nur ihre Taschen zu öffnen. Zu diesen Intelligenten gehörte auch er, der in den Amtsbureaux des Stadthauses in die Zukunft blickte. Seine Tätigkeit hatte ihn gelehrt, was bei Käufen und Verkäufen von Häusern, Grundstücken und sonstigen Liegenschaften gestohlen werden könne. Alle klassischen Kunstgriffe des Betruges waren ihm geläufig; er wusste, wie man für eine Million verkaufe, was bloß fünfhunderttausend Francs gekostet; auf welche Weise man das Recht bezahle, die Kassen des Staates zu plündern, der dabei lächelt und die Augen zudrückt; er wusste, wie man ein altes Stadtviertel mit einem Boulevard durchquerend, unter dem stürmischen Beifall der Betrogenen mit sechsstöckigen Häusern Fangball spielt. Und was ihn zu dieser Epoche, da sich der Krebsschaden der Spekulation erst im Anfangsstadium befand, zu einem furchtbaren Spieler machte, war der Umstand, dass er besser noch als seine Vorgesetzten die Zukunft von Gips und Sandstein erkannte, welcher Paris entgegensah. Er hatte so lange herumgestöbert, so viele Symptome beobachtet, dass er ohne Mühe das Bild zu schildern vermocht hätte, welches im Jahre 1870 die neuen Stadtviertel bieten würden. In den Straßen betrachtete er mitunter gewisse Häuser mit einer seltsamen Miene, wie wir Bekannte anschauen, deren uns allein bekanntes Schicksal uns tief rührt.

Zwei Monate vor dem Tod Angèles hatte er diese an einem Sonntag nach dem Montmartre geführt. Die arme Frau schwärmte für ein Diner im Restaurant und fühlte sich überglücklich, wenn er sich nach einem langen Spaziergang mit ihr in irgendeinem Gasthof niederließ. An jenem Tag speisten sie in einem auf der Spitze des Hügels gelegenen Restaurant, aus dessen Fenstern man Paris sehen konnte, diesen Ozean von Häusern mit bläulichen Dächern, die einer gedrängten Flut vergleichbar, den ungeheuren Horizont erfüllten. Ihr Tisch stand vor einem der Fenster. Dieser Anblick der Dächer von Paris stimmte Saccard heiter; zum Dessert ließ er eine Flasche Burgunder bringen. Er lächelte in den weiten Raum hinaus und war von einer ganz ungewohnten Liebenswürdigkeit. Immer wieder kehrten seine Blicke ordentlich verliebt zu diesem lebenden, wogenden Meer zurück, aus dessen Tiefe das dumpfe Gemurmel der Menschenmassen empordrang. Der Herbst war bereits gekommen und unter dem weiten bleichen Himmel erstreckte sich in zartem Grau die große Stadt, aus deren unbestimmtem Farbenspiel hier und dort dunkles Grün hervorragte, den breiten Blättern der Seerosen vergleichbar, die auf einer Wasserfläche schwimmen; von einem blutig roten Dunstkreis umflossen, neigte sich die Sonne dem Untergang zu und während die Tiefe sich mit einem leichten Nebel füllte, senkte sich goldig schimmernder Tau, gleichsam ein goldener Regen auf die rechte Uferseite der Stadt hernieder, da wo die Madeleinekirche steht und die Tuilerien enden. Dieser Anblick erinnerte gleichsam an eine Zauberstadt aus Tausendundeiner Nacht, mit ihren Smaragdbäumen, Saphirdächern und Wetterfahnen aus Rubinen. Es kam ein Augenblick, da die durch zwei Wolken sich durchwindenden Strahlen so blendend wurden, dass die Häuser zu lodern und zu zerstießen schienen, wie ein Goldbarren in einem Schmelztiegel. »Ach, sieh doch«, sagte Saccard mit kindlichem Lachen; »in Paris regnet es Zwanzigfrancsstücke!«

Auch Angèle begann zu lachen und sagte dann, es dürfte nicht leicht werden, diese Goldstücke aufzulesen. Ihr Gatte aber hatte sich erhoben und sich zum Fenster hinauslehnend, fuhr er fort:

»Das ist die Vendômesäule, nicht wahr, die dort so leuchtet. Und da, mehr nach rechts, die Madeleinekirche. Ein schönes Viertel, wo es Vieles zu tun gibt. Oh! Jetzt wird alles in Flammen gehüllt sein! Siehst Du? Man sollte meinen, das ganze Viertel siede in der Retorte eines Alchimisten.«

Seine Stimme klang ernst und bewegt. Der Vergleich, den er gefunden hatte, schien ihn selbst zu überraschen. Er hatte Wein getrunken, seine gewöhnliche Schweigsamkeit war gewichen und den Arm ausstreckend, um seiner Frau, die neben ihm im Fenster lehnte, Paris zu zeigen, fuhr er zu sprechen fort:

»Ja, ja, ich sagte ganz richtig, mehr als ein Viertel wird zerfließen und Gold an den Fingern der Leute haften bleiben, die unter dem Kessel das Feuer nähren werden! Dieses große, einfältige Paris! Sieh doch, wie riesengroß es ist, und wie sanft es einschlummert! Wie dumm sind doch diese großen Städte! Paris hat keine Ahnung von den zahllosen Spitzhauen, die es eines schönen Morgens angreifen werden und gar viele Hôtels der Rue d'Anjou würden bei den Strahlen der untergehenden Sonne nicht so prahlerisch leuchten und funkeln, wenn sie wüssten, dass sie bloß drei oder vier Jahre noch zu leben haben!«

Angèle dachte, ihr Gatte scherze bloß. Er hatte die Gewohnheit, mitunter auf solch übertriebene und beunruhigende Art zu scherzen. Sie lachte, doch ein wenig erschrocken, als sie sah, dass dieser kleine Mann sich oberhalb des zu seinen Füßen schlummernden Riesen emporreckte und die geballte Faust schüttelte, wobei er die Lippen ironisch zusammenkniff. »Der Anfang ist schon gemacht«, fuhr er fort. »Das ist aber noch nichts. Sieh, dort unten, wo sich die Hallen erheben, hat man Paris in vier Teile geschnitten ... «

Und mit der ausgestreckten geöffneten Hand, die fast einem großen Messer glich, machte er eine Bewegung, als trennte er die Stadt in vier Teile.

»Du meinst offenbar die Rue de Rivoli und den neu angelegten Boulevard?«, fragte seine Frau.

»Ja, das große Fensterkreuz von Paris, wie sie es nennen. Der Louvre und das Stadthaus werden bloßgelegt. Ein reines Kinderspiel ist das! Geeignet, um den Leuten Appetit zu machen. Sobald das erste Netz beendet worden ist, wird der große Tanz beginnen. Das zweite Netz wird die Stadt nach allen Richtungen durchbrechen, um die einzelnen Viertel mit dem ersten Netz zu verbinden. Die Trümmer werden in einem Meer von Kalk und Gips ersticken. Folge ein wenig den Bewegungen meiner Hand. Vom Boulevard du Temple bis zur Barrière du Trône wird sich der erste Einschnitt hinziehen; nach dieser Seite hin, von der Madeleine bis zum Monceauxpark ein zweiter; ein dritter nach dieser, ein vierter nach jener Richtung hin; ein Einschnitt hier, ein anderer dort, überall lauter Einschnitte, Paris förmlich von Schwerthieben zerhackt, mit offenen Pulsadern daliegend und hunderttausend Maurern und Erdarbeitern Brot und Arbeit gebend! Paris von herrlichen strategischen Wegen durchzogen, welche die Befestigungen gleichsam mitten in die alten Stadtviertel rücken.«

Die Nacht war gekommen; seine trockene, nervöse Hand aber durchschnitt noch immer die Leere. Angèle erfasste ein leichter Schauder angesichts dieses lebenden Messers, dieser eisernen Finger, die ohne Erbarmen die dunkeln Dächer zerstückten. Seit einigen Minuten begannen leise Nebel auch die erhöhten Punkte zu umkreisen und in den zunehmenden Schatten meinte sie, entferntes Krachen zu vernehmen, als hätte die Hand ihres Gatten tatsächlich die Einschnitte gezogen, von welchen er sprach, und die Paris von einem Ende zum anderen aufrissen, die Mauern bersten machten, Häuser hinwegfegten und tiefe, offene Wunden und Breschen zurückließen. Diese kleine Hand, die sich einer riesenhaften Beute bemächtigen zu wollen schien, begann sie schließlich zu beunruhigen und während dieselbe ohne jede Anstrengung die ungeheure Stadt in Stücke zerlegte, nahm sie in dem bläulichen Dämmerlicht einen seltsamen Stahlschimmer an.

»Auch ein drittes Netz wird entstehen«, fuhr Saccard nach einer Weile gleichsam zu sich selbst sprechend fort; »doch ist dasselbe etwas entfernter, sodass ich es weniger deutlich sehe. Ich habe nur geringe Anzeichen gefunden – dies aber wird der helle Wahnsinn, ein infernalischer Galopp der Millionen werden; Paris wird berauscht und zu Boden geschmettert daliegen.«

Abermals verstummte er, wobei er die Augen fest auf die Stadt gerichtet hielt, in welcher die Nebelmassen immer dichter rollten. Er mochte wohl diese ferne Zukunft zu erforschen suchen, die er noch nicht erfassen konnte. Dazwischen wurde es immer finsterer, die Stadt bot ein immer mehr verschwommenes Bild; man hörte, wie sie tief Atem holte, gleich einem Meer, von welchem nur mehr die blassen Schaumkämme zu sehen waren. Hier und dort konnte man noch eine weißlich schimmernde Mauer unterscheiden und allmählich begannen die gelben Gasflammen die Dunkelheit zu durchbrechen, Sternen vergleichbar, die an dem mit sturmschwangeren Wolken bedeckten Himmel zum Vorschein kommen.

Angèle schüttelte ihr Unbehagen gewaltsam ab und griff den Scherz auf, welchen ihr Gatte beim Dessert gemacht hatte.

»Ja«, sagte sie lächelnd; »es hat Zwanzigfrancsstücke geregnet und nun zählen die Pariser dieselben. Sieh doch die schönen Stöße, die man zu unseren Füßen aufschichtet.« Dabei deutete sie auf die Straßen, die dem Montmartre gegenüber sich hinabsenken und deren Gasflammen ihre goldgelben Flammen gleich aufgeschichteten Metallbarren erscheinen ließen.

»Und dort unten«, rief sie aus, auf ein Geflimmer zahlloser Flammen deutend; »das ist sicherlich die Hauptkasse.«
Saccard lachte über diese Worte. Sie blieben noch eine Weile am Fenster, ganz entzückt über dieses Niederrieseln der »Zwanzigfrancsstücke«, welches ganz Paris in Feuer zu hüllen schien. Als man sich auf den Heimweg begab, bereute Aristide, dass er so viel gesprochen hatte. Er schrieb die Schuld dem Wein zu und bat seine Frau, über die »Dummheiten«, die er gesprochen hatte, Schweigen zu bewahren; er wolle, sagte er, für einen ernsten Mann gehalten werden.

Während sehr langer Zeit hatte Saccard diese drei Netze studiert, welche Straßen und Boulevards bilden sollten und deren Plan er Angèle in einem Augenblick des Vergessens verraten hatte. Als diese starb, war es ihm ganz recht, dass sie sein Geschwätz vom Montmartre mit ins Grab genommen hatte. Da, in diesen famosen Furchen, die seine Hand durch den Mittelpunkt von Paris gezogen, ruhten seine Reichtümer und es lag ihm viel daran, seine Gedanken vor niemandem zu enthüllen, da er sehr wohl wusste, dass es am Tag der Beuteteilung gar viele Raben geben werde, die über die wehrlos daliegende Stadt würden herfallen wollen. Sein erster Plan bestand darin, zu möglichst niedrigem Preise irgendeine Liegenschaft, ein Haus oder ein Grundstück anzukaufen, welches in nicht ferner Zeit der Expropriation anheimfallen würde und durch eine bedeutende Entschädigung einen beträchtlichen Nutzen zu erzielen. Er hätte vielleicht den Versuch gemacht, die Sache ohne Geld durchzuführen, das heißt die Liegenschaft auf Kredit zu kaufen, um hernach bloß die Differenz einzustreichen, wie man es an der Börse macht, als seine Wiedervermählung erfolgte, die ihm zweihunderttausend Francs eintrug und seine Pläne zur Reife brachte. Nun standen seine Berechnungen fest: Ohne selbst zum Vorschein zu kommen, kaufte er unter dem Namen eines Vermittlers seiner Frau das Haus in der Rue de la Pepinière ab und verdreifachte seinen Einsatz dank seiner im Stadthaus erworbenen Sachkenntnis und seinen guten Beziehungen zu gewissen einflussreichen Personen. Als ihm Tante Elisabet die Straße genannt hatte, in welcher sich das Haus befand, war er freudig erregt zusammengezuckt, weil dasselbe gerade inmitten des projektierten Straßenzuges lag, von welchem man einstweilen nur ganz insgeheim in dem Kabinett des Seinepräfekten sprach. Dieser Straßenzug, der Boulevard Malesherbes, nahm seinen Spekulationsgeist völlig gefangen. Man gedachte damit einen alten Plan Napoleons des Ersten zur Ausführung zu bringen, »um«, wie die ernsten Leute sagten, »den hinter einem Labyrinth enger Straßen, auf den steilen Abhängen der Paris umschließenden Hügel gelegenen und dadurch gänzlich lahmgelegten Vierteln einen natürlichen Ausweg zu bahnen.« Diese offizielle Phrase verriet selbstverständlich nichts von dem Interesse, welches das Kaiserreich an dem Wirbeltanz der Goldstücke, an diesem Wegschaffen und Zuführen von Erde, Ziegeln und Mörtelwerk hatte, welche das Arbeitervolk unablässig beschäftigen sollten. Eines Tages hatte sich Saccard die Freiheit genommen, bei dem Präfekten jenen famosen Plan von Paris zu besichtigen, auf welchem »die Hand einer hochgestellten Persönlichkeit« mit roter Tinte die Hauptzüge des zweiten Netzes bezeichnet hatte. Diese blutigen Federstriche durchschnitten Paris noch tiefer, als die Hand des Wegekommissärs. Der Boulevard Malesherbes, der prächtige Hôtels in der Rue d'Anjou und Rue de la Ville-d'Évêque niederwerfen und bedeutende Erdarbeiten nötig machen würde, sollte in erster Reihe in Angriff genommen werden. Als Saccard das Haus in der Rue de la Pepinière besichtigte, gedachte er jenes Herbstabends, jenes Diners, welches er mit Angèle am Montmartre eingenommen hatte und während dessen Dauer bei den Strahlen der untergehenden Sonne ein so dichter Goldregen auf das Madeleineviertel niedergegangen war. Er lächelte und sagte sich, die goldhaltige Wolke hätte sich über seinem Hof entladen und nun werde er die vielen Zwanzigfrancsstücke auflesen.

Während Renée in ihrem verschwenderisch eingerichteten Heim der Rue de Rivoli, inmitten dieses neuen Paris, welches sie als Königin kennenlernen sollte, über ihre künftigen Toiletten nachdachte und ihre Rolle als zukünftige große Weltdame studierte, widmete sich ihr Gatte voll andächtigen Eifers seinem ersten großen Geschäft. Vor allem kaufte er ihr das Haus in der Rue de la Pepinière ab, und zwar durch Vermittlung eines sicheren Larsonneau, den er dabei betreten hatte, wie er gleich ihm in den Bureaux des Stadthauses herumschnüffelte, aber die Dummheit beging, sich dabei überraschen zu lassen, wie er eines Tages auf dem Schreibtisch des Präfekten herumkramte. Larsonneau hatte sich seither in einem finsteren, feuchten Hof der Rue Saint-Jacques als Agent und Vermittler niedergelassen; doch sein Stolz, seine Habgier litten da ganz ungemein. Er befand sich auf demselben Punkt, wie Saccard vor seiner Verheiratung; auch er hatte, wie er sich ausdrückte, »eine Maschine zur Anfertigung von Hundertsousstücken« erfunden, nur mangelte es ihm an den ersten Geldmitteln, um aus seiner Erfindung Nutzen zu ziehen. Er verständigte sich rasch mit seinem ehemaligen Kollegen und machte seine Sache so gut, dass er das Haus für hundertfünfzigtausend Francs erstand. Renée benötigte schon nach wenigen Monaten bedeutende Geldsummen und ihr Gatte kümmerte sich nur insofern um das Geschäft, als er ihr gestattete, das Haus zu verkaufen. Als der Handel abgeschlossen war, ersuchte sie ihn, für sie hunderttausend Francs anzulegen, welche sie ihm in vollstem Vertrauen übergab, offenbar, um ihn zu rühren und damit er die Augen zudrücke in Bezug auf die fünfzigtausend Francs, die sie für sich behielt. Er lächelte schlau. Es passte ihm ganz in den Kram, dass sie das Geld zum Fenster hinauswarf; diese fünfzigtausend Francs, die in Spitzen und Schmucksachen verschwendet werden sollten, mussten ihm hundert Perzent einbringen. Er trieb in seinem Entzücken über dieses erste Geschäft die Rechtlichkeit so weit, dass er die hunderttausend Francs seiner Gattin tatsächlich in Papieren anlegte und ihr die Rententitel übergab. Seine Frau konnte dieselben nicht veräußern und er war sicher, die Papiere im Nest zu finden, wenn er sie jemals benötigen sollte.

»Dies soll für Ihre kleinen Bedürfnisse sein, meine Liebe«, sagte er galant.

Als er das Haus besaß, war er schlau genug, dasselbe innerhalb eines Monats zweimal, und zwar stets unter fremden Namen wiederzuverkaufen, wobei der Verkaufspreis natürlich jedes Mal immer mehr in die Höhe geschraubt wurde. Der letzte Käufer bezahlte nicht weniger als dreihunderttausend Francs. Während dieser Zeit bearbeitete Larsonneau, der als Vertreter der jeweiligen Eigentümer fungierte, die Hausbewohner. Er weigerte sich aufs Entschiedenste, den Mietvertrag, zu erneuern, wenn sich dieselben nicht eine bedeutende Erhöhung des Mietzinses gefallen ließen. Die Mieter, die von der bevorstehenden Expropriation Kenntnis hatten, waren verzweifelt und nahmen schließlich die Steigerung an, zumal nachdem ihnen Larsonneau mit verständnisinnigem Lächeln mitteilte, dass diese Erhöhung während der nächsten fünf Jahre eine bloß scheinbare sein würde. Die Mieter, welche Widerstand leisteten, wurden durch Kreaturen ersetzt, denen man die Wohnung umsonst gab und die dafür bezeugten und unterschrieben, was man wollte. Auf diese Weise erzielte man einen doppelten Vorteil: Die Miete wurde erhöht und die dem Mieter für seinen Kontrakt zufallende Entschädigung kam Saccard zu. Frau Sicardot wollte ihrem Bruder in dem schönen Werk behilflich sein und errichtete in einem Laden des Erdgeschosses eine Klavierniederlage. Bei dieser Gelegenheit gingen Saccard und Larsonneau, von einem wahren Fieber erfasst, ein wenig zu weit: Sie legten Geschäftsbücher an und fälschten die Eintragungen, um den Verkauf der Klaviere auf eine riesige Ziffer hinaufzuschrauben. Mehrere Nächte hintereinander waren sie in dieser Weise beschäftigt und tatsächlich gelang es ihnen, den Wert des Hauses zu verdreifachen. Dank der letzten Verkaufskomödie, dank der Erhöhung der Mietpreise, der falschen Bewohner und des von Frau Sidonie betriebenen Handels, konnte das Haus vor der zur Bemessung der Entschädigungssummen berufenen Kommission auf fünfhunderttausend Francs bewertet werden.

Das Räderwerk der Expropriation, dieser mächtigen Maschine, die während fünfzehn Jahre in Paris das Unterste zu Oberst kehrte, einzelne Menschen ungeheuer reich machte, andere wieder zugrunde richtete, ist ein überaus einfaches. Sobald die Anlage eines neuen Straßenzuges beschlossen worden, entwirft der Wegekommissär die Einteilung der Baustellen und schätzt die einzelnen Parzellen ab. Bei Häusern wird nach erfolgten Erkundigungen gewöhnlich die Totalsumme der Mietbeträge kapitalisiert und derart eine annähernde Wertziffer gewonnen. Die aus Mitgliedern des Gemeinderates bestehende Kommission bietet nun stets einen Betrag, der niedriger ist als diese Ziffer, da sie wohl weiß, dass die Beteiligten mehr verlangen werden und dass man sich bei gegenseitig gemachten Zugeständnissen schließlich einigen werde. Vermag man sich nicht zu verständigen, so wird die Angelegenheit vor ein Schiedsgericht gebracht, das endgültig über das Angebot der Stadt und die Ansprüche des Eigentümers oder Mieters des betreffenden Hauses entscheidet.

Saccard, der des entscheidenden Augenblicks halber noch im Dienst der Stadt geblieben war, hatte für einen Moment die Frechheit, sich selbst als Mitglied der Kommission anzubieten, als die Arbeiten am Boulevard Malesherbes begannen, damit er sein Haus selbst abschätzen könne. Doch fürchtete er dadurch seinen Einfluss auf die Mitglieder der Entschädigungskommission zu verlieren und darum setzte er es durch, dass einer seiner Kollegen, ein junger Mann mit sanftem, einschmeichelndem Betragen, Namens Michelin, in die Kommission gewählt wurde. Die Gattin dieses Michelin, die von einer entzückenden Schönheit war, sprach zuweilen bei den Vorgesetzten ihres Gatten vor, um diesen zu entschuldigen, wenn er wegen Unpässlichkeit nicht im Bureau erscheinen konnte. Er war sogar sehr häufig unpässlich. Saccard hatte die Wahrnehmung gemacht, dass die schöne Frau Michelin, die so geräuschlos durch die halb geöffneten Türen schlüpfte, eine wahre Großmacht sei, so oft Michelin krank war, erhielt er eine Beförderung, – er machte Karriere, indem er sich zu Bett legte. Als er wieder einmal nicht erschien und seine Frau auf das Bureau schickte, um über sein Unwohlsein zu berichten, begegnete ihm Saccard auf einem der äußeren Boulevards, wo er mit der lieblichen, zufriedenen Miene, die ihn niemals verließ, seine Zigarre rauchte. Dies flößte ihm Sympathie für diesen wackeren jungen Mann, für dieses glückliche Ehepaar ein, welches so verständig und praktisch war. Er bewunderte rückhaltlos jede »Maschine zur Herstellung von Hundertsousstücken«, sobald sie verständig gehandhabt wurde. Als er Michelins Wahl bewerkstelligt, suchte er dessen reizende Frau auf, wollte sie Renée vorstellen und sprach zu gleicher Zeit über seinen Bruder, den Abgeordneten und berühmten Redner. Frau Michelin verstand und von diesem Tage an hatte ihr Gatte für seinen Kollegen stets ein freundliches, zuvorkommendes Lächeln. Aristide, der den würdigen jungen Mann nicht in seine Pläne einweihen wollte, begnügte sich damit, zufällig an dem Tag anwesend zu sein, da er an der Abschätzung des Hauses in der Rue de la Pepinière teilnehmen sollte. Er kam ihm dabei zu Hilfe. Michelin, dessen Schädel hohler war, als man denken sollte, hielt sich streng an die Weisung seiner Gattin, die ihm empfohlen hatte, Herrn Saccard in allen Stücken gefällig zu sein. Im Übrigen argwöhnte er gar nichts und war der Meinung, der Wegekommissär dränge ihn nur, die Sache raschestens abzumachen, um ihn hernach mit sich ins Kaffeehaus zu nehmen. Die Mietskontrakte, die Bestätigungen der Mieter, die famosen Bücher der Frau Sidonie wurden ihm von seinem Kollegen vorgelegt und wieder abgenommen, ohne dass er gar die Richtigkeit der Zahlen prüfen konnte, welche jener mit lauter Stimme verlas, Larsonneau war auch zugegen; er behandelte seinen Komplizen natürlich, als würde er ihn gar nicht kennen.

»Sagen Sie fünfhunderttausend Francs«, schloss Saccard seinen Vortrag. »Das Haus ist bedeutend mehr wert ... Und beeilen Sie sich; ich glaube, unter dem Personal des Stadthauses bereitet sich eine große Verschiebung vor und ich möchte mit Ihnen über dieselbe sprechen, damit Sie Ihre Frau unterrichten können.«

So wurde die Angelegenheit erledigt; noch gab es aber einige Befürchtungen. Er besorgte, der Betrag von 500 000 Francs werde der Entschädigungskommission für ein Haus, welches offenkundig einen Wert von nur 200 000 Francs hatte, ein wenig übertrieben dünken. Noch waren

Häuser und Grundstücke im Preis nicht so übermäßig in die Höhe getrieben worden und eine Untersuchung hätte ihn in ernstliche Unannehmlichkeiten stürzen können. Er erinnerte sich der Worte seines Bruders: »Nur keinen aufsehenerregenden Skandal, oder ich lasse Dich verschwinden«, und er wusste, dass Eugen der Mann dazu sei, um seine Drohung zu bewahrheiten. Es handelte sich also darum, den Herren von der Kommission Sand in die Augen zu streuen und sie nachsichtig und wohlwollend zu stimmen. Er richtete sein Augenmerk auf zwei einflussreiche Männer, die er sich durch die Art und Weise, wie er sie in den Korridoren grüßte, zu Freunden gemacht hatte. Die sechsunddreißig Mitglieder des Munizipalrates wurden über Antrag des Präfekten vom Kaiser selbst sorgfältig unter jenen Senatoren, Abgeordneten, Advokaten, Ärzten und Großindustriellen ausgewählt, die sich am tiefsten vor der Macht beugten; vor Allen aber waren der Baron Gouraud und Herr Toutin-Laroche dank ihrem glühenden Eifer der Gunst der Tuilerien würdig.

Den Baron Gouraud können wir mit wenigen Strichen kennzeichnen: als Belohnung für die Lieferung verdorbenen Zwiebacks für die große Armee von Napoleon dem Ersten zum Baron ernannt, war er der Reihenfolge nach unter Ludwig XVIII., unter Karl X., unter Louis-Philippe Pair und unter Napoleon III. Senator gewesen. Er war ein bedingungsloser Verehrer des Throns, dieser mit Samt überzogenen vergoldeten vier Bretter, unbekümmert darum, wer sich auf demselben befand. Bei seinem ungeheuren Bauch, seiner Ochsenphysiognomie und seinem ganzen elefantenartigen Auftreten war er ein bezaubernder Schuft, der sich voll Würde an den Meistbietenden verkaufte und die ärgsten Prellereien im Namen von Pflicht und Gewissen verübte. Noch größere Bewunderung erregte der Mann aber durch seine Laster. Es waren Geschichten über ihn im Umlauf, die man nur flüsternd wiedergeben konnte. Seine Ausschweifungen waren geradezu unglaublich und dabei war er trotz seiner achtundsiebzig Jahre von erstaunlicher Rüstigkeit. Zweimal schon hatte man die schändlichsten Vorkommnisse unterdrücken müssen, bevor sie zu allgemeiner Kenntnis gelangten, damit er seinen gestickten Senatorenfrack nicht vor den Geschworenen zu verteidigen habe. Herr Toutin-Laroche war groß und mager, ehemaliger Erfinder einer zur Kerzenfabrikation sehr geeigneten Mischung aus Talg und Stearin und wünschte nichts sehnlicher, als in den Senat gewählt zu werden. Er folgte dem Baron Gouraud wie dessen Schatten und rieb sich an ihm in der unbestimmten Vorstellung, dass ihm dies Glück bringen werde. Im Übrigen war er sehr praktisch und hätte sich ein verkäuflicher Senatorensitz gefunden, so wäre ihm kein Preis zu hoch gewesen. Das Kaisertum sollte diese habgierige Null, dieses schwache Gehirn, welches sich nur auf industrielle Betrügereien trefflich verstand, zur Geltung bringen. Er verkaufte als Erster seinen Namen an eine verdächtige Kompanie, an eine jener Gesellschaften, die wie Giftpilze auf dem Düngerhaufen der kaiserlichen Spekulationen gediehen. Man konnte zu jener Zeit mächtige Maueranschläge sehen, die in großen schwarzen Buchstaben die Überschrift trugen: »Allgemeine marokkanische Hafengesellschaft« und auf welchen der Name Toutin-Laroche unter Hinzufügung seines Titels als Munizipalrat an der Spitze des Verzeichnisses der Mitglieder des Verwaltungsrates prangte, unter denen sich weiter aber auch kein bekannter Name mehr vorfand. Dieser Kniff, der seither arg missbraucht worden war, trug treffliche Früchte. Die Aktienkäufer strömten herbei, trotzdem die Frage der marokkanischen Hafenplätze eine sehr wenig geklärte war und die wackeren Leute, die ihr Geld herbeischleppten, hätten selbst nicht zu sagen vermocht, zu welchen Zwecken dasselbe verwendet werden sollte. In hochtrabenden Phrasen sprachen die Plakate von der Errichtung von Handelsstationen längs des Mittelländischen Meeres. Seit zwei Jahren vermochten gewisse Zeitungen diese großartige Operation nicht genügend zu rühmen und zu preisen, die sie jedes Quartal für blühender und erfolgverheißender denn je erklärten. Im Munizipalrat galt Herr Toutin-Laroche für ein Verwaltungsgenie ersten Ranges; er war einer der starken Geister dieser Körperschaft, und der rücksichtslosen Tyrannei, welche er über seine Kollegen ausübte, kam nur seine hündische Ergebenheit vor dem Präfekten gleich. Schon arbeitete er an der Bildung einer großen Finanzgesellschaft, des Crédit Viticole, die den Besitzern von Weinbergen mit Darlehen unter die Arme greifen sollte, und sprach er über diesen Gegenstand mit einer gewissen Zurückhaltung und wichtigen Miene, die den Neid und die Eifersucht aller Einfaltspinsel erregten.

Saccard gewann die Gunst dieser zwei Persönlichkeiten, indem er ihnen Dienste erwies, bei welchen er sich sehr gewandt den Anschein gab, als wäre ihm die Bedeutung derselben unbekannt. Er führte seine Schwester mit dem Baron zusammen, der damals gerade in eine seiner schmutzigsten Geschichten verwickelt war. Er führte sie zu ihm unter dem Vorwande, seinen Beistand zugunsten der geliebten Schwester zu erbitten, die sich schon seit langer Zeit darum bewarb, mit einer Lieferung von Fenstervorhängen für die Tuilerien betraut zu werden. Es fügte sich aber, dass sich der Wegekommissär zurückzog und sie miteinander allein ließ, worauf Frau Sidonie dem Baron ihre Bereitwilligkeit kundgab, mit gewissen Leuten zu unterhandeln, die so wenig auf den eigenen Vorteil bedacht waren, dass sie sich nicht geschmeichelt fühlten durch die Freundschaft, deren ein Senator ihre Tochter, ein kleines Mädchen von etwa zehn Jahren, gewürdigt hatte. Bei Herrn Toutin-Laroche operierte Saccard persönlich, indem er in einem Korridor eine Unterredung über den Crédit Viticole mit ihm anknüpfte. Fünf Minuten später nahm ihn das große Verwaltungsgenie, ganz erschrocken und bestürzt über die erstaunlichen Dinge, die er da vernahm, ohne Weiteres unter den Arm und unterhielt sich länger als eine Stunde mit ihm. Saccard gab ihm geradezu bewunderungswürdige Verhaltungsmaßregeln in Bezug auf zukünftige finanzielle Operationen, und als Herr Toutin-Laroche von ihm ging, drückte er ihm mit sehr bezeichnender Miene die Hand, wozu er noch verständnisinnig mit den Augen zwinkerte.

»Sie sollen mit dabei sein, murmelte er; Sie müssen mit dabei sein.«

Aristide übertraf sich selbst in dieser Angelegenheit. Er trieb die Vorsicht so weit, dass er den Baron Gouraud und Herrn Toutin-Laroche in Unkenntnis darüber ließ, dass beide in die Sache eingeweiht seien. Er besuchte jeden besonders und legte bei ihnen ein Wort zugunsten eines seiner Freunde ein, dessen Haus in der Rue de la Pepinière expropriiert werden sollte; er sagte jedem der beiden Biedermänner, dass er über diese Angelegenheit mit keinem anderen Mitglied der Kommission sprechen werde, dass die Sache unanfechtbar sei, dass er aber bei derselben auf sein ganzes Wohlwollen rechne.

Die Befürchtungen des Wegekommissärs waren gerechtfertigte gewesen und er hatte wohl getan, seine Vorsichtsmaßregeln zu treffen. Als die auf sein Haus bezüglichen Schriftstücke vor die Kommission gelangten, traf es sich, dass ein Mitglied derselben in der Rue d'Astorg wohnte und das betreffende Haus kannte. Dieses Mitglied war entsetzt über den Betrag von 500 000 Francs, welcher seiner Ansicht nach auf weniger als die Hälfte herabgesetzt werden müsste. Aristide selbst hatte die Schamlosigkeit gehabt, 700 000 Francs verlangen zu lassen. Herr Toutin-Laroche, der sich seinen Kollegen auch sonst sehr unangenehm zu machen wusste, war heute von einer geradezu unerträglichen Bosheit. Er geriet in Zorn und begann die Hauseigentümer zu verteidigen.

»Wir alle sind Hauseigentümer, meine Herren«, schrie er. »Der Kaiser will ein großes Werk schaffen, knickern wir doch nicht bei solchen Kleinigkeiten. Dieses Haus muss wohl seine 500 000 Francs wert sein, denn einer der Unsrigen, ein Beamter der Stadt hat diese Ziffer ausgesprochen ... Wahrlich, man sollte meinen, wir lebten in den Abruzzen; schließlich werden wir uns noch gegenseitig verdächtigen!«

In seinem Fauteuil liegend blickte der Baron Gouraud mit überraschter Miene verstohlen zu Herrn Toutin-Laroche hinüber, der zugunsten der Hauseigentümer in der Rue de la Pepinière ganz Feuer und Flamme war. Ein Verdacht erwachte in ihm. Da ihn aber dieser heftige Ausfall der Notwendigkeit enthob, selbst das Wort zu ergreifen, so begnügte er sich zum Zeichen seiner bedingungslosen Zustimmung bei jedem Wort mit dem Kopf zu nicken. Das Mitglied aus der Rue d'Astorg aber leistete entrüstet Widerstand und wollte sich in einer Frage, von welcher es besser unterrichtet war als die anderen Herren, nicht den beiden Tyrannen der Kommission beugen. Herr Toutin-Laroche, der das zustimmende Kopfnicken des Barons wohl wahrgenommen, raffte nun zornig die Papiere zusammen und warf trocken hin:

»Nun gut, wir werden Ihren Zweifeln ein Ende bereiten ... Wenn Sie erlauben, nehme ich die Sache auf mich und Baron Gouraud wird mir bei der Untersuchung beistehen.«

»Gewiss«, stimmte der Baron ernst bei; »nichts Verdächtiges darf unseren Beschlüssen anhaften.«

Schon waren die Papiere in den geräumigen Taschen des Herrn Toutin-Laroche verschwunden und der Kommission blieb nichts anderes übrig, als sich zu fügen. Auf der Straße angelangt, blickten die beiden Biedermänner einander an, ohne zu lachen. Sie waren sich bewusst, Komplizen zu sein und traten nur umso würdevoller auf. Zwei gewöhnliche Geister hätten eine Erklärung miteinander gehabt. Sie aber fuhren fort, die Hauseigentümer in Schutz zu nehmen und den Geist des Misstrauens zu beklagen, der sich überall einzunisten begann, als hätte man sie noch hören können. In dem Augenblicke, da sie voneinander Abschied nehmen wollten, sagte der Baron lächelnd:

»Ach, lieber Kollege, da habe ich ganz vergessen, dass ich sofort aufs Land abreisen muss. Sie werden wohl die Güte haben, diese kleine Untersuchung ohne mich vorzunehmen ... Und vor allem: Verraten Sie mich nicht; die Herren beklagen sich ohnehin, dass ich mir zu oft Urlaub nehme.«

»Seien Sie ganz unbesorgt«, erwiderte Toutin-Laroche; »ich begebe mich unverzüglich in die Rue de la Pepinière.«

Damit begab er sich ruhig nach Hause, von einer gewissen Bewunderung für den Baron erfasst, der die schwierigen Situationen so gewandt zu lösen verstand. Er behielt die Papiere bei sich und erklärte in der nächsten Sitzung gebieterischen Tones in seinem, so wie im Namen des Barons, dass man zwischen dem Gebot von 500 000 Francs und der Forderung von 700 000 Francs den Mittelweg einschlagen und 600 000 Francs bewilligen müsse. Keine Stimme des Widerspruches wurde laut. Das Kommissionsmitglied aus der Rue d'Astorg, das offenbar über die Sache nachgedacht hatte, erklärte mit liebenswürdiger Miene, dass es sich getäuscht und geglaubt habe, es handle sich um das angrenzende Haus.

So errang Aristide seinen ersten Sieg. Er vervierfachte sein Betriebskapital und sicherte sich zwei Helfershelfer. Eine Sache bloß beunruhigte ihn: Als er die famosen Bücher der Frau Sidonie vernichten wollte, fand er sie nicht mehr. Er eilte zu Larsonneau, der ihm rundheraus erklärte, dass er dieselben bei sich habe und auch zu behalten gedenke. Der Andere schien darob gar nicht aufgebracht, sondern sagte bloß, er habe sich nur um seines teuren Freundes willen beunruhigt, der viel mehr gefährdet sei als er, da jene Skripturen fast ganz von seiner Hand herrührten; doch sei er vollkommen beruhigt, sobald er dieselben in seinem Besitz wisse. In Wahrheit aber hätte er den »teuren Freund« gerne erdrosselt; er erinnerte sich, dass ein sehr kompromittierendes Schriftstück, ein falsches Inventar vorhanden sei, welches er verfasst und unbedachterweise in einem der Bücher vergessen hatte. Larsonneau errichtete, nachdem er reich belohnt worden war, in der Rue de Rivoli eine Agentur, deren Räumlichkeiten mit dem größten Luxus eingerichtet waren. Saccard gab sein Amt im Stadthaus auf und da ihm nunmehr bedeutende Mittel zu Gebote standen, so stürzte er sich kopfüber in die hohe Spekulation, während Renée, von einem Vergnügungstaumel erfasst, mit ihren Equipagen, Diamanten und Toiletten Paris blendete.

Zuweilen begaben sich Mann und Frau, diese zwei von der brennenden Sucht nach Geld und Zerstreuungen erfüllten Naturen, nach der in eisige Nebel getauchten Insel Saint-Louis und da schien es ihnen immer, als beträten sie eine tote Stadt.

Das zu Beginn des siebzehnten Jahrhunderts erbaute Hôtel Béraud war ein massives, düsteres Gebäude mit schmalen hohen Fenstern, wie sie im Maraisstadtviertel sehr zahlreich sind und wie man solche an Pensionate, Selterswasser-Fabrikanten und Wein- und Alkoholhändler vermietet. Es war aber ausgezeichnet erhalten. Auf der an der Rue Saint-Louisen-l'Ile gelegenen Seite hatte es bloß drei Stockwerke, deren jedes fünfzehn bis zwanzig Fuß hoch war. Das etwas niedrigere Erdgeschoss hatte mit mächtigen Eisengittern versehene Fenster, die traurig in die dicken Mauern versenkt waren, und ein abgerundetes Tor, welches fast ebenso breit als hoch, mit einem gusseisernen Hammer versehen, dunkelgrün gestrichen und mit mächtigen Nägeln beschlagen war, die auf den beiden Flügeln Sterne und Rauten bildeten. Dieses Tor war typisch mit seinen Prellsteinen auf beiden Seiten, die halb zurückgelehnt reichlich mit eisernen Schutzreifen versehen waren. Deutlich war zu sehen, dass man ehemals in der Mitte des leicht abschüssigen, mit Kies bestreuten Torweges eine Rinne zur Ableitung des Schmutzwassers angelegt hatte. Doch hatte sich Herr Béraud entschlossen, diese Rinne zuschütten zu lassen, was übrigens das einzige Opfer war, welches er der modernen Architektur brachte. Die Fenster der Stockwerke waren mit kleinen eisernen Ausladungen versehen, die die aus starkem braun gebeiztem Holz gearbeiteten Fensterkreuze mit den kleinen grünlichen Scheiben sehen ließen. Bei den Mansarden oben brach das Dach mit einem Mal ab und die Dachtraufe setzte ihren Weg allein fort, um das Regenwasser zu den Abflussröhren zu leiten. Und was die strenge Kahlheit der Fassade noch vermehrte, war der gänzliche Mangel an Vorhängen und Fensterläden, den der Umstand, dass die Sonne dieses farblose, melancholische Mauerwerk niemals, zu gar keiner Jahreszeit beschien, erklärlich machte. Diese Fassade lag mit ihrem ehrwürdigen Anstrich, ihrer bürgerlichen Strenge in ewigem Schlummer da, welchen kein Wagengerassel, keinerlei Unruhe des Viertels störte.

Im Innern des Hotels lag ein von Arkaden umgebener viereckiger Hof, der die Place Royale in verkleinertem Maßstab darstellend, mit mächtigen Quadern gepflastert war, was die Ähnlichkeit dieses toten Hauses mit einem Kloster noch erhöhte. Dem Vorhof gegenüber sandte ein Brunnen, ein halb zerstörter Löwenkopf, von dem man nur mehr den halb offen stehenden Rachen sah, durch eine eiserne Röhre einen monotonen, schwerfälligen Wasserstrahl in ein moosüberwuchertes und an den Rändern durch den Gebrauch abgenütztes Becken. Dieses Wasser war kalt wie Eis. Zwischen den Quadern spross das Gras. Im Sommer vermochte ein dünner Sonnenstrahl in den Hof zu dringen und dieser seltene Besuch hatte eine Ecke der Fassade gebleicht, während die drei anderen Seiten düster und schwärzlich, von feuchten Flecken überzogen hernieder blickten. In diesem Hof, wo es kühl und still war, wie in einem

Brunnenschacht und den nur ein blasses, winterliches Licht erhellte, hätte man sich tausend Meilen von diesem neuen Paris entfernt geglaubt, wo in dem Getümmel der Millionen alle Genüsse winkten.

Ruhig und traurig, kalt und feierlich wie der Hof, waren auch die inneren Räumlichkeiten. Von einer breiten, mit einem eisernen Geländer versehenen Treppe durchschnitten, auf welcher die Schritte und das Räuspern der Besucher wie in einem Kirchenschiff widerhallten, zogen sich in langen Reihen weite und hohe Räume hin, in welchen die alten Möbel aus dunklem, starkem Holz ganz verloren gingen; das in denselben herrschende Halbdunkel belebten bloß die Tapetenfiguren, deren Umrisse undeutlich wahrzunehmen waren. Hier war der ganze Luxus der alten Pariser Bourgeoisie anzutreffen, ein unbequemer und unverwüstlicher Luxus; Sitze, deren Holz kaum mit etwas Stoff überzogen waren, Betten mit starren, steifen Falten, Kleidertruhen, deren schwerfällige, raue Bauart bewies, dass sie nicht zur Aufnahme der zarten, modernen Gewänder bestimmt seien. Für seinen eigenen Gebrauch hatte Herr Béraud Du Châtel einige Räume gewählt, die im düstersten Teil des Hôtels, zwischen dem Hof und der Straße im ersten Stock lagen. Hier befand er sich in einer Umgebung, deren Ruhe und Halbdunkel trefflich geeignet waren, das Sinnen und Nachdenken zu fördern. Wenn er die Türen öffnete und langsam und ernst durch die feierlichen Räume schritt, so hätte man ihn für eines jener alten Parlamentsmitglieder ansehen können, deren Bildnisse man an den Wänden hängen sah und das gedankenvoll nach Hause kam, nachdem es ein königliches Edikt verhandelt und abgelehnt hatte.

In diesem toten Haus, in diesem Kloster gab es aber ein warmes, lebendurchflutetes Nest, ein Plätzchen, wohin Sonne und Frohsinn Zutritt hatten, einen Winkel, wo helle Kinderstimmen, Licht und Luft ungehindert anzutreffen waren. Nachdem man eine Menge kleiner Treppen emporgestiegen, zehn oder zwölf Korridore entlang geschritten, hinabgestiegen und wieder hinaufgeklettert war, eine förmliche Reise gemacht hatte, gelangte man endlich in einem geräumigen Zimmer, in einer Art Belvedere an, welches auf dem Dach, hinter dem Hotel, oberhalb des Quai de Betune erbaut war. Dasselbe hatte eine vollkommen südliche Lage. Das Fenster war so groß, dass der Himmel mit all seinen Strahlen, seiner ganzen Luft, seinem gesamten Blau durch dasselbe einzudringen schien. Gleich einem Taubenschlag in die Luft hinausragend, war dieser Raum verschwenderisch mit Blumen ausgestattet; auch enthielt derselbe zahllose Vogelkäfige, aber keinerlei Möbelstück. Bloß auf dem Boden war eine Matte ausgebreitet. Dies war das »Kinderzimmer« und unter dieser Bezeichnung war es im ganzen Hotel bekannt. Das Haus war so kalt, der Hof so feucht, dass Tante Elisabet befürchtet hatte, der von den düsteren Mauern ausgehende kühle Hauch könnte Christine und Renée schädlich werden. Gar oft hatte sie die übermütigen Kinder ausgescholten, die unter den Arkaden herumtollten und ein besonderes Vergnügen daran fanden, ihre kleinen Arme in das eisige Wasser der Fontäne zu tauchen. Da war ihr nun der Gedanke gekommen, für die beiden Mädchen diesen speicherartigen Raum einrichten zu lassen, den einzigen Ort, wo die Sonne Zutritt hatte und wo ihre Strahlen seit zwei Jahrhunderten fruchtlos die massenhaften Spinnengewebe erwärmten. Dort brachte sie nun die Kinder unter, gab ihnen eine Matte, Blumen und Vögel. Die Schwestern waren entzückt. Während der Ferien lebte Renée hier, in dem hellen Bad dieser wohltuenden Sonne, die ganz erfreut über die ihr gebotene Zufluchtstätte und über die beiden Blondköpfe zu sein schien, die man ihr geschickt hatte. Das Zimmer wurde ein Paradies, in welchem man bloß Vogelgezwitscher und das Plaudern heller fröhlicher Kinderstimmen vernahm. Man hatte ihnen dasselbe als ausschließlichen Besitz überlassen. Sie sagten »unser Zimmer«; dort waren sie ganz daheim und sie gingen so weit, dass sie mit dem Schlüssel hinter sich zusperrten, um sich zu überzeugen, dass sie die alleinigen Herrinnen daselbst seien. Wie viel Glück bargen diese vier Wände! Und wie viel zerbrochenes Spielzeug beleuchteten die hellen Sonnenstrahlen auf der Matte!

Die höchste Wonne des Kinderzimmers war aber der weite, unbegrenzte Horizont. Wenn man zu den übrigen Fenstern des Hotels hinausblickte, sah man nichts weiter, als schwarze Mauern, die einige Fuß weit entfernt waren. Von hier aus aber sah man die ganze Seine, ganz Paris von der Cité bis zur Bercybrücke, platt und endlos, an eine holländische Stadt gemahnend. Auf dem Quai de Betune gab es halb versunkene Holzbaracken, Massen geborstener Bretter und Balken, zwischen welchen riesige Ratten ihr Spiel trieben, was die Kinder gerne mit ansahen, allerdings von der leisen Furcht beherrscht, die schwarzen Tiere könnten an den Mauern auch zu ihnen emporklettern. Darüber hinaus aber begann das reine Zauberland. Der Kohlenabladeplatz mit seinen Eichenbohlen und Strebemauern und die Constantinebrücke, die leicht und luftig wie eine Spitze unter den Füßen der Passanten sich wiegte, kreuzten sich in einem rechten Winkel und schienen die ungeheure Masse des Flusses zu bannen und zu beherrschen. Gegenüber grünten die Bäume des Weinmarktes und etwas entfernter die des Jardin des Plantes, die sich bis zum äußersten Horizont erstreckten, während auf dem jenseitigen Ufer der Quai Heinrich IV. und der Quai de la Râpée ihre niedrigen, ungleichen Bauten, ihre Häuserreihen entfalteten, die von oben gesehen, den kleinen Häuschen aus Holz und Pappe glichen, die man den beiden Schwestern zum Spielen gegeben hatte. Im Hintergrund ragte rechter Hand das bläulich schimmernde Schieferdach der Salpêtrière über die Bäume empor. Mehr in der Mitte bildeten die bis zur Seine hinabreichenden gepflasterten breiten Böschungen zwei lange graue Straßen, auf welchen stellenweise eine Reihe mächtiger Tonnen, ein bespannter Karren, ein mit Holz oder Kohle beladener Wagen zu sehen war. Doch der Hauptreiz, die Seele, welche das ganze Bild belebte, das war die Seine, der lebende Fluss, der von Weitem, unter dem unbestimmten, zitternden Rand des Horizontes wie aus einem Traumland hervorkommend, geradewegs auf die beiden Kinder zuströmte, majestätisch ruhig, kaum seine mächtigen Fluten aufwühlend, die sich zu ihren Füßen, vor der Inselspitze verbreiterten und gleichsam einzuschlummern schienen. Die beiden Brücken, welche sie überspannten, die Bercy- und die Austerlitz-Brücke, schienen unentbehrliche Hemmketten zu sein, die die Fluten bändigen mussten, um sie zu verhindern, in ihr Zimmer emporzudringen. Die Kinder liebten diesen Riesen, sie konnten sich nicht sattsehen an diesem Strom, an dieser ewig grollenden Flut, die sich auf sie zuwälzte, wie um sich ihrer zu bemächtigen und die sie dann sich zerteilen und nach rechts und links, ins Unbekannte mit der Gelassenheit des gebändigten Titanen verschwinden sahen. An schönen Tagen, an heiteren Morgen waren sie entzückt über die schönen Kleider der Seine. Es waren das gar verschiedene Kleider in allen Abstufungen von grün und blau mit seidenen Falten an den Rändern, welche die an den beiden Ufern ankernden Fahrzeuge mit schwarzen Samtbändern zu verzieren schienen. Weiterhin wurde das Zeug noch kostbarer und bewunderungswürdiger und glich der verzauberten Gewandung aus einem Feenmärchen und hinter dem dunkelgrünen Streifen, welchen die Schatten der Brücken auf das Wasser warfen, kamen wieder Gold schimmernde Flächen, ganze Felder, welche aus Sonnenstrahlen gewebt zu sein schienen und in welchen sich der endlose Himmel, die niedrigen Häuserreihen, die Bäume der beiden Parkanlagen spiegelten.

Als Renée heranwuchs und aus dem Pensionat bereits mit Anwandlungen sinnlicher Gelüste heimkehrte, warf sie zuweilen, wenn dieser unbegrenzte Horizont sie ermüdet hatte, einen Blick in die Schwimmschule hinab, welche sich an der Inselspitze befand. Und zwischen den an Leinen aufgehängten Wäschestücken, die die Stelle der Decke vertraten, suchte sie nach den Badehosen tragenden Männern, deren nackte Bäuche zu sehen waren.

III.

Bis zu den Sommerferien des Jahres 1854 blieb Maxime im Collège zu Plassans. Er war dreizehn Jahre und etliche Monate alt und hatte sein fünftes Schuljahr absolviert. Zu dieser Zeit entschloss sich sein Vater, ihn nach Paris kommen zu lassen. Er sagte sich, dass ein Sohn in diesem Alter sich ganz gut ausnehmen und dazu dienen würde, ihn in seiner Rolle als reichen und ernsten Witwer, der eine zweite Ehe eingegangen, zu unterstützen. Als er mit seiner Gattin, der gegenüber er sich einer großen Zuvorkommenheit befleißigte, über dieses Projekt sprach, erwiderte sie nachlässig:

»Mir ist's recht, lassen Sie den Jungen kommen ... Er wird uns ein wenig zerstreuen. Am Vormittag ist es bei uns ohnedies zum Sterben langweilig.«

Acht Tage später gelangte der Junge an. Es war ein schmächtiger, hoch aufgeschossener Schlingel mit dem Gesicht eines Mädchens, zarter, kecker Miene und ganz blondem Haar. Doch wie lächerlich sah der Knabe aus! Sein Kopf war ganz geschoren, das Haar so kurz, dass der Schädel kaum beschattet war; dazu trug er Beinkleider, die ihm zu kurz waren und eine Bluse, die zu weit geraten, ganz fadenscheinig war und ihm den Anschein gab, als hätte er einen Höcker. In diesem Aufzug und überrascht von den neuen Dingen, die er hier sah, blickte er um sich, allerdings ohne Furcht, mit der wilden und schlauen Miene eines frühreifen Kindes, welches sich nicht auf den ersten Hieb ergibt.

Ein Diener hatte ihn vom Bahnhof abgeholt und er befand sich in dem großen Salon, dessen vergoldete Decke und Einrichtung ihn entzückten, während ihn der Gedanke an all die Pracht, in welcher er fortan leben sollte, ganz glücklich machte, als Renée, die von ihrem Schneider heimkehrte, wie ein Wirbelwind hereinstürmte. Sie warf ihren Hut auf den weißen Burnus, den sie zum Schutz gegen die bereits empfindliche Kälte angelegt hatte, ab und erschien dem vor Bewunderung ganz bestürzten Maxime in dem vollen Glanz ihrer herrlichen Toilette.

Der Knabe meinte, sie sei verkleidet. Sie trug einen herrlichen Rock aus blauer Fayeseide mit großen Falbeln, darüber eine Art Rock der *garde française* aus zart grauer Seide. Die Rockschöße, mit blauer Seide gefüttert, waren galant zurückgeschlagen und durch Bänder festgehalten; die Verzierungen der Ärmel, sowie die breiten Überschläge des Leibchens waren aus demselben Zeug. Und gleichsam als Krone des Ganzen zogen sich große Knöpfe in der Farbe des Saphirs, in azurblaue Rosetten gefasst, in zwei Reihen von den Hüften bis zum Saum hinab. Es war hässlich und anbetungswürdig zugleich.

Als Renée ihren Stiefsohn bemerkte, war sie erstaunt zu sehen, dass er beinahe ebenso groß war wie sie und wendete sich mit der Frage zu dem Diener:

»Das ist wohl der Kleine, nicht wahr?«

Das Kind verschlang sie förmlich mit den Blicken. Diese Dame mit der weißen Haut, deren Busen aus dem Spalt der gefälteten Brustkrause hervorlugte, diese plötzliche reizende Erscheinung mit der hohen Haartracht, den fein beschuhten Händen und den kleinen Männerstiefeletten, deren spitzige Absätze sich in den Teppich versenkten, entzückte ihn und erschien ihm als die gute Fee dieses warmen Gold schimmernden Raumes. Er begann zu lächeln und benahm sich gerade linkisch genug, um seine knabenhafte Anmut beizubehalten.

»Ach! Wie drollig er ist!«, rief Renée aus. »Doch wie schrecklich! Man hat ihm den Kopf beinahe rasiert! ... Höre mich an, mein kleiner Freund, Dein Vater wird offenbar vor dem Diner nicht nach Hause kommen und ich werde gezwungen sein, Dich unterzubringen ... Ich bin Ihre Stiefmutter, mein Herr ... Willst Du mir einen Kuss geben?«

»Gewiss will ich«, erwiderte Maxime rundheraus.

Und damit küsste er die junge Frau auf beide Wangen, indem er sie bei den Schultern fasste, wodurch der graue Seidenüberwurf ein wenig verschoben wurde. Lachend machte sie sich los, indem sie sagte:

»Mein Gott, wie drollig der kleine Schlingel ist!« Und etwas ernster fügte sie hinzu: »Wir werden Freunde sein, nicht wahr? ... Ich will Ihnen eine Mutter sein. Ich dachte hierüber nach, während ich bei meinem Schneider wartete, der mit anderen Damen beschäftigt war und ich sagte mir, dass ich zu Ihnen sehr gut sein und Sie tadellos erziehen müsse ... Das wird hübsch sein!«

Noch immer blickte Maxime sie mit seinen blauen Augen an – diesen Augen eines kühnen Mädchens – und mit einem Mal fragte er:

»Wie alt sind Sie?«

»So etwas fragt man niemals!«, rief sie die Hände zusammenschlagend aus. »Er weiß das aber nicht, der kleine Unglückliche! Ich werde ihn erst alles lehren müssen ... Glücklicherweise brauche ich mein Alter noch nicht zu leugnen. Ich bin einundzwanzig Jahre alt.«

»Und ich werde bald vierzehn Jahre alt sein ... Sie könnten meine Schwester sein.«

Er sagte nichts weiter, doch verriet sein Blick deutlich, dass er der Meinung gewesen war, die zweite Frau seines Vaters müsste bedeutend älter sein. Er stand dicht bei ihr und betrachtete ihren Hals mit solcher Beharrlichkeit, dass sie schließlich errötete. Ihr unsteter Geist wandte sich indessen alsbald einem anderen Gegenstand zu, da sie sich nicht lange mit einer Sache beschäftigen konnte, und indem sie auf- und abzuschreiten begann, sprach sie von ihrem Schneider, ohne zu beachten, dass sie ein Kind vor sich habe.

»Ich wäre bei Deiner Ankunft gerne hier gewesen; doch bedenke, dass mir Worms diese Toilette heute morgens gebracht hat ... Ich probiere sie und finde sie ziemlich gelungen. Sie ist recht nett, nicht wahr?«

Damit war sie vor einen Spiegel getreten, während Maxime hinter ihr bald einige Schritte vorwärts machte, bald ein wenig zurückwich, um sie von allen Seiten betrachten zu können.

»Als ich aber das Kleid anlegte«, fuhr sie fort, »bemerkte ich, dass es hier, auf der linken Schulter eine große Falte machte; Du siehst ja selbst ... Diese Falte ist sehr hässlich und gibt mir den Anschein, als hätte ich eine Schulter höher als die andere.«

Er war näher gekommen, legte den Finger auf die bezeichnete Falte, wie um dieselbe niederzudrücken und die Hand dieses dem Laster nicht mehr fremden Schülers schien mit einem gewissen Wohlbehagen auf dieser Stelle zu verweilen.

»Meiner Treu«, plauderte sie weiter; »das konnte doch nicht so bleiben. Ich ließ daher anspannen und fuhr zu Worms, dem ich seine unverzeihliche Nachlässigkeit vorhielt ... Er versprach mir, dass er die Sache ändern werde.«

Dabei stand sie immer noch vor dem Spiegel, in dem sie sich sinnend betrachtete und endlich legte sie den Finger mit einer Miene ungeduldigen Nachdenkens auf den Mund, worauf sie leisen Tones, als spräche sie zu sich selbst, sagte:

»Etwas fehlt ... ja, ja, etwas fehlt hier ... «

Und mit einer plötzlichen Bewegung drehte sie sich um, stellte sich vor Maxime hin und fragte wichtig:

»Ist es wirklich gut? ... Findest Du nicht, dass etwas fehlt, irgendetwas, eine Kleinigkeit, ein Band, eine Schleife?«

Beruhigt durch den freundschaftlichen Ton der jungen Frau, hatte der Schuljunge die ganze Sicherheit seiner kecken Natur wiedergewonnen. Er trat zurück, trat wieder näher und die Augen zusammenkneifend, murmelte er:

»Nein, nein, es fehlt nichts, ... es ist sehr hübsch, sehr hübsch ... Meiner Ansicht nach ist sogar etwas zu viel vorhanden.«

Er errötete ein wenig, trotz seiner Kühnheit, trat noch näher und mit der Spitze seines Fingers einen Strich über Renées Busen ziehend, fügte er hinzu:

»Sehen Sie, ich würde diese Spitze hier rund ausschneiden und ein Halsband mit einem großen Kreuz anlegen.«

Entzückt klatschte sie in die Hände.

»Ja, ja, das ist es«, rief sie aus. »Das Wort lag mir auf der Zungenspitze.«

Damit schlug sie die Busenkrause zurück, verschwand für zwei Minuten und kehrte mit dem Halsband und dem Kreuz zurück. Darauf stellte sie sich wieder vor den Spiegel hin und murmelte mit triumphierender Miene:

»So ist's richtig, vollkommen richtig! ... Er ist ganz und gar nicht dumm, der kleine Kahlkopf! Du bist wohl den Frauen in Deiner Provinz beim Ankleiden behilflich gewesen? ... Kein Zweifel, wir werden gute Freunde sein. Doch musst Du hübsch folgsam sein. Vor allem, junger Herr, werden Sie sich die Haare wachsen lassen und diese abscheulichen Gewänder nicht mehr tragen; ferner werden Sie meine Ratschläge über Anstand und Benehmen getreulich befolgen. Ich will einen jungen Mann aus Ihnen machen.«

»Gewiss«, erwiderte das Kind naiv; »denn Papa ist nunmehr reich und Sie sind seine Frau.«

Sie lächelte und sagte dann mit ihrer gewohnten Lebhaftigkeit:

»Vor allem müssen wir uns duzen; ich sage bald Du, bald Sie, das ist zu dumm ... Du wirst mich also sehr lieb haben?«

»Ich werde Dich von ganzem Herzen lieben«, erwiderte der Knabe mit der Glut eines jungen Burschen, der eine Liebschaft gefunden hat.

Dies war die erste Begegnung zwischen Maxime und Renée. Der Knabe kam erst einen Monat später in die Schule. In den ersten Tagen spielte seine Stiefmutter mit ihm wie mit einer Puppe; sie entkleidete ihn seiner Provinzgewohnheiten und es muss zugegeben werden, dass er hierbei viel guten Willen bekundete. Als er durch den Schneider seines Vaters vom Kopf bis zu den Füßen neu gekleidet vor ihr erschien, stieß sie einen Ruf freudiger Überraschung aus; er sei herzallerliebst, erklärte sie. Nur seine Haare wuchsen mit einer Langsamkeit, die geradezu zum Verzweifeln war. Die junge Frau behauptete immer, dass das Haar dem Gesicht Ausdruck verleihe und sorgfältig pflegte sie ihr eigenes. Lange Zeit war sie untröstlich über die Farbe desselben, die in ihrer Unbestimmtheit am ehesten an feine Butter erinnerte. Doch als gelbe Haare modern wurden, war sie hoch erfreut und um den Glauben zu erwecken, dass sie die Mode nicht einfältigerweise nachahme, schwor sie, dass sie ihr Haar jeden Monat färbe.

Seiner dreizehn Jahre ungeachtet war Maxime schon sehr erfahren. Er war eine jener zarten, frühreifen Naturen, bei welchen die Sinne vorzeitig zur Geltung gelangen. Das Laster erwachte in ihm noch vor der Begierde. Zweimal war er nahe daran gewesen, aus der Schule verwiesen zu werden. Renée, deren Augen an die provinziale Anmut gewöhnt waren, hätte sehen können, dass der kleine Kahlkopf, wie sie ihn nannte, so unschön er auch gekleidet war, den Hals auf anmutige Weise wendete, die Arme mit einer gewissen weichen Bewegung gebrauchte und mit dem mädchenhaften Ausdruck der Schülerinnen lächelte. Seinen Händen, die zart und lang waren, wendete er besondere Pflege zu, und wenn seine Haare auf Anordnung des Schulvorstehers, eines ehemaligen Stabsoffiziers, auch kurz geschnitten sein mussten, so besaß er dafür einen kleinen Spiegel, den er während des Vortrages aus der Tasche zog, zwischen die Blätter seines Buches legte und in welchem er sich stundenlang betrachtete, seine Augen untersuchte, sein Mienenspiel beobachtete und allerlei kokette Künste einstudierte. Seine Kameraden hängten sich an seine Bluse wie an einen Weiberrock und dabei presste er sich derart zusammen, dass er schlank erschien und sich gleich einer voll entwickelten Frau in den Hüften wiegen konnte. In Wahrheit aber erhielt er ebenso viel Prügel wie Schmeicheleien. Die Schule zu Plassans, eine Höhle kleiner Banditen gleich der Mehrzahl der Provinzschulen, wurde auf diese Weise ein Ort der Besudelung, wo dieses neutrale Temperament, dieses Kind, welches das Laster als Erbschaft überkommen zu haben schien, eine seltsame Entwicklung nahm. Vielleicht sollten es die Jahre bessern; doch die Spuren seiner kindlichen Verirrungen, dieser Verweichlichung seines ganzen Wesens, dieser Stunde, in welcher er sich für ein Mädchen halten konnte, sollten in ihm zurückbleiben und seine Männlichkeit für alle Zeiten beeinträchtigen.

Renée nannte ihn »mein Fräulein«, ohne zu wissen, dass sie noch vor sechs Monaten das Richtige getroffen hätte, Sie sah, dass er sehr gehorsam, sehr liebevoll sei; ja mitunter fühlte sie sich durch seine Liebkosungen geradezu verwirrt. Er hatte eine Art, sie zu küssen, die ihr einen heißen Schauer verursachte. Was sie aber am meisten entzückte, war seine Schelmerei; er war unsagbar drollig, kühn und sprach bereits lächelnd über die Frauen, hielt sogar den Freundinnen Renées Stand: Der teuren Adeline, die Herrn von Espanet geheiratet hatte und der dicken Susanne, die ganz kürzlich die Gattin des Großindustriellen Haffner geworden war. Mit vierzehn Jahren war er bis über die Ohren in Letztere verliebt. Er hatte seine Stiefmutter zu seiner Vertrauten gemacht und bereitete dadurch dieser viel Vergnügen.

»Ich hätte Adeline vorgezogen, denn diese ist hübscher«, pflegte sie zu sagen.

»Mag sein«, erwiderte der Schlingel; »doch ist Susanne bedeutend dicker ... Ich liebe die schönen Frauen ... Und wenn Du gut wärest, so würdest Du für mich ein Wort bei ihr einlegen.«

Renée lachte. Ihre Puppe, dieser große Junge mit dem Mädchengesicht deuchte ihr unbezahlbar, seitdem er verliebt war. Es trat sogar ein Augenblick ein, da sich Frau Haffner ernstlich verteidigen musste. Im Übrigen ermunterten die Damen Maxime durch ihr ersticktes Lachen, durch die hingeworfenen zweideutigen Worte und die koketten Gebärden und Mienen, die sie vor diesem frühreifen Kind zeigten. Ein Zug stark aristokratischer Lüsternheit war da mit im Spiel. Alle Drei, in ihrem von der Leidenschaft durchglühten, geräuschvollen Leben, machten Halt bei der reizenden Verderbtheit dieses halbwüchsigen Jungen, als wäre dieselbe ein seltenes und gefahrloses Gewürz, welches ihren Gaumen reizt. Sie ließen ihn gewähren, wenn er ihre Kleider berührte, mit den Fingern über ihre Schultern strich, sobald er ihnen ins Vorzimmer folgte, um ihnen beim Anlegen ihrer Überwürfe behilflich zu sein. Sie gaben ihn von Hand zu Hand und lachten wie toll, wenn er ihnen das Handgelenk an der Innenseite küsste, wo die Haut sich so zart und warm anfühlt; dann wieder gaben sie sich ein mütterliches Ansehen und lehrten ihn die Kunst, ein schöner Mann zu sein und den Damen zu gefallen. Er bildete ihr Spielzeug; er war ihnen ein Männchen mit sinnreichem Mechanismus, das küssen und den Hof machen konnte, das die liebenswürdigsten Laster hatte, das trotz alledem ein Spielzeug, ein Hampelmännchen blieb, vor dem man sich nicht zu sehr, nur gerade so weit ängstigte, dass man bei der Berührung seiner kindlichen Hand einen sehr angenehmen Schauder verspürte.

Als Maxime neuerdings zur Schule gehen sollte, kam er auf das Bonapartelyzeum. Dies war das Lyzeum der eleganten Welt, welches Saccard für seinen Sohn wählen musste. Trotz seiner Weichlichkeit und Leichtfertigkeit war der Knabe hochintelligent; doch verwendete er seine Intelligenz auf ganz andere Dinge als auf klassische Studien. Dessen ungeachtet war er ein korrekter Schüler, der niemals zu den nichtsnutzigen Faulenzern herabsank, sondern sich an die gut gekleideten, kleinen Herren hielt, von denen man nichts Schlimmes sagte. Seine Jugend äußerte sich bei ihm bloß in einer wahren Verehrung für die Toilette. Paris öffnete ihm die Augen und machte einen schönen jungen Mann aus ihm, dem die stets nach der neuesten Mode geschnittenen Kleider wie angegossen am Leibe saßen. Er war der Musterstutzer seiner Klasse, in welcher er sich wie in einem Salon einfand, mit eleganten Schuhen und tadellosen Handschuhen, herrlichen Krawatten und Hüten. Solcher junger Herrchen gab es in seiner Klasse etwa zwanzig, die gleichsam einen aristokratischen Verband bildeten, sich beim Verlassen des Schulgebäudes Havannazigarren aus Zigarrentaschen mit goldenen Schließen anboten und sich ihre Bücher durch einen livrierten Diener nachtragen ließen. Maxime hatte seinen Vater bewogen, ihm einen Tilbury und einen kleinen kräftigen Rappen zu kaufen, der die Bewunderung und das Entzücken seiner Kameraden bildete. Er führte selbst das Gespann; auf dem Rücksitz hinter ihm saß ein Lakai mit untergeschlagenen Armen und der an ein Ministerportefeuille erinnernden Schultasche aus kastanienbraunem Leder auf den Knien. Und man musste sehen, mit welcher Leichtigkeit, Übung und Anmut er in zehn Minuten aus der Rue de Rivoli nach der Rue du Havre kam, sein Pferd hart vor dem Tor des Lyzeums anhielt und dem Diener mit den Worten: »Jacques, um halb fünf Uhr!«, die Zügel hinwarf. Die Ladeninhaber in den umliegenden Häusern waren entzückt von der köstlichen Anmut dieses Blondkopfes, den sie regelmäßig jeden Tag zweimal mit seinem Wägelchen anlangen und abfahren sahen. Bei der Heimfahrt nahm er zuweilen einen Freund mit sich, den er vor dessen Tür absetzte. Dann rauchten die beiden Kinder Zigarren, betrachteten die Frauen und bespritzten die Passanten mit Kot, als kämen sie vom Wettrennen zurück. Es war das eine wunderliche kleine Welt von Stutzern und Gecken, die man täglich in der Rue du Havre anlangen sah, wo sie in ihren geckenhaften Anzügen den reichen, blasierten Mann spielten, während die »Hefe« der Anstalt, die wirklichen Schüler, schreiend und lachend daherkamen, sich gegenseitig stießen, mit den schweren Schuhen das Pflaster stampften und ihre Bücher an langen Riemen über den Rücken herunterhängen hatten.

Renée, die ihre Rolle als Mutter und Erzieherin ernst nehmen wollte, war entzückt von ihrem Schüler. Sie vernachlässigte tatsächlich nichts, um seine Erziehung zu vervollkommnen. Gerade zu jener Zeit hatte sie schweren Kummer und vergoss sie manche Träne; – ein Liebhaber hatte sie verlassen, um seine Verehrung der Herzogin von Sternich zu Füßen zu legen und die Sache hatte ungeheures Aufsehen erregt. Sie träumte davon, dass Maxime ihr Trost sein werde; sie wurde alt, bemühte sich, recht mütterlich zu sein und wurde zum absonderlichsten Mentor der Welt. Häufig blieb der Tilbury Maximes daheim, denn Renée holte den Stiefsohn mit ihrer großen Karosse ab. Die braune Büchertasche wurde unter den Sitz geschoben und dann fuhr man ins Bois, wo sie ihm einen Vortrag über das kaiserliche Paris hielt, welches noch ganz glücklich und in heller Begeisterung über diesen Schlag mit dem Zauberstabe war, welcher aus den Hungerleidern und Handlangern von gestern große Herren und Millionäre gemacht hatte, die prahlerisch auf ihren Geldsäcken saßen. Der Knabe aber fragte fast immer nur nach den Frauen und da sie sich ihm gegenüber sehr frei aussprach, so lieferte sie ihm eingehende Details: Frau von Guende war dünn, aber vorzüglich gebaut; die sehr reiche Gräfin Vanska war eine Straßensängerin gewesen, bevor sie sich von einem Polen heiraten ließ, der sie mit Schlägen traktierte, wie man behauptete; und was die Marquise d'Espanet und Susanne Haffner betraf, so waren die Beiden unzertrennlich und obgleich sie ihre vertrauten Freundinnen waren, so fügte Renée mit zusammengekniffenen Lippen, als wollte sie nicht mehr sagen, hinzu, dass man sich über beide recht unsaubere Dinge erzähle. Auch die schöne Frau von Lauwerens war sehr kompromittierend, hatte aber so schöne Augen, und jedermann wusste, dass soweit es sich um ihre Person handle, man keinen Tadel vorbringen könne, obgleich sie sich zu viel mit den Händeln der armen kleinen Frauen abgibt, mit denen sie verkehrt: Frau Daste, Frau Teissière, die Baronin von Meinhold. Maxime wünschte die Porträts dieser Damen zu besitzen; er füllte mit denselben ein Album, welches im Salon auf einem Tischchen lag. Um seine Stiefmutter mit der lasterhaften Schlauheit, die den Grundzug seines Charakters bildete, in Verlegenheit zu bringen, verlangte er von ihr Aufschlüsse über Dirnen, wobei er sich den Anschein gab, als sähe er sie für vornehme Damen an. Moralisierend und ernst erwiderte ihm Renée, dass dies verabscheuungswürdige Geschöpfe seien, denen er sorgfältig ausweichen müsse: Dann aber vergaß sie sich und sprach von denselben wie über Personen, die sie genau kannte. Einen besonderen Genuss bereitete es dem Knaben, wenn er die Sprache auf die Herzogin von Sternich bringen konnte. So oft der Wagen derselben im Bois an dem Ihrigen vorüberfuhr, begann er von der Herzogin zu sprechen, und zwar mit einer boshaften Schadenfreude und einem Seitenblick auf seine Stiefmutter, welcher zur Genüge bewies, dass er das letzte Abenteuer derselben kannte. In trockenem Ton fiel dann Renée über ihre Rivalin her und zerpflückte dieselbe erbarmungslos; wie alt die arme Frau wurde! Sie schminkte sich, hatte Liebhaber in jedem ihrer Kleiderschränke verborgen, und habe sich einem Kammerherrn hingegeben, um in das kaiserliche Bett zu gelangen. So ging es in einem Zuge erbarmungslos fort, während Maxime, um sie zu ärgern, die Herzogin für eine entzückende Frau erklärte. Derartige Lektionen erhöhten die Intelligenz des Knaben ganz ungemein, umsomehr, als die junge Erzieherin dieselben überall wiederholte, im Salon, im Bois, im Theater. Der Schüler machte bedeutende Fortschritte.

Maxime hatte für sein Leben gern mit Frauengewändern, für den weiblichen Leib bestimmten Toilettesachen, zu schaffen. Immer blieb etwas vom Mädchen an ihm haften, dank seinen zarten länglichen Händen, seinem bartlosen Gesicht, seinem weißen, vollen Hals. Renée besprach sich ganz ernsthaft über ihre Toiletten mit ihm. Er kannte die guten Schneider der Hauptstadt, urteilte sachverständig über dieselben und sprach über die Symmetrie eines Hutes, über die Logik einer Toilette wie irgendeine Frau. Als er siebzehn Jahre alt geworden war, gab es keine Modistin, die er nicht ergründet, keinen Schuhmacher, den er nicht bis ins Innerste studiert hätte. Dieser merkwürdig frühreife Junge, der während der englischen Stunde die Prospekte durchlas, welche ihm sein Parfumlieferant jeden Freitag zugehen ließ, hätte eine brillante Abhandlung über das ganze elegante Paris, Klienten und Lieferanten mit inbegriffen, zu schreiben verstanden, in einem Alter, da die Provinzschulknaben noch keine Magd anzusehen wagen. Häufig brachte er vom Lyzeum heimkehrend, in seinem Tilbury einen Hut, eine Seifenschachtel, irgendein Geschmeide mit, welches seine Stiefmutter Tags vorher bestellt hatte. In seinen Taschen war stets ein Endchen parfümierter Spitzen zu finden.

Sein Höchstes war aber, wenn er Renée zu dem berühmten Worms, dem genialem Schneider begleiten durfte, vor welchem die Modeköniginnen des zweiten Kaiserreiches auf den Knien lagen. Der Salon des großen Mannes war geräumig, elegant eingerichtet und mit breiten Diwanen versehen. Mit einer gewissen religiösen Erregung setzte er den Fuß in denselben. Die weiblichen Toiletten besitzen unleugbar ihren eigenen Duft; Seide, Satin, Samt und Spitzen vermengen ihren zarten Hauch mit dem der Haare und bernsteinartig angehauchten Schultern und die Atmosphäre dieses Salons hatte jene duftige Wärme, jenen Weihrauch des Reichtums und lebenden Fleisches, welches den Raum zu einer dem Dienste irgendeiner geheimen Gottheit geweihten Kapelle machte. Häufig mussten Renée und Maxime Stunden lang warten; stets waren etwa zwei Dutzend Damen noch zugegen, die darauf warteten, dass die Reihe an sie komme und inzwischen Biskuits in kleine Gläschen Madeira tauchten, die nebst anderen kleineren Delikatessen auf dem großen Tisch in der Mitte bereitstanden. Die Damen fühlten sich hier ganz zu Hause, plauderten unbefangen miteinander und wenn sie sich in dem weiten Gemach niederließen, hätte man sie für eine Schaar Lesbierinnen halten können, die sich in einem Pariser Salon versammelten. Maxime, den sie um seines mädchenhaften Aussehens willen liebten und in ihrer Nähe duldeten, war das einzige männliche Wesen, welches Zutritt in das Heiligtum hatte. Er schwelgte daselbst in göttlichen Genüssen; er glitt schlangengleich über die Diwane hin und stets konnte man ihn unter einem Rock, hinter einem Mieder, zwischen zwei Kleidern antreffen, wo er sich ganz klein zusammenkauerte, vollkommen ruhig verhielt und mit der Miene eines Chorknaben, der den Leib des Herrn empfängt, die duftende Wärme seiner Nachbarinnen einatmete.

»Er schmuggelt sich überall ein, der Kleine da«, sagte die Baronin von Meinhold und streichelte ihm die Wangen.

Er war so zart, dass ihn die Damen kaum für vierzehnjährig hielten; sie fanden ein Vergnügen daran, ihn mit dem Madeira des berühmten

Worms zu berauschen. Er sprach die überraschendsten Dinge zu ihnen und sie lachten darüber, dass ihnen die Tränen über die Wangen flossen. Indessen war es die Marquise d'Espanet, die das charakteristische Wort der Situation fand; denn als man Maxime eines Tages in einer Diwanecke zusammengekauert hinter ihrem Rücken entdeckte, wo er so rosig und errötend, so ganz durchdrungen von dem Wohlbehagen, welches er in ihrer unmittelbaren Nähe empfand, dreinblickte, murmelte sie:

»Dieser Knabe hätte als Mädchen geboren werden sollen.«

Wenn dann der große Worms Renée endlich vorließ, trat Maxime mit ihr zugleich in das Kabinett. Er hatte sich erlaubt, zwei oder drei Mal einige Worte zu sprechen, während sich der Meister in den Anblick seiner Klienten vertiefte, gleichwie ein Künstler sein Modell betrachtet und der Meister hatte über die Triftigkeit seiner Bemerkungen zu lächeln geruht. Er ließ Renée sich vor einen vom Fußboden bis zur Decke reichenden Spiegel stellen und schien, indem er die Brauen runzelte, innerlich mit sich zurate zu gehen, während die aufgeregte junge Frau den Atem anhielt, um gewiss keine störende Bewegung zu machen. Und wie von Begeisterung ergriffen, begann der Künstler nach wenigen Minuten in großen Zügen das Meisterwerk zu skizzieren, welches er vor seinem geistigen Auge entstehen sah, indem er in kurzen Sätzen hervorstieß:

»Robe Montespan aus aschfarbener Fayeseide ... Schleppe halbkurz, vorne runder Ausschnitt ... große Schleifen aus grauem Satin zum Festhalten an den Hüften ... Vorderteil aus gefütterter perlgrauer Seide ... «

Er dachte von Neuem nach, wobei er bis in die tiefste Tiefe seines Genies hinabzutauchen schien und mit der triumphierenden Grimasse einer auf ihrem Dreifuß sitzenden Wahrsagerin fuhr er fort:

»In den Haaren, auf diesem leuchtenden Haupt werden wir den träumerischen Schmetterling der Psyche mit den azurblauen Flügeln anbringen.«

Bei einer anderen Gelegenheit aber wollte die Eingebung nicht kommen. Vergebens rief der berühmte Worms sie herbei; er strengte sich ganz nutzlos an. Dann runzelte er die Brauen, wurde bleich, nahm seinen armen Kopf zwischen beide Hände, drückte ihn verzweiflungsvoll und warf sich schließlich entmutigt in einen Fauteuil.

»Nein«, murmelte er dabei schmerzlichen Tones; »nein, heute nicht ... heute ist es nicht möglich ... Die Damen sind so erbarmungslos ... Die Quelle ist versiegt.«

Damit setzte er Renée vor die Tür und fügte gleichsam begütigend hinzu:

»Nicht möglich, nicht möglich, verehrte Frau; bitte, sprechen Sie nächster Tage wieder vor ... Heute bin ich nicht in der richtigen Stimmung.«

Nicht lange währte es, so hatte die schöne Erziehung, welche Maxime zuteilwurde, ihre ersten Früchte getragen. Mit siebzehn Jahren verführte der Schlingel das Kammermädchen seiner Stiefmutter. Das Ärgste an der Sache war, dass die Person schwanger wurde. Man musste sie samt ihrem Balg aufs Land schicken und ihr eine kleine Rente aussetzen. Renée war im höchsten Grade aufgebracht über das Abenteuer, während sich Saccard nur soweit darum kümmerte, als es die materielle Seite der Frage erforderte. Die junge Frau zürnte ihrem Zögling ernstlich. Er, aus dem sie einen vornehmen Mann machen wollte, kompromittierte sich mit einer solchen Person! Welch lächerlicher, schmählicher Anfang, welch unbesonnener Streich! Wenn er sich noch mit einer der Damen eingelassen hätte!

»Meiner Treu!«, erwiderte er ruhig; »wenn Deine gute Freundin Susanne gewollt hätte, so wäre sie aufs Land geschickt worden.«

»Oh, über den Schlingel!«, murmelte sie wehrlos gemacht. Die Vorstellung, Susanne mit einer Rente von zwölfhundert Francs auf dem Land zurückgezogen zu sehen, stimmte sie heiter.

Dann aber kam ihr ein kurzweiliger Gedanke und ganz vergessend, dass sie die zürnende Mutter darzustellen habe, begann sie zu lachen und ihn aus den Augenwinkeln ansehend, murmelte sie, während sie ihr Lachen hinter der vorgehaltenen Hand zu ersticken suchte:

»Höre mal, Adeline wäre in diesem Fall sehr ungehalten über Dich gewesen und sie hätte Susanne heftige Vorwürfe gemacht ... «

Weiter sprach sie nicht, denn Maxime begann ebenfalls zu lachen. Derart kam Renées Sittenstrenge in diesem. Abenteuer zu Fall.

Aristide Saccard kümmerte sich nicht im Geringsten um die beiden Kinder, wie er seinen Sohn und seine zweite Frau nannte. Er lies ihnen eine unbeschränkte Freiheit, froh darüber, dass sie so gute Freunde waren, wodurch sich sein Haus mit geräuschvoller Heiterkeit füllte. Es war das übrigens ein gar merkwürdiges Haus. Die Türen desselben gingen während des ganzen Tages auf und zu; die Dienerschaft unterhielt sich mit lauter Stimme; inmitten der funkelnagelneuen Pracht erschienen fortwährend ungeheure flatternde Damenröcke, ganze Züge von Lieferanten, die lärmende Schaar von Renées Freundinnen, die Kameraden Maximes und die Besucher Saccards. Letzterer empfing von neun bis elf Uhr die merkwürdigsten und verschiedensten Personen der Welt: Senatoren und Gerichtsvollzieher, Herzoginnen und Modewarenhändler, den ganzen Gischt, welchen die Pariser Stürme vor seine Tür fegten. Seidenkleider, schmutzige Röcke, Blusen und schwarze Fräcke, die er mit dem stets gleichen geschäftigen Ton, denselben ungeduldigen und nervösen Bewegungen empfing. Er erledigte wichtige Geschäfte in zwei Worten, löste zwanzig Schwierigkeiten auf einen Hieb und fand Lösungen im Handumdrehen. Man hätte meinen sollen, dass dieser bewegliche kleine Mann, der eine sehr starke Stimme hatte, in seinem Kabinett mit den Leuten und Möbeln stritt und zankte, mit dem Kopf gegen die Decke stieß, um denselben Gedanken zu erpressen und immer wieder siegreich auf seine Füße zurückfiel. Um elf Uhr verließ er das Haus, wo man ihn während des ganzen Tages nicht wiedersah; er dejeunierte außerhalb des Hauses und oft nahm er auch das Diner auswärts ein. Dann gehörte das Haus Renée und Maxime. Sie nahmen das Arbeitszimmer des Vaters ein, öffneten dort die Sendungen der Lieferanten und allerlei Tand und wertloses Zeug breitete sich auf den wichtigsten Geschäftspapieren aus. Mitunter mussten ernste Persönlichkeiten Stunden lang vor der Tür des Arbeitszimmers warten, während der Schuljunge und die junge Frau auf dem Arbeitstisch Saccards sitzend, über ein neues Band beratschlagten. Renée ließ zehnmal während eines Tages anspannen. Nur selten speiste man zusammen; von den drei Personen der Familie streiften sicherlich immer zwei außerhalb des Hauses umher und kehrten gewöhnlich erst um Mitternacht heim. Es war das ein geräuschvolles Haus, den Geschäften und Zerstreuungen gewidmet, in welches das moderne Leben mit seinem Goldklang und seidenen Gewändern seinen rauschenden Einzug gehalten hatte.

Endlich befand sich Aristide Saccard in seinem Element. Er hatte herausgefunden, dass er zum großen Spekulanten geboren worden war, der Millionen aus der Erde hervorstampfen müsse. Nach dem Meisterstreich in der Rue de la Pepinière stürzte er sich kühn in den Kampf, welcher Paris mit schmählichen Trümmern und glänzenden Triumphen zu füllen begann. Er wiederholte das alte Spiel, nunmehr mit aller Sicherheit, kaufte die Häuser an, die er der Spitzhaue verfallen wusste und benützte seine Freunde dazu, bedeutende Entschädigungssummen zu erwirken. Es traten Epochen ein, da er fünf oder sechs Häuser sein eigen nannte, – all jene Häuser, die er ehedem auf so eigentümliche Weise betrachtet hatte, als hätten dieselben bereits ihm gehört, als er nichts weiter als ein armer Wegekommissär gewesen war. Dies bedeutete aber erst das Anfangsstadium der Kunst; so lange er die Mietskontrakte ausgenützt, mit den Bewohnern paktiert und Staat und Privatleute ausgebeutet hatte, bedurfte es keiner besonderen Schlauheit und er war der Ansicht, dass es sich so gar nicht lohne. Und es währte nicht lange, so erprobte er sein Genie an schwierigeren Aufgaben.

Vorerst erfand Saccard die Spiegelfechterei des Ankaufs von Immobilien unter dem Vorwand, dass dies für Rechnung der Stadt geschehe. Eine Entschließung des Staatsrates hatte die Letztere in eine schwierige Situation gebracht. Auf dem Weg gütlicher Übereinkunft hatte die Stadt eine große Anzahl von Häusern in der Hoffnung angekauft, sie werde die Mietskontrakte ausnützen, den Mietern ohne Entschädigung aufkündigen können. Doch wurden diese Käufe für tatsächliche Expropriationen angesehen und sie musste zahlen. Zu dieser Zeit machte sich Saccard anheischig, als Strohmann für die Stadt zu operieren; er kaufte, nützte die Kontrakte aus und lieferte das betreffende Haus gegen eine kleine Abfertigung zum festgesetzten Termin ab. Schließlich spielte er sogar ein doppeltes Spiel: Er kaufte für die Stadt und den Präfekten zu gleicher Zeit. War ein Kauf gar zu verführerisch, so behielt er das Haus für sich und der Staat bezahlte. Man belohnte seine Dienstwilligkeit, indem man ihm einzelne Straßenabschnitte, projektierte Straßenkreuzungen überließ, welche er wieder verkaufte, noch bevor der Bau der neuen Straße gar in Angriff genommen worden war. Es war ein wildes Spielen; man spielte auf die zu erbauenden Stadtviertel, wie man auf Rentenpapiere spielt. Gewisse Damen, schöne Mädchen, vertraute Freundinnen hoher Funktionäre, waren mit von der Partie; eine derselben, die von ihren herrlichen Zähnen her berühmt ist, hat zu wiederholten Malen ganze Straßen aufgeknabbert. Saccard fühlte sein Verlangen, seinen Durst nach Reichtum immer höher steigen, als er sah, wie das Gold durch seine Hände strömte. Es schien ihm, als breitete sich rings um ihn ein Meer von Zwanzigfrancsstücken aus; die Flut wurde zum Ozean und erfüllte den unabsehbaren Horizont mit einem unbestimmten Wogen und Rauschen, einer metallischen Melodie, die sein Herz umschmeichelte und immer weiter wagte er sich als kühner Schwimmer, der seine Unerschrockenheit mit jedem Tag zunehmen fühlte, in die Flut hinaus, untertauchend, dann wieder zum Vorschein kommend und bald auf dem Rücken, bald auf dem Bauch liegend, durchschnitt er die unabsehbare Wasserfläche bei heiterem und bei stürmischem Wetter, voll Vertrauen zu seiner Kraft und seiner Geschicklichkeit, die ihn nicht untergehen lassen würde.

Zu jener Zeit war Paris in eine Wolke von Gipsstaub gehüllt. Die Epoche, welche Saccard in dem Restaurant auf dem Montmartre vorausgesagt hatte, war gekommen. Die Stadt wurde unerbittlich zerstückelt und Aristide war bei jedem Einschnitt dabei. An allen vier Enden der Stadt besaß er Trümmerhaufen. Selbstverständlich war er in der Rue de Rome auch in die erstaunliche Geschichte jenes Loches verwickelt, welches eine Gesellschaft ausheben ließ, um fünf- oder sechstausend Kubikmeter Erde fortführen zu lassen und den Glauben an gigantische Arbeiten zu erwecken und welches wieder verschüttet werden musste, wozu die erforderliche Erdmenge aus Saint-Ouen herbeigeschafft wurde, als die Gesellschaft fallit wurde. Aristide zog sich mit reinem Gewissen und vollen Taschen aus der Geschichte, dank seinem Bruder Eugen, der vermittelnd eingriff. In Chaillot war er bei der Abtragung des Hügels behilflich, der in eine Niederung geschafft wurde, um für den Boulevard Raum zu gewinnen, der sich vom Arc-de-Triomphe bis zur Almabrücke erstreckt. In der Nähe von Passy regte er den Gedanken an, die Trümmer des Trocadero auf das Plateau schaffen zu lassen, sodass sich die fruchtbare Erde heute zwei Meter tief befindet und nicht einmal das Gras auf diesem Schutt gedeihen will. Man konnte ihn an zwanzig Punkten zu gleicher Zeit antreffen, an allen Orten, wo es irgendein unüberwindliches Hindernis gab: Trümmer, mit denen man nichts anzufangen wusste, Aufschüttungen, die man nicht auszuführen vermochte, ein Haufen Erde und Gips, der der fieberhaften Eile der Ingenieure im Weg war, den er mit seinen Fingern durchwühlte und welchen er dann stets auf irgendeine Weise zu verwerten verstand. An einem und demselben Tag besichtigte er die Arbeiten am Arc-de-Triomphe und auf dem Boulevard Saint-Michel, die Demolierungen am Boulevard Malesherbes, sowie die Erdarbeiten zu Chaillot, stets gefolgt von einer Armee von Arbeitern, Gerichtsvollziehern, Aktionären, Betörten und Gaunern.

Seinen größten Triumph feierte er aber mit dem Crédit Viticole, den er mit Toutin-Laroche gründete. Dieser war der offizielle Direktor der Gesellschaft, während er selbst nur als Mitglied des Aufsichtsrates figurierte. Auch bei dieser Gelegenheit hatte Eugen seinen Bruder nach Tunlichkeit unterstützt. Dank seiner Vermittlung begünstigte die Regierung die Gesellschaft und behandelte dieselbe mit großem Wohlwollen. Als anlässlich einer kitzeligen Unternehmung dieser Gesellschaft ein übelwollendes Blatt sich herausnahm, an dieser Operation Kritik zu üben, ging der amtliche »Moniteur« so weit, eine Note zu veröffentlichen, in welcher jede Diskussion über ein solch ehrenwertes Unternehmen, welches der Staat selbst seiner Gunst würdigte, untersagt wurde. Der Crédit Viticole beruhte auf einem vorzüglichen Finanzsystem: Er streckte den Weingartenbesitzern die Hälfte des Betrages vor, auf welchen deren Eigentum geschätzt wurde, sicherte das Darlehen durch eine Hypothek und behob von den Parteien die Zinsen des Kapitals sowie eine Anzahlung auf die Tilgung der Schuld. Noch nie hatte es einen besseren, weiseren Mechanismus gegeben. Mit einem feinen Lächeln hatte Eugen seinem Bruder erklärt, dass man in den Tuilerien den Wunsch habe, es möge alles ehrbar zugehen. Herr Toutin-Laroche deutete diesen Wunsch in der Weise, dass er die Darlehen an die Weingartenbesitzer nach wie vor bewilligte und nebstbei ein Bankhaus errichtete, welches die großen Kapitalien an sich zog und sich mit fieberhafter Spielwut in allerlei Abenteuer stürzte. Dank dem vom Direktor ausgehenden kräftigen Antrieb hatte sich der Crédit Viticole in kurzer Zeit den Ruf einer blühenden und über jeden Zweifel erhabenen Institution erworben. Um an der Börse zu Beginn der Operationen mit einem Schlag eine ganze Masse neuer Aktien, die eben erst die Presse verlassen hatten, auf den Markt zu werfen und den Papieren ein Aussehen zu geben, als befänden sie sich schon seit Langem im Umlauf, verfiel Saccard auf den ingeniösen Gedanken, sie während einer ganzen Nacht von den Dienern mit Birkenbesen bearbeiten zu lassen. Man hätte die Anstalt für eine Filiale der Bank von Frankreich ansehen können. Das Haus, in welchem sich die Bureaux befanden, schien mit seinem von Equipagen wimmelnden Hof, seinem massiven Eisengitter, dem breiten Perron und der monumentalen Treppe, mit seiner Flucht glänzend eingerichteter Kabinette, seinen zahllosen Beamten und livrierten Dienern ein ernster, würdevoller Tempel des Geldes zu sein und die Leute, die mit ihren Angelegenheiten hierher kamen, wurden von einem andächtigen Schauer erfasst, wenn sie das Heiligtum, die Kasse erblickten, zu welchem ein vollkommen kahler Korridor führte und in welchem man die eiserne Kasse sehen konnte, die an die Wand geschmiedet, mit ihren drei Schlössern und mächtigen Seitenteilen das Aussehen einer grimmigen Gottheit hatte.

Saccard vermittelte damals ein bedeutendes Geschäft für die Stadt. Nachdem die Stadt durch den Wirbeltanz der Millionen, welchen sie selbst entfesselt hatte, um dem Kaiser gefällig zu sein und gewisser Leute Taschen zu füllen, fortgerissen und in Schulden gestürzt worden war,

war sie genötigt, ihre Zuflucht zu versteckten Anlehen zu nehmen, um nicht zu verraten, dass auch sie von der Spekulationswut angesteckt worden war. Sie hatte gerade ihre sogenannten Delegationsbons, welche eigentlich unverfälschte Wechsel auf lange Zeit waren, ins Leben gerufen, um die Unternehmer sofort am Tag des Kontraktabschlusses zu bezahlen und diesen durch Veräußerung dieser Bons die Möglichkeit zur Beschaffung neuer Mittel zu bieten. Der Crédit Viticole hatte dieses Papier entgegenkommend von seinen Klienten angenommen und an dem Tag, da es der Stadt an Geld mangelte, trat Saccard an sie heran. Sie erhielt eine bedeutende Summe ausbezahlt, auch eine neue Emission von Delegationsbons, welche Herr Toutin-Laroche von Konzessionen besitzenden Gesellschaften bekommen zu haben vorgab und welche er durch alle Pfützen der Spekulation zog. Fortan war der Crédit Viticole unantastbar; er hielt ja Paris an der Kehle gefasst. Der Direktor sprach nur mehr mit einem Lächeln von der famosen Marokkaner Hafengesellschaft; indes lebte diese noch immer und die Zeitungen fuhren fort, die großen Handelsstationen zu preisen. Eines Tages redete Herr Toutin-Laroche Saccard zu, er möge Aktien dieser Gesellschaft kaufen; jener lachte ihm aber ins Gesicht und fragte ihn, ob er ihn denn wirklich für so dumm ansehe, dass er sein Geld in Papieren der »Gesellschaft von Tausendundeiner Nacht« anlegen werde.

Bislang hatte Saccard mit Glück gespielt, hatte betrogen, sich selbst verkauft und aus jeder Operation Nutzen gezogen. Doch bald genügte ihm diese Tätigkeit nicht mehr; es widerstrebte ihm, sozusagen die Nachlese zu halten und das Gold zusammenzuraffen, welches Toutin-Laroche, Baron Gouraud und ihresgleichen hinter sich niederfallen ließen. Er fuhr mit beiden Armen bis an die Schulter in den Sack. Er verbündete sich mit den Herren Mignon und Charrier, diesen famosen Unternehmern, die damals noch am Beginn ihrer Tätigkeit standen und ein ungeheures Vermögen erwerben sollten. Die Stadt war bereits zu dem Entschluss gelangt, die Arbeiten nicht in eigener Regie auszuführen, sondern die Boulevards auf Akkord zu vergeben. Die im Besitz der Konzession befindlichen Gesellschaften verpflichteten sich, ihr gegen eine vereinbarte Entschädigung die fertige Straße samt Bäumen, Bänken und Gaslaternen zu übergeben. Mitunter berechneten sie für die Straße selbst gar nichts, da sie durch die längs derselben gelegenen Baugründe, die sie für sich behielten und dann zu fetten Preisen veräußerten, reichlich entschädigt waren. Die fieberhafte Spekulation mit Baugründen, die unerhörte Preissteigerung der Häuser und sonstiger Immobilien datiert aus jener Zeit.

Dank seinen Verbindungen erhielt Saccard die Konzession für drei Boulevard-Abschnitte. Er wurde die rastlose und ein wenig übereifrige Seele der ganzen Gesellschaft. Die Herren Mignon und Charrier, die ihm zu Beginn blind ergeben waren, waren schlau, raue Patrone, Maurermeister, die den Wert des Geldes kannten. Sie lachten insgeheim über die Equipagen Saccards, behielten ihre Blusen und zögerten auch nicht, bei einer Arbeit mit Hand anzulegen; mit Staub und Mörtel bedeckt kehrten sie des Abends heim. Beide stammten aus Langres, von wo sie ihren ruhigen, wenig intelligenten Geist nach dem unbefriedigten, heißen Paris brachten; doch wenn ihr Geist auch ein wenig beschränkt war, so verstanden sie es dennoch trefflich, jede Gelegenheit zu ergreifen, um ihre Taschen anzufüllen. Wenn Saccard die Geschäfte hastig betreiben wollte, es an Drängen und Aneifern nicht fehlen, sich durch seinen Heißhunger fortreißen ließ, so verhinderten die Herren Mignon und Charrier durch ihr schrittweises Vordringen, durch ihre gewandte, sichere Verwaltung sehr oft, dass er, verführt durch glänzende Aussichten, sich in Schwierigkeiten stürze. Sie willigten niemals ein, die eleganten Bureaux, das Hotel zu besitzen, welches er erbauen wollte, um Paris in Erstaunen zu setzen. Ebenso weigerten sie sich, die Spekulationen zweiten Ranges auszuführen, die jeden Tag in seinem Gehirn entstanden: Errichtung von Konzertsälen, großartigen Badeanstalten auf den freien Bauplätzen; er wollte Eisenbahnen erbauen, die längs der neuen Boulevards angelegt werden sollten, mit Glas gedeckte Galerien, die den Wert der Verkaufsläden verzehnfachen und bei schlechtem Wetter die Spaziergänger vor dem Nasswerden schützen würden. Um all diesen Projekten, die sie mit Schrecken erfüllten, ein Ende zu bereiten, beschlossen die Unternehmer, die freien Baustellen unter die drei Genossen zu verteilen und dann sollte jeder nach Gutdünken mit seinem Anteil verfahren. Während sie fortfuhren, ihre Parzellen zu guten Preisen zu verkaufen, ließ Aristide bauen. In ihm arbeitete es wild, sein Gehirn befand sich in unablässiger fieberhafter Tätigkeit und er hätte in allem Ernste den Vorschlag gemacht, Paris unter eine ungeheure Glocke zu setzen, um es in ein Treibhaus zu verwandeln und Ananas und Zuckerrohr daselbst zu züchten.

Dank den bedeutenden Kapitalien, die er besaß, nannte er alsbald acht Häuser auf den neuen Boulevards sein eigen. Vier derselben: zwei in der Rue de Marignan und zwei auf dem Boulevard Haußmann, waren vollkommen fertig; die anderen vier, die auf dem Boulevard Malesherbes lagen, waren unvollendet, ja eines derselben, welches bloß einen weiten von Brettern umgebenen Raum darstellte, auf welchem sich ein moderner Prachtbau hätte erheben sollen, war bloß bis zum Fußboden des ersten Stockes gediehen. Zu dieser Zeit hatten sich seine Angelegenheiten derart kompliziert, hatte er so viele Fäden um jeden seiner Finger gerollt, so viele Interessen zu wahren und Marionetten in Bewegung zu setzen, dass er des Nachts kaum drei Stunden schlief und seine Korrespondenz in seinem Wagen las. Das Merkwürdigste war, dass seine Kasse unerschöpflich schien. Er war an allen Aktienunternehmungen beteiligt, baute mit einer wahren Wut, beschäftigte sich mit allem, womit Handel getrieben werden konnte und drohte, Paris gleich dem steigenden Meer zu überfluten, ohne dass man jemals gesehen hätte, dass er einen bedeutenden Gewinn erzielte oder höhere Geldbeträge einforderte. Dieser goldene Fluss, welcher, ohne dass man seine Quellen gekannt hätte, in eiligem Drängen aus seinem Arbeitszimmer hervorkam, erregte das Staunen und die Bewunderung der Müßiggänger und machte ihn für einen Moment zu dem von aller Welt gekannten Manne, welchem die Zeitungen jedes neue Börsenwitzwort in den Mund legten.

Die ehelichen Bande, welche Renée mit diesem Gatten vereinten, waren denn auch die denkbar lockersten. Es vergingen mitunter ganze Wochen, ohne dass sie ihn zu Gesicht bekam. Im Übrigen konnte sie nicht über ihn klagen, denn seine Kasse stand ihr gänzlich zur Verfügung und sie liebte ihn im Grunde genommen, wie man einen zuvorkommenden Bankier liebt. Wenn sie sich ins Hotel Béraud begab, so rühmte sie seine vortrefflichen Eigenschaften ihrem Vater gegenüber, den der Reichtum seines Schwiegersohnes kalt und unberührt ließ. Ihre Verachtung war geschwunden; dieser Mensch – Aristide Saccard – schien so durchdrungen von der Überzeugung, dass das Leben nichts als ein Geschäft sei, er war so augenscheinlich dazu geboren, aus allem Geld zu machen, was ihm unter die Hände kam: Kinder, Frauen, Pflastersteine, Gipssäcke, Gewissen, – dass sie ihm aus seiner mit größter Berechnung durchgeführten Heirat keinen Vorwurf machen konnte. Seit diesem Handelsgeschäft betrachtete er sie gewissermaßen mit denselben Blicken, wie eines dieser schönen Häuser, die ihm zur Ehre gereichten und aus welchen er noch bedeutenden Nutzen zu ziehen hoffte. Er wollte, sie solle elegant gekleidet, bei allen Vergnügungen zugegen sein und ganz Paris den Kopf verdrehen. Dies gereichte ihm zum Vorteil und ließ sein Vermögen doppelt so groß erscheinen. Er war schön, jung, verliebt, unbesonnen durch seine Frau. Sie war seine Verbündete, seine Mitschuldige, ohne es zu wissen. Ein neues Paar Pferde, eine Toilette für zweitausend Taler, ein liebenswürdiges Benehmen irgendeinem Liebhaber gegenüber erleichterte, ja entschied mitunter sogar seine einträglichsten Geschäfte. Häufig schickte er sie auch unter dem Vorwand, sich vollkommen erschöpft zu fühlen, zu einem Minister, zu einem Funktionär, um eine Konzession zu erwirken oder einen Bescheid zu erhalten. Bei solchen Gelegenheiten sagte er ihr: »Sei vernünftig!«, und das in einem zugleich spöttischen und schmeichelndem Ton, den nur er eigen hatte. Und wenn sie zurückkehrte und den gewünschten Erfolg erzielt hatte, so rieb er sich die Hände, indem er sein famoses: »Warst Du auch vernünftig?«, wiederholte. Renée lachte. Er war zu tätig, um sich eine Frau Michelin zu wünschen; nur liebte er es, einen derben Scherz zu machen, schlüpfrige Hypothesen aufzustellen. Wenn Renée übrigens »nicht vernünftig gewesen wäre«, so hätte er keinen anderen Verdruss als den empfunden, die Gefälligkeit des Ministers oder des Funktionärs tatsächlich bezahlt haben zu müssen. Die Leute betören, ihnen weniger geben, als sie für ihr Geld beanspruchen konnten, war sein Prinzip. Häufig konnte man ihn sagen hören: »Wenn ich eine Frau wäre, würde ich mich vielleicht verkaufen, die Ware aber niemals liefern; das wäre ja zu dumm!«

Die tolle, unberechenbare Renée, die eines Nachts am Pariser Himmel erschienen war, gleich der exzentrischen Fee der weltlichen Genüsse, war eine sich jeglicher Analyse entziehende Frau. Wäre sie im Elternhaus erzogen worden, so hätte sie gewiss durch die Religion oder irgendeine andere Beruhigung der Nerven den Stachel der Begierden abgestumpft. Ihr Kopf war gut spießbürgerlich veranlagt; sie besaß eine absolute Ehrbarkeit, eine Vorliebe für logische Dinge, eine tiefsitzende Furcht vor dem Himmel und der Hölle, eine Menge Vorurteile; sie war ihrem Vater nachgeraten, dieser ruhigen, vorsichtigen Rasse, welche alle häuslichen Tugenden besaß. Und dessen ungeachtet keimten und gediehen in dieser Natur die erstaunlichsten Fantasiegebilde, die unablässig neu erstehenden Begierden und Wünsche, die sie sich selbst nicht zu gestehen wagte. Bei den Damen in dem Kloster zur Heimsuchung Mariä war ihr Geist unter den mystischen Freuden der Kapelle und den sinnlichen Neigungen ihrer kleinen Freundinnen umhergeirrt und so hatte sie sich selbst da eine fantastische Erziehung gegeben, das Laster kennengelernt, hierbei ihrer ungebärdigen Natur keinerlei Zwang angetan und ihr junges Gehirn derart aus dem Gleis gebracht, dass sie eines Tages ihren Beichtvater nicht wenig in Verlegenheit brachte, indem sie ihm beichtete, dass sie während der Messe ein unbezwingliches Verlangen empfunden hatte, sich von ihrem Platz zu erheben und ihn zu küssen. Dann aber schlug sie sich die Brust und erbleichte bei dem Gedanken an den Teufel und seine Pechpfannen. Der Fehltritt, welcher späterhin ihre Verbindung mit Saccard nach sich zog, diese Vergewaltigung, welche sie mit einer Art erschrockener Erwartung über sich hatte ergehen lassen, erfüllte sie nachher mit einer gewissen Selbstverachtung, die bedeutsam zu dem Sichgehenlassen ihres ferneren Lebens beitrug. Sie dachte, es nütze doch nichts, gegen das Böse anzukämpfen, welches in ihr war und dass die Logik sie ermächtige, die Wissenschaft des Schlechten gänzlich auszukosten. Sie empfand eher Neugierde als wirkliches Verlangen. Inmitten des Wirbels des zweiten Kaiserreiches stehend, ihrer eigenen Fantasie anheimgegeben, überreichlich mit Geld versehen, ermutigt, in den geräuschvollsten Vergnügungen fortzufahren, gab sie sich widerstandslos hin, bereute es darauf und schließlich gelang es ihr, ihre verstummende Ehrbarkeit gänzlich zu unterdrücken, zumal sie durch ihr unersättliches Verlangen, zu wissen und zu fühlen, unaufhaltsam vorwärts getrieben wurde.

Im Übrigen segelte sie im gewöhnlichen Fahrwasser. Sie plauderte gerne halblaut und mit vielsagendem Lachen über das seltene Vorkommnis einer zärtlichen Freundschaft, wie sie zwischen Susanne Haffner und Adeline d'Espanet bestand; über das heikle Gewerbe der Frau von Lauwerens und die zu festgesetzten Preisen erhältlichen Küsse der Gräfin Vanska; doch betrachtete sie all diese Dinge nur von Weitem, mit der unbestimmten Idee, dieselben selbst einmal zu verkosten und dieses unentschiedene Verlangen, welches sie in ihren bösen Stunden heimsuchte, vermehrte noch die sinnverwirrende Angst, dieses erschrockene Suchen nach einem einzigen, köstlichen Genuss, welcher nur ihr zu eigen bliebe. Ihre ersten Liebhaber hatten sie nicht verwöhnt; diesmal hatte sie gemeint, von einer großen Leidenschaft erfasst worden zu sein, – die Liebe platzte in ihrem Kopf gleich einer Petarde, deren Funken aber in ihrem Herzen nicht zündeten. Während eines Monats war sie wie toll, ließ sie sich überall mit ihrem Angebeteten sehen und eines schönen Morgens empfand sie anstelle der gestrigen Zärtlichkeit eine niederschmetternde Gleichgültigkeit, eine unendliche Leere. Der Erste, der junge Herzog von Rozan erfreute sich seiner Eroberung am wenigsten lange; Renée, der seine Ruhe und vortreffliche Haltung gefallen hatten, fand, dass er im *Tête-à-tête* eine Null und im höchsten Grade langweilig sei. Herr Simpson, Attaché der amerikanischen Gesandtschaft, der nach ihm kam, behandelte sie fast roh und kam daher länger als ein Jahr aus mit ihr. Nach dieser Zeit wendete sie ihre Gunst dem Grafen von Chibray, Flügeladjutanten des Kaisers zu, ein schöner, eingebildeter Mann, der ihr merkwürdig lästig zu werden begann, als es der Herzogin von Sternich einfiel, sich in ihn zu verlieben und ihn an sich zu reißen. Nun beweinte sie ihn mit heißen Tränen und ihren Freundinnen gegenüber äußerte sie sich, dass ihr Herz gebrochen sei und sie nicht mehr lieben werde. So kam endlich Herr von Mussy an die Reihe, der unbedeutendste Mensch von der Welt, der es nur seiner Gewandtheit beim Arrangieren von Rundtänzen zu danken hatte, dass er im diplomatischen Dienst vorwärts kam. Sie hätte niemals zu sagen vermocht, wie es eigentlich gekommen war, dass sie sich ihm hingegeben hatte und dennoch hielt sie es lange mit ihm, denn sie war bereits müde geworden und wollte sich nicht die Mühe geben, mit neuen Gestalten anzuknüpfen, bis sich ihr das Außerordentliche, Ungewöhnliche geboten hatte, worauf sie wartete. Mit achtundzwanzig Jahren war sie bereits übersättigt. Die Langeweile aber deuchte ihr umso unerträglicher, da ihre spießbürgerlichen Tugenden die Stunden, in welchen sie sich langweilte, benützten, um sich zu beklagen und sie zu beunruhigen. Sie verschloss die Tür und hatte fürchterliche Migräne. Öffnete sich ihre Tür wieder, so kam zu derselben ein in Seide und Spitzen gehülltes Geschöpf herausgerauscht, welches keine Sorge und kein Erröten kannte.

Inmitten ihres alltäglichen, vergnügungssüchtigen Lebens durchkostete sie aber einen Roman. Eines Tages war sie zu Fuß ausgegangen, um ihren Vater zu besuchen, der das Stampfen der Pferde vor seinem Haus nicht leiden mochte, als sie bei hereinbrechender Abenddämmerung heimkehrend, auf dem Quai Saint-Paul die Entdeckung machte, dass ihr ein junger Mann folgte. Es war warm gewesen und der Tag neigte sich seinem Ende zu, eine gewisse liebesdurstige Atmosphäre zurücklassend. Bisher war man ihr immer nur zu Pferde durch die Alleen des Bois gefolgt und sie fand, dass dieses Abenteuer pikant sei; dasselbe schmeichelte ihr als eine Art neuer Huldigung und gerade die Brutalität, die Derbheit derselben übte einen prickelnden Reiz auf sie aus. Anstatt nach Hause zu gehen, schlug sie die Rue du Temple ein, wodurch sie ihren Galan über die Boulevards entlang führte. Der Mann aber wurde kühner und allmählich so zudringlich, dass Renée ein wenig erschrak, den Kopf verlor und durch die Rue de Faubourg-Poissonnière eilend, sich in den Laden der Schwester ihres Gatten flüchtete. Der junge Mann trat hinter ihr ein. Frau Sidonie lächelte, schien zu verstehen und ließ sie allein. Doch als ihr Renée folgen wollte, hielt der Unbekannte sie zurück, begann höflich, doch erregt zu sprechen und erlangte ihre Verzeihung. Der

Mann war in irgendeinem Amt angestellt, nannte sich Georg und sie fragte ihn niemals nach seinem Familiennamen. Zweimal fand sie sich ein, um mit ihm zusammenzukommen, wobei sie durch den Laden, er durch die Rue Papillon eintrat. Diese zufällige Liebe, die sich auf der Straße angeboten und ebendort angenommen worden war, bereitete ihr ein lebhaftes Vergnügen. Sie erinnerte sich stets mit einiger Scham, aber auch mit einem Lächeln des Bedauerns an dasselbe. Frau Sidonie aber zog den Nutzen aus dem Abenteuer, dass sie endlich die Mitschuldige der Frau ihres Bruders wurde, eine Rolle, nach der sie sich seit dem Tag der Vermählung gesehnt hatte.

Die arme Frau Sidonie hatte sich gewissermaßen verrechnet. Indem sie an dem Zustandekommen dieser Verbindung arbeitete, hatte sie gehofft, sozusagen auch für ihre Person Renée zu heiraten, an dieser eine Klientin zu bekommen und eine Menge kleiner Vorteile aus ihr zu ziehen. Sie beurteilte die Frau auf den ersten Blick, gleichwie ein Kenner ein Pferd beurteilt. Ihre Bestürzung war daher keine geringe, als sie, nachdem sie den jungen Eheleuten einen Monat gegönnt hatte, um sich ein wenig einzurichten, sich sagen musste, dass sie zu spät gekommen war, denn als sie wieder vorsprach, sah sie im Salon Frau von Lauwerens thronen. Diese, eine schöne Frau von sechsundzwanzig Jahren, hatte den Beruf, Neulinge in die Geheimnisse des gesellschaftlichen Lebens einzuführen. Sie gehörte einer sehr alten Familie an und war mit einem hochgestellten Finanzmann verheiratet, der die Torheit beging, die Bezahlung der Schneider- und Putzmacherrechnungen zu verweigern. Die Dame, die ebenso intelligent wie liebenswürdig war, sorgte nun selbst für sich. Sie verabscheute die Männer, wie sie jedem versicherte, der es hören wollte; dagegen verschaffte sie all ihren Freundinnen welche, und stets fand sich eine vollständige Auswahl in den Gemächern, welche sie in der Rue de Provence, oberhalb der Bureaux ihres Gatten innehatte. Man nahm daselbst kleine schmackhafte Imbisse ein und kam auf ebenso unerwartete als reizende Weise zusammen. Es hatte gar nichts Anstößiges an sich, wenn ein junges Mädchen ihre liebe Frau von Lauwerens besuchte und es war sicherlich nur der reine Zufall, wenn auch Herren zugegen waren, die sich im Übrigen eines tadellosen Benehmens befleißigten und den besten Kreisen angehörten. Die Hausfrau selbst nahm sich reizend aus in ihren großen weißen Spitzenkleidern, sodass ihr so mancher Besucher den Vorzug vor ihrer Sammlung blonder und brünetter Schönheiten gegeben hätte. Doch die Chronik versichert, dass sie von absoluter Enthaltsamkeit war. Hierin lag das ganze Geheimnis des Geschäftes.

Sie behauptete ihre hohe Stellung in der Gesellschaft, hatte alle Männer zu ihren Freunden, bewahrte ihren Stolz als ehrbare Frau und erfreute sich insgeheim daran, die anderen Frauen zu Falle zu bringen und hieraus sogar Nutzen zu ziehen. Als sich Frau Sidonie über den Mechanismus der neuen Erfindung klar geworden, war sie niedergeschmettert. Die Frau in dem alten schwarzen Kleid, die die Liebesbriefe in ihrem Körbchen beförderte, vertrat die alte, die klassische Schule, die sich jetzt der modernen Schule gegenübergestellt sah, dieser großen Dame, die ihre Freundinnen in ihrem Boudoir bei einer Tasse Tee verkauft. Und die moderne Schule triumphierte. Frau von Lauwerens hatte nur einen kalten Blick für die zerknitterte Toilette der Frau Sidonie, in der sie eine Rivalin witterte. Tatsächlich war es ihre Hand, aus welcher Renée ihren ersten Liebhaber, den jungen Herzog von Rozan empfing, welchen die schöne Vermittlerin nur sehr schwer unterzubringen vermochte. Erst später gewann die klassische Schule wieder die Oberhand, als Frau Sidonie ihr Halbgeschoss der flüchtigen Neigung ihrer Schwägerin für den Unbekannten vom Quai Saint-Paul zur Verfügung stellte. Und von da an blieb sie auch ihre Vertraute.

Einer der Getreuen der Frau Sidonie war Maxime. Noch nicht fünfzehn Jahre alt trieb er sich bereits bei seiner Tante umher, um an den Handschuhen zu riechen, die er in den Fauteuils, auf den Möbeln fand. Sidonie, die jeder klaren Situation mit Abscheu aus dem Wege ging und ihre Gefälligkeiten niemals eingestand, überließ ihm schließlich die Schlüssel zu ihrer Wohnung, indem sie ihm sagte, sie müsse aufs Land gehen, wo sie bis zum nächsten Tage zu bleiben gedenke. Maxime sprach von Freunden, die er nicht im Hause seines Vaters empfangen dürfe und die er gerne hierher führen möchte. Und so verbrachte er denn in dem Halbgeschoss der Rue du Faubourg-Poissonnière mehrere Nächte mit dem armen Mädchen, welches man nachher aufs Land schicken musste. Frau Sidonie streckte ihrem Neffen Geld vor und verhätschelte den »lieben Kleinen, der noch ganz bartlos war und rosig wie ein Amor«.

Maxime war aber herangewachsen und nunmehr ein schlanker, hübscher, junger Mann, der die rosigen Wangen und blauen Augen des Kindes sich bewahrt hatte. Sein lockiges Haar trug noch dazu bei, ihm das »mädchenhafte Aussehen« zu verleihen, welches die Damen so sehr entzückte. Er sah der armen Angèle ähnlich und besaß auch ihren sanften Blick, ihre Blässe und blonden Haare, aber er taugte nicht einmal so viel, als diese gleichmütige, unbedeutende Frau. In ihm verfeinerte sich die Rasse der Rougons, wurde zarter und lasterhafter. Von einer Mutter stammend, die zu jung gewesen war, als sie ihn geboren hatte, brachte er ein merkwürdiges Gemisch des Heißhungers seines Vaters, der Hingebung und Weichheit seiner Mutter mit sich; er war ein mangelhaftes Produkt, in welchem die Fehler der Eltern sich ergänzten und noch verschlimmert erschienen. Diese Familie lebte zu rasch und erstarb bereits in diesem gebrechlichen Körper, bei welchem selbst das Geschlecht gezögert haben musste und welcher nicht mehr den eisernen Willen, Reichtum und Genüsse anzusammeln gleich Saccard, sondern eine weichliche, kraftlose Natur darstellte, welche die angesammelten Reichtümer verzehrte; ein absonderlicher Hermaphrodit, rechtzeitig erschienen inmitten einer Gesellschaft, die in Fäulnis überzugehen begann. Wenn sich Maxime mit seinen Hüften, um die ihn eine Frau hätte beneiden können, auf seinem hübschen Pferd, in dessen Sattel er sich leicht wiegte, im Bois einfand, so repräsentierte er mit seinem frauenhaften Wuchse, seinen schlanken, weißen Händen, seiner kränklichen, verschmitzten Miene, seiner korrekten Eleganz und seinem Theater-Kauderwälsch die Gottheit dieser Epoche. Mit zwanzig Jahren war er über alle Überraschungen und jeden Ekel erhaben. Sicherlich hatte er von den ungewöhnlichsten Ausschweifungen geträumt. Das Laster war bei ihm kein Abgrund, wie bei gewissen Greisen, sondern eine natürliche und rein äußerliche Blüte und saß in seinen blonden Haaren, lächelte mit seinen Lippen und steckte in seinen Kleidern. Am meisten charakterisierten ihn aber seine Augen, diese zwei blauen Löcher, die hell und lächelnd an den Spiegel einer Kokotte erinnerten und hinter welchen man die ganze Leere des Gehirns gewahrte. Diese Augen einer feilen Dirne senkten sich niemals zu Boden; sie suchten stets nach neuen Vergnügungen.

Der ewige Luftzug, welcher in dem Haus der Rue de Rivoli herrschte und die Türen desselben in fortwährender Bewegung erhielt, wurde immer stärker, je mehr Maxime heranwuchs, je weiter Saccard seine Operationen ausdehnte und je fieberhafter Renée nach einem unbekannten Genuss suchte. Diese drei Menschen führten in dem geräumigen Haus schließlich ein Leben, welches ebenso sehr durch seine Freiheit, wie durch seine Torheit in Erstaunen setzte. Es war die reife und merkwürdige Frucht einer ganzen Epoche. Die Straße schien in die Wohnung hinaufzusteigen, mit ihrem Wagengerassel, ihrem Getümmel von Unbekannten, ihrer Ungebundenheit der Rede. Vater, Stiefmutter und Stiefsohn taten, sprachen und benahmen sich, als hätte sich jeder allein befunden und ein Junggesellenleben geführt. Drei Kameraden, drei Studenten, die ein möbliertes Zimmer gemeinschaftlich bewohnen, hätten über dieses Zimmer nicht mit mehr Unbefangenheit verfügen können, um daselbst ihren Lastern, ihren geräuschvollen Vergnügungen zu frönen. Sie reichten sich zum Empfang die Hände, schienen die Beweggründe gar nicht zu ahnen, welche sie unter demselben Dache vereint hielten, behandelten sich gegenseitig mit heiterer Ritterlichkeit und wahrten sich dergestalt eine absolute Unabhängigkeit. Den Begriff des Familienlebens schien bei ihnen eine Art Gesellschaftshandlung zu vertreten, in welcher die Einkünfte zu gleichen Teilen verteilt werden; - jeder nahm seinen Anteil an Vergnügungen und Geldvorrat entgegen und man war stillschweigend darin übereingekommen, dass jeder seinen Anteil nach seinem Belieben verzehren werde. Es kam so weit, dass die drei Personen sich gegenseitig ganz rückhaltlos über ihre Abenteuer und Zerstreuungen berichteten, ohne beim Andern mehr als etwas Neid oder Neugierde zu erregen.

Jetzt unterrichtete bereits Maxime seine Stiefmutter. Wenn er sich mit ihr ins Bois begab, erzählte er ihr von den Kokotten allerlei Geschichten, die beide sehr erheiterten. Kein neues Gesicht konnte zum Vorschein kommen, ohne dass er danach getrachtet hätte, den Namen des Liebhabers der Betreffenden zu erfahren; er musste wissen, welches Monatsgehalt sie von demselben bezog und wie sie ihr Leben einrichtete. Er kannte diese Damen genau, wusste intime Details zu erzählen; er war ein lebender Katalog, in welchem alle Dirnen von Paris angeführt und mit ausführlichen orientierenden Daten versehen waren. Diese Art Skandalzeitung bereitete Renée einen hohen Genuss, wenn sie in Longchamp bei Renée erschien, hörte sie, während sie mit der stolzen, unnahbaren Miene der vornehmen Frau in den seidenen Kissen ihres Wagens lag, mit einer wahren Gier ihrem Stiefsohn zu, der ihr erzählte, wie Blanche Müller ihren Gesandschaftsattaché mit ihrem Friseur hintergehe, oder wie der kleine Baron den Grafen in Unterhosen in dem Alkoven einer mageren Berühmtheit angetroffen habe, die man ihrer roten Haare wegen den »gesottenen Krebs« nannte. Jeden Tag gab es etwas Neues und wenn die Geschichte zu arg war, so dämpfte Maxime die Stimme, erzählte aber getreulich bis zu Ende. Renée machte große Augen, wie ein Kind, dem man eine ergötzliche Fabel erzählt, unterdrückte ihr Lachen und verbarg es dann hinter dem spitzenbesetzten Taschentuch, welches sie anmutig an ihre Lippen hielt,

Maxime brachte auch die Fotografien dieser Damen mit sich. In jeder Tasche, ja sogar in seinem Zigarrenetui hatte er Bilder von Schauspielerinnen. Zuweilen, wenn er sich derselben entledigen wollte, steckte er die Bilder in die Alben, die im Salon auf den Tischen umherlagen und bereits die Porträts der Freundinnen Renèes enthielten. In den Alben befanden sich auch Fotografien von Männern; die der Herren von Rozan, Simpson, von Chibray, von Mussy, gleichwie von Schauspielern, Schriftstellern, Abgeordneten, die auf rätselhafte Weise hinzugekommen waren, um die Sammlung zu vergrößern. Eine merkwürdig gemischte Welt, ein Abbild des Wirrsals von Ideen und Personen, die das Leben Renées und Maximes bewegten. Wenn es regnete, wenn man Langeweile hatte, bot dieses Album reichlichen Stoff zur Unterhaltung und immer wieder geriet es einem unter die Hände. Gähnend öffnete die junge Frau dasselbe, zum hundertsten Male vielleicht. Dann wurde die Neugierde rege und der junge Mann trat hinter sie, um über ihre Schultern hinweg gleichfalls in das Album zu blicken. Dann wurden eifrige Debatten geführt, die bald den Haaren des »gesottenen Krebses«, dem doppelten Kinn der Frau von Meinhold, den Augen der Frau von Lauwerens, bald dem Busen der Blanche Müller, der etwas schiefen Nase der Marquise oder dem Mund der kleinen Sylvia galten, der von seinen starken Lippen her berühmt war. Sie verglichen all diese Frauen unter und miteinander.

»Wenn ich ein Mann wäre«, sagte Renée, »so würde ich Adeline wählen.«

»Weil Du Sylvia nicht kennst«, erwiderte Maxime »Sie ist zu drollig! ... Mir ist Sylvia lieber.«

Damit wurde weiter geblättert und wenn dann die Bildnisse des Herzogs von Rozan, des Herrn Simpson oder des Grafen von Chibray zum Vorschein kamen, so fügte der junge Mann spöttisch hinzu:

»Übrigens ist es eine ausgemachte Sache, dass Du einen schlechten Geschmack hast ... Kann man sich etwas Dümmeres vorstellen, als die Gesichter dieser Herren? Rozan und Chibray sehen meinem Friseur Gustave ähnlich.«

Renée zuckte mit den Achseln, gleichsam um anzudeuten, dass diese Ironie sie unberührt lasse. Sie fuhr fort, die verschiedenen, bald lächelnden, bald unfreundlichen Gesichter zu betrachten, welche das Album enthielt; besonders lange hielt sie sich bei den Bildern der Mädchen auf, um neugierig die geringsten Details der Fotografien, die Falten und Härchen zu besichtigen. Eines Tages ließ sie sich sogar ein starkes Vergrößerungsglas holen, weil sie auf der Nase des »Krebses« ein Haar glaubte wahrgenommen zu haben. Und tatsächlich zeigte ihr die Lupe ein goldenes Härchen, welches von den Augenbrauen herrühren mochte. Dieses Härchen bot ihnen lange Zeit Stoff zum Lachen. Während einer ganzen Woche mussten die Damen, die zu Besuch kamen, sich durch den Augenschein von dem Vorhandensein dieses Härchens überzeugen. Von da an diente die Lupe dazu, die Gesichter der Damen auf das Sorgfältigste zu untersuchen. Hierbei machte Renée überraschende Entdeckungen; sie fand unbekannte Runzeln, raue Haut und Lücken in derselben, welche das Reispulver nur ungenügend verbarg. Schließlich ließ Maxime die Lupe verschwinden, indem er erklärte, er wollte das weibliche Gesicht nicht auf solche Weise verunglimpfen lassen, in Wahrheit aber, weil Renée die dicken Lippen Sylvias, für die er eine besondere Vorliebe empfand, einer zu strengen Kritik unterzog. Dafür wurde ein neues Spiel ersonnen. Sie stellten die Frage auf: »Mit wem möchte ich am liebsten eine Nacht verbringen?«, und schlugen das Album auf, welches ihnen die Antwort brachte. Dieses Spiel führte die ergötzlichsten Verwicklungen herbei. Während einiger Abende nahmen die Freundinnen gleichfalls Teil daran. So wurde Renée nacheinander mit dem Erzbischof von Paris, mit dem Baron Gouraud und dem Grafen Chibray vermählt, was allgemeines Gelächter erregte, mitunter auch mit ihrem Gatten, was sie ganz zornig machte. Was Maxime betraf, so fiel ihm – entweder aus Zufall oder aus Renées Bosheit – stets die Marquise zu. Doch wurde nie so herzlich gelacht, als wenn der Zufall zwei Männer oder zwei Frauen zusammenführte. Die Kameradschaft zwischen Renée und Maxime ging so weit, dass sie ihm sogar das Leid ihres Herzens klagte. Er tröstete sie und erteilte ihr Ratschläge. Sein Vater schien gar nicht zu existieren. Dann teilten sie sich Begebenheiten aus ihrer Jugendzeit mit. Insbesondere wurden sie auf ihren Fahrten durch das Bois von einer unbestimmten Sehnsucht erfasst, sich gegenseitig Dinge zu erzählen, die man nur schwer oder gar nicht sagen kann. Jene Freude, welche Kinder empfinden, wenn sie ganz leise über verbotene Dinge sprechen können, jener Reiz, der für einen jungen Mann und eine junge Frau darin liegt, miteinander in das Laster hinabsteigen zu können, wenn auch nur mit Worten, brachte sie unablässig auf anstößige Dinge zu sprechen. Sie genossen hierdurch eine Wollust, über welche sie sich keinen Vorwurf zu machen hatten, an welcher sie sich erfreuten, während sie gemächlich in den beiden Ecken des Wagens lagen, gleich zwei Schulfreunden, die über ihre ersten mutwilligen Streiche plaudern. Schließlich prahlten sie sogar mit ihrer Unsittlichkeit. Renée gestand, dass die kleinen Mädchen im Pensionat sehr schlau und durchtrieben seien. Maxime tat erstaunt und wagte es, ihr einige der skandalösen Geschichten zu erzählen, die sich im Collège zu Plassans zugetragen hatten.

»Ach! Ich kann es gar nicht sagen ... «, murmelte Renée.

Darauf neigte sie sich an sein Ohr, als hätte schon der Ton ihrer Stimme genügt, um sie erröten zu machen und flüsterte ihm eine jener Klostergeschichten zu, wie sie in unflätigen Gassenhauer besungen werden. Er besaß zu diesen Dingen eine zu reiche Auswahl, als dass er ihr etwas schuldig geblieben wäre. Dicht an ihr Ohr geneigt, sang er leisen Tones irgendein gemeines Couplet. So gerieten sie allmählich in einen Zustand absonderlicher Mattigkeit, umschmeichelt von all diesen sinnlichen Gedanken, die sie hegten, angenehm gekitzelt von den sich leise regenden Wünschen, die sich nicht in Worte kleiden ließen. Sanft rollte der Wagen dahin und wenn sie heimkehrten, empfanden sie eine köstliche Mattigkeit, eine größere Erschöpfung als am Morgen einer Liebesnacht. Sie hatten Schlechtes getan, gleich zwei schulschwänzenden Knaben, die, weil sie keine Mädchen finden, sich mit ihren gegenseitigen Erinnerungen begnügen.

Eine noch größere Vertraulichkeit herrschte aber zwischen Vater und Sohn. Saccard war sich darüber klar geworden, dass ein großer Finanzmann die Frauen lieben und einige Torheiten für dieselben begehen müsse. Seine Liebe war brutal, denn er zog das Gold vor; doch sein Programm erheischte es, dass er sich in den Alkoven herumtrieb, einige Banknoten auf gewissen Kaminplatten zurückließ und von Zeit zu Zeit irgendeine hervorragende Vertreterin der Halbwelt als Aushängeschild seiner Spekulationen benützte. Als Maxime die Schulen hinter sich hatte, trafen sie nicht selten bei denselben Damen zusammen und darüber lachten sie nur. Sie wurden sogar in gewissem Sinne Rivalen. Wenn der junge Mann mit irgendeiner lustigen Schaar im Maison d'Or speiste, vernahm er im angrenzenden Zimmer mitunter die Stimme Saccards.

»Ach! Papa ist auch da!«, rief er dann mit einer Grimasse aus, die er irgendeinem bekannten Schauspieler abgelernt zu haben schien. Und ohne sich irgendeinen Zwang anzutun, pochte er an die Tür des Zimmers, um die Schöne seines Vaters zu sehen.

»Ah! Du bist es!«, sprach dieser heiter. »Komm doch herein. Ihr macht da nebenan einen Lärm, dass man seinen eigenen Bissen nicht hört. Wen habt Ihr denn mit Euch?«

»Laura d'Aurigny, Sylvia, den Krebs und noch zwei Andere, glaube ich. Die Damen sind erstaunlich; sie stecken die Finger in die Schüsseln und werfen uns Salatblätter an die Köpfe. Meine Kleider sind schon ganz ölfleckig.«

Der Vater lachte, da ihm dies sehr drollig dünken mochte.

»Ja, Jugend hat nicht Tugend«, murmelte er. »Bei uns geht es anders zu, nicht wahr, mein Schatz? Wir haben hübsch gemächlich gegessen und jetzt werden wir ein wenig schlafen.« Damit fasste er seine Dame am Kinn und girrte mit seinem provenzalischen, näselnden Tone, was eine seltsame Liebesmusik gab.

»Ach! Der alte Narr!«, rief die Frau aus. »Guten Tag, Maxime. Ich muss Sie wohl sehr lieb haben, wie, wenn ich mich entschließe, mit Ihrem Hallunken von Vater zu soupieren? ... Man kriegt Sie ja gar nicht mehr zu sehen ... Kommen Sie übermorgen Früh zu mir ... Nein, nein, ich habe Ihnen etwas zu sagen.«

Saccard, der sich gemächlich einen Pfirsich schälte, küsste die Frau auf die Schulter und sagte zuvorkommend:

»Ihr wisst, meine Lieben, wenn ich Euch hinderlich bin, ... ich räume Euch gerne das Feld ... Und wenn man wiederkommen darf, werdet Ihr läuten.«

Zuweilen nahm er die Dame mit sich oder er schloss sich mit ihr der Gesellschaft im anstoßenden Salon an. Maxime und er erfreuten sich an den gleichen Schultern; ihre Arme schlangen sich um dieselben Hüften. Sie erzählten sich gegenseitig mit lauter Stimme, was ihnen die Frauen, anvertraut hatten. Und sie trieben die Vertraulichkeit so weit, dass sie miteinander darüber berieten, wie man die Blonde oder die Braune, die einem von ihnen ganz besonders gefiel, aus der Gesellschaft entführen könnte.

Im Mabillegarten waren sie wohlbekannt. Sie fanden sich daselbst Arm im Arm, nach irgendeinem Diner ein, machten einen Spaziergang durch den Garten, grüßten die Frauen und wechselten im Vorübergehen einige Worte mit denselben. Sie lachten laut, ohne voneinander zu gehen und unterstützten sich gegenseitig, wenn die Unterhaltung eine zu lebhafte wurde. Der nach dieser Richtung hin sehr sattelfeste Vater verteidigte die Liebschaften seines Sohnes. Zuweilen ließen sie sich an einem Tisch nieder und pokulierten mit den Damen; dann setzten sie sich wieder an einen anderen Tisch oder setzten ihre Promenade fort. Und bis Mitternacht konnte man sie freundschaftlich Arm in Arm die leicht geschürzten Dämchen durch die mit gelbem Kies bestreuten Alleen verfolgen sehen.

Wenn sie heimkehrten, haftete ihren Gewändern etwas von den Mädchen an, die sie soeben verlassen hatten. Ihre ungezwungenen Bewegungen, die Überreste gewisser gewagter Worte und gewisser frecher Gebärden erfüllten das Haus in der Rue de Rivoli mit dem Geruch verdächtiger Schlafgemächer. Die weiche, lässige Art, in welcher der Vater dem Sohn die Hand reichte, besagte schon zur Genüge, woher sie kämen. An dieser Atmosphäre holte sich Renée ihre Kaprizen, ihre sinnlichen Beklemmungen; sie ließ es auch an spöttischen Bemerkungen nicht fehlen.

»Woher kommt Ihr denn?«, fragte sie. »Ihr riecht nach Pfeifentabak und Muskat. – Ich bekomme sicher meine Migräne ... «

Tatsächlich verursachte ihr der fremde Geruch großes Unbehagen; dies war der charakteristische Duft dieser absonderlichen Häuslichkeit.

Maxime aber wurde von wirklicher Leidenschaft für die kleine Sylvia erfasst. Mehrere Monate hindurch langweilte er seine Stiefmutter mit dieser Person und Renée kannte dieselbe alsbald ganz genau, vom Scheitel bis zur Fußspitze. An einer Hüfte hatte sie ein bläuliches Mal; nichts war so reizend wie ihre Knie und ihre Schultern waren insofern merkwürdig, als sich nur auf der linken ein kleines Grübchen befand. Maxime setzte einen gewissen Wert darein, auf ihren gemeinschaftlichen Ausfahrten nur über die Vorzüge seiner Geliebten zu sprechen. Als man eines Abends aus dem Bois zurückkehrte, mussten die Wagen Renées und Sylvias, die in ein Gedränge geraten waren, dicht nebeneinander anhalten. Die beiden Frauen musterten sich mit lebhafter Neugierde, während Maxime aufs Höchste von dieser kritischen Situation ergötzt, das Lachen kaum zu unterdrücken vermochte. Als sich der Wagen neuerdings in Bewegung setzte und seine Stiefmutter in düsterem Schweigen verharrte, glaubte er, sie sei ihm böse. Er bereitete sich daher auf eine jener mütterlichen Szenen vor, in denen sie sich mitunter in ihren Mußestunden noch gefiel.

»Kennst Du den Juwelier dieser Dame?«, fragte sie ihn plötzlich, gerade als der Wagen auf der Place de la Concorde anlangte.

»Ach ja!«, erwiderte er mit einem Lächeln. »Ich bin ihm zehntausend Francs schuldig ... Weshalb fragst Du aber?«

»Es hat keinen besonderen Grund.«

Und nach einer abermaligen Pause hub sie neuerdings an:

»An der linken Hand hatte sie ein sehr niedliches Armband ... Ich hätte es gerne in der Nähe gesehen.«

Man gelangte daheim an, ohne dass sie weiter etwas gesprochen hätte. Erst am nächsten Tag, gerade als Maxime mit seinem Vater das Haus verlassen wollte, zog sie den jungen Mann auf die Seite und sprach leisen Tones, mit verlegener Miene und einem hübschen Lächeln zu ihm, welches bereits um Verzeihung bat. Er schien überrascht zu sein und entfernte sich dann, wobei sein gewohntes hämisches Lächeln zur Geltung kam. Am Abend brachte er Sylvias Armband mit sich, um es seiner Stiefmutter zu zeigen, die ihn darum gebeten hatte.

»Da ist das Ding«, sagte er. »Man wird Deinethalben noch zum Dieb, Stiefmama.«

»Sie hat nicht gesehen, als Du es an Dich nahmst?«, fragte Renée, das Schmuckstück gierig betrachtend.

»Ich glaube nicht ... Sie hatte es gestern angelegt und wird es heute sicherlich nicht anlegen wollen.« Inzwischen war die junge Frau an das Fenster getreten und hatte das Armband dabei angelegt. Jetzt hob sie den Arm ein wenig empor, um den Schmuck im Sonnenlicht funkeln zu lassen, wobei sie entzückt wiederholte:

»Sehr hübsch! Sehr niedlich ... Nur die Smaragde wollen mir nicht sonderlich gefallen.«

In diesem Augenblick trat Saccard ein und da sie den Arm noch immer erhoben hielt, rief er erstaunt aus:

»Das ist ja Sylvias Armband!«

»Sie kennen es?«, fragte sie verlegener noch als er, nicht wissend, was sie mit ihrem Arm anfangen solle.

Er aber hatte sich bereits gefasst und seinem Sohn mit dem Finger drohend, murmelte er:

»Dieser Schlingel hat immer verbotene Früchte, in der Tasche! ... Eines schönen Tages wird er uns den ganzen Arm der Dame samt dem Armband nach Hause bringen.«

»Ach! Ich bin unschuldig an der Sache«, erwiderte Maxime feige und hinterlistig. »Renée hatte es sehen wollen.«

»Ah!«, begnügte sich der Gatte zu sagen und indem er das Schmuckstück gleichfalls betrachtete, wiederholte er gleich seiner Frau:

»Sehr hübsch! Sehr niedlich!«

Damit verließ er das Zimmer mit gelassener Miene und Renée schalt Maxime aus, weil er sie derart verraten hatte. Er aber versicherte ihr, dass sich sein Vater durchaus nicht an derartige Dinge kehre. Darauf gab sie ihm das Armband zurück und sagte:

»Bestelle mir bei dem Juwelier ein ganz gleiches; bloß anstelle der Smaragde sollen Saphire kommen.«

Saccard konnte nicht lange einen Gegenstand oder eine Person in seiner Nähe haben, ohne dieselbe verwerten oder sonst welchen Vorteil aus ihr ziehen zu wollen. Sein Sohn war noch keine zwanzig Jahre alt, als er bereits daran dachte, ihn irgendwie zu verwerten. Ein hübscher Junge, der Neffe eines Ministers, der Sohn eines großen Finanzmannes musste seinen Weg machen. Wohl war er noch etwas jung; immerhin aber konnte man ihm eine Frau und eine Mitgift suchen und die Vermählung je nach den Geldverlegenheiten des Hauses beschleunigen oder in die Länge ziehen. Auch hierin hatte er eine glückliche Hand. In einem Aufsichtsrate, dem auch er als Mitglied angehörte, machte er die Bekanntschaft eines schönen, großen Mannes, eines Herrn von Mareuil, den er nach zwei Tagen in der Tasche hatte. Vordem war er Zuckerfabrikant in Havre gewesen und hatte Bonnet geheißen. Nachdem er sich ein bedeutendes Vermögen erworben, hatte er ein vornehmes junges Mädchen geheiratet, welches ebenfalls sehr reich war und einen Einfaltspinsel als Gatten benötigte. Bonnet setzte es durch, dass er den Namen seiner Frau annehmen durfte, was für ihn eine Befriedigung seiner Eitelkeit bedeutete. Seine Heirat aber hatte ihn mit einem tollen Ehrgeiz erfüllt und er träumte davon, als Gegenleistung für Helenes Adel sich eine hohe politische Stellung zu erwerben. Von diesem Augenblick an fütterte er die neuen Journale mit seinem Geld, erwarb bedeutende Grundbesitzungen und bereitete sich mit allen bekannten Mitteln eine Kandidatur in die gesetzgebende Körperschaft vor. Bisher war es ihm nicht gelungen, über die Vorbereitungen hinauszukommen, ohne dass er darum etwas von seiner Würde eingebüßt hätte. Einen größeren Hohlkopf mochte es schwerlich jemals gegeben haben. Er hatte einen herrlich modellierten Kopf, das bleiche, nachdenkliche Gesicht eines großen Staatsmannes und da er es vortrefflich verstand, mit durchdringenden Blicken und einer majestätischen Ruhe des Gesichtes zuzuhören, so konnte man glauben, dass sich in seinem Inneren eine gewaltige Gedankenarbeit vollziehe und er Schlüsse und Vergleiche zu ziehen bemüht sei. In Wirklichkeit ober dachte er an gar nichts. Dagegen gelang es ihm, die Leute in Verlegenheit zu bringen, da man nicht mehr wusste, ob man es mit einem überlegenen Geist oder einem Einfaltspinsel zu tun habe. Herr von Mareuil klammerte sich an Saccard wie an einen Rettungsanker. Er wusste, dass in dem Departement, in welchem seine Besitzungen gelegen waren, eine Neuwahl erforderlich sei und wünschte nichts sehnlicher, als dass ihn der Minister für dieselbe in Vorschlag bringe; dies war seine letzte Hoffnung. Darum auch lieferte er sich dem Bruder des Ministers auf Gnade und Ungnade aus. Saccard, der hier ein vorteilhaftes Geschäft witterte, legte ihm den Gedanken an eine Heirat zwischen seiner Tochter Luise und Maxime nahe. Der Andere erging sich in Dankesbeteuerungen, meinte dieses Heiratsprojekt schon längst im Stillen gehegt zu haben und schätzte sich glücklich, in die Familie eines Ministers gelangen und Luise mit einem jungen Mann verheiraten zu können, der zu den schönsten Hoffnungen berechtigte.

Luise sollte laut Angabe ihres Vaters eine Mitgift von einer runden Million erhalten. Missgestaltet, hässlich und anbetungswürdig war sie verurteilt, jung zu sterben; ein Brustleiden nagte heimtückisch an ihr und verlieh ihr eine nervöse Heiterkeit, eine schmeichelnde Anmut. Kranke junge Mädchen altern schnell, werden vorzeitig zu Frauen. Sie besaß eine sinnliche Naivität und schien mit fünfzehn Jahren vollkommen mannbar zur Welt gekommen zu sein. Wenn ihr Vater, dieser gesunde, baumstarke Riese sie anblickte, konnte er gar nicht glauben, dass sie seine Tochter sei. Ihre Mutter war bei Lebzeiten gleichfalls groß und stark gewesen; doch waren über sie Gerüchte im Umlauf, welche die Verkrüppelung dieses Kindes, sein zigeunerhaftes Betragen, seine lasterhafte, reizende Hässlichkeit erklärlich machten. Man behauptete, Helene von Mareuil sei infolge der schändlichsten Ausschweifungen gestorben. Die Vergnügungen hatten sie zerfressen und unterhöhlt gleich einem giftigen Geschwür, ohne dass der Gatte den augenscheinlichen Wahnsinn seiner Frau, um dessentwillen er sie in eine Irrenanstalt hätte bringen müssen, wahrgenommen hätte. Aus diesem kranken Mutterleib hervorgegangen, war Luise schon bei ihrer Geburt blutarm, ihre Gliedmaßen missgestaltet, das Gehirn angegriffen und die Erinnerung bereits von einem lasterhaften Leben erfüllt. Zuweilen glaubte sie sich undeutlich an eine andere Existenz zu erinnern und von wallenden Nebeln beschattet sah sie bizarre Szenen sich abspielen, Männer und Frauen, die sich umschlungen hielten, – ein ganzes Drama der Sinnlichkeit, an welchem sich ihre kindliche Neugierde ergötzte. Ihre Mutter sprach in ihr. Heranwachsend fühlte sie diese Erinnerungen nicht schwächer werden. Nichts setzte sie in Erstaunen; sie erinnerte sich an alles, besser gesagt, sie wusste alles und berührte verbotene Dinge mit einer Sicherheit, die sie einer Person ähnlich machte, die nach langer Abwesenheit endlich heimkehrt und bloß den Arm auszustrecken braucht, um es sich behaglich zu machen und sich an ihrer Häuslichkeit zu erfreuen. Dieses merkwürdige Mädchen, dessen schlechte Instinkte denen Maximes schmeichelten, welches aber eine kecke Unschuld, ein prickelndes Gemisch von Kindlichkeit und Kühnheit in diesem zweiten Leben besaß, das sie als Jungfrau mit dem Bewusstsein und Schamgefühl der reifen Frau nochmals durchlebte, musste dem jungen Mann schließlich gefallen und ihm bedeutend drolliger dünken als Sylvia, die als Tochter eines ehrsamen Papierhändlers bei aller Schlauheit im Grunde genommen eine sehr spießbürgerliche Natur war.

Lachend wurde die Heirat vereinbart und man beschloss zu warten, bis »die Kinder« herangewachsen wären. Die beiden Familien verkehrten häufig miteinander. Herr von Mareuil betrieb seine Kandidatur, Saccard lauerte auf seine Beute. Man einigte sich dahin, dass Maxime seine Ernennung zum Auditor im Staatsrate in den Hochzeitskorb legen werde.

Indessen schien das Glück der Saccard seinen Höhepunkt erreicht zu haben. Dasselbe erhellte ganz Paris gleich einem kolossalen Freudenfeuer. Es war die Stunde, da die heiße Jagd einen Teil des Waldes mit dem Geläut der Hunde, dem Knallen der Peitschen und den Flammen der Fackeln erfüllte. Der entfesselte Heißhunger sättigte sich endlich in der Schamlosigkeit des Triumphes bei dem Geräusch, welches die niedergerissenen Stadtviertel und die binnen sechs Monaten gesammelten Reichtümer erregten. Die ganze Stadt war nichts weiter als ein großes Gelage der Millionen und der Frauen. Das von oben herab kommende Laster floss durch die Straßenkanäle, drang in die Tiefe und stieg mit den Wasserstrahlen der Springbrunnen der Gärten wieder in die Höhe, um als feiner, durchdringender Regen auf die Dächer zurückzufallen. Und wenn man des Nachts über die Brücken schritt, so schien es, als wälzten die Fluten der Seine allen Unrat der Stadt, die von den Tischen gefallenen Brocken, die auf den Sofas gelassenen Spitzen, die in den Fiakern vergessenen Haarlocken, die ins Mieder geschobenen Banknoten, – all das, was die Brutalität des Verlangens und die augenblickliche Befriedigung des Instinktes auf die Straße wirft, nachdem es missbraucht und besudelt worden war, mitten durch die schlafende Stadt. Wenn Paris in fieberhaftem Schlummer lag, konnte man noch mehr als während des atemlosen Jagens des Tages die geistige Zerrüttung, den vergoldeten wollüstigen Albdruck einer Stadt beurteilen, die toll war ob des eigenen Fleisches, des eigenen Goldes. Bis Mitternacht vernahm man das Singen der Geigen; dann wurden die Fenster dunkel und die Schatten senkten sich über die Stadt, es war, als befände man sich in einem ungeheuren Alkoven, wo die letzte Kerze ausgelöscht, das letzte Schamgefühl abgestreift worden war. Inmitten der herrschenden Dunkelheit war nichts weiter zu vernehmen, als ein mächtiges Keuchen der tollen und müden Liebe, während die am Ufer des Flusses gelegenen Tuilerien ihre Arme wie zu einer riesenhaften Umarmung in die Finsternis hinausstreckten.

Saccard hatte den Bau seines Hotels am Monceauxpark auf einem der Stadt gestohlenen Grundstück beendet. Er hatte sich im ersten Stockwerk desselben ein prächtiges, in Gold und Palisander gehaltenes Arbeitszimmer eingerichtet, mit hohen Bibliotheksschränken, in welchen man lauter Aktenbündel, doch kein einziges Buch sah. Die in die Mauer eingefügte eiserne Kasse wölbte sich daselbst gleich einem stählernen Alkoven, groß genug, um in ihrem Inneren die Liebesergüsse einer Milliarde zu beherbergen. Sein Vermögen breitete sich schamlos in derselben aus. Alles schien ihm zu gelingen. Als er die Rue de Rivoli verließ, seinen Haushalt vergrößerte und seine Ausgaben verdoppelte, sprach er vor seinen vertrauten Freunden von bedeutenden Gewinnen, die er letzthin wieder erzielt hatte. Seiner Angabe nach warf ihm seine Verbindung mit den Herren Mignon und Charrier ungeheure Summen ab; seine Spekulationen mit Häusern und Baugründen schlugen besser ein als je und was gar den Crédit Viticole betraf, so war das eine Kuh, deren Milch niemals erschöpft werden konnte. Er hatte eine Art, seine Reichtümer herzuzählen, welche seine Zuhörer betäubte und sie am klaren Sehen hinderte. Er näselte mehr denn je, entzündete mit seinen kurzen Sätzen und nervösen Bewegungen ein wahres Feuerwerk, welches die Millionen in leuchtenden Garben emporsandte und die ungläubigsten Gemüter blendete. Dieser lebhaften Mimik des reichen Mannes verdankte er zum größten Teil seinen Ruf eines glücklichen Spielers. In Wirklichkeit hatte niemand Kenntnis davon, ob er ein solides und sicheres Kapital besitze. Seine verschiedenen Geschäftsfreunde, deren jeder seine

Situation kannte, so wie dieselbe ihm gegenüber beschaffen war, erklärten sich sein ungeheures Vermögen in der Weise, dass sie meinten, er habe ein niemals versagendes Glück in den anderen, ihnen nicht bekannten Spekulationen. Er gab eine unsinnige Menge Geld aus; seine Kasse wurde nicht müde, bedeutende Summen herzugeben, ohne dass es gelungen wäre, die Quellen dieses goldenen Flusses zu entdecken. Es war der reine Wahnsinn, eine Geldmanie; die Goldstücke flogen haufenweise zum Fenster hinaus, die Kasse wurde jeden Abend bis zum letzten Sou geleert, füllte sich aber des Nachts immer wieder, ohne dass man gewusst hätte wieso, und lieferte niemals so bedeutende Beträge, als wenn Saccard behauptete, die Schlüssel derselben verloren zu haben.

In diesem Reichtum, welcher rauschend und tosend gleich einem Wildbach über seine Ufer trat, wurde Renées Mitgift mitgerissen, ertränkt. Die junge Frau, die in den ersten Tagen misstrauisch gewesen und ihr Vermögen selbst verwalten wollte, wurde alsbald müde, sich mit Geschäften zu befassen; sodann auch kam sie sich neben ihrem Gatten arm vor und als sie sich in Schulden stürzte, musste sie ihre Zuflucht dennoch zu ihm nehmen, ihn um Geld angehen. Bei jeder neuen Rechnung, die er mit dem Lächeln eines Mannes bezahlte, der Nachsicht mit den menschlichen Schwächen hat, lieferte sie sich ihm immer mehr aus, übergab sie ihm eine Anzahl Rententitres und betraute ihn damit, dies oder jenes zu verkaufen. Als sie das Hotel am Monceauxpark bezogen, war sie fast aller Mittel bereits entblößt. Er trat an die Stelle des Staates und bezahlte ihr die Zinsen für die 100 000 Francs, die noch von dem Haus in der Rue de la Pepinière herrührten; andererseits hatte er sie überredet, ihre Besitzung in der Sologne zu verkaufen, um den Erlös für dieselbe in einem großen Unternehmen anzulegen, welches wie er behauptete, mit größter Sicherheit glänzenden Erfolg verhieß. Auf diese Weise war ihr nichts weiter in Händen geblieben, als der Grundbesitz in Charonne, welchen sie unter keinen Umständen veräußern wollte, um die treffliche Tante Elisabet nicht zu betrüben. Und selbst hierbei plante er einen Geniestreich, bei welchem ihm sein alter Sündengenosse Larsonneau behilflich sein sollte. Bei alledem blieb sie ihm verpflichtet, denn wenn er sich auch ihres Vermögens bemächtigt hatte, so bezahlte er ihr doch fünf- oder sechsfach das Erträgnis desselben. Die Zinsen der hunderttausend Francs und des für den Verkauf der Grundstücke erzielten Betrages beliefen sich kaum auf neun- oder zehntausend Francs, was gerade hinreichte, um die Rechnungen ihres Wäsche- und Schuhlieferanten zu begleichen. Er gab ihr das Fünfzehn- und Zwanzigfache dieses

Bettels. Er hätte acht Tage lang gearbeitet, um ihr hundert Francs zu stehlen und ihre Ausgaben bestritt er mit königlicher Freigebigkeit. Und so hegte denn auch sie gleich jedermann die höchste Achtung für diese großartige Kasse ihres Gatten, ohne dem Urquell dieses goldenen Flusses nachzuspüren, den sie vor Augen hatte und in den sie sich jeden Morgen von Neuem stürzte.

In dem Hotel am Park Monceaux trat die wahnsinnige Krise, der leuchtende Triumph ein. Die Saccards verdoppelten die Zahl ihrer Wagen und Pferde; sie hatten eine Armee von Dienstleuten, welche sie eine dunkelblaue Livree mit mastixfarbenen Beinkleidern und schwarz und gelb gestreiften Westen tragen ließen, welche sich ein wenig streng ausnahm, welche der Finanzmann aber gewählt hatte, um ernst zu erscheinen, was einer seiner liebsten Träume war. Schon die Außenseite ihres Hauses verriet den Luxus, welchen sie entfalteten und an den Tagen, da die großen Diners gehalten wurden, gelangte die volle Pracht des Haushaltes zur Geltung. Der ewige Luftzug des zeitgenössischen Lebens, welcher die Türen im ersten Stockwerk der Rue de Rivoli in fortwährender Bewegung erhalten hatte, war im Monceauxpark zu einem wahren Orkan geworden, der die Wände umzuwerfen drohte. Inmitten dieser fürstlichen Gemächer, längs der vergoldeten Treppenbrüstung, auf den schweren Smyrnateppichen, in diesem feenhaften Palais des Emporkömmlings verspürte man den Geruch des Mabillegartens, schleppten sich die nachlässigen Tanzschritte der modernen Quadrille dahin, fanden sich die Vertreter dieser Epoche mit ihrem blöden Lachen, ihrem ewigen Hunger und Durst ein. Es war das verrufene Haus der weltlichen Vergnügungen, frechen Zerstreuungen, dessen Fenster nur so breit schienen, um die Vorübergehenden in die Geheimnisse der Schlafgemächer einzuweihen. Mann und Frau führten einen ungezwungenen Lebenswandel vor den Augen ihrer Dienstleute. Sie hatten das Haus unter sich geteilt und bewohnten dasselbe in einer Weise, als befänden sie sich gar nicht daheim, als wären sie nach einer tollen, betäubenden Reise in ein königlich eingerichtetes Hotel geraten, wo sie sich knapp die Zeit nahmen, ihre Effekten auszupacken, um ja so rasch als möglich den Vergnügungen dieser neuen Stadt entgegenzueilen. Sie hielten sich daselbst nur des Nachts und an den Tagen der großen Diners auf, da eine Menge Geschäfte sie fortwährend durch die Stadt zu wandern nötigte und sie zuweilen nur für eine Stunde heimkehrten, wie man etwa zwischen zwei Geschäften schnell sein Hotelzimmer aufsucht. Renée fühlte sich daselbst unruhiger, nervöser; ihre seidenen Röcke glitten mit schlangengleichem Zischen über die dicken Teppiche, an den seidenen Causeusen vorüber; sie fühlte sich gereizt durch diese läppischen Vergoldungen, die sie umgaben, durch diese hohen, leeren Deckengewölbe, in welchen nach den stattgehabten Festlichkeiten nichts als das Lachen der jungen Dummköpfe und die Phrasen der alten Hallunken zurückblieben. Um diese Pracht zu genießen, um sich an dieser glänzenden Umgebung zu erfreuen, hätte sie sich ein höchstes Vergnügen gewünscht, welches ihre gierigen Blicke vergebens in allen Ecken des Hotels, in dem kleinen sonnenhellen Salon, in dem in üppiger Vegetation strotzenden Wintergarten suchten. Was hingegen Saccard betraf, so begann sein Traum in Erfüllung zu gehen; er empfing die Mitglieder der hohen Finanzkreise bei sich, Herrn Toutin-Laroche, Herrn von Lauwerens, ebenso große Politiker, den Baron Gouraud, den Deputierten Haffner und sogar sein Bruder, der Minister, hatte sich zwei oder drei Mal bei ihm eingefunden, um durch seine Anwesenheit zur Festigung der Stellung des großen Spekulanten beizutragen. Aber auch dieser war gleich seiner Frau von nervösen Befürchtungen ergriffen, von einer Unruhe, die seinem Lachen einen absonderlichen Klang wie von zerbrochenen Fensterscheiben verlieh. Er wurde so erregt, so geräuschvoll in seinem ganzen Gebühren, dass seine Bekannten von ihm sagten: »Dieser verteufelte Saccard! Er verdient zu viel Geld und wird noch verrückt werden!« Im Jahre 1860 erhielt er seine Auszeichnung; offenbar als Belohnung für einen geheimnisvollen Dienst, welchen er dem Präfekten erwies, indem er bei dem Verkauf eines größeren Grundbesitzes einer Dame den Strohmann abgab.

Es war ungefähr zur Zeit ihrer Übersiedelung nach dem Park Monceaux, als es für Renée ein Ereignis gab, welches einen unverwischbaren Eindruck in ihr zurückließ. Bis lang hatte der Minister den Bitten seiner Schwägerin Widerstand geleistet, die zehn Jahre ihres Lebens darum gegeben hätte, wenn sie zu den Hofbällen geladen worden wäre. Jetzt endlich gab er nach, da er das Glück seines Bruders für endgültig gesichert ansah. Während eines ganzen Monats vermochte Renée nicht zu schlafen. Endlich war der große Abend herangekommen, und am ganzen Leibe zitternd saß sie in dem Wagen, der sie nach den Tuilerien brachte.

Sie trug eine Toilette, die ein Wunder an Anmut und Originalität war, eine wahre Offenbarung, die ihr während einer schlaflosen Nacht geworden und welche drei Arbeiter Worms' bei ihr, vor ihren Augen ausführen mussten. Es war das eine einfache Robe aus weißer Gaze, bedeckt von einer Menge kleiner ausgezackter und mit schmalen schwarzen Samtbändern benähter Falten. Der Überwurf aus schwarzem Samt hatte einen tiefen, viereckigen Ausschnitt, den eine kaum fingerbreite Spitze einsäumte. Keine Blume, kein Band, bloß an den Handgelenken ganz glatte Goldreifen und im Haar ein schmales, goldenes Diadem, ein glänzender Reif, der sie wie eine Aureole zu umgeben schien.

Als sie in den Salons angelangt war und ihr Gatte sie verließ, um den Baron Gouraud aufzusuchen, empfand sie eine vorübergehende Verlegenheit. Doch die Spiegel, aus welchen ihr entzückendes Bild ihr entgegenblickte, beruhigten sie alsbald und sie gewöhnte sich an die warme Luft, an das Gemurmel der Stimmen, an dieses Gemisch schwarzer Fräcke und weißer Schultern, als der Kaiser erschien. Langsam schritt er am Arme eines untersetzten dicken Generals, der in einer Weise schnaufte, als litte er an einer beschwerlichen Verdauung, durch den Saal. Die Schultern rangierten sich zu beiden Seiten, während die schwarzen Fräcke instinktiv, bescheiden einen Schritt zurückwichen. Renée sah sich an das Ende der Schulternreihe, in die Nähe der zweiten Tür gedrängt, welcher der Kaiser schwerfälligen, wankenden Schrittes zustrebte.

Er war im Frack und trug die rote Schärpe des Großkordons. Von neureicher Erregung erfasst, sah Renée die Dinge nur wie durch einen Nebel und es schien ihr, als bedecke dieser rote Streifen die ganze Brust des Monarchen. Sie fand, dass er klein sei, zu kurze Beine und schlotterige Hüften habe; doch war sie entzückt, denn sie sah ihn ganz deutlich mit seinem bleichen Gesicht, seinen schweren, bleiernen Lidern, die sich über sein lebloses Auge legten. Unter seinem Schnurrbart öffneten sich die Lippen in weicher Biegung, während aus dem ganzen verfallenen Gesicht bloß die Nase knochig hervorragte.

Der Kaiser und der alte General fuhren fort, langsam weiterzuschreiten, wobei sie sich leise lächelnd gegenseitig zu stützen schienen. Sie blickten die sich verneigenden Damen an und ihre nach rechts und links schweifenden Augen versenkten sich in die Mieder. Jetzt neigte sich der General ein wenig und flüsterte seinem hohen Herrn etwas zu, wobei er ihm mit der heiteren Miene eines guten Kameraden den Arm drückte. Und matt und schlaff, düsterer noch als gewöhnlich, kam der Kaiser schleppenden Ganges immer näher.

Sie waren in der Mitte des Salons angelangt, als Renée ihre Blicke auf sich gerichtet fühlte. Der General blickte sie ganz offen und unbefangen an, während in dem grauen, verschwommenen Auge des Kaisers eine wilde Flamme aufzuckte, als er die Lider halb emporhob. Außer Fassung gebracht, senkte Renée den Kopf und verbeugte sich, wobei sie nichts weiter, als die Rosen des Teppichs sah. Doch verfolgte sie ihre beiden Schatten, ja sie wusste sogar, dass sie einige Sekunden vor ihr stehen geblieben waren. Und sie glaubte zu hören, wie der Kaiser, dieser zweideutige Träumer, während er sie in ihrem mit schwarzen Samtstreifen durchzogenen weißen Gazekleid betrachtete, seinem Begleiter zuflüsterte:

»Sehen Sie doch, General, da gäbe es eine Blume zu pflücken, eine geheimnisvolle Nelke mit weißen und schwarzen Streifen.«

Worauf der General brutal erwiderte:

»Sire, diese Nelke würde sich in unseren Knopflöchern verteufelt gut ausnehmen!«,

Renée hob den Kopf empor. Doch die Erscheinung war verschwunden und eine Menge Menschen drängte sich um jene Tür. Seit diesem Abend kam sie oft nach den Tuilerien und ward ihr sogar die Ehre zu Teil, von Seiner Majestät ein Kompliment über ihre Schönheit zu erhalten und ein wenig seine Freundin zu werden; doch erinnerte sie sich immer wieder an den langsamen, schwerfälligen Gang des Monarchen durch den Salon, zwischen den zwei Reihen nackter Schultern und wenn ihr das steigende Glück ihres Gatten irgendeine neue Freude bereitete, erblickte sie immer wieder den Kaiser, der achtlos an den schönen Frauen vorüberschreitend, auf sie zukam und sie mit einer Nelke verglich, welche ihm der alte General in sein Knopfloch zu stecken riet. Das Wort gellte ihr zeitlebens in den Ohren.

IV.

Das deutliche und brennende Verlangen, welches inmitten der betäubenden Düfte des Wintergartens in Renée aufgestiegen war, während sich Maxime und Luise auf einem Diwan des kleinen goldenen Salons unterhielten, schien gleich einem Albdruck zu verschwinden, welcher nur mehr einen leisen Schauer zurücklässt. Während der ganzen Nacht hatte die junge Frau den bitteren Geschmack des Tanghin auf den Lippen verspürt und das Brennen dieser Giftpflanze ein Gefühl in ihr erweckt, als presste sich ein Flammenmund auf ihre Lippen, der ihr eine verzehrende Liebe einhaucht. Dann aber war dieser Mund von ihr gewichen und ihr Traum in den sie umwallenden dichten Schatten aufgegangen.

Erst des Morgens schlief sie ein wenig ein und als sie erwachte, glaubte sie krank zu sein. Sie ließ die Fensterläden schließen, klagte ihrem Arzt über Brechreiz und Kopfschmerz und weigerte sich während zweier Tage auszugehen. Und da sie leidend war, verschloss sie ihre Tür. Vergebens pochte Maxime an dieselbe. Er schlief nicht im Hotel, um sich freier bewegen zu können und führte auch im Übrigen ein sehr nomadenhaftes Leben, indem er sich in den neuen Häusern seines Vaters niederließ und jeden Monat seine Wohnung wechselte, sei es aus Laune, sei es um ernsten Mietern den Platz zu räumen. In Gesellschaft seiner Maitressen war er der erste Bewohner der neuen Räume. An die Launen seiner Stiefmutter gewöhnt, heuchelte er eine große Teilnahme und fand sich täglich viermal vor ihrer Tür ein, um sich verzweifelten Tones nach ihrem Befinden zu erkundigen, nur um sie zu necken. Am dritten Tag endlich fand er sie in dem kleinen Salon, mit rosigem, lächelndem Gesicht und ruhigerer, zufriedener Miene.

»Nun? Hast Du Dich genügend mit Céleste amüsiert?«, fragte er, auf die lange Unterredung anspielend, welche sie soeben mit ihrer Kammerdienerin gehabt hatte.

»Ja«, gab sie zur Antwort; »dies ist ein kostbares Mädchen. Sie hat stets eiskalte Hände, die sie mir auf die Stirne legte und derart meinen armen Kopf ein wenig beruhigte.«

»Aber dann ist sie ja ein unbezahlbares Medikament, diese Person!«, rief der junge Mann aus. »Wenn ich das Unglück hätte, mich jemals zu verlieben, so wirst Du sie mir doch leihen, nicht wahr, damit sie die beiden Hände mir aufs Herz legt.«

Sie scherzten miteinander und unternahmen ihre gewohnte Ausfahrt nach dem Bois. So verflossen vierzehn Tage. Renée hatte mit größtem Eifer ihre frühere Lebensweise aufgenommen, machte Besuche, ging auf Bälle, ohne dass sie wieder über Abgespanntheit oder Überdruss geklagt hätte. Man wäre bloß zu sagen versucht gewesen, sie habe insgeheim einen Fehltritt begangen, von welchem sie nicht sprach, welchen sie aber durch eine etwas schärfer hervortretende Selbstverachtung und eine noch gewagtere Verderbtheit in ihren Launen als Weltdame bekundete. Eines Tages gestand sie Maxime, dass sie vor Begierde vergehe, einem Ball bei Blanche Müller, einer sehr bekannten Schauspielerin, beizuwohnen, welchen dieselbe den Theaterprinzessinnen und Halbweltköniginnen gab. Dieses Verlangen überraschte den jungen Mann und brachte ihn in Verlegenheit, trotzdem er doch auch nicht sonderlich skrupulös veranlagt war. Er wollte seiner Stiefmutter die Sache ausreden; wahrlich, sie sei dort nicht an ihrem Platz, auch werde sie dort nichts Besonderes zu sehen bekommen, dagegen gäbe es einen Skandal, wenn man sie erkennen sollte. Auf all diese Gründe hatte sie nur eine Antwort: sie faltete die Hände, lächelte und schmeichelte.

»Ach, mein kleiner Maxime, sei liebenswürdig. Ich will es ... Ich werde einen dunkeln Domino anlegen und nur einmal mit Dir durch die Salons schreiten.«

Als Maxime, der schließlich immer nachgab und der seine Stiefmutter auf ihr Verlangen an alle verrufenen Orte von Paris geführt hätte, eingewilligt hatte, sie auf den Ball der Blanche Müller zu führen, klatschte sie in die Hände wie ein Kind, dem eine unverhoffte Zerstreuung zuteil geworden war.

»Du bist ein guter Junge«, sagte sie. »Also morgen, nicht wahr? Hole mich nur sehr früh ab. Ich will schon zugegen sein, wenn die Damen erst angelangen. Du wirst mir die Namen derselben nennen und wir werden uns ausgezeichnet amüsieren ... «

Und nach einigem Nachdenken fügte sie hinzu:

»Nein; hole mich nicht ab, sondern erwarte mich in einem Fiaker auf dem Boulevard Malesherbes. Ich werde das Haus durch den Garten verlassen.«

Dieses Geheimnis war ein Gewürz, womit sie den Reiz ihres Streiches erhöhte, nicht weiter als ein Kunstgriff zur Vermehrung des Genusses, denn selbst wenn sie um Mitternacht zum großen Tor hinausgegangen wäre, so hätte ihr Gatte dieserhalb nicht einmal den Kopf zum Fenster hinausgesteckt.

Nachdem sie am nächsten Abend Céleste angewiesen hatte, ihre Rückkehr abzuwarten, eilte sie unter den Schauern einer köstlichen Angst durch die dunklen Baumgänge des Monceauxparkes. Saccard hatte sich sein gutes Einvernehmen mit der Stadt zunutze gemacht, um sich den Schlüssel zu einer kleinen Tür des Parkes geben zu lassen und Renée hatte gleichfalls einen solchen besitzen wollen. Sie verirrte sich beinahe und fand den Fiaker nur dank der zwei gelben Augen seiner Laternen. In dieser Zeit lag der kaum vollendete Boulevard Malesherbes des Abends beinahe gänzlich vereinsamt da. Die junge Frau schlüpfte in den

Fiaker; sie war sehr aufgeregt und ihr Herz pochte so köstlich, als hätte sie sich zu einem Liebesrendezvous begeben. Halb schlummernd lag Maxime in einer Ecke des Fiakers und rauchte philosophisch seine Zigarre. Er wollte den Glimmstängel fortwerfen, sie aber hinderte ihn daran und wie sie in der Dunkelheit seinen Arm zurückzuhalten suchte, kam ihre ganze Hand auf sein Gesicht zu liegen, worüber beide herzlich lachten.

»Ich sage Dir ja, dass ich den Tabaksrauch liebe«, rief sie aus. »Behalte nur Deine Zigarre... Heute Abend wollen wir einmal ausschreiten... und ich bin auch ein Mann.«

Der Boulevard war noch nicht beleuchtet und während der Fiaker in der Richtung der Madeleinekirche dahinfuhr, herrschte im Inneren desselben eine solche Dunkelheit, dass sie einander nicht sehen konnten. Nur von Zeit zu Zeit, wenn der junge Mann seine Zigarre zum Mund führte, leuchtete ein roter Punkt durch die dichte Finsternis. Und dieser rote Punkt interessierte Renée. Maxime, halb bedeckt von der Flut des schwarzen Seidendominos, der den Fiaker beinahe ganz ausfüllte, fuhr anscheinend ärgerlich, schweigend zu rauchen fort. Tatsächlich hatte ihn der Einfall seiner Stiefmutter gehindert, einer Schaar Damen ins Café Anglais zu folgen, wo dieselben den Ball der Blanche Müller zu beginnen und auch zu beschließen gedachten. Er war zornig und sie erriet dies trotz der Dunkelheit.

»Bist Du unwohl?«, fragte sie ihn.

»Nein; mir ist kalt«, erwiderte er.

»Und ich ersticke fast vor Hitze... Ziehe meine Röcke ein wenig über Deine Knie.«

»Ach, Deine Röcke!«, murmelte er ärgerlich. »Die reichen mir ohnehin bis zu den Augen.«

Diese Worte brachten ihn aber selbst zum Lachen und allmählich wurde er wärmer. Sie schilderte ihm, wie sehr sie sich vorhin in dem Park gefürchtet habe. Dann gestand sie ihm einen anderen Wunsch: Sie hätte gar zu gerne des Nachts auf dem kleinen Parkteich eine Spazierfahrt in dem Kahne unternommen, welchen sie von ihren Fenstern aus vor einer Allee liegen sah. Er fand, dass sie elegisch zu werden beginne. Der Fiaker rollte immer weiter, die Dunkelheit blieb dieselbe. Sie neigten sich näher zueinander, um sich in dem Lärm der Wagenräder besser verständlich zu machen, und wenn sie einander zu nahe kamen, streiften sie sich und fühlten gegenseitig den warmen Atem. Und in regelmäßigen Zwischenpausen erglühte die Zigarre Maximes, erschien gleich einer roten Spitze inmitten der Dunkelheit und warf einen schwachen rosigen Schimmer auf das Gesicht Renées. Bei dieser flüchtigen Beleuchtung erschien sie entzückend schön, sodass der junge Mann ganz betroffen davon war und sich nicht enthalten konnte auszurufen:

»Oh oh! Wir sind heute Abend sehr hübsch, Stiefmama ... Lass einmal sehen ... «

Er brachte seine Zigarre noch näher und machte einige rasche Züge hintereinander, sodass Renée, die in ihrer Ecke lehnte, von einem warmen und sozusagen lebenden Licht beleuchtet war. Sie hatte ihre Kapuze ein wenig zurückgeschlagen. Ihr unbedeckter Kopf, den eine Menge Löckchen zierten, die von einem einfachen blauen Band durchzogen waren, glich dem eines richtigen Straßenjungen, zumal die große Bluse aus schwarzer Seide bis zum Halse reichte. Es dünkte ihr sehr drollig, bei dem Lichte einer Zigarre betrachtet und bewundert zu werden. Sie lehnte sich leise lachend zurück, während er mit komischem Ernst hinzufügte:

»Alle Wetter! Ich werde Dich bewachen müssen, wenn ich Dich meinem Vater heil und unversehrt zurückbringen will.«

Der Fiaker hatte die Madeleinekirche erreicht und rollte auf den Boulevards dahin. Jetzt wurde er von unsteten Lichtstrahlen erleuchtet, die aus den Schaufenstern der Verkaufsläden herrührten. Blanche Müller wohnte in einem der auf den Gründen der Rue-Basse-du-Rempart erbauten neuen Häuser. Es standen erst wenige Wagen vor dem Tor; es war kaum zehn Uhr geworden. Maxime wollte eine Rundfahrt über die Boulevards antreten und erst in einer Stunde zurückkehren; doch Renée, deren Neugierde lebhafter denn je erwacht war, erklärte ihm rundheraus, dass sie allein hinaufgehen würde, wenn er sie nicht begleiten wollte. Er folgte ihr und traf zu seiner Freude mehr Leute an, als er gehofft hatte. Die junge Frau hatte ihre Maske angelegt. Sie nahm jetzt den Arm Maximes, dem sie leisen Tones Weisungen erteilte, welchen er schweigend entsprach und durchschritt mit ihm alle Räume, schob die Portieren zur Seite, besichtigte aufmerksam die ganze Einrichtung und hätte selbst die Schränke durchstöbert, wenn sie nicht gefürchtet hätte, dabei ertappt zu werden.

Die sehr elegant eingerichtete Wohnung hatte gewisse Räume, in welchen der zigeunerhafte Charakter der Hausfrau zum Ausdruck gelangte und die Schauspielerin zum Vorschein kam. An diesen Orten erbebten die rosigen Nasenflügel Renées und sie zwang ihren Begleiter, ganz langsam zu gehen, damit ihr gar nichts verborgen bleibe und sie den dort herrschenden Duft einatmen könne. Am längsten verweilte sie in dem Ankleidezimmer, welches Blanche Müller weit offen ließ, die bei ihren Empfängen die Gäste bis in ihr Schlafzimmer kommen ließ, wo das Bett zur Seite geschoben wurde, um für die Spieltische Raum zu schaffen. Das Gemach befriedigte sie aber nicht; es erschien ihr zu gewöhnlich und sogar ein wenig schmutzig, mit seinem Teppich, welchen weggeworfene Zigarrenenden mit kleinen Brandflecken bedeckt hatten, und seinen blauen Seidentapeten, die durch Pomade und Seifenschaum verunreinigt waren. Als sie dann alles genau besichtigt und die kleinsten Einzelheiten der Wohnung ihrem Gedächtnis eingeprägt hatte, um sie daheim ihren Freundinnen beschreiben zu können, ging sie zu den Personen über. Die Herren kannte sie; es waren zum größten Teil dieselben Finanzmänner, dieselben Politiker und dieselben jungen Lebemänner, die sich an ihren Donnerstagen bei ihr einfanden. Sie glaubte sich zuweilen in ihren Salon versetzt, wenn sie vor einer Gruppe schwarzer Fräcke stand, die Tags vorher bei ihr dasselbe Lächeln gezeigt, als sie mit der Marquise von Espanet oder der blonden Frau Haffner plauderten. Und wenn sie die Damen anblickte, schwand die Illusion auch nicht ganz. Laura d'Aurigny war in Gelb gekleidet wie Susanne Haffner und Blanche Müller trug gleich Adeline d'Espanet ein bis in die Mitte des Rückens ausgeschnittenes Kleid aus weißer Seide. Endlich bat Maxime um Entschuldigung und sie ließ sich mit ihm auf einem Diwan nieder. Hier verweilten sie einen Augenblick, während der junge Mann gähnte und Renée ihn nach den Namen der Damen befragte, die sie mit den Augen zu entkleiden schien und dabei die Spitzen, die sie um ihre Röcke genäht hatten, meterweise abschätzte. Als er sie in dieses ernste Studium vertieft sah, entschlüpfte er ihr unbemerkt, um einem Wink zu folgen, welchen ihm Laura d'Aurigny mit der Hand gemacht hatte. Sie neckte ihn mit der Dame, die er am Arm führte und nahm ihm dann das Versprechen, ab, dass er sich ihnen gegen ein Uhr morgens im Café Anglais anschließen werde.

»Dein Vater wird auch mit dabei sein«, rief sie ihm nach, als er zu Renée zurückkehrte.

Letztere war von einer Gruppe laut lachender Frauen umringt, während Herr von Saffré den von Maxime verlassenen Platz eingenommen hatte und sich dicht an sie drängend, ihr derbe Schmeicheleien zuraunte. Dann hatten alle zu lachen und sich auf die Schenkel zu schlagen angefangen, sodass Renée, der die Sache unheimlich zu werden begann, sich erhob und gleichfalls gähnend zu ihrem Begleiter sagte:

»Gehen wir; die Leute sind zu einfältig.«

Als sie hinausschritten, kam Herr von Mussy herein. Er schien sehr erfreut, Maxime zu begegnen und ohne auf die vermummte Dame zu achten, die jener am Arm führte, flüsterte er ihm schmachtenden Tones zu:

»Ach, mein Freund, Renée wird schuld sein, wenn ich einen Selbstmord begehe. Ich weiß, dass es ihr besser geht und doch will sie mich nicht vorlassen. Sagen Sie ihr, Sie hätten Tränen in meinen Augen gesehen.«

»Seien Sie unbesorgt, Ihr Auftrag soll ausgeführt werden«, erwiderte der junge Mann mit einem eigentümlichen Lachen.

Auf der Treppe wandte er sich mit den Worten zu Renée:

»Nun, Stiefmama, Du empfindest kein Mitleid mit dem armen Jungen?«,

Sie zuckte mit den Schultern, ohne eine Antwort zu geben. Auf der Straße angelangt, blieb sie stehen, bevor sie in den Fiaker stieg, der auf sie gewartet hatte und blickte zögernd nach rechts und links. Es war kaum halb zwölf Uhr und reges Leben herrschte noch auf den Boulevards.

»Wir fahren also nach Hause?«, fragte sie bedauernd.

»Ja, sofern wir nicht noch eine Rundfahrt über die Boulevards antreten wollen«, erwiderte Maxime.

Sie willigte ein. Ihre Neugierde hatte keine volle Befriedigung erfahren und es ärgerte sie, dass sie um eine Illusion ärmer und mit beginnendem Kopfschmerz heimkehren sollte. Lange Zeit hindurch war sie der Ansicht gewesen, ein von Schauspielerinnen veranstalteter Ball müsse die kurzweiligste Sache von der Welt sein. Wie es mitunter der Fall ist, hatten die letzten Tage des Oktober einen neuen Frühling ins Land gebracht; die Nacht war lau wie im Mai und der kältere Lufthauch, welcher sich von Zeit zu Zeit fühlbar machte, wirkte nur anregend. Schweigend blickte Renée zum Fenster hinaus auf die wogende Menschenmenge, auf die Kaffeehäuser und Restaurants, die an ihr vorüberglitten. Sie war in eine ganz ernste Stimmung geraten und in das unbestimmte Sinnen verloren, welches unausgesprochene Wünsche in den Frauen erregen. Das breite Trottoir, über welches die Kleider der Mädchen dahinfegten und auf welchem die Schuhe der Männer mit so eigentümlich vertrautem Klang sich vernehmbar machten, der graue Asphalt, welcher der Tummelplatz der Vergnügungen und der käuflichen Liebe zu sein schien, erweckte neuerdings die in ihr schlummernden Wünsche und ließ sie den langweiligen Ball vergessen, welchen sie soeben verlassen, um ihr andere, höhere Freuden zu zeigen. Hinter den Fenstern der Sonderzimmer des Restaurants Brébant sah sie von den weißen Vorhängen weibliche Schatten sich abheben und dabei erzählte ihr Maxime die sehr gewagte Geschichte eines betrogenen Gatten, der auf diese Weise den Schatten seiner Gattin *in flagranti* mit dem Schatten ihres Liebhabers überrascht hatte. Sie hörte ihm kaum zu. Er aber wurde gesprächiger und ihre Hände erfassend, begann er sie zu necken, indem er von dem armen Mussy sprach.

Sie fuhren abermals bei Brébant vorüber und da sagte sie mit einem Mal: »Weißt Du, dass mich Herr von Saffré heute Abend zum Souper geladen hat?«

»Da würdest Du schlecht gespeist haben«, erwiderte er lachend. »Saffré hat keinen Dunst von kulinarischen Genüssen, er kommt über den Hummersalat nicht hinaus.«

»Nein, nein; er sprach von Austern und kaltem Rebhuhn. Doch duzte er mich und das war mir nicht recht.«

Sie schwieg, blickte abermals auf den Boulevard hinaus und fügte nach einer Weile verzagten Tones hinzu:

»Das Schlimmste an der Sache ist, dass ich einen fürchterlichen Hunger habe.«

»Wie! Du bist hungrig?«, rief der junge Mann aus. »Nun, dann gehen wir ganz einfach miteinander soupieren ... Willst Du?«

Er sagte das ganz ruhig und natürlich; sie aber lehnte unter Hinweis auf Céleste ab, die ihr daheim sicherlich einen schmackhaften Imbiss vorbereitet hatte. Er aber hatte, da er nicht ins Café Anglais gehen wollte, den Wagen an der Ecke der Rue le Peletier, vor dem Restaurant des Café Riche anhalten lassen, war abgestiegen und da seine Stiefmutter noch immer zögerte, so sagte er:

»Wenn Du fürchtest, dass ich Dich kompromittiere, so sage es ... Ich werde mich dann neben den Kutscher setzen und Dich zu Deinem Gatten nach Hause bringen.«

Sie lächelte und stieg aus dem Wagen mit dem Gehabe eines Vogels, der sich die Füße zu beschmutzen fürchtet. Sie strahlte vor Freude. Dieses Trottoir, welches sie unter den Füßen spürte, wärmte ihr die Sohlen und ließ sie einen ganz leisen, doch nur um so köstlicheren Schauder der Furcht und der befriedigten Laune empfinden. Seitdem sich der Fiaker wieder in Bewegung gesetzt, hatte sie ein unbändiges Verlangen gefühlt, aus demselben zu springen. Mit kleinen Schritten kam sie über das Trottoir, als hätte ihr die Furcht gesehen zu werden ein Vergnügen bereitet. Ihr mutwilliger Streich nahm ganz entschieden eine Wendung zum Abenteuerlichen. Nein, sie bedauerte nicht, die brutale Einladung des Herrn von Saffré abgelehnt zu haben; dagegen wäre sie unmutig und zornig heimgekehrt, wenn Maxime nicht auf den Gedanken gekommen wäre, ihr von der verbotenen Frucht zu verkosten zu geben. Der junge Mann schritt die Treppe rasch empor, als fühlte er sich zu Hause. Sie folgte ihm ein wenig außer Atem. Ein Geruch nach Fischen und Wildbret erfüllte die Luft, und von dem Teppich, der mittelst Messingstäben an den Treppenstufen festgehalten war, ging ein Staubgeruch aus, der ihre Erregung noch vermehrte.

Im Halbstock angelangt, begegneten sie einem würdevoll aussehenden Kellner, der zur Seite trat, um sie vorübergehen zu lassen.

»Charles«, sagte Maxime zu ihm, »Sie werden uns bedienen, nicht wahr? ... Geben Sie uns den weißen Salon.«

Charles verneigte sich, stieg wieder einige Stufen hinauf und öffnete die Tür eines Kabinetts. Das Gas war halb abgedreht und es schien Renée, als beträte sie im Dämmerlicht einen verdächtigen, aber reizenden Ort.

Ein unablässiges Rollen drang durch das weit geöffnete Fenster und der Lichterglanz der gegenüberliegenden Kaffeehäuser warf die Schatten der Passanten auf die Decke des Zimmers. Mit einem Druck des Fingers ließ der Kellner das Gas heller brennen. Die vorüberhuschenden Schatten an der Decke verschwanden und das Kabinett füllte sich mit grellem Licht, welches voll auf den Kopf der jungen Frau fiel. Diese hatte ihre Kapuze bereits zurückgeschlagen. Die kleinen Haarlöckchen waren während der Fahrt ein wenig in Unordnung geraten; das blaue Band aber saß unverrückt an Ort und Stelle. Sie begann hin- und herzugehen, denn der Blick, mit welchem Charles sie betrachtete, war ihr lästig. Der Mann hatte eine Art, die Augen zuzudrücken und die Brauen zusammenzuziehen, um sie zu sehen, die ganz deutlich besagte: »Das ist eine, die ich noch nicht kenne.«

»Was soll ich auftragen, mein Herr?«, fragte er laut.

Maxime wendete sich zu Renée und sagte:

»Das Souper des Herrn von Saffré, nicht wahr? Austern, kaltes Rebhuhn ... «

Und da Charles den jungen Mann lächeln sah, lächelte auch er ein wenig, indem er leise sagte:

»Das Souper vom Mittwoch also, wenn Sie wünschen?«,

»Das Souper vom Mittwoch ... «, wiederholte Maxime, um, sich besinnend, hernach hinzuzufügen:

»Ja, mir ist's gleich; geben Sie uns das Souper vom Mittwoch.«

Als der Kellner hinaus gegangen war, nahm Renée ihren Stecher hervor und blickte neugierig in dem kleinen Salon umher. Es war das ein viereckiger, in Weiß und Gold gehaltener Raum mit der koketten Einrichtung eines Boudoirs. Außer dem Tisch und den Stühlen war ein niedriges Möbelstück, eine Art Konsole vorhanden, auf welchem die abgeräumten Schüsseln niedergesetzt wurden, des Ferneren ein breiter Diwan, ein wirkliches Bett, welcher zwischen dem Kamin und dem Fenster stand. Auf der weißen Marmorplatte des Kamins sah man eine Stutzuhr und zwei Armleuchter im Stile Ludwigs XVI. Das vornehmste Stück des Kabinetts bildete aber der Spiegel, ein schöner geschliffener Spiegel, welchen die Diamanten der Damen mit Namen, Daten, verstümmelten Versen, absonderlichen Gedankensplittern und erstaunlichen Geständnissen bedeckt hatten. Renée glaubte etwas Unsauberes zu erblicken und wagte ihre Neugierde nicht zu befriedigen. Sie betrachtete den Diwan, empfand ein neuerliches Unbehagen und begann, um sich ein wenig zu fassen, die Zimmerdecke und den von derselben herabhängenden fünfarmigen Kronleuchter aus vergoldetem Messing zu mustern. Die Befangenheit aber, die sie empfand, war köstlich. Während sie mit ernster Miene und den Stecher in der Hand haltend, den Kopf in die Höhe richtete, wie um das Gesims zu betrachten, ergötzte sie sich von ganzer Seele an diesem zweideutigen Mobiliar, welches sie um sich her fühlte; an diesem klaren, zynischen Spiegel, dessen reine Fläche, welche die unflätigen Kritzeleien von schönen Händen kaum getrübt, dazu gedient hatte, so viele falsche Haartouren zurechtzurücken; an diesem Diwan, dessen Breite sie erröten machte; an dem Tisch, ja sogar an dem Teppich, von welchem derselbe Geruch wie auf der Treppe, ein durchdringender, schier kirchlicher Staubgeruch ausging.

Und als sie denn doch endlich die Augen niederschlagen musste, wandte sie sich mit der Frage zu Maxime:

»Was ist's denn mit diesem Souper vom Mittwoch?«

»Nichts«, erwiderte er; »eine Wette, die einer meiner Freunde verloren hat.«

An jedem anderen Ort hätte er ihr ohne Zögern gestanden, dass er am Mittwoch mit einer Dame soupiert habe, der er auf dem Boulevard begegnet war. Doch seitdem er den Fuß in dieses Gemach gesetzt hatte, behandelte er sie instinktiv als eine Frau, der man gefallen und deren Eifersucht geschont werden müsse. Sie fragte nicht weiter, sondern lehnte sich zum Fenster hinaus und er tat ein Gleiches. Hinter ihnen kam und ging Charles herein und hinaus, leise mit dem Geschirr und Silberzeug klappernd.

Es war noch nicht Mitternacht. Unten, auf dem Boulevard bewegte sich Paris, den warmen Tag möglichst lange genießend, ehe es zu Bett zu gehen sich entschloss. Die Baumreihen bezeichneten in unregelmäßiger Linie das weiße Trottoir und den schwarzen Fahrweg, auf welchem die blitzenden Wagenlaternen rasch dahinglitten. Zu beiden Seiten dieses dunklen Bandes befanden sich die Kioske der Zeitungsverkäufer, in ihrem flimmernden Glanz venezianischen Laternen vergleichbar, die man behufs irgendeiner großartigen Illumination in regelmäßigen Zwischenräumen zur Erde gesetzt hatte. Zu dieser Stunde verschwand der gedämpfte Schein derselben vor den blendenden Lichtstrahlen der benachbarten Schaufenster. Kein einziger Laden war geschlossen; die Trottoirs zogen sich in hellem Licht ohne jeden Schatten dahin und schienen wie von einem goldenen Regen bedeckt. Maxime zeigte Renée das ihnen gegenüberliegende Café Anglais, dessen Fenster hell erleuchtet waren. Die hohen Baumzweige behinderten ein wenig den freien Ausblick und ließen die Häuser und das Trottoir der anderen Seite nicht ganz klar unterscheiden, sodass sie erst hinüberblicken konnten, wenn sie sich ein wenig vorneigten. Dort herrschte ein ewiges Kommen und Gehen. Gruppenweise schritten die Spaziergänger vorüber; die Dämchen wandelten paarweise einer und zogen ihre Kleider nach sich, die sie mit lässiger Gebärde von Zeit zu Zeit emporhoben, wobei sie lächelnd und müde um sich blickten. Unter ihrem Fenster befanden sich die kleinen runden Tische des Café Riche selbst, von einer Menge Gasflammen beleuchtet, deren Licht sich bis in die Mitte der Straße erstreckte und die bleichen, lächelnden Gesichter der Passanten ausnehmen ließ. Ringsum an den Tischen saßen Männer und Frauen, trinkend, lesend, plaudernd. Letztere trugen helle Kleider und hatten das Haar in den Nacken hängen; sie wiegten sich mit ihren Stühlen und sprachen laut untereinander, doch konnte man des lärmenden Wagengerassels wegen ihre Worte nicht vernehmen. Renée fiel insbesondere eine Dame auf, die ganz allein an einem Tisch saß, ein dunkelblaues Kleid trug, welches mit weißen Spitzen geputzt war. Halb in ihrem Stuhl zurückgelehnt, trank sie in kleinen Zügen ein Glas Bier, wobei sie die Hände auf dem Bauch liegen hatte und mit dem Ausdruck resignierter Erwartung vor sich hinblickte. Die lustwandelnden Damen verloren sich allmählich unter der Menge und die junge Frau, deren Interesse sie erregt hatten, folgte ihnen mit den Augen von einem Ende des Boulevards zum anderen, inmitten des verwirrenden Getriebes der Straße, welche von der schwarzen Masse der Spaziergänger angefüllt war, sodass selbst die hellen Gasflammen bloß dürftigen Funken glichen. Und dieses Defilé erneuerte sich ohne Unterlass, mit einer ermüdenden Gleichmäßigkeit, – eine sonderbar gemischte Welt, die sich stets gleich blieb, inmitten der lebhaften Farben, der gähnenden Schatten und des feenhaften Glanzes dieser tausend tanzenden Flammen, die wie eine Flut aus den Kaufläden hervorkamen, die transparenten Ankündigungen der Fenster und Kioske in ein farbiges Licht tauchend, über die Fassaden der Häuser in der Form von Stäben, Buchstaben, flammenden Zeichnungen dahineilend, Sterne in das Dunkel streuend, unaufhörlich über den Fahrweg dahin gleitend. Der betäubende Lärm, der empordrang, hatte etwas Einförmiges, Langgezogenes, gleich den begleitenden Tönen einer Drehorgel bei dem endlosen Rundgang kleiner mechanisch beweglicher Puppen. Einen Augenblick glaubte Renée, ein Unfall sei geschehen. Eine Menge Menschen strömte nach links, ein wenig über die Passage de l'Opera hinaus. Als sie aber ihren Stecher zu Hilfe nahm, erkannte sie, dass ein Omnibusstandplatz die Bewegung hervorrief. Auf dem Trottoir stand eine Menge Leute wartend da, die vordrängten, so oft ein Wagen angelangte. Sie vernahm die raue Stimme des Schaffners, der die Nummern aufrief; dann tönte das Läuten des Zählapparates hell an ihr Ohr. Sie sah die Anschlagzettel eines Kiosks, welche mit den buntesten Farben bemalt waren: In einem gelbgrünen Rahmen sah man den grinsenden Kopf eines Teufels mit gesträubtem Haar, – die Reklame eines Hutfabrikanten, welche sie nicht verstand. Von fünf zu fünf Minuten rollte der Omnibus von Batignolles vorüber, mit seinen roten Laternen und seinem gelben Kasten, der um die Ecke der Rue le Peletier bog, wobei alle seine Fensterscheiben klirrten, und sie sah die bleichen Gesichter der auf dem Verdeck sitzenden

Männer sich emporrichten und Maxime und sie mit dem gierigen Blicke von Hungerleidern, die zum Schlüsselloch hereinspähen, mustern.

»Ah!«, bemerkte sie; »im Monceauxpark herrscht jetzt bereits tiefe Ruhe!«

Dies war alles, was sie sprach. Etwa zwanzig Minuten blieben sie am Fenster, sich dem berauschenden Eindruck des rastlosen Treibens und blendenden Lichtes überlassend. Als dann aufgetragen wurde, setzten sie sich zu Tisch und da die Gegenwart des Kellners ihr lästig zu sein schien, so schickte ihn Maxime hinaus.

»Lassen Sie uns ... Zum Nachtisch werde ich Ihnen klingeln.«

Auf den Wangen hatte sie kleine rote Flecke und ihre Augen glänzten, als wäre sie gelaufen. Es schien, als brächte sie vom Fenster einiges von dem lebhaften Getriebe des Boulevards mit sich; – sie wollte nicht, dass ihr Gefährte die Fensterflügel schließe.

»Das ist unser Orchester«, erwiderte sie ihm, als er sich über den Lärm beklagte. »Du findest nicht, dass dies eine ergötzliche Musik ist? Dieselbe wird eine treffliche Begleitung zu unseren Austern und unserem Rebhuhn abgeben.«

Ihre dreißig Jahre verjüngten sich bei diesem Abenteuer. Sie bewegte sich hastig; sie schien fieberhaft erregt und dieses Kabinett, dieses Alleinsein mit einem jungen Mann regten sie an, gaben ihr das Aussehen eines Mädchens. Entschlossen machte sie sich an die Austern. Maxime selbst hatte keinen Hunger und sah lächelnd zu, wie sie mit gutem Appetit speiste.

»Alle Wetter!«, bemerkte er. »Du hättest eine treffliche Soupeuse abgegeben.«

Ärgerlich darüber, dass sie so rasch aß, hielt sie inne.

»Du findest, dass ich Hunger habe? Was soll ich tun? Dieser einfältige Ball hat mich hungrig gemacht ... Ach, mein armer Freund, ich bedaure Dich, da Du in diesen Kreisen lebst.«

»Du weißt«, erwiderte er, »dass ich Dir versprochen habe, von Sylvia und Laura d'Aurigny abzulassen, sobald Deine Freundinnen einwilligen, mit mir zum Souper zu gehen«

Sie machte eine köstliche Gebärde.

»Das will ich gerne glauben! ... Wir sind etwas amüsanter als diese Damen, gestehe es ... Wenn eine von uns einen Liebhaber derart langweilen würde, wie Deine Sylvia und Deine Laura b'Aurigny Euch langweilen, würde die arme kleine Frau ihres Liebhabers keinen Augenblick sicher sein! ... Du willst mir aber nie glauben. Versuche es doch einmal.«

Um den Kellner nicht rufen zu müssen, stand Maxime auf, räumte die Austernschalen fort und trug das auf der Konsole bereitstehende Rebhuhn auf. Der Tisch war mit dem Luxus der großen Restaurants gedeckt. Über das Damasttafeltuch strich ein allerliebster Hauch der Ausschweifung hin und Renées feine Hände langten mit einem gewissen Frösteln des Behagens nach Messer, Gabel und Trinkglas. Sie trank ungewässerten weißen Wein, während sie sonst kaum einige Tropfen Rotwein in ihr Wasser gab. Die Serviette über den Arm gelegt, bediente Maxime sie mit komischer Zuvorkommenheit und sagte:

»Was mochte Dir Herr von Saffré wohl gesagt haben, dass Du so zornig wurdest? Sagte er vielleicht, dass Du hässlich seiest?«

»Ach, der!«, gab sie zur Antwort; »er ist ein scheußlicher Mensch. Niemals hätte ich gedacht, dass ein gebildeter Mann, der sich in meinem Haus so tadellos benimmt, eine derartige Sprache führen könne. Ihm verzeihe ich aber. Mich haben nur die Frauen in Harnisch gebracht. Man hätte sie wirklich für Marktweiber halten können. Da war eine, die über einen Schmerz in der Hüfte klagte, und es hätte, glaube ich, nicht viel gefehlt, so würde sie ihre Röcke aufgehoben haben, um jedermann von ihrem Leiden zu überzeugen.«

Maxime lachte herzlich.

»Nein, wahrhaftig«, fuhr sie sich ereifernd fort; »ich verstehe Euch nicht, denn alle sind sie blöd und unflätig ... Und da war ich so kurzsichtig zu meinen, so oft ich Dich zu Deiner Sylvia gehen sah, es würde antike Festlichkeiten geben wie man solche auf Gemälden dargestellt sieht, Weiber mit Rosen bekränzt, goldene Becher, ungewöhnliche Genüsse ... Ach, ja! Du zeigtest mir ein unsauberes Ankleidekabinett und Frauenzimmer, die wie Lastträger fluchten. Da verlohnt es sich doch wahrlich der Mühe, schlecht zu sein.«

Er wollte widersprechen, sie aber gebot ihm Schweigen und einen Knochen des Rebhuhns, welchen sie sorgfältig abnagte, zierlich zwischen den Fingern haltend, fügte sie leiseren Tones hinzu:

»Das Schlechte, mein Lieber, müsste etwas Köstliches sein ... Wenn ich, die ich eine rechtschaffene Frau bin, Langeweile habe und das Verbrechen begehe, unmögliche Dinge zu träumen, so bin ich sicher, bedeutend hübschere Dinge zu ersinnen, als die Blanche Müller mit all ihren Genossinnen.«

Und mit ernster Miene schloss sie mit dem naiv-zynischen Wort:

»Das ist Sache der Erziehung, weißt Du?«

Damit legte sie den kleinen Knochen in ihren Teller. Das dumpfe Rollen der Wagen dauerte fort, ohne dass ein lauterer Ton vernehmbar geworden wäre. Sie war genötigt, die Stimme zu erheben, um sich verständlich zu machen und die Röte ihrer Wangen nahm zu. Auf der Konsole befanden sich noch Trüffel, eine süße Speise und Spargel, eine Seltenheit in dieser Jahreszeit. Er brachte alles auf einmal herbei, um sich weiterhin nicht mehr bemühen zu müssen und da der Tisch etwas schmal war, so stellte er zwischen sie und sich einen mit Eis gefüllten silbernen Kübel, in welchem sich eine Flasche Champagner befand, auf die Erde. Der Appetit regte sich schließlich auch bei ihm. Sie genossen von jeder Schüssel, leerten unter zunehmender Heiterkeit die Champagnerflasche, ergingen sich in schlüpfrigen Theorien und stützten sich mit den Ellenbogen auf den Tisch, gleich zwei Freunden, die es sich nach dem Essen bequem machen. Das Geräusch auf den Boulevards verminderte sich allmählich; Renée aber schien es, als vergrößere sich dasselbe und mitunter hatte sie ein Gefühl, als rollten alle Wagenräder durch ihren Kopf.

Als er bemerkte, er wolle klingeln, damit man das Dessert bringe, stand sie auf, schüttelte ihre lange Satinbluse, um die Brotkrümchen zu entfernen und sagte:

»Du kannst Dir nun eine Zigarre anzünden.«

Sie war ein wenig betäubt. Ein Geräusch, dessen Natur sie sich nicht zu erklären vermochte, lockte sie ans Fenster. Man schloss die Verkaufsläden.

»Sieh«, sagte sie, sich zu Maxime zurückwendend; »unser Orchester bricht auf.«

Damit neigte sie sich wieder hinaus. In der Mitte der Straße kreuzten die Fiaker und Omnibusse noch immer ihre buntfarbenen Laternen, jetzt aber schon rascher und nicht so zahlreich. Auf den Seiten, die Trottoirs entlang gewahrte man große, dunkle Schatten, – sie bezeichneten die geschlossenen Verkaufsläden. Nur die Kaffeehäuser lagen noch in strahlendem Glanz da und warfen leuchtende Flächen auf den Asphalt. Von der Rue Drouot bis zur Rue du Helder erblickte Renée eine lange Reihe heller und dunkler Vierecke, in welchen sich die letzten Spaziergänger aufhielten. Die Dirnen, die mit ihren langen Kleidern bald hell erleuchtet waren, bald in tiefem Schatten versanken, glichen Geistererscheinungen, bleichen Marionetten, die momentan von dem elektrischen Licht einer Feerie bestrahlt wurden. Eine kurze Weile bereitete ihr dieses Spiel Vergnügen. Das von allen Seiten erstrahlende Licht war bedeutend zusammengeschmolzen; die Gasflammen erloschen, die buntscheckigen Zeitungskioske bildeten noch dunklere Massen in dem Nachtschatten. Zuweilen ging noch eine größere Gruppe, aus einem Theater kommend, vorüber. Doch bald machte die Nacht ihre Rechte geltend und nun erschienen unter dem Fenster kleine Gruppen aus zwei oder drei Männern bestehend, welchen sich sofort eine weibliche Gestalt anschloss, worauf sich eine kleine Diskussion entwickelte. In dem verhallenden Geräusch drangen einzelne Worte an Renées Ohr; dann entfernte sich die Frau zumeist am Arm eines der Männer. Andere Mädchen zogen von einem Kaffeehaus zum anderen, machten die Runde um die Tische, steckten den auf denselben vergessenen Zucker ein, scherzten mit den Kellnern und blickten fest, mit fragendem Ausdruck und schweigendem Angebot die verspäteten Gäste an. Als Renée mit den Augen dem fast leeren Verdeck eines Batignoller Omnibus folgte, erkannte sie an der Ecke des Trottoirs die Frau im dunkelblauen Kleid mit weißen Spitzen, wie sie noch immer suchend und erwartungsvoll um sich blickte.

Als Maxime gleichfalls ans Fenster trat, lächelte er bei dem Anblick eines halb offenstehenden Fensterflügels im Café Anglais. Der Gedanke, dass sein Vater in lustiger Gesellschaft dort verweile, erschien ihm zu drollig; doch war er an diesem Abend von einer gewissen Befangenheit beherrscht, die ihn hinderte, seine gewohnten Scherze zu treiben. Renée tat es leid, als sie das Fenster verlassen musste. Eine gewisse Trunkenheit, eine Art Mattigkeit drang vom Boulevard zu ihr empor. In dem schwächer werdenden Wagenrollen, in dem Verschwinden der lebhaften Beleuchtung lag etwas, das verlockend zur Wollust und zum Schlaf einlud. Das leise Geflüster, welches sich vernehmbar machte, die in einer dunkeln Ecke sich ansammelnden Gruppen gestalteten das Trottoir zu dem Korridor einer großen Herberge, wo sich die Reisenden gerade zu Bett legten. Immer mehr verstummte das Geräusch, immer mehr erloschen die Lichter, die Stadt versank in Schlummer und ein Hauch wie von zärtlichen Umarmungen glitt über die Dächer hinweg.

Als sich die junge Frau zurückwandte, zwang sie das Licht des kleinen Kronleuchters die Augen zu schließen. Sie war ein wenig bleich und ihre

Mundwinkel zuckten leise. Charles trug das Dessert auf; er ging hinaus, kam wieder zurück, öffnete und schloss die Türen leise, mit dem Phlegma eines Mannes, der da weiß, was sich schickt.

»Ich habe gar keinen Hunger mehr«, rief Renée aus, »räumen Sie alle diese Teller weg und bringen Sie uns den Kaffee.«

Der an die Launen seiner Gäste gewöhnte Ganymed entfernte das Dessert und trug den Kaffee auf. Der kleine Raum konnte seine Wichtigkeit kaum fassen.

»Ich bitte Dich, setze ihn vor die Tür«, wandte sich die junge Frau zu Maxime, da sie etwas wie Übelkeit empfand.

Maxime schickte ihn hinaus; doch kaum war er verschwunden, als er abermals erschien, um mit diskreter Miene die großen Fensterläden zu verschließen. Als er endlich gegangen war, stand der junge Mann, der gleichfalls ungeduldig geworden war, auf, und indem er zur Tür schritt, sagte er:

»Warte; ich habe ein Mittel, um sein Wiederkommen zu verhindern.

Und damit stieß er den Riegel vor.

»So«, bemerkte Renée, »jetzt sind wir wenigstens allein.«

Ihr Geplauder und ihre Vertraulichkeiten begannen von Neuem. Maxime hatte eine Zigarre angezündet, während Renée ihren Kaffee in kleinen Zügen trank und sich sogar zu einem Gläschen Chartreuse verstieg. Die Temperatur des kleinen Gemaches stieg höher und bläulicher Rauch begann sich in demselben auszubreiten. Renée setzte schließlich die beiden Ellenbogen auf den Tisch und stützte das Kinn zwischen die zwei halbgeschlossenen Fäuste. Durch den leichten Druck erschien ihr Mund kleiner, ihre Wangen wurden ein wenig in die Höhe gedrückt und die etwas zusammengekniffenen Augen funkelten noch mehr. Solcherart verschoben, war ihr kleines Gesichtchen reizend anzusehen mit den dichten, goldigen Löckchen, die ihr jetzt bis zu den Augenbrauen reichten. Maxime betrachtete sie durch den Rauch seiner Zigarre hindurch. Sie dünkte ihm originell. Zuweilen war er für einige Sekunden ihres Geschlechts nicht sicher; die große Falte, die ihre Stirn durchquerte, der schmollende Ausdruck der vorgeschobenen Lippen, ihre unentschiedene Miene, deren Grund in ihrer Kurzsichtigkeit lag, ließen sie als einen großen jungen Mann erscheinen, zumal ihre lange Bluse aus schwarzem Satin ihr so hoch unter das Kinn reichte, dass man kaum einen Streifen des weißen vollen Halses sehen konnte. Und sie ließ sich ansehen, lächelnd, ohne den Kopf abzuwenden, wobei ihr Blick ins Leere zu schweifen und ihr das Sprechen immer schwerer zu fallen schien.

Dann fuhr sie plötzlich empor und erhob sich, um den Spiegel zu betrachten, zu welchem ihre Augen seit einem Moment unentschlossen hinüberschweiften. Sie stellte sich auf die Fußspitzen und stützte sich mit den Händen auf den Rand des Kamins, um diese Unterschriften und gewagten Bemerkungen zu lesen, welche sie vor dem Souper erschreckt hatten. Sie sprach die einzelnen Silben mit einiger Schwierigkeit aus, lachte und las weiter gleich einem Schüler, der unter dem Pult in einem verbotenen Buch blättert.

»Ernst und Klara«, las sie; »und ein Herz darunter, welches einem Trichter gleicht ... Ah, das ist hier besser: ›Ich liebe die Männer, weil ich die Trüffel liebe.‹ Unterschrieben, Laura«. Sag mal Maxime, hat die Aurigny dies geschrieben? ... Dann sieh hier, das Wappen dieser Damen; ich denke, es soll eine Henne darstellen, die eine Pfeife raucht ... Und nichts als Namen, ein ganzer Kalender: Viktor, Amalie, Alexander, Eduard, Margarete, Paquita, Luise, Renée ... Ah, eine, die so heißt wie ich ... «

Maxime sah ihren glühenden Kopf im Spiegel. Jetzt reckte sie sich noch mehr empor und ihr Domino, der dadurch rückwärts ganz angespannt wurde, beschrieb scharf die Krümmung ihrer Taille, die Wölbung der kräftig entwickelten Hüften. Der junge Mann folgte der Linie, welche der straff wie ein Hemd anliegende Satin zeichnete. Auch er stand auf und warf seine Zigarre weg. Er fühlte sich unbehaglich, unruhig. Etwas, woran er gewöhnt war, was er niemals vermisste, fehlte ihm heute.

»Und hier ist sogar Dein Name, Maxime«, rief Renée aus. »Höre einmal ... ›Ich liebe‹ ... «

Er aber hatte sich auf den Rand des Diwans niedergelassen, sodass er fast zu den Füßen der jungen Frau zu sitzen kam. Mit einer plötzlichen Bewegung gelang es ihm, ihre Hände zu erfassen; dadurch zog er sie fort von dem Spiegel, wobei er mit sonderbar klingender Stimme sagte:

»Ich bitte Dich, lies das nicht!«

Sie wehrte sich und lachte dabei nervös.

»Weshalb denn nicht? Bin ich nicht Deine Vertraute?«

Er aber ließ sie nicht los, sondern sagte erstickten Tones:

»Nein, nein, heute Abend nicht.«

Er hielt noch immer ihre Hände fest und sie zerrte schwach an den Gelenken, um sich zu befreien. Beider Augen hatten einen Ausdruck, den sie noch niemals gesehen hatten; ihre Lippen lächelten gezwungen und ein wenig beschämt. Sie sank in die Knie am Rand des Diwans; dabei fuhren sie fort, miteinander zu ringen, obschon Renée keine Bewegung mehr nach dem Spiegel machte und sich bereits zu ergeben begann. Und als der junge Mann den Arm um ihren Leib schlang, sagte sie mit ihrem verlegenen und halb erlöschendem Lächeln:

»Lass mich ... Du tust mir weh.«

Doch murmelten nur mehr ihre Lippen diese Worte. In der tiefen Stille des Kabinetts, welches von den Flammen des Kronleuchters hell erleuchtet wurde, fühlte sie den Boden unter sich erzittern und vernahm sie das Gerassel des Batignoller Omnibus, der um die Ecke des Boulevards biegen musste. Und die Sache wurde vollbracht. Als sie dann wieder nebeneinander auf dem Diwan saßen, stotterte er inmitten des Unbehagens, welches sich beider bemächtigt hatte:

»Bah! Früher oder später musste es geschehen«

Sie sagte kein Wort, sondern betrachtete gleichsam niedergeschmettert das Rosenmuster des Teppichs.

»Hattest Du daran gedacht?«, fuhr Maxime noch immer stotternd fort.

»Ich gewiss nicht ... Doch hätte ich gegen dieses Kabinett Misstrauen haben sollen ... «

Und nun sprach sie mit tiefer Stimme, als hätte dieser Fehltritt die ganze spießbürgerliche Ehrsamkeit der Familie Béraud du Châtel in ihr erweckt:

»Was wir da getan, ist niederträchtig!«, Sie war vollkommen ernüchtert, ihr Gesicht schien mit einem Mal gealtert und hatte einen ernsten Ausdruck.

Der Atem versagte ihr. Sie schritt zum Fenster, schlug die Läden zurück und lehnte sich hinaus. Das Orchester war verstummt, der Fehltritt unter den letzten Tönen des Basses und bei dem entfernten Singen der Violinen begangen worden, die als gedämpfte Schallwellen von dem schlafenden und von Liebe träumenden Boulevard heraufdrangen. Unten dehnte sich die Straße schweigend, inmitten der grauen Einsamkeit aus. Die dumpf rollenden Räder der Fiaker waren verschwunden und hatten Licht und Leute mit sich genommen. Unter dem Fenster war es auch schon ganz dunkel; das Café Riche war ebenfalls geschlossen worden und kein Lichtstrahl drang durch die eisernen Läden. Auf der anderen Seite der Avenue beleuchteten nur mehr vereinzelte Lichter die Fassade des Café Anglais, unter anderem ein halb geöffneter Fensterflügel, aus welchem unterdrücktes Lachen vernehmbar wurde. Und längs dieses großen Schattenreiches, von der Ecke der Rue Drouot bis zum anderen Ende, so weit ihr Auge reichte, sah sie nichts weiter als die symmetrischen Flecken der Kioske, welche mit je einem Flämmchen versehen, die Nacht nicht zu erhellen vermochten und an Nachtlampen erinnerten, die in einem großen Schlafgemach aufgestellt waren. Renée hob den Kopf empor. Die Bäume streckten ihre Arme zu dem hellen klaren Himmel empor, während die unregelmäßige Linie der Häuser sich gleich einer zerrissenen Felskante am Rand eines bläulich schimmernden Meeresspiegels ins Unabsehbare zu verlieren schien. Dieser heitere Himmel stimmte sie aber noch trauriger und nur der in Dunkelheit gehüllte Boulevard bot ihr einigen Trost. Was der Lärm und das Laster des Abends daselbst zurückgelassen, entschuldigte sie. Sie meinte die Wärme all der Männer und Frauen zu verspüren, die über dieses Trottoir geschritten waren, welches bereits zu erkalten begonnen hatte. Die Schande, die sich hier geoffenbart, die Begierden einer Minute, die mit leiser Stimme gemachten Anerbietungen und die im Vorhinein bezahlten Vergnügungen einer Nacht, – all dies löste sich in eine schwere Dunstwolke auf, welche der Morgenwind vor sich einhertrieb. In die Dunkelheit hinausgeneigt, atmete sie diese erschauernde Stille, diesen Alkovenduft ein, gleich einer Ermutigung, welche ihr von unten wurde, gleich einer Versicherung, dass die von ihr empfundene Schmach von einer ganzen Stadt geteilt werde. Und als sich ihre Augen an die Dunkelheit gewöhnt hatten, gewahrte sie die Frau in dunklem Kleid mit weißen Spitzen, die allein inmitten der grauen Einsamkeit, noch immer an derselben Stelle stand und sich den leeren Schatten anbot.

Als sich die junge Frau in das Zimmer zurückwendete, erblickte sie Charles, der schnüffelnd umherblickte. Endlich entdeckte er das blaue Band Renées, welches ganz zerdrückt, in einer Ecke des Diwans vergessen worden war. Er beeilte sich, ihr dasselbe mit seiner höflichen Miene zu überreichen. Dies brachte ihre Schmach ihr voll zum Bewusstsein. Vor dem Spiegel stehend, versuchte sie mit ungeschickten Händen das Band neuerdings um ihren Kopf zu schlingen. Der Knoten, in welchen ihre Haare gewunden waren, hatte sich gelöst, die kleinen Löckchen waren an den Schläfen ganz platt gedrückt und sie vermochte den Knoten nicht zu erneuern. Da kam ihr Charles zu Hilfe, indem er gleichmütigen Tones, als würde er ihr etwas Selbstverständliches, eine Mundschale oder einen Zahnstocher anbieten, fragte:

»Wünschen Sie den Kamm, Madame?«,

»Ach was, unnötig«, sagte Maxime mit einem Blick Ade Ungeduld. »Holen Sie uns einen Wagen.«

Renée entschloss sich, bloß die Kapuze ihres Dominos herunterzuziehen. Und als sie vom Spiegel hinweg trat, reckte sie sich ein wenig, um die Worte zu lesen, welche die hastige Umarmung Maximes sie nicht hatte lesen lassen. In steil zum Plafond emporsteigenden, plumpen Buchstaben las sie die mit Sylvia unterzeichneten Worte: »Ich liebe Maxime«. Sie spitzte die Lippen und zog die Kapuze noch tiefer in die Augen.

Im Wagen empfanden beide eine fürchterliche Verlegenheit. Sie saßen einander gegenüber, ebenso wie sie gesessen hatten, als sie den Monceauxpark verließen. Sie fanden kein Wort einander zu sagen. Im Inneren des Fiakers herrschte dichte Finsternis, in welcher jetzt selbst der glühende rote Punkt der Zigarre Maximes fehlte. Der junge Mann, neuerdings von den Röcken verdeckt, die »ihm fast die Augen ausstachen«, litt sehr unter dieser Dunkelheit, unter diesem Stillschweigen, in der Nähe dieser stummen Frau, die er an seiner Seite wusste und deren Augen er weit geöffnet in die Nacht hinausstarren zu sehen wähnte. Um sich den Anschein größerer Unbefangenheit zu geben, suchte er endlich nach ihrer Hand und erst als er dieselbe in der Seinigen hielt, erschien ihm die Lage erträglicher. Diese Hand überließ sich ihm, weich und träumerisch.

Der Wagen rollte über den Madeleineplatz. Renée sagte sich, dass sie nicht schuldig sei. Sie hatte die Blutschande nicht gewollt. Und je länger sie nachdachte, je klarer wurde es ihr, dass sie unschuldig gewesen, während der ersten Stunden ihres Abenteuers, auf ihrem fluchtähnlichen Gang durch den Park Monceaux, bei Blanche Müller ebenso, wie auf dem Boulevard und in dem Sonderkabinett des Restaurants. Wozu war sie aber nur am Rand dieses Diwans in die Knie gesunken? Sie wusste es selbst nicht mehr. Sie hatte doch nicht einen Augenblick an jene Sache gedacht und hätte sich sogar von Zorn erfüllt zur Wehr gesetzt. Das Ganze war bis dahin so lustig gewesen, sie hatte sich amüsiert und hatte gelacht, weiter nichts. Und während der Wagen dahinrollte, vernahm sie wieder das betäubende Geräusch des Boulevards, das ruhelose Kommen und Gehen der Männer und Frauen, während sie Feuerbrände vor den müden Augen zu haben glaubte.

In seiner Ecke lehnend war auch Maxime in unangenehme Gedanken versunken. Er ärgerte sich über das Abenteuer. Er hatte sich von dem schwarzen Satindomino verführen lassen. Wer hatte aber auch schon erlebt, dass sich eine Frau so lächerlich vermumme? Nicht einmal ihr Hals war zu sehen gewesen. Er hatte sie für einen Knaben gehalten, mit ihr gespielt und trug keine Schuld daran, wenn aus dem Spiel Ernst geworden war. Gar kein Zweifel, dass er sie nicht mit einem Finger berührt hätte, wenn sie wenigstens eine Schulter entblößt gehabt hätte. Er würde sich erinnert haben, dass sie die Frau seines Vaters sei. Da er aber kein Freund unangenehmer Gedanken war, so verzieh er sich. Er wird achthaben, dass die Sache sich nicht wiederhole; es wäre doch zu dumm.

Der Wagen hielt an und Maxime stieg zuerst aus, um Renée herauszuhelfen. Vor der kleinen Parktür aber wagte er sie nicht zu küssen und sie reichten sich nur die Hände wie sonst. Sie befand sich schon jenseits des Gitters, als sie, nur um etwas zu sagen und dadurch ohne es zu wollen, verratend, dass ein Gedanke sie seit dem Verlassen des Restaurants unablässig beschäftige, fragte:

»Was ist's denn mit dem Kamm, von welchem der Kellner sprach?«

»Ich weiß wirklich nicht, was er damit meinte«, erwiderte Maxime verlegen.

Mit einem Mal war Renée die Sache klar. Das Kabinett besaß zweifellos einen Kamm, der zur Einrichtung gehörte, wie die Fenstervorhänge, der Riegel und der breite Diwan. Und ohne eine Erklärung abzuwarten, die noch nicht gekommen war, vertiefte sie sich beschleunigten Schrittes in die dunkeln Laubgänge des Monceauxparkes, meinend, die Zähne aus Schildpatt hinter sich zu sehen, in welchen Sylvia und Laura d'Aurigny ihre blonden und schwarzen Haare zurückgelassen hatten. Sie hatte Fieber. Céleste musste sie zu Bett bringen und bis zum Morgen bei ihr wachen. Maxime, der auf dem Trottoir des Boulevard Malesherbes zurückgeblieben war, dachte einen Moment nach, ob er sich der lustigen Bande im Café Anglais anschließen sollte; dann aber beschloss er, gleichsam um sich zu strafen, zu Bett zu gehen.

Am nächsten Morgen erwachte Renée spät aus einem schweren, traumlosen Schlaf. Sie ließ im Kamin ein großes Feuer anmachen und sagte, sie werde den ganzen Tag in ihrem Zimmer verbringen. Dies bildete in ernsten Stunden ihre Zufluchtsstätte. Als ihr Gatte sie gegen Mittag nicht zum Frühstück hinabkommen sah, ließ er um die Erlaubnis bitten, sie zu besuchen. Schon wollte sie, von einer leisen Unruhe erfasst, die Erlaubnis verweigern, als sie sich anders besann. Sie hatte Saccard gestern eine Rechnung von Worms übergeben, die sich auf die etwas hohe Summe von 136 000 Francs belief und sicherlich wollte er sich die Freude nicht versagen, ihr die Quittung persönlich zu überreichen.

Sie erinnerte sich der gestrigen kleinen Löckchen und blickte mechanisch in den Spiegel. Céleste hatte ihr das Haar in breite Zöpfe geflochten. Darauf ließ sie sich vor dem Kaminfeuer nieder, eingehüllt in die Spitzen ihres Morgengewandes. Saccard, dessen Wohnräume sich gleichfalls im ersten Stock befanden und an diejenigen Renées stießen, kam in Pantoffeln, in seiner Eigenschaft als Gatte zu ihr. Er betrat kaum einmal im Monat das Zimmer Renées und auch da immer nur, um eine Geldfrage zu erledigen. An diesem Morgen hatte er die geröteten Augen, die bleiche Gesichtsfarbe eines Mannes, der eine schlaflose Nacht verbracht hat. Galant zog er die Hand seiner Frau an die Lippen und sich an der anderen Ecke des Kamins niederlassend, sagte er: »Sie sind krank, liebe Freundin? Ein wenig Migräne, nicht wahr? ... Verzeihen Sie mir, wenn ich Sie mit meinem geschäftlichen Galimathias belästige; doch ist die Angelegenheit ziemlich ernst ... «

Damit zog er aus der Tasche seines Schlafrockes die Rechnung Worms, welche Renée an dem eleganten Papier erkannte.

»Ich fand diese Rechnung gestern auf meinem Schreibtisch«, fuhr er fort, »und es tut mir wirklich leid, – doch vermag ich sie in diesem Augenblick nicht zu begleichen.«

Aus den Augenwinkeln beobachtete er, welchen Eindruck diese Worte auf sie machten und da sie aufs Höchste erstaunt schien, hub er mit einem Lächeln von Neuem an:

»Sie wissen, meine liebe Freundin, dass ich nicht die Gewohnheit habe, Ihre Ausgaben zu bekritteln und dennoch muss ich sagen, dass mich einige Punkte dieser Rechnung überrascht haben. Da sehe ich zum Beispiel auf der zweiten Seite: eine Balltoilette: Zeug dazu, 70 Fr.; Façon, 600 Fr.; Geld geliehen, 5000 Fr.; Waschwasser des Doktors Pierre, 6 Fr. – Ein Kleid zum Preis von siebzig Francs, das recht hoch zu stehen kommt ... Sie wissen aber, dass ich für alle Schwächen ein Verständnis habe. Ihre Rechnung beträgt hundertsechsunddreißigtausend Francs und Sie waren beinahe sparsam, das heißt im Verhältnis sparsam ... Nur kann ich, wie gesagt, nicht zahlen, da ich das Geld jetzt ein wenig knapp habe.«

Mit einer Gebärde verhaltenen Unmuts streckte sie die Hand aus und sagte trocken:

»Gut denn, geben Sie mir die Rechnung; ich will sehen, was zu tun ist.«

»Ich sehe, dass Sie mir nicht glauben«, murmelte Saccard, der den Unglauben seiner Frau in Bezug auf seine Geldverlegenheit für einen Triumph ansah. »Ich sage nicht, dass meine Situation bedroht sei, nur sind die Geschäfte augenblicklich etwas weniger leicht abzuwickeln ... Gestatten Sie mir, wenn es Ihnen auch ein wenig lästig ist, Ihnen die Sachlage darzustellen; Sie haben mir Ihre Mitgift übergeben und ich bin Ihnen rückhaltlose Offenheit schuldig.«

Er legte die Rechnung auf den Kamin, ergriff die Feuerzange und begann in der Glut zu stöbern. Diese Manie, in der glühenden Asche umherzuwühlen, während er über Geschäfte sprach, war bei ihm Berechnung, die schließlich zur Gewohnheit wurde. Wenn eine Zahl oder ein Satz kam, der ihm nicht recht über die Lippen wollte, so führte er eine förmliche Zerstörung des Feuerherdes herbei, welche er hernach möglichst gut zu machen suchte, indem er die kleinen Holzsplitter zusammenscharrte und in kleinen Häufchen aufschichtete. Zuweilen schien er in dem Kamin förmlich zu verschwinden, um ein Stück glühender Kohle, welches sich in einen Winkel geflüchtet hatte, hervorzuholen. Seine Stimme klang dumpf und sein Zuhörer verfolgte mit Ungeduld und Interesse die Kegel, die er gewandt aus den glühenden Kohlen aufbaute; man hörte ihm gar nicht mehr zu und gewöhnlich verließ man ihn besiegt und befriedigt. Selbst bei fremden Personen bemächtigte er sich despotisch der Feuerzange und wenn Sommer war, so spielte er mit einer Feder, einem Papiermesser oder einem Federmesser.

»Meine liebe Freundin«, sagte er und führte einen mächtigen Hieb mitten in die Glut, dass dieselbe auseinander stob; »ich bitte Sie nochmals um Verzeihung dafür, dass ich mich in diese Details einlasse ... Ich habe Ihnen die Zinsen der Beträge, welche Sie mir anvertrauten, gewissenhaft bezahlt und darf, ohne Sie zu verletzen, sogar behaupten, dass ich diese Zinsen bloß für Ihr Taschengeld betrachtete, da ich auch Ihre sonstigen Bedürfnisse bestritt und niemals Anspruch auf den Beitrag erhob, welchen Sie zu den gemeinschaftlichen Ausgaben des Haushaltes beizustellen hatten.«

Er schwieg. Renée empfand ein peinliches Gefühl, während sie zusah, wie er mit der Zange ein tiefes Loch in die Asche bohrte, um in demselben ein glimmendes Holzstück zu begraben. Er war bei einem zarten Punkt angelangt.

»Ich war, wie Sie einsehen werden, genötigt, Ihr Geld in einer Weise anzulegen, dass dasselbe bedeutende Zinsen trug. Die Kapitalien befinden sich in guten Händen, – hierüber können Sie ganz beruhigt sein. Was hingegen die Erträgnisse Ihrer Besitzungen in der Sologne anbetrifft, so wurden dieselben teilweise dazu verwendet, das von uns bewohnte Hôtel zu bezahlen; der Rest ist in einem vortrefflichen Unternehmen, der marokkanischen Hafengesellschaft angelegt. ... Wir sind einander keine Rechenschaft schuldig, nicht wahr? Doch will ich Ihnen beweisen, dass die armen Ehemänner mitunter sehr verkannt werden.«

Ein mächtiger Beweggrund mochte ihn veranlassen, weniger zu lügen als sonst. In Wahrheit war Renées Mitgift schon seit Langem nicht mehr vorhanden; sie war in dem Kassenbuch Saccards zu einem fiktiven Wert geworden. Allerdings bezahlte er für dieselbe zwei- bis dreihundert Perzent; dagegen hätte er keines der ihm übergebenen Wertpapiere vorweisen, keinen Pfennig des ursprünglichen Kapitals ausfolgen können. Wie er es übrigens halb eingestand, hatten die fünfhunderttausend Francs, die für den Verkauf der Besitzungen in der Sologne eingeflossen waren, als Abschlagszahlung auf das Hôtel und die Einrichtung desselben gedient, welche zusammen nahe an zwei Millionen gekostet hatten. Dem Möbelhändler und dem Bau-Unternehmer war er noch eine Million schuldig.

»Ich beanspruche ja nichts von Ihnen«, sagte Renée endlich; »ich weiß, dass ich Ihnen sehr viel schuldig bin.«

»Oh! Meine liebe Freundin«, rief er aus und ergriff die Hand seiner Frau, ohne aber die Zange darum loszulassen; »welch ein hässlicher Gedanke ist das! ... Sehen Sie, ich will es kurz machen; ich hatte Unglück an der Börse, Toutin-Laroche hat Dummheiten gemacht und die Herren Mignon und Charrier sind Tölpel, die mich in die Patsche gebracht haben. Und darum kann ich Ihre Rechnung nicht bezahlen. Sie verzeihen mir doch, nicht wahr?«

Er schien in Wahrheit bewegt. Er versenkte die Feuerzange zwischen die Glut, dass ein Regen von Funken emporstob. Renée erinnerte sich des unruhigen Betragens, welches sie seit einiger Zeit an ihm gewahrte und dennoch vermochte sie die überraschende Wahrheit nicht zu fassen. Saccard versuchte ein alltägliches Kunststück. Er bewohnte ein Hotel, welches zwei Millionen gekostet hatte, führte die Lebensweise eines

Fürsten und hatte sehr oft keine tausend Francs in der Kasse. Seine Ausgaben wurden darum aber nicht vermindert. Er lebte von Schulden, inmitten einer Meute von Gläubigern, die von Tag zu Tag die Summen verschlangen, welche er durch gewisse schändliche Geschäfte erwarb. Während dieser Zeit brachen Unternehmungen zusammen, an welchen er beteiligt war, Abgründe taten sich vor ihm auf, über die er hinwegspringen musste, da er dieselben nicht auszufüllen vermochte. So wandelte er auf einem unterhöhlten Boden dahin, in einer unablässigen Krise, bezahlte Rechnungen über fünfzigtausend Francs und blieb seinem Kutscher den Lohn schuldig, trieb einen immer größeren Aufwand und fuhr fort, aus dieser leeren Kasse einen Goldstrom hervorzuzaubern, der über Paris niederging.

Für die Spekulation war damals eine böse Zeit angebrochen. Saccard war ein würdiger Zögling des Stadthauses. Er hatte sich rasch anzubequemen, dem Genuss mit fieberhafter Hast nachzujagen und das Geld blindlings zum Fenster hinauszuwerfen verstanden, wie das damals in Paris an der Tagesordnung war. Gleich der Stadt befand auch er sich momentan angesichts eines Defizits, welches insgeheim gedeckt werden musste, denn von Zurückhaltung, Sparsamkeit, der ruhigen Existenz eines Spießbürgers wollte er nichts wissen. Er zog es vor, bei dem zwecklosen Luxus und dem wahren Elend dieser neuen Straßenzüge zu bleiben, aus welchen er sein kolossales Vermögen schöpfte, das sich jeden Morgen einfand, um am Abend wieder zu verschwinden. Von Abenteuer zu Abenteuer gleitend, besaß er nichts weiter, als die vergoldete Außenhülle eines nicht vorhandenen Kapitals. Zu dieser Epoche der Spekulationswut setzte Paris selbst seine Zukunft nicht mit größerer Begeisterung aufs Spiel, schritt es nicht dreister und kühner von einer Dummheit und finanziellen Prellerei zur anderen. Die Abrechnung drohte eine schreckliche zu werden.

Die schönsten Spekulationen wurden in den Händen Saccards zunichte. Er hatte, wie er selbst berichtete, bedeutende Börsenverluste erlitten. Herr Toutin-Laroche hatte den misslungenen Versuch gemacht, den Crédit Viticole durch ein Spiel á la hausse in die Höhe zu bringen; doch war die Sache recht kläglich ausgefallen und nur dank der Regierung, die insgeheim sich der Angelegenheit annahm, konnte die Maschine zur Gewährung von hypothekarischen Darlehen für Weingartenbesitzer in Gang erhalten bleiben. Saccard, den dieser doppelte Streich gewaltig erschüttert hatte und den sein Bruder, der Minister hart bedrängte, weil die Delegationsbons der Stadt durch die des Crédit Viticole kompromittiert und der Gefahr des Wertverlustes ausgesetzt waren, war in seinen Spekulationen mit Häusern und Liegenschaften noch unglücklicher. Die Herren Mignon und Charrier hatten sich von ihm gänzlich zurückgezogen. Er klagte sie an, weil er von dumpfem Zorn darüber erfüllt war, dass er einen schweren Missgriff begangen hatte, als er auf seinen Grundstücken Prachtbauten aufführen ließ, während jene ruhig fortfuhren, ihre Parzellen zu verkaufen. Während jene ein beträchtliches und tatsächlich vorhandenes Vermögen erwarben, blieben ihm seine Häuser auf dem Hals und er vermochte dieselben häufig nur mit Verlust loszuschlagen. Unter anderem verkaufte er in der Rue de Marignan für dreihunderttausend Francs ein Haus, auf welches er selbst noch dreihundertachtzigtausend Francs schuldig war. Allerdings hatte er einen Kniff nach seiner Art angewendet, welcher darin bestand, dass er zehntausend Francs für eine Wohnung verlangte, die höchstens achttausend Francs wert war; der entsetzte Mieter aber unterfertigte den Kontrakt erst, als der Eigentümer einwilligte, ihm den Aufschlag für die ersten zwei Jahre zu schenken. Die Wohnung war demnach nur nach ihrem tatsächlichen Wert vermietet; der Kontrakt aber sprach von jährlichen zehntausend Francs und wenn Saccard endlich einen Käufer fand und das Erträgnis des Hauses kapitalisierte, so gelangte er zu einem fabelhaften Ergebnis. Im Großen konnte er diesen Kniff aber nicht ausführen, da er seine Häuser nicht zu vermieten vermochte. Er hatte dieselben zu früh erbaut; die Trümmer, welche dieselben umgaben, die Kotmassen, welche sich im Winter daselbst anhäuften, schadeten ihnen beträchtlich. Was ihn aber am empfindlichsten traf, war die derbe Schurkerei der Herren Mignon und Charrier, die ihm das Hotel abkauften, dessen Bau er auf dem Boulevard Malesherbes unterbrechen musste. Die Unternehmer waren endlich von der Lust erfasst worden, auf »ihrem« Boulevard zu wohnen. Als sie die ihnen gehörigen Baustellen zu den möglichst hohen Preisen verkauft hatten und die missliche Situation witterten, in die ihr ehemaliger Verbündeter geraten war, machten sie sich erbötig, ihm den Grund abzukaufen, auf welchem sich das bis zum ersten Stock gediehene Hotel befand, dessen Eisenträger teilweise auch schon angebracht waren. Die Schlauköpfe aber behandelten den solide ausgeführten Unterbau als wertlose Gipsmasse und sagten sogar, ihnen wäre der nackte Boden lieber gewesen, um daselbst nach eigenem Geschmack bauen zu können. Und Saccard musste verkaufen, ohne für die bereits verausgabten hundert und etliche Tausend Francs irgendwelchen Ersatz zu erhalten. Was ihn aber noch mehr erbitterte, war, dass diese Unternehmer den Grund nicht zu dem bei der Teilung festgesetzten Preise von zweihundertfünfzig Francs für den Quadratmeter zurückkaufen wollten, sondern bei jedem Meter fünfundzwanzig Francs abdrückten. Und zwei Tage später musste Saccard zu seinem größten Schmerz sehen, dass eine Armee von Arbeitern die Gerüste des unterbrochenen Baues überschwemmte, um auf der »wertlosen Gipsmasse« lustig weiterzubauen.

Er stellte sich seiner Frau als der in Geldnöten steckende Finanzmann daher mit umso größerem Geschick dar, als sich seine Geschäfte immer mehr verwirrten. Er war nicht der Mann dazu, um nur der Wahrheit zu Liebe wahr zu sprechen.

»Wenn Sie sich in Verlegenheit befinden«, sprach Renée zweifelnden Tones, »wozu haben Sie mir dann dieses Halsband und Diadem gekauft, welches Ihnen wie ich glaube, auf fünfundsechzigtausend Francs zu stehen kam? ... Ich habe keine Verwendung für diesen Schmuck und möchte Sie daher um die Erlaubnis bitten, mich desselben zu entledigen, um Worms eine Anzahlung leisten zu können.«

»Tun Sie das ja nicht!«, rief er beunruhigt aus. »Wenn man morgen auf dem Ball des Ministers diese Schmucksachen nicht an Ihnen sehen würde, so gäbe es allerlei Geschwätz über meine Situation ... «

Er war heute besonders umgänglich und indem er mit den Augen zwinkerte, fügte er leiser und mit einem Lächeln hinzu:

»Wir Spekulanten, meine liebe Freundin, gleichen schönen Frauen, – wir haben unsere Kunstgriffe ... Behalten Sie, bitte, mir zuliebe Ihr Diadem und Ihr Halsband.«

Er konnte doch nicht die Geschichte erzählen, die allerdings sehr niedlich, aber nicht salonfähig war. Nach einem gemeinsam eingenommenen Souper hatten Saccard und Laura d'Aurigny ein Übereinkommen getroffen. Laura war tief verschuldet und wünschte nichts sehnlicher, als einen gutmütigen jungen Mann zu finden, der sie entführen und nach London bringen wollte. Saccard fühlte den Boden unter sich wanken; seine erschöpfte Fantasie suchte nach einem Mittel, um der Welt zu zeigen, dass er sich nach wie vor in Gold und Silber wälze. Halb trunken beim Dessert sitzend, verständigten sich die Dirne und der Spekulant trefflich miteinander. Er erfand den Ausweg dieses Diamantenverkaufes, welcher die Runde durch ganz Paris machte und bei welchem er unter allgemeinem Aufsehen die Schmuckstücke für seine Frau erstand. Dieser Verkauf ergab eine Summe von ungefähr vierhunderttausend Francs, mit welchen er die Gläubiger Lauras befriedigte, denen sie annähernd das Zweifache dieses Betrages schuldig war. Es ist sogar anzunehmen, dass er bei dieser Manipulation einen Teil seiner fünfundsechzigtausend Francs zurückbehielt. Als man nun sah, dass er die finanzielle Lage der Aurigny glättete, galt er sofort für deren Liebhaber; man glaubte, er bezahle ihre gesamten Schulden und begehe Torheiten für sie. Alle Hände streckten sich ihm nun entgegen und er erfreute sich eines unbeschränkten Kredits. An der Börse neckte man ihn mit seiner neuen Liebe; man lächelte, machte Anspielungen und dies entzückte ihn. Während dieser Zeit gab sich Laura d'Aurigny, die durch den Lärm allgemeines Aufsehen erregt hatte und bei der er nicht eine einzige Nacht verbrachte, den Anschein, als betröge sie ihn mit acht oder zehn Dummköpfen, die erpicht darauf waren, sie einem so kolossal reichen Manne abwendig zu machen. Innerhalb eines Monats besaß sie zwei Wohnungseinrichtungen und mehr Diamanten, als sie verkauft hatte. Saccard hatte die Gewohnheit angenommen, am Nachmittag, nach dem Schluss der Börse, eine Zigarre bei ihr zu rauchen und gar häufig erblickte er die Zipfel von Überröcken, die erschrocken hinter die Tür flüchteten. Allein geblieben, mussten sie lächeln, wenn sie einander anblickten. Er küsste sie auf die Stirn gleich einem ungeratenen Töchterchen, dessen Schelmerei ihm Vergnügen bereitet. Sie erhielt keinen Sou von ihm; ja, einmal lieh sie ihm sogar Geld, damit er eine Spielschuld begleichen könne.

Renée wollte nicht nachgeben und sprach davon, das Geschmeide wenigstens zu verpfänden; ihr Gatte machte ihr aber begreiflich, dass dies nicht möglich sei und ganz Paris morgen die Schmuckgegenstände an ihr sehen wolle. Da die Schneiderrechnung der jungen Frau aber Sorgen bereitete, suchte sie nach einem anderen Mittel.

»Aber das Unternehmen in Charonne geht ja gut!«, rief sie mit einem Male aus. »Neulich sagten Sie mir ja erst, dass die Erträgnisse vorzügliche seien ... Vielleicht würde mir Larsonneau diese 136 000 Francs vorstrecken?«

Seit einigen Minuten lehnte die Zange untätig zwischen den Beinen Saccards. Jetzt erfasste er dieselbe wieder hastig, bückte sich und verschwand beinahe in dem Kamin, von wo Renée seine Stimme dumpf herausdringen hörte:

»Ja, ja, Larsonneau könnte vielleicht ... «

Endlich gelangte sie aus eigenem Antrieb zu dem Punkt, zu welchem er sie seit Beginn der Unterhaltung unmerklich geleitet hatte. Seit zwei

Jahren bereitete er seinen Geniestreich in Bezug auf die Besitzungen in Charonne vor. Stets hatte sich seine Frau geweigert, die Güter der Tante Elisabet zu veräußern; sie hatte der Letzteren gelobt, dieselben unangetastet zu bewahren, um sie ihrem Kind vermachen zu können, wenn sie Mutter werden sollte. Angesichts dieser Hartnäckigkeit war die Erfindungskraft des Spekulanten unablässig tätig und endlich hatte er ein ganzes Gedicht ersonnen. Es war das ein Werk der höchsten Schurkerei, ein kolossaler Betrug, dem die Stadt, der Staat, seine Frau und Larsonneau zum Opfer fallen sollten. Er sprach nicht mehr davon, die Grundstücke zu verkaufen; nur beklagte er täglich, wie unverantwortlich, wie lächerlich es sei, dieselben nicht zu fruktifizieren und sich mit einem Erträgnis von zwei Perzent zu begnügen. Renée, die stets in Geldnöten war, willigte endlich ein, die Besitzungen zum Gegenstand einer Spekulation zu machen. Seine Operation basierte er auf die Gewissheit einer bevorstehenden Expropriation behufs Anlegung des Boulevards du Prince-Eugène, dessen Richtung noch nicht endgültig bestimmt worden war. Und nun führte er seinen ehemaligen Genossen Larsonneau als seinen Geschäftsteilhaber ins Treffen, der mit seiner Frau den folgenden Plan vereinbarte: Sie gibt die einen Wert von 500 000 Francs repräsentierenden Grundstücke her, während sich Larsonneau seinerseits verpflichtete, mit dem Aufwand eines gleich hohen Betrages auf denselben ein Café-Konzert mit einem großen Garten zu erbauen, wo man alle Arten des Spiels, Schaukel, Kugel- und Kegelspiel, pflegen würde. Der Reingewinn sollte natürlich geteilt werden, ebenso wie beide Teile den etwaigen Verlust gleicherweise tragen sollten. Wenn sich einer der beiden Teilhaber zurückziehen wollte, so stünde ihm das frei und dürfte er dabei den nach der entsprechenden Schätzung auf ihn entfallenden Anteil beanspruchen. Renée war einigermaßen überrascht, als sie von 500 000 Francs sprechen hörte, während die Grundstücke höchstens 300 000 Francs wert waren. Er machte ihr aber begreiflich, dass dies ein gutes Mittel sei, um später Larsonneau die Hände zu binden, da seine Baulichkeiten einen derartigen Wert niemals erreichen würden.

Larsonneau war ein eleganter Lebemann geworden, der feine Handschuhe, blendend weiße Wäsche und verblüffende Halsbinden trug. Er hatte sich für seine Geschäftsgänge einen Tilbury bauen lassen, der so fein war wie ein Uhrwerk, einen hohen Sitz hatte und den er selbst lenkte. Seine Bureaux in der Rue de Rivoli bestanden aus einer Reihenfolge prächtig eingerichteter Räume, in welchen man keinerlei Papiere oder Schriftenbündel sah. Seine Angestellten schrieben auf Tischen aus gebeiztem Birnbaumholz, die mit Messingverzierungen eingelegt waren. Er nahm den Titel eines Agenten für Expropriationen an, – ein neues Gewerbe, welches seine Entstehung den umfassenden Neubauten in Paris zu verdanken hatte. Seine Verbindungen mit dem Stadthaus brachten es mit sich, dass er über die Richtung der neuanzulegenden Straßenzüge genau unterrichtet war. Wenn es ihm gelungen war, von einem Mitglied der Kommission die geplante Richtung eines neuen Boulevards in Erfahrung zu bringen, ging er zu den bedrohten Hauseigentümern, um denselben seine Dienst anzubieten. Darauf ließ er seine kleinen Mittelchen spielen, um eine je höhere Entschädigungssumme zu erzielen. Sobald ein Hausbesitzer sein Dienstanerbieten annahm, erklärte er sich zur Tragung sämtlicher Unkosten bereit, ließ einen Expropriationsplan entwerfen, ein Gesuch aufsetzen, verfolgte den Gang der Angelegenheit vor den Behörden und bezahlte einen Advokaten gegen Zusicherung eines gewissen Prozentsatzes der Differenz zwischen dem Angebot der Stadt und der von der Jury bewilligten Entschädigung. Doch betrieb er außer diesem nicht gerade unsauberen Gewerbe noch mehrere andere. Er erteilte Darlehen gegen Wucherzinsen. Doch war er nicht mehr der Wucherer aus der alten Schule, der zerrissen, unsauber einherging, weiße, stumme Augen hatte, wie Hundertsousstücke und blasse, zusammengezogene Lippen, den Schnüren eines Geldbeutels gleichend. Er verstand es zu lächeln, bezaubernde Blicke zu machen; er ließ seine Kleider bei Dusautoy anfertigen, dejeunierte bei Brébant in Gesellschaft seines Opfers, das er »mein Guter« nannte und dem er beim Dessert Havannazigarren anbot. Hinter dieser glatten Außenseite und der an den Leib geschnittenen Weste war Larsonneau ein gar schrecklicher Herr, der auf Bezahlung eines Wechsels bestünde, selbst wenn sich der arme Schuldner vor seinen Augen umgebracht hätte, ohne dabei etwas von seiner Liebenswürdigkeit einzubüßen.

Gerne hätte Saccard einen anderen Geschäftsteilhaber gesucht; doch konnte er sich wegen des falschen Inventars, welches Larsonneau sorgfältig verwahrt hielt, einer gewissen Unruhe noch immer nicht erwehren. Er zog es also vor, ihn in die Sache einzuweihen, wobei er sich der Hoffnung hingab, dass es ihm durch irgendeinen glücklichen Zufall gelingen werde, wieder in den Besitz dieses kompromittierenden Schriftstückes zu gelangen. Larsonneau erbaute das Café-Konzert aus Brettern und Gips und setzte mehrere gelb und rot gestrichene Türmchen aus Blech auf das Dach. Der Garten und die volkstümlichen Spiele fanden in dem stark bevölkerten Charonneviertel bedeutenden Anklang und nach zwei Jahren schien das Unternehmen zu gedeihen, obschon die finanziellen Erfolge bis dahin sehr unbedeutende gewesen. Saccard aber hatte sich seiner Frau gegenüber stets nur mit Begeisterung über die Zukunft einer so schönen Idee geäußert.

Als Renée sah, dass ihr Gatte aus dem Kamin, in welchem seine Stimme immer mehr erstickte, nicht hervorkommen wolle, sagte sie:

»Ich werde Larsonneau morgen besuchen ... Dies ist meine einzige Hoffnung, die ich noch habe.«

Nun ließ er von dem Scheit ab, mit welchem er kämpfte.

»Dies ist schon besorgt, meine liebe Freundin«, erwiderte er lächelnd, »Ich errate ja jeden Ihrer Wünsche ... Ich habe gestern Abend mit Larsonneau gesprochen.«

»Und er hat Ihnen die 136 000 Francs zugesagt?«, fragte sie angstvoll.

Zwischen den beiden brennenden Scheiten errichtete er einen kleinen Hügel aus Glut, indem er mit dem Ende der Zange die kleinsten Kohlenstückchen erfasste, wobei er mit befriedigter Miene das Entstehen des kleinen Scheiterhaufens beobachtete, auf den er seine ganze Aufmerksamkeit zu verwenden schien.

»Sie würden das sehr schnell machen«, murmelte er. »136 000 Francs sind eine bedeutende Summe ... Larsonneau ist ein guter Junge, verfügt aber nur über bescheidene Mittel. Nichtsdestoweniger ist er bereit, Ihnen gefällig zu sein ... «

Er blinzelte hastig mit den Augen, denn ein größeres Stück Glut, welches heruntergerollt war und wieder hinausgeschafft werden sollte, gab ihm viel zu tun. Dieses Spiel begann die Gedanken der jungen Frau zu verwirren. Unwillkürlich beobachtete sie das Treiben ihres Gatten, dessen Ungeschicklichkeit immer klarer hervortrat. Sie fühlte sich versucht, ihm Ratschläge zu erteilen und Worms, die Rechnung, den Geldmangel vergessend, sagte sie:

»Setzen Sie dieses große Stück doch hierher; die übrigen werden es halten.«

Ihr Gatte kam der erhaltenen Weisung willig nach, wobei er sagte:

»Larsonneau vermag bloß fünfzigtausend Francs zu geschaffen, was immerhin eine nette Anzahlung bedeutet ... Nur möchte er diese Angelegenheit nicht mit dem Charonner Unternehmen vermengen, zumal er bloß den Vermittler macht, Sie verstehen doch, meine liebe Freundin?

Die Person, die das Geld vorzustrecken bereit wäre, verlangt hiefür ungeheure Zinsen ... und beansprucht einen sechsmonatlichen Wechsel über achtzigtausend Francs.«

Und nachdem er dem kleinen Hügel noch ein Stück glühender Kohle als Abschluss aufgesetzt, kreuzte er die Hände über der Zange und blickte seine Frau fest an.

»Achtzigtausend Francs!«, rief diese aus. »Das ist ja ein Raub! Und Sie raten mir zu einer solchen Torheit?«

»Nein«, sagte er entschieden. »Doch verbiete ich sie Ihnen nicht, wenn Sie unbedingt Geld benötigen.«

Damit stand er auf, als wollte er das Gemach verlassen. In grausamer Unentschlossenheit blickte Renée ihren Gatten an und dann die Rechnung, die er auf der Kaminplatte liegen ließ. Dann fasste sie den Kopf in beide Hände und murmelte:

»Oh, diese Geschäfte! ... Mein Kopf ist wie eine Mühle ... Ich will diesen Wechsel über achtzigtausend Francs unterschreiben. Täte ich es nicht, so würde es mich ganz krank machen. Ich kenne mich, ich würde während des ganzen Tages mit mir selbst kämpfen ... Ich ziehe es vor, die Torheiten sofort zu begehen. Das bringt mir wenigstens eine gewisse Erleichterung.«

Sie sprach davon zu klingeln, damit man ihr ein gestempeltes Wechselblanket hole. Er wollte ihr diesen Dienst aber selbst erweisen. Sicherlich hatte er das Blanket in der Tasche, denn seine Abwesenheit währte kaum zwei Minuten. Während sie auf einem kleinen Tisch schrieb, den er vor das Feuer geschoben hatte, betrachtete er sie mit Augen, in denen sich ein bewunderungsvolles Verlangen kundgab. Es war sehr warm in dem Zimmer, in welchem man noch den Duft des Bettes der jungen Frau, dem Parfüm ihrer ersten Toilette verspürte. Während des Gespräches hatte sie die Bänder des Morgengewandes, in welches sie sich gehüllt hatte, losgelassen und der Blick ihres vor ihr stehenden Gatten glitt über ihren Kopf, zwischen dem gold schimmernden Haar weit, bis zu dem weißen Nacken und dem zarten Busen hinab. Er lächelte so sonderbar, das Feuer, welches beinahe sein Gesicht versengte, das geschlossene Zimmer, dessen schwere Luft einen Duft der Liebe bewahrte, diese gelben Haare und die weiße Haut, die ihn mit einer gewissen ehelichen Verachtung in Versuchung führen zu wollen schien, – all dies stimmte ihn nachdenklich, gab dem Drama, in welchem er soeben eine Szene gespielt hatte, eine größere Ausdehnung und ließ in diesem brutalen

Börsenspekulanten einen geheimen, sinnlich berechnenden Gedanken auftauchen.

Als ihm seine Frau den unterschriebenen Wechsel übergab und ihn bat, die Angelegenheit zu Ende zu führen, nahm er denselben an sich, doch ohne den Blick von ihr zu wenden.

»Sie sind entzückend schön ... «, murmelte er.

Und als sie sich ein wenig bückte, um den Tisch zurückzuschieben, drückte er einen ungestümen Kuss auf ihren Nacken. Sie stieß einen leisen Schrei aus. Darauf richtete sie sich zitternd empor und versuchte zu lächeln, da sie unwillkürlich an die Küsse des Anderen von gestern Abend denken musste. Doch bedauerte er bereits seine pöbelhafte Derbheit und als er von ihr ging, drückte er ihr freundschaftlich die Hand, nachdem er ihr die fünfzigtausend Francs noch für denselben Abend zugesagt hatte.

Während des ganzen Tages schlummerte Renée vor dem Feuer. Wenn sie innerliche Krisen zu bestehen hatte, so war sie von der Lässigkeit einer Kreolin. Ihre ganze sonstige lärmende Heiterkeit schien alsdann eingeschlummert und einem fortwährenden Frösteln gewichen zu sein. Sie fror, bedurfte glühender Feuerherde, einer erstickenden Hitze, die ihr den Schweiß auf die Stirn treten ließ und sie ganz schlaff machte. Von dieser heißen Luft umgeben, gleichsam in Flammen gebadet, litt sie beinahe gar nicht mehr; ihr Schmerz wurde zu einem leichten Traum, zu einem unbestimmten beklemmenden Gefühl, dessen Unentschiedenheit allmählich sogar angenehm wurde. Derart schläferte sie die Gewissensbisse des gestrigen Tages in der roten Beleuchtung des Kamins, vor dem mächtigen Feuer ein, welches die Möbel rings um sie her krachen machte und sie zeitweilig sogar des klaren Bewusstseins beraubte. Sie konnte an Maxime wie an einen flammenden Genuss denken, dessen sengende Strahlen sie zu verbrennen drohten; sie träumte von unerhörten Liebeslüsten, umgeben von lodernden Scheiten, auf einem weißglühenden Lager. Céleste kam und ging mit dem ruhigen Gesicht einer Dienerin, in deren Adern eiskaltes Blut rollt. Sie hatte Befehl erhalten, niemanden einzulassen und selbst die Unzertrennlichen, Adeline d'Espanet und Susanne Haffner abgewiesen, die von einem Dejeuner heimkehrten, welches sie gemeinsam in einem Pavillon eingenommen, den sie in Saint-Germain gemietet hatten. Doch gegen Abend meldete Céleste ihrer Gebieterin, dass Frau Sidonie, die Schwester des Herrn, mit ihr sprechen wolle; sie erhielt Befehl, dieselbe vorzulassen.

Frau Sidonie kam gewöhnlich nur bei Einbruch der Nacht, trotzdem ihr Bruder durchgesetzt hatte, dass sie seidene Kleider anlege. Doch wusste niemand, was eigentlich die Ursache davon war, dass wenn die Seide auch vollkommen neu aus dem Laden kam, sie niemals neu aussah; sie schien zerdrückt, verlor allen Glanz und glich eher einem alten Lappen. Ebenso hatte sie eingewilligt, bei Saccard ohne Korb vorzusprechen; dagegen hatte sie alle Taschen mit Papieren und Schriftstücken angefüllt. Renée, die sie nicht zu einer vernünftigen Klientin machen konnte, welche sich den Anforderungen des Lebens fügen würde, flößte ihr Interesse ein. Sie besuchte sie regelmäßig und lächelte mit der diskreten Miene eines Arztes, der einen Kranken nicht durch die Nennung seines wirklichen Leidens erschrecken will. Sie hatte Mitleid mit ihren kleinen Angelegenheiten, als hätte es sich um unbedeutende Dinge gehandelt, welchen sie sofort abzuhelfen vermöchte, wenn die junge Frau nur wollte. Letztere, die sich in einer jener Stimmungen befand, da man bedauert werden will, ließ sie nur hereinkommen, um ihr sagen zu können, dass sie einen unerträglichen Kopfschmerz habe.

»Ach, meine Schönste«, murmelte Frau Sidonie, indem sie in das dunkle Zimmer glitt, »Sie ersticken ja hier! ... Schon wieder Ihre neuralgischen Schmerzen, nicht wahr? Das macht der Kummer. Sie nehmen das Leben zu tragisch.«

»Ja, ich habe so viele Sorgen«, erwiderte Renée schmachtend.

Die Nacht brach herein. Sie hatte nicht zugegeben, dass Céleste eine Lampe anzünde. Bloß das Kammfeuer verbreitete einen hellen, roten Schein, welcher sie kaum beleuchtete, während sie in ihrem weißen Morgengewand, dessen Spitzen rosenrot schimmerten, in einem Fauteuil lag. Dort wo der Schatten begann, sah man bloß ein Stück des schwarzen Kleides der Frau Sidonie sowie ihre gekreuzten zwei Hände, die in grauen Baumwollhandschuhen steckten. Ihre zärtliche Stimme tönte so eigenartig aus dem Dunkel heraus.

»Schon wieder Geldsorgen!«, sagte sie in einem Ton voll Mitleid und Erbarmen, als hätte sie »Herzleid« gesagt.

Renée senkte den Blick und machte eine zustimmende Gebärde.

»Ach, wenn meine Brüder auf mich hören wollten, so wären wir alle reich! Doch die zucken nur mit den Achseln, wenn ich ihnen von dieser Schuld von drei Milliarden spreche, Sie wissen doch? ... Ich aber gebe die Hoffnung nicht auf, weniger denn je. Seit zehn Jahren will ich eine Reise nach England antreten; doch habe ich so wenig freie Zeit! ... Nun aber habe ich mich entschlossen, nach London zu schreiben und erwarte ich die Antwort von dort.«

Und da die junge Frau lächelte, so fügte sie hinzu:

»Ich weiß, dass auch Sie mir nicht glauben. Und dessen ungeachtet wäre es Ihnen ganz recht, wenn ich Ihnen eines Tages eine niedliche kleine Million zum Geschenk machen würde. ... Sehen Sie, die Sache ist ja ganz einfach: Ein Pariser Bankier hat dem Sohn des Königs von England das Geld dargeliehen und da der Bankier ohne natürliche Erben starb, so kann der Staat heute die Bezahlung der Schuld samt den aufgelaufenen Zinsen fordern. Nach den von mir aufgestellten Berechnungen beläuft sich die Forderung heute auf einen Betrag von zwei Milliarden neunhundertdreiundvierzig Millionen zweihundertzehntausend Francs ... Seien Sie nur ganz unbesorgt, früher oder später wird der Sieg dennoch mein sein.«

»Bis dahin«, sagte die junge Frau ein wenig ironisch, »würde ich es mit besonderem Dank anerkennen, wenn Sie mir hunderttausend Francs vorstrecken wollten ... Ich könnte meinen Schneider bezahlen, der mich arg quält.«

»Hunderttausend Francs können sich finden«, erwiderte Frau Sidonie ruhig. »Es handelt sich bloß darum, einen Preis für dieselbe zu bestimmen.«

Das Kaminfeuer flackerte; um sich eine behagliche Lage zu verschaffen, streckte Renée die Füße aus, wodurch am Saume ihres Morgengewandes die Spitze der zierlichen Pantoffel sichtbar wurden. Die Unterhändlerin nahm mitleidigen Tones von Neuem auf:

»Armes Kind, Sie sind wirklich unvernünftig ... Ich kenne viele Frauen; doch ist keine derselben so sorglos in Bezug auf ihre Gesundheit wie Sie. Sehen Sie einmal diese kleine Michelin; die weiß sich die Dinge einzurichten! Unwillkürlich denke ich an Sie, wenn ich die niedliche Person glücklich und wohlgemut sehe ... Wissen Sie, dass Herr von Saffré sterblich in sie verliebt ist und ihr bereits Geschenke im Wert von mehr als zehntausend Francs gemacht hat? ... Ich glaube, dass sie gerne ein hübsches Landhaus besitzen möchte ... «

Sie sprach lebhafter als bisher und suchte ihre Tasche.

»Da habe ich den Brief einer armen jungen Frau bei mir ... Wenn wir hier Licht hätten, so könnten Sie ihn lesen ... Denken Sie nur, ihr Gatte bekümmert sich gar nicht um sie. Sie hatte Wechsel unterschrieben und sich an einen Herrn wenden müssen, den ich genau kenne. Ich habe die Wechsel selbst aus den Händen der Gerichtsvollzieher gerissen, was keine geringe Mühe kostete ... Die armen Kinder! Glauben Sie etwa, das dieselben etwas Unrechtes tun?

Ich empfange sie in meiner Wohnung, als wären sie mein Sohn und meine Tochter.«

»Sie kennen einen Geldverleiher?«, fragte Renée nachlässig.

»Ich kenne deren zehn, wie Sie sich wohl denken können ... Wenn Frauen untereinander sind, so können sie über gar viele Dinge sprechen, nicht wahr? Und ich werde Ihren Gatten nicht entschuldigen, weil er mein Bruder ist, wenn er hinter den Dirnen einher läuft und einen Schatz von einer Frau, wie Sie sind, am Kaminfeuer daheim verkümmern lässt ... Diese Laura d'Aurigny kostet ihm ein ungeheures Geld. Es würde mich gar nicht wundern, wenn er Ihnen welches verweigert ... Er hat Ihnen Geld verweigert, nicht wahr, Schatz? ... Oh über den Unglücklichen!«

Behaglich hörte Renée die weiche Stimme aus dem Schatten hervortönen, als wäre dieselbe der noch undeutliche Widerhall ihrer eigenen Träume. Mit halb geschlossenen Augen in ihrem Fauteuil liegend, wusste sie gar nicht mehr, dass Frau Sidonie zugegen sei und sie glaubte zu träumen, dass schlechte Gedanken sie heimsuchten und sie schmeichelnd zu verführen trachteten. Die Unterhändlerin sprach lange, dass es einem gleichförmig lauwarmen Wasserfall glich.

»Nur Frau von Lauwerens hat Ihre Existenz zerstört; ... doch Sie wollten mir niemals glauben. Ach! Sie würden nicht trauernd an Ihrem Kamin sitzen, wenn Sie mir nicht misstraut hätten ... Und ich liebe Sie doch, als wären Sie mein eigen Fleisch und Blut. Sie haben ein entzückendes Füßchen. Sie werden mich auslachen und dennoch will ich Ihnen meine Torheit gestehen: Wenn ich Sie drei Tage lang nicht gesehen habe, so muss ich mich unbedingt hier einfinden, um Sie bewundern zu können; ja, ja, sonst fehlt mir etwas und ich muss mich an dem Anblick Ihrer herrlichen Haare, Ihres zarten, lieblichen Gesichtes, Ihrer reizenden Taille sättigen. Wahrhaftig, ich habe noch nichts gesehen, was sich mit derselben vergleichen ließe.«

Renée lächelte. Nicht einmal ihre Liebhaber gaben eine solche Wärme, eine derartige Begeisterung kund, wenn sie ihr von ihrer Schönheit sprachen. Frau Sidonie gewahrte dieses Lächeln.

»Abgemacht also«, sagte sie und erhob sich rasch. »Ich schwatze und schwatze und vergesse ganz, dass Sie Kopfschmerzen haben ... Morgen kommen Sie doch, nicht wahr? Wir werden über Geldfragen sprechen und jemanden suchen, der Geld vorzustrecken bereit wäre ... Wir werden uns verständigen, denn ich will, dass Sie glücklich seien.«

Ohne sich zu regen, gleichsam erschlafft durch die Wärme, erwiderte die junge Frau nach einer Weile, als hätte es einer angestrengten Arbeit ihres Gehirns bedurft, um zu begreifen, was rings um sie her gesprochen wurde:

»Ja, ich werde kommen, das ist abgemacht und wir werden plaudern; doch nicht morgen ... Worms wird sich mit einer Anzahlung begnügen. Wenn er mich wieder mit seinen Geldforderungen quälen wird, werden wir weiter sehen ... Sprechen Sie mir gar nicht mehr über diese Dinge; der Kopf braust mir schon vor lauter Nachdenken.«

Frau Sidonie schien sehr enttäuscht. Sie wollte sich wieder setzen und ihren schmeichelnden Monolog von Neuem beginnen; die schlaffe Haltung Renées veranlasste sie aber, ihren Angriff bis zu einem günstigeren Moment zu verschieben. Sie nahm eine Menge Papiere aus ihrer Tasche und holte nach einigem Suchen zwischen denselben eine kleine rosenrote Schachtel hervor.

»Ich bin nur gekommen, um Ihnen eine neue Seife zu empfehlen«, sagte sie in ihren gewohnten geschäftsmäßigen Ton verfallend. »Ich interessiere mich ungemein für den Erfinder derselben, der ein reizender junger Mann ist. Die Seife ist sehr angenehm und unentbehrlich für die Pflege der Haut. Sie werden sie doch versuchen, nicht wahr? Und auch Ihren Freundinnen empfehlen ... Ich lege sie da auf die Kaminplatte her.«

Sie stand bereits an der Tür, als sie zurückkehrte und sich mit ihrem wachsfarbenen Gesicht in die rosige Beleuchtung des Kamins wagend, einen elastischen Gürtel zu rühmen begann, der die Bestimmung hatte, das Mieder zu ersetzen.

»Derselbe verleiht Ihnen eine absolut runde Taille, eine wirkliche Wespentaille«, sagte sie. »Ich habe die Erfindung aus einem Bankrott gerettet. Wenn Sie zu mir kommen, werden Sie ihn versuchen, sobald es Ihnen recht ist ... Während einer ganzen Woche hatte ich mit den Behörden zu tun. Ich habe alle Prozessakten bei mir und begebe mich von hier unverzüglich zu meinem Anwalt, um eine letzte Schwierigkeit hinwegzuräumen ... Auf Wiedersehen, mein Schatz. Sie wissen, dass ich Sie erwarte und Ihre schönen Augen trocknen will.«

Damit verschwand sie wieder in dem Dunkel und glitt zur Tür hinaus. Renée vernahm es nicht einmal, als sie dieselbe hinter sich schloss. Sie blieb vor dem langsam ersterbenden Feuer sitzen, in ihre Gedanken versunken, Zahlen hüpften vor ihren geschlossenen Augen und sie vernahm von Weitem die Stimmen Saccards und der Frau Sidonie miteinander unterhandeln, ihr ansehnliche Summen anbieten in dem Ton eines Gerichts-Vollziehers, der eine öffentliche Versteigerung abhält. Sie fühlte den brutalen Kuss ihres Gatten auf dem Hals und wenn sie sich umwandte, so fand sie die Unterhändlerin vor sich, in ihrem schwarzen Kleid, mit dem fahlen, ausdruckslosen Gesicht, wie sie leidenschaftliche Ansprachen an sie richtete, ihre körperlichen Vorzüge rühmte und mit dem Ungestüm eines Liebhabers, der am Ende seiner Enthaltungskraft angelangt ist, sie um ein Rendezvous anflehte. Dies zwang sie zu lächeln. Die Hitze im Zimmer wurde immer intensiver. Und die Betäubung der jungen Frau, die bizarren Träume, die durch ihren Geist zogen, waren nichts als ein leichter, künstlicher Schlummer, in welchem sie immer wieder das kleine Kabinett im Café Riche und den breiten Diwan vor sich sah, auf welchem sie auf die Knie gesunken war. Sie litt gar nicht mehr. Und als sie die Augen öffnete, glaubte sie Maxime in der roten Glut des Kamins vor sich zu sehen.

Auf dem Ball des Ministers am nächsten Tage erschien Frau Saccard in dem vollen Glanz ihrer strahlenden Schönheit. Worms hatte die Anzahlung von 50,000 Francs angenommen und sie ging mit dem nervösen Lachen einer genesenden Kranken aus dieser Geldkrise hervor. Als sie in ihrer herrlichen Toilette aus rosenroter Fayeseide mit langer, von kostbaren weißen Spitzen umgebenen Schleppe im Stile Ludwigs XIV. durch die Säle schritt, entstand ein allgemeines Gemurmel der Bewunderung und die Leute stießen einander, um sie sehen zu können. Die Eingeweihten verbeugten sich mit einem Lächeln des Verständnisses und huldigten diesen schönen Schultern, welche das ganze offizielle Paris kannte und welche die festen Säulen des Kaisertums bildeten. Ihr Kleid war mit einer solchen Verachtung jeglicher Rücksicht ausgeschnitten, sie schritt so ruhig und selbstbewusst in ihrer Nacktheit einher, dass dieselbe fast gar nichts Anstößiges mehr an sich hatte. Eugen Rougon, der große Politiker, der erkannte, dass dieser entblößte Busen beredter sei, als all' seine Worte im Parlament und geeigneter, um die Berechtigung der Regierung zu beweisen und die Skeptiker zu bekehren, beglückwünschte seine Schwägerin zu ihrem kühnen Zuge, ihr Leibchen zwei Fingerbreit mehr als gebräuchlich auszuschneiden. Beinahe die ganze gesetzgebende

Körperschaft war zugegen und die Blicke, mit welchen die Deputierten die junge Frau betrachteten, verhießen dem Minister einen schönen Erfolg in der morgigen Debatte über die städtische Anleihe, welche einigem Widerstand zu begegnen drohte. Man konnte unmöglich gegen eine Regierung stimmen, die in der von den Millionen gebildeten Düngererde eine Blume wie Renée hervorsprießen ließ, eine Blume der Freude, mit einer Haut wie Seide und den Formen einer Statue, ein lebender Wonnerausch, der einen Duft genossenen Vergnügens hinter sich zurückließ. Allgemeines Geflüster erregten aber das Halsband und das Diadem. Die Männer erkannten das Geschmeide, während die Frauen mit verstohlenen Blicken auf dasselbe hindeuteten. Dies bildete das ausschließliche Gesprächsthema des Abends. Und in dem weißen Licht der Kronleuchter lagen die von einer glänzenden Menge erfüllten prächtigen Gemächer da, als wäre eine Unzahl flimmernder Sterne auf einen engen Raum herniedergefallen.

Gegen ein Uhr morgens verschwand Saccard. Er hatte an dem Triumph seiner Frau teilgenommen wie jemand, dem ein kühner Streich gelungen ist. Abermals hatte sein Kredit eine beträchtliche Kräftigung erfahren. Noch musste aber bei Laura d'Aurigny eine Angelegenheit erledigt werden und indem er sich entfernte, ersuchte er Maxime, Renée nach dem Ball nach Hause zu begleiten.

Maxime verbrachte den Abend klüglich an der Seite Luise von Mareuils und beide waren gänzlich in ihre Beschäftigung vertieft, die darin bestand, dass sie den anwesenden Frauen, die an ihnen vorüberkamen, alles mögliche und unmögliche Schlechte nachsagten. Hatten sie dann etwas gefunden, was toller war als das Bisherige, so erstickten sie ihr Lachen hinter ihren Taschentüchern. Renée musste den jungen Mann selbst auffordern, ihr seinen Arm zu reichen, als sie den Ball verlassen wollte. In dem Wagen war sie von nervöser Heiterkeit; der Rausch des blendenden Lichtes, des betäubenden Geräusches und der starken Gerüche, welche sie soeben durchkostet hatte, zitterte noch nach in ihr. Im Übrigen schien sie den »dummen Streich«, wie Maxime das neuliche Boulevardabenteuer nannte, ganz vergessen zu haben. Sie fragte ihn auch bloß mit absonderlicher Betonung:

»Die kleine buckelige Luise ist also sehr amüsant?«

»Ach ja!«, erwiderte der junge Mann lachend. »Du hast doch die Herzogin von Sternich mit dem gelben Vogel im Haar gesehen, nicht wahr? ... Luise behauptete, dies sei ein mechanisch beweglicher Vogel, der die Flügel bewegt und dem armen Herzog jede Stunde zuruft: Kuckuck! Kuckuck!«

Renée fand diesen Scherz des emanzipierten jungen Mädchens sehr komisch. Als man zuhause angelangt war und Maxime von ihr Abschied nehmen wollte, sagte sie:

»Du kommst nicht hinauf? Céleste hat sicherlich einen kleinen Imbiss für mich vorbereitet.«

Mit seiner gewohnten Sorglosigkeit gehorchte er ihrer Aufforderung. Oben aber war kein Imbiss vorbereitet und Céleste zu Bett gegangen. Renée musste die Kerzen eines kleinen dreiarmigen Leuchters selbst anzünden, wobei ihre Hand ein wenig zitterte. Darauf sagte sie mit Bezug auf ihre Kammerzofe:

»Die Närrin! ... Sicherlich hat sie meine Anordnungen falsch verstanden ... Ich kann mich ja gar nicht allein auskleiden.«

Damit begab sie sich in ihr Ankleidezimmer. Maxime folgte ihr, um ihr ein neues Scherzwort Luises zu erzählen, dessen er sich erinnerte, ruhig, als hätte er sich bei einem Freunde befunden und schon griff er nach seiner Zigarrentasche, um sich eine Havanna anzuzünden. Als Renée aber den Leuchter niedergestellt hatte, wendete sie sich um und sank stumm in die Arme des jungen Mannes, wobei sie ihre Lippen auf die Seinigen presste.

Das Heim Renées war ein Nest aus Seide und Spitzen, ein Wunderwerk an Koketterie, Pracht und Luxus. Vor dem Schlafzimmer lag ein sehr kleines Boudoir. Die beiden Räume bildeten eigentlich nur einen, besser gesagt, das Boudoir war bloß die Schwelle des Zimmers, eines großen Alkoven, in welchem sich mehrere Chaiselongues befanden; eine richtige Tür war gar nicht vorhanden, bloß eine doppelte Portiere. Die Wände der beiden Gemächer waren mit mattgrauer Seide überzogen, die mit großen Rosen- und weißen Fliedersträußen gestickt und stellenweise mit mächtigen goldenen Knöpfen besetzt war. Vorhänge und Portieren bestanden aus venezianischen Spitzen, deren Unterlage abwechselnd aus roten und grauen Seidenstreifen bestand. Im Schlafzimmer stellte der aus weißem Marmor angefertigte Kamin, ein wahres Juwel der Bildhauerkunst, mit seiner kostbaren Einlegearbeit und seinen herrlichen Mosaikbildern einen Blumenkorb dar, aus welchem das Muster der Tapete, als Rosen, weißer Flieder und goldene Knospen hervorragte. Ein großes, in grau und rosa gehaltenes Bett, dessen Holzgestell unter dem reichen Polsterwerk gänzlich verschwand und dessen Kopfende sich an der

Wand befand, nahm reichlich die Hälfte des Zimmers ein mit seinen Draperien, Spitzen und seinen von der Decke bis zur Erde herabhängenden und mit großen gestickten Bouquets verzierten Seidenvorhängen. Dieser gleich einem Frauenrock sich blähende Vorhang erweckte den Gedanken an eine verliebte Riesin, die sich über die Kissen neigt, nahe daran, auf dieselben hinzusinken. Hinter dem Vorhang breitete sich das Heiligtum der Batistkissen, eine Wolke schneeiger Spitzen, eine ganze Menge der köstlichsten, durchsichtigen Dinge aus, die in einem fortwährenden Halbdunkel schwammen. Neben diesem Bett, dessen Umfang an eine zu einem Fest geschmückte Kapelle erinnerte, verschwanden die übrigen Möbel: niedrige Sitze, ein zwei Meter hoher Spiegel und Schränke mit einer Unzahl von Schubfächern beinahe völlig. Der den Boden bedeckende graublaue Teppich zeigte zerstreute zart rosafarbene Rosen. Und zu den beiden Seiten des Bettes lagen zwei mächtige schwarze Bärenfelle mit rotem Samt eingefasst und silbernen Krallen; die dem Fenster zugewendeten Köpfe starrten mit ihren gläsernen Augen unablässig den leeren Himmel an.

In diesem Zimmer herrschte eine wohltuende Harmonie, eine absolute Stille. Kein schärferer Ton, kein Widerschein von Gold oder sonstigem Metall mengte sich in die träumerische Symphonie der grauen und rosenroten Farbe. Die Garnitur des Kamins, der Rahmen des Spiegels, die Stutzuhr, die kleinen Kandelaber waren aus altem Sèvresporzellan, welches das vergoldete Kupfer der Gestelle beinahe gänzlich verdeckte. Diese Kamingarnitur war ein Meisterwerk, insbesondere die Stutzuhr mit ihrer Schaar pausbäckiger Amoretten, die sich über das Zifferblatt neigten, gleich einer Bande ausgelassener ganz nackter Straßenjungen, die sich über den raschen Gang der Stunden lustig machten. Dieser gedämpfte Luxus, diese Farben und Gegenstände, welche der Geschmack Renées zart und lächelnd gewünscht, verbreitete hier einen Dämmerlichtschein, das Licht eines Alkoven, dessen Vorhänge zugezogen worden waren. Es schien, als würde sich das Bett fortsetzen, als bildete das ganze Zimmer ein einziges großes Lager mit seinen Teppichen, Bärenfellen, gepolsterten Sitzen und Tapeten, die die Weichheit des Fußbodens über die Wände, bis zur Decke empor ausdehnten. Und wie in einem Bett ließ die junge Frau hier, auf allen Gegenständen den Eindruck, die Wärme, den Duft ihres Körpers zurück. Wenn man die doppelte Portiere des Boudoirs zurückschlug, schien es, als würde man eine seidene Steppdecke emporheben, als träte man in ein großes, noch warmfeuchtes Bett, in welchem man auf dem feinen Linnen die herrlichen

Formen, den Schlummer und die Träume einer dreißigjährigen Pariserin wiederfindet.

In einem anstoßenden Raum, dem Garderobenzimmer, das groß und geräumig, mit alten persischen Teppichen bespannt war, befanden sich rings an den Wänden bloß hohe Schränke aus Rosenholz, welche die Armee der Toiletten enthielten. Céleste, die in allem sehr methodisch war, ordnete die Kleider ihrem Alter nach, versah sie mit Aufschriften, brachte ein wenig Symmetrie in die blauen, roten und gelben Erzeugnisse der Fantasie ihrer Gebieterin und hielt die ganze Garderobe sozusagen in militärischer Zucht. Die Felder der Schränke glänzten kalt und rein gleich den lackierten Feldern eines Coupés.

Doch der größte Reiz des Appartements, jenes Gemach, von welchem ganz Paris sprach, war das Ankleidezimmer. Man sagte:»Das Ankleidezimmer der schönen Frau Saccard«, wie man sagte:»Der Spiegelsaal zu Versailles«. Dasselbe befand sich in einem der kleinen Türme des Hotels, gerade oberhalb des kleinen Salons mit den goldenen Knospen. Wenn man eintrat, dachte man an ein großes rundes Zelt, an ein Zelt wie in den Feenmärchen, wie es eine verliebte Königin in ihrem Liebestraum errichtet haben mochte. In der Mitte der Decke hielt eine Krone aus ziseliertem Silber die Wände des Zeltes zusammen, von wo sie sich in runden Bögen der Mauer zuwandten, um von dort senkrecht zur Erde hinabzufallen. Diese Wände bestanden aus einer Unterlage von rosenroter Seide, darüber eine sehr helle Musseline, und waren in gleichmäßigen Absätzen in große Falten gelegt; Spitzeneinsätze schieden diese Falten voneinander und Reifstäbe aus verziertem Silber erstreckten sich von der Krone, an beiden Seiten der Einsätze entlang bis zum Boden hinab. Das rosenrote Grau des Schlafzimmers wurde hier etwas heller und ging in ein rötliches Weiß über, in die Farbe des lebenden Fleisches. Und unter diesen wogenden Spitzen, unter diesen Vorhängen, die von der Decke durch den Reif der Krone bloß eine kleine runde Stelle sehen ließen, welche der Pinsel Chaplins mit einem lachenden Amor geschmückt hatte, der im Begriff ist, einen seiner Pfeile abzuschnellen, hätte man sich in eine vergrößerte Konfektbüchse, in ein kostbares Schmucketui versetzt glauben können, welches nicht für den Glanz eines Diamanten, sondern für die entblößten Formen einer Frau geschaffen worden war. Der schneeweiße Teppich zeigte keinerlei Muster oder Blumen. Ein Spiegelschrank, dessen Türen mit Silber eingelegt waren, eine Chaiselongue, zwei niedrige Stühle, Tabourets aus weißer Seide, ein großer

Toilettetisch mit rosenroter Marmorplatte, dessen Füße unter einer Wolke von Spitzen und Musseline verschwanden, bildeten die Einrichtung dieses Raumes. Das Geschirr des Waschtisches, die Gläser, Vasen und das Waschbecken waren aus böhmischem, weiß und rot verziertem Glas. Ferner war noch ein zweiter Tisch vorhanden, der gleich dem Spiegelschrank mit Silber eingelegt war und auf welchem sich das ganze Gerät befand: Toilettegegenstände aller Art, eine Menge kleiner Instrumente, deren Zweck dem Uneingeweihten nicht klar wurde, Rückenkratzer, Nagelfeilen, Messerklingen in allen Formen und Größen, gerade und krumme Scheren, Nadeln und Zängelchen in allen Abwechselungen. Jeder dieser Gegenstände aus Silber und Elfenbein trug den Namenszug Renées.

Dieses Gemach besaß aber einen köstlichen Ort und diesem Ort hatte es eigentlich seine Berühmtheit zu verdanken. Dem Fenster gegenüber öffnete sich die Zeltwand und ließ eine Art Nische sehen, in welcher sich eine Badewanne, ein breites, geräumiges Becken aus rotem Marmor befand, das in den Fußboden versenkt, an den Rändern ausgezackt war, gleich einer großen Muschel und bis zum Teppich reichte. Marmorstufen führten in die Wanne hinunter. Oberhalb der silbernen Hähne, die die Form eines Schwanenhalses hatten, nahm ein venezianischer Spiegel ohne Rahmen, dessen Glas aber mit zierlichen Ätzungen versehen war, die Rückwand der Nische ein. Jeden Morgen nahm Renée ein mehrere Minuten währendes Bad, welches das Gemach für den Rest des Tages mit der Feuchtigkeit und dem Duft des warmen, lebenden Fleisches erfüllte. Zuweilen vermengte ein entkorktes Parfumfläschchen oder ein nicht in seinem Behälter verwahrtes Stück Seife seinen schärferen Duft mit dieser etwas faden, schläfrigen Atmosphäre. Die junge Frau liebte es, beinahe nackt bis Mittag in diesem Gemach zu verweilen. Das runde Zelt war ja auch nackt. Die rote Badewanne, die roten Tische und Waschgefäße, der rötliche Überzug der Decke und der Wände, unter welchen man rotes Blut glaubte rieseln zu sehen, nahmen die runden Formen des Fleisches, die weichen Umrisse der Schultern und Brüste an und je nach der Tageszeit hätte man die schneeige Haut eines Kindes oder die liebeswarme Haut einer Frau zu sehen gemeint. Das Ganze war eine einzige große Nacktheit und wenn Renée aus dem Bade stieg, hob ihr blonder Leib bloß ein wenig den rosenroten Ton des Gemaches.

Maxime entkleidete Renée. Er verstand sich auf diese Dinge und seine flinken Hände entdeckten die Stecknadeln und glitten mit angeborener

Gewandtheit rings um ihre Taille. Er löste ihr Haar, nahm die Diamanten aus demselben und richtete das Haar wieder für die Nacht zurecht. Und da er seine Dienstleistungen als Kammerdienerin und Friseur mit Scherzen und Schmeicheleien würzte, lachte Renée leise und Wonne schauernd, während die Seide ihres Mieders krachte und ihre Röcke nacheinander zur Erde fielen. Als sie völlig nackt dastand, blies sie die Kerzen der Kandelaber aus, umschlang Maxime mit beiden Armen und trug ihn fast in das Schlafgemach. Dieser Ball hatte sie gänzlich berauscht. Trotz ihres Fiebers war sie sich des gestrigen Tages, den sie vor ihrem Kamin verbracht hatte, dieses Tages der verführerischen Träume und abschreckenden Fantasiebilder, klar bewusst. Noch immer vernahm sie die trockenen Stimmen Saccards und der Frau Sidonie miteinander unterhandeln, Zahlen rufen und Gebote machen wie ein Gerichtsdiener. Diese Leute richteten sie zugrunde, drängten sie zum Verbrechen. Und selbst zu dieser Stunde, da sie in dem großen, dunklen Bett die Lippen des jungen Mannes suchte, sah sie noch immer Maxime vor sich, wie er ihr gestern in der roten Glut des Kaminfeuers erschien und sie mit Augen anblickte, die sie schier versengten.

Der junge Mann entfernte sich erst um sechs Uhr morgens. Sie übergab ihm den Schlüssel zu der kleinen Tür des Monceauxparkes, nachdem er ihr hatte geloben müssen, dass er jeden Abend wiederkehren werde. Das Ankleidekabinett stand mit dem kleinen goldenen Salon durch eine in der Wand verborgene Dienertreppe in Verbindung, welche auch den Zugang zu den übrigen Räumen des Turmes vermittelte. Aus dem Salon war es ein Leichtes, in den Wintergarten und von hier in den Park zu gelangen.

Als sich Maxime bei anbrechendem Tag und dichtem Nebel entfernte, war er von seinem Liebesabenteuer ein wenig betäubt. Indessen fand er sich dank seiner neutralen Schmiegsamkeit gar bald mit demselben ab.

»Nun, umso schlimmer!«, sagte er sich. »Schließlich will sie es ja haben ... Sie hat verteufelt schöne Formen; auch hat sie recht, im Bett ist sie bedeutend kurzweiliger wie Sylvia.«

Sie waren der Blutschande entgegengeglitten von dem Tag an, da Maxime in seinem zerknitterten Schülerkittel sich Renée an den Hals gehängt hatte, wobei er ihre elegante Toilette in Unordnung brachte. Von da an herrschte Verderbtheit unter ihnen, die sich jeden Augenblick neuerdings betätigte. Die absonderliche Erziehung, welche die junge Frau dem Kind gab; die Vertraulichkeiten, die aus ihnen zwei Kameraden machten; späterhin die lachende Kühnheit ihrer gegenseitigen Geständnisse, – all' diese gefährliche Vermengung vereinigte sie schließlich mit einem eigentümlichen Bande, welches die Freuden der Freundschaft beinahe zu fleischlichen Genüssen gestaltete. Seit Jahren hatten sie sich einander ergeben und der brutale Akt selbst war nichts weiter gewesen, als der Abschluss dieser ihnen selbst unbewussten Liebeskrankheit. Inmitten der tollen Welt, welche sie umgab, war ihre Schuld wie auf einem von zweideutigen Säften strotzenden Düngerbeete gediehen; sie hatte sich mit einem seltsamen Raffinement entwickelt, inmitten von ganz eigenartigen Bedingungen des Lasters.

Wenn der große Landauer sie nach dem Bois führte und sie dort langsam durch die Alleen rollten, wobei sie sich allerlei Zweideutigkeiten ins Ohr flüsterten und aus ihrer Kindheit Erinnerungen hervorholten, die für Ausflüsse des Instinkts gelten konnten, so war dies nichts weiter als eine uneingestandene Befriedigung ihrer Wünsche. Sie fühlten sich gewissermaßen schuldig, als hätten sie sich flüchtig berührt und selbst diese merkwürdige Schuld, diese Mattigkeit, welche aus ihren schlüpfrigen Unterhaltungen resultierte und ihnen eine wollüstige Erschöpfung bereitete, berührte sie noch angenehmer, als wenn sie sich geradehin geküsst hätten. Ihre Kameradschaft bildete somit nichts Anderes als die langsam nach abwärts gleitende Bahn zweier Verliebter, welche sie unbedingt eines Tages in das Kabinett des Café Riche und in das große, rosig und grau verzierte Bett Renées führen musste. Als sie einander umschlungen hielten, empfanden sie die Erschütterung ihres Fehltrittes nicht; man hätte sie für alte Liebende halten können, deren Küsse alte Erinnerungen erweckten. Sie hatten so viele Stunden in der Berührung ihres ganzen Wesens verbracht, dass sie unwillkürlich von dieser Vergangenheit sprachen, die voll unbewusster Zärtlichkeiten war.

»Du erinnerst Dich des Tages, da ich in Paris anlangte?«, sagte Maxime. »Du hattest eine sonderbare Toilette angelegt und ich bezeichnete mit dem Finger einen Winkel auf Deiner Brust und riet Dir, dort einen spitz zulaufenden Ausschnitt anbringen zu lassen ... Ich fühlte Deine Haut unter dem Hemd und mein Finger drückte ein wenig hinein ... Und dies war so gut ... «

Renée lachte, küsste ihn und murmelte:

»Du warst schon damals recht lasterhaft ... Wie herzlich lachten wir bei Worms über Dich; erinnerst Du Dich? Wir nannten Dich »unseren kleinen Mann« und ich glaubte immer, dass Dich die dicke Susanne gerne hätte gewähren lassen, wenn die Marquise sie nicht wütenden Blickes bewacht hätte.«

»Ach ja, wir haben viel gelacht ... «, murmelte der junge Mann. »Das Fotografiealbum, nicht wahr? Und alles andere: unsere Fahrten durch Paris, unsere Imbisse bei dem Kuchenbäcker auf dem Boulevard; erinnerst Du Dich, wie gerne Du die kleinen Erdbeerkuchen aßest? ... Ich werde mich immer des Nachmittags erinnern, da Du mir das Abenteuer Adelines erzähltest, die im Kloster Briefe an Susanne schrieb, die sie als Mann mit: Artur d'Espanet unterzeichnete und worin sie ihr den Vorschlag machte, sie zu entführen ... «

Die Liebenden lachten auch über diese Geschichte, worauf Maxime mit seiner einschmeichelnden Stimme fortfuhr:

»Wenn Du mich mit Deinem Wagen vom Collège abholtest, mochten wir uns beide drollig ausnehmen ... Ich verschwand ja ganz unter Deinen Röcken, da ich so klein war.«

»Ja, ja«, stammelte sie, von einem wonnigen Schauer erfasst und zog den jungen Mann noch fester an sich; »Das war so gut, wie Du sagst ... Wir liebten uns ohne es zu wissen, nicht wahr? Ich wusste es aber früher als Du. Als wir neulich abends aus dem Bois heimkehrten, streifte ich Dein Bein und erschauerte dabei ... Du aber hast es gar nicht wahrgenommen. Wie? Du dachtest gar nicht an mich?«

»Ah doch!«, erwiderte er ein wenig verlegen. »Nur wusste ich nicht, Du begreifst doch ... Ich wagte nicht ... «

Er log. Der Gedanke, Renée zu besitzen, war ihm niemals klar zum Bewusstsein gekommen. Er hatte in seiner Lasterhaftigkeit den Gedanken gestreift, ohne eigentlich nach Renées Besitz zu verlangen. Er war viel zu lässig, als dass er sich einer derartigen Anstrengung unterzogen hätte. Er nahm Renées Besitz hin, weil sie sich ihm selbst anbot und er in ihr Bett gelangt war, ohne es gewollt, ohne es vorausgesehen zu haben. Dort angelangt, blieb er dort, weil es angenehm warm war und er überall liegen blieb, wohin er fiel. Im Anfang empfand er sogar etwas wie befriedigte Eigenliebe. Es war das die erste verheiratete Frau, die er besaß; doch dachte er nicht daran, dass der Gatte derselben sein Vater sei.

Renée aber genoss ihren Fehltritt mit dem ganzen Eifer ihres entarteten Herzens. Auch sie war den Abhang hinabgeglitten, doch nicht gleich einem willenlosen Wesen am Ende desselben angelangt. Das Verlangen war in ihr zu spät erwacht, als dass sie dasselbe noch zu bekämpfen vermocht hätte, während ein Sturz bereits unvermeidlich schien. Dieser Sturz dünkte ihr mit einem Mal eine notwendige Folge der Langeweile, die sie empfand, ein seltener, außerordentlicher Genuss, der nur allein ihre erschlafften Sinne, ihr empfindungsloses Herz zu neuem Leben zu erwecken vermochte. Auf jener Spazierfahrt durch das entschlummernde Bois, als sich die herbstliche Abenddämmerung herabsenkte, war ihr der unbestimmte Gedanke der Blutschande gekommen, gleich einem Kitzel, der ihre Haut einen unbekannten Schauer empfinden ließ und des Abends, als sie sich halb trunken vom Diner erhob und der Stachel der Eifersucht sich in ihr Herz bohrte, gewann dieser Gedanke Gestalt und Form, richtete er sich unwiderstehlich auf vor ihr, als die betäubenden Düfte des Treibhauses sie umwallten und sie Maxime und Luise vor sich sah. Damals hatte sie das Böse erstrebt, das Böse, das niemand begeht, das ihre leere Existenz ausfüllen und sie endlich jene Hölle empfinden lassen sollte, vor welcher sie sich noch immer fürchtete, wie zur Zeit, da sie noch ein kleines Mädchen war. Am nächsten Morgen aber hatte sie es nicht mehr gewollt, denn etwas wie Lässigkeit und Gewissensbisse regte sich in ihr. Es schien ihr, als hätte sie bereits gesündigt, als wäre dies nicht so gut, wie sie gedacht und wirklich zu unflätig. Die Krise musste unausweichlich werden, musste von selbst eintreten, unabhängig von diesen zwei Wesen, diesen Kameraden, deren Bestimmung war, sich eines schönen Abends zu täuschen, sich zu paaren, in der Meinung, sie hätten einander bloß die Hände gereicht. Doch nach diesem blöden Fall setzte sie ihren Traum eines namenlosen Glückes fort und so riss denn sie wieder Maxime in ihre Arme, um ihn zu besitzen, um die grausamen Freuden einer Liebe zu genießen, welche sie für ein Verbrechen ansah. Sie willigte ein in die Blutschande und verstand sich dazu, dieselbe bis zu Ende zu verkosten, bis zu den Gewissensbissen, wenn sich dieselben jemals melden sollten. Sie handelte tatkräftig, in vollem Bewusstsein. Sie liebte mit dem vollem Eifer der großen Dame und ergötzte sich mit dem ganzen Abscheu der Dame, die sich in Selbstverachtung ertränkt, an ihrem Laster.

Maxime fand sich jede Nacht ein. Gegen ein Uhr morgens langte er durch den Garten an. Zumeist erwartete ihn Renée im Treibhause, welches er durchschreiten musste, um in den kleinen Salon zu gelangen. Im Übrigen bekundeten beide keinerlei Scheu; sie versteckten sich kaum und ließen die einfachsten Vorsichtsmaßregeln der Ehebrecher außer Acht. Allerdings gehörte dieser Teil des Hôtels beinahe ausschließlich ihnen. Nur Baptiste, der Kammerdiener des Gatten, durfte sich daselbst einfinden und als ernster, seiner Stellung bewusster Mann zog sich Baptiste zurück, sobald er seinen Obliegenheiten nachgekommen. Maxime behauptete sogar lachend, dass er sich zurückziehe, um seine Memoiren zu schreiben. Als er eines Nachts anlangte, zeigte ihm Renée den Diener, der mit einer brennenden Kerze in der Hand, feierlich durch den Salon schritt. Mit seinem Gesichte, welches würdevoll wie das eines Ministers und von dem gelben Schein der Wachskerze beleuchtet war, erschien der Mann heute noch korrekter und strenger als sonst. Als sich die Liebenden ein wenig nach vorne neigten, sahen sie ihn die Kerze auslöschen und den Stallungen zuschreiten, wo die Pferde und Stallknechte schliefen.

»Er macht seine Runde«, sagte Maxime.

Renée erschauerte. Baptiste beunruhigte sie gewöhnlich. Sie behauptete, dass er der einzige rechtschaffene Mensch im Haus sei, mit seiner Kälte, seinen Blicken, die sich niemals auf die Schultern der Frauen hefteten.

Sie beobachteten fortan etwas mehr Vorsicht. Sie verschlossen die Türen des kleinen Salons und konnten nun in aller Sicherheit sich an diesem Salon, dem Treibhaus und an den Gemächern Renées erfreuen. Dies war eine ganze Welt. Während der ersten Monate verkosteten sie die raffiniertesten und mit größter Sachkenntnis vorbereiteten Genüsse. Sie genossen ihre Liebe in dem großen, graurotem Bette des Schlafgemaches, in der rosig-weißen Nacktheit des Ankleidezimmers und der Symphonie in gedämpftem Gelb des kleinen Salons. Jedes Gemach gewährte ihnen dank seinem eigenen Duft, seinen besonderen Tapeten und seinem speziellen Leben verschiedene Zärtlichkeitsabstufungen, machte aus Renée eine andere Liebesgöttin; sie war hübsch und zart in ihrem gepolsterten Lager der großen Dame, in diesem lauen, aristokratischen Zimmer, welches der Liebe einen Anstrich des guten Geschmackes verlieh; unter dem fleischfarbenen Zelt, inmitten der Düfte und nach der feuchten Umarmung des Bades, war sie die launenhafte und sinnliche Dirne, die sich hingab, wenn sie dem warmen Wasser entstieg und hier zog Maxime sie am liebsten in seine Arme; unten aber, in dem Sonnenschein des kleinen Salons, inmitten des gelben Glorienscheins, der ihr Haar vergoldete, wurde sie zur Göttin mit ihrem blonden Dianenhaupt, ihren nackten Armen, die sich so keusch und anmutig bewegten und mit dem reinen, fleckenlosen Leibe, der in so edlen Linien, mit so antiker Anmut auf dem Sofa ruhte. Doch gab es einen Ort, vor welchem sich Maxime beinahe fürchtete und wohin ihn Renée nur an schlimmen Tagen zog, an solchen

Tagen, da sie einer betäubenderen Freude bedurften. Dieser Ort war das Gewächshaus. Hier genossen sie so recht die Blutschande.

Eines Nachts, in einer angstvollen Stunde hatte die junge Frau ihren Geliebten aufgefordert, er möge eines der schwarzen Bärenfelle holen. Sodann hatten sie sich auf diesem dunklen Fell, am Rand des Wasserbeckens ausgestreckt. Draußen fror es fürchterlich und der Mond verbreitete ein ungewisses Licht. Maxime war frierend angelangt; Ohren und Finger waren ihm beinahe abgefroren. In dem Treibhaus aber herrschte eine solche Hitze, dass er auf dem weichen Tierfell liegend, von einem Unwohlsein erfasst wurde. Nach dem trockenen Prickeln der Kälte überkam ihn ein flammend heißes Gefühl, dass er ein Stechen empfand, als hätte man ihn mit Gerten gestrichen. Als er sich erholt hatte, sah er Renée über ihn geneigt, mit stieren Augen, in einer brutalen Haltung, die ihm Furcht einflößte. Mit wirr herunterhängendem Haar und nackten Schultern stützte sie sich auf beide Hände, mit gestrecktem Rücken vorgeneigt, gleich einer großen Katze, deren Augen in schwefelfarbenem Lichte glänzen. Auf dem Rücken liegend, bemerkte der junge Mann über die Schultern dieses entzückenden liebenden Wesens hinweg, welches ihn anblickte, die Marmorsphinx, deren glänzende Lenden vom Mond beschienen wurden. Renée hatte ganz die Haltung und das Lächeln dieses Ungeheuers mit dem Frauenkopfe und in ihren halb herabgeglittenen Röcken schien sie die weiße Schwester dieses schwarzen Gottes zu sein.

Maxime war noch immer matt. Die Hitze wirkte betäubend; eine dumpfe, schwere Hitze, die nicht als Feuerregen vom Himmel fiel, sondern schwerfällig auf dem Boden ruhte, gleich einer ungesunden Ausdünstung, deren Dampf ähnlich einer gewitterschweren Wolke, langsam in die Höhe stieg. Eine warme Feuchtigkeit rieselte gleich dem Schweiß von den Liebenden. Lange verharrten sie schweigend und regungslos in diesem Flammenbade: Maxime erschlafft und kraftlos, Renée zitternd auf ihren Fäusten wie auf nervigen, üppigen Beinen ruhend. Durch die kleinen Glasscheiben konnte man die dunkeln Umrisse der Bäume, die weißen Rasenflächen sehen, welche an gefrorene Seen erinnerten, – eine tote Landschaft, deren zarte, deutliche Zeichnung an japanische Gemälde erinnerte. Und dieses Stück heißer Erde, dieses flammende Lager, auf welchem die Liebenden ruhten, brodelte eigenartig inmitten dieser großen, schweigsamen Kälte.

Sie genossen eine Nacht wahnsinniger Liebe. Renée war der Mann, der leidenschaftliche, handelnde Wille, Maxime unterlag. Dieses neutrale, blonde hübsche Wesen, welches von Kindheit an in der Entwicklung seiner Männlichkeit gehemmt worden war, verwandelte sich mit seinen haarlosen Gliedern, seiner an einen römischen Knaben gemahnenden anmutigen Magerkeit in den Armen der jungen Frau in ein großes Mädchen. Er schien geboren und herangewachsen für eine derartige Verirrung der Wollust. Renée ergötzte sich an ihrer Herrschaft; dieses Geschöpf, bei welchem das Geschlecht noch immer nicht entschieden war, knickte förmlich zusammen unter ihrer Leidenschaft. Für sie bildete dies ein unablässiges Erstaunen des Verlangens, eine Überraschung der Sinne, ein absonderliches Empfinden von Unbehagen und gesteigertem Vergnügen. Sie war ihrer Sache selbst nicht mehr sicher und berührte nur zweifelnd seine feine Haut, seinen vollen, runden Hals, beobachtete zweifelnd, wie er sich seiner Mattigkeit hingab und sich von derselben übermannen ließ. Sie empfand eine Zeit der Überfülle. Indem Maxime ihr unbekannte Genüsse bot, vervollständigte er gewissermaßen ihre unsinnigen Toiletten, ihren erstaunlichen Luxus, ihre bis zum Äußersten getriebene Lebenslust. Er gab bei ihr den Ton des kommenden Verderbens an, der rings um sie her bereits vernehmbar wurde. Er wurde der Liebhaber, wie ihn die Mode und die Torheiten jener Zeit erzeugen mussten. Dieser hübsche, junge Mann, dessen eng anschließende Kleider seine zarten Formen erkennen ließen; dieses verfehlte Mädchen, welches mit dem in der Mitte gescheitelten Haar und einem leisen gelangweilten Lächeln über den Boulevard schritt, wurde in den Händen Renées ein Abbild jener ausschweifenden Epoche, welche Geist und Körper zugrunde richten sollte. Und insbesondere gab das Treibhaus den Schauplatz ab, wo Renée der Mann war. Der liebeglühenden Nacht, welche sie daselbst verbracht hatte, folgten noch mehrere andere. Das Gewächshaus liebte, glühte mit ihnen. In der schweren Atmosphäre, in dem fahlen, weißen Lichte des Mondes schien es ihnen, als würde die fremde Welt der sie umgebenden Pflanzen undeutliche Bewegungen ausführen und sich in sinnlichen Umarmungen ergehen. Das schwarze Bärenfell schien die üppige Vegetation auf einen Punkt zu konzentrieren. Zu ihren Füßen dampfte leise murmelnd das Bassin, in welchem die zahllosen Wurzelfasern sich innig durcheinander schlangen, während sich auf der Wasserfläche die rosigen Sterne der Nymphäen gleich einem jungfräulichen Mieder erschlossen und die Tornelien ihr an das Haar erschlaffter Nereiden gemahnendes Strauchwerk herabhängen ließen. Rings um sie her reckten sich die Palmen und Bambusrohre im Kreise, neigten und vermengten sie ihre Blätter in der schwankenden Art ermüdeter Liebender. Weiter unten erinnerten die Farnkräuter, Pterine und Atmophilen mit ihren mit regelmäßigen Volants besetzten breiten Röcken an grüne Damen, die am Ende der großen Allee stehend, stumm und regungslos die Liebe erwarteten. Neben ihnen nahmen sich die rot gefleckten krausen Blätter der Begonien und die weißlichen Blätter der Caladien wie eine undeutliche Reihe von blauen und bleichen Flecken aus, die sich die Liebenden nicht zu deuten suchten, die ihnen aber mitunter die runden Formen der Schultern, Hüften oder Knie anzunehmen schienen, die unter der Brutalität stürmischer Zärtlichkeitsbezeugungen zu Boden gedrängt werden. Und die unter der Last ihrer Früchte gebeugten Bananen redeten ihnen von der üppigen Fruchtbarkeit des Bodens, während andererseits die abessinische Wolfsmilch, deren stachelige, missgestaltete, von scheußlichen Höckern entstellte Blüten in dem Dunkel nur schwer auszunehmen waren, den Saft, die überfließende Glut dieser Flammengeneration von sich zu geben schien. Doch je tiefer ihre Blicke in die einzelnen Winkel des Treibhauses drangen, desto mehr füllte sich die Dunkelheit mit den absonderlichsten Blättern und Kelchen; sie unterschieden auf den Ständern nicht mehr die samtweiche Maranta, die violetten Blüten der Gloxinia, die Blätter des Drachenbaumes, die an lackierte Schwertklingen erinnerten; – es war das eine Versammlung lebender Pflanzen, die einander mit unbefriedigter Inbrunst verfolgten. In den vier Ecken, wo die von Schlinggewächsen gebildeten Vorhänge reizende Verstecke darstellten, gewann ihre sinnliche Fantasie noch reichere Nahrung und die üppigen Triebe der Vanille, der Kockelskörner, der Bauhinien waren die endlosen Arme unsichtbarer Liebender, die ihre Umarmungen immer mehr ausdehnten, um alle vorhandenen Freuden an sich zu reißen. Diese Arme, die kein Ende hatten, hingen bald schlaff herab, bald schlangen sie sich in einem Anfall von Liebesraserei durcheinander, suchten sich, verwickelten sich, wie in einer einzigen großen Brunst. Dies war die mächtige, großartige Brunst des Treibhauses, dieses Stück Urwaldes, in welchem die Blüten und Knospen der tropischen Vegetation stammten.

Dank ihren irregeleiteten Sinnen fühlten sich Maxime und Renée hingerissen durch diese mächtige Hochzeitsnacht der Erde. Durch das Bärenfell hindurch brannte ihnen der Boden den Rücken und von den hohen Palmen fielen Tropfen der Hitze auf sie herab. Die Säfte, welche sich an den Baumschäften emporsaugten, durchdrangen auch sie und verliehen ihnen immer heißeres Verlangen und die Fähigkeit gigantischen Genießens. Sie nahmen an der Brunst des Gewächshauses teil. Hier, inmitten des bleichen Lichtes wurden sie von Visionen heimgesucht, von Albdrücken, in welchem sie lange den Liebesbezeugungen der Palmen und Farnkräuter beiwohnten; die Blätter und Zweige nahmen in ihren Augen unbestimmte, zweideutige Formen an, welche ihre Begierden in lüsternen Vorstellungen festhielten. Aus den Baumgruppen tönte leises Gemurmel und Flüstern, ermattete Stimmen und Seufzer der höchsten Verzückung, unterdrückte Schmerzensrufe und entferntes Gelächter an ihr Ohr, – kurz all' das, was ihre eigenen Küsse verrieten und was das Echo wiederholte. Zuweilen glaubten sie, der Boden erbebe unter ihnen, als wäre die Erde selbst in einer Krise befriedigten Genießens in wollüstiges Schluchzen ausgebrochen.

Wenn sie die Augen schlossen und die erstickende Hitze und das bleiche Licht sie nicht in eine Zerrüttung aller Sinne stürzten, so hätten die verschiedenartigen Gerüche genügt, um in ihnen einen Zustand höchster nervöser Reizbarkeit wachzurufen. Das Wasserbecken strömte einen tiefen, beizenden Geruch aus, welcher die tausenderlei Düfte der Blumen und Pflanzen in sich vereinte. Zuweilen gewann der Duft der Vanille gleich dem Girren einer Turteltaube die Oberhand; dem folgten die härteren Töne der Stanhopea, deren getigerten Kelchen ein bitterer, durchdringender Geruch entströmte. Die in ihren durch dünnen Ketten festgehaltenen Körben ruhenden Orchideen atmeten ihren betäubenden Weihrauchgeruch aus. Der alles beherrschende Duft aber, der Duft, in dem all diese schwankenden, unausgesprochenen Gerüche untergingen, war der Duft des menschlichen Leibes, der Duft der Liebe, welchen Maxime erkannte, wenn er Renées Nacken küßte, wenn er den Kopf in ihrem aufgelösten Haare barg. Und sie blieben wie berauscht von diesem der verliebten Frau anhaftenden Geruch, der durch das Treibhaus zog, wie durch ein Schlafgemach, wo die Erde in Kindesnöten lag.

Gewöhnlich lagerten sich die Liebenden unter dem Tanghin von Madagaskar, unter dem vergifteten Strauch, von welchem die junge Frau ein Blatt zerbissen hatte. Rings um sie her lachten die weißen Formen der Statuen, während sie die ungeheuren Verschlingungen der Zweige und Äste betrachteten. Der Mond, der still seine Bahnen zog, veränderte die verschiedenen Gruppen und belebte durch sein wechselndes Licht das Drama. Und sie waren tausend Meilen von Paris entfernt, standen außerhalb des leichtfertigen Lebens des Bois und der Salons, befanden sich inmitten eines indischen Urwaldes, dessen Gottheit die schwarze Marmorsphinx war. Sie fühlten sich dem Verbrechen, verbotener Liebe, den Zärtlichkeitsbezeugungen wilder Tiere überantwortet. Dieser Pflanzenwucher, der sie umgab, dieses dumpfe Gewühl in dem Bassin, diese unverhohlenen Liebesergüsse der Vegetation, – all dies vereinigte sich, um sie in eine Dantische Hölle der Leidenschaft zu stürzen. In diesem gläsernen Käfig, der von der klaren Kälte des Dezembers umgeben, alle Glut und Hitze des Sommers in sich verschloss, genossen sie die Blutschande gleich der verbrecherischen Frucht einer übermäßig erhitzten Erde.

Und inmitten des schwarzen Felles hob sich der weiße Leib Renées ab, wie sie mit gestrecktem Rückgrat wie eine große zusammengekauerte Katze sich auf die kleinen Fäuste stützte. Ihr ganzes Sein war von Wollust geschwellt und die hellen Linien der Schultern und Hüften hoben sich weich von dem dunklen Schatten ab, welchen das Bärenfell auf den gelben Sand der Allee warf. Sie beobachtete Maxime, diese unter ihr liegende Beute, die sich ihr rückhaltlos zu eigen gab. Und von Zeit zu Zeit neigte sie sich plötzlich über ihn und küsste ihn mit den halb geöffneten Lippen. Dabei öffnete sich ihr Mund mit der gierigen, unersättlichen Hast des chinesischen Hibiskus, dessen Blätterwerk eine Wand des Hotels bedeckte. Sie war auch nur noch eine brennende Blüte des Treibhauses. Ihre Küsse erblühten und erstarben gleich den roten Blumen der großen Malve, die kaum einige Stunden leben und ohne Unterlass neu erblühen, gleich den mörderischen unersättlichen Lippen einer riesigen Messalina.

V.

Der Kuss, welchen Saccard auf den Nacken seiner Frau gedrückt hatte, gab ihm zu denken. Schon seit langer Zeit machte er seine Gattenrechte nicht geltend; der Bruch hatte sich ganz natürlich eingestellt, keines von beiden kehrte sich an ein Band, welches ihnen gleicherweise gleichgültig war. Wenn er daran dachte, sich in das Zimmer Renées zu begeben, so musste er zum Schluss seiner Gattenzärtlichkeiten ein vorteilhaftes Geschäft ankündigen können.

Das Unternehmen in Charonne machte gute Fortschritte, erfüllte ihn aber mit einiger Unruhe in Bezug auf den Ausgang der Sache. Larsonneau mit seiner blendend weißen Wäsche lächelte in einer Weise, die ihm missfiel. Larsonneau war bloß ein Vermittler, ein Strohmann, dessen Zuvorkommenheit er mit zehn Perzent von den zukünftigen Erträgnissen bezahlte. Und trotzdem der Expropriationsagent keinen Sou in dem Unternehmen stecken und Saccard, nachdem er die erforderlichen Mittel zur Erbauung des Café-Konzerts vorgestreckt, alle erforderlichen Vorsichtsmaßregeln getroffen hatte, als Wiederkäufe, Briefe mit freigelassener Stelle für das Datum, im Vorhinein gegebene Bestätigungen und so weiter, konnte sich Letzterer einer dumpfen Angst, des Vorgefühls irgendeines sich vorbereitenden Verrats nicht erwehren. Er witterte bei seinem Genossen die Absicht, ihm mithilfe des falschen Inventars, welches jener sorgfältig aufbewahrte und welchem er seine Beteiligung an dem Unternehmen zu danken hatte, irgendeinen bösen Streich zu spielen.

Eben deshalb drückten sich die beiden Ehrenmänner kräftig die Hand und Larsonneau nannte Saccard »teurer Meister«. In Wahrheit hegte er eine aufrichtige Bewunderung für diesen Seiltänzer, dessen Kunststücke auf dem gespannten Seil der Spekulation er als Dilettant verfolgte. Der Gedanke, diesen Mann zu betrügen, erfüllte ihn mit der Freude eines seltenen und pikanten Genusses. Er arbeitete an einem noch nicht endgültig festgestellten Plan und wusste noch nicht recht, wie er sich der Waffe bedienen sollte, die er besaß und mit welcher er sich selbst zu verwunden fürchtete. Zudem fühlte er sich noch abhängig von seinem ehemaligen Kollegen. Die Grundstücke und Baulichkeiten, welche laut den sachverständig aufgestellten Inventarien bereits einen Wert von beinahe zwei Millionen repräsentierten, die aber in Wahrheit nicht den vierten Teil dieser Summe wert waren, mussten von dem finsteren Abgrund eines kolossalen Bankrotts verschlungen werden, wenn die Fee der Expropriation sie nicht mit ihrem goldenen Zauberstab berührte. Nach den ursprünglichen Plänen, die ihnen zugänglich gewesen, sollte der neue Boulevard, der eröffnet wurde, um den Artilleriepark zu Vincennes mit der Kaserne des Prinzen Eugen zu verbinden und diesen Park mit Umgehung des Saint-Antoine-Viertels in die Mitte von Paris zu versetzen, einen Teil dieser Grundstücke beanspruchen; doch stand zu befürchten, dass dieselben kaum gestreift werden und die geistreiche Spekulation des Café-Konzerts an ihrer eigenen Kühnheit zugrunde gehen würde. In diesem Falle bliebe Larsonneau in einer schönen Patsche. Dessen ungeachtet hinderte ihn diese Gefahr, trotz der sekundären Rolle, die er gezwungenermaßen spielte, nicht, aufs Tiefste betrübt zu sein, wenn er an die mageren zehn Perzent dachte, die ihm bei einem solch kolossalen Millionendiebstahl zufallen sollten. Und so vermochte er dem Kitzel nicht zu widerstehen, ebenfalls die Hand auszustrecken, um seinen Anteil einzuheimsen.

Saccard hatte nicht einmal wollen, dass er seiner Frau Geld borge, da er sich an dieser großen Komödie ergötzte, bei welcher seine Vorliebe für verwickelte Geschäfte so reichlich ihre Rechnung fand.

»Nein, nein, mein Lieber«, sagte er mit seinem provenzalischen Accent, den er noch verschärfte, wenn er einem Scherz eine größere Würze verleihen wollte; »wir wollen unsere Rechnung nicht verwickeln. Sie sind der einzige Mensch in Paris, dem ich niemals etwas schuldig sein zu wollen geschworen habe.«

Larsonneau begnügte sich mit der Bemerkung, dass seine Frau ein bodenloser Abgrund sei. Er riet ihm, ihr keinen Sou mehr zu geben, um sie zu zwingen, ihm ihren Anteil an den Grundstücken sofort abzutreten. Er würde es vorziehen, wenn er mit ihm allein zu tun hätte. Zuweilen streckte er Fühlhörner aus und trieb es mitunter so weit, dass er mit seiner lässigen, gleichartigen Miene des Lebemannes sagte:

»Ich müsste endlich doch etwas Ordnung in meine Papiere bringen ... Ihre Frau, mein Lieber, flößt mir Schrecken ein und ich will nicht, dass bei mir gewisse Papiere versiegelt werden.«

Saccard war nicht der Mann dazu, um derartige Anspielungen ruhig hinzunehmen, insbesondere da er wusste, welch' peinliche Ordnung in den Bureaux dieses Menschen herrschte. Seine ganze kleine Person, die so voll List und Tatkraft war, bäumte sich gegen die Furcht, welche ihm dieser große, elegante Wucherer mit den gelben Handschuhen einzuflößen suchte. Das Schlimmste an der Sache war aber, dass er von einem Schauer erfasst wurde, wenn er an die Möglichkeit eines Skandals dachte und schon sah er sich von seinem Bruder unbarmherzig nach Belgien verbannt, wo er irgendein unsauberes Gewerbe betreiben musste, um sein Leben zu fristen. Und eines Tages ward er so zornig, dass er sich so weit vergaß, Larsonneau zu duzen.

»Höre, mein Kleiner«, sagte er zu ihm; »Du bist ein ganz netter Junge, wirst aber wohl daran tun, mir das bewusste Papier zurückzugeben. Du wirst sehen, dass uns dieses Stück Papier noch entzweien wird.«

Der Andere schien im höchsten Grade erstaunt, drückte die Hände seines »teuren Meisters« und versicherte ihn seiner Ergebenheit, sodass

Saccard seine momentane Aufwallung bereits bereute. Zu dieser Zeit war es, dass er ernstlich daran dachte, sich seiner Frau wieder zu nähern; er konnte ihrer gegen seinen Komplizen bedürfen und er sagte sich, dass sich die Angelegenheiten im Bette am besten erledigen ließen. Der Kuss auf den Nacken bildete denn sozusagen die Einleitung zu einer ganz neuen Taktik.

Im Übrigen hatte er es nicht eilig und ging er nur sparsam mit seinen Mitteln vor. Der Winter diente ihm dazu, seinen Plan zu zeitigen, welchen zahllose andere Angelegenheiten, die überaus verwickelt waren, in die Länge zogen. Es war das ein schrecklicher Winter für ihn, reich an den größten Erschütterungen, ein ans Wunderbare grenzender Feldzug, während dessen er täglich dem Bankrott entgegentreten musste. Weit entfernt, seinen Haushalt einzuschränken, veranstaltete er eine Festlichkeit nach der anderen. Doch wenn es ihm auch gelang, allem die Spitze zu bieten, so musste er doch Renée vernachlässigen, die er sich für seinen Hauptstreich vorbehielt, sobald die Charonner Operation reif geworden. Er begnügte sich damit, die Lösung vorzubereiten, indem er fortfuhr, ihr nur durch Larsonneaus Vermittelung Geld zu geben. Wenn er über etliche Tausend Francs verfügen konnte und sie sich in Geldnöten befand, gab er ihr das Geld, indem er sagte, dass die Leute Larsonneaus einen Wechsel über das Doppelte des betreffenden Betrages verlangten. Diese Komödie bereitete ihm ungeheuren Spaß; die Geschichte mit den Wechseln gefiel ihm, weil sie dem trockenen Geschäft einen romantischen Beigeschmack verliehen. Selbst zur Zeit, da er das Gold in ungezählten Massen einheimste, hatte er die Bezüge seiner Frau sehr unregelmäßig ausgefolgt, indem er ihr fürstliche Geschenke machte, sie mit Gold geradezu überhäufte und sie dann einer Kleinigkeit wegen wochenlang in Verlegenheit ließ. Gegenwärtig, da seine Lage tatsächlich eine bedrängte war, sprach er von den Lasten des Haushaltes, behandelte er sie wie einen Gläubiger, dem man nicht gestehen will, dass man zugrunde gerichtet ist und den man durch allerlei Geschichten hinzuhalten sucht. Sie aber hörte ihm kaum zu, unterschrieb alles, was er wollte und beklagte sich nur, dass sie nicht noch mehr unterschreiben könne.

Indessen besaß er schon von ihr Wechsel über zweihunderttausend Francs, die ihm kaum hundertzehntausend Francs gekostet hatten. Nachdem er dieselben an Larsonneau hatte indossieren lassen, brachte er die Papiere vorsichtig in Verkehr, um sich derselben später als entscheidender Waffen zu bedienen. Er hätte diesen entsetzlichen Winter nicht zu überstehen, seiner Frau nicht auf Wucherzinsen Darlehen zu beschaffen und die Kosten seines Haushaltes nicht zu bestreiten vermocht, wenn er seinen Baugrund auf dem Boulevard Malesherbes nicht verkauft hätte, welchen ihm die Herren Mignon und Charrier bar bezahlten, doch nicht ohne sich hierfür einen beträchtlichen Betrag in Abzug zu bringen.

Dieser Winter bildete für Renée eine einzige Kette der Freude und des Genusses; nur hatte sie fortwährend mit Geldverlegenheiten zu kämpfen. Maxime kam ihr sehr teuer zu stehen; er behandelte sie immer noch als Stiefmama und ließ sie überall bezahlen. Diese heimliche Geldnot bildete für sie eine Wonne mehr. Sie sann über Mittel nach, zerbrach sich den Kopf, nur damit ihr »geliebtes Kind« nichts entbehre und wenn sie von ihrem Gatten einige Tausend Francs zu erhalten vermochte, so vergeudete sie dieselben mit ihrem Liebhaber in kostspieligen Torheiten, gleich zwei Schülern, die den ersten tollen Streich anstellen. Waren sie aller Mittel entblößt, so blieben sie hübsch zu Hause und erfreuten sich an diesem großen Gebäude, an seiner neuen, glänzenden Einrichtung. Der Vater war niemals zugegen. Häufiger denn je verweilten die Liebenden am Kaminfeuer; es war Renée endlich gelungen, die eisige Leere dieser vergoldeten Zimmerdecken mit warmem Leben zu erfüllen. Dieses Haus, welches den weltlichen Vergnügungen geweiht war, hatte sich in eine Kapelle verwandelt, allwo sie im Geheimen einer neuen Religion huldigte. Maxime brachte nicht allein den grellen Ton in ihr Leben, welcher mit ihren unsinnigen Toiletten im Einklang stand; sondern er war auch der Geliebte, wie ihn dieses Haus erforderte, welches Glasscheiben in der Größe von Schaufenstern hatte und vom Speicher bis zu den Kellern mit Schnitzereien und Bildwerken bedeckt war. Er belebte diese Gipsmassen, von den beiden pausbäckigen Amoren, die im Hof aus ihrer Muschel einen dünnen Wasserstrahl entsendeten, bis zu den großen, nackten Frauen, die mit ihren Köpfen die Erker stützten und dabei mit Äpfeln und Getreideähren spielten. Er bildete die verkörperte Erklärung des überladenen Vestibüls, des zu engen Gartens, der strahlenden Räume, in denen man zu viele Fauteuils und keinen einzigen Kunstgegenstand sah. Die junge Frau, die sich hier tödlich gelangweilt hatte, fand mit einem Male lebhaftes Vergnügen an diesen Dingen und bediente sich derselben wie einer Sache, deren Bestimmung ihr bis dahin unbekannt gewesen. Und sie genoss ihre Liebe nicht allein in ihren Gemächern, in dem kleinen Salon mit den goldenen Knospen und im Treibhause, sondern im ganzen Hause. Schließlich gefiel es ihr sogar auf dem

Diwan des Rauchzimmers; sie vergaß sich daselbst und sagte, dass in diesem Raum ein unbestimmter, doch sehr angenehmer Geruch von Tabak zu verspüren sei.

Statt eines Empfangstages hatte sie jetzt deren zwei in der Woche. Am Donnerstag erschien eine ganze Menge von Leuten, der Montag dagegen gehörte den vertrauten Freundinnen. Männer wurden nicht zugelassen und nur Maxime durfte bei den im kleinen Salon stattfindenden köstlichen Unterhaltungen zugegen sein. Eines Abends hatte Renée die absonderliche Idee, ihn als Frau zu kleiden und als eine ihrer Basen vorzustellen. Adeline, Susanne, die Baronin von Meinhold und die anderen Freundinnen, die zugegen waren, erhoben sich und grüßten, nicht wenig verwundert über dieses Gesicht, welches sie zu erkennen glaubten. Als sie hernach aufgeklärt wurden, lachten sie herzlich und wollten durchaus nicht zugeben, dass sich der junge Mann umkleide. Sie behielten ihn mit samt seinen Röcken bei sich, neckten ihn und ergingen sich in allerlei zweideutigen Bemerkungen. Wenn er die Damen zur großen Tür hinausbegleitet hatte, machte er die Runde durch den Park und kehrte durch das Treibhaus zurück. Die guten Freundinnen hatten niemals den leisesten Verdacht. Die Liebenden konnten gar nicht mehr vertrauter miteinander werden, als sie es bereits waren, da sie sich gegenseitig für gute Kameraden ausgaben. Und traf es sich mitunter, dass ein Bedienter dazu kam, wenn sie sich gerade umarmt hielten, so hatte das auch nichts zu bedeuten, da man daran gewöhnt war, dass Madame und der Sohn des Herrn vom Hause miteinander scherzten.

Diese unbeschränkte Freiheit und Straflosigkeit machten sie noch kühner. Des Nachts schoben sie wohl die Riegel vor, dagegen umarmten sie sich Tags über in allen Räumen des Hotels. Wenn es regnete, so erfanden sie tausenderlei kleine Belustigungen. Das Hauptvergnügen Renées bestand aber stets darin, im Kamin ein mächtiges Feuer anzünden zu lassen und vor demselben einzuschlummern. Sie hatte sich diesen Winter herrliche Leibwäsche anfertigen lassen. Sie trug Hemden und Morgenröcke um fabelhafte Preise; der feine Batist schien sich wie ein leichter Hauch an ihre Glieder zu schmiegen. Und in der roten Beleuchtung der Glut schien sie ganz nackt zu sein; die Spitzen und ihre Schultern waren gleichförmig rosig, durch das dünne Gewebe hindurch versengte die Hitze fast ihren Leib. Zu ihren Füßen kauernd, küsste ihr Maxime die Knie, ohne gar das feine Linnen zu spüren, das die Wärme und die Farbe dieses herrlichen Körpers hatte. Der Tag neigte sich bereits seinem

Ende zu, die Dämmerung verbreitete sich immer mehr in dem grauen Zimmer, während Céleste hinter ihnen ruhigen Schrittes kam und ging. Sie war ganz natürlich die Verbündete der Liebenden geworden. Als dieselben eines Morgens zu lange im Bette geblieben waren, fand sie sie dort und behielt ihr ganzes Phlegma, ihre Kaltblütigkeit bei. Die Liebenden taten sich vor ihr keinerlei Zwang an; sie kam und ging zu jeder Zeit, ohne dass sie bei dem Geräusch der gewechselten Küsse den Kopf gewendet hätte. Sie rechneten auf sie, um im Notfall durch sie gewarnt zu werden, ohne darum ihr Stillschweigen zu erkaufen. Céleste war ein sehr sparsames, sehr ehrbares Mädchen, welchem man keinerlei Liebschaft nachsagen konnte.

Dessen ungeachtet führte Renée keine zurückgezogene Lebensweise. Sie verkehrte in Gesellschaften, fand hieran sogar ein größeres Vergnügen als früher und nahm Maxime gleich einem blonden Pagen in schwarzem Anzug mit sich. Die Saison bildete für sie einen einzigen großen Triumph. Niemals noch hatte sie in ihren Toiletten und Haartrachten größere Fantasie entwickelt. Größtes Aufsehen erregte sie mit einem strauchgrünen Seidenkleid, auf welchem eine ganze Hirschjagd in kunstvoller Stickerei ausgeführt war mit allen entsprechenden Attributen, als Pulverhörnern, Jagdhörnern und Hirschfängern. Sie brachte die antike Haartracht in die Mode, welche Maxime in dem kürzlich eröffneten Campanamuseum für sie kopieren musste. Sie schien förmlich verjüngt und stand in der Blüte ihrer aufregenden Schönheit. Die Blutschande erfüllte sie mit einer Glut, welche in der Tiefe ihrer Augen flackerte und ihr Lachen erhitzte. Ihre Lorgnette nahm sich keck und unternehmend aus, wenn sie sie auf die Spitze ihrer Nase setzte und die anderen Frauen, ihre guten Freundinnen betrachtete, die irgendeinem Laster frönten. Ihre an einen prahlerischen Jüngling gemahnende Miene, ihr spöttisches Lächeln schien zu besagen: »Auch ich habe mein Verbrechen.«

Maxime dagegen fand die Gesellschaften tödlich langweilig. Er behauptete, sich nur um des guten Tones willen zu langweilen; in Wahrheit aber amüsierte er sich nirgends. In den Tuilerien, bei den Empfängen der Minister verschwand er hinter den Röcken Renées, handelte es sich aber um irgendeinen tollen Streich, so ward er wieder zum Herrn und Lehrmeister. Renée wollte das bewusste Kabinett im Café Riche wiedersehen und der breite Diwan entlockte ihr ein Lächeln. Allmählich führte er sie überall hin: Zu den Mädchen, auf den Opernball, hinter die Kulissen der kleinen Theater, an alle zweideutigen Orte, wo sie mit dem Laster in Berührung kommen und dabei ihr Inkognito wahren konnten. Langten sie erschöpft und ermüdet zu Hause an, so schliefen sie einander umschlungen haltend ein, mit den Schlussworten irgendeines unzüchtigen Liedes auf den Lippen, welches sie an einem jener Orte vernommen hatten, an welchen das unflätige Paris so reich ist. Am nächsten Tag ahmte Maxime den Schauspielern nach und auf dem Piano des kleinen Salons suchte Renée die raue Stimme und die Hüftbewegungen Blanche Müllers in der »Schönen Helena« nachzuahmen. Der Musikunterricht, welchen sie im Kloster genossen hatte, diente ihr nur dazu, die neuesten Gassenhauer zu klimpern; vor ernsteren Musikstücken empfand sie eine Art heiliger Scheu. Gleich ihr verhöhnte Maxime die deutsche Musik und er glaubte »aus Überzeugung« den »Tannhäuser« auspfeifen zu müssen, nur um die gepfefferten Refrains seiner Stiefmama zu verteidigen.

Großes Vergnügen bereitete ihnen das Schlittschuhlaufen, welches gerade sehr in der Mode war, denn der Kaiser war einer der Ersten gewesen, die das Eis des Teiches im Boulogner Wäldchen erprobt hatten. Renée bestellte bei Worms ein komplettes Polenkostüm aus Samt und Pelzwerk; auf ihren Wunsch hatte Maxime weiche Stiefel an den Füßen und eine Mütze aus Fuchsfell auf dem Kopf. Als sie im Bois anlangten, herrschte eine grimmige Kälte, dass ihnen Nase und Lippen prickelten, als würde ihnen der Wind feinen Sand ins Gesicht wehen. Es bereitete ihnen ein Vergnügen, dass sie froren. Im Bois war alles grau, alles mit einer feinen Schneehülle bedeckt; die von Reif bedeckten Baumzweige glichen feinen Spitzen. Und unter dem bleichen Himmel, auf dem festen, glänzenden Eis ragten bloß die Tannen der Inseln gleich Theaterdekorationen, die gleichfalls mit feinen, durchsichtigen Spitzen besetzt waren, in die Höhe. Flüchtig gleich den über dem Boden dahinschießenden Schwalben glitten sie auf der blanken Fläche dahin, eine Faust auf dem Rücken und mit der freien Hand sich gegenseitig bei der Schulter fassend. Vom Ufer schauten die Neugierigen zu. Zuweilen wärmten sie sich an den am Rand des Teiches angezündeten Feuern, worauf sie wieder davoneilten. Sie holten zu weitem Fluge aus, während ihre Augen vor Kälte und innerlichem Vergnügen tränten.

Als der Frühling kam, wurde Renée wieder von einer elegischen Stimmung überwältigt. Sie wünschte mit Maxime des Nachts, bei hellem Mondschein, im Monceauxpark zu schwärmen. Sie besuchten die Grotte, ließen sich im Gras nieder und blickten zu den Sternen empor. Als die junge Frau aber den Wunsch äußerte, eine Spazierfahrt auf dem kleinen Teich zu unternehmen, bemerkten sie, dass die Barke, die man auch aus den Fenstern des Hauses sah und die am Rand einer Allee angelegt war, keine Ruder hatte. Offenbar wurden dieselben des Abends entfernt. Dies war eine Enttäuschung; außerdem wurden die Liebenden durch die ausgedehnten Schatten des Parkes beunruhigt. Sie hätten am liebsten daselbst ein venezianisches Fest mit roten Lampions und Musik veranstaltet. Bei Tag gefiel ihnen der Park doch besser und mitunter setzten sie sich an ein Fenster, um die durch die große Allee vorüberrollenden Equipagen zu sehen. Sie fanden großes Gefallen an diesem reizenden Winkel des neuen Paris, an dieser reinlichen, liebenswürdigen Natur, an diesen Samtstücken vergleichbaren Rasenflächen, an den wohlgehegten Hecken und Blumenbeeten. Die Wagen verkehrten hier ebenso zahlreich wie auf einem Boulevard und die Damen zogen ihre Kleider ebenso anmutig hinter sich her, als hätten sie noch den Teppich ihres Salons unter den Füßen. Und durch das Laubwerk hindurch kritisierten sie die Toiletten, zeigten sie einander Wagen und Pferde und freuten sich herzlich über die zarten Farbenabstufungen dieses großen Gartens. Zwischen zwei Bäumen sah man ein Stück des vergoldeten Gitters glänzen, eine Schaar von Enten schwamm über den Teich, die kleine Brücke glänzte freundlich hell zwischen dem frischen Grün, während auf beiden Seiten der großen Allee gelbe Stühle standen, welche von Müttern und Kindeswärterinnen besetzt waren, die in eifrigem Geplauder vertieft, an die kleinen Knaben und Mädchen ganz vergaßen, die munter und sorglos miteinander spielten.

Die Liebenden fanden Gefallen an dem neuen Paris. Häufig fuhren sie durch die Stadt und machten sogar Umwege, nur damit sie gewisse Boulevards, an die sie eine Art persönlicher Zuneigung knüpfte, sehen könnten. Die hohen Häuser mit den großen, geschnitzten Toren und zahlreichen Balkonen, auf welchen in goldener Ausführung Namen, Aushängeschilder, Firmentafeln glänzten, erfüllten sie mit Entzücken. Während der Wagen dahinrollte, folgten sie mit liebevollem Blick der endlosen grauen Linie der breiten Trottoirs mit ihren Bänken, buntscheckigen Säulen und mageren Bäumchen. Die helle Öffnung des Horizonts, diese ununterbrochene Doppelreihe der großen Verkaufsläden, in welchen die dienstbereiten Angestellten den Käufern entgegeneilten, diese wogende, summende Menschenmasse, – all' dies erfüllte sie allmählich mit einer vollen, absoluten Befriedigung, mit einem Gefühl des

Glückes. Sie liebten dieses Straßenleben bis zu den Wasserstrahlen der Spritzschläuche, die gleich einem weißen Dampf von den Pferden aufstiegen und in seinem Regen unter die Wagenräder dringend, den Boden überfluteten und eine schwache Staubwolke emporwirbelten. Immer weiter fuhren sie und es schien ihnen, als rollte der Wagen über einen Teppich, längs dieses schnurgeraden, schier endlosen Weges, den man bloß angelegt hatte, damit sie nicht durch enge, dunkle Straßen zu fahren genötigt seien. Jeder Boulevard wurde für sie ein Korridor ihres Hauses. Lachend lagen die wärmenden Sonnenstrahlen auf den neuen Fassaden, die Schaufenster blinkten und leise hoben und senkten sich die Leinwanddächer der fliegenden Verkaufsstände und der Kaffeehäuser, während sich der Asphalt unter den Füßen der geschäftigen Menge zu erwärmen schien. Und wenn sie ein wenig betäubt durch das glänzende Wirrsal des Gesehenen nach Hause kamen, so erholten sie sich an dem Anblick des friedlich daliegenden Monceauxparkes, als bildete derselbe den natürlichen Ruhepunkt dieses neuen Paris, welches seine Pracht bei den ersten Strahlen der Frühlingssonne entfaltete.

Wenn die Mode sie zwang, Paris zu verlassen, begaben sie sich in ein Seebad, voll Bedauern einen Vergleich zwischen dem Gestade des Meeres und den Trottoirs des Boulevards ziehend. Selbst ihre Liebe langweilte sich dort. Diese war eine Treibhausblüte, welche des großen Bettes in grau und rosa nicht entbehren konnte, ebenso wenig wie des fleischfarbenen Zeltes und der goldenen Morgenröte des kleinen Salons. Seitdem sie sich des Abends allein am Meeresufer befanden, hatten sie einander nichts zu sagen. Sie versuchte die übermütigen Lieder aus dem Varietétheater auf einem alten, wackeligen Pianino zu spielen, welches in ihrem Hotelzimmer schlummerte; das von der feuchten Seeluft gänzlich ruinierte Instrument aber gab nur klägliche Töne von sich, sodass die Couplets aus der »Schönen Helena« sich wie Trauermärsche anhörten. Um sich selbst zu trösten, setzte die junge Frau durch ihre fantastischen Kostüme das ganze Gestade in Erstaunen. Sämtliche Damen, die hier anwesend waren, gähnten, langweilten sich, sehnten den Winter herbei und suchten mit verzweiflungsvoller Hast nach einem Badekostüm, welches sie nicht zu sehr verunstaltete. Niemals vermochte Renée Maxime dazu zu bewegen, dass er ein Bad nehme. Er fürchtete sich geradezu entsetzlich vor dem Wasser, wurde ganz bleich, wenn dasselbe seinen Fuß benetzte und hätte sich um nichts in der Welt dem Ufer genähert. Er machte weite Umwege, um einem Tümpel, einer etwas steilen Uferstelle auszuweichen.

Saccard fand sich zwei- oder dreimal ein, um nach »den Kindern« zu sehen. Er sagte, dass ihn die Sorgen zu Boden drückten. Erst Ende Oktober, als alle Drei nach Paris zurückgekehrt waren, dachte er ernstlich daran, sich seiner Frau zu nähern. Die Charonner Angelegenheit wurde immer reifer. Sein Plan war ebenso einfach als brutal. Er rechnete darauf, dass er sich Renées auf dieselbe Weise wie einer Dirne bemächtigen werde. Ihre Geldverlegenheiten wurden immer drückendere und aus Stolz wendete sie sich an ihren Gatten nur, wenn die Not zum Höchsten gestiegen war. Saccard nahm sich nun vor, ihr nächstes Anliegen sich zunutze zu machen, um galant zu sein und in der Freude über eine bedeutende Schuld, die er bezahlen wollte, die längst gelockerten ehelichen Bande wieder fester zu knüpfen.

Die ärgsten Verlegenheiten harrten Renées und Maximes in Paris. Mehrere der Wechsel, welche man Larsonneau gegeben hatte, waren fällig geworden; da Saccard dieselben aber friedlich bei dem Gerichtsvollzieher ruhen ließ, so war die junge Frau nur wenig davon beunruhigt. Viel mehr erschreckte sie ihre Schuld bei Worms, die sich gegenwärtig auf beiläufig zweihunderttausend Francs belief. Der Schneider forderte eine größere Abschlagszahlung, widrigenfalls er jeden weiteren Kredit zu verweigern drohte. Sie erschauerte, wenn sie an den Skandal eines Prozesses und insbesondere an die Möglichkeit eines Bruches mit dem berühmten Kleiderkünstler dachte. Außerdem bedurfte sie Taschengeldes. Sie und Maxime kamen fast um vor Langeweile, wenn sie nicht täglich ein paar Louis zu verausgaben hatten. Das geliebte Kind befand sich auf dem Trockenen, seitdem es die Schubfächer seines Vaters vergebens durchsuchte. Seine Treue, seine musterhafte Aufführung während sieben oder acht Monate hatte ihren eigentlichen Grund in der absoluten Leere seiner Börse. Er verfügte nicht immer über die zwanzig Francs, deren er bedurfte, um ein gelegentlich getroffenes Dämchen zum Souper zu laden und so kam er denn zumeist hübsch solide nach Hause. Bei jedem Ausfluge, den sie miteinander unternahmen, übergab ihm die junge Frau ihre Börse, damit er in den Restaurants, auf den Bällen, in den kleinen Theatern die beiderseitigen Kosten bezahle. Sie behandelte ihn nach wie vor gewissermaßen mütterlich und sie bezahlte sogar bei dem Konditor, zu dem sie sich jeden Nachmittag begaben, um kleine Austernpasteten zu verzehren. Häufig fand er des Morgens in seiner Westentasche einige Louis d'ors, von deren Vorhandensein er keine Kenntnis gehabt und die sie dorthin praktiziert hatte, gleichwie eine Mutter die Börse eines Schulknaben füllt. Und nun sollte diese schöne

Zeit der Imbisse, befriedigten Launen und leichten Vergnügungen mit einem Mal ein Ende nehmen! Hierzu gesellte sich noch eine größere Angst. Der Juwelenhändler Sylvias, dem er zehntausend Francs schuldig war, verlor die Geduld und sprach davon, eine Klage anzustrengen, ihn in Schuldhaft setzen zu lassen. Die seit langer Zeit protestierten Wechsel, die er in Händen hatte, waren derart mit Spesen überladen, dass die Schuld um drei- oder viertausend Francs zugenommen hatte. Saccard erklärte rundheraus, dass er nichts tun könne. Wenn sein Sohn in den Schuldturm käme, so würde dies allgemeines Aufsehen erregen und wenn er ihn aus demselben befreien würde, so müsste diese väterliche Freigebigkeit ihm nur zum Ruhm gereichen. Renée war in Verzweiflung; sie sah ihr geliebtes Kind bereits im Gefängnis, in einem wirklichen Kerker, wo er auf feuchtem Stroh liegen musste. Eines Abends machte sie ihm in allem Ernste den Vorschlag, er möge sie nie mehr verlassen und nur bei ihr leben, ohne dass jemand wisse, wohin er geraten wäre. Dann wieder schwor sie, dass sie das Geld auftreiben werde. Niemals erwähnte sie den Ursprung dieser Schuld, sprach niemals von dieser Sylvia, die ihre Liebesgeheimnisse den Spiegeln in den Restaurantskabinetten anvertraute. Sie musste fünfzigtausend Francs auftreiben: fünfzehntausend für Maxime, dreißigtausend für Worms und fünftausend Francs Taschengeld. Hiedurch würden ihnen wieder volle vierzehn glückliche Tage gesichert werden. Und sie bot alles auf, um das Geld herbeizuschaffen.

Ihr erster Gedanke war, dasselbe von ihrem Gatten zu verlangen und nur widerstrebend vermochte sie sich hierzu zu verstehen. Bei den letzten Anlässen, die ihn in ihr Zimmer geführt hatten, um ihr Geld zu bringen, hatte er sie neuerdings auf den Nacken geküsst, ihre Hände ergriffen und von seiner Liebe gesprochen. Die Frauen haben eine feine Witterung und so war sie denn auf eine Forderung, auf einen stillschweigend abgeschlossenen Handel vorbereitet. Tatsächlich zeigte er sich sehr erschrocken, als sie die fünfzigtausend Francs von ihm verlangte; er sagte, dass Larsonneau einen solchen Betrag niemals vorstrecken werde und er selbst denselben auch nicht auftreiben könne. Dann aber schlug er einen anderen Ton an, als wäre er besiegt und von einer plötzlichen Rührung erfasst worden.

»Man vermag Ihnen nichts zu verweigern«, murmelte er. »Ich will alles aufbieten, das Unmögliche durchsetzen ... Ich will Sie, geliebte Freundin, zufriedenstellen.«

Und sich zu ihrem Ohre neigend, küsste er ihr Haar und flüsterte mit zitternder Stimme:

»Ich bringe Dir das Geld morgen Abend in Dein Zimmer ... und ohne Wechsel ... «

Sie aber erwiderte lebhaft, dass sie es nicht eilig habe, dass sie ihm diesbezüglich keine Ungelegenheiten bereiten wolle. Und er, der die gefährlichen Worte »ohne Wechsel« mit scheinbarer Inbrunst gesprochen und schier wieder bereute, dass ihm dieselben entschlüpft waren, schien die unangenehme Abweisung gar nicht zu empfinden. Er erhob sich und sagte:

»Nun, wie Sie wollen ... Ich werde Ihnen das Geld beschaffen, sobald es erforderlich sein wird. Larsonneau, wohlverstanden, wird gar nichts damit zu tun haben. Ich will Ihnen damit ein Geschenk machen.«

Dabei lächelte er gutmütig, sie aber blieb die Beute einer unaussprechlichen Angst. Sie fühlte instinktiv, dass sie das bischen Gleichgewicht, welches ihr geblieben war, einbüßen würde, wenn sie sich ihrem Gatten hingeben müsste. Ihr letzter Stolz bestand darin, dass sie den Vater geheiratet habe, doch nur die Gattin des Sohnes sei. Häufig, wenn Maxime kalt schien, versuchte sie ihm diese Situation durch sehr deutliche Anspielungen zu erklären; der junge Mann aber, den sie nach einer derartigen Auseinandersetzung zu ihren Füßen sinken zu sehen hoffte, blieb völlig gleichmütig, da er sicherlich meinte, sie wolle ihn nur bezüglich der Möglichkeit eines Zusammentreffens mit seinem Vater in dem grauen Zimmer beruhigen.

Als Saccard von ihr gegangen war, kleidete sie sich eilig an und ließ anspannen. Während ihr Wagen sie nach der Insel Saint-Louis brachte, legte sie sich die Art und Weise zurecht, wie sie die fünfzigtausend Francs von ihrem Vater verlangen werde. Sie klammerte sich an diesen Gedanken, ohne denselben näher zu prüfen, denn im Grunde genommen fühlte sie, dass sie sehr feige sei und vor einem derartigen Schritt eine unüberwindliche Furcht habe. Als sie anlangte, war sie bei dem Anblick des eiskalten Hofes des Hotels Béraud mit seinen kahlen, düsteren Mauern von einem frostigen Gefühl erfasst und während sie die breite steinerne Treppe emporstieg, auf welcher die hohen Absätze ihrer kleinen Schuhe ein schreckliches Echo erweckten, wäre sie am liebsten wieder entflohen. In ihrer Eile war sie so unvorsichtig gewesen, ein laubfarbenes Seidenkleid mit langen Spitzenvolants anzulegen; um die Hüften hatte sie eine weiße Spitzenschärpe geschlungen. Die Toilette, welche ein kleines Hütchen mit einem großen weißen Schleier vervollständigte, nahm sich in dem düsteren Treppenhaus so merkwürdig aus, dass sie sich selbst bewusst war, welch absonderliche Gestalt sie daselbst abgab. Sie zitterte, als sie die kahle Flucht der öden Gemächer durchschritt, wo die undeutlich hervortretenden Figuren der Wandbekleidung über diese das Halbdunkel ihrer Einsamkeit unterbrechenden rauschenden Frauenröcke höchlich erstaunt schienen.

Sie fand ihren Vater in einem nach dem Hof gehenden Salon, wo er sich gewöhnlich aufhielt. Er las in einem großen Buch, welches auf einem an dem Arm seines Fauteuils angebrachten Pult lag. Vor einem Fenster saß Tante Elisabet und strickte mit langen, hölzernen Nadeln und außer dem einförmigen trockenen Geklapper dieser Nadeln störte nichts die Ruhe des Raumes.

Befangen ließ sich Renée nieder; sie konnte keine Bewegung machen, ohne durch das Rauschen der eleganten Stoffe die ernste Stille des Gemaches zu stören. Gegen das tiefe Schwarz der Tapeten und alten Möbel nahmen sich ihre Spitzen erschreckend weiß aus. Die Hände auf sein Pult gestützt, blickte Herr Béraud du Châtel sie an, während Tante Elisabet von der bevorstehenden Vermählung Christines sprach, die den Sohn eines sehr reichen Notars heiraten sollte und in Begleitung einer alten Magd des Hauses ausgegangen war, um verschiedene Einkäufe zu besorgen. Die gute Tante plauderte ganz allein, mit ihrer ruhigen Stimme, ohne ihre Strickerei für einen Moment zu unterbrechen; sie sprach über hauswirtschaftliche Angelegenheiten und warf über ihre Brille hinweg lächelnde Blicke auf Renée.

Die junge Frau aber geriet immer mehr in Verlegenheit. Das ganze düstere Schweigen des Hotels lastete auf ihren Schultern und sie hätte Vieles darum gegeben, wenn die Spitzen ihres Kleides schwarz gewesen wären. Der beharrliche Blick ihres Vaters machte sie so befangen, dass sie Worms für lächerlich erklärte, weil er so mächtige Volants erfunden hatte.

»Wie schön Du bist, mein Kind!«, sagte Tante Elisabet, die die weißen Spitzen ihrer Nichte noch gar nicht wahrgenommen hatte, plötzlich. Sie hielt ihre Nadeln an und rückte ihre Brille zurecht, während Herr Béraud du Châtel leise lächelte.

»Die Toilette scheint etwas zu weiß«, sagte er. »Für eine Frau mag dies auf der Straße recht hinderlich sein.«

»Man geht ja nicht zu Fuß aus, Vater!«, rief Renée aus, bereute aber sofort, dass sie dies gesagt hatte.

Der Greis schien etwas erwidern zu wollen, dann aber stand er auf, richtete sich zu seiner vollen Höhe empor und begann langsam auf- und niederzuschreiten, ohne seine Tochter mehr anzublicken. Diese war ganz bleich vor Erregung. So oft sie sich aufraffte und einen Übergang suchte, um ihr Anliegen vorzubringen, entsank ihr der Mut.

»Man bekommt Sie gar nicht mehr zu sehen, Vater«, murmelte sie.

»Oh!«, erwiderte die Tante, ohne ihrem Bruder Zeit zu lassen, die Lippen zu öffnen. »Dein Vater verlässt das Haus nur sehr selten und auch dann geht er bloß in den Tiergarten. Und ihn dazu zu bewegen, muss ich ihn erst tüchtig auszanken. Er behauptet, dass er sich in Paris verirrt, dass die Stadt nicht mehr für ihn tauge.«

»Mein Gatte wäre sehr erfreut, wenn Sie an unseren Donnerstagen zuweilen bei uns vorsprechen wollten«, sagte Renée.

Herr Béraud du Châtel machte einige Schritte und sprach dann ruhigen Tones:

»Danke Deinem Gatten in meinem Namen. Er ist, wie es scheint, ein sehr rühriger Mann und in Deinem Interesse wünsche ich, er möge seine Angelegenheiten rechtschaffen zu Ende führen. Wir haben aber ganz verschiedene Anschauungen und ich fühle mich sehr unbehaglich in Eurem schönen Haus im Monceauxpark.«

Tante Elisabet schien diese Antwort zu betrüben. »Wie schlimm doch die Männer sind, wo es sich um ihre Politik handelt!«, sagte sie. »Willst Du die Wahrheit wissen? Dein Vater ist nicht gut auf Euch zu sprechen, weil Ihr die Tuilerien besucht.«

Der Greis aber zuckte mit den Schultern, wie um anzudeuten, dass seine Unzufriedenheit auf viel ernsteren Ursachen beruhe und darauf begann er wieder langsam und nachdenklich im Zimmer auf- und abzuschreiten. Renée schwieg einen Augenblick und schon öffnete sie den Mund, um ihre Bitte wegen der fünfzigtausend Francs vorzubringen, als mit einem Mal eine noch größere Mutlosigkeit sie befiel; sie küsste rasch ihren Vater und entfernte sich.

Tante Elisabet wollte sie bis zur Treppe begleiten und während sie durch die hohen, düsteren Gemächer schritten, fuhr sie fort, mit ihrer feinen Stimme zu plaudern:

»Du bist glücklich, mein teures Kind. Es freut mich, Dich so schön und wohlauf zu sehen, denn wenn Deine Ehe eine unglückliche gewesen wäre, so hätte ich mich dafür verantwortlich gemacht! ... Dein Gatte liebt Dich, Du hast alles, was Du benötigst, nicht wahr?«

»Gewiss, gewiss«, erwiderte Renée und zwang sich zu lächeln, obschon ihr sehr bitter zu Mute war.

Über das Geländer der Treppe geneigt, fuhr die Tante zu sprechen fort:

»Siehst Du, ich habe nur die eine Befürchtung, Du könntest durch Dein Glück unvorsichtig gemacht werden. Sei klug und verkaufe nichts ... Wenn Du einmal ein Kind haben solltest, so wirst Du für dasselbe ein kleines Vermögen bereitfinden.«

Als Renée wieder in ihrem Coupé saß, stieß sie einen Seufzer der Erleichterung aus. Kalte Schweißtropfen standen ihr auf den Schläfen und als sie dieselben abtrocknete, dachte sie an die eisige Feuchtigkeit des Hotels Béraud. Dann aber rollte der Wagen über den sonnenbeschienenen Asphalt des Quai Saint-Paul, sie erinnerte sich der fünfzigtausend Francs und ihr Schmerz erwachte lebhafter denn je. Man hielt sie für mutig und doch war sie vorhin so feige gewesen! Und es handelte sich doch um Maxime, um seine Freiheit, um ihre beiderseitigen Freuden! Inmitten der bitteren Vorwürfe, die sie sich machte, schoss ihr ein Gedanke durch den Kopf, welcher ihre Verzweiflung noch vermehrte; sie hätte über diese fünfzigtausend Francs mit Tante Elisabet auf der Treppe sprechen müssen. Wo hatte sie denn nur ihren Verstand? Die gute Frau hätte ihr diese Summe vielleicht vorgestreckt, oder wäre ihr wenigstens ratend zur Seite gestanden. Schon neigte sie sich vor, um ihrem Kutscher zu sagen, er möge nach der Rue Saint-Lous-en-l'ile zurückkehren, als sie die Gestalt ihres Vaters vor sich zu sehen meinte, wie er langsam durch das feierliche Halbdunkel des großen Salons schritt. Nein, sie besaß den Mut nicht, sofort wieder in dieses Gemach zu treten. Was sollte sie auch sagen, um ihren abermaligen Besuch zu erklären? Und ehrlich gesprochen, fühlte sie sogar, dass sie jetzt nicht mehr wagen würde, mit Tante Elisabet über die Sache zu reden. Sie befahl ihrem Kutscher, nach der Rue du Faubourg-Poissonnière zu fahren.

Frau Sidonie stieß einen Freudenschrei aus, als sie die dicht verhängte Tür des Ladens sich öffnen sah. Sie war nur zufällig zu Hause und wollte soeben ausgehen, um sich zum Friedensrichter zu begeben, wo sie mit einer Klientin zu tun hatte. Nun würde sie dies aber für den nächsten Tag verschieben, denn sie war zu erfreut darüber, dass ihre Schwägerin so liebenswürdig war, ihr einen kleinen Besuch abzustatten, Renée lächelte ein wenig verlegen. Frau Sidonie wollte durchaus nicht zugeben, dass sie unten bleibe; sie führte sie über die kleine Treppe in ihr Zimmer hinauf, nachdem sie den Messingknopf des Ladens weggenommen hatte. Diesen durch einen einfachen Nagel festgehaltenen Knopf zog sie wohl zwanzig Mal am Tag ab, um ihn eben so oft wieder anzubringen.

»So, meine Schöne«, sagte sie, nachdem sie ihr auf einer Chaiselongue einen Platz angewiesen hatte; »hier wollen wir gemütlich miteinander plaudern ... Denken Sie nur, Sie kommen mir wie gerufen, denn ich wollte heute Abend zu Ihnen gehen.«

Renée, die dieses Zimmer kannte, ward daselbst von einem gewissen Unbehagen erfasst, wie es etwa ein Spaziergänger empfindet, der die Wahrnehmung macht, dass an einer ihm besonders liebwerten bewaldeten Stelle die Bäume ausgehauen worden.

»Ah!«, sagte sie endlich; »Sie haben dem Bett einen anderen Platz gegeben?«,

»Ja«, erwiderte die Spitzenhändlerin ruhig. »Eine meiner Klientin findet, es sei dem Kamin gegenüber besser am Platze. Sie hat mir auch den Rat gegeben, rote Vorhänge anzubringen.«

»Ich wollte auch eben die Bemerkung machen, dass die Vorhänge nicht mehr die früheren seien ... rot ist übrigens recht gewöhnlich, meiner Ansicht nach.«

Und ihre Lorgnette hervornehmend, blickte sie in dem Gemach umher, welches mit dem Luxus eingerichtet war, wie man ihn in größeren Hotels Garnis antrifft. Auf der Kaminplatte erblickte sie lange Haarnadeln aus Schildpatt, die sicherlich nicht zu dem mageren Chignon der Frau Sidonie gehörten. Auf der Stelle, wo sich das Bett früher befunden hatte, war die Tapete ganz abgewetzt, beschmutzt und durch die Matratzen farblos geworden. Die Hausfrau hatte diese Stelle allerdings durch den Rücken zweier Fauteuils verdecken wollen; doch waren dieselben ein wenig zu niedrig und Renées Blick blieb an diesem schwärzlichen Streifen haften. »Sie haben mir etwas zu sagen?«, fragte sie endlich.

»Ach ja; das ist aber eine ganze Geschichte«, erwiderte Frau Sidonie und faltete die Hände mit der Miene einer Feinschmeckerin, die sich zu erzählen anschickt, was sie zum Diner gespeist hat. »Denken Sie nur, Herr von Saffré ist zum Sterben in die schöne Frau Saccard verliebt ... Ja, in Sie, mein Herz ... «

Sie machte nicht einmal eine kokette Bewegung, als sie entgegnete:

»Sie sagten doch, er sei in Frau Michelin verliebt!«

»Ach, das ist zu Ende, ganz aus ... Ich kann es Ihnen beweisen, wenn Sie wollen ... Sie wissen also nicht, dass die kleine Michelin den Gefallen des Barons Gouraud erregt hat? Die Sache ist mir ganz unbegreiflich und jedermann, der den Baron kennt, ist aufs Höchste erstaunt darob ... Und wissen Sie, dass sie ihrem Gatten sehr bald das rote Bändchen der Ehrenlegion errungen haben wird? ... Ach, die kleine Frau ist ein Schelm; sie findet ihren Weg allein und braucht niemanden, der ihr Schifflein führen hilft.«

Die letzten Worte sprach sie mit einigem Bedauern, welchem sich eine gewisse Bewunderung zugesellte.

»Kommen wir aber auf Herrn von Saffré zurück ... Er will Sie auf einem Ball getroffen haben, den eine Schauspielerin gab; er behauptet, Sie wären in schwarzem Domino gewesen und er hätte Sie – was er jetzt bedauert – ein wenig zudringlich aufgefordert, mit ihm zu soupieren ... Ist das wahr?«,

Die junge Frau war aufs Höchste überrascht.

»Vollkommen!«, murmelte sie. »Doch wer konnte ihm gesagt haben ... «

»Warten Sie ... Er behauptet, Sie erst später erkannt zu haben, als Sie nicht mehr im Salon waren und er erinnerte sich, dass Sie am Arm Maximes hinausgegangen seien ... Seit jener Zeit ist er rasend verliebt in Sie und er hat sich die Sache ungeheuer zu Herzen genommen. ... Nun hat er mich aufgesucht, um mich zu bitten, Ihnen seine Entschuldigungen vorzubringen ... «

»Sagen Sie ihm meinethalben, dass ich ihm verzeihe«, fiel ihr Renée nachlässig ins Wort und mit einem Mal wieder ängstlich und zaghaft werdend, fügte sie hinzu:

»Ach, meine gute Sidonie, ich befinde mich in einer so peinlichen Lage! Bis morgen früh muss ich unbedingt fünfzigtausend Francs haben und ich bin nur gekommen, um hierüber mit Ihnen zu sprechen. Sie kennen Leute, sagten Sie mir, die Geld leihen?«

Ärgerlich über die wenig rücksichtsvolle Weise, in welcher ihre Schwägerin sie in ihrer Erzählung unterbrochen hatte, zögerte die Maklerin eine Weile mit ihrer Antwort.

»Gewiss kenne ich welche; doch rate ich Ihnen, es vorerst bei Ihren Freunden zu versuchen ... Ich an Ihrer Stelle wüsste, was ich zu tun hätte ... Ich würde mich ganz einfach an Herrn von Saffré wenden.«

Renée lächelte gezwungen, als sie zur Antwort gab:

»Dies wäre nicht sehr schicklich, da er, wie Sie behaupten, in mich so sehr verliebt ist.«

Die Alte blickte sie fest an, dann verzog sich ihr farbloses Gesicht langsam zu einem mitleidsvollen Lächeln.

»Armes Kind«, murmelte sie. »Sie haben geweint; leugnen Sie nicht, Ihre Augen verraten es. Seien Sie also stark, nehmen Sie das Leben so wie es ist ... Überlassen Sie es mir, ich werde die Sache in Ordnung bringen.«

Renée erhob sich, wobei sie ihre Finger so krampfhaft ineinander schlang, dass ihre Handschuhe schier platzten. Und sie blieb aufrecht stehen, während sich in ihrem Inneren ein schwerer Kampf vollzog. Schon öffnete sie die Lippen, vielleicht um einzuwilligen, als in dem anstoßenden Gemach der Ton einer Klingel vernehmbar wurde. Frau Sidonie schritt eilig hinaus, wobei sie eine Tür halb offen stehen ließ, durch die eine Doppelreihe von Klavieren sichtbar wurde. Darauf vernahm die junge Frau Männerschritte und das gedämpfte Geräusch einer mit leiser Stimme geführten Unterhaltung. Mechanisch trat sie näher, um den gelblichen Streifen anzusehen, welchen die Matratzen an der Mauer zurückgelassen hatte. Dieser Streifen beunruhigte sie, war ihr lästig. Sie vergaß alles: Maxime, die fünfzigtausend Francs, Herrn von Saffré, und trat sinnend vor das Bett hin. Dasselbe stand hier unbedingt besser als an der Stelle, wo es sich früher befunden hatte. Es gab in der Tat Frauen, die keinen Geschmack hatten; wenn man im Bett lag, musste man sich doch dem Licht gegenüber befinden. Und unbestimmt tauchte in ihrer Erinnerung das Bild des Unbekannten vom Quai Saint-Paul auf, ihr Roman, der aus zwei Begegnungen bestand, diese Zufalls-Liebe, welche sie dort, an jener anderen Stelle genossen hatte. Nichts als dieser abgefärbte Fleck an der Mauer war von derselben zurückgeblieben. Und nun wurde sie von demselben Unbehagen erfasst, welches sie schon beim Eintritt in dieses Zimmer empfunden hatte und das Gemurmel der Stimmen im anstoßenden Gemach regte sie ungemein auf.

Als Frau Sidonie zurückkam, wobei sie die Tür vorsichtig öffnete und hinter sich schloss, machte sie eine hastige Bewegung mit dem Zeigefinger, wie um ihr zu bedeuten, sie möge leise sprechen. Sodann neigte sie sich zu ihr und flüsterte ihr ins Ohr:

»Das trifft sich ja herrlich; Herr von Saffré ist hier.«

»Sie haben ihm doch nicht gesagt, dass ich hier bin?«, fragte die junge Frau unruhig.

Die Vermittlerin schien ganz überrascht und erwiderte naiven Tones:

»Oh doch ... Er wartet nur hereingerufen zu werden. Von den fünfzigtausend Francs habe ich ihm natürlich nichts gesagt.«

Tief erbleichend richtete sich die junge Frau wie von einer Feder geschnellt in die Höhe. Ein unendlicher Stolz regte sich in ihr und der Schall der Männerschritte im anstoßenden Gemach erbitterte sie.

»Ich gehe«, sprach sie kurzen Tones. »Öffnen Sie mir die Tür.«

Frau Sidonie versuchte zu lächeln.

»Seien Sie nicht kindisch ... Was soll ich denn jetzt mit dem jungen Mann anfangen, nachdem ich ihm gesagt habe, dass Sie hier seien ... Sie kompromittieren mich wahrhaftig.«

Die junge Frau aber war die kleine Treppe bereits hinabgeschritten und wiederholte, vor der verschlossenen Tür des Ladens angelangt:

»Öffnen Sie! Öffnen Sie mir sofort!«

Wenn die Maklerin den Messingknopf abzog, pflegte sie ihn gewöhnlich in die Tasche zu stecken. Noch wollte sie einen Versuch machen und parlamentieren; schließlich aber geriet sie selbst in Zorn und indem ihre grauen Augen all die Bosheit und Habsucht ihrer Natur verrieten, rief sie aus:

»Was soll ich dem Mann aber eigentlich sagen?«

»Dass ich nicht käuflich bin!«, erwiderte Renée, die mit einem Fuß bereits auf der Straße stand.

Und während Frau Sidonie die Tür heftig ins Schloss warf, glaubte sie dieselbe murmeln zu hören: »Gehe nur, dumme Gans; Du sollst mir das noch entgelten.«

»Meiner Treu!«, sprach sie halblaut vor sich hin, als sie bereits im Wagen saß; »da ziehe ich ja noch meinen Gatten vor.«

Sie kehrte geradewegs nach Hause zurück. Am Abend sagte sie Maxime, er möge nicht kommen, denn sie sei leidend und bedürfe der Ruhe. Und als sie ihm am nächsten Tag die fünfzehntausend Francs für den Juwelier Sylvias übergab, hatte sie für seine überraschten Fragen bloß ein verlegenes Lächeln. Ihr Gatte, sagte sie, habe ein vorteilhaftes Geschäft abgeschlossen. Doch von diesem Tag an war sie launenhaft, änderte sie häufig die Stunden der Rendezvous, welche sie mit dem jungen Mann vereinbarte und häufig erwartete sie ihn sogar im Treibhaus, um ihn fortzuschicken. Er beachtete diese wechselnden Stimmungen kaum, denn er gefiel sich darin, ein fügsames Werkzeug in den Händen der Frauen zu sein. Unangenehmer war es ihm, dass ihre Zusammenkünfte, die durch die Liebe herbeigeführt wurden, mitunter eine moralische Wendung nahmen. Renée war ganz traurig geworden und zuweilen hatte sie Tränen in den Augen. Sie sang nicht mehr die übermütigen Weisen aus der »Schönen Helena«, spielte nur die Gesänge, die sie im Pensionat gelernt hatte und fragte ihren Geliebten, ob er daran glaube, dass das Böse früher oder später bestraft werde.

»Sie wird alt, daran ist nicht zu zweifeln«, dachte der junge Mann im Stillen. »In ein oder höchstens zwei Jahren wird sie niemandem mehr ein Vergnügen bereiten können.«

Die Wahrheit aber bestand darin, dass sie fürchterlich litt. Nun hätte sie Maxime lieber mit Herrn von Saffré betrogen. Bei Frau Sidonie hatte sie ihrer Entrüstung Ausdruck verliehen, hatte sie aus Abscheu über den schmählichen Handel einem instinktiven Stolz Gehör geschenkt. An den folgenden Tagen aber, da sie die Qualen des Ehebruches erduldete, wurde sie von düsterem Schrecken erfasst und sie selbst kam sich so verächtlich vor, dass sie sich dem erstbesten Mann hingeworfen hätte, der die Tür des mit den Klavieren angefüllten Zimmers geöffnet hätte. Wenn bisher der Gedanke an ihren Gatten gleich einem Gegenstand wollüstigen Schreckens in der Blutschande, der sie sich hingab, aufgetaucht war, so trat fortan anstelle dieses Gedankens der Gatte, der Mann selbst und dies mit einer Brutalität, welche ihre zartesten Empfindungen in unerträgliche Leiden verwandelte. Sie, die sich dem vollen Genuss ihres Fehltrittes hingeben wollte und gerne von einem übermenschlichen Paradies träumte, allwo die Götter unter sich ihrer Liebe frönen, fiel zwischen zwei Männern geteilt, der niedrigsten Ausschweifung anheim. Vergebens versuchte sie sich an dieser Infamie zu erfreuen. Noch waren ihre Lippen warm von den Küssen Saccards, als sie dieselben den Küssen Maximes darbot. Ihre Lüsternheit vertiefte sich gänzlich in diese fluchwürdige Wollust und es kam so weit, dass sie die Zärtlichkeitsbeweise dieser beiden Wesen miteinander zu vereinen und in den Umarmungen des Vaters den Sohn zu finden suchte. Doch erfüllte sie dieses Erforschen des Bösen, dieses heiße Dunkel, in welchem sie ihre beiden

Geliebten miteinander verwechselte, mit noch größerem Abscheu und Schrecken, mit einem Entsetzen, welches ihre Freuden zu Höllenqualen gestaltete.

Doch verschloss sie dieses Drama in ihrem Inneren und verdoppelte ihr Leid noch durch die Bilder ihrer Fantasie. Lieber wäre sie gestorben, als dass sie Maxime die Wahrheit gestanden hätte. Es entsprang dies einer dumpfen Befürchtung, dass der junge Mann sich erzürnen, sie verlassen könnte; aber auch ihrem unerschütterlichen Glauben an die entsetzliche Schuld und ewige Verdammnis, sodass sie eher nackt durch den Monceauxpark gegangen wäre, als ihre Schmach gebeichtet hätte. Im Übrigen blieb sie die leichtfertige Verschwenderin, die Paris durch ihren Aufwand in Erstaunen setzte. Sie trug eine geräuschvolle Heiterkeit zur Schau und gefiel sich in den tollsten Streichen, über welche die Zeitungen Berichte brachten, in welchen ihr Name durch die Anfangsbuchstaben bezeichnet wurde. In diese Epoche viel es, dass sie sich in allem Ernste mit der Herzogin von Sternich auf Pistolen duellieren wollte, weil dieselbe ein Glas Punsch über ihr Kleid ausgegossen hatte, – mit Absicht, wie Renée behauptete, und ihr Schwager, der Minister musste sich unter Androhung seines Zornes ins Mittel legen, damit die Sache unterbliebe. Ein anderes Mal wettete sie mit Frau von Lauwerens, dass sie die Runde um die Rennbahn zu Longchamps in weniger denn zehn Minuten machen werde und die Tollheit gelangte nur nicht zur Ausführung, weil sie nicht wusste, welche Kleidung sie zu diesem Bravourstück anlegen sollte. Maxime selbst begann sich vor dieser Frau zu fürchten, die nicht ganz zurechnungsfähig zu sein schien und an deren Busen er des Nachts das Tosen einer in rauschenden Vergnügungen schwelgenden Stadt zu vernehmen meinte.

Eines Abends begaben sie sich ins Theatre-Italien. Sie hatten nicht einmal nachgesehen, welches Stück zur Aufführung gelangen würde und wollten nur die große italienische Tragödie *Ristori* sehen, die damals ganz Paris in Entzücken versetzte und den Anforderungen der Mode entsprechend bewundert werden musste. Man gab »Phädra«. Er kannte sein klassisches Repertoire genügend und Renée verstand hinlänglich italienisch, um der Darstellung folgen zu können. Und selbst dieses Drama bereitete ihnen eine eigentümliche Erregung, trotz des ihnen fremden Idioms, dessen heller Klang ihnen mitunter bloß die Begleitung zu dem Mienenspiel der Darsteller zu sein schien. Hippolyte war ein großer, bleicher, junger Mann, ein sehr mittelmäßiger Schauspieler, der seine Rolle in weinerlichem Ton vortrug.

»Welch ein Tölpel!«, murmelte Maxime.

Die Ristori aber mit ihren breiten Schultern, die infolge des Schluchzens bebten, mit ihrer tragischen Physiognomie und ihren mächtigen Armen, erschütterte Renée. Phädra war aus dem Blut der Pasiphaë und sie fragte sich, welches Blut denn in ihr rollen könne, in ihr, der Blutschänderin der Neuzeit. Von dem ganzen Stück sah sie nichts weiter als diese große Frauengestalt, die das antike Verbrechen auf die Bühne brachte. Im ersten Akt, als Phädra Oenone ihre verbrecherische Liebe enthüllt; im zweiten, da sie sich in lodernder Leidenschaft Hippolyte offenbart und dann im vierten, da die Rückkehr Theseus' sie zu Boden schmettert und sie in einem Anfall düsterster Verzweiflung sich selbst flucht, – da gellte ein solcher Schrei wilder Leidenschaft, des Verlangens nach übermenschlicher Wollust durch das Haus, dass die junge Frau sich von einem Schauer ihrer Begierden und Gewissensbisse erfasst fühlte.

»Warte mal«, murmelte Maxime neben ihr; »nun sollst Du die Erzählung Theramens hören. Der Alte sieht vielversprechend aus.«

Und jener sprach mit grabestiefer Stimme:

»Kaum waren wir aus den Toren von Trözen,
Als sein Siegeswagen … «

Doch Renée sah und hörte nichts mehr, als der Alte zu sprechen begonnen hatte. Die flimmernde Beleuchtung blendete sie, eine glühende Hitze schien von all diesen der Bühne zugewendeten bleichen Gesichtern auszugehen und sie zu versengen. Der Monolog aber wollte kein Ende nehmen und sie sah sich im Treibhaus, unter dem dichten Blätterwerk, während ihr Gatte eintrat und sie in den Armen seines Sohnes überraschte. Sie litt unsäglich, verlor fast das Bewusstsein und erst beim letzten Röcheln Phädras, die erst im Sterben bereute und sich selbst durch Gift richtete, schlug sie wieder die Augen auf. Der Vorhang fiel. Wird sie den Mut haben, sich eines Tages zu vergiften? Wie lächerlich und schmählich ihr Drama neben dieser antiken Epopöe erschien! Und während Maxime sie in ihren Theatermantel hüllte, tönte ihr noch immer die herbe Stimme der Ristori im Ohr, welcher das beistimmende Murmeln Oenones antwortete.

Im Wagen plauderte der junge Mann allein. Im Ganzen genommen fand er die Tragödie »tödlich langweilig« und zog er derselben entschieden die ergötzlichen Schwänke der kleinen Theater vor. Phädra aber war »stark« und er hatte Interesse für das Stück, weil ... Und er drückte Renée die Hand, um seinen Gedanken zu vervollständigen. Dann aber kam ihm eine kurzweilige Idee und er konnte dem Reiz, ein Scherzwort anzubringen, nicht widerstehen.

»Ich hatte ganz recht«, sagte er halblaut, »als ich in Trouville dem Meer nicht nahekommen wollte.«

In ihren schmerzlichen Gedanken versunken, gab Renée keine Antwort und Maxime war gezwungen, seine Worte zu wiederholen.

»Nun, weil das Ungeheuer ... «

Dabei lachte er leise, sein Scherz aber berührte die junge Frau peinlich. Alles drehte sich wirr in ihrem Kopf. Die Ristori war ein großer Hampelmatz, der sein Peplum emporschürzte und dem Publikum die Zunge zeigte, wie Blanche Müller im dritten Akt der »Schönen Helena«; Theramen tanzte Cancan und Hippolyte aß Knackmandeln, wobei er mit dem Finger in der Nase bohrte.

Wenn Renée von zu heftigen Gewissensbissen geplagt wurde, empfand sie etwas wie stolze Empörung. Worin besteht denn ihr Verbrechen und weshalb wäre sie errötet? Sah sie nicht täglich schlimmere Niedrigkeiten begehen? Begegnete sie nicht überall, bei den Ministern sowohl, als auch in den Tuilerien Elenden gleich ihr, die Werte von Millionen an ihrem Leibe trugen und auf den Knien liegend angebetet wurden? Und sie gedachte der schmählichen Freundschaft, welche zwischen Adeline d'Espanet und Susanne Haffner bestand und über die man mitunter sogar bei den Montagsempfängen der Kaiserin lächelte. Sie erinnerte sich an die Geschäfte der Frau von Lauwerens, die von den Ehemännern ihrer tadellosen Lebensweise, ihres Ordnungssinnes und der Pünktlichkeit wegen gepriesen wurde, mit welcher sie ihre Lieferanten bezahlte. Sie führte Frau Daste, Frau Teissière, die Baronin von Meinhold und die übrigen Geschöpfe an, die ihren Luxus von ihren Liebhabern bezahlen ließen und die in den Herrenkreisen gleich den Wertpapieren an der Börse ihren Kurs hatten. Frau von Guende war so dumm und so herrlich gebaut, dass sie zu gleicher Zeit drei höhere Offiziere zu Geliebten hatte, die sie an ihren Uniformen nicht zu unterscheiden vermochte, sodass sie, wie die boshafte Luise behauptete, gezwungen war, dieselben bis aufs Hemd entkleiden zu lassen, damit sie wisse, mit welchem von den Dreien sie sprach. Die Comtesse Vanska hingegen hatte eine lange Reihe von öffentlichen Lokalen hinter sich, in denen sie gesungen hatte und die

Zeit war gar nicht so fern, da sie in schlechte Chintzstoffe gekleidet, gleich einer auf Beute ausziehenden Wölfin über die Boulevards strich. Jede dieser Frauen hatte ihre Schmach, ihre offene Wunde, mit welcher sie sozusagen triumphierte. Und über alle emporragend sah man die hässliche, alte abgelebte Herzogin von Sternich mit dem Glorienschein, welchen ihr eine im Bette des Kaisers verbrachte Nacht verlieh. Dies war das offizielle Laster, welches selbst die Ausschweifung mit einer gewissen Hoheit umgab und ihr eine Art Überlegenheit über diese Schaar auserlesener Buhlerinnen verlieh.

Die Blutschänderin gewöhnte sich denn an ihre Schuld wie an ein Galakleid, dessen Steifheit ihr anfänglich lästig gewesen. Sie folgte der Mode ihrer Zeit, kleidete und entkleidete sich nach dem Beispiele der Anderen. Schließlich gelangte sie zu der Ansicht, dass sie inmitten einer Welt lebe, die über die gewöhnliche Moral erhaben sei, in welcher sich die Sinne verfeinerten und entwickelten und es gestattet war, sich zur Freude des ganzen Olymps auch nackt sehen zu lassen. Das Schlechte wurde ein Luxus, eine Blume, die man ins Haar steckte, ein Diamant in der Mitte der Stirne. Und gleich einer Rechtfertigung und Erlösung sah sie im Geiste wieder den Kaiser vor sich, wie er am Arme des Generals durch die Doppelreihe der demütig geneigten Schultern schritt.

Nur ein einziger Mann: Baptiste, der Kammerdiener ihres Gatten, beunruhigte sie noch immer. Seitdem Saccard wieder galant geworden, schien sich dieser bleiche, würdige Lakai mit der Feierlichkeit eines stummen Vorwurfes um sie zu bewegen. Er schaute sie gar nicht an, sein kalter Blick glitt über sie, über ihren Chignon mit der Züchtigkeit eines Kirchendieners hinweg, der seine Augen nicht durch den Anblick der Haare einer Sünderin besudeln will. Sie bildete sich ein, dass er alles wisse und hätte sie es gewagt, so würde sie sein Schweigen zu erkaufen versucht haben. Ein Unbehagen erfasste sie und eine Art unfreiwilliger Hochachtung überkam sie, wenn sie Baptiste begegnete, denn sie sagte sich, dass die ganze Rechtschaffenheit ihrer Umgebung unter dem schwarzen Gewand dieses Lakaien Zuflucht genommen habe.

Eines Tages richtete sie die Frage an Céleste:

»Pflegt Baptiste im Gesindezimmer Scherze zu machen? Hat er keinerlei Abenteuer oder Maitressen?«,

»Mir ist nichts bekannt«, begnügte sich die Dienerin zur Antwort zu geben.

»Er wird Ihnen aber doch den Hof gemacht haben?«

»Ah, er würdigt die Frauen keines Blickes und wir bekommen ihn kaum zu Gesicht ... Er ist immer beim Herrn oder in den Ställen. Er sagt, dass er ein großer Freund der Pferde sei.«

Gereizt durch diese Rechtschaffenheit forschte Renée weiter; sie wollte etwas in Erfahrung bringen, um ihre Leute verachten zu können und obgleich sie für Céleste eine gewisse Zuneigung empfand, wäre sie doch erfreut gewesen, wenn sie gewusst hätte, dass das Mädchen Liebhaber besäß. »Aber Sie, Céleste, finden Sie nicht, dass Baptiste ein hübscher Junge sei?«

»Ich, Madame?«, rief die Dienerin mit der überraschten Miene einer Person aus, die etwas Unglaubliches vernommen hat. »Oh! Ich habe ganz andere Gedanken und von einem Mann will ich nichts wissen. Ich habe meinen Plan, wie Sie sehen werden, wenn der richtige Augenblick gekommen sein wird. Ich bin nicht dumm ... «

Weiter vermochte Renée nichts aus ihr herauszubekommen. Im Übrigen wurden ihre Sorgen mit jedem Tag größer. Ihre geräuschvolle Lebensweise, ihre tollen Launen, denen sie zu genügen suchte, stießen auf zahlreiche Hindernisse, welche sie zu überwinden gezwungen war und an denen zuweilen ihr Wille scheiterte. So richtete sich eines Tages Luise de Mareuil zwischen ihr und Maxime empor. Sie war nicht eifersüchtig auf »die Buckelige«, wie sie sie verächtlich nannte; sie wusste, dass dieselbe von den Ärzten aufgegeben sei und konnte nicht glauben, dass sich Maxime jemals dazu verstehen würde, solch ein hässliches Wesen, selbst um den Preis einer Million zu heiraten. Trotzdem sie so tief gesunken war, hatte sie sich eine gewisse spießbürgerliche Naivität bewahrt, wo es sich um Personen handelte, die sie liebte und wenn sie sich selbst auch verachtete, so hielt sie jene dennoch gerne für überlegene und durchaus ehrenwerte Menschen. Indem sie aber den Gedanken an eine Heirat, die ihr eine hässliche Ausschweifung und ein Diebstahl zugleich dünkte, energisch von sich wies, litt sie durch den vertraulichen, kameradschaftlichen Verkehr der jungen Leute. Wenn sie mit Maxime über Luise sprach, so lachte er behaglich, erzählte ihre neuesten Scherze und sagte:

»Weißt Du, die Schelmin nennt mich ihren kleinen Mann.«

Und dabei bekundete er eine solche Unbefangenheit, dass sie ihn nicht darauf aufmerksam zu machen wagte, dass diese »kleine Schelmin« siebzehn Jahre alt sei und dass ihre Spielereien mit den Händen, ihre Eile, mit welcher sie in den Salons die dunkelsten Ecken aufsuchten, um sich daselbst über die Gesellschaft lustig zu machen, hinreichend waren, um sie zu kränken und ihr die schönsten Abende zu verderben.

Hierzu gesellte sich ein Vorfall, der der ganzen Situation einen absonderlichen Anstrich verlieh. Renée empfand häufig das Bedürfnis einer Prahlerei, die Laune brutaler Kühnheit. Sie zog Maxime hinter einen Vorhang, hinter eine Tür und küsste ihn auf die Gefahr hin, gesehen zu werden. An einem Donnerstagabend, da der kleine, goldene Salon voll mit Leuten war, geriet sie auf den schönen Einfall, den jungen Mann, der gerade mit Luise plauderte, zu sich zu rufen. Sie schritt ihm aus dem Hintergrund des Treibhauses, wo sie sich befand, entgegen und küsste ihn zwischen zwei Baumgruppen, wo sie vor allen Blicken sicher zu sein glaubte, heftig auf den Mund. Luise aber war Maxime nachgegangen und als die Liebenden die Köpfe emporhoben, erblickten sie kaum einige Schritte von ihnen entfernt die junge Dame, die sie mit einem eigentümlichen Lächeln anblickte, ohne dass sie irgendwelches Erstaunen oder Verlegenheit verraten hätte. Sie hatte ganz die ruhigfreundschaftliche Miene eines Sündengenossen, der sehr wohl imstande ist, einen solchen Kuss zu verstehen und zu würdigen.

Maxime war in Wahrheit erschrocken, während Renée ganz gleichgültig, ja sogar heiter zu sein schien. Ihre Befürchtungen waren verstummt, nun es unmöglich geworden, dass die Buckelige sie ihres Geliebten beraubte. »Ich hätte das schon längst eigens tun müssen«, sagte sie sich im Stillen. »Sie weiß nunmehr, dass ›ihr kleiner Mann‹ mein ist.«

Allmählich beruhigte sich Maxime, als ihm Luise ebenso heiter und witzig entgegentrat wie bisher. Er nannte sie im Stillen »sehr stark, ein sehr gutes Mädchen« und das war alles.

Renées Befürchtungen waren begründet. Seit einiger Zeit schon dachte Saccard daran, seinen Sohn mit Fräulein von Mareuil zu verheiraten. Es war da eine Million zu holen, die er sich nicht entgehen lassen wollte, wenn er sich des Geldes auch erst später zu bemächtigen gedachte. Da Luise zu Beginn des Winters drei Wochen hindurch ans Bett gefesselt gewesen war, wurde er von Furcht erfasst, sie könnte noch vor dem Zustandekommen der geplanten Verbindung sterben und darum beschloss er, die Kinder sofort zu verheiraten. Dieselben waren zwar noch sehr jung, doch befürchteten die Ärzte, dass der Monat März der Brustleidenden verhängnisvoll werden könnte. Herr von Mareuil befand sich seinerseits in einer sehr schwierigen Lage. Bei der letzten Wahl war es ihm gelungen, seine Erwählung zum Abgeordneten durchzusetzen. Die gesetzgebende Körperschaft erklärte diese Wahl aber für ungültig. Die Prüfung seines Mandats war der »Schandfleck« des ganzen Verifikations-Verfahrens. Die ganze Wahl überhaupt war ein tragikomisches Heldengedicht, an welchem die Zeitungen einen ganzen Monat zehrten. Herr Hupel de la Noue, der Präfekt des betreffenden Departements, hatte eine solche Energie entwickelt, dass die übrigen Kandidaten weder ihre Programme aufstellen, noch ihre Wahlreden halten konnten. Auf seinen Rat bestritt Herr von Mareuil während einer vollen Woche die Kosten, welche die Versammlungen der Bauern verursachten, die nach Herzenslust aßen und tranken. Er versprach ihnen außerdem eine Eisenbahn, die Erbauung einer Brücke und dreier Kirchen und beschenkte die einflussreichen Wähler am Vorabend der Wahl mit den Bildnissen des Kaisers und der Kaiserin in goldenem Rahmen. Diese Geschenke erzielten einen ungeheuren Erfolg, die Majorität war eine erdrückende. Als die Kammer aber unter dem lauten Gelächter des ganzen Landes Herrn von Mareuil zu seinen Wählern heimzuschicken gezwungen war, geriet der Minister in einen fürchterlichen Zorn gegen den Präfekten und den unglücklichen Kandidaten, die tatsächlich zu scharf ins Zeug gegangen waren. Er sprach sogar davon, einen andern offiziellen Kandidaten aufzustellen. Herr von Mareuil erschrak. Er hatte sich die Sache dreihunderttausend Francs kosten lassen, besaß in dem Departement bedeutende Güter, auf denen er sich langweilte und die er mit Verlust verkaufen musste. Er suchte daher seinen lieben Kollegen auf, damit dieser seinen Bruder begütige, indem er ihm für das nächste Mal eine vollkommen tadellose Wahl zusichere. Unter diesen Umständen brachte Saccard die Heirat der Kinder neuerdings zur Sprache und die beiden Väter einigten sich nunmehr endgültig über dieselbe.

Als Maxime über die Sache ausgeholt wurde, empfand er eine gewisse Verlegenheit. Er fand Luise kurzweilig, die in Aussicht gestellte Mitgift verlockte ihn noch mehr. Er sagte Ja und akzeptierte alles, wie es Saccard wünschte, nur um sich in keine Erörterung einlassen zu müssen. Insgeheim war er sich aber klar darüber, dass sich die Dinge nicht in dieser schönen Ordnung weiter entwickeln würden. Renée würde niemals einwilligen, sie wird weinen, ihm Szenen machen und war sehr wohl imstande, irgendeinen großen Skandal heraufzubeschwören, der ganz Paris in Erstaunen setzen würde. Dies war höchst unangenehm und sie flößte ihm bereits Furcht ein. Sie hatte so beunruhigende Augen und beherrschte ihn so despotisch, dass er ihre Krallen sich in seine Schultern versenken zu fühlen glaubte, wenn sie ihre weiße Hand auf dieselbe legte. Ihre geräuschvolle Heiterkeit erschien ihm gezwungen und ihr Lachen klang mitunter, als risse eine Saite in ihrem Inneren. Er befürchtete tatsächlich, dass sie eines Nachts in seinen Armen wahnsinnig werden würde. Bei ihr gelangten die Gewissensbisse, die Furcht ertappt zu werden, die grausamen Freuden des Ehebruches nicht wie bei anderen Frauen durch Tränen und Traurigkeit zum Ausdruck, sondern durch eine noch schlimmere Ausgelassenheit, durch ein noch unwiderstehlicheres Bedürfnis nach Geräusch und Betäubung. Und inmitten ihrer zunehmenden Bestürzung begann man ein Röcheln, das Knacken dieses auseinander gehenden herrlichen, bewunderungswürdigen Mechanismus zu vernehmen.

Untätig erwartete Maxime eine Gelegenheit, welche ihn von dieser lästigen Maitresse befreien würde. Wiederholt sagte er, dass sie eine Dummheit gemacht hatten. Wenn ihre Vertraulichkeit ihrer Liebe einen Reiz mehr verliehen hatte, so hinderte ihn dieselbe heute, das Verhältnis abzubrechen, wie er es unbedingt bei einer anderen Frau getan hätte. Er wäre ganz einfach nicht wiedergekommen, denn dies war seine Art, seine Liebschaften zu lösen, um allen Anstrengungen und Streitigkeiten aus dem Weg zu gehen. Hier aber fühlte er sich unfähig, einen Bruch herbeizuführen, zumal er sich die Zärtlichkeitsbezeugungen Renées noch immer gerne gefallen ließ; sie war so mütterlich gut zu ihm, bezahlte für ihn und wird ihn sicherlich stets aus der Verlegenheit befreien, wenn ein Gläubiger zudringlich werden sollte. Da kam ihm wieder der Gedanke an Luise, an die Mitgift im Betrage von einer Million und er sagte sich, selbst während er in den Armen der jungen Frau lag, dass dies alles recht schön und gut, doch nicht ernst sei und dass dem ein Ende gemacht werden müsse.

Eines Nachts befand sich Maxime bei einer Dame, bei der oft bis zum Morgen gespielt wurde, so hartnäckig im Verlust, dass er alsbald seinen letzten Franc verspielt hatte und den dumpfen Zorn des Spielers empfand, dessen Taschen leer sind. Er hätte eine Welt darum gegeben, wenn er noch einige Louis auf den Tisch zu werfen vermocht hätte. Er nahm seinen Hut und begab sich mit dem mechanischen Schritt eines Menschen, den ein ausschließlicher Gedanke beherrscht, nach dem Monceauxpark, wo er die kleine Pforte öffnete und alsbald befand er sich im Treibhaus. Mitternacht war vorüber. Renée hatte ihm gesagt, er möge sich diesen Abend nicht einfinden. Sie suchte jetzt gar nicht mehr nach einer Erklärung, nach einem Vorwand, wenn sie ihm ihre Tür versagte und er dachte bloß daran, seinen Urlaub auszunützen. Er erinnerte sich des Verbotes der jungen Frau erst vor der verschlossenen Glastür des kleinen Salons. Gewöhnlich wenn er kommen durfte, öffnete Renée diese Tür schon im Vorhinein.

»Bah!«, sagte er sich bei dem Anblick des beleuchteten Fensters des Ankleidezimmers. »Ich werde pfeifen und sie wird herunterkommen. Ich werde sie nicht stören und wenn sie mir ein Paar Louis geben kann, so gehe ich gleich fort.«

Damit stieß er einen leisen Pfiff aus. Auf diese Weise pflegte er ihr häufig seine Anwesenheit anzukündigen; heute aber musste er wiederholt pfeifen, was ihn ärgerlich machte und so pfiff er immer lauter, da er den Gedanken an eine sofortige Anleihe nicht aufgeben wollte. Endlich sah er, wie die Glastür mit größter Vorsicht geöffnet wurde, ohne dass er vorher irgendwelche Schritte vernommen hätte. In dem Halbdunkel des Treibhauses erblickte er jetzt Renée mit aufgelöstem Haar, kaum bekleidet und barfuß, als hätte sie sich gerade zu Bett begeben wollen. Sie drängte ihn in eine der Lauben und stieg dabei die Stufen hinab, schritt über den Sand der Allee, ohne dem Anschein nach die Kälte oder die Rauheit des Bodens zu empfinden.

»Weshalb pfeifst Du so stark?«, fragte sie mit unterdrücktem Zorn. »Ich sagte Dir doch, Du solltest nicht kommen. Was willst Du von mir?«

»So gehen wir doch hinauf«, sagte Maxime überrascht durch diesen Empfang. »Oben will ich Dir alles sagen. Du wirst Dich erkälten.«

Da er aber bei diesen Worten eine Bewegung machte, als wollte er der Tür zuschreiten, hielt sie ihn zurück und da gewahrte er erst, dass sie entsetzlich bleich sei. Ein stummes Entsetzen schien sie zu beherrschen. Die letzten wenigen Gewänder, die sie am Leibe hatte, die Spitzen des Hemdes hingen wie tragische Fetzen um ihre erschauernden Schultern.

Er betrachtete sie mit wachsendem Staunen.

»Was ist Dir denn? Bist Du krank?«

Und instinktiv hob er die Augen empor, blickte er durch die Glasscheiben des Treibhauses zu dem Fenster des Ankleidezimmers hinüber, wo er vorhin Licht wahrgenommen hatte.

»Ein Mann ist ja bei Dir!«, sagte er mit einem Mal.

»Nein, nein, es ist nicht wahr«, stammelte sie flehend und es schien ihr, als schwänden ihr die Sinne.

»Aber ich sehe ja seinen Schatten, mein Schatz!«

So verharrten sie einen Augenblick schweigend, blickten sich an und wussten nicht, was sie sagen sollten. Renées Zähne schlugen vor Angst klappernd aufeinander und es schien ihr, als gösse man Ströme eiskalten Wassers über ihre nackten Füße aus. Maxime empfand größeren Zorn als er gemeint hätte; dessen ungeachtet behielt er noch genügend Besonnenheit, um zu überlegen und sich zu sagen, dass die Gelegenheit für einen endgültigen Bruch sehr günstig sei.

»Du wirst mir doch nicht weiß machen wollen, dass Céleste einen Paletot trägt«, fuhr er fort, »Wären die Glasscheiben des Treibhauses nicht so dick, so würde ich den Herrn vielleicht erkennen.«

Sie drängte ihn noch tiefer in die Dunkelheit, wobei sie mit gefalteten Händen, von wachsendem Entsetzen erfasst, sagte:

»Ich bitte Dich, Maxime ... «

Bei diesen Worten erwachte aber die ganze Bosheit des jungen Mannes, eine wilde Bosheit, die nach Rache verlangte. Er war zu schwächlich, als dass er sich durch einen Zornesausbruch Erleichterung zu verschaffen vermocht hätte. Der Verdruss ließ ihn die Lippen zusammenpressen und statt sie zu prügeln, wie er im ersten Moment gewollt, nahm er höhnischen Tones von Neuem auf:

»Du hättest es mir sagen sollen und dann wäre ich nicht gekommen, hätte Euch nicht gestört ... Es ist ja klar wie die Sonne, dass alle Liebe verschwunden ist. Mir begann es auch bereits zu viel zu werden. Werde nicht ungeduldig; ich lasse Dich ja gleich wieder hinaufgehen, nur musst Du mir den Namen dieses Herrn nennen ... «

»Nie, nie!«, murmelte die junge Frau, ihr Schluchzen gewaltsam unterdrückend.

»Ich will ihn nicht fordern, nur wissen will ich ... Den Namen also, sage mir schnell den Namen und dann gehe ich.«

Er hatte sie bei den Handknöcheln erfasst und blickte sie mit seinem boshaften Lachen an. Sie wehrte sich verzweifelt und wollte die Lippen gar nicht mehr öffnen, damit ihr der Name, den er zu erfahren wünschte, nicht unversehens entschlüpfe.

»Wird es besser sein, wenn wir Lärm machen? Und weshalb fürchtest Du Dich denn? Sind wir nicht gute Freunde? ... Ich will wissen, wer an meine Stelle getreten ist, das ist doch nur billig ... Warte, ich will Dir zu

Hilfe kommen. Es ist wohl Herr von Mussy, dessen Schmerz Dein Mitleid erregte?«

Sie gab keine Antwort, sondern ließ bloß den Kopf bei diesem Verhör sinken.

»Herr von Mussy ist's nicht? ... Also der Herzog von Rozan? Auch nicht? ... Vielleicht der Graf von Chibray? Der ebenfalls nicht?«

Er hielt inne und schien nachzudenken.

»Teufel, ich weiß sonst niemanden ... Nach alledem, was Du mir gesagt hast, ist es mein Vater auch nicht ... «

Renée zuckte zusammen wie von einer Schlange gebissen und erwiderte dumpfen Tones:

»Nein, nein, Du weißt ja, dass er nicht mehr kommt. Ich hätte auch gar nicht eingewilligt, da dies schlecht wäre.«

»Wer ist es also?«

Und dabei presste er ihre Handgelenke noch fester. Die arme Frau versuchte noch einige Sekunden Widerstand zu leisten.

»Oh, Maxime, wenn Du wüsstest! ... Ich kann Dir ja nicht sagen ...

Dann fügte sie gleichsam überwältigt und wie von Sinnen, wobei sie voll Entsetzen auf das beleuchtete Fenster blickte, leisen, gebrochenen Tones hinzu:

»Es ist Herr von Saffré.«

Maxime, der Vergnügen an seinem grausamen Spiel fand, erbleichte tödlich bei diesem Geständnis, welches er mit solcher Beharrlichkeit zu erpressen bemüht gewesen. Der unerwartete Schmerz, welchen ihm dieser Name eines Mannes bereitete, machte ihn wütend. Er schleuderte die Hände Renées heftig von sich, trat dann ganz dicht zu ihr und sein Gesicht dem Ihrigen nähernd, sprach er mit auf einander gepressten Zähnen:

»Weißt Du, Du bist eine ... «

Er sprach das Wort aus und verließ sie. Sie aber eilte ihm nach, schloss ihn schluchzend in ihre Arme, murmelte die zärtlichsten Worte, flehte ihn um seine Verzeihung an, schwor, dass sie noch immer nur ihn anbete und versprach ihm, am nächsten Tag alles erklären zu wollen. Er befreite sich aber aus ihren Armen und warf grimmig die Tür des Treibhauses hinter sich ins Schloss, wobei er sagte:

»Alle Wetter, nein! Ich habe die Sache nun völlig satt!«

Wie niedergeschmettert blieb sie zurück und sah ihn durch den Garten davonschreiten. Dabei schien es, als führten die Bäume des Treibhauses einen wilden Tanz um sie her aus. Langsam schleppte sie sich dann mit den nackten Füßen über den Kiessand der Allee und stieg fast starr vor Frost die Stufen empor, ein Bild des Jammers in ihrer nachlässigen Gewandung. Auf die Fragen ihres Gatten erwiderte sie, dass sie sich plötzlich an eine Stelle im Treibhause erinnert habe, wo sich möglicherweise ein kleines Notizbuch befand, welches sie seit dem Morgen vermisste. Und als sie im Bette lag, war sie mit einem Mal von grenzenloser Verzweiflung erfasst, da sie sich erinnerte, dass sie Maxime hätte sagen können, sein Vater, der mit ihr gleichzeitig nach Hause gekommen war, sei ihr in ihr Zimmer gefolgt, um eine Geldangelegenheit mit ihr zu besprechen.

Am nächsten Tag beschloss Saccard, die Entwicklung des Charonner Geschäftsunternehmens zu beschleunigen. Seine Frau gehörte ihm; hatte sie doch erst vergangene Nacht sanft und hingebungsvoll in seinen Armen geruht, als wollte sie sich ihm rückhaltlos zu eigen geben. Andererseits sollte die Richtung des Boulevards des Prinzen Eugen endgültig entschieden werden und es galt, Renée ihres Eigentums zu berauben, bevor die bevorstehende Expropriation bekannt wurde. Saccard widmete sich dieser Angelegenheit mit der ganzen Liebe des Künstlers; andächtig sah er es mit an, wie seine Pläne reiften und seine Fallen legte er mit der Schlauheit eines Jägers, der einen Ruhm darein setzt, das Wild mit Eleganz zu fangen. Es war dies bei ihm die bloße Befriedigung des gewandten Spielers, des Mannes, den der geraubte Gewinn mit einer besonderen Wollust erfüllt. Er wollte die Grundstücke für einen Pappenstiel haben und war im Hochgefühl seines Triumphes bereit, seiner Frau für 100 000 Francs Geschenke zu machen. Die einfachsten Operationen wurden kompliziert, verwandelten sich in düstere Dramen, sobald er sich mit denselben beschäftigte; dieselben regten ihn auf und er hätte sich für ein Hundertsousstück an seinem Vater vergriffen, – dann aber streute er das Gold mit königlicher Freigebigkeit aus.

Bevor er aber von Renée die Verzichtleistung auf den ihr zufallenden Besitzanteil erwirkte, gebrauchte er die Vorsicht, bei Larsonneau in Bezug auf die Erpressungsabsichten, die er bei ihm vermutete, die Fühlhörner auszustrecken. Sein Instinkt sollte ihn bei dieser Gelegenheit retten. Der Expropriationsagent seinerseits war der Ansicht gewesen, dass die Frucht reif sei und er sie pflücken könne; denn als Saccard in das prächtige Arbeitszimmer in der Rue de Rivoli trat, fand er seinen Genossen ganz verstört, eine Beute der größten Verzweiflung.

»Ach, mein Freund!«, sprach er kläglichen Tones und erfasste seine beiden Hände; »wir sind verloren ... Soeben wollte ich zu Ihnen eilen, um mit Ihnen zu beraten, was zu tun sei, um uns aus dieser schrecklichen Lage zu befreien ... «

Während er die Hände rang und zu schluchzen versuchte, bemerkte Saccard, dass jener bei seinem Kommen gerade mit dem Unterschreiben von Briefen beschäftigt gewesen und dass die Unterschriften von tadelloser Reinheit waren. Er blickte ihn daher ruhig an und fragte:

»Bah! Was ist denn geschehen?«

Der Andere aber antwortete nicht sofort. Er hatte sich vor seinem Schreibtisch in einen Fauteuil gleiten lassen und die Ellenbogen auf seine Schreibmappe gestützt, den Kopf zwischen beide Hände gedrückt, raufte er sich das Haar. Mit erstickter Stimme erwiderte er endlich:

»Man hat mir das Register gestohlen ... das bewusste Register ... «

Und nun begann er eine lange Geschichte zu erzählen; einer seiner Angestellten, ein Hallunke, der ins Zuchthaus kommen müsste, habe ihm eine Menge Papiere gestohlen, unter welchen sich auch das famose Register befand. Das Schlimmste an der Sache war aber, dass sich der Dieb des Vorteils bewusst ist, welchen er aus diesem Schriftstück ziehen könne und dass er dasselbe nur gegen eine Entlohnung von hunderttausend Francs herausgeben wolle.

Saccard dachte nach. Das Märchen deuchte ihm zu durchsichtig, doch focht es Larsonneau offenbar nicht an, wenn er auch durchblickt wurde. Ihm war es bloß um einen einfachen Vorwand zu tun, um seinen Genossen wissen zu lassen, dass er von dem Charonner Unternehmen hunderttausend Francs haben wolle und gegen diese Summe sogar die kompromittierenden Schriftstücke zurückgeben werde, die er in Händen hatte. Der Preis dünkte Saccard zu hoch gegriffen, trotzdem er seinem ehemaligen Genossen gerne einen kleinen Gewinn hätte zukommen lassen wollen. Dieser Hinterhalt, diese Aussicht, für überrumpelt zu gelten, ärgerten ihn aber. Im Übrigen war er ziemlich beunruhigt, denn er kannte seinen Mann und wusste, dass er sehr wohl imstande sei, die Papiere seinem Bruder, dem Minister, zu übergeben, der zweifellos zahlen würde, nur um jeden Skandal zu unterdrücken.

»Wetter!«, machte er und setzte sich gleichfalls nieder; »das ist eine vertrackte Geschichte ... Und könnte man mit dem in Rede stehenden Hallunken sprechen?«

»Ich werde ihn holen lassen«, erwiderte Larsonneau. »Er wohnt ganz in der Nähe, in der Rue Jean Lantier.«

Noch waren keine zehn Minuten vergangen, als ein kleiner, schielender junger Mann mit farblosem Haar und sommersprossigem Gesicht sachte eintrat, wobei er sorgfältig darauf achtete, dass die Tür kein Geräusch mache. Er trug einen schlechten schwarzen Rock, der ihm zu groß und schändlich abgetragen war. Er blieb in achtungsvoller Entfernung aufrecht stehen und blickte Saccard ruhig aus einem Augenwinkel an. Larsonneau, der ihn Baptistin nannte, unterzog ihn einem Verhör, welches er stets nur mit einsilbigen Worten beantwortete, ohne dass er dabei irgendwelche Unruhe gezeigt hätte; ja er nahm sogar völlig gleichmütig die verschiedenen schmeichelhaften Beinamen, als Dieb, Schurke, Galgenstrick hin, mit welchen sein Patron jede Frage glaubte begleiten zu müssen.

Saccard bewunderte die Kaltblütigkeit dieses Unglücklichen. Bei einer seiner Fragen schnellte der Expropriationsagent von seinem Fauteuil empor, wie um jenen zu schlagen und der begnügte sich, einen Schritt zurückzutreten, wobei er noch demütiger schielte wie bisher.

»Gut, gut, lassen Sie ihn«, sagte der Finanzmann. »Sie verlangen also hunderttausend Francs für die Rückgabe der Papiere, mein Herr?«

»Ja, hunderttausend Francs«, erwiderte der junge Mann. Und damit ging er, während sich Larsonneau nicht beruhigen zu können schien.

»Hah! Welch' eine Niedertracht!«, sprudelte er endlich hervor. »Haben Sie die falschen Blicke des Burschen gesehen? ... Diese Hallunken haben das Aussehen einer Taube und bringen für zwanzig Francs einen Menschen um.

Saccard aber fiel ihm ohne Weiteres ins Wort, indem er sagte:

»Bah, der Mann ist nicht so schrecklich und man wird sich noch mit ihm verständigen können ... Ich bin einer viel bedenklicheren Angelegenheit wegen gekommen ... Sie hatten ganz recht, als Sie sagten, ich möge meiner Frau nicht trauen. Stellen Sie sich nur vor, sie verkauft ihren Besitzanteil an Herrn Haffner, denn sie braucht Geld, wie sie sagt. Sicherlich hat ihre Freundin Susanne ihr diesen Rat gegeben.«

Larsonneau legte seine Verzweiflungsmiene sofort ab und seinen steifen Kragen, den er in seinem Grimm ein wenig verschoben hatte, zurechtrückend, hörte er ein wenig erbleichend zu.

»Dieser Verkauf kommt dem Ruin unserer Hoffnungen gleich. Wenn Haffner Ihr Mitbeteiligter wird, ist nicht nur unser ganzer Profit infrage gestellt, sondern ich befürchte sogar, dass wir diesem kleinlichen Menschen gegenüber, der die Rechnungen wird prüfen wollen, in eine unangenehme Lage geraten.«

Der Agent begann erregt in dem Gemach auf- und niederzuschreiten, wobei seine lackierten Schuhe auf dem Teppich knarrten.

»Sehen Sie, in welche Lage man gerät, wenn man den Leuten gefällig sein will!«, sagte er dabei. »Ich an Ihrer Stelle, mein lieber Freund, würde meine Frau um jeden Preis verhindern, eine solche Torheit zu begehen. Lieber möchte ich sie prügeln.«

»Ach, mein Guter«, erwiderte der Andere mit einem feinen Lächeln; »ich kann meiner Frau so wenig Vorschriften machen, wie Sie dem Anschein nach diesem nichtswürdigen Baptistin.«

Larsonneau blieb dicht vor Saccard stehen, der noch immer lächelte und blickte ihn nachdenklich an. Dann nahm er seinen Gang durch das Zimmer von Neuem auf, doch war sein Schritt nunmehr langsam und regelmäßig. Er näherte sich einem Spiegel, zog die Schleife seiner Halsbinde zurecht und nachdem er seine ganze Eleganz wiedergewonnen, machte er neuerdings einige Schritte. Darauf rief er mit einem Mal lauten Tones:

»Baptistin!«

Der kleine, schieläugige junge Mann trat wieder ein, doch durch eine andere Tür. Er hatte nicht mehr seinen Hut in der Hand, sondern eine Feder zwischen den Fingern.

»Hole das Register«, befahl ihm Larsonneau.

Und nachdem jener gegangen, begann er über die Summe zu feilschen, die man ihm geben sollte.

»Tun Sie es mir zuliebe«, platzte er endlich heraus.

Und nun sicherte ihm Saccard einen Anteil von dreißigtausend Francs von dem künftigen Gewinn an dem Charonner Unternehmen zu. Er hoffte noch mit einem blauen Auge von dem fein behandschuhten Wucherer loszukommen. Letzterer ließ sich dieses Versprechen auf seinen

Namen ausstellen und um die Komödie bis zu Ende durchzuführen, sagte er, dass er dem jungen Mann die dreißigtausend Francs verrechnen werde. Mit einem Lachen der Erleichterung verbrannte Saccard das Register Blatt für Blatt in dem Kaminfeuer und nachdem er diese Operation beendet hatte, schüttelte er Larsonneau kräftig die Hand. Als er ihn verließ, sagte er noch:

»Sie gehen doch heute Abend zu Laura, nicht wahr? ... Erwarten Sie mich dort. Ich werde inzwischen alles mit meiner Frau ordnen und dann unsere letzten Verfügungen treffen.«

Laura d'Aurigny, die ihre Wohnung häufig wechselte, hatte dazumal eine Wohnung am Boulevard Haußmann, der Bußkapelle gegenüber inne. Sie hatte ihren Empfangstag gleich den Damen aus den besten Kreisen. Auf diese Weise versammelte sie die Männer, die sie im Laufe der Woche einzeln bei sich empfing, auch auf einmal um sich. Die Dienstagsabende waren für Aristide Saccard stets ein Triumph. Er war der offizielle Liebhaber und er wendete sich mit einem ausdruckslosen Lächeln ab, wenn die Hausfrau ihn zwischen zwei Türen hinterging, indem sie mit einem der Herren eine Zusammenkunft noch für denselben Abend vereinbarte. Wenn sich dann alle entfernt hatten, zündete er noch eine Zigarre an, plauderte über Geschäfte, scherzte einen Augenblick über den Herrn, der auf der Straße vor Ungeduld vergehend, wartete, bis er das Haus verlassen würde; dann, nachdem er Laura sein »liebes Kind« genannt und ihr einen kleinen Klaps auf die Wange gegeben, entfernte er sich ruhig durch eine Tür, während der Herr durch eine andere hereinkam. Das geheime Einvernehmen, welches Saccards Kredit gefestigt und der Aurigny in einem Monat zwei Wohnungseinrichtungen eingetragen hatte, bereitete ihnen großes Vergnügen. Laura aber wollte für die Komödie einen Abschluss finden. Dieser im Vorhinein vereinbarte Abschluss sollte in einem öffentlichen Bruch bestehen, zugunsten irgendeines Einfaltspinsels, der das Vorrecht, der offizielle und von ganz Paris gekannte Liebhaber Lauras zu sein, teuer bezahlen sollte. Dieser Einfaltspinsel war gefunden worden. Der Herzog von Rozan, der es satt hatte, die Frauen aus seinen Kreisen zwecklos zu Tode zu langweilen, wollte alles aufbieten, um sich einen Ruf als Lebemann zu erwerben, der seiner abgeschmackten Figur ein gewisses Ansehen verleihen sollte. Er war ein ständiger Gast an den Dienstagen Lauras, die er durch seine absolute Naivität erobert hatte. Leider war er im Alter von fünfunddreißig Jahren noch immer von seiner Mutter abhängig, sodass er nie über mehr als zehn Louis d'ors zu verfügen vermochte. An den Abenden, da sich Laura klagend herbeiließ, seine zehn Louis anzunehmen und dabei seufzend der hunderttausend Francs gedachte, deren sie bedurfte, versprach er ihr diese Summe für den Tag, da er der alleinige Herr hier sein würde. Dies regte in ihr den Gedanken an, ihn mit Larsonneau, einem Freunde des Hauses bekannt zu machen. Die beiden Männer nahmen bei Tortoni ein Dejeuner ein und beim Dessert erwähnte Larsonneau, der sich seiner Liebschaft mit einer köstlichen Spanierin rühmte, dass er Leute kenne, welche Darlehen bewilligen; doch rate er Rozan eindringlich, sich niemals mit denselben einzulassen. Diese vertraulichen Mitteilungen eiferten den Herzog derart an, dass er nicht eher abließ, als bis ihm sein guter Freund das Versprechen gegeben, sich mit »seiner kleinen Angelegenheit« zu beschäftigen. Und er beschäftigte sich so eingehend mit derselben, dass er ihm das Geld an demselben Abend übergeben sollte, da Saccard ein Rendezvous bei Laura mit ihm verabredet hatte.

Als Larsonneau anlangte, waren in dem in Weiß und Gold gehaltenen großen Salon der Aurigny erst fünf oder sechs Frauen anwesend, die sich seiner Hände bemächtigten, ihm um den Hals fielen, – alles mit einer närrischen Zärtlichkeit. Sie nannten ihn »den großen Lar« – ein Kosename im Diminutiv, welchen Laura erfunden hatte. Und er wehrte mit süßlicher Stimme ab:

»Langsam, langsam, meine Kätzchen! Ihr werdet meinen Hut zerdrücken!«

Sie beruhigten sich und setzten sich dicht neben ihn auf einem runden Sofa, während er ihnen erzählte, dass Sylvia, mit der er gestern soupierte, heute an einer Indigestion leide. Sodann zog er eine Bonbontüte aus der Tasche seines Rockes und bot ihnen vom Inhalt derselben an. Jetzt kam aber Laura aus ihrem Schlafzimmer und als einige Herren anlangten, zog sie Larsonneau in ein Boudoir, welches am Ende des Salons lag und von diesem durch eine doppelte Portiere getrennt war.

»Hast Du das Geld?«, fragte sie, als sie mit ihm allein war.

Sie duzte ihn bei besonderen Anlässen. Larsonneau verbeugte sich ohne zu antworten, mit feierlicher Miene und pochte auf die Brusttasche seines Rockes.

»Oh! Der große Lar!«, murmelte die junge Frau entzückt und damit umschlang sie ihn mit beiden Armen und küsste ihn. »Warte«, sprach sie dann; »ich will die Bilderchen gleich haben ... Rozan ist in meinem Zimmer, ich werde ihn holen.«

Er aber hielt sie noch zurück und sie auf die Schulter küssend, fragte er: »Du weißt doch, welchen Lohn ich mir von Dir bedungen habe?«

»Ei gewiss, Du großer Tor und es bleibt dabei.«

Gleich darauf kehrte sie mit Rozan zurück. Larsonneau war geschmackvoller gekleidet als der Herzog; er trug feinere Handschuhe, elegantere Halsbinden. Sie reichten einander nachlässig die Hände und plauderten über das vorgestrige Wettrennen, bei welchem das Pferd eines ihrer Freunde geschlagen worden. Laura verging fast vor Ungeduld.

»Ach, lass doch das, mein Freund«, sagte sie zu Rozan. »Der große Lar hat das bewusste Geld bei sich und die Sache sollte endlich zum Abschluss kommen.«

Larsonneau schien sich zu erinnern.

»Ach ja«, sagte er; »ich habe die gewünschte Summe bei mir ... Sie hätten aber klüger daran getan, meinen Rat zu befolgen, mein Bester, denn die Räuber haben nicht weniger als fünfzig Perzent gefordert ... Ich willigte schließlich ein, da Sie mir ja sagten, dass dies nichts zu bedeuten habe ... «

Laura d'Aurigny hatte sich im Laufe des Tages gestempeltes Papier verschafft; als es sich aber um Tinte und Feder handelte, blickte sie die beiden Männer mit bestürzter Miene an, da sie daran zweifelte, diese Gegenstände in ihrem Hause zu finden. Sie wollte in der Küche nachsehen, als Larsonneau aus derselben Tasche, in welcher sich die Bonbontüte befunden, zwei reizend gearbeitete Gegenstände hervorholte: eine silberne Feder, die mittelst eines Schiebers zu verlängern war und ein Tintenfass aus Stahl und Ebenholz, welches eher einem Schmuckkästchen glich. Als sich Rozan zum Schreiben niedersetzte, sagte Larsonneau:

»Stellen Sie die Wechsel auf meinen Namen aus; Sie werden es begreiflich finden, dass ich Sie nicht ins Gerede bringen wollte. Wir werden uns untereinander verständigen. Sechs Stück zu fünfundzwanzigtausend Francs, nicht wahr?«

Auf einer Ecke des Tisches zählte Laura die »Bilderchen«; Rozan selbst sah dieselben gar nicht und als er unterschrieben hatte und den Kopf emporhob, waren sie bereits in den Taschen der jungen Frau verschwunden. Diese trat jetzt auf ihn zu und küsste ihn auf beide Wangen, was ihn im höchsten Grade zu entzücken schien. Larsonneau beobachtete sie mit philosophischer Ruhe, während er die kostbaren Wechsel zusammenfaltete und samt Feder und Tintenfass in seine Tasche barg.

Die junge Frau hing noch am Arme des Herzogs, als Aristide Saccard die Portiere zurückschlug und beim Anblick des Liebespärchens lachend sagte:

»Ach, ich bitte sich keinen Zwang anzutun.«

Der Herzog errötete, Laura aber schüttelte die Hand des Spekulanten, wobei sie verständnisvoll mit den Augen zwinkerte. Ihr Gesicht strahlte vor Freude.

»Es ist geschehen, mein Lieber«, sprach sie dabei. »Ich hatte Sie ja gewarnt. Zürnen Sie mir nicht zu sehr?«

Saccard zuckte mit gutmütiger Miene die Achseln. Er schlug die Portiere zurück und zur Seite tretend, um Laura und dem Herzog den Weg freizugeben, rief er mit der schallenden Stimme eines Türstehers:

»Herzog von Rozan samt Gemahlin!«

Der Scherz hatte einen riesigen Erfolg. Am nächsten Tage verzeichneten die Morgenblätter denselben, wobei sie Laura d'Aurigny unverblümt beim Namen nannten und die beiden Männer mit sehr durchsichtigen Anfangsbuchstaben bezeichneten. Der Bruch zwischen Aristide Saccard und der dicken Laura erregte noch größeres Aufsehen, als ihre vermeintliche Liebschaft.

Nach seinem Scherz, welcher im Salon einen ungeheuren Heiterkeitserfolg erzielte, lies Saccard die Portiere hinter dem Pärchen fallen und sich zu Larsonneau wendend, sagte er:

»Gelt, ein gutes Mädchen? Eine wahre Künstlerin! ... Und Sie Duckmäuser, Sie genießen wohl den eigentlichen Vorteil? Was kriegen Sie für Ihre Vermittelung?«

Jener aber wehrte lächelnd ab und zog dabei an seinen Manschetten, bis dieselben unter dem Rockärmel hervorlugten. Darauf ließ er sich in der Nähe der Tür auf ein Sofa nieder, auf welchem bereits Saccard saß, der gutmütigen Tones fortfuhr:

»Setzen Sie sich hierher ... es fällt mir nicht ein Sie zu verhören ... Wir wollen lieber über ernstere Dinge sprechen. Ich hatte heute Abend eine lange Verhandlung mit meiner Frau ... alles ist in Ordnung.«

»Sie willigt ein, ihren Anteil abzutreten?«, fragte Larsonneau.

»Ja; doch hat das schwere Mühe gekostet ... Die Frauen sind von einer unglaublichen Hartnäckigkeit! Sie wissen ja, die Meinige hatte einer alten Tante das Versprechen gegeben, dass sie nichts verkaufen werde und so gab es da zahllose Skrupel zu zerstreuen ... Glücklicherweise hatte ich mir eine unwiderstehliche Geschichte zurechtgelegt.«

Er erhob sich bei diesen Worten, um eine Zigarre an dem Kandelaber anzuzünden, welchen Laura auf den Tisch gestellt hatte; und sich darauf behaglich auf dem Sofa zurücklehnend, fuhr er fort:

»Ich sagte meiner Frau, dass Sie zugrunde gerichtet seien ... Sie haben an der Börse gespielt, Ihr Geld mit leichtfertigen Dämchen durchgeschlagen, sich in schlechte Spekulationen eingelassen und sind endlich auf dem Punkt angelangt, einen scheußlichen Bankrott zu machen ... Ich ließ sogar durchblicken, dass ich nicht an eine zweifellose Rechtlichkeit Ihrerseits glaube ... Darauf setzte ich ihr auseinander, dass das Unternehmen in Charonne durch Ihren Untergang gleichfalls zugrunde gehen müsse und dass es am besten wäre, den Vorschlag anzunehmen, welchen Sie mir gemacht, nämlich meine Frau dadurch zu entlasten, dass Sie ihren Anteil – allerdings für einen Pappenstiel – übernehmen.

»Das ist nicht sehr schlau erfunden«, meinte der Expropriationsagent. »Und Sie denken, dass Ihre Frau solchen Unsinn glauben wird?«

Saccard lächelte. Er befand sich heute in mitteilsamer Stimmung.

»Sie sind zumindest naiv zu nennen, mein Guter«, erwiderte er. »Die eigentliche Geschichte hat im Grunde genommen nichts zu bedeuten; die Details, der Vortrag, Gesten und Ausdrucksweise geben den Ausschlag. Holen Sie mir Rozan her und ich wette mit Ihnen, dass er sich überzeugen lässt, dass wir jetzt Mittag haben. Und bei meiner Frau ist nicht mehr Witz vorhanden, als bei Rozan ... Ich zeigte ihr die Abgründe, an deren Rand wir stehen. Von der bevorstehenden Expropriation hat sie keine Ahnung. Und als sie darüber staunte, dass Sie dicht vor einer Katastrophe stehend, noch daran denken konnten, eine vermehrte Last zu übernehmen, sagte ich ihr, dass Sie Ihren Gläubigern jedenfalls einen boshaften Streich zu spielen gesonnen seien und sie Ihnen dabei zweifellos hinderlich wäre ... Und zum Schluss riet ich ihr, den Vorschlag anzunehmen, da ich denselben für das einzige Mittel ansehe, sie vor endlosen Plackereien zu bewahren und noch einiges Geld aus den Grundstücken herauszuschlagen.«

Larsonneau fand die Geschichte noch immer ein wenig brutal. Er war ein Freund der wenig dramatischen Methode; jede seiner Operationen wurde mit der Eleganz einer Salonkomödie angelegt und zur Lösung gebracht.

»Ich hätte etwas anderes erfunden«, behauptete er. »Schließlich aber hat jedermann sein System ... Wir haben also nichts weiter zu tun, als zu zahlen.«

»Hierüber möchte ich mich noch mit Ihnen verständigen«, gab Saccard zur Antwort. »Morgen lege ich meiner Frau die Abtrittserklärung behufs Unterschrift vor und sie wird Ihnen dieselbe bloß einhändigen lassen müssen, um den vereinbarten Preis zu beheben ... Ich ziehe es nämlich vor, keinerlei Zusammenkunft zwischen Ihnen und meiner Frau zu bewerkstelligen.«

Tatsächlich hatte er es so einzurichten verstanden, dass Larsonneau in seinem Haus niemals festen Fuß fassen konnte. Er lud ihn niemals ein und begleitete ihn stets zu Renée, wenn eine Unterredung der beiden Geschäftsteilhaber unvermeidlich geworden war, was höchstens dreimal der Fall gewesen. Er arbeitete beinahe ausschließlich als Bevollmächtigter seiner Frau, da er der Ansicht war, dass sie seine Geschäftsangelegenheiten nicht allzu genau kennen dürfe.

Er öffnete seine Brieftasche und fügte hinzu:

»Hier haben Sie die von meiner Frau unterschriebenen Wechsel über 200 000 Francs, welche Sie ihr an Zahlungsstatt übergeben und dann weitere 100 000 Francs hinzufügen werden, welche ich Ihnen morgen früh einhändigen werde. Ich verblute mich, mein Freund. Diese Geschichte kostet mir ein heidenmäßiges Geld.«

Dies ergibt aber bloß eine Summe von 300 000 Francs«, bemerkte der Expropriationsagent. »Wird die Quittung über diese Summe lauten?«

»Eine Quittung über 300 000 Francs?«, lachte Saccard. »Sehr gut! Das gäbe eine schöne Geschichte! Im Sinne unserer Inventarien muss die Besitzung heute einen Wert von 2 500 000 Francs repräsentieren und somit wird die Quittung über die Hälfte dieses Betrages lauten.«

»Ihre Frau wird dieselbe niemals unterschreiben.«

»Doch! Ich sage Ihnen ja, dass alles bereits geordnet ist ... Ich sagte ihr, dass dies Ihre erste Bedingung sei. Sie setzen uns mit Ihrem Bankrott die Pistole auf die Brust, verstehen Sie denn nicht? Und hierbei schien ich an Ihrer Rechtlichkeit zu zweifeln und beschuldigte ich Sie, dass Sie Ihre Gläubiger hintergehen wollten ... Versteht denn meine Frau von all diesen Dingen etwas?«

Larsonneau wiegte den Kopf und erwiderte:

»Gleichviel; Sie hätten etwas Einfacheres vorbringen müssen.«

»Aber meine Geschichte ist ja die Einfachheit selbst!«, sagte Saccard aufs Höchste erstaunt. »Wo sehen Sie etwas Verwickeltes in derselben?«

Er war sich der unglaublichen Menge von Fäden gar nicht bewusst, welche er an die gewöhnlichste, an die einfachste Sache knüpfte. Er freute sich mit einer wahren Wonne über die lächerliche Geschichte, die er Renée aufgebunden hatte und was ihn am meisten entzückte, war die Frechheit der Lüge, die Anhäufung der Unmöglichkeiten, die erstaunliche Komplikation der Intrige selbst. Schon seit langer Zeit wäre dieser Bodenbesitz in seine Hände übergegangen, wenn er nicht dieses ganze Drama aufgebaut hätte; doch würde er weit weniger Vergnügen empfunden haben, wenn er sich desselben auf leichte Weise zu bemächtigen vermocht hätte. Im Übrigen betrieb er es mit der größten Naivität, aus der Charonner Spekulation ein finanzielles Melodrama zu gestalten.

Er stand auf, zog den Arm seines Genossen unter den Seinigen und dem Salon zuschreitend, fragte er:

»Sie haben mich doch verstanden, wie? Beschränken Sie sich darauf, meinen Weisungen zu folgen und Sie werden mir nachher Ihren Beifall nicht versagen ... Sehen Sie, mein Lieber, es ist nicht gut, dass Sie gelbe Handschuhe tragen, denn die behindern Sie in der freien Bewegung der Hand.«

Der Andere aber begnügte sich mit der lächelnd gegebenen Erwiderung:

»Oh, die Handschuhe, teurer Meister, haben auch ihr Gutes, denn man kann an alles rühren, ohne sich zu beschmutzen.«

Als sie in den Salon traten, fand Saccard zu seiner Überraschung und teilweisen Beunruhigung seinen Sohn Maxime jenseits der Portiere. Der junge Mann saß auf einem Sofa neben einer blonden Dame, die ihm mit eintöniger Stimme eine lange Geschichte, sicherlich die Ihrige, erzählte. Er hatte das Gespräch zwischen seinem Vater und Larsonneau vernommen; die beiden Genossen bildeten seiner Ansicht nach ein sauberes Paar. Noch aufgebracht über den Verrat Renées, bereitete es ihm eine feige Freude, als er erfuhr, welchem Raub sie zum Opfer fallen sollte. Dies rächte ihn ein wenig. Sein Vater trat auf ihn zu und drückte ihm mit argwöhnischer Miene die Hand; Maxime aber flüsterte ihm auf die blonde Dame deutend ins Ohr:

»Sie ist nicht übel, wie? Ich gedenke den heutigen Abend mit ihr zu verbringen.«

Nun wurde Saccard heiter und gesprächig. Laura d'Aurigny schloss sich ihnen auch einen Augenblick an, wobei sie sich beklagte, dass Maxime sich kaum bei ihr blicken lasse. Er sagte aber, er sei sehr beschäftigt gewesen, worüber jedermann herzlich lachte. Dann fügte er hinzu, dass man ihn fortan sehr häufig sehen werde.

»Ich habe eine Tragödie geschrieben«, sagte er; »und den fünften Akt erst gestern gefunden ... Ich gedenke bei allen schönen Frauen von Paris Erholung zu suchen.«

Er lachte und freute sich selbst über seine Anspielungen, die nur er allein verstehen konnte. Im Salon waren nur mehr Rozan und Larsonneau zugegen, die am Kamin lehnten. Die beiden Saccard, Vater und Sohn erhoben sich, ebenso die blonde Dame, die im Hause wohnte. Nun begann die Aurigny leise mit dem Herzog zu sprechen, der überrascht und ärgerlich schien. Als sie sah, dass er sich noch immer nicht entschließen konnte, seinen Fauteuil zu verlassen, sagte sie halblaut:

»Nein, heute Abend wirklich nicht ... Ich kann nicht, denn ich habe Migräne ... Doch morgen, ich verspreche es Ihnen.«

Rozan musste gehorchen. Laura wartete, bis er die Treppe erreicht, worauf sie Larsonneau lebhaft zuraunte:

»Gelt, großer Lar, ich kann Wort halten ... Expediere ihn doch in seinen Wagen.«

Als sich die blonde Dame von den Herren verabschiedete, um sich in ihre ein Stockwerk höher liegende Wohnung zu begeben, gewahrte Saccard zu seinem Erstaunen, dass ihr Maxime nicht folge.

»Nun?«, fragte er ihn.

»Ach nein«, erwiderte der junge Mann; »ich hab es mir überlegt.«

Dann meinte er einen drolligen Einfall zu haben, denn er fügte hinzu:

»Ich überlasse Dir meinen Platz, wenn Du willst. Beeile Dich, sie hat ihre Tür noch nicht geschlossen.«

Der Vater aber zuckte leicht mit den Achseln und erwiderte:

»Danke, mein Kleiner; ich habe jetzt etwas Besseres.«

Die vier Männer stiegen die Treppe hinab. Unten wollte der Herzog um jeden Preis, Larsonneau solle zu ihm in den Wagen steigen; seine Mutter wohnte im Marais und er wollte den Agenten vor seinem Haus in der

Rue de Rivoli absetzen. Dieser aber lehnte ab, schloss die Tür und befahl dem Kutscher nach Hause zu fahren, worauf er mit den beiden Anderen auf dem Trottoir weiterplauderte, ohne Miene zu machen, sich zu entfernen.

»Ach, der arme Rozan!«, sagte Saccard, dem mit einem Mal alles klar wurde.

Larsonneau schwor, dass er sich täusche; er sei ein nüchtern denkender Mann, dem an derlei Dingen nichts gelegen sei. Da die beiden Anderen aber nicht aufhörten zu witzeln und die Kälte sehr empfindlich war, rief er endlich aus:

»Meiner Treu, umso schlimmer, ich läute an ... Sie sind indiskret, meine Herren.«

»Gute Nacht!«, rief ihm Maxime nach, als sich das Haustor hinter ihm geschlossen hatte.

Und den Arm seines Vaters ergreifend, schritt er mit ihm den Boulevard hinan. Die Nacht war hell und kalt und es ging sich so angenehm in der eisigen Luft, auf dem hart gefrorenen Boden dahin. Saccard sagte, Larsonneau handle töricht; er müsste sich begnügen, bloß der Kamerad der Aurigny zu sein. Dies bildete für ihn den Ausgangspunkt, um zu erklären, dass die Liebeleien all dieser Dämchen in Wahrheit schlimm und gefährlich seien. Er war moralisch gestimmt und was er sprach, überfloss vor Weisheit und Enthaltsamkeit.

»Siehst Du«, sprach er zu seinem Sohn, »dies taugt nur für eine kurze Zeit, mein Kleiner ... Man büßt dabei seine Gesundheit ein, ohne des wahren Glückes teilhaftig zu werden. Du weißt, dass ich kein Spießbürger bin und dennoch hab ich die Sache satt.«

Maxime lachte, hielt seinen Vater an und ihn beim Schein des Mondes betrachtend, erklärte er, dass er eine ergötzliche Figur mache. Saccard aber wurde nur noch ernster. »Scherze so viel Du willst. Ich sage Dir, dass man nur durch die Ehe konserviert und glücklich gemacht wird.«

Darauf begann er, von Luise zu sprechen. Er schritt dabei langsamer, um, wie er sagte, die Sache zu erledigen, da man schon von derselben spreche. Die Angelegenheit war bereits vollkommen geordnet. Er teilte ihm auch mit, dass er mit Herrn von Mareuil die Unterzeichnung des Kontraktes für den auf Mittfastendonnerstag folgenden ersten Sonntag festgesetzt habe. Am Donnerstag sollte im Hotel am Monceauxpark eine große Festlichkeit abgehalten werden und hiebei würde er die Verlobung öffentlich bekannt machen. Maxime war mit allem einverstanden. Er hatte sich Renées entledigt, Hindernisse waren nicht mehr vorhanden und er würde sich durch seinen Vater leiten lassen, wie er sich durch seine Stiefmutter hatte leiten lassen.

»Einverstanden«, sagte er; »nur erwähne Renée gegenüber nichts von der Sache. Ihre Freundinnen würden mich necken, mich verspotten und es wäre mir lieb, wenn sie die Sache gleichzeitig mit den Anderen erfahren würden.«

Saccard versprach ihm zu schweigen. In der Nähe des Boulevard Malesherbes angelangt, erteilte er ihm neuerdings eine Menge der vortrefflichsten Ratschläge; er unterwies ihn vor allem, auf welche Weise er sich zu benehmen habe, um aus seinem ehelichen Leben ein Paradies zu gestalten.

»Vor allem darfst Du niemals mit Deiner Frau brechen. Dies ist eine große Torheit. Eine Frau, mit welcher man nicht mehr verkehrt, verursacht die ungeheuerlichsten Geldausgaben ... Man muss eine Person aushalten, nicht wahr? Die Ausgaben im Haushalt sind auch bedeutend größere: die Toiletten, die Vergnügungen der Frau Gemahlin, dann die guten Freundinnen und sofort, was drum und dran hängt.«

Er befand sich in einer ungeheuer tugendhaften Stimmung. Der Erfolg, den er mit seiner Charonner Spekulation erzielt hatte, stimmte ihn idyllisch zärtlich.

»Ich«, fuhr er fort, »ich bin geboren, um mit meiner Familie glücklich und sorglos in irgendeinem Provinzstädtchen dahinzuleben ... Man kennt mich eben nicht, mein Kleiner ... Und man hält mich für einen, der in der Welt herumlaufen will ... Nun denn, man täuscht sich eben; denn am liebsten möchte ich nur für meine Frau leben, den Geschäften den Rücken wenden und mich mit einer bescheidenen Rente nach Plassans zurückziehen ... Du wirst reich sein, gründe Dir mit Luise ein Heim, in welchem Ihr wie die Turteltauben leben werdet. Das ist ja so gut! Ich werde Euch besuchen und das wird mir so wohl tun.«

Seine Stimme klang, wie von Tränen verschleiert. Sie waren vor dem Hotel angelangt und plauderten am Rande des Trottoirs stehend. Hier blies ein ziemlich scharfer Wind, doch sonst war kein Laut inmitten der eisigen Nacht zu vernehmen. Überrascht durch die ungewohnte rührselige Stimmung seines Vaters vermochte Maxime eine Frage nicht zu unterdrücken, die ihm seit einer Weile auf den Lippen lag.

»Aber Du selbst? Es scheint mir doch ... «

»Was denn?«

»Mit Deiner Frau ... «

Saccard zuckte die Achseln, als er zur Antwort gab:

»Ja, allerdings ... Ich war eben töricht und darum kann ich aus eigener Erfahrung sprechen ... Doch haben wir uns miteinander ausgesöhnt; vollkommen sogar. Es mögen an die sechs Wochen her sein. Wenn ich des Abends nicht zu spät nach Hause komme, so gehe ich zu ihr. Heute freilich wird sich der arme Schelm ohne mich bescheiden müssen, denn ich habe während der ganzen Nacht zu arbeiten. Sie ist allerliebst geformt ... « Maxime reichte ihm die Hand. Saccard behielt dieselbe in der Seinigen und fügte leiser, vertraulichen Tones hinzu:

»Du kennst doch die Taille der Blanche Müller? Nun, die ihrige ist zehnmal schöner. Und die Hüften erst! Die sind von einer Zartheit, einer Rundung ... «

Und als sich der junge Mann bereits entfernte, schloss er etwas lauter:

»Du bist wie ich, Du hast ein Herz ... Deine Frau wird glücklich sein ... Auf Wiedersehen, mein Kleiner!«

Als sich Maxime endlich seines Vaters entledigt hatte, schritt er rasch durch den Park. Was er da vernommen hatte, überraschte ihn in solchem Maße, dass er das unwiderstehliche Bedürfnis empfand, Renée zu sehen. Er wollte sie für seine Brutalität um Verzeihung bitten, in Erfahrung bringen, weshalb sie gelogen hatte, als sie ihm Herrn von Saffré genannt, die der Zärtlichkeit ihres Gatten zugrunde liegenden Motive kennen lernen. All dies wirbelte aber toll durch seinen Kopf und er war sich nur des einen Wunsches klar bewusst, dass er bei ihr eine Zigarre rauchen und ihre frühere Kameradschaft erneuern wollte. Wenn sie sich in der richtigen Stimmung befand, so wollte er ihr sogar seine bevorstehende Vermählung ankündigen, um ihr begreiflich zu machen, dass ihre Liebesbeziehungen tot und begraben bleiben müssten. Als er die kleine Tür öffnete, deren Schlüssel er glücklicherweise behalten hatte, sagte er sich, dass nach den Mitteilungen seines Vaters sein Besuch ebenso notwendig als schicklich sei.

Im Treibhaus pfiff er wie abends bevor, brauchte aber nicht zu warten. Renée öffnete sofort die Glastür des kleinen Salons und stieg ihm die Treppe voran hinauf, ohne ein Wort zu sprechen. Sie war soeben von einem Ball heimgekehrt, der im Stadthaus abgehalten worden war, und trug noch ihre Robe aus weißem wallendem Tüll, über welchen seidene Schleifen ausgestreut waren, während die Einfassung des Leibchens eine breite Spitze aus weißen Schmelzperlen bildete, welche in dem Licht der Kandelaber ins blau- und rosafarbene spielten. Als Maxime sie anblickte, war er gerührt durch ihre Blässe, durch die tiefe Bewegung, die ihre Stimme erstickte. Sie konnte ihn nicht erwartet haben und bebte am ganzen Leib, als sie ihn wie sonst anlangen sah, ruhig, mit seiner schmeichelnden Miene. Céleste kehrte aus der Garderobe zurück, von wo sie ein Nachthemd geholt hatte, und die Liebenden schwiegen noch immer, da sie darauf warteten, dass sich die Dienerin entferne. Gewöhnlich taten sie sich vor ihr keinen Zwang an; die Dinge aber, die sie einander zu sagen hatten, erweckten ihr Schamgefühl. Renée wollte sich von Céleste im Schlafzimmer entkleiden lassen, da dort ein helles Feuer brannte. Die Zofe entfernte die Nadeln, nestelte die Röcke los, einen nach dem andern, ohne sich zu beeilen und Maxime griff gelangweilt, scheinbar unbewusst nach dem Hemd, welches neben ihm auf einem Stuhl lag und begann es mit ausgebreiteten Armen, vornübergebeugt am Feuer zu wärmen. Diese kleinen Dienstleistungen hatte er Renée schon früher, in ihren glücklichen Tagen erwiesen. Sie war von Rührung erfasst, als sie ihn das Hemd behutsam ans Feuer halten sah. Und da Céleste noch immer nicht fertig werden wollte, fragte er:

»Hast Du Dich auf dem Ball gut unterhalten?«

»Ach nein; Du weißt ja, es ist immer dieselbe Geschichte«, gab sie ihm zur Antwort. »Es waren viel zu viel Leute da; eine förmliche Völkerwanderung.«

Er wendete jetzt das Hemd, welches auf einer Seite bereits erwärmt war.

»Was für Toilette hatte Adeline?«

»Eine herzlich geschmacklose malvenfarbene Robe ... Sie ist klein und hat eine sinnlose Vorliebe für breite Volants.«

Dann sprachen sie über andere Frauen und Maxime verbrannte sich fast die Finger mit dem Hemd. »Du wirst es noch versengen«, sagte Renée mit mütterlich kosender Stimme.

Céleste nahm das Hemd aus den Händen des jungen Mannes. Dieser richtete sich empor, betrachtete das große, grau-rosafarbene Bett und vertiefte sich in die Besichtigung des Tapetenmusters, um den Kopf abgewendet zu halten, damit er die nackten Brüste Renées nicht sehe. Er tat dies ganz instinktiv, denn da er sich nicht mehr für ihren Geliebten hielt, so hatte er auch kein Recht mehr, zu sehen. Darauf nahm er eine Zigarre hervor und zündete sie an; Renée hatte ihm die Erlaubnis gegeben, bei ihr zu rauchen. Endlich zog sich Céleste zurück, nachdem sich die junge Frau in ihrem schneeweißen Nachtgewand vor dem Feuer niedergelassen hatte.

Schweigend schritt Maxime einige Minuten auf und nieder, wobei er verstohlen Renée beobachtete, die von einem abermaligen Schauer erfasst zu sein schien. Dann stellte er sich vor sie hin und die Zigarre zwischen den Zähnen haltend, fragte er harten Tones:

»Weshalb hast Du mir nicht gesagt, dass es mein Vater gewesen, der gestern bei Dir war?«

Sie hob den Kopf empor und ihre weit geöffneten Augen hatten einen Ausdruck höchster Angst. Dann schoss ihr eine Blutwelle ins Gesicht und fast vergehend vor Scham, schlug sie beide Hände vor die Augen, während sie stammelte:

»Du weißt das? Du weißt es?«

Sie sammelte all ihren Mut und versuchte, zu leugnen:

»Das ist nicht wahr ... Wer hat es Dir gesagt?«

Maxime zuckte die Achseln.

»Wer? Mein Vater selbst, der Dich allerliebst geformt findet und mit mir über Deine Hüften sprach.«

Er hatte einigen Verdruss durchblicken lassen. Nun begann er aber wieder auf- und abzuschreiten und fuhr mit freundschaftlich scheltender Stimme zu sprechen fort, wobei er von Zeit zu Zeit einen Zug aus seiner Zigarre tat:

»Wahrhaftig, ich verstehe Dich nicht; Du bist eine eigentümliche Frau. Es ist Deine Schuld, wenn ich gestern grob war. Wenn Du mir gesagt hättest, dass es mein Vater sei, so wäre ich ruhig fortgegangen, denn ich habe doch keine Rechte. Du aber sagtest mir, es sei Herr von Saffré!«

Die Hände vor das Gesicht gedrückt, schluchzte sie. Er näherte sich ihr, kniete vor ihr nieder und entfernte mit sanfter Gewalt ihre Hände.

»Lass hören, sprich, weshalb hast Du Herrn von Saffré genannt?«

Sie wendete den Kopf noch mehr ab und erwiderte mit vor Tränen erstickter Stimme leise:

»Ich dachte, Du würdest mich verlassen, wenn Du wüsstest, dass Dein Vater ... «

Er stand auf, ergriff seine Zigarre, die er auf eine Ecke des Kamins gelegt hatte und begnügte sich zu sagen:

»Du bist aber doch recht komisch ...«

Sie weinte nicht mehr. Die Flammen des Kamins und das Feuer ihrer Wangen hatte ihre Tränen getrocknet. Ihr Staunen ob der Ruhe Maximes angesichts einer Enthüllung, welche ihn, wie sie gemeint, zu Boden schmettern würde, ließ sie ihre Beschämung vergessen. Wie in einem Traum sah sie ihn auf- und abgehen, hörte sie ihn sprechen. Ohne die Zigarre aus dem Mund zu nehmen, wiederholte er ihr, dass sie nicht recht gescheit sei, dass er es ganz natürlich finde, wenn sie Beziehungen zu ihrem Gatten unterhalte und dass er doch gar nicht daran denken könne, ihr dies übel zu nehmen. Dagegen könne er es nicht fassen, dass sie sich auf einen Liebhaber ausrede, ohne dass sie einen solchen habe! Und immer wieder kehrte er zu diesem Gegenstand zurück, welchen er nicht begreifen konnte und der ihm wahrhaftig ungeheuerlich erschien; dann machte er einige Bemerkungen über die »tollen Fantastereien« der Frauen.

»Du bist ein wenig rappelig, meine Teure; da muss Abhilfe getroffen werden.«

Schließlich fragte er neugierig:

»Aber weshalb gerade Saffré und kein Anderer?«

»Weil er mir den Hof macht«, erwiderte Renée.

Maxime unterdrückte eine impertinente Bemerkung; er wollte sagen, sie habe sich wahrscheinlich um einen Monat älter gehalten, als sie Herrn von Saffré für ihren Liebhaber ausgab. Indessen kam bloß das Lächeln über diese Bosheit zum Vorschein und indem er seine Zigarre ins Feuer warf, ließ er sich auf der anderen Ecke des Kamins nieder, worauf er Moral zu predigen begann und Renée zu verstehen gab, dass sie weiter gute Freunde bleiben müssten. Der beharrliche Blick der jungen Frau setzte ihn indessen einigermaßen in Verlegenheit, sodass er von der projektierten Heirat nicht zu sprechen wagte. Lange betrachtete sie ihn, während noch Tränen an ihren Wimpern hingen. Sie fand, dass er unbedeutend, verächtlich, beschränkten Geistes sei und dessen ungeachtet liebte sie ihn, wie sie etwa ihre Spitzen liebte. Er erschien ihr so hübsch in dem Lichte des Kandelabers, der neben ihm am Rand des Kamins stand und als er den Kopf zurücklehnte, vergoldete der sanfte Kerzenschimmer seine Haare, glitt über sein Gesicht und färbte die leicht beflaumte Wange mit zarten Schatten.

»Nun muss ich doch aber gehen«, sagte er zu wiederholten Malen.

Er war entschlossen nicht zu bleiben; auch hätte ihn Renée nicht bleiben lassen mögen. Beide dachten und sagten es sich: Sie waren nur mehr zwei Freunde. Und als Maxime endlich die Hand der jungen Frau gedrückt und im Begriff war, das Zimmer zu verlassen, hielt sie ihn noch einen Augenblick zurück. Sie sprach von seinem Vater, dem sie hohes Lob spendete.

»Siehst Du, ich hatte schwere Gewissensbisse und bin beinahe froh, dass es so gekommen ... Du kennst Deinen Vater nicht und auch ich war ganz erstaunt, als ich erfuhr, wie gut, wie uneigennützig er ist. Und dabei hat der arme Mann gegenwärtig so große Sorgen!«

Maxime betrachtete schweigend, mit verlegener Miene die Spitzen seiner Stiefel, während sie zu sprechen fortfuhr:

»Solange er nicht in dieses Zimmer kam, war er mir gleichgültig. Hernach aber ... Als ich ihn hier sah, wie er in liebevoller Sorge mir Gelder herbeischaffte, die er vielleicht nur mit schwerer Mühe aufbringen konnte, wie er sich zugrunde richtete, ohne mit einem Worte zu klagen, – da wurde ich ordentlich krank ... Wenn Du wüsstest, mit welcher Sorgfalt er meine Interessen wahrgenommen!«

Langsam kehrte der junge Mann zu dem Kamin zurück und lehnte sich an denselben. Seine Miene war noch immer ein wenig verlegen und den Kopf hielt er mit einem leisen Lächeln gesenkt, welches immer deutlicher hervortrat. Dann meinte er:

»Ach ja, mein Vater ist sehr gewandt, wo es sich darum handelt, die Interessen anderer Leute zu wahren.«

Der Ton, in welchem Dies gesagt worden, überraschte Renée. Sie blickte ihn an, während er, wie um sich zu entschuldigen, hinzusetzte:

»Oh, ich weiß gar nichts ... Ich sage nur, dass mein Vater ein gewandter Mann ist.«

»Du tätest Unrecht, wenn Du ihm Übles nachsagen wolltest«, nahm sie von Neuem auf. »Du beurteilst ihn wohl ein wenig oberflächlich ... Wenn ich Dir von all' seinen Verlegenheiten Mitteilung machen und Dir wiederholen wollte, was er mir erst heute Abend anvertraute, so würdest Du einsehen, wie sehr man sich täuscht, wenn man meint, dass ihm etwas am Geld gelegen sei ... «

Maxime konnte ein Zucken der Schultern nicht unterdrücken; dann fiel er seiner Stiefmutter mit einem ironischen Lachen ins Wort.

»Ach lass doch, ich kenne ihn, kenne ihn besser als Du ... Er mag Dir ja recht erbauliche Dinge gesagt haben. Erzähle es mir doch einmal.«

Der spöttische Ton verletzte sie und sie verstieg sich noch höher in ihren Lobeserhebungen. Sie erklärte, ihr Gatte sei ein großer Mann, sprach von dem Charonner Unternehmen, von dem ganzen Schwindel, von dem sie kein Wort verstanden, wie von einer Katastrophe, in welcher ihr die hohe Güte und Intelligenz Saccard's offenbar geworden. Sie fügte hinzu, dass sie am nächsten Tage die Verzichtsurkunden unterschreiben werde und wenn dies tatsächlich ein Unglück sei, so nehme sie es hin als eine Strafe für ihre Fehltritte. Maxime ließ sie sprechen; nur von Zeit zu Zeit lachte er auf und sagte mit halblauter Stimme:

»Es stimmt, das ist es ... «

Und lauter fügte er hinzu, indem er die Hand auf Renées Schulter legte:

»Ich danke Dir, meine Liebe; ich kannte die Geschichte aber schon ... Du bist die gutmütige Törin, nicht er der Tor.«

Und wieder schickte er sich zum Gehen an. Er empfand einen grimmigen Drang, ihr alles zu erzählen. Sie hatte ihn durch die ihrem Gatten gespendeten Lobsprüche erzürnt und er vergaß ganz, dass er sich selbst Schweigen gelobt hatte, um allen Unannehmlichkeiten aus dem Weg zu gehen.

»Wie? Was willst Du damit sagen?«, fragte sie.

»Ei, alle Wetter, dass Dich mein Vater auf die niedlichste Art von der Welt am Gängelbands führt ... Du tust mir wirklich leid; Du bist zu ungeschickt!«

Und damit begann er ihr zu erzählen, was er bei Laura gehört; er erzählte es feige, hinterlistig und freute sich insgeheim darüber, dass er in diesen Infamien wühlen konnte. Es schien ihm dabei, als rächte er sich damit für eine geheime Beleidigung, die man ihm angetan. Sein weibisches Temperament erlabte sich in tierischer Wollust an dieser Denunziation, an diesem grausamen Geschwätz, welches er hinter einer Tür erlauscht hatte. Er ersparte Renée nichts, – weder das Geld, welches ihr Gatte ihr auf Wucherzinsen vorgestreckt, noch jenes andere, welches er ihr durch lächerliche Geschichten, die für ein Ammenmärchen zu schlecht waren, entlocken wollte. Leichenblass hörte ihm die junge Frau zu, ihre Lippen waren dabei fest übereinander gepresst. Vor dem Kamin stehend, blickte sie gesenkten Hauptes in das Feuer; dabei hatte sich ihr Nachtgewand, das Hemd, welches Maxime gewärmt hatte, ein wenig verschoben und ließ die regungslosen Formen einer Marmorstatue sehen.

»Ich sage Dir das alles«, schloss der junge Mann, »damit Du nicht blindlings in die Falle gehst ... Meinem Vater aber brauchst Du darum nicht zu zürnen, denn er ist so böse nicht. Er hat nur seine Fehler, wie jeder Mensch ... Auf Wiedersehen also!«

Damit schritt er der Tür zu, Renée aber hielt ihn durch eine Gebärde zurück.

»Bleibe!«, rief sie dabei gebieterischen Tones.

Und ihn an sich ziehend, drückte sie ihn vor dem Feuer beinahe auf ihre Knie nieder, küsste ihn auf den Mund und sagte:

»Das wäre doch zu lächerlich, wenn wir uns jetzt noch irgendwelchen Zwang antun wollten ... Du weißt wohl nicht, dass ich seit gestern, seitdem Du mit mir brechen wolltest, nicht mehr recht bei Sinnen war? Ich bin wie verrückt. Heute Abend hatte ich einen Schwindelanfall auf dem Ball. Ich habe Dich nötig, um leben zu können. Wenn Du von mir gehst, werde ich vernichtet sein ... Lache nicht; ich sage Dir bloß, was ich empfinde.«

Sie blickte ihn mit unendlicher Zärtlichkeit an, als hätte sie ihn schon lange nicht gesehen.

»Du hast das richtige Wort gefunden, ich war ungeschickt und Dein Vater hätte mir alles, was er wollte, weismachen können. Konnte ich denn eine Ahnung haben? Während er mir seine Geschichte vortrug, vernahm ich nur ein dumpfes Brausen in den Ohren und ich war derart jedes freien Willens bar, dass ich seine Papiere selbst auf den Knien liegend unterschrieben hätte, wenn er es verlangt hätte. Und ich bildete mir ein, dass ich Gewissensbisse hatte! ... Es war doch zu lächerlich ... «

Sie lachte laut auf und der Ausdruck des Wahnsinns erschien in ihren Augen. Sie presste den Geliebten noch inniger an sich und fuhr fort:

»Verüben wir denn das Schlechte? Wir lieben und amüsieren uns, wie es uns gefällt; und dies tut die ganze Welt, nicht wahr? ... Sieh, Dein Vater tut sich auch keinerlei Zwang an. Er liebt das Geld und nimmt es, wo er es findet. Er hat vollkommen recht und ich werde mich darnach zu richten wissen ... Vor allem werde ich nichts unterschreiben und Du wirst Dich wie früher jeden Abend hier einfinden. Ich fürchtete, Du würdest nicht mehr wollen, weil ... Du weißt ja, was ich Dir gesagt ... Da Dich das aber nicht anficht ... Und dann werde ich ihm die Tür verschließen, wie Du begreifen wirst ...«

Sie stand auf und zündete die Nachtlampe an. Maxime zögerte; er war völlig verzweifelt. Nun ward er sich über den Fehler klar, den er begangen und machte sich bittere Vorwürfe darüber, dass er gesprochen. Wie sollte er jetzt seine bevorstehende Vermählung ankündigen? Die Schuld konnte er nur sich allein zuschreiben, denn der Bruch hatte stattgefunden und er es nicht nötig gehabt, sich neuerdings in diesem Zimmer einzufinden, oder der jungen Frau zu beweisen, dass ihr Gatte sie schmählich hintergehe. Er wusste gar nicht mehr, welchen Regungen er nachgegeben, was seinen Zorn gegen sich selbst nur noch vermehrte. Doch wenn er auch einen Augenblick den Gedanken hatte, ein zweites Mal brutal zu sein, sich ohne Weiteres zu entfernen, so erfüllte ihn der Anblick Renées, die ihre Pantoffel abstreifte, mit einer unbesiegbaren Feigheit. Er ward von Furcht erfasst und blieb.

Als sich Saccard am nächsten Tage bei seiner Frau einfand, um ihr die Verzichtsurkunde zur Unterschrift vorzulegen, teilte sie ihm ruhig mit, dass sie sich die Sache überlegt habe und nichts zu unterschreiben gedenke. Sie machte nicht die leiseste Anspielung, denn sie hatte sich selbst Schweigen gelobt, um sich keine Unannehmlichkeiten zuzuziehen und ihre wiedergefundene Liebe in Ruhe genießen zu können. Aus dem Charonner Geschäfte mochte werden was da wollte; die Verweigerung ihrer Unterschrift war bloß eine Rache und alles Übrige focht sie nicht an. Saccard war nahe daran, sich von seinem Zorn hinreißen zu lassen. Alle seine Träume gingen in Trümmer, denn was er an sonstigen Unternehmungen hatte, missglückte ebenfalls. Er war am Ende seiner Hilfsmittel und es musste ein Wunder genannt werden, dass er sich noch aufrecht erhielt; am Morgen desselben Tages hatte er nicht einmal die Rechnung seines Bäckers bezahlen können. Dies hinderte ihn aber nicht, für Mittfastendonnerstag ein glänzendes Fest vorzubereiten. Angesichts der Weigerung Renées empfand er den ohnmächtigen Zorn eines kraftstrotzenden Mannes, der durch die Laune eines Kindes in seinem Werk aufgehalten wird. Mit der Verzichtsurkunde in der Tasche hatte er sich Geld beschaffen zu können gehofft, bis ihm die städtische Entschädigung zugefallen wäre. Als er sich ein wenig beruhigt hatte und klar zu denken vermochte, staunte er über die plötzliche Änderung des Entschlusses seiner Frau; sicherlich war sie von jemandem beraten worden. Sein Verdacht richtete sich naturgemäß auf einen Liebhaber. Diese Vermutung gewann derart die Oberhand in ihm, dass er zu seiner Schwester eilte, um sie zu fragen, ob ihr von Renées Geheimnissen nichts bekannt sei. Sidonie gab sehr scharfe Antworten, denn sie vermochte ihrer Schwägerin nicht zu verzeihen, dass sie sie durch ihre Weigerung, Herrn von Saffré zu sehen, in eine arge Verlegenheit gebracht hatte. Als sie daher aus den Fragen ihres Bruders ersah, dass er seine Frau im Verdacht habe, sie unterhielte geheime Liebesverhältnisse, stimmte sie eifrig bei und sagte, dass sie dessen sicher sei. Sie machte sich anheischig, die »Turteltäubchen« abzufassen. Diese Zierpuppe sollte nicht glauben, dass ihr alles gestattet sei. Saccard liebte es sonst nicht, unangenehmen Wahrheiten nachzuspüren; hier aber zwang ihn sein Interesse, die Augen zu öffnen, die er klüglich geschlossen gehalten und so nahm er das Anerbieten seiner Schwester an, die mitfühlenden Tones zu ihm sagte: »Sei unbesorgt, ich werde alles in Erfahrung bringen. Ach! Mein armer Bruder, Angèle hätte Dich gewiss niemals verraten! Einen so guten, so großmütigen Gatten! Diese Pariser Puppen haben ja kein Herz ... Und ich habe doch niemals aufgehört, ihr die besten Ratschläge zu erteilen!«

VI.

Am Mittfastendonnerstag sollte bei Saccard ein großer Kostümball abgehalten werden. Das große Ereignis desselben aber würde das Poem »Die Liebe des schönen Narcisse und der Nymphe Echo« bilden, welches die Damen in drei Bildern darstellen sollten. Der Autor des Poems, Herr Hupel de la None, reiste seit einem Monat unablässig zwischen seiner Präfektur und dem Hotel des Monceauxparkes hin und her, um die Proben zu überwachen und seine Meinung über die Kostüme abzugeben. Er hatte sein Werk zuerst in Versen schreiben wollen, sich aber dann für lebende Bilder entschieden; dies sei vornehmer, sagte er und komme der schönen Antike näher.

Die Damen schliefen gar nicht mehr. Einzelne unter ihnen änderten dreimal das Kostüm. Endlose Sitzungen wurden abgehalten, bei welchen der Präfekt den Vorsitz führte. Lange konnte man sich über den Darsteller des Narcisse nicht einigen. Sollte derselbe durch eine Frau oder einen Mann dargestellt werden? Auf die dringenden Bitten Renées wurde die Rolle Maxime übertragen; doch sollte er der einzige Mann sein und selbst da sagte Frau von Lauwerens, dass sie dies nicht zugeben würde, wenn »der kleine Maxime nicht wirklich das Aussehen eines jungen Mädchens hätte«. Renée sollte die Nymphe Echo darstellen. Die Frage der Kostüme aber war bedeutend schwieriger zu entscheiden. Maxime stand dem Präfekten tapfer bei, der einen schweren Stand mit den neun Frauen hatte, deren zügellose Fantasie die Reinheit der Linien seines Werkes arg gefährdete. Hätte er ihnen Gehör geschenkt, so würden seine Olympier gepudertes Haar gehabt haben. Frau von Espanet wollte um jeden Preis ein Schleppkleid haben, um ihre etwas großen Füße zu verbergen, während Frau Haffner davon träumte, sich in ein Tierfell einzuhüllen. Nun wurde Herr Hupel de la Noue energisch, einmal sogar etwas grob; er sagte, dass er seine ursprüngliche Idee, in Versen zu schreiben, nur aufgegeben habe, um in seinem Stück »geistreich kombinierte Stoffe und die schönsten Gestalten zu verwenden«, die er finden könnte.

»Der Gesamteindruck, meine Damen, ist die Hauptsache«, erwiderte er auf jede neue Forderung, mit welcher man an ihn herantrat; »Sie vergessen den Gesamteindruck. ... Und ich kann mein Werk nicht all'dem Flitter opfern, welchen Sie begehren.«

Die Beratungen fanden in dem kleinen goldenen Salon statt. Ganze Nachmittage wurden daselbst zugebracht, um den Schnitt eines Röckchens festzustellen. Worms wurde den Beratungen wiederholt zugezogen. Endlich war alles erledigt, die Kostüme vereinbart und die Stellungen einstudiert, – Herr Hupel de la Noue erklärte sich für zufrieden. Die Wahl des Herrn von Mareuil hatte ihm bedeutend weniger Schwierigkeiten bereitet.

Der Beginn der lebenden Bilder war für elf Uhr angesetzt. Um halb elf Uhr war der große Salon voll und da hernach getanzt werden sollte, so saßen die kostümierten Damen auf den Fauteuils, die im Halbkreis um das improvisierte Theater standen, welches von einer Estrade gebildet wurde, deren rote Samtvorhänge mit goldenen Fransen über Stangen liefen. Hinter den Damen befanden sich die Herren, die ab- und zugingen. Um zehn Uhr waren die Dekorateure mit ihrer Arbeit fertig geworden. Die Estrade erhob sich im Hintergrund des Salons, wo sie ein ganzes Stück desselben in Anspruch nahm. Durch das Rauchzimmer, welches den Darstellern als Foyer diente, gelangte man auf das Theater. Außerdem standen den Damen im ersten Stock mehrere Räume zur Verfügung, in welchen eine Armee von Kammerfrauen die für die verschiedenen Bilder erforderlichen Toiletten vorbereitete.

Es war halb zwölf Uhr und noch regten sich die roten Samtvorhänge nicht. Ein allgemeines Gemurmel wurde im Saal vernehmbar. Die Fauteuilreihen wiesen das merkwürdigste Gemisch von Marquisen, Schlossfrauen, Milchmädchen, Spanierinnen, Schäferinnen, Sultaninnen und anderen Kostümen auf, während die kompakte Masse der schwarzen Fräcke sich gleich einem großen schwarzen Fleck neben diesem Meer von hellen, leuchtenden Stoffen und nackten Schultern ausnahm, die im Feuer der Brillanten doppelt verführerisch erschienen. Nur die Damen waren kostümiert. Schon begann es sehr warm zu werden; die drei angezündeten Kronleuchter ließen das blendende Gold des Salons scharf hervortreten.

Endlich sah man Herrn Hupel de la Noue zu einer kleinen Öffnung herauskommen, die man zur Linken der Estrade freigelassen. Seit acht Uhr abends war er den Damen bei der Toilette behilflich. Auf seinem linken Rockärmel waren die weißen Abdrücke dreier Finger sichtbar, die sich dahin verirrt, nachdem sie mit einem Puderwedel zu tun gehabt. Doch der Präfekt kehrte sich nicht an die Mängel seiner Toilette. Seine Augen waren weit geöffnet, sein Gesicht bleich und ein wenig aufgedunsen. Er schien niemanden zu sehen und auf Saccard zuschreitend, den er inmitten einer Gruppe ernster Männer erblickte, sprach er halblauten Tones:

»Zum Kuckuck! Ihre Frau hat ihren Laubgürtel verloren ... Was sollen wir jetzt anfangen?«

Er schimpfte und hätte die Leute am liebsten geprügelt. Ohne eine Antwort abzuwarten, ohne jemanden eines Blickes zu würdigen, wendete er sich zurück und verschwand wieder hinter den Vorhängen. Die Damen lächelten über die absonderliche Erscheinung dieses Herrn.

Die Gruppe, von welcher Saccard umgeben war, hatte sich hinter den letzten Fauteuils gebildet. Man hatte sogar einen derselben für den Baron Gouraud, dessen Beine seit einiger Zeit den Dienst zu versagen begannen, aus der Reihe gezogen. Zugegen waren noch Herr Toutin-Laroche, den der Kaiser erst ganz kürzlich in den Senat berufen hatte, Herr von Mareuil, dessen zweite Wahl die Kammer bestätigt hatte, Herr Michelin, der vor ein paar Tagen dekoriert worden war und etwas mehr im Hintergrund die Herren Mignon und Charrier. Ersterer mit einem großen Diamanten in seiner Halsbinde, Letzterer mit einem noch größeren am kleinen Finger. Die Herren plauderten. Saccard verließ sie einen Augenblick, um mit leiser Stimme einige Worte mit seiner Schwester zu wechseln, die soeben eingetreten war und sich zwischen Luise von Mareuil und Frau Michelin niedergelassen hatte. Frau Sidonie war als Magierin gekleidet, Luise trug ein Pagenkostüm, welches ihr knabenhaftes Aussehen noch erhöhte und die kleine Michelin, die als indische Tänzerin erschienen war, lächelte von ihren goldbestickten, wallenden Schleiern umgeben, verliebt vor sich hin.

»Weißt Du schon etwas?«, fragte Saccard seine Schwester leise.

»Nein, noch nichts«, erwiderte sie. »Der Galan muss aber hier sein ... Sei unbesorgt, ich fasse die Beiden heute Abend ab.«

Und sich nach rechts und links wendend, sagte Saccard Luise und Frau Michelin einige schmeichelhafte Worte über ihre Kostüme. Erstere verglich er mit einem Edelknaben unter Heinrich III., Letztere mit einer Huri Mahomed's, wobei seine provenzalische Aussprache seiner ganzen Person den Anschein größten Entzückens verlieh. Als er zu der Gruppe ernster Herren zurückkehrte, zog ihn Mareuil zur Seite und sprach mit ihm über die Heirat der beiden Kinder. An der Sache war nichts geändert worden und nach wie vor sollte der Kontrakt am folgenden Sonntag unterfertigt werden.

»Ganz recht«, sagte Saccard. »Ich gedenke diese Verbindung heute Abend sogar zur Kenntnis unserer Freunde zu bringen, wenn Sie nichts dagegen einzuwenden haben ... Ich werde bloß die Ankunft meines Bruders, des Ministers abwarten, da er mir zu kommen versprochen.«

Der neue Abgeordnete war entzückt. Nun aber ließ Herr Toutin-Laroche seine Stimme vernehmen, als wäre er die Beute einer lebhaften Entrüstung.

»Ja, meine Herren«, sagte er zu Michelin und den beiden Unternehmern, die nähergetreten waren; »ich besaß die unbegreifliche Gutmütigkeit, meinen Namen in einer solchen Angelegenheit missbrauchen zu lassen.«

Und da sich ihnen auch Saccard und Mareuil anschlossen, fügte er hinzu:

»Ich erzähle den Herren das beklagenswerte Ende, welches die marokkanische Hafengesellschaft genommen hat. Sie wissen ja, Saccard.«

Dieser zuckte mit keiner Wimper. Die in Rede stehende Gesellschaft war erst ganz kürzlich schmählich zusammengebrochen. Allzu neugierige Aktienbesitzer hatten wissen wollen, wie es denn in Wahrheit um die Handelsstationen an den Küsten des Mittelländischen Meeres bestellt sei und eine von der Gerichtsbehörde angeordnete Untersuchung hatte den Nachweis geliefert, dass die marokkanischen Häfen nur auf den sehr schön gearbeiteten Plänen vorhanden seien, die an den Wänden der Bureaux der Gesellschaft hingen. Von da an lärmte Herr Toutin-Laroche lauter als die betrogenen Aktionäre selbst; er war im höchsten Grade entrüstet und forderte, man solle ihm seinen fleckenlosen Namen zurückgeben. Und er lärmte so lange und mit solchem Nachdruck, dass ihn die Regierung in den Senat berief, um den nützlichen Mann zu beruhigen und in den Augen der Öffentlichkeit zu rehabilitieren. So erreichte er denn die längst ersehnte Senatorenwürde, – infolge einer Angelegenheit, die ihn eigentlich ins Zuchthaus hätte bringen müssen.

»Sie sind zu gütig, dass Sie dieser Sache Erwähnung tun«, sagte Saccard. »Sie können dabei auf Ihr großes Werk hinweisen, ich meine den Crédit Viticole, welcher alle Krisen siegreich überstanden hat.«

»Ganz richtig«, pflichtete Mareuil bei; »dies wiegt alles auf.«

Tatsächlich hatte der Crédit Viticole bedeutende Verlegenheiten zu überwinden gehabt, welche sorgfältig geheim gehalten wurden. Ein Minister, der eine besonders zärtliche Zuneigung für dieses Finanzinstitut hegte, welches die Stadt an der Kehle gefasst hielt, hatte ein Haussemanöver ersonnen, welches Toutin-Laroche vortrefflich auszunützen verstand. Nichts war ihm schmeichelhafter, als wenn man ihm Komplimente über das Gedeihen des Crédit Viticole machte; ja er forderte solche mitunter ganz direkt heraus. Er dankte Herrn von Mareuil mit einem Blick und sich zu dem Baron Gouraud wendend, fragte er ihn, während er sich vertraulich auf den Fauteuil desselben stützte:

»Fühlen Sie sich behaglich? Ist Ihnen nicht zu warm?«

Der Baron ließ ein leises Grunzen vernehmen.

»Er verfällt mit jedem Tag mehr«, fügte Herr Toutin-Laroche halblaut hinzu, während er sich wieder zu den übrigen Herren wandte.

Herr Michelin lächelte und drückte von Zeit zu Zeit sanft die Augen zu, um sein rotes Bändchen zu sehen, während die Herren Mignon und Charrier, die breitspurig, auf ihren großen Füßen standen, sich bedeutend behaglicher zu fühlen schienen, seitdem sie Diamanten trugen. Mitternacht war aber nicht mehr fern, die Gesellschaft begann unruhig zu werden; doch erlaubte sie sich nicht zu murren, nur die Fächer wurden hastiger bewegt und das Geräusch der Unterhaltung nahm zu.

Endlich kam Herr Hupel de la Noue wieder zum Vorschein. Er hatte eine Schulter durch die enge Öffnung geschoben, als er Frau von Espanet erblickte, die endlich die Estrade bestieg, wo die für das erste Bild bereits versammelten Damen nur mehr auf sie warteten. Der Präfekt wendete sich zurück, wodurch er den Zuschauern den Rücken zukehrte und man konnte ihn im Gespräch mit der Marquise sehen, die durch die Vorhänge verdeckt wurde. Er dämpfte seine Stimme, während er mit der Hand winkend, sagte:

»Mein Kompliment, Marquise. Ihr Kostüm ist entzückend.«

»Ich habe darunter noch ein viel Hübscheres!«, erwiderte die junge Frau keck und lachte ihm hell ins Gesicht, da er ihr von den Draperien halb verdeckt, zu drollig deuchte.

Die Kühnheit dieses Scherzes machte den galanten Hupel de la Noue einen Moment sprachlos; doch fasste er sich alsbald und immer größeres Gefallen an der Bemerkung findend, je länger er über dieselbe nachdachte, murmelte er entzückt:

»Köstlich! Hinreißend!«

Damit ließ er den Zipfel des Vorhanges fallen und schloss sich der Gruppe ernster Männer an, um sich an seinem Werk zu ergötzen. Er war nicht mehr der trostlose Mann, der nach dem Laubgürtel der Nymphe Echo suchte; er strahlte, pustete und trocknete sich die Stirn. Noch immer waren die weißen Fingerabdrücke auf seinem Rockärmel zu sehen, außerdem war der Daumen seines rechten Handschuhes rot gefärbt; offenbar hatte er diesen Finger in den Schminktopf einer der Damen getaucht. Er lächelte, warf sich in die Brust und flüsterte:

»Sie ist himmlisch, göttlich, anbetungswürdig!«

»Wer denn?«, fragte Saccard.

»Die Marquise. Denken Sie nur, soeben sagte sie mir ... «

Und er wiederholte das Scherzwort, welches allgemein belacht wurde. Die Herren wiederholten es untereinander und selbst der würdige Herr Haffner, der näher getreten war, konnte sich eines beifälligen Lächelns nicht enthalten. Inzwischen begann jemand auf einem Klavier zu spielen, welches nur wenig Personen gesehen hatten und eine allgemeine Stille trat ein, um dem Walzer zu lauschen. Derselbe hatte endlose, kapriziöse Schnörkel, zwischen welchen sich ein sehr melodischer Satz siegreich geltend machte, der sich in einem Nachtigallentriller verlor, worauf das Thema von tieferen Stimmen fortgeführt wurde. Dies hörte sich völlig wollüstig an und die Damen neigten die Köpfe ein wenig vor und lächelten. Dagegen hatten die Töne des Pianos der Heiterkeit des Herrn Hupel de la Noue mit einem Mal ein Ende gemacht. Er blickte die roten Samtvorhänge mit ängstlicher Miene an; offenbar machte er sich Vorwürfe darüber, dass er Frau von Espanet nicht gleich den Anderen ihren Platz angewiesen habe.

Langsam gingen die Vorhänge auseinander und gedämpft begann das Piano von Neuem, den sinnlichen Walzer zu spielen. Ein Murmeln wurde in dem Salon vernehmbar, die Damen neigten sich vor, die Herren reckten die Hälse, während sich die Bewunderung hier und dort durch ein zu laut geratenes Wort, einen unbewussten Seufzer, durch ein ersticktes Lachen Bahn brach. Dies währte gute fünf Minuten, während die drei Kronleuchter ein blendendes Licht verbreiteten. Beruhigt lächelte Herr Hupel de la Noue behaglich über sein Werk. Er vermochte der Versuchung nicht zu widerstehen, den ihn umgebenden Personen zu wiederholen, was er seit einem Monat sagte:

»Ich wollte dies ursprünglich in Verse bringen ... Doch, nicht wahr, so nimmt es sich vornehmer aus?«

Und während der Walzer seine endlosen, wiegenden Rhythmen vernehmen ließ, lieferte der Autor die erforderlichen Erklärungen. Die Herren Mignon und Charrier waren dicht herangekommen und hörten ihm aufmerksam zu.

»Sie kennen doch die den Bildern zugrunde liegende Handlung, nicht wahr? Der schöne Narcisse, Sohn des Flusses Kephisos und der Nymphe Liriope, verachtet die Liebe der Nymphe Echo ... Echo gehörte zum Gefolge der Juno, die sie mit ihren Erzählungen unterhält, während sich Jupiter in der Welt herumtreibt ... Echo, die wie Sie wissen, die Tochter der Luft und der Erde war ... «

Und er tat sich nicht wenig zugute auf seine Kenntnis der Fabel. Darauf fuhr er vertraulicheren Tones fort:

»Ich glaubte meiner Fantasie freien Lauf lassen zu sollen ... Die Nymphe Echo führt den schönen Narcisse zu Venus in eine unterirdische Grotte, damit ihn die Göttin durch ihr Feuer entflamme. Doch die Macht der Göttin erweist sich als wirkungslos und der junge Mann bezeugt durch seine Haltung, dass er nicht gerührt ist.«

Die Erklärung war nicht überflüssig, denn nur wenige der in dem Salon anwesenden Personen verstanden den genauen Sinn der verschiedenen Bilder. Als der Präfekt halblaut die Personen beim Namen genannt hatte, bewunderte man aufrichtiger. Die beiden Herren Mignon und Charrier aber machten nach wie vor große Augen; sie hatten eben gar nichts verstanden.

Auf der Estrade, zwischen den roten Samtvorhängen war eine Höhle dargestellt. Dieselbe bestand aus gespannter Seide, welche in große, gebrochene Falten gelegt war, die die Risse und Krümmungen des Felsens darstellten und mit Muscheln, Fischen und großen Wasserpflanzen bemalt waren. Der unebene Boden wölbte sich zu einem Hügel, der mit derselben Seide und einem feinen Sande bedeckt war, welchen der Dekorateur mit Perlen und Silberfäden bestreut hatte. Dies bildete den Aufenthaltsort der Göttin. Auf der Spitze des Hügels stand Frau von Lauwerens aufrecht als Venus; sie war ein wenig stark und trug ihr fleischfarbenes Tricot mit der Würde einer Fürstin des Olymp, die sich mit ihren strengen, verzehrenden Augen in den Dienst der Liebe stellt. Hinter ihr wurden der schelmisch lächelnde Kopf, Flügel und Köcher des liebenswürdigen Knaben Cupido sichtbar, den die kleine Frau Daste trefflich repräsentierte. An der Seite des Hügels sah man die drei Grazien, Frau von Guende, Teissière und von Meinhold, die in weiße Musseline gehüllt sich lächelnd umschlungen hielten, wie es in dem Bildwerke von Pradier zu sehen ist, während auf der anderen Seite die Marquise von Espanet und Frau Haffner, die von einer Wolke von Spitzen umgeben, sich aneinander schmiegten, während ihr Haar wirr herabhing, eine gewagte Anspielung, eine Erinnerung an Lesbos bildeten, welche Herr Hupel de la Noue mit gedämpfter Stimme und nur den Herren erklärte, hinzufügend, dass er damit nur die Macht der Venus habe dokumentieren wollen. Am Fuß des Hügels stellte die Gräfin Vanska die Wollust dar; wie in höchster Verzückung lag sie da mit halbgeschlossenen Augen und erschlaffenden Gliedern. Sehr brünett, hatte sie ihr schwarzes Haar aufgelöst und ihre mit fahlem Flammenmuster gestreifte Tunika ließ stellenweise die heiße Haut sehen. Die Abstufung der Farben, vom Schneeweiß des Schleiers der Venus bis zum Dunkelrot der Tunika der Wollust, war eine glückliche, sodass ein gedämpfter rosenfarbener Ton, die Farbe lebenden Fleisches vorherrschte. Und unter den Strahlen des durch ein Fenster des Gartens sehr gewandt auf die Bühne geleiteten elektrischen Lichtes verschwammen Spitzen, Gaze, all diese leichten, durchsichtigen Stoffe so innig mit den Schultern und Tricots, dass die rosig-weißen Formen Leben zu gewinnen schienen und man sich unwillkürlich die Frage vorlegte, ob die Damen die plastische Wahrheit nicht so weit getrieben hatten, um sich völlig nackt zu zeigen. Dies galt indessen nur für die Apotheose; das Drama selbst trug sich im

Vordergrund zu. Links streckte Renée, die Nymphe Echo, die Arme der großen Göttin entgegen, den Kopf halb Narcisse zugewendet, mit bittendem, flehendem Ausdruck, als wollte sie ihn auffordern, Venus anzuschauen, deren bloßer Anblick das Feuer der Leidenschaft entflammt; Narcisse aber macht rechts stehend eine abwehrende Bewegung und die Augen mit der Hand verdeckend, bleibt er kalt und unempfindlich. Die Kostüme dieser zwei Personen hatten die Fantasie des Herrn Hupel de la Noue in nicht geringem Maß in Anspruch genommen. Narcisse, als herumstreichender Halbgott der Wälder trug ein ideales Jägerkostüm: grünliches Tricot, eine kurze Weste und Eichenlaub in den Haaren. Die Verkleidung der Nymphe Echo stellte für sich allein eine ganze Allegorie dar; sie repräsentierte die großen Bäume und großen Berge, die widerhallenden Orte, allwo die Stimmen der Erde und der Luft einander antworten. Der weiße Satin des Rockes stellte den Felsen, der Blätterschmuck der Hüften das Dickicht und die blaue Gaze des Leibchens den reinen Himmel dar. Die einzelnen Gruppen verharrten in der regungslosen Stellung der Statuen, der Fleischton des Olymps schimmerte in der blendenden Beleuchtung und dazwischen klangen die Liebesklagen des Flügels, welche von tiefen Seufzern unterbrochen wurden.

Allgemein wurde gefunden, dass Maxime sich vorzüglich gehalten habe. In seiner abwehrenden Gebärde entwickelte er seine linke Hüfte, welche vielfach bemerkt wurde. Rückhaltloses Lob wurde aber dem Gesichtsausdruck Renées gespendet. Nach der Meinung des Herrn Hupel de la Noue drückte sie »den Schmerz des unbefriedigten Verlangens« aus. Sie hatte ein scharfes Lächeln um den Mund, welches demütig sein sollte; sie lauerte ihrer Beute mit der Gier der hungrigen Wölfin auf, die ihre Zähne nur halb verbirgt. Das erste Bild ging ohne Störung vonstatten, abgesehen von der tollen Adeline, die sich nicht ruhig hielt und nur mit großer Mühe einen unbezwingbaren Drang zu lachen unterdrückte. Endlich schlossen sich die Vorhänge und das Piano verstummte.

Man applaudierte diskret und die Gespräche kamen wieder in Fluss. Ein Hauch der Liebe, der verhaltenen Wünsche war von den nackten Gestalten der Estrade ausgegangen und zog jetzt durch den Salon, wo die Frauen sich lässiger in die Arme ihrer Fauteuils schmiegten und die Männer lächelnd miteinander flüsterten. Es war wie ein Liebesflüstern im Alkoven, das gedämpfte Gespräch einer guten Gesellschaft, ein Begehren nach Wonne, bloß durch das leise Zittern der Lippen verraten; und in den stummen Blicken, die einander inmitten dieses vom guten

Ton zulässigen Entzückens begegneten, lag die brutale Kühnheit der gebotenen und angenommenen Liebe ausgedrückt.

Die Reize der Damen bildeten ein unerschöpfliches Gesprächsthema und ihre Kostüme nahmen fast dieselbe Aufmerksamkeit in Anspruch wie ihre Schultern. Als die Dioskuren Mignon und Charrier Herrn Hupel de la Noue befragen wollten, fanden sie ihn zu ihrem Staunen nicht mehr neben sich. Er war bereits hinter der Estrade verschwunden.

»Ich sagte Ihnen also, mein Herz«, nahm Frau Sidonie den Faden eines durch das erste Bild unterbrochenen Gespräches wieder auf; »dass ich aus London einen Brief in Bezug auf die bewussten drei Milliarden erhielt ... Die Person, die ich mit den Nachforschungen betraut habe, schreibt mir, sie glaube die Bestätigung des Bankiers gefunden zu haben. England soll gezahlt haben. Ich bin infolgedessen ganz krank seit heute Morgen.«

Tatsächlich sah sie in ihrem mit Sternen besäten Magierkleid gelber noch als sonst aus. Und da ihr Frau Michelin nicht zuhörte, so fuhr sie mit leiserer Stimme fort, indem sie sagte, dass England nicht gezahlt haben könne und sie entschieden selbst nach London gehen werde.

»Das Kostüm des Narcisse war sehr hübsch, nicht wahr?«, fragte Luise zu Frau Michelin gewendet.

Diese lächelte und blickte dabei den Baron Gouraud an, der jetzt viel munterer in seinem Fauteuil saß. Frau Sidonie sah, welche Richtung ihr Blick hatte und indem sie sich zu ihr neigte, flüsterte sie ihr ins Ohr, damit es das Kind nicht hören könne:

»Hat er sich endlich gefügt?«

»Ja«, erwiderte die junge Frau, die ihre Rolle als Geliebte entzückend spielte, schmachtenden Tones. »Ich habe das Häuschen in Louveciennes gewählt und auch die Besitzurkunde durch seinen Bevollmächtigten erhalten ... Im Übrigen haben wir miteinander gebrochen und ich empfange ihn nicht mehr.«

Luise besaß ein besonderes Talent solche Dinge zu hören und zu sehen, die vor ihr geheim bleiben sollten. Sie blickte den Baron Gouraud mit echt pagenhafter Kühnheit an und fragte dann Frau Michelin:

»Sie finden nicht, dass der Baron abscheulich ist?«

Und lachend fügte sie hinzu:

»Wahrhaftig! Man hätte die Rolle des Narcisse ihm übergeben sollen. Er hätte sich in den apfelgrünen Tricots prächtig ausgenommen.«

Der Anblick der Venus und dieses wollüstigen Stück Olymps schien den alten Senator zu neuem Leben erweckt zu haben. Er machte ganz verzückte Augen und wendete sich halb zu Saccard, um diesem ein Kompliment zu machen. Inmitten des allgemeinen Stimmengewirrs, welches den Salon erfüllte, fuhren die ernsten Männer fort, über Geschäfte und Politik zu plaudern. Herr Haffner erwähnte, er sei soeben zum Präsidenten einer Jury ernannt worden, die in Sachen der Entschädigungen zu urteilen haben werde. Nun glitt die Unterhaltung auf die öffentlichen Arbeiten von Paris hinüber und man sprach über den Boulevard du Prince-Eugène, von welchem auch das große Publikum Kenntnis zu erhalten begann. Saccard erfasste die Gelegenheit, um von einer ihm bekannten Person, einem Grundbesitzer zu sprechen, der ohne Zweifel expropriiert werden würde. Und dabei blickte er die Herren forschend an. Der Baron schüttelte langsam den Kopf, während Herr Toutin-Laroche die Kühnheit so weit trieb, zu sagen, dass es nichts Unangenehmeres gebe, als expropriiert zu werden, Herr Michelin stimmte ihm bei und blickte verliebten Auges sein rotes Bändchen an.

»Die Entschädigungen können niemals zu hoch gegriffen sein«, schloss Herr von Mareuil belehrend, da er Saccard angenehm sein wollte.

Sie hatten einander verstanden. Die Genossen Mignon und Charrier begannen, über ihre eigenen Geschäfte zu sprechen. Sie gedachten sich demnächst zurückzuziehen und in Langres niederzulassen; in Paris würden sie bloß ein Absteigequartier haben. Sie entlockten den Herren ein vielsagendes Lächeln, als sie erwähnten, dass sie, als der Bau ihres herrlichen Hôtels auf dem Boulevard Malesherbes vollendet war, dasselbe so schön fanden, dass sie der Lust, es zu verkaufen, nicht zu widerstehen vermochten. Ihre Diamanten bildeten offenbar den Trost, den sie sich vergönnt hatten. Saccard lachte gezwungen; seine ehemaligen Verbündeten hatten aus einem Geschäfte, in welchem er der Geprellte gewesen, ungeheuren Gewinn gezogen. Und da die Zwischenpause noch immer nicht zu Ende ging, wurde das Gespräch der ernsten Männer durch begeisterte Bemerkungen über den Busen der Venus und über das Kostüm der Nymphe Echo unterbrochen.

Endlich, nach einer guten halben Stunde kam Herr Hupel de la Noue wieder zum Vorschein. Er schwelgte in Siegestrunkenheit und die Unordnung seiner Toilette hatte weitere Fortschritte gemacht. Als er seinem

Platz zusteuerte, begegnete er Herrn von Mussy. Er drückte ihm im Vorbeigehen die Hand, kehrte dann aber zurück, um ihn zu fragen: »Sie haben das Scherzwort der Marquise nicht gehört?«
Und ohne seine Antwort abzuwarten, wiederholte er es ihm. Er würdigte die reizende Bemerkung immer mehr, er kommentierte dieselbe und sah in derselben den Ausdruck köstlicher Naivität. »Ich habe darunter noch ein viel Hübscheres!« Es war das ein aus vollem Herzen kommender Aufschrei.

Herr von Mussy aber war nicht dieser Ansicht; er fand, die Bemerkung sei unschicklich. Er war soeben der englischen Botschaft zugeteilt worden, wo sein Chef ihm gesagt hatte, dass ein tadellos sittenstrenges Verhalten unerlässlich sei. Er verweigerte es, den Kotillon anzuführen, gab sich den Anschein, als wäre er ein alternder Mann und sprach auch nicht mehr über seine Liebe zu Renée, die er zeremoniell grüßte, wenn er ihr begegnete.

Herr Hupel de la Noue schloss sich der hinter dem Fauteuil des Barons stehenden Gruppe an, als das Piano einen Triumphmarsch anstimmte. Mächtige Akkordfolgen, die aus den Tasten herausgehämmert wurden, leiteten einen breiten Gesang ein. Nach jedem Satze nahm eine höhere Stimme denselben unter scharfem Akzentuieren des Rhythmus von Neuem auf, was sich heiter und unternehmend ausnahm.

»Sie sollen sehen«, murmelte Herr Hupel de la Noue; »ich habe die poetische Freiheit vielleicht ein wenig zu weit getrieben, glaube aber, dass mir mein Wagestück gelungen ist. ... Nachdem die Nymphe Echo gesehen, dass Venus nichts über den schönen Narcisse vermag, führt sie ihn zu Pluto, dem Gotte der Reichtümer und Edelmetalle ... Nach der Versuchung des Fleisches die Versuchung des Goldes«

»Das ist klassisch«, bemerkte der trockene Herr Toutin-Laroche mit einem liebenswürdigen Lächeln. »Sie kennen Ihre Zeit, Herr Präfekt.«

Die Vorhänge glitten auseinander, stärker als bisher tönte das Piano. Die Gesellschaft war ordentlich geblendet. Die elektrischen Strahlen fielen auf flammenden Glanz, bei welchem die Zuschauer anfänglich nichts weiter sahen, als eine einzige große Glut, in welcher Barren Goldes und kostbare Edelsteine zu schmelzen schienen. Auch hier war eine Grotte zu sehen; doch nicht mehr der kühle Aufenthaltsort der Venus, welchen die ersterbende Meereswelle auf dem mit Perlen bestreuten feinen Sande bespült. Diese Höhle musste sich im Mittelpunkte der Erde, in einer tiefen, heißen Schicht befinden, einem Spalt der alten Hölle, einer von Pluto bewohnten Ader, wo die Erze flüssig geworden. Die Seide, welche die Felswände darstellte, wies breite Metallstreifen, Adern des edlen Gesteines auf, welche die unberechenbaren Reichtümer und das ewige Leben der Erde darstellten. Vermöge eines kühnen Anachronismus des Herrn Hupel de la Noue war der Boden mit einer Unmasse von Zwanzigfrancsstücken bedeckt, man sah die Louis d'ors zu ganzen Bergen angehäuft, dann wieder unbeachtet über den Boden hingestreut, Gold, flimmerndes Gold überall, wohin das Auge fiel.

Auf der Spitze eines Goldhügels befand sich Frau von Guende, die den Pluto darstellte, in sitzender Stellung, ein weiblicher Pluto, der seinen Busen zeigte durch die großen Streifen seines Kleides, welches in allen Metallfarben schimmerte. Rings um den Gott gruppierten sich in den verschiedensten Stellungen, stehend, halb liegend, zu Paaren vereint oder abseits prangend, die herrlichen Blüten dieser Grotte, in welcher alle Schätze aus tausendundeiner Nacht vereinigt zu sein schienen: Frau Haffner repräsentierte das Gold in einem strahlenden Kostüm, das einem Bischofsmantel glich, Frau von Espanet das Silber, indem sie lieblich wie Mondenschein flimmerte; Frau von Lauwerens in dunklem Blau stellte den Saphir dar, an ihrer Seite die kleine Frau Daste einen lächelnden Türkis, der ein zartes Lichtblau zeigte; weiterhin sah man Frau von Meinhold als Smaragd, Frau von Teissière als Topas und etwas seitwärts die Gräfin Vanska als Koralle. Ihre dunkle Haut eignete sich trefflich hierzu, die erhobenen Arme waren mit roten Zierraten behängt und sie glich einem reizenden Polypen, der zwischen dem rosigen Weiß der halb geöffneten Muscheln gleichsam einen üppigen Frauenleib sehen ließ. Das Geschmeide der Damen, Hals- und Armbänder, Diademe und Nadeln, waren aus demselben edlen Gestein verfertigt, welches jede von ihnen darstellte. Allgemeine Bewunderung erregten die originellen Schmucksachen der Damen Espanet und Haffner, welche ausschließlich aus neuen kleinen Gold- und Silberstücken bestanden. Im Übrigen blieb der Vorgang im Vordergrunde derselbe: die Nymphe Echo warb um den schönen Narcisse, der aber noch immer energisch abwehrte. Und die Augen der Zuschauer hafteten trunken an diesem Schauspiel, welches einen Blick in das lodernde Innere unserer Erdkugel darbot, an diesen Massen Goldes, welche den Reichtum einer ganzen Welt darstellten.

Das zweite Bild erzielte einen noch größeren Erfolg als das erste. Die demselben zugrunde liegende Idee erschien überaus geistvoll. Diese

Zwanzigfrancsstücke, diese moderne eiserne Kasse, die irgendwie in diese Darstellung der griechischen Mythologie geraten, entzückte die Fantasie der anwesenden Damen und Geldmänner. Die Worte: »Wie viel Gold! Welche Massen Goldes!« gingen lächelnd, mit behaglichem Schauer von Mund zu Mund und sicherlich dachte sich jede Dame, jeder Herr, wie herrlich es wäre, diese Schätze sein eigen zu nennen und daheim im einbruchssicheren Schrank zu bewahren.

»England hat gezahlt; dies sind Ihre Milliarden«, flüsterte Luise Frau Sidonie boshaft ins Ohr.

Frau Michelin, deren Mund ein entzücktes Verlangen offen hielt, hatte ihren Almeeschleier ein wenig zurückgeschlagen und umfasste die Goldmassen mit liebevollen, glänzenden Blicken, während die ernste Männerwelt in Behagen schwelgte. Herr Toutin-Laroche, dessen Gesicht leuchtete, flüsterte dem Baron, dessen Wangen gelbliche Flecke zeigten, einige Worte ins Ohr, während Mignon und Charrier, die weniger diskret waren, mit brutaler Naivität bemerkten:

»Alle Wetter! Da gäbe es Geld, um Paris niederzureißen und wieder aufzubauen.«

Die Bemerkung deuchte Saccard sehr tiefsinnig und er begann zu glauben, dass sich die Herren Mignon und Charrier über die Welt lustig machten, indem sie sich dumm stellten. Als sich der Vorhang schloss und das Klavier den Triumphmarsch unter großem Lärm und mit einer Menge durcheinandergeworfener Noten, die wie ein letztes Klappern der harten Taler klangen, beendete, wurde lebhafter und anhaltender Beifall gespendet als vorher.

Während des zweiten Bildes war der Minister in Begleitung seines Sekretärs, des Herrn von Saffré, in der Tür des Salons erschienen. Saccard, der bereits ungeduldig auf die Ankunft seines Bruders gelauert hatte, wollte ihm entgegeneilen, um ihn zu begrüßen. Jener aber hatte ihm mit einer Gebärde bedeutet, er möge seinen Platz nicht verlassen, worauf er langsam der Gruppe ernster Männer zu schritt. Als der Vorhang gefallen war, und man seiner ansichtig wurde, ward im Salon ein allgemeines Gemurmel vernehmbar, während sich ihm aller Köpfe zuwendeten. Der Minister bedrohte ernstlich den Erfolg der »Liebe des schönen Narcisse und der Nymphe Echo«.

»Sie sind ein Poet, Herr Präfekt«, sagte er lächelnd zu Herrn Hupel de la Noue. »Sie haben, glaube ich, bereits einen Band Gedichte unter dem

Titel »Efeuranken« herausgegeben ... Wie ich sehe, haben die Sorgen der Administration Ihrer Fantasie keinen Eintrag getan.«

Der Präfekt fühlte die Spitze eines Tadels in den schmeichelhaften Worten. Das plötzliche Erscheinen seines Vorgesetzten brachte ihn umsomehr außer Fassung, als er mit einem Blick seine Toilette musternd, um zu sehen, ob dieselbe keinerlei Einbuße erlitten hatte, auf seinem Rockärmel die Spur der kleinen, weißen Hand erblickte, welche er nicht wegzuwischen wagte. Er verbeugte sich und stotterte einige Worte.

»Wahrlich«, fuhr der Minister zu den ihn umgebenden Personen gewendet fort; »diese Mengen Goldes boten einen herrlichen Anblick ... Wir würden große Dinge ausführen, wenn uns Herr Hupel de la Noue Geld verschaffen wollte.«

Dies besagte in der Ministersprache dasselbe, was vorhin die Herren Mignon und Charrier behauptet hatten. Nun ergingen sich die Herren in endlosen Schmeicheleien, zu welchen die letzten Worte des Ministers Anlass geboten: Das Kaiserreich habe bereits Großartiges vollbracht; dank der hohen Einsicht und Weisheit der Regierung sei an Geld kein Mangel; niemals habe Frankreich eine so geachtete Stellung unter den europäischen Staaten eingenommen und so weiter. Die Herren wurden schließlich so platt und abgeschmackt, dass der Minister selbst auf ein anderes Tema überging. Er hörte den Leuten erhobenen Hauptes zu, während seine Mundwinkel ein wenig emporgezogen waren, was seinem großen, weißen, sorgfältig rasierten Gesicht einen Ausdruck des Zweifels und lächelnder Missachtung gab.

Saccard, der die Ankündigung der Vermählung seines Sohnes mit Luise de Mareuil herbeiführen wollte, manövrierte, um einen gewandten Übergang zu finden. Er trug eine große Vertraulichkeit zur Schau und sein Bruder spielte den Gutmütigen, erwies ihm die Freundschaft, dass er sich den Anschein gab, als wäre er ihm herzlich zugetan. Der Minister sah wirklich überlegen aus mit seinem klaren Blick, seiner augenscheinlichen Verachtung aller niedrigen Ränke und seinen breiten Schultern, die mit einem Zucken dieses ganze Gelichter hier über den Haufen geworfen hätten. Als von der geplanten Vermählung endlich die Rede war, zeigte er sich sehr liebenswürdig und ließ durchblicken, dass er sein Hochzeitsgeschenk bereithalte; er meinte die Ernennung Maximes zum Auditor im Staatsrat. Er ging so weit, seinem Bruder mit der gutmütigsten Miene zweimal zu versichern:

»Sage Deinem Sohn, dass ich sein Trauzeuge sein will.«

Herr von Mareuil errötete vor Freude. Man beglückwünschte Saccard und Toutin-Laroche bot sich als zweiter Zeuge an. Mit einer plötzlichen Wendung kam man dann auf die Ehescheidung zu sprechen. Ein Mitglied der Opposition hatte, wie Herr Haffner sagte: »den traurigen Mut«, diese soziale Schmach in Schutz zu nehmen. Jedermann war empört und es wurden schöne Worte der Keuschheit und Züchtigkeit vernehmbar. Herr Michelin lächelte dem Minister zu, während Mignon und Charrier erstaunt gewahrten, dass der Kragen seines Rockes stark abgenützt sei.

Während dieser ganzen Zeit konnte Herr Hupel de la Noue seiner Befangenheit nicht Herr werden und noch immer lehnte er an dem Fauteuil des Barons Gouraud, der sich begnügt hatte, mit dem Minister schweigend einen Händedruck zu wechseln. Der Poet wagte seinen Platz nicht zu verlassen. Ein unerklärliches Gefühl, die Furcht lächerlich zu erscheinen, die Gunst seines hohen Vorgesetzten zu verlieren, fesselte ihn an seinen Platz trotz des brennenden Verlangens, die Damen für das letzte Bild auf der Estrade zu platzieren. Er harrte des Augenblicks, dass ihm ein glücklicher Einfall kommen und ihn wieder in das Wohlwollen des Ministers einsetzen würde. Er vermochte aber nichts zu finden. Immer beengender senkte sich die Verlegenheit über ihn, als er endlich Herrn von Saffré erblickte. Der junge Mann war soeben erst gekommen und darum zum Opfer geeignet.

»Sie kennen das Scherzwort der Marquise nicht?«, fragte der Präfekt. Doch war er so verwirrt, dass er die Sache nicht in ergötzlicher Weise vorzutragen vermochte und so fuhr er holperig fort:

»Ich sagte ihr: »Sie haben ein reizendes Kostüm« und da gab sie mir zur Antwort ... «

»Ich habe darunter noch ein viel hübscheres«, ergänzte Herr von Saffré ruhig. »Das ist schon alt, mein Verehrtester, schon sehr alt.«

Herr Hupel de la Noue blickte ihn förmlich entsetzt an. Der Scherz war alt und er wollte sich noch immer mehr in die köstliche Naivität dieser von Herzen kommenden Worte vertiefen!

»Alt, so alt wie die Welt«, wiederholte der Sekretär. »Frau von Espanet hat es in den Tuilerien schon zweimal gesagt.«

Dies war der Gnadenstoß und nun kehrte sich der Präfekt weder an den Minister, noch an den ganzen Salon. Er schritt auf die Estrade zu, als das Piano zu präludieren begann; traurige, klagende Töne entquollen den Fingern des Spielenden. Lauter tönte die Klage und der Vorhang glitt auseinander. Herr Hupel de la Noue, der bereits zur Hälfte verschwunden war, trat in den Salon zurück, als er das leise Knirschen der Ringe vernahm. Er war bleich, erbittert und machte eine heftige Anstrengung, um den Damen nicht einige zermalmende Worte zuzurufen, da sie es gewagt, ihre Plätze ohne seine Anweisungen einzunehmen. Die kleine Espanet musste das Komplott angezettelt haben, den Wechsel der Kostüme zu beschleunigen und sich ohne ihn zu behelfen. Doch das war nicht mehr das Richtige; das Ganze hatte so keinen Wert.

Er kehrte zu den Übrigen zurück, wobei er einige heftige Worte murmelte. Nachdem er dann einen Blick auf die Estrade geworfen, sprach er halblaut vor sich hin:

»Die Nymphe Echo ist zu sehr am Rand ... Und dieses Bein des schönen Narcisse ... ach! Wie steif und starr, ohne jede Weichheit und Anmut ... «

Die Herren Mignon und Charrier, die sich ihm genähert hatten, um sich die Sache »erklären« zu lassen, richteten die Frage an ihn, was »denn der junge Mann und das junge Mädchen machten, die auf der Erde lagen.« Er aber gab keine Antwort und verweigerte es, sein Poem weiter zu erläutern; als die Herren aber weiter in ihn drangen, sagte er zornig:

»Ach! Das geht mich gar nichts mehr an, sobald die Damen ihre Plätze ohne mich einnehmen!«

Das Klavier schluchzte in weichen Tönen. Auf der Estrade eröffnete eine Waldlichtung, welche das elektrische Licht mit hellem Sonnenschein erfüllte, einen weiten Ausblick auf Waldesgrün. Es war das eine ideale Waldlichtung mit blauen Bäumen und großen gelben und roten Blumen, die so hoch waren wie Eichenstämme. Hier hatten sich auf einem Rasenhügel Venus und Pluto zusammengefunden; beide waren von den Nymphen umgeben, die aus dem ganzen Walde herbeigeeilt gekommen, um sich zu einem Gefolge zu Schaaren. Es gab hier Baumnymphen, Quellennymphen, Bergnymphen, – all die lachenden, nackten Halbgottheiten der Wälder. Und der Gott und die Göttin triumphierten; sie straften die Kälte des Hochmütigen, der sie verachtet hatte, während die Gruppe der Nymphen im Vordergrunde neugierig und mit einer gewissen heiligen Scheu der Rache des Olymps beiwohnte. Das Drama schloss hier ab. Am Rande eines Baches liegend betrachtete sich der schöne Narcisse in der klaren Wasserfläche und man hatte die Täuschung so weit getrieben, dass man am Grunde des Baches einen wirklichen Spiegel angebracht hatte. Er war aber nicht mehr der junge Halbgott, der frei und unbehindert durch die Wälder strich; der Tod überraschte ihn inmitten seiner entzückten Bewunderung des eigenen Bildes, der Tod beraubte ihn seiner Kräfte und gleich einer Fee der Apotheose beschwor Venus mit dem ausgestreckten Finger sein Verhängnis über ihn herauf. Er wurde zur Blume. Seine Gliedmaßen gingen allmählich in dunkles Grün über; die leicht zurückgebogenen Füße, die den biegsamen Stängel darstellten, versenkten sich in die Erde, um daselbst Wurzel zu fassen, während der Oberkörper, welchen breite, weiße Seidenstreifen zierten, sich in eine herrliche Blumenkrone verwandelte. Die blonden Haare Maximes vervollständigten die Täuschung und die langen Locken bildeten die gelben Staubfäden inmitten der weißen Kelchblätter. Und die große werdende Blume, die noch menschlich fühlte, neigte den Kopf dem Wasserspiegel zu, während die Augen trunken blickten und das Gesicht in wonnevoller Begeisterung lächelte, als hätte der schöne Narcisse im Tode die Befriedigung der Begierden gefunden, die er sich selbst eingeflößt hatte. Wenige Schritte von ihm entfernt lag auch die Nymphe Echo im Sterben; sie starb, weil ihr Verlangen unbefriedigt geblieben war. Allmählich ging die Regungslosigkeit des Bodens auf sie selbst über und ihre von heißem Leben erfüllten Glieder wurden kalt und starr. Sie wurde nicht zum gewöhnlichen, von Moos bedeckten Felsen, sondern zu weißem Marmor, dank ihren Schultern und ihren Armen, dank ihrem schneeweißen Kostüm, dessen Laubgürtel und blaue Schärpe verschwunden waren. Kraftlos zusammensinkend, während ihr weißes Satinkleid sich in weiten Falten gleich den Umrissen eines Marmorblocks um sie legte, glitt sie zu Boden und ihr zur Statue gewordener Leib hatte nichts Lebendes mehr in sich außer ihren Augen, diesen Augen, die sich sehnsuchtsvoll auf das Spiegelbild des Baches richteten. Und schon schien es, als ob alle Liebeslaute des Waldes, die lang gezogenen Töne des Dickichts, das geheimnisvolle Rauschen der Blätter, die tiefen Seufzer der mächtigen Eichen, sich auf die Marmorfläche der Nymphe Echo niederlassen wollten, deren Herz auch inmitten des Blockes blutend, selbst die leisesten Klagen der Erde und der Luft wiedergab.

»Ach Gott! Wie sie den armen Maxime vermummt haben!«, sagte Luise halblaut. »Und Frau Saccard sieht aus, als wäre sie tot.«

»Sie ist ganz bedeckt vom Reispuder«, behauptete Frau Michelin.

Andere, ebenso wenig verbindliche Bemerkungen wurden laut. Das dritte Bild konnte sich des rückhaltlosen Beifalls der beiden ersten nicht rühmen. Und dessen ungeachtet war es gerade dieser tragische Ausgang, welcher Herrn Hupel de la Noue über sein eigenes Talent in Begeisterung versetzte. Er bewunderte sich in demselben, wie sich sein Narcisse im Spiegelbild der Quelle bewunderte. Er habe – meinte er – eine Menge poetischer und philosophischer Gedanken eingestreut. Als sich der Vorhang zum letzten Mal geschlossen hatte und die Zuschauer, wie es sich für wohlerzogene Leute schickt, ihren Beifall gespendet hatten, empfand er bittere Reue darob, dass er seinem Zorn nachgegeben und den letzten Teil seines Poems nicht erläutert hatte. Er wollte nun den Personen, die sich in seiner Nähe befanden, eine Erklärung der liebenswürdigen, großartigen oder einfach nur schelmischen Dinge liefern, welche der schöne Narcisse und die Nymphe Echo darstellten und er wollte sogar sagen, was Venus und Pluto im Hintergrund der Lichtung getrieben hatten; all diese Herren und Damen aber, deren auf das Praktische gerichteter Sinn für die Grotte der Liebe und die Höhle des Goldes volles Verständnis gezeigt, verrieten keinerlei Neigung, sich in die mythologischen Auseinandersetzungen des Präfekten zu versenken. Nur die Herren Mignon und Charrier, die alles wissen wollten, waren so liebenswürdig, ihn zu befragen. Er bemächtigte sich ihrer, drängte sie in eine Fensternische und hielt ihnen da einen zweistündigen Vortrag über Ovids »Metamorphosen«.

Der Minister zog sich indessen zurück. Er entschuldigte sich, dass er die schöne Frau Saccard nicht erwarten könne, um ihr seine Bewunderung über die vollendete Anmut der Nymphe Echo auszudrücken. Er war Arm in Arm mit seinem Bruder zwei- oder dreimal durch den Salon geschritten, hatte einigen Leuten die Hand gedrückt und mehrere Damen begrüßt. Niemals noch hatte er sich Saccards wegen in solchem Maß bloßgestellt. Der Spekulant strahlte vor Freude, als er ihm bei der Tür angelangt, mit lauter Stimme sagte:

»Ich erwarte Dich morgen; komm zum Frühstück zu mir.«

Der Ball sollte beginnen. Die Diener hatten die Fauteuils der Damen an die Wände gerückt. Über den Boden des großen Salons erstreckte sich nun von dem kleinen, gelben Salon bis zur Estrade der purpurrote Teppich, dessen große Blumen sich unter dem blendenden Licht der Kronleuchter zu erschließen schienen. Immer höher stieg die Hitze und der Reflex der roten Tapeten bräunte das Gold der Möbel und der Decke. Um den Ball zu eröffnen, wartete man nur noch, bis die Damen, die Nymphe Echo, Venus, Pluto und die anderen die Toilette gewechselt haben würden.

Frau von Espanet und Frau Haffner waren die ersten, die zum Vorschein kamen. Sie hatten die Kostüme des zweiten Bildes angelegt; die Erstere stellte das Gold, Letztere das Silber dar. Man umringte, beglückwünschte die Beiden, worauf sie über ihre Eindrücke zu berichten begannen.

»Es fehlte nicht viel, so hätte ich laut zu lachen begonnen«, sagte die Marquise; »als ich von Weitem die große Nase des Herrn Toutin-Laroche erblickte, der mich anstarrte.«

»Mein Hals ist ganz steif«, warf die blonde Susanne schmachtend ein. »Nein, wahrhaftig, wenn dies eine Minute länger gedauert hätte, so hätte ich den Kopf in die natürliche Lage gebracht, denn mein Hals schmerzte fürchterlich.«

Aus der Fensternische, in welcher Herr Hupel de la Noue die Herren Mignon und Charrier gefangen hielt, warf er unruhige Blicke nach der Gruppe, die sich um die beiden jungen Frauen gebildet hatte; er fürchtete, dass man sich dort über ihn lustig mache. Nacheinander langten nun auch die übrigen Nymphen an, die alle ihre Kostüme als Edelsteine angelegt hatten; einen unerhörten Erfolg hatte die Comtesse Vanska als Koralle, als man die sinnreichen Details ihrer Toilette in der Nähe bewundern konnte. Darauf trat Maxime in tadelloser Balltoilette, mit lächelnder Miene ein und sofort war er von einer Flut von Frauen umringt. Man ging ihm hart zu Leibe, neckte ihn mit seiner Rolle als Blume, mit seiner Leidenschaft für den Spiegel und er verriet keinerlei Befangenheit, sondern fuhr wie entzückt über seine Persönlichkeit zu lächeln fort, ging auf die Scherze ein und gestand, dass er sich selbst anbete und die Frauen zur Genüge kenne, um sich selbst ihnen vorzuziehen. Darüber wurde noch lauter gelacht, die Gruppe wurde immer größer, während der junge Mann in diesem Meer von Schultern verloren, inmitten dieses Gewirrs flimmernder Toiletten, seinen Duft ungeheuerlicher Leidenschaft, die lasterhafte Sanftmut einer blonden Blume beibehielt.

Als aber Renée endlich zum Vorschein kam, trat eine kurze Stille ein. Sie hatte ein neues Kostüm von so origineller Anmut und solcher Kühnheit angelegt, dass sogar die an die Überspanntheiten der jungen Frau gewöhnten Herren und Damen ein Murmeln der Überraschung nicht zu unterdrücken vermochten. Sie war wie eine Bewohnerin der Insel Otaheiti gekleidet, deren Tracht offenbar eine sehr primitive ist, denn dieselbe bestand bloß aus einem zart rosafarbenen Tricot, welches ihr von den Füßen bis zum Busen reichte, Schultern und Arme dagegen vollständig nackt ließ. Über diesem Tricot hatte sie eine einfache, kurze

Musselinebluse, die mit zwei Volants besetzt war, um die Hüften ein wenig zu verdecken. In den Haaren trug sie eine Krone aus Feldblumen, an den Fußknöcheln und um die Handgelenke goldene Reifen. Und weiter nichts. Sie war so gut wie nackt. Unter der weißen Bluse war das Tricot von den Formen des Körpers geschwellt und die reine Linie derselben fand ihre Fortsetzung von den Knien bis zu den Achselhöhlen, nur schwach unterbrochen von den Volants, doch umso schärfer bei der leisesten Bewegung zwischen den Maschen der Spitzen hervortretend. Sie stellte eine entzückende Wilde, eine wollüstige Tochter der Barbaren dar, kaum hinter einer weißen Dunstwolke verborgen, die ihren ganzen Körper erraten ließ.

Mit geröteten Wangen kam Renée lebhaften Schrittes heran. Céleste hatte das erste Tricot ruiniert, die junge Frau aber in Voraussicht dieser Möglichkeit ihre Vorsichtsmaßregeln getroffen. Dieses zerrissene Tricot hatte die Verzögerung verursacht. Sie schien ihren Triumph gar nicht zu bemerken; ihre Hände brannten, ihre Augen glänzten im Fieber. Dessen ungeachtet lächelte sie und antwortete kurz auf die schmeichelhaften Bemerkungen der Herren über die vollendete Schönheit, mit welcher sie die Nymphe »Echo« in den lebenden Bildern dargestellt hatte. Hinter ihr blieb ein Schwarm schwarzer Fräcke zurück, die entzückt von der Durchsichtigkeit ihrer weißen Musselinbluse waren. Als sie bei der Gruppe der Frauen angelangt war, welche Maxime umgaben, wurden bewundernde Bemerkungen laut und die Marquise, die sie eingehend vom Scheitel bis zu den Füßen musterte, bemerkte halblaut:

»Sie ist herrlich gebaut.«

Frau Michelin, deren Kostüm als indische Tänzerin sich neben dieser hauchleichten Toilette überaus schwerfällig ausnahm, presste die Lippen zusammen, während ihr Frau Sidonie, die in ihrem Kostüme als Magierin gänzlich zusammengeschrumpft aussah, ins Ohr flüsterte:

»Weiter lässt sich die Unanständigkeit denn doch nicht treiben, nicht wahr, mein Schatz?«

»Gewiss nicht!«, erwiderte die hübsche Brünette. »Mein Gatte wäre im höchsten Grade aufgebracht, wenn ich mich dermaßen entkleiden würde.«

»Und mit vollem Recht!«, schloss die Spitzenhändlerin.

Die anwesenden ernsten Männer teilten nicht diese Ansicht, sondern waren ganz begeistert. Herr Michelin, den seine Frau zu so ungelegener

Zeit als Beispiel anführte, geriet vor Begeisterung ganz außer sich, nur um dem Baron Gouraud und Herrn Toutin-Laroche, die der Anblick Renées entzückte, gefällig zu sein. Man sagte Saccard allerlei Schmeichelhaftes über die herrlichen Formen seiner Frau und er verbeugte sich ganz gerührt. Der Abend brachte ihm die Erfüllung so vieler Wünsche und abgesehen von einer gewissen Besorgnis, die zuweilen in seinen Augen aufstieg, wenn er einen raschen Blick zu seiner Schwester hinüberwarf, hätte man ihn für ganz glücklich halten können.

»Nicht wahr, so viel hat sie uns noch nicht sehen lassen?«, flüsterte Luise Maxime scherzend ins Ohr, indem sie mit den Augen auf Renée deutete.

Gleich darauf fügte sie aber mit einem unerklärlichen Lächeln hinzu:

»Mich wenigstens nicht.«

Der junge Mann blickte sie unruhig an; sie aber lächelte unbefangen mit der Schelmerei eines Schulknaben, der sich über einen etwas gewagten Scherz freut.

Der Ball nahm seinen Anfang. Die Estrade, auf welcher die lebenden Bilder dargestellt worden, hielt jetzt ein kleines Orchester besetzt, in welchem die Blechinstrumente vorherrschten und die Trompeten und Klapphörner ließen in dem idealen Walde, inmitten der blauen Bäume ihre hellen Töne erschallen. Zuerst wurde eine Quadrille nach der Melodie gespielt: »Ach, Bastian hat Stiefel an!«, die zu jener Zeit in den niedrigen Tanzlokalen sich großer Beliebtheit erfreute. Und die Damen tanzten dazu. Polkas, Walzer und Mazurkas wechselten mit den Quadrillen ab. Die sich wiegenden Paare kamen und gingen, den langen Raum ganz ausfüllend, bei den anfeuernden Klängen der Blechinstrumente emporschnellend, um bei den wiegenden Tönen der Violinen wieder sanft dahinzuschweben. Die Kostüme aus allen Zeiten und allen Ländern wirbelten in toller Buntscheckigkeit durcheinander und nachdem die Tanzweise die vielen Farben in einem kadenzierten Wirrsal durcheinander gewürfelt hatte, kamen bei gewissen Stellen des Musikstückes dieselbe Robe aus rotem Satin, dasselbe Leibchen aus blauem Samt an der Seite desselben Frackes wieder zum Vorschein. Dann führte ein neuer Bogenstrich, ein Stoß in die Blechinstrumente die Paare in langer Reihe durch den Salon, mit den wiegenden Bewegungen eines Nachens, der unter der Gewalt eines Windes die Ankerkette gesprengt hat und nun ohne Ziel dahin treibt. Und so ging das fort, stundenlang, ohne Unterbrechung. Zuweilen näherte sich zwischen zwei Tänzen eine Dame dem Fenster, um etwas frische Luft einzuatmen, oder ein Paar zog sich in den kleinen, goldenen Salon zurück, um ein wenig auszuruhen, oder es begab sich in den Wintergarten hinab und schritt in den kühleren Alleen auf und nieder. Unter den Lauben von Schlingpflanzen, in der Tiefe des angenehmen Schattens, wohin nur einzelne abgerissene Töne des Orchesters drangen, vernahm man mitunter schmachtendes, perlendes Lachen und das Rauschen seidener Frauenkleider, von denen man bloß den unteren Saum sah.

Als man die Tür des Speisesaales öffnete, welcher zum Buffet umgewandelt war, mit einer langen Tafel in der Mitte, die mit kalten Fleischgerichten beladen war, und hohen Kredenztischen an den Wänden, entstand ein unbeschreibliches Stoßen und Drängen. Ein schöner großer Mann, der so unvorsichtig gewesen, seinen Hut in der Hand zu behalten, wurde so nachdrücklich an die Wand gepresst, dass der unglückliche Hut mit einem dumpfen Klagelaut zusammenklappte, worüber herzlich gelacht wurde. Man stürzte sich auf das Backwerk und das getrüffelte Geflügel, wobei man sich gegenseitig die Ellenbogen rücksichtslos in die Seiten bohrte. Es war ein förmlicher Sturm; ein Dutzend Hände begegneten einander in jeder Bratenschüssel und die Dienerschaft wusste nicht, wem sie Rede stehen sollte inmitten dieser Schaar von feinen, wohlerzogenen Männern, deren ausgestreckte Arme nur die eine Furcht bezeugten, sie könnten zu spät kommen und leere Schüsseln vorfinden. Ein alter Herr geriet in Zorn, weil kein Bordeaux vorhanden war und er seiner Behauptung nach nicht schlafen könne, wenn er Champagner getrunken.

»Sachte, meine Herren, nur immer sachte!«, ließ sich die ernste Stimme des würdigen Baptiste vernehmen. »Jedermann wird befriedigt werden.«

Doch man achtete nicht auf ihn. Der Speisesaal war voll und noch immer drängten sich Fräcke an der Tür. Vor den Kredenzschränken standen dicht gekeilte Gruppen, die eilig aßen. Viele tranken, denen es nicht gelungen war, ein Stück Brod zu erlangen und Andere wieder schlangen die Speisen ohne zu trinken hinunter, da sie kein Glas erreichen konnten.

»Hören Sie«, sagte Herr Hupel de la Noue, den die Herren Mignon und Charrier, die der Mythologie bereits überdrüssig geworden waren, zum Büffet geschleppt hatten; »wir werden gar nichts erlangen, wenn wir nicht gemeinsame Sache machen ... In den Tuilerien geht es noch weit schlimmer zu und so besitze ich hierin einige Erfahrung ... Kümmern Sie sich um den Wein, ich schaffe Fleisch herbei.«

Der Präfekt lauerte auf eine Hammelkeule. Im geeigneten Augenblicke streckte er über ein halbes Dutzend Schultern die Hand aus und bemächtigte sich derselben ruhig, nachdem er sich die Taschen mit kleinen Broten angefüllt hatte. Auch die beiden Unternehmer kehrten von ihrem Feldzug zurück: Mignon mit einer und Charrier mit zwei Flaschen Champagner; dagegen hatten sie bloß zwei Gläser aufzutreiben vermocht. Doch sagten sie, dass das nichts zu bedeuten habe; sie würden aus einem Glas trinken. Auf einem im Hintergrund des Raumes stehenden kleinen Blumentisch nahmen die drei Herren ihr Mahl ein, ohne ihre Handschuhe abzulegen, die von der Keule abgelösten Schnitten auf ihr Brot legend und die Champagnerflaschen unter den Armen haltend. So aufrecht stehend, plauderten sie mit vollem Mund, wobei sie sich ein wenig nach vorn neigten, damit die Abfälle nicht ihre Westen, sondern lieber den Teppich beschmutzten.

Charrier, der mit seinem Wein früher als mit seinem Brot fertig geworden war, fragte einen Bedienten, ob er nicht ein Glas Champagner bekommen könnte.

»Warten Sie doch!«, versetzte der bestürzte Diener zornig, da er den Kopf verloren und vergessen hatte, dass er sich nicht in der Küche befinde. »Man hat schon dreihundert Flaschen ausgetrunken.«

Inzwischen hatte das Orchester wieder zu spielen begonnen. Man tanzte die damals auf den öffentlichen Bällen sehr beliebte »Kuss-Polka«, bei welcher die Tänzer den Rhythmus mit einem ihren Tänzerinnen versetzten Kuss markieren mussten. Jetzt erschien Frau von Espanet an der Tür des Speisesaales; ihre Wangen waren gerötet, ihre Haare ein wenig zerzaust und mit reizend schmachtender Bewegung zog sie ihre große Silberrobe nach sich. Man trat gar nicht zur Seite, um sie durchzulassen und auch sie musste sich mithilfe ihrer Ellenbogen einen Weg bahnen. Sie machte zögernd, mit schmollend verzogenen Lippen einen Rundgang um den Tisch, worauf sie geradeaus auf Herrn Hupel de la Noue zu schritt, der sein Mahl beendet hatte und sich mit dem Taschentuche den Mund abtrocknete.

»Sie wären sehr liebenswürdig, mein Herr, wenn Sie mir einen Stuhl beschaffen wollten«, sprach sie mit einem entzückenden Lächeln zu ihm. »Ich habe mich vergebens umgesehen ... «

Der Präfekt grollte der Marquise, seine Galanterie aber verleugnete sich trotzdem nicht. Er beeilte sich, einen Stuhl herbeizuschaffen, auf welchem sich Frau von Espanet niederließ, während er hinter ihr stehen blieb, um sie zu bedienen. Sie wünschte bloß einige Krabben mit etwas Butter und einen Fingerhut voll Champagner. Von den hastig schmausenden Männern umgeben, verzehrte sie das Gewünschte langsam, die Hände anmutig und fein zum Mund führend. Tisch und Stühle waren ausschließlich den Damen vorbehalten; für den Baron Gouraud aber wurde immer eine Ausnahme gemacht und er saß breit in einem bequemen Fauteuil und verzehrte behaglich eine Pastetenschnitte, die man ihm vorgesetzt hatte. Die Marquise eroberte sich neuerdings die Gunst des Präfekten, indem sie ihm sagte, dass sie die künstlerischen Reizungen, welche ihr die Darstellung der »Liebe des schönen Narcisse und der Nymphe Echo« bereitet, niemals vergessen werde. Sie erklärte ihm auch in einer ihn völlig zufriedenstellenden Weise, weshalb man beim dritten Bild nicht auf ihn gewartet hatte: Als die Damen nämlich erfahren hatten, dass der Minister zugegen sei, waren sie der Ansicht, es sei nicht schicklich, den Zwischenakt noch länger hinauszudehnen. Schließlich bat sie ihn, Frau Haffner zu holen, die mit Herrn Simpson tanzte, – ein brutaler Mann, wie sie sagte, der ihr sehr missfiel. Und als Susanne bei ihr war, würdigte sie Herrn Hupel de la Noue keines Blickes mehr.

Von den Herren Toutin-Laroche, von Mareuil und Haffner begleitet, hatte sich Saccard eines Kredenztisches bemächtigt. Die Tafel war voll besetzt und da gerade Herr von Saffré mit Frau Michelin am Arme vorüberkam, hielt er ihn an und bewog die hübsche Brünette, mit ihnen zu halten. Die junge Frau verzehrte allerlei süßes Backwerk und blickte die sie umgebenden fünf Männer aus den hellen Augen lächelnd an. Die Herren neigten sich zu ihr, berührten ihre von Goldfäden durchzogenen Schleier und drängten sie immer dichter an den Kredenztisch, sodass sie bereits an demselben lehnte und so nahm sie aus den Händen aller Herren sanft und schmeichelnd die verschiedenen Mundvorräte an, mit der verliebten Willigkeit einer Sklavin, die von ihren Gebietern umgeben ist. Herr Michelin dagegen verzehrte am anderen Ende des Gemaches in aller Gemütsruhe eine treffliche Gänseleberpastete, deren er sich zu bemächtigen vermocht hatte.

Inzwischen trat Frau Sidonie, die seit den ersten Klängen des Orchesters im Ballsaal herumstrich, in den Speisesalon und winkte Saccard mit den Augen zu sich heran.

»Sie tanzt nicht«, sprach sie mit leiser Stimme zu ihm; »und scheint unruhig zu sein. Ich glaube, sie bereitet einen Handstreich vor ... Den Galan konnte ich aber noch nicht entdecken ... Ich will jetzt nur etwas essen und dann wieder auf den Anstand gehen.«

Und stehend wie ein Mann verzehrte sie den Flügel eines Huhnes, den sie sich durch Herrn Michelin, der mit seiner Gänseleber fertig geworden war, reichen ließ. Dazu trank sie aus einem großen Champagnerkelch Malaga und nachdem sie sich mit den Fingern die Lippen getrocknet hatte, kehrte sie in den Salon zurück. Die Schleppe ihres Magierinkostüms schien bereits allen Staub der Teppiche gesammelt zu haben.

Der Ball wollte nicht mehr recht von der Stelle und auch das Orchester ließ bereits bedenkliche Pausen eintreten, als ein Gemurmel laut wurde: »Einen Kotillon! Einen Kotillon!«, welches neues Leben in die Tänzer und Blechinstrumente brachte. Aus allen Winkeln des Treibhauses kamen Paare herbei, der Salon füllte sich wie zur ersten Quadrille und inmitten des entstehenden Gewirrs wurde lebhaft verhandelt. Es war das letzte Aufflackern des Balles, gleich einem Licht, welches dem Erlöschen nahe ist. Die Herren, die nicht tanzten, sahen aus ihren Nischen wohlwollenden Blickes zu, die inmitten des Raumes plaudernde Gruppe wurde immer größer, während die im Speisesaal befindlichen Personen die Hälse reckten, um zu sehen, was es denn gäbe, ohne dabei mit dem Essen aufzuhören.

»Herr von Mussy will nicht«, sagte eine Dame. »Er hat geschworen, den Kotillon nicht anzuführen ... Ach, Herr von Mussy, nur noch einmal, bitte, noch ein einziges Mal ... uns zu Liebe ... «

Der junge Botschaftsattaché aber war nicht umzustimmen. Es sei wirklich unmöglich; er habe es gelobt. Die Enttäuschung war allgemein. Maxime lehnte es auch ab; er sei ganz erschöpft und könne nicht, behauptete er. Herr Hupel de la Noue wagte sich nicht anzubieten; er ließ sich nur bis zur Poesie herab. Eine Dame, die von Herrn Simpson sprach, wurde überschrien, denn dieser junge Mann war der absonderlichste Kotillonarrangeur, den man sich nur denken konnte. Er hatte die merkwürdigsten und boshaftesten Einfälle und in einem Salon, wo man so unvorsichtig gewesen war, ihn zum Kotillonführer zu wählen, erzählte man sich, er habe die Damen gezwungen, über die Stühle zu springen und dass eine seiner beliebtesten Figuren darin bestehe, die Tänzer und Tänzerinnen auf allen Vieren durch den Tanzsaal marschieren zu lassen.

»Ist Herr von Saffré nicht mehr da?«, fragte eine Kinderstimme.

Er war gerade im Begriff, sich zu entfernen und verabschiedete sich bereits von der schönen Frau Saccard, mit der er auf dem besten Fuße stand, seitdem sie nichts von ihm wissen wollte. Dieser sonderbare Liebhaber bewunderte die Launen anderer Leute. Im Triumph brachte man ihn aus dem Vestibül zurück. Er wehrte sich, sagte lächelnd, dass man ihn bloßstelle, dass er ein ernster Mann sei. Und als sich ihm die vielen weißen Hände entgegenstreckten, sagte er:

»Bitte also Ihre Plätze einzunehmen, meine Herrschaften. Doch ich sage Ihnen im Vorhinein, dass ich nach klassischem Muster arbeite und nicht Fantasie für zwei Sous besitze.«

Die Paare ließen sich rings an den Wänden auf Stühlen und Fauteuils nieder, deren man gerade habhaft werden konnte und die jungen Leute holten sogar die eisernen Stühle aus dem Wintergarten. Es war ein Riesen-Kotillon. Herr von Saffré, der die feierliche Miene eines zelebrierenden Priesters angenommen hatte, erwählte zu seiner Dame die Gräfin Vanska, deren Korallenkostüm ihn in hohem Grade fesselte. Als jedermann auf seinem Platz war, ließ er einen langen Blick über diesen Kreis von bunten Röcken schweifen, deren jeder von einem Frack flankiert war und darauf winkte er dem Orchester, welches rauschend einfiel. Renée hatte es abgelehnt, an dem Kotillon teilzunehmen. Seit dem Beginn des Balles war sie von nervöser Heiterkeit; dabei tanzte sie wenig und mengte sich immer unter die verschiedenen Gruppen, unfähig, auf einem Platz ruhig auszuharren. Ihre Freundinnen behaupteten, sie sei so sonderbar heute. Sie hatte erwähnt, sie gedenke nächster Tage mit einem berühmten Äronauten, von dem ganz Paris sprach, eine Auffahrt mit seinem Ballon zu machen. Als der Kotillon begann und sie nicht mehr unbehindert kommen und gehen konnte, hielt sie sich in der Nähe des Vestibüls auf und reichte dort den Herren, die nach Hause gingen, die Hand oder sie plauderte mit den Freunden ihres Mannes. Der Baron Gouraud, den ein Diener in seinen Pelzmantel gehüllt, mit sich nahm, machte ihr noch ein letztes Kompliment über ihr entzückendes Kostüm; er habe noch kein herrlicheres gesehen, meinte er geziert.

Herr Toutin-Laroche reichte Saccard die Hand.

»Maxime rechnet auf Sie«, sagte der Letztere.

»Gewiss, gewiss«, erwiderte der neue Senator und sich zu Renée wendend, fügte er hinzu: »Ich habe Ihnen meine Glückwünsche noch nicht dargebracht, Madame ... Das geliebte Kind ist doch jetzt gut untergebracht und ich ... «

Sie lächelte erstaunt und Saccard sagte:

»Meine Frau weiß noch nichts ... Wir haben heute Abend die Vermählung zwischen Maxime und Fräulein von Mareuil festgesetzt.«

Sie lächelte noch immer und verbeugte sich vor Herrn Toutin-Laroche, der sich mit den Worten entfernte:

»Am Sonntag wird der Kontrakt unterzeichnet, nicht wahr? Ich reise allerdings in geschäftlichen Angelegenheiten nach Nevers, gedenke aber bis dahin wieder hier zu sein.«

Einen Augenblick blieb sie allein im Vestibül. Sie lächelte nicht mehr und in dem Maße, als sie das soeben Vernommene begriff, erfasste sie ein wachsender Schauer. Starr blickte sie die roten Samttapeten, die wenigen Pflanzen, die Majolikagefäße an. Dann sprach sie laut vor sich hin:

»Ich muss mit ihm sprechen.«

Damit kehrte sie in den Salon zurück; doch musste sie lange an der Tür stehen bleiben, da eine Kotillonfigur den Weg versperrte. Gedämpft spielte das Orchester einen Walzersatz. Die Damen hielten sich an den Händen gefasst und bildeten einen Kreis, wie ihn kleine Mädchen zu bilden und dazu Kehrreime zu singen pflegen. Dabei drehten sie sich mit möglichster Raschheit im Kreise, zogen sich gewaltsam an den Händen, lachten und strauchelten. In der Mitte des Kreises stand ein Ritter – der boshafte Herr Simpson – mit einer langen, rosenroten Schärpe, die er mit der Bewegung eines Fischers, der ein Netz auswerfen will, wurfbereit hielt. Doch beeilte er sich durchaus nicht damit; offenbar bereitete es ihm Vergnügen, die Damen sich im Kreis drehen und sich ermüden zu lassen. Schon keuchten dieselben und baten um Gnade. Nun schnellte er die lange Schärpe vor und dies mit solcher Geschicklichkeit, dass sie sich um die Schultern der Marquise von Espanet und der Frau Haffner wand, die sich miteinander drehten. Es war das ein Scherz des Amerikaners. Er wollte mit beiden Damen zu gleicher Zeit tanzen und hatte dieselben bereits umschlungen – die eine mit dem rechten, die andere mit dem linken Arm – als Herr von Saffré mit der strengen Stimme des Kotillonkönigs sagte:

»Man tanzt nicht mit zwei Damen.«

Herr Simpson aber wollte die beiden Frauen nicht freigeben, die sich in seinen Armen lachend zurückbogen. Man beriet über den Fall, die Damen wurden ungehalten, das Getümmel wurde immer ärger und die in den Nischen lehnenden Herren fragten neugierig, wie sich Saffré aus der schwierigen Lage ziehen werde. Dieser schien tatsächlich einen Augenblick ratlos und suchte nach einem Ausweg, um durch einen glücklichen Einfall die Lacher auf seine Seite zu bringen. Jetzt lächelte er und jede der beiden Damen bei einer Hand erfassend, flüsterte er ihnen eine Frage ins Ohr, worauf er, nachdem er die Antwort erhalten, sich mit den Worten zu Herrn Simpson wendete:

»Wählen Sie das Eisenkraut oder wählen Sie das Immergrün?«,

Herr Simpson, der ein wenig einfältig war, sagte, dass er das Immergrün wähle, worauf ihm Herr von Saffré die Marquise überließ.

»Dies ist das Immergrün«, sagte er dabei.

Man applaudierte leise, denn die Sache hatte sehr gut gefallen. Herr von Saffré war ein Kotillonführer, »der nicht in Verlegenheit zu bringen war«, wie der Ausdruck der Damen lautete. Inzwischen hatte das Orchester voll eingesetzt und nachdem Herr Simpson mit Frau von Espanet einen Tanz durch den Salon gemacht hatte, geleitete er sie zu ihrem Platz zurück.

Renée konnte ungehindert durch den Saal schreiten. Sie hatte sich beim Anblick »dieser Dummheiten« die Lippen blutig gebissen und fand, dass all' diese Männer und Frauen, die Schärpen warfen und sich Blumennamen gaben, höchst einfältig seien. In ihren Ohren brauste es; eine zornige Ungeduld erfasste sie, dass sie ein wildes Verlangen verspürte vorwärts zu dringen und sich mit Gewalt einen Weg zu bahnen. Raschen Schrittes eilte sie durch den Salon, gegen einzelne Paare stoßend, die zu ihren Sitzen zurückkehrten. Sie schritt gerade nach dem Wintergarten, denn da sie weder Luise noch Maxime unter den Tanzenden sah, wusste sie, dass sie die Beiden hinter irgendeinem Gebüsch antreffen werde, vereint durch ihren auf Schelmereien und Bosheiten gerichteten Instinkt, welcher sie die dunkeln Ecken aufsuchen ließ, sobald sie irgendwo zusammenkamen. Doch spähte sie vergebens in dem Halbdunkel des Wintergartens umher; sie vermochte nichts zu entdecken, als in dem Schatten eines lauschigen Plätzchens einen großen jungen Mann, der inbrünstig die Hände der kleinen Frau Daste küssend, leisen Tones sagte:

»Frau von Lauwerens hatte es mir ja gesagt: Sie sind ein Engel.«

Diese Erklärung, in ihrem Haus, in ihrem Wintergarten, erzürnte sie. Wahrhaftig, Frau von Lauwerens hätte ihren Schacher anderweitig betreiben können! Und Renée hätte eine Erleichterung empfunden, wenn sie all diese Leute, die so schamlos lärmten, aus ihrem Haus hätte weisen können. Vor dem Bassin stehend, blickte sie in das Wasser und fragte sich, wo sich denn Luise und Maxime versteckt haben mochten. Noch immer spielte das Orchester diesen Walzer, dessen wiegende Klänge ihr beinahe Übelkeiten verursachten. Dies war unerträglich; konnte sie denn in ihrem Haus nicht einmal mehr ungestört nachdenken? Sie war keines klaren Gedankens mehr fähig. Sie vergaß, dass die beiden jungen Leute noch nicht verheiratet seien und sagte sich, dass dieselben ganz einfach zu Bett gegangen seien. Dann erinnerte sie sich des Speisesaales und rasch stieg sie die Treppen des Wintergartens hinan. Doch an der Tür des großen Salons versperrte ihr zum zweiten Mal eine Kotillonfigur den Weg.

»Dies sind die »schwarzen Punkte«, meine Damen!«, sagte Herr von Saffré fein. »Es ist dies meine eigene Erfindung und Sie bekommen sie zum ersten Mal zu sehen.«

Es wurde viel gelacht, während die Herren den Damen die Anspielung erklärten. Der Kaiser hatte ganz kürzlich in einer Rede die Bemerkung gemacht, dass sich am politischen Himmel gewisse »schwarze Punkte« zeigten. Diese schwarzen Punkte hatten, ohne dass jemand wusste weshalb, Glück gemacht. Die Bevölkerung von Paris bemächtigte sich dieses Ausdrucks und seit acht Tagen drehte sich alles um die schwarzen Punkte. Herr von Saffré stellte die Herren an einem Ende des Salons derart auf, dass sie den am anderen Ende befindlichen Damen den Rücken kehrten. Sodann gebot er ihnen, ihre Frackschöße emporzuheben, sodass sie damit ihren Hinterkopf verdeckten. Diese Operation wurde inmitten einer tollen Heiterkeit ausgeführt. Buckelig, mit eingezogenen Schultern, mit den aufgehobenen Frackschößen, die ihnen kaum bis zu den Hüften reichten, boten die Herren wahrhaftig einen abscheulichen Anblick.

»Lachen Sie nicht, meine Damen!«, rief Herr von Saffré mit drolligem Ernst aus; »oder ich lasse Sie Ihre Spitzentücher zurückschlagen.«

Das allgemeine Gelächter ertönte noch lauter, während er einzelnen Herren gegenüber, die ihre Köpfe nicht verbergen wollten, seine Autorität energisch geltend machte.

»Sie stellen die »schwarzen Punkte« vor«, sagte er zu ihnen. »Verhüllen Sie Ihre Köpfe und zeigen Sie bloß den Rücken, sodass die Damen bloß Schwarzes zu sehen bekommen ... Und nun vorwärts, mengen Sie sich untereinander, damit man Sie nicht mehr erkennen könne.«

Die Heiterkeit hatte ihren Höhepunkt erreicht. Die »schwarzen Punkte« kamen und gingen auf ihren dünnen Beinen wie Raben, die keine Köpfe haben. Man sah sogar ein Stück von dem Hemd eines Herrn samt Hosenträger und nun begannen die Damen zu rufen, man möge aufhören, sonst müssten sie ersticken und Herr von Saffré hatte so viel Einsehen, ihnen zu befehlen, sie mögen nun jede sich einen »schwarzen Punkt« aussuchen. Die Damen stoben unter lautem Rauschen ihrer Röcke wie ein Schwarm junger Rebhühner davon und bei den Herren angelangt, erfasste jede den Kavalier, der ihr unter die Hände geriet. Die Verwirrung war eine ungeheure. Und nun tanzten die improvisierten Paare in langer Reihe den Walzer, welchen das Orchester unermüdlich zu Gehör brachte.

Renée hatte sich an die Mauer gelehnt und starrte bleich, mit zusammengepressten Lippen vor sich hin. Ein alter Herr trat auf sie zu und fragte galant, weshalb sie nicht tanze. Sie musste lächeln und etwas erwidern. Dann entschlüpfte sie ihm und trat in den Speisesaal. Derselbe war leer. Von den geplünderten Speiseschränken, den benützten Tellern und Flaschen umgeben saßen Maxime und Luise an der Ecke eines Tisches beieinander und soupierten ruhig. Sie schienen sich sehr behaglich zu fühlen und lachten inmitten dieser Unordnung, dieser beschmutzten Gläser, dieser von Fett triefenden Teller und den Überresten, die noch warm waren von der Gier der weißbehandschuhten Gäste. Die beiden jungen Leute begnügten sich, die Brosamen wegzuputzen. Baptiste dagegen schritt ernst und würdevoll neben dem Tisch auf und ab, ohne anscheinend den Raum zu beachten, in welchem ein Rudel Wölfe gehaust zu haben schien. Er wartete bloß, bis die Diener etwas Ordnung geschafft haben würden.

Maxime hatte noch ein ganz erträgliches Souper zusammengestellt. Luise schwärmte für Mandelkuchen mit Pimpernüssen, von welchen noch ein Teller voll in einem Schrank entdeckt wurde. Vor sich hatten sie drei Flaschen Champagner, welche bereits angebrochen waren.

»Papa hat sich vielleicht schon entfernt«, sagte das junge Mädchen.

»Umso besser«, erwiderte Maxime; »dann werde ich Sie nach Hause begleiten.«

Und da sie über diese Worte lachte, fügte er hinzu:

»Sie wissen doch, dass man durchaus will, ich möge Sie heiraten. Das ist kein Scherz mehr, sondern vollster Ernst ... Was werden wir denn tun, wenn wir verheiratet sein werden?«

»Dasselbe, was die Anderen tun!«

Die Worte waren ihr etwas zu rasch entschlüpft und so fügte sie lebhaft hinzu, gleichsam als wollte sie dieselben vergessen machen:

»Wir werden nach Italien gehen, was für meine Brust sehr gut sein wird ... denn ich bin sehr krank ... Ach, mein armer Maxime, Sie werden eine absonderliche Frau haben! Ich habe nicht für zwei Sous Fett am Leib.«

Sie lächelte traurig trotz ihres kecken Pagenkostüms und ein trockener Husten färbte ihre Wangen rot.

»Das kommt vom Mandelkuchen«, sagte sie. »Zu Hause lässt man mich keinen essen ... Reichen Sie mir den Teller, damit ich den Rest in meine Taschen stecken könnte.«

Sie hatte gerade den Teller geleert, als Renée eintrat. Sie schritt sofort auf Maxime zu, wobei es ihr eine unerhörte Anstrengung kostete, nicht zu fluchen oder nicht mit den Fäusten über diese Buckelige herzufallen, die sie in so traulicher Unterhaltung mit ihrem Liebhaber antraf.

»Ich will mit Dir sprechen«, stammelte sie mit dumpfer Stimme.

Von Furcht erfasst zögerte er, da er sich vor einer Unterredung ängstigte.

»Mit Dir allein, und zwar sofort«, drängte Renée.

»Gehen Sie doch, Maxime«, sagte Luise mit ihrem unerklärlichen Blick. »Und schicken Sie mir gleichzeitig meinen Vater, den ich immer aus den Augen verliere, wenn wir in Gesellschaft sind.«

Er erhob sich und versuchte die junge Frau noch im Speisesaale aufzuhalten, indem er sie fragte, was sie ihm denn so Dringendes mitzuteilen habe. Sie aber sagte mit aufeinander gepressten Zähnen:

»Folge mir oder ich sage alles in Gegenwart der Leute!«

Er wurde sehr bleich und folgte ihr mit dem widerstandslosen Gehorsam eines geprügelten Tieres. Sie glaubte, dass Baptiste sie anblickte; doch was kümmerte sie sich in diesem Augenblick um die klaren, ruhigen Augen dieses Lakaien? An der Tür wurde sie zum dritten Mal durch den Kotillon aufgehalten.

»Warte«, murmelte sie; »diese Tölpel wollen noch immer nicht fertig werden.«

Und damit erfasste sie seine Hand, damit er ihr nicht entschlüpfen könne.

Herr von Saffré platzierte den Herzog von Rozan in einer Ecke des Salons auf derselben Seite, auf welcher sich die Tür des Speisesaales befand, mit dem Rücken gegen die Wand. Vor ihm stellte er eine Dame hin, sodann einen Herrn mit dem Rücken gegen den der Dame, hierauf eine zweite Dame vor den Kavalier und so fort paarweise in langer Schlangenlinie. Als er fertig geworden war, rief er mit lauter Kommandostimme:

»Vorwärts, meine Damen; Platz für die Kolonnen!«

Dem Befehl entsprechend wurden die Kolonnen gebildet. Die ungeziemende Stellung, welche die Damen innehatten, die sich derart zwischen zwei Männer gedrängt sahen, einen hinter und einen vor sich, trug viel zur Erheiterung der Gesellschaft bei. Die Brüste berührten die Rockaufschläge der Herren, die Beine der Kavaliere verschwanden in den Röcken der Damen und wenn sich die Köpfe lachend bewegten, mussten die Schnurrbärte zur Seite gewendet werden, damit die Dinge nicht bis zum Kusse gediehen. Ein Spaßvogel mochte der ganzen Linie einen leichten Stoß gegeben haben, denn dieselbe schrumpfte etwas zusammen, sodass die schwarzen Beine noch tiefer in den Röcken versanken; man vernahm leises Kreischen und unterdrücktes Gekicher, welches sich gar nicht mehr beruhigen wollte. Man hörte die Baronin von Meinhold sagen: »Aber, mein Herr, Sie erwürgen mich ja; drücken Sie mich nicht so sehr!«, und dies war so drollig, entfesselte eine so unbändige Heiterkeit, dass die erschütterten »Kolonnen« schwankten, gegeneinander stießen und sich gegenseitig stützen mussten, um nicht zu fallen. Herr von Saffré, der mit erhobenen Händen dastand, um zu klatschen, wartete. Endlich schlug er die Hände zusammen und auf dieses Signal drehte sich jede Person um. Die Paare, die sich einander gegenüber befanden, fassten sich um den Leib und die ganze Linie wirbelte im Walzer davon. Nur der arme Herzog von Rozan stieß mit der Nase gegen die Wand, als er sich umdrehte, was allgemein belacht wurde.

»Komm!«, sagte Renée zu Maxime.

Das Orchester spielte noch immer den Walzer. Die weiche Melodie, deren monotoner Rhythmus auf die Dauer fade und langweilig wurde, erhöhte noch die Erbitterung der jungen Frau. Sie trat, ohne die Hand Maximes loszulassen, in den kleinen Salon und ihn zu der in das Ankleidezimmer emporführenden Treppe drängend, gebot sie ihm erstickten Tones:

»Hinauf!«

Sie selbst folgte ihm. In diesem Augenblick langte Frau Sidonie, die erstaunt über das ruhelose Umherirren ihrer Schwägerin durch alle Räume, sich während des ganzen Abends in der Nähe derselben aufhielt, auf dem Perron des Wintergartens an, gerade als die Füße eines Mannes in dem Dunkel der kleinen Treppe verschwanden. Ein fahles Lächeln erhellte ihr wachsbleiches Gesicht und ihren Magiertalar emporraffend, um rascher gehen zu können, suchte sie ihren Bruder auf, wobei sie rücksichtslos eine Kotillonfigur zerstörte und die ihr in den Weg kommenden Diener befragte. Endlich fand sie Saccard allein mit Herrn von Mareuil in einem an den Speisesaal stoßenden Raum, welcher zeitweilig zum Rauchzimmer umgestaltet worden war. Die beiden Väter sprachen über die Mitgift, die einzelnen Punkte des Kontraktes. Als ihm aber seine Schwester einige Worte zugeflüstert hatte, stand Saccard auf, entschuldigte sich flüchtig und verließ das Zimmer.

Im Ankleidekabinett aber herrschte die größte Unordnung. Auf den Stühlen lagen das Kostüm der Nymphe Echo, das zerrissene Tricot, auf der Erde Spitzen und durcheinander geworfene Wäschestücke umher, – alles was eine Frau, auf die gewartet wird, in ihrer Eile zurücklässt. Von den silbernen und elfenbeinernen Toilettegerätschaften war an allen Ecken und Enden etwas zu sehen: Auf dem Teppich sah man Bürsten und Nagelfeilen und die noch feuchten Tücher die auf den Marmorplatten vergessenen Seifenstücke, die entkorkten Fläschchen verbreiteten einen starken, durchdringenden Geruch, welche den zarten Duft des Frauenleibes verdrängten. Um die weiße Farbe von Armen und Schultern zu entfernen, war die junge Frau nach den lebenden Bildern in die rosa Marmorwanne gestiegen und glitzernde Stellen waren auf der erkalteten Wasserfläche zu sehen.

Maxime strauchelte über ein Schnürleibchen, dass er beinahe gefallen wäre und versuchte zu lachen. Doch zitterte er vor Kälte, als er in das harte Gesicht Renées blickte. Sie trat auf ihn zu und fragte mit leiser Stimme:

»Du gedenkst also, die Buckelige zu heiraten?«

»Aber nicht im Traum«, murmelte er. »Wer hat Dir das gesagt?«

»Leugne doch nicht; es nützt ja nichts ... «

Er wurde ärgerlich. Sie begann unbequem zu werden und dem wollte er ein Ende machen.

»Nun denn ja, ich heirate sie. Und was weiter? ... Bin ich nicht mein eigener Herr?«

Gesenkten Hauptes trat sie dicht zu ihm hin und mit einem hässlichen Lachen seine Hände ergreifend, sprach sie:

»Dein eigener Herr! Du! Dein eigener Herr! ... Du weißt ja, dass Du das nicht bist. Dein Herr bin ich. Ich würde Dir die Knochen im Leib zerbrechen, wenn ich wollte, denn Du hast ja nicht mehr Kraft, als ein kleines Mädchen.«

Und da er sich wehrte, presste sie seine Arme mit der ganzen nervösen Kraft zusammen, die ihr der Zorn verlieh. Er stieß einen leisen Schrei aus, worauf sie ihn losließ und sagte:

»Wir wollen es nicht auf die rohe Kraft ankommen lassen; Du siehst, dass ich die Stärkere wäre.«

Er schwieg, bleich und beschämt über den Schmerz, den er noch an den Handgelenken verspürte; dann sah er, wie sie in dem Gemach auf- und niederschritt. Sie stieß die Möbel hin und her, während sie den Plan überlegte, der in ihrem Kopf reifte, seitdem ihr Gatte ihr von der bevorstehenden Vermählung Mitteilung gemacht hatte.

»Ich werde Dich hier einschließen«, sprach sie endlich; »und sobald es Tag geworden ist, reisen wir nach Havre.«

Er erbleichte noch mehr vor Unruhe und Staunen.

»Aber das ist ja Wahnsinn!«, rief er aus. »Wir können nicht miteinander reisen. Du verlierst den Kopf!«,

»Das ist möglich; aber gewiss ist, dass Ihr, Dein Vater und Du, daran schuld seid ... Ich kann Dich nicht missen und nehme Dich in Besitz ... Umso schlimmer für die Einfältigen!«

Es flackerte unheimlich in ihren Augen und wieder so dicht an ihn herantretend, dass ihr Atem sein Gesicht versengte, fuhr sie fort:

»Was sollte denn aus mir werden, wenn Du die Buckelige heiratest? Ihr würdet Euch über mich lustig machen und ich wäre vielleicht gezwungen, mich von Neuem an diesen Einfaltspinsel Mussy zu hängen, der mir selbst die Beine nicht warm machen kann ... Wenn man getan hat, was wir getan haben, so bleibt man beisammen. Im Übrigen ist es klar, dass ich mich langweile, wenn Du nicht bei mir bist und da ich fortgehe, so nehme ich Dich mit mir ... Du wirst Céleste sagen, was sie Dir von Deinen Habseligkeiten herüberholen soll.«

Der Unglückliche faltete flehend die Hände:

»Um Gotteswillen, meine kleine Renée, mache doch keine Dummheiten. Besinne Dich ... Denke ein wenig an den Skandal.«

»Was kümmert mich der Skandal? Wenn Du Dich weigerst, so gehe ich in den Salon hinunter und schreie es allen Leuten ins Gesicht, dass ich mit Dir geschlafen habe und Du feige genug bist, jetzt noch die Buckelige zu heiraten.«

Gesenkten Hauptes hörte er ihr zu, während er im Innern sich schon halb diesem Willen unterwarf, der sich in so rücksichtsloser Weise über ihn geltend machte.

»Wir gehen nach Havre«, nahm sie von Neuem, ihren Traum weiterspinnend, auf; »und von dort nach England. Niemand wird uns mehr im Wege stehen. Sind wir dort noch nicht weit genug, so reisen wir nach Amerika, wo ich mich wohlfühlen werde, da ich ohnehin immer friere. Gar oft schon habe ich die Kreolinnen beneidet ... «

Doch je weiter sie über ihren Plan sprach, desto höher stieg der Schrecken des jungen Mannes. Paris verlassen, so weit fort mit einer Frau gehen, die zweifellos wahnsinnig war, eine Begebenheit, deren Schmach ihn für alle Zeiten aus Paris verbannte, hinter sich lassen, – das war wie ein entsetzlicher Albdruck, der ihn erwürgte. Verzweifelt suchte er nach einem Mittel, um dieses Gemach, diesen rosenfarbenen Schlupfwinkel verlassen zu können, in welchem er das Läuten des Irrenhauses zu vernehmen meinte. Endlich glaubte er, das gesuchte Rettungsmittel gefunden zu haben.

»Ich habe aber kein Geld«, sagte er sanft, um sie nicht noch mehr zu reizen; »und kann mir auch keines verschaffen, wenn Du mich hier einschließt.«

»Aber ich habe welches«, erwiderte sie triumphierenden Tones. »Ich besitze hunderttausend Francs und damit ist alles in bester Ordnung ... «

Damit entnahm sie dem Spiegelschrank die Zessionsurkunde, welche ihr Gatte von der unbestimmten Hoffnung bewegt, sie könne noch anderen Sinnes werden, bei ihr zurückgelassen hatte. Sie legte dieselbe auf den Toilettetisch, zwang Maxime, ihr aus dem Schlafzimmer Feder und Tinte zu holen und Seife und Fläschchen zurückschiebend, setzte sie mit raschem Zug ihren Namen unter das Dokument, worauf sie sagte:

»Wohlan, die Torheit ist ausgeführt. Wurde ich bestohlen, so ließ ich es in klarem Bewusstsein geschehen ... Bevor wir nach dem Bahnhof fahren, werden wir bei Larsonneau vorsprechen ... Und jetzt, mein kleiner Maxime, werde ich Dich einschließen und sobald ich all die Leute hier vor die Tür gesetzt habe, entfliehen wir durch den Garten. Nicht einmal unser Gepäck brauchen wir mit uns zu nehmen.«

Sie war wieder heiter geworden; dieser Handstreich entzückte sie. Es war das eine letzte Überspanntheit, ein Abschluss dieses heißen Kampfes, welcher ihr durchaus originell dünkte. Dies war noch bedeutend großartiger, als die geplante Auffahrt mit dem Ballon. Sie schloss Maxime in die Arme und murmelte:

»Ich habe Dir vorhin wehgetan, mein armer Schatz! Und darum hast Du Dich geweigert ... Du wirst aber sehen, wie schön das sein wird. Könnte Dich denn Deine Buckelige so lieben wie ich Dich liebe? ... Diese kleine Mulattin ist ja gar keine Frau ... «

Sie zog ihn mit girrendem Lachen an sich und küsste ihn leidenschaftlich, als ein Geräusch sie die Köpfe umwenden ließ. Saccard stand auf der Schwelle der Tür.

Eine fürchterliche Stille trat ein. Langsam löste Renée die Arme von dem Hals Maximes; doch ohne die Stirn zu senken, blickte sie ihren Gatten mit großen, starren Augen an, während der junge Mann wie zu Boden geschmettert, gesenkten Kopfes taumelte, nun da er durch sie nicht mehr gestützt war. Wie vom Schlag gerührt durch diese entsetzliche Entdeckung, welche endlich den Gatten und den Vater in ihm erweckte, blieb Saccard regungslos, leichenblass stehen und nur von Weitem flogen seine brennenden Blicke zu den Beiden hinüber. Hell, mit senkrechter Flamme und der Unbeweglichkeit einer heißen Träne brannten die drei Kerzen in der feuchten, duftenden Luft des Gemaches. Und die Stille, die fürchterliche Stille wurde nur durch einen über die enge Treppe heraufdringenden Hauch der Musik unterbrochen und schlangengleich glitt, wand sich der Sinn berückende Walzer über den schneeweißen Teppich, zwischen dem zerrissenen Tricot und den zur Erde geglittenen Frauenröcken.

Endlich trat der Gatte vor. Ein Drang nach brutalem Ausbruch verzerrte sein Gesicht; er ballte die Fäuste, um die Schuldigen niederzuschmettern. Der Zorn brach sich in dem kleinen, beweglichen Mann unter lautem Toben Bahn. Ein würgendes Lachen stieg in seiner Kehle empor und immer näher kommend, fragte er:

»Du hast ihr von Deiner bevorstehenden Verheiratung Mitteilung gemacht, nicht wahr?«

Maxime wich zurück, bis er an die Mauer stieß und dort stammelte er:

»Höre mich an ... sie war es, die ... «

Er wollte sie feige anklagen, die ganze Schuld auf sie wälzen, sagen, dass sie mit ihm entfliehen wollte, sich mit der Demut und dem Zittern eines auf seinen Schlichen ertappten Schuljungen verteidigen. Doch hatte er nicht die Kraft dazu, die Worte blieben ihm in der Kehle stecken. Renée aber verharrte regungslos wie eine Statue, ihre Haltung drückte schweigende Verachtung aus. Da ließ Saccard, sicherlich um eine Waffe zu entdecken, den Blick suchend durch den Raum gleiten und auf dem Toilettetisch, inmitten der Kämme und Nagelbürsten erblickte er die Zessionsurkunde, deren gelbes Papier sich von dem Marmor abhob. Sein Auge schweifte von dem Schriftstück zu den Schuldigen hinüber. Dann neigte er sich vor und gewahrte, dass das Dokument unterschrieben sei. Sein Blick glitt von dem offenen Tintenfass nach der noch feuchten Feder, die am Fuß des Kandelabers lag. Schweigend, nachdenklich blieb er vor dieser Unterschrift stehen.

Die Stille schien sich noch zu vertiefen; die Flammen der Kerzen wurden länger, weicher glitt die Melodie des Walzers über die Tapeten hin. Ganz leise zuckte Saccard die Schultern. Noch einmal blickte er seine Frau und dann seinen Sohn durchdringenden Auges an, als wollte er aus ihren Mienen eine Erklärung schöpfen, die ihm versagt blieb, worauf er das Schriftstück langsam zusammenfaltete und in seine Rocktasche steckte. Seine Wangen waren ganz bleich geworden.

»Sie taten ganz recht daran zu unterschreiben, meine liebe Freundin«, sprach er gelassenen Tones zu seiner Frau. »Sie haben damit hunderttausend Francs gewonnen, die ich Ihnen noch heute Abend einhändigen werde.«

Er lächelte beinahe und nur seine Hände zitterten noch ein wenig. Er machte einige Schritte, worauf er hinzufügte:

»Man erstickt ja hier. Welch eine Idee, in diesem Dampfbad einen Eurer tollen Streiche auszuhecken!«

Und sich zu Maxime wendend, der überrascht durch den friedfertigen Ton, welchen sein Vater anschlug, den Kopf emporgehoben hatte, nahm er von Neuem auf:

»Vorwärts, komm! Ich sah Dich hierher gehen und wollte Dich abholen, damit Du Dich von Herrn von Mareuil und seiner Tochter verabschiedest.«

Damit entfernten sich die beiden Männer miteinander plaudernd. Renée blieb allein in dem Ankleidezimmer zurück und starrte auf die gähnende Öffnung der kleinen Treppe, durch welche sie soeben die Schultern des Vaters und des Sohnes verschwinden gesehen hatte. Sie vermochte die Augen von dieser Öffnung nicht abzuwenden. Ei! Sie hatten sich ruhig, unter freundschaftlichem Geplauder entfernt. Die beiden Männer hatten sich nicht entzweit. Angestrengt lauschte sie, als wollte sie das Geräusch zweier in wildem Ringen über die Treppe kollernder Körper vernehmen. Doch nichts regte sich. In der Dunkelheit war nichts weiter hörbar, als die wiegenden Klänge der Musik; ja, sie meinte sogar von Weitem das Lachen der Marquise, die helle Stimme des Herrn von Saffré zu vernehmen. Das Drama war also zu Ende? Ihre Schuld, die heißen Küsse in dem grau-rosafarbenen Bett, die wilden Nächte im Treibhaus, – all diese fluchwürdige Liebe, die sie seit Monaten verzehrte, nahm ein so alltägliches, gemeines Ende? Ihr Gatte wusste alles und hob nicht einmal die Hand gegen sie! Und diese Stille rings um sie her, diese Stille, in welcher bloß die Klänge des endlosen Walzers vernehmbar wurden, erschreckte sie mehr als das Getöse eines Meuchelmordes. Sie fürchtete sich vor dieser Ruhe, vor diesem verschwiegenen, lieblichen Gemach, welches von dem Duft der Liebe erfüllt war.

Da erblickte sie sich in dem hohen Spiegel des Schrankes. Sie trat näher, ganz erstaunt darüber, dass sie sich sah, und dabei vergaß sie an ihren Gatten, an Maxime, da die fremde Person, die sie da vor sich sah, sie völlig in Anspruch nahm. Der Wahnsinn bemächtigte sich ihrer immer mehr. Ihre gelben Haare, die sie an den Schläfen und am Nacken zurückgestrichen hatte, dünkten ihr eine Nacktheit, eine Unzüchtigkeit zu sein. Die Falte auf ihrer Stirn grub sich so tief, dass sie sich wie ein Schatten, wie die dünne, bläuliche Spur eines Peitschenhiebes über ihren Augen hinzog. Wer hatte sie doch derart gezeichnet? Ihr Gatte hatte ja nicht einmal die Hand gegen sie erhoben. Sie staunte über die Blässe, über die Farblosigkeit ihrer Lippen und ihre kurzsichtigen Augen schienen tot zu sein. Wie alt sie war! Sie neigte den Kopf und als sie sich in ihrem Tricot, in ihrer leichten Gazebluse erblickte, betrachtete sie sich plötzlich errötend mit gesenkten Wimpern. Wer hatte sie denn derart entkleidet? Was wollte sie denn in diesem schamlosen Anzug einer Dirne, die sich bis zum Bauch entblößt? Sie wusste es nicht mehr. Sie betrachtete ihre Schenkel, welche das Tricot prall umspannte, ihre Hüften, deren volle Linien sie unter der dünnen Gaze verfolgte, ihre üppige Büste und eine tiefe Scham überkam sie, die Verachtung ihrer selbst erfüllte sie mit einem dumpfen Zorn gegen jene, die es duldeten, dass sie so unter die Leute ging, bloß mit dünnen Goldspangen an den Knöcheln und Handgelenken, die ihre Blöße verdecken sollten.

Und wie sie da mit der Beharrlichkeit eines allmählich sich verwirrenden Geistes darüber nachgrübelte, was sie denn ganz nackt vor diesem Spiegel wolle, sah sie sich mit einem Mal in ihre Kindheit zurückversetzt, als siebenjähriges Kind in den ernsten Räumen des Hotels Béraud. Sie erinnerte sich eines Tages, da Tante Elisabet sie beide, sie und ihre Schwester Christine, in reizende, grauwollene Kleidchen mit kleinen, roten Vierecken gekleidet hatte. Es war gerade zu Weihnachten gewesen. Wie sehr hatten sie sich dieser gleichen Kleider gefreut! Die Tante verzog sie und schenkte ihnen sogar ein Arm- und Halsband aus Korallen. Die Ärmel waren lang, das Leibchen reichte bis ans Kinn und der Schmuck lag ganz auf dem Zeug, was ihnen sehr gefiel. Renée erinnerte sich, dass auch ihr Vater zugegen gewesen war, der mit seiner traurigen Miene gelächelt hatte. An diesem Tag waren sie, ihre Schwester und sie, im Kinderzimmer auf- und abgeschritten wie zwei große Personen, ohne zu spielen, um sich ja nicht zu beschmutzen. Im Kloster zur »Heimsuchung Maria« aber hatten sie ihre Kolleginnen mit ihrem »Pierrotkostüm« geneckt, das ihr bis zu den Fingerspitzen reichte und die Ohren verdeckte, sodass sie während des Vortrages zu weinen begonnen hatte. Und damit man sich nicht mehr über sie lustig mache, hatte sie während der Schulpause die Ärmel emporgeschürzt und den Kragen des Leibchens eingeschlagen. Das Korallenhalsband und Bracelet deuchten ihr nun doppelt so schön auf der weißen Haut des Nackens und der Arme. Hatte sie an jenem Tag begonnen, sich nackt zu gefallen?

Ihr ganzes Leben zog an ihrem geistigen Auge vorüber. Sie sah den langen Rausch, dieses Toben des Goldes und des Fleisches, das in ihr immer ärger geworden war, das ihr bis zu den Knien, dann bis zum Bauch und schließlich bis zu den Lippen reichte. Und nun fühlte sie, wie die Flut über sie hereinbrach und wild pochend an ihr Gehirn hämmerte. Es war das einem schlechten Saft vergleichbar, der ihre Glieder ermattete, ihr Herz mit den Auswüchsen einer schmachvollen Leidenschaft erfüllte und in ihrem Geist krankhafte, tierische Begierden zeitigte. Dieser Saft hatte seine Herrschaft ausgeübt, wo sie sich auch befinden mochte, in den Kissen ihres Wagens, in anderen Kissen ebenfalls, auf all diesem Samt und dieser Seide, welche sie seit ihrer Verheiratung umgaben. Die Schritte anderer mussten diesen Giftkeim an diesem Ort zurückgelassen haben, welcher sich immer mächtiger in ihren Adern entfaltete. Sie erinnerte sich ganz deutlich an ihre Kindheit. Solange sie klein war, hatte sich nur Neugierde oder Vorwitzigkeit in ihr geregt. Selbst später, nach jener Vergewaltigung, welche sie in die Arme des Schlechten gestoßen, hatte sie soviel Schmach und Schande nicht angestrebt. Gewiss, es wäre ein besseres Wesen aus ihr geworden, wenn sie sittsam bei Tante Elisabet geblieben wäre. Und deutlich vernahm sie das Klappern der Stricknadeln der Tante, während sie starr in den Spiegel blickte, um in dieser friedlichen Zukunft zu lesen, die ihr entgangen war. Sie sah aber nichts anderes, als ihre rosigen Schenkel, ihre rosigen Hüften, dieses fremde Weib in rosa Seide, das sie vor sich hatte und das für die Liebe der Puppen und Hampelmänner geschaffen schien. So weit war es mit ihr gekommen; sie war eine große Puppe geworden, deren zerrissene Brust bloß noch einen dünnen, schwachen Ton von sich gab. Und angesichts der Scheußlichkeiten ihres Lebens machte sich das Blut ihres Vaters, dieses spießbürgerliche Blut, welches sie in ihren schweren Stunden so erbarmungslos quälte, geltend und empörte sich in ihr. Sie, die bei dem Gedanken an die Hölle stets von Zittern erfasst worden, hätte ihr Leben eigentlich in den dunkeln Räumen des Hotels Béraud verbringen müssen. Wer hatte sie denn ganz nackt entkleidet?

Und in dem bläulichen Schatten des Spiegels glaubte sie, die Gesichter Saccards und Maximes erscheinen zu sehen. Saccard mit schwärzlichem, grinsendem Gesicht, sah eisenfarben aus, sein Lachen erinnerte an eine Beißzange auf dünnen, kleinen Beinen. Dieser Mann bedeutete einen Willen. Seit zehn Jahren sah sie ihn am Hochofen stehen, vom Glanz der glühenden Metalle bestrahlt, mit verbranntem Gesicht, keuchend, stets in Bewegung und Hämmer schwingend, die seine Kraft um ein Zwanzigfaches überstiegen, auf die Gefahr hin, sich selbst mit denselben zu zerschmettern. Nunmehr verstand sie ihn und er erschien ihr groß in seinen übermenschlichen Anstrengungen, in seinen Schurkenstreichen, die er in unerhörtem Maß betrieb, in seinem unablässigen Ringen nach einem ungeheuren Vermögen. Sie sah ihn über alle Hindernisse hinwegsetzen, sich im Kot wälzen und sich nicht einmal Zeit zum Reinigen nehmen, nur um je früher anzulangen, ohne dass er unterwegs angehalten hätte, um sich des Gewonnenen zu freuen. Hinter den breiten Schultern des Vaters tauchte jetzt der hübsche Blondkopf Maximes auf, mit seinem einfältigen Mädchenlachen, seinen ausdruckslosen Augen einer Metze, die sich niemals zu Boden senkten und dem Haarteil in der Mitte der Stirn, welches den weißen Schädel sehen ließ. Er machte sich lustig über Saccard, weil sich derselbe so unsägliche Mühe gab, die Reichtümer zu erwerben, welche er mit so herrlicher Lässigkeit verzehrte. Er war ein Ausgehaltener. Seine langen, weichen Hände verrieten sein Laster, sein schlanker Leib hatte die schlaffe Haltung einer gesättigten Frau. In diesem ganzen feigen, widerstandslosen Wesen, durch dessen Adern das Laster sanft wie laues Wasser rollte, verriet sich nicht einmal der Schimmer des nach dem Schlechten trachtenden Verlangens. Und als Renée die beiden Schatten aus dem Spiegel treten sah, wich sie einen Schritt zurück, denn sie sah, dass Saccard sie wie einen Einsatz, wie ein Betriebsmittel ausgesetzt hatte und dass Maxime zugegen gewesen war, um den aus der Tasche des Spekulanten gefallenen Louis aufzuheben. Sie bildete ein Wertpapier in dem Portefeuille ihres Gatten; er drängte sie zu den Toiletten, die sie während einer Nacht benützte, zu den Liebhabern, die sie einen Monat hatte, tauchte sie in die Flammen seines Hochofens, bediente sich ihrer wie eines Edelmetalls, um das Eisen seiner Hände zu vergolden. Und allmählich war es dem Vater gelungen, sie genügend wahnsinnig, genügend schlecht zu machen, um dass sie sich den Küssen des Sohnes hingebe. Wenn Maxime das entartete Abbild Saccards war, so fühlte sie, dass sie selbst das Produkt, die blutschänderische Frucht dieser beiden Männer, die Infamie sei, welche jene zwischen sich geschaffen und in welche beide versunken waren.

Nun wusste sie alles. Diese Leute hatten sie entkleidet. Saccard hatte ihr Mieder gelöst, Maxime die Röcke heruntergezogen und zu zweien hatten sie ihr das Hemd vom Leibe gerissen. Jetzt stand sie da, ohne einen Fetzen am Leibe und mit goldenen Spangen wie eine Sklavin. Sie hatten sie vorhin gesehen und nicht einmal gesagt: »Du bist ja nackt!« Der Sohn zitterte wie eine Memme, erschrak bei dem Gedanken, sein Verbrechen zu vollenden und weigerte sich, in ihrer Leidenschaft ihr weiter zu folgen. Der Vater aber bestahl sie, statt sie zu töten; dieser Mann strafte die Leute, indem er deren Taschen leerte. Eine Namensunterschrift fiel gleich einem Sonnenstrahl in die Brutalität seines Zornes und um Rache zu üben, nahm er diese Unterschrift mit sich. Sodann hatte sie die Schultern der Beiden in dem Dunkel der Treppe verschwinden sehen. Und kein Blut auf dem Teppich, kein Schrei, keine Klage. Beide waren feige Memmen und hatten sie nackt ausgezogen.

Und sie sagte sich, dass sie ein einziges Mal die Zukunft gesehen hatte, und zwar an dem Tag, da angesichts der murmelnden Schatten des Monceauxparkes der Gedanke, dass ihr Gatte sie verunglimpfen und eines Tages dem Wahnsinn preisgeben werde, sie inmitten ihrer wachsenden Begierden erschreckt hatte. Ach! Wie schmerzte sie ihr armer Kopf! Wie deutlich war sie sich zu dieser Stunde der Unhaltbarkeit jenes Fantasiegebildes bewusst, welches sie hatte glauben machen wollen, dass sie in einer Atmosphäre glücklichen Genießens und göttlicher Straflosigkeit leben werde! Sie hatte im Reich der Schande gelebt und war durch das Ersterben ihres Leibes, durch den Tod ihres in den letzten Zügen liegenden ganzen Wesens bestraft. Und sie weinte, weil sie den eindringlichen Stimmen der Bäume kein Gehör geschenkt hatte.

Ihre Blöße reizte sie zum Zorn. Sie wandte den Kopf ab und blickte um sich. In dem Ankleidezimmer herrschte noch immer die schwere, von Düften gesättigte Luft, dieselbe warme Stille, welche die Walzertöne nur noch wie die sich immer mehr verbreiternden Kreise des Wassers berührten, in welches ein Stein geworfen worden war. Diese fernen Klänge einer übersprudelnden Lebenslust machten auf sie den Eindruck unerträglichen Spottes. Sie hielt sich die Ohren zu, um nichts zu hören. Dafür sah sie nun den wollüstigen Luxus des Gemaches. Sie erhob den Blick zu dem rosafarbenen Zelt, bis zu der silbernen Krone, welche einen pausbäckigen Amor sehen ließ, der sich anschickte, seinen Pfeil abzuschnellen; sie betrachtete die Möbel, den Marmor des Toilettetisches, welchen eine Menge von Töpfen und Toilette-Gerätschaften bedeckte, die sie nicht mehr erkannte; sie schritt zu der noch gefüllten Badewanne, deren Wasser sich nicht regte und stieß mit dem Fuß an das Kostüm der Nymphe Echo, an die Röcke und gebrauchten Tücher, die auf dem Boden umherlagen. Und all diese Dinge verkündeten mit lauter Stimme ihre Schmach: Das Nymphenkostüm sprach ihr von dem Spiel, in welches sie eingewilligt hatte, um der Originalität wegen sich Maxime vor allen Leuten anzubieten; der Badewanne entströmte der Duft ihres Körpers, das Wasser, welches ihre Glieder umspült hatte, erfüllte den Raum mit ihrem Fieber der kranken Frau und der Tisch mit seinen Seifen und Ölen, die Möbelstücke mit ihren weichen Rundungen redeten brutal von ihrer Sinnlichkeit, ihren Liebschaften, von all diesem Unflat, den sie vergessen wollte. Wieder kehrte sie in die Mitte des Gemaches zurück; ihr Antlitz war purpurrot und sie wusste nicht, wohin sie vor diesem Alkovenduft, diesem Luxus fliehen sollte, der sich mit schamloser Zudringlichkeit rosenrot vor ihr ausbreitete. Das Gemach war ebenso nackt wie sie; die rosa Badewanne, die rosenroten Tapeten, die rosenfarbenen Marmorplatten der beiden Tische belebten sich, streckten und dehnten sich und umgaben sie mit solch wollüstigen Bildern, dass sie die Augen schloss und den Kopf senkte, als lasteten die Wände und die Decke auf ihr.

Doch trotzdem sie die Augen geschlossen hielt, sah sie das fleischfarbene Ankleidezimmer vor sich, gleichwie die grauen Seidenvorhänge des Schlafgemaches, das gedämpfte Gold des kleinen Salons, das satte Grün des Treibhauses, – all diese Reichtümer, die ihre Mitschuldigen waren. Dort hatte sie die schlechten Säfte eingesogen. Auf dem elenden Lager eines kahlen Mansardenstübchens hätte sie nicht mit Maxime geschlafen. Das wäre zu gemein, zu niedrig gewesen. Die Seide hatte ihrer Schuld den Anstrich des Koketten verliehen. Und sie wollte all diese Spitzen von den Wänden reißen, auf diese Seide speien, ihr großes Bett mit Fußtritten zertrümmern, ihren ganzen Luxus durch die Gosse zerren, damit er abgenützt und verunreinigt gleich ihr wieder zum Vorschein komme.

Als sie die Augen wieder öffnete, trat sie zum Spiegel und betrachtete sich von Neuem. Es war zu Ende mit ihr und sie sah sich tot. Ihre ganze Physiognomie sagte ihr, dass die geistige Zerrüttung Fortschritte mache. Maxime, diese letzte Verirrung ihrer Sinne, hatte das Werk vollbracht, ihre Kräfte erschöpft, ihren Geist gebrochen. Sie hatte keine Freuden mehr zu verkosten, kein Erwachen zu erwarten. Bei diesem Gedanken regte sich ein wilder Zorn in ihr. Und in einer letzten Krise brennenden Verlangens wollte sie ihre Beute wieder an sich reißen, in den Armen Maximes sterben und ihn mit sich nehmen. Luise konnte ihn nicht heiraten; Luise wusste, dass er nicht ihr gehöre, denn sie hatte es mit angesehen, wie sie einander umarmt und geküsst hatten. Sie warf einen Pelzmantel um ihre Schultern, um nicht nackt unter den Leuten zu erscheinen und stieg hinab.

Im kleinen Salon fand sie sich Frau Sidonie gegenüber, die neuerdings an der Tür des Treibhauses Stellung genommen hatte, um das sich vorbereitende Drama zu genießen. Sie wusste aber nicht, was sie sich denken sollte, als Saccard mit Maxime zum Vorschein kam und ihre mit leiser Stimme gestellten Fragen brutal dahin beantwortete, dass sie wohl geträumt habe und dass »absolut nichts« gewesen sei. Dann war ihr der Zusammenhang klar. Ihr gelbes Gesicht wurde ganz bleich; die Sache erschien ihr wirklich stark. Und vorsichtig drückte sie das Ohr an die Tür der Treppe, da sie glaubte, sie werde Renée oben weinen hören. Als die junge Frau die Tür öffnete, traf dieselbe beinahe den Kopf ihrer Schwägerin.

»Sie spionieren also hinter mir?«, fragte sie zornig.

Frau Sidonie aber erwiderte voll edler Verachtung:

»Kümmere ich mich etwa um Ihre Unflätigkeiten?«

Und ihren Magiertalar zurechtziehend, entfernte sie sich mit einem hoheitsvollen Blick, indem sie sagte:

»Ich bin ganz unschuldig daran, mein Schatz, wenn Ihnen Unannehmlichkeiten widerfahren ... Ich bin aber keine rachsüchtige Person, das halten Sie stets vor Augen, ebenso, dass Sie in mir eine zweite Mutter gefunden hätten und immer noch finden würden. Wann immer Sie bei mir vorsprechen, sollen Sie mir willkommen sein.«

Renée vernahm ihre Worte gar nicht. Sie trat in den großen Salon und wanderte mitten durch eine sehr komplizierte Kotillonfigur, ohne gar das Erstaunen zu bemerken, welches ihr Pelzmantel erregte. In der Mitte des Raumes standen Damen und Herren, die sich untereinander mengten, während die Stimme des Herrn von Saffré sprach:

»Vorwärts, meine Damen; nun kommt der »Krieg von Mexiko« ... Die Damen, welche das Gesträuch darstellen, setzen sich mit ausgebreiteten Röcken auf die Erde ... Darauf umtanzen die Herren das Gesträuch und sobald ich in die Hände klatsche, tanzt jeder Herr mit seiner Dame.«

Er klatschte in die Hände, das Orchester fiel ein und noch einmal jagte der Walzer die Paare durch den Salon. Die Figur fand nur geringen Beifall. Zwei Damen waren auf dem Teppich sitzen geblieben, da sie sich in ihre Röcke verwickelt hatten. Frau Daste erklärte, dass an dem »Mexikanischen Krieg« nichts weiter Ergötzliches sei, als dass sie einen großen »Käse« machte, wie in der Schule.

Im Vestibül angelangt, fand Renée Luise und deren Vater vor, die von Saccard und Maxime begleitet wurden. Baron Gouraud hatte sich bereits entfernt. Frau Sidonie zog sich in Gesellschaft der Herren Mignon und Charrier zurück, während Herr Hupel de la Noue Frau Michelin begleitete, deren Gatte von Weitem folgte. Der Präfekt hatte den Rest des Abends dazu verwendet, der brünetten Schönheit den Hof zu machen und sie schließlich bewogen, in der schönen Jahreszeit einen Monat in dem Hauptort seines Departements zu verbringen, »wo es wirklich sehenswürdige Antiquitäten gebe.«

Luise, die den Mandelkuchen, den sie in der Tasche hatte, insgeheim verzehrte, wurde von einem Hustenanfall erfasst, als man das Vestibül verlassen wollte.

»Hülle Dich gut ein«, ermahnte ihr Vater.

Und Maxime beeilte sich, die Schnüre ihrer Umhülle fester zusammenzuziehen. Sie hob dabei das Kinn empor und ließ ihn gewähren. Als aber Frau Saccard erschien, trat Herr von Mareuil zurück, um von ihr Abschied zu nehmen. So blieben sie alle einen Augenblick plaudernd stehen. Um ihre Blässe, ihr Frösteln zu erklären, sagte Renée, es sei ihr kalt gewesen und sie sei darum hinaufgegangen, um diesen Pelz umzunehmen. Dabei lauerte sie auf einen Moment, um Luise, die sie mit ruhiger Neugierde betrachtete, einige Worte zuflüstern zu können. Jetzt reichten sich die Herren die Hände und da neigte sie sich zu ihrem Ohr mit den Worten:

»Sie werden ihn doch nicht heiraten, wie? Das wäre gar nicht möglich, denn Sie wissen ja ... «

Das junge Mädchen fiel ihr aber ins Wort, indem sie sich auf die Fußspitzen emporrichtete und ebenfalls flüsternd erwiderte:

»Oh, seien Sie ganz unbesorgt, denn ich nehme ihn mit mir ... Das hat gar nichts zu sagen, da wir nach Italien reisen.«

Und sie lächelte; es war das geheimnisvolle Lächeln einer lasterhaften Sphinx. Renée war sprachlos. Sie verstand sich nicht auf dieses Geschöpf und meinte, die Buckelige wolle sich über sie lustig machen. Als dann Vater und Tochter fort waren, nachdem sie mehrmals wiederholt hatten: »Auf Wiedersehen am Sonntag!«, blickte sie ihren Gatten, blickte sie Maxime aus großen, entsetzten Augen an und da sie beide so ruhig, so befriedigt sah, schlug sie die Hände vor dem Gesicht zusammen und flüchtete in die Tiefe des Treibhauses.

Hier war alles einsam und verlassen. Die großen Blätter schliefen und auf der regungslosen Wasserfläche des Bassins erschlossen zwei Nymphäen langsam ihre Knospen. Renée hätte weinen mögen; diese feuchte Wärme, dieser durchdringende Geruch aber, den sie wiedererkannte, packte sie in der Kehle, legte sich wie eine würgende Faust um ihre Verzweiflung. Sie blickte zu ihren Füßen, zu dem Rand des Bassins nieder, auf dieselbe Stelle des gelben Sandes, wo sie im vergangenen Winter die Bärenhaut ausgebreitet hatte und als sie den Kopf emporhob, sah sie durch die zwei offen gebliebenen Türen abermals eine Kotillonfigur.

Im großen Salon herrschte jetzt ein betäubender Lärm, ein tolles Gewühl, in welchem sie vorerst nichts anderes unterschied als flatternde Frauenkleider und stampfende, hüpfende schwarze Beine. Die Stimme des

Herrn von Saffré schrie: »Die Damen wechseln! Die Damen wechseln!«
Und die Paare wirbelten in einer dünnen, gelblichen Staubwolke dahin;
jeder Herr warf seine Dame, nachdem er drei oder vier Walzertouren
mit ihr gemacht hatte, in die Arme seines Nachbars, der ihm dafür die
Seinige überließ. Die Baronin von Meinhold gelangte in ihrem Smaragdkostüm aus den Händen des Grafen von Chibray in die des Herrn Simpson; er fing sie auf gut Glück bei den Schultern auf, während die Spitzen seiner Handschuhe in ihr Mieder glitten. Ganz rot im Gesicht, ihre
Korallenschnüre schüttelnd flog die Comtesse Vanska von der Brust des
Herrn von Saffré an die des Herzogs von Rozan, den sie umschlang und
während fünf Minuten mit ihr zu tanzen zwang, um sich dann an den
Hals des Herrn Simpson zu werfen, der seinen Smaragd dem Führer des
Kotillons zugewirbelt hatte. Und Frau Teissière, Frau Daste, Frau von
Lauwerens funkelten gleich lebenden Edelsteinen, während sie sich in
die Arme eines Tänzers schmiegten, um von denselben gleich wieder
losgelassen zu werden und gerade oder rücklings in eine neue Umarmung zu taumeln, auf diese Weise die Umschlingung aller im Saal anwesenden Männer verkostend. Frau von Espanet aber war es gelungen,
vor dem Orchester Frau Haffner aufzufangen und nun tanzte sie mit ihr,
ohne sie freizugeben. Gold und Silber walzten verliebt miteinander.

Nun verstand Renée diesen Wirbel der Röcke, dieses Stampfen der
schwarzen Beine. Sie stand tiefer unten und sah das Toben der Füße, das
Gewirr der glänzend schwarzen Schuhe und weißen Knöchel. Mitunter
schien es ihr, als sollte ein Windstoß all diese Röcke entführen. Die nackten Schultern und nackten Arme, die flatternden Haare, die vor- und
rückwärts geworfen wurden, deuchten ihr ein lärmendes Abbild ihres
eigenen Lebens, ihrer Leidenschaften und Schamlosigkeiten zu sein.
Und sie empfand einen so grimmigen Schmerz bei dem Gedanken, dass
Maxime, um die Buckelige in die Arme zu schließen, sie an diesem Ort,
wo ihre Liebe so flammend über sie zusammengeschlagen war, erbarmungslos zurückgelassen hatte, dass sie einen Zweig des giftigen Tanghin, der ihre Wange streifte, abbrechen und bis auf die Holzfasern abnagen wollte. Sie war aber feige und blieb fröstelnd vor dem Strauch stehen, während ihre Hände wie in tiefer Scham den Pelzmantel eng über
ihre nackten Gliedmaßen zogen.

VII.

Drei Monate später, an einem jener trüben, regnerischen Frühlingstage, welche in Paris eine Wiederkehr des Winters zu bedeuten scheinen, stieg Aristide Saccard an der Place du Chateau-d'Eau aus dem Wagen und betrat, von vier anderen Herren gefolgt, den durch Demolierungsarbeiten freigelegten Raum, welcher sich damals anstelle des zukünftigen Boulevards du Prince Eugene erstreckte. Die kleine Gesellschaft war als Untersuchungskommission von der Jury der Entschädigungen an Ort und Stelle entsendet worden, um gewisse Liegenschaften abzuschätzen, deren Eigentümer sich mit der Stadt nicht gütlich zu verständigen vermocht hatten.

Saccard wiederholte dasselbe Vorgehen, welches er in der Rue de la Pepinière befolgt hatte. Damit der Name seiner Frau vollständig aus der Angelegenheit verschwinde, wurde in erster Linie ein Scheinverkauf des Grundstückes samt den sich darauf befindlichen Baulichkeiten bewerkstelligt. Larsonneau trat das Ganze einem angeblichen Gläubiger ab. Der Verkaufsvertrag wies die kolossale Summe von drei Millionen auf. Diese Ziffer war eine derart übertriebene, dass als der Expropriationsagent im Namen des imaginären Eigentümers den Ankaufspreis als Entschädigung forderte, die Entschädigungs-Kommission trotz der unermüdlichen Wühlarbeit des Herrn Michelin und der Fürsprache des Herrn Toutin-Laroche und des Barons Gouraud unter keinen Umständen mehr als zwei Millionen fünfhunderttausend Francs bewilligen wollte. Saccard war hierauf vorbereitet gewesen; er lehnte das Angebot ab und ließ die Sache vor die Jury kommen, deren Mitglied sowohl er als auch Herr von Mareuil war. Und so traf es sich, dass er mit vier Kollegen beauftragt wurde, auf seinem eigenen Grund und Boden eine Schätzung vorzunehmen.

Herr von Mareuil begleitete ihn. Die drei anderen Jurymitglieder waren ein Arzt, der eine Zigarre rauchend, sich nicht im Mindesten um die ihn umgebenden Dinge kümmerte, und zwei Industrielle, deren einer, Fabrikant chirurgischer Instrumente, ehedem mit dem Schleifstein durch die Straßen gefahren war.

Der Weg, den die Herren betraten, war entsetzlich. Während der ganzen Nacht hatte es geregnet. Der durchweichte Boden bildete ein Kotmeer, in welchem die Fuhrwerke, welche den Schutt fortschafften, bis zur Radnabe versanken. Zu beiden Seiten erhoben sich geborstene Mauern, an welchen bereits die Spitzhacke gearbeitet hatte; hohe, zerstörte Gebäude, die ihr ausgeweidetes Inneres sehen ließen, reckten ihre leeren Treppenhäuser, ihre gähnenden Zimmerreihen in die Luft empor, den zertrümmerten Schubfächern eines großen, hässlichen Möbelstückes vergleichbar. Nichts konnte einen kläglicheren Anblick bieten, als die farbigen Tapeten dieser Zimmer, die gelben oder blauen Papierfetzen, die bis zu einer Höhe von fünf oder sechs Stockwerken hinaufreichend, kleine, armselige Kabinette, enge Löcher kennzeichneten, in denen sich vielleicht ein ganzes Menschenleben abgespielt hatte. An den nackten Wänden stiegen die trübselig schwarzen Schornsteine hinan. Eine vergessene Wetterfahne kreischte am Rand eines Daches, während die halb losgelösten Dachrinnen gleich alten Lumpen herunterhingen. Und der Durchschlag setzte sich inmitten dieser Ruinen schier endlos fort, gleich einer Bresche, durch Kanonenkugeln gerissen; die noch kaum angedeutete Straße dehnte sich von Schutt und Trümmern bedeckt, zwischen Erdaufschüttungen und Wassertümpeln unter dem grauen Himmel hin und über ihr schwebte die düstere Wolke der aufgewirbelten Staub- und Mörtelmassen, deren natürliche Grenzen die schwarzen Linien der Schornsteine zu sein schienen.

Mit ihren blanken Schuhen, fleckenlosen Überröcken und hohen Hüten nahmen sich die Herren recht sonderbar aus inmitten dieses schmutziggelben Kotreiches, in welchem außer ihnen nur noch bleiche Arbeiter, bis zu den Ohren beschmutzte Pferde und Karren sichtbar waren, deren Holzgerüste von einer dichten Staubschicht gänzlich bedeckt waren. Sie schritten im Gänsemarsch hintereinander einher, sprangen von einem Stein zum andern, wichen den Tümpeln dünnflüssigen Kotes aus und versanken dennoch zuweilen bis zu den Knöcheln in demselben, worauf sie die Füße fluchend schüttelten. Saccard hatte den Vorschlag gemacht, durch die Rue de Charonne zu gehen, wodurch ihnen diese Wanderung durch dieses Trümmerreich erspart geblieben wäre; unglücklicherweise aber hatten sie mehrere Liegenschaften auf der langen Boulevardlinie zu besichtigen und da die Neugierde sie ebenfalls drängte, hatten sie beschlossen, die Arbeiten in der Nähe zu betrachten, zumal dieselben sie in hohem Grade interessierten. Zuweilen blieben sie schwankend auf einem Stück Mauerwerk stehen, steckten die Nase in die Luft und zeigten sich gegenseitig einen frei überhängenden Balken, ein Schornsteinrohr, welches in die Höhe ragte, eine Dachtraufe, die auf ein benachbartes Dach gefallen war. Dieser verwüstete Stadtteil am Ausgange der Rue du Temple deuchte ihnen sehr drollig.

»Das ist höchst merkwürdig«, sagte Herr von Mareuil. »Sehen Sie doch, Saccard, dort oben ist eine Küche, und über dem Kochherd hängt noch ein alter Ofen ... Ich sehe denselben ganz deutlich.«

Der Arzt aber war mit der Zigarre zwischen den Zähnen vor einem demolierten Haus stehen geblieben, von welchem nur noch das Erdgeschoss erhalten war, dessen Räume mit den Trümmern der übrigen Stockwerke angefüllt waren. Eine einzelne Mauer überragte den Trümmerhaufen und um dieselbe zu Falle zu bringen, hatte man ein Seil darum gewunden, an welchem etwa dreißig Arbeiter zogen.

»Sie werden sie nicht umkriegen«, brummte der Arzt; »sie ziehen zu viel links.«

Die vier Anderen waren zurückgekehrt, um die Mauer fallen zu sehen. Und starren Blickes, mit verhaltenem Atem erwarteten sie in freudiger Erregung den Fall der Mauer. Die Arbeiter ließen nach und zogen dann mit einem plötzlichen Ruck wieder an, wobei sie mit taktmäßigen Zurufen: »Auf! Dran!« sich selbst antrieben.

»Sie werden sie nicht umkriegen!«, wiederholte der Arzt.

Doch nach einigen Minuten angstvoller Erwartung rief einer der Industriellen erfreut:

»Sie bewegt sich! Sie bewegt sich!«

Und als die Mauer endlich nachgab und unter fürchterlichem Getöse eine ungeheure Staubwolke aufwirbelnd zusammenbrach, blickten die Herren einander lächelnd an. Sie waren entzückt. Ihre Überröcke bedeckten sich mit einem feinen Staub, der ihnen Arme und Schultern weiß färbte.

Als sie jetzt ihren Gang zwischen den Trümmern fortsetzten, sprachen sie von den Arbeitern. Sie ließen nicht viel Gutes an denselben. Ihrer Ansicht nach waren das lauter Tagediebe, Vielfraße und derlei Dickköpfe, die nur dahin strebten, ihre Brotherren zugrunde zu richten. Herr von Mareuil, der seit einigen Minuten mit einem geheimen Schauer zwei arme Teufel beobachtete, die an einer Dachecke hängend, eine gegenüberliegende Wand mit ihren Spitzhacken angriffen, wagte die Bemerkung, dass diese Leute doch einen bewunderungswürdigen Mut besäßen. Nun blieben auch die Übrigen stehen und beobachteten die gleichsam in der Luft hängenden Arbeiter, die vornüber gebeugt, ihre Geräte mit voller Wucht niedersausen ließen. Die losgelösten Steine stießen sie mit den Füßen hinunter und sahen dieselben in aller Gemütsruhe in der

Tiefe zerschellen. Wenn die Spitzhacke fehlgegangen wäre, so hätte der bloße Schwung ihrer Arme hingereicht, um sie in die Tiefe zu reißen.

»Bah! Das macht die Gewohnheit aus«, sagte der Arzt, seine Zigarre wieder zu den Lippen führend. »Das sind eher Tiere als Menschen.«

Mittlerweile waren sie bei einem der Gebäude angelangt, die sie zu besichtigen hatten. Sie machten ihre Arbeit in einer Viertelstunde ab und setzten darauf ihre Wanderung fort. Allmählich verloren sie ihre Scheu vor dem Kot, schritten mitten durch die Pfützen und gaben die Hoffnung auf, ihre Stiefel rein zu erhalten. Als sie über die Rue Ménilmontant hinausgekommen waren, wurde der eine der Industriellen, der ehemalige Scherenschleifer, unruhig. Er betrachtete prüfend die ihn umgebenden Ruinen und schien die Gegend nicht zu erkennen. Er sagte, er habe vor dreißig Jahren etwa, als er nach Paris kam, hier gewohnt und es tue ihm ordentlich wohl, dass er den Ort wiederfinde. Immer noch ließ er den Blick suchend umherschweifen, als ihn der Anblick eines Hauses, welches die Axt der Zerstörung bereits in zwei Teile gerissen hatte, ihn mit einem Mal stillstehen ließ. Er betrachtete das Tor, dann die Fenster und indem er mit dem Finger auf eine Stelle des dem Untergang geweihten Hauses deutete, sprach er ganz laut:

»Das ist es! Das! Das! Ich erkenne es!« »Was denn?«, fragte der Arzt. »Mein Zimmer, alle Wetter! Das ist es ja!«

Ein kleines, im fünften Stock gelegenes Zimmer war es, welches ehemals auf den Hof gegangen sein mochte. Eine niedergerissene Wand ließ es ganz deutlich sehen mit seinen mit gelben Zweigen bemalten Tapeten, von welchen ein losgerissenes Stück im Winde flatterte. Zur Linken sah man die Nische eines Spindes, welche mit blauem Papier beklebt gewesen sein mochte und rechts davon ein Ofenloch, mit einem zurückgebliebenen Stück Rohr.

Die Rührung übermannte den ehemaligen Arbeiter.

»Fünf Jahre habe ich daselbst verbracht«, sprach er halblaut. »Die Dinge gingen damals nicht nach Wunsch; aber jung war ich ... Sehen Sie den Schrank dort? In jenem sparte ich mir dreihundert Francs zusammen, Sou um Sou. Und bei dem Ofenloch erinnere ich mich noch des Tages, an welchem ich dasselbe herstellte. Das Zimmer hatte keinen Kamin, es herrschte eine bittere Kälte darin, zumal wir nicht immer zu zweien waren.«

»Wir sind nicht neugierig nach Ihren Geständnissen«, fiel ihm der Arzt halb scherzend ins Wort. »Sie waren sicherlich um kein Haar besser als die Anderen.«

»Ja, das ist wahr«, bestätigte der würdige Mann gutmütig, »Ich erinnere mich noch an eine kleine Plätterin aus dem gegenüberliegenden Haus ... Sehen Sie, das Bett stand zur Rechten, nahe zum Fenster ... Ach, mein armes Zimmerchen, wie haben sie dir mitgespielt!«

Er war ganz traurig geworden.

»Hören Sie mal«, sagte Saccard, »das ist doch wahrhaftig nicht zu bedauern, dass diese alten Baracken abgetragen werden, an deren Stelle schöne, große, lichte Häuser kommen. ... Möchten Sie denn gar wieder in einem solchen Loch wohnen? Auf dem neuen Boulevard dagegen können Sie leicht eine elegante Unterkunft finden.«

»Ja, das ist wahr«, erwiderte der Fabrikant, der völlig getröstet zu sein schien.

Die Kommission hielt abermals bei zwei Häusern an, während der Arzt mit der Zigarre im Munde vor dem Tor stehen blieb und gen Himmel blickte. Bei der Rue des Amandiers wurden die Häuser immer seltener und man wanderte an großen Lücken vorüber, neben leeren Baugründen dahin, auf welchen zuweilen irgendein zerfallenes Gemäuer zu sehen war. Saccard schien ganz entzückt über diese Wanderung durch Ruinen; er erinnerte sich des Diners, welches er ehemals mit seiner ersten Frau auf dem Montmartre eingenommen hatte und erinnerte sich ganz genau, dass er mit einer Handbewegung die Linie bezeichnet hatte, welche Paris von der Place du Chateau-d'Eau bis zur Barriere du Trône durchschneiden würde. Die Verwirklichung seiner Vorhersagung erfüllte ihn mit Freude. Er betrachtete den projektierten Straßenzug mit der geheimen Genugtuung des Urhebers, als hätte er selbst mit seinen eisernen Fingern die ersten Axthiebe geführt. Und er setzte frohgemut über die Pfützen hinweg, indem er sich sagte, dass unter diesen Trümmern, am Ende dieses Kotmeeres drei Millionen seiner harren.

Die Herren glaubten sich aufs Land versetzt. Der Weg zog sich mitten durch Gärten hin, deren Umfriedungsmauern er mit sich genommen hatte. Große Büsche knospenden Flieders waren zu sehen; das Laub der Bäume zeigte ein zartes grün. Jeder dieser Gärten bildete ein lauschiges Ganzes für sich allein und in jedem derselben konnte man kleine, halb verborgene Häuser sehen, die bald an einen italienischen Pavillon, bald an einen griechischen Tempel erinnerten. Moos bedeckte die Gipssäulen, während Unkraut den Kalk von den Giebeln löste. »Dies sind kleine Häuschen«, bemerkte der Arzt und zwinkerte mit den Augen.

Und als er sah, dass ihn die Herren nicht verstanden, erklärte er ihnen, dass die Marquis und Herzoge unter Ludwig XV. für ihre Liebesabenteuer sich lauschige Schlupfwinkel erbaut hatten. Das war damals Mode. Dann fuhr er fort:

»Man nannte das »kleine Häuschen« und in diesem Viertel gab es eine Menge derselben ... Es trugen sich daselbst mitunter ganz merkwürdige Dinge zu!«

Die Herren von der Kommission waren sehr aufmerksam geworden. Die Augen der beiden Industriellen glänzten und lächelnd, mit lebhaftem Interesse betrachteten sie die Gärten, diese Pavillons, für die sie vor den Erklärungen ihres Kollegen keinen Blick gehabt hatten. Eine Grotte, die sie in einem Garten entdeckten, hielt ihre Aufmerksamkeit besonders lange gefesselt. Als der Arzt aber beim Anblick eines Gebäudes, an dessen Abtragung bereits gearbeitet wurde, behauptete, er erkenne das kleine Häuschen des von seinen Orgien her wohlbekannten Grafen von Savigny, verließ die ganze Kommission den Boulevard, um die Ruine zu besichtigen. Sie erkletterten die Schutthaufen, drangen durch die Fenster in die Räume des Erdgeschosses und da die Arbeiter eben bei ihrem Frühstück waren, so konnten die Herren nach Belieben daselbst verweilen. Sie blieben da eine volle halbe Stunde, betrachteten die Rosetten des Plafonds, die Malereien an den Wänden, die Schnitzereien an den Türen, während der Arzt das Ganze zu rekonstruieren suchte.

»Sehen Sie«, sprach er; »dies mochte der Saal gewesen sein, in welchem die Gastmahle abgehalten wurden. Hier, in dieser Mauervertiefung stand zweifellos ein mächtiger Diwan. Und über demselben befand sich meiner Überzeugung nach ein großer Spiegel ... sehen Sie hier die Spuren der Klammern, welche das Glas festhielten ... Oh, die Spitzbuben verstanden es, sich des Lebens zu freuen!«

Sie hätten diese alten Räume, die ihre Fantasie angenehm beschäftigten, nicht so schnell verlassen, wenn Aristide Saccard, von Ungeduld erfasst, nicht lachend gesagt hätte:

»Sie suchen vergebens, meine Herren ... Die Damen sind doch nicht mehr hier ... Gehen wir an unsere Arbeit.«

Doch bevor man sich entfernte, stieg der Arzt auf einen Kamin und löste mittelst eines Stemmeisens glücklich einen kleinen, bemalten Amorkopf von der Wand, den er in seiner Tasche verwahrte.

Endlich waren sie am Ziel ihrer Wanderung angelangt. Die ehemaligen Besitzungen der Frau Aubertot waren sehr ausgedehnt; das Café-Konzert und der Garten nahmen kaum die Hälfte derselben ein und der Rest war mit einigen unbedeutenden Häuschen bebaut. Der neue Boulevard schnitt dieses Parallelogramm in der Diagonale durch, was Saccards Befürchtungen ein wenig beruhigt hatte, da er lange gemeint hatte, dass das Café-Konzert allein genommen werden würde. Larsonneau war dementsprechend auch angewiesen worden, sehr selbstbewusst zu sprechen; die wertvolleren Randgebiete allein hätten die beanspruchte Ersatzsumme verfünffachen müssen und er drohte der Stadt bereits, von einer kürzlich erlassenen Ermächtigung Gebrauch zu machen, wonach es den Eigentümern anheimgestellt wurde, für die öffentlichen Arbeiten gerade nur das unumgänglich notwendige Terrain zu überlassen.

Der Expropriationsagent empfing die Herren. Er führte sie durch den Garten, ließ sie das Café-Konzert besichtigen und zeigte ihnen ein mächtiges Aktenbündel. Die beiden Industriellen aber waren in Begleitung des Arztes wieder hinausgegangen und bestürmten diesen noch immer mit Fragen in Bezug auf das kleine Häuschen des Grafen von Savigny, welches ihre Fantasie beschäftigte. Vor einem Tonnenspiel stehend, hörten sie ihm mit offenem Mund zu, während er ihnen von der Pompadour sprach und über die Liebschaften Ludwigs XV. berichtete. Und inzwischen fuhren Herr von Mareuil und Saccard allein in der Untersuchung fort.

»Das wäre also auch besorgt«, sprach Saccard in den Garten zurückkehrend, »Wenn Sie gestatten, meine Herren, werde ich den Bericht verfassen.«

Der Fabrikant von chirurgischen Instrumenten hörte nicht einmal zu; er befand sich im Geist unter der Regierung Ludwigs XV.

»Welch drollige Zeiten waren das!«, murmelte er.

In der Rue de Charonne fanden sie einen Fiaker und sie bestiegen denselben, bis zu den Knien von Kot bespritzt und wohlgemut, als hätten sie eine Landpartie gemacht. Im Wagen nahm die Unterhaltung eine andere Wendung; man sprach über Politik und bemerkte, dass der Kaiser große Dinge vollbringe. Noch nie hatte man einen Anblick gehabt, wie er ihnen heute geboten worden war. Diese große, schnurgerade Straße wird nach ihrem Ausbau ein großartiges Werk sein.

Saccard brachte seinen Bericht zu Papier und die Jury bewilligte die drei Millionen. Der Spekulant war am Ende seiner Mittel angelangt; er hätte nicht einen Monat länger aushalten können. Dieses Geld bewahrte ihn vor dem Ruin und einigermaßen auch vor dem Kriminalgericht. Er zahlte fünfhunderttausend Francs seinem Möbelhändler und Baumeister, denen er für das Hotel des Monceauxparkes eine Million schuldig war, befriedigte anderweitige drängende Gläubiger und stürzte sich in neue Unternehmungen, indem er Paris mit dem Geräusch seiner Taler erfüllte, die er in seiner eisernen Kasse aufgehäuft hatte. Der goldene Strom hatte endlich seine Quellen. Noch war das aber kein solides Vermögen, welches vor künftigen Stürmen gesichert war. Nachdem Saccard aus seiner Krise mit heiler Haut davongekommen war, vermochte er sich mit den Überresten seiner drei Millionen gar nicht zu behelfen und er behauptete naiv, dass er noch zu arm sei, als dass er sich zur Ruhe setzen könnte. Und es währte nicht lange, so begann der Boden unter seinen Füßen, neuerdings zu wanken.

Larsonneau hatte sich in der Charonner Angelegenheit so tadellos benommen, dass Saccard nach einigem Zögern die Rechtschaffenheit so weit trieb, ihm zehn Prozent und ein Trinkgeld von 30 000 Francs zu bezahlen. Mit diesem Geld eröffnete der Expropriationsagent ein Bankhaus. Und als ihn sein Genosse mürrischen Tones beschuldigte, er sei reicher als er – Saccard – selbst, erwiderte der Geck lachend:

»Sehen Sie, teurer Meister, Sie verstehen es vortrefflich, einen Regen von Hundertsousstücken herbeizuführen, wissen aber nicht, wie man dieselben zusammenzuhalten hat.«

Frau Sidonie machte sich die reiche Ernte ihres Bruders zunutze, um sich von ihm zehntausend Francs zu borgen, mit welchen sie sich auf zwei Monate nach London begab. Als sie zurückkehrte, besaß sie keinen Sou mehr und man konnte niemals erfahren, wo die zehntausend Francs hingeraten waren.

»Solche Dinge kosten Geld«, gab sie zur Antwort, wenn man sie befragte. »Ich habe sämtliche Bibliotheken durchstöbert und hatte drei Sekretäre bei meinen Nachforschungen.«

Und wenn man sie fragte, ob sie bezüglich ihrer drei Milliarden endlich sichere Anhaltspunkte gefunden, lächelte sie vorerst geheimnisvoll, um dann hinzuzufügen:

»Ihr seid lauter Ungläubige ... Ich habe nichts gefunden, doch das tut nichts ... Ihr werdet noch eines Tages Augen machen.«

Dessen ungeachtet hatte sie ihre Zeit in England nicht verloren. Ihr Bruder, der Minister, machte sich ihre Reise zunutze, um ihr einen schwierigen Auftrag anzuvertrauen. Als sie zurückkehrte, erhielt sie bedeutende Bestellungen vom Ministerium. Sie schloss Verträge mit der Regierung und übernahm alle möglichen Lieferungen. Sie lieferte ihr Lebensmittel und Waffen für das Heer, die Einrichtungen für die öffentlichen Ämter und Gerichtsstellen, Heizmaterial für die Museen und Lehranstalten. Das Geld, welches sie erwarb, vermochte sie nicht zu bestimmen, ihre ewigen schwarzen Kleider abzulegen und sie behielt ihr gelbes, trauriges Gesicht bei. Saccard sagte sich, dass sie es doch gewesen sei, die er einst flüchtig aus dem Haus seines Bruders Eugen kommen gesehen hatte. Sie hatte wohl während der ganzen Zeit in geheimer Verbindung mit ihm gestanden, – doch wusste niemand zu welchem Behufe.

Inmitten all dieser Umtriebe, all dieses unbefriedigten Haschens und Jagens nach Geld, führte Renée ein jammervolles Dasein. Tante Elisabet war gestorben und ihre Schwester hatte nach ihrer Verheiratung das Hotel Béraud verlassen, in welchem ihr Vater allein zurückblieb. In drei Monaten hatte sie das Erbteil ihrer Tante vergeudet. Sie huldigte nunmehr dem Spiel. Sie hatte einen Salon gefunden, in welchem Damen bis drei Uhr morgens am grünen Tisch saßen und in einer Nacht hunderttausend Francs verloren. Sie versuchte zu trinken; dies brachte sie indessen nicht zustande, da sie einen unüberwindlichen Abscheu vor geistigen Getränken hatte. Seitdem sie allein und der Hochflut der gesellschaftlichen Zerstreuungen preisgegeben war, überließ sie sich rückhaltlos den tollsten Einfällen, da sie nicht wusste, womit sie die Zeit töten solle. Schließlich kostete sie von allem und nichts vermochte sie zu fesseln, inmitten der entsetzlichen Langeweile, welche auf ihr lastete. Sie alterte vor der Zeit, blaue Ringe legten sich um ihre Augen und tiefe Falten um ihren Mund. Sie versinnbildlichte das Ende einer Frau.

Als Maxime Luise geheiratet hatte und die jungen Leute nach Italien gegangen waren, kümmerte Renée sich nicht mehr um ihren Geliebten, ja sie schien ihn sogar gänzlich vergessen zu haben. Und als Maxime sechs Monate später allein, ohne »die Buckelige« zurückkehrte, die er in dem Friedhof eines kleinen, lombardischen Städtchens zurückgelassen hatte, legte sie ihm gegenüber deutlichen Hass an den Tag. Sie erinnerte sich an »Phädra« und gedachte zweifellos jener vergifteten Liebe, welche die Ristori zur Darstellung gebracht hatte. Und um den jungen Mann nicht mehr in ihrem Haus zu sehen, um für alle Zeiten einen Abgrund der Schmach und der Schande zwischen Vater und Sohn zu schaffen, zwang sie ihren Gatten von der Blutschande zu erfahren, erzählte sie ihm, dass Maxime ihr seit langer Zeit nachgestellt und an dem Tag, da Saccard sie mit ihm überraschte, ihr Gewalt habe antun wollen. Saccard war im höchsten Grade aufgebracht über die Hartnäckigkeit, mit welcher sie ihm die Augen öffnete. Er war gezwungen, mit seinem Sohn zu brechen, jeden Verkehr mit ihm einzustellen. Nun bezog der junge Witwer, den die Mitgift seiner Frau zu einem reichen Mann gemacht hatte, ein kleines Hotel in der Avenue de l'Impèratrice. Er hatte auf sein Amt im Staatsrat verzichtet und hielt einen Rennstall. Dies bildete den letzten Triumph Renées. Sie hatte sich gerächt und den beiden Männern die eigene Infamie ins Gesicht geschleudert; sie sagte sich, dass dieselben nicht mehr über sie spotten werden, während sie wie zwei Kameraden miteinander verkehren würden.

Als Renée von allen Personen, denen ihre Zärtlichkeit gegolten hatte, verlassen war, trat ein Zeitpunkt ein, in welchem sie nur mehr ihre Kammerdienerin liebte. Allmählich fasste sie eine mütterliche Zuneigung für Céleste. Vielleicht rief ihr die Gegenwart dieses Mädchens, das allein von der Liebe Maximes in ihrer Nähe zurückgeblieben war, die für immer entschwundenen Stunden des Glückes ins Gedächtnis zurück. Vielleicht auch war sie nur gerührt durch die Treue dieser Dienerin, dieses wackeren Herzens, dessen ruhige Anhänglichkeit nichts zu erschüttern vermochte. Von Gewissensbissen gequält, dankte sie ihr dafür, dass sie trotz aller Schmach bei ihr ausharrte und sich nicht von Abscheu erfüllt, von ihr wendete; sie bildete sich ein, es bedürfe eines ganzen entsagungsvollen Lebens, um die Ruhe der Kammerdienerin angesichts der Blutschande, ihre eisigen Hände, ihre stille, achtungsvolle Dienstfertigkeit richtig würdigen zu können. Und die Ergebenheit ihrer Magd machte sie umso glücklicher, als sie wusste, dass dieselbe rechtschaffen und sparsam sei, weder ein Laster noch einen Liebhaber besitze.

Zuweilen, wenn die Traurigkeit sie übermannte, sagte sie:

»Du wirst mir die Augen zudrücken, meine Tochter.«

Céleste gab keine Antwort, sondern lächelte nur so eigentümlich. Und eines Morgens teilte sie ihrer Herrin ruhig mit, dass sie den Dienst verlassen und in ihre Heimat zurückkehren werde. Renée war wie niedergeschmettert, als wäre ihr ein großes Unglück zugestoßen. Sie versprach und bestürmte die Dienerin mit Fragen. Weshalb ging sie von ihr, nachdem sie so gut miteinander auskamen? Sie wollte ihren Lohn verdoppeln.

Die Zofe aber hatte auf alle guten, freundlichen Worte nur ein Kopfschütteln zur Antwort.

»Und wenn Sie mir alle Schätze der Welt anböten, gnädige Frau«, erwiderte sie schließlich, »so bliebe ich keine Woche länger. Sie kennen mich eben nicht. Seit acht Jahren bin ich in Ihren Diensten, nicht wahr? Am ersten Tag sagte ich mir bereits, dass ich an dem Tag in meine Heimat zurückkehren werde, da ich mir fünftausend Francs erspart haben werde; ich würde ein Haus in Lagache ankaufen und dort ruhig und glücklich leben ... Dieses Gelübde, welches ich mir selbst getan, will ich nun erfüllen. Und seit gestern habe ich mit meinem Lohn, den Sie mir ausbezahlten, die fünftausend Francs beisammen.«

Ein kalter Schauer beschlich Renées Herz. Sie sah Céleste hinter sich und Maxime, während sie einander umschlungen hielten; sie sah sie mit ihrer Gleichgültigkeit, ihrer unerschütterlichen Ruhe, während sie an ihre fünftausend Francs dachte. Dessen ungeachtet versuchte sie sie zurückzuhalten, entsetzt bei dem Gedanken an die Leere, in welcher sie fortan leben sollte und trotz allem bemüht, diese halsstarrige Person, die sie für ergeben gehalten und die nur eigennützig gewesen war, an sich zu fesseln. Die aber schüttelte lächelnd den Kopf und erwiderte:

»Nein, nein, das ist nicht möglich ... Ich würde damit meine Mutter von mir weisen. Ich werde zwei Kühe kaufen und vielleicht sogar einen kleinen Kramhandel beginnen ... Bei uns ist's sehr hübsch und darum möchte ich, dass Sie einmal zu uns kämen. Wir wohnen in der Nähe von Caen und ich werde Ihnen die Adresse sagen.«

Nun drang Renée nicht weiter in sie. Allein geblieben weinte sie heiße Tränen und am nächsten Tage wollt sie aus krankhafter Laune Céleste in ihrem eigenen Wagen nach dem West-Bahnhof bringen. Sie überließ ihr eine ihrer Reisedecken, machte ihr ein Geldgeschenk und war um sie bemüht wie eine Mutter, deren Tochter eine gefährliche und langwierige Reise unternimmt. Im Wagen hielt sie die feuchten Augen fortwährend auf sie gerichtet und Céleste plauderte, berichtete, wie sehr sie sich darüber freue, dass sie nunmehr nach Hause gehen könne. Kühner werdend sprach sie mit weniger Zurückhaltung; ja, sie erteilte ihrer Gebieterin sogar Ratschläge.

»Ich, gnädige Frau, hätte das Leben nicht so aufgefasst wie Sie. Gar oft fragte ich mich im Stillen, wenn ich Sie mit Herrn Maxime sah: Mein Gott, wie kann man nur der Männer wegen so dumm sein ... Das hat immer ein schlimmes Ende ... Ja, ich war immer so misstrauisch! ... «
Sie lachte und lehnte sich in die Kissen zurück.

»Meine blanken Taler hätten es zu bereuen gehabt!«, fuhr sie fort; »und heute könnte ich mir die Augen aus dem Kopf weinen. Darum auch ballte ich stets beide Fäuste, wenn sich mir ein Mann näherte ... Ich getraute mich niemals es Ihnen zu sagen; außerdem ging mich die Sache ja nichts an. Sie waren vollkommen frei und ich hatte mich bloß darum zu kümmern, mein Geld auf rechtschaffene Weise zu erwerben.«

Auf dem Bahnhof angelangt wollte Renée für sie zahlen und löste eine Karte erster Klasse. Da sie etwas zu früh gekommen waren, nahm sie Céleste beiseite, drückte ihre Hände und wiederholte immer wieder:

»Geben Sie Acht auf sich, pflegen Sie sich, meine gute Céleste.«

Diese duldete schweigend die Liebkosungen und angesichts der tränenüberströmten Augen ihrer Gebieterin schien sie glücklich und heiter. Renée sprach von der Vergangenheit, als die Andere mit einem Mal sagte:

»Ich habe ganz vergessen; ich erzählte Ihnen nicht die Geschichte von Baptiste, dem Kammerdiener des Herrn, wie? ... Man wollte Ihnen gewiss nichts sagen ... «

Die junge Frau gestand, dass sie wirklich nichts wisse.

»Sie erinnern sich doch seiner würdevollen Miene, seiner verächtlichen Blicke, von denen Sie selbst einmal sprachen. ... Nun, das Ganze war nichts als Komödie ... Er liebte die Frauen nicht, kam niemals ins Gesindezimmer, wenn wir dort waren und er behauptete sogar, – heute kann ich es Ihnen schon sagen – es sei zu ekelhaft im Salon mit den vielen ausgeschnittenen Kleidern der Damen. Ich will's gerne glauben, dass er die Frauen nicht leiden mochte!«

Damit neigte sie sich an das Ohr Renées und während diese bei den Worten, die sie ihr zuflüsterte, tief errötete, behielt sie selbst ihre rechtschaffene, ruhige Miene bei.

»Als der neue Stallknecht«, fuhr sie darauf fort, »dem Herrn alles mitgeteilt hatte, zog es der Herr vor, Baptiste zu entlassen, statt ihn der Behörde zu übergeben. Es scheint, dass diese grässlichen Dinge schon seit Jahren in den Ställen getrieben wurden ... Und dabei gab sich der Bengel den Anschein, als liebte er die Pferde! Ja, Possen! Die Stallburschen liebte er, nicht die Pferde.«

Das Läuten der Glocke unterbrach sie. Schnell raffte sie die verschiedenen Bündel zusammen, von denen sie sich nicht trennen wollte, ließ sich küssen und schritt davon, ohne sich umzuwenden.

Renée blieb im Bahnhof, bis der Pfiff der Lokomotive ertönte. Und als der Zug davonrollte, wusste sie in ihrer Verzweiflung nicht, was sie tun sollte; die nun folgenden Tage dehnten sich vor ihr aus, endlos und leer wie dieser große Saal, in welchem sie allein zurückgeblieben war. Sie stieg wieder in ihren Wagen und befahl dem Kutscher, nach Hause zu fahren. Doch unterwegs besann sie sich; sie fürchtete sich vor ihrem Zimmer, vor der Langeweile, die ihrer harrte und sie fühlte nicht einmal den Mut in sich, nach Hause zu gehen und die Toilette zu ihrer gewohnten Fahrt ins Bois zu wechseln. Sie empfand das Bedürfnis nach Menschen und Sonnenschein.

Sie befahl dem Kutscher, ins Bois zu fahren.

Es war vier Uhr und das Bois erwachte aus seiner dumpfen Nachmittagsruhe. Längs der Avenue de l'Impératrice stiegen Staubwolken auf und man sah von Weitem die grünen Flächen, welche die Abhänge von Saint-Cloud und Suresnes bezeichneten, darüber hinaus die grauen Umrisse des Mont-Valerien. Die Sonne stand hoch am Himmel und erfüllte die Luft mit einem goldenen Staubschleier, verwandelte dieses Meer von grünem Laubwerk in ein Meer von Licht. Doch in der zum Teich führenden Allee war gespritzt worden; die Wagenräder rollten über den gebräunten Boden wie über weiches Moos, während der Geruch der feuchten Erde zu beiden Seiten emporstieg. Rechts und links reckten die Bäume und Sträucher ihre frischen Triebe empor, die in ein grünliches Licht getaucht waren, welches stellenweise von goldgelben Flecken unterbrochen war. In dem Maße, als man dem Teich näher kam, vermehrten sich die Stühle des Trottoirs und die Familien, welche dieselben besetzt hielten, betrachteten mit ruhiger, stiller Miene die endlose Reihe der Wagen. An der Wegkreuzung vor dem Teich angelangt wurde man völlig geblendet; die schräg stehende Sonne hatte die große Wasserfläche in einen einzigen silbernen Spiegel verwandelt, welcher das flimmernde Abbild des strahlenden Gestirns zurückwarf. Die Augenlider blinzelten und man nahm links vom Ufer nichts weiter aus, als den dunkeln Fleck der Barke. Die Sonnenschirme neigten sich in sanfter, gleichmäßiger Bewegung gegen diesen Glanz und wurden erst in der Allee wieder in die Höhe gehoben. Zur Rechten erstreckten sich die Reihen der Nadelhölzer, welche die Sonnenstrahlen leicht violett färbten; links breiteten sich die Rasenflächen, die in Licht gebadet, Smaragdfeldern glichen, bis zur Porte de la Muette aus. Und wenn man dem Springbrunnen nahe kam, sah man auf der einen Seite das Halbdunkel der Gebüsche neu beginnen, während sich auf der anderen, jenseits des Teiches, die Inseln in der blauen Luft badeten und die dunkeln Schatten ihrer Tannen sich scharf abhoben. Das in diesen Schatten ruhende kleine Schlösschen glich einem Spielzeug, welches ein Kind am Saum eines Waldes verloren hat. Das ganze Gehölz lachte und erschauerte in den warmen Sonnenstrahlen.

Renée schämte sich an diesem herrlichen Tag ihres Wagens, ihres flohfarbenen Seidenkleides. Sie lehnte sich in die Kissen zurück und betrachtete durch die herabgelassenen Fenster das Spiel des Lichtes auf der Wasserfläche und dem grünen Laub. Wo die Allee eine Biegung machte, erblickte sie eine lange Räderreihe, die sich gleich glitzerndem Gold in dem blendenden Licht drehte. Die glänzenden Wagen, das Schimmern der Stahl- und Messinggerätschaften, die hellen Farben der Toiletten wechselten bei dem regelmäßigen Gange der Pferde unablässig, während sich das Ganze in den vom Himmel fallenden Lichtstrahlen wie eine lebende, dunkle Masse von dem Hintergrund des Bois abhob. Und in diesem blendenden Schimmer unterschied die junge Frau mit halb geschlossenen Augen zeitweilig den blonden Chignon eines Frauenkopfes, den schwarzen Rücken eines Lakaien, das weiße Geschirr eines Pferdes. Die gewässerten Stoffe der Sonnenschirme funkelten dabei gleich Monden aus Metall.

Angesichts dieses hellen Tages, dieser blendenden Sonnenstrahlen gedachte sie der grauen Dämmerung, welche sie eines Abends über das vergilbte Laub hatte sich herabsenken gesehen. Maxime begleitete sie damals. Es war zu jener Zeit, da das Verlangen, dieses Kind zu besitzen, in ihr wach zu werden begonnen. Und sie sah die vom Abendtau durchfeuchteten Rasenplätze, die dunklen Hecken, die verlassenen Baumgänge wieder vor sich. Mit einem traurigen Geräusch rollten die Wagen an den leeren Stühlen vorüber, während das Rollen der Räder, das Getrabe der Pferdehufe heute wie Triumphfanfaren klang. Und sie erinnerte sich an jede ihrer Fahrten ins Bois. Sie hatte daselbst gelebt, Maxime war hier, neben ihr, auf den Kissen des Wagens aufgewachsen. Dies war ihr Garten gewesen. Hier überraschte sie der Regen, hierher lockte sie die Sonne zurück und nicht einmal die Nacht vermochte sie immer daraus zu verscheuchen. Hier lustwandelten sie bei jedem Wetter, hier genossen sie die Freuden und auch die Unannehmlichkeiten ihres Lebens. In der Leere ihres Wesens, in der Melancholie, in die sie die Abreise Célestes versetzt, bereiteten diese Erinnerungen ihr eine herbe Freude. Ihr Herz sprach: Niemals wieder! Niemals wieder! Und sie selbst erstarrte förmlich zu Eis, als sie das Bild dieser Winterlandschaft, dieses spiegelglatten, gefrorenen Teiches vor sich auftauchen sah, auf welchem sie mit ihm Schlittschuhe gelaufen war; der Himmel war schwarz wie Ruß, der Schnee hing weißen Spitzen gleichend an den Zweigen und die scharfe Lüfte wehte ihnen feinen Sand in Mund und Augen.

Zur Linken, auf dem für die Reiter reservierten Weg, hatte sie indessen den Herzog von Rozan, Herrn von Mussy und Herrn von Saffré erkannt. Larsonneau hatte die Mutter des Herzogs getötet, als er ihr am Verfallstage die von ihrem Sohn unterfertigten Wechsel über hundertfünfzigtausend Francs vorlegte und nun vergeudete der Herzog seine zweite halbe Million mit Blanche Müller, nachdem er die ersten fünfhunderttausend Francs in den Händen der Aurigny zurückgelassen hatte. Herr von Mussy, der die englische Gesandtschaft verlassen hatte, um bei der italienischen Dienste zu nehmen, war wieder der galante Kavalier von ehedem geworden, der einen Kotillon mit vollendeter Anmut anzuführen verstand. Und was Herrn von Saffré betraf, so blieb er der skeptische und liebenswürdigste Lebemann von der Welt. Renée sah gerade, wie er sein Pferd nach dem Wagen der Gräfin Vanska lenkte, in die er, wie man behauptete, rasend verliebt war seit dem Tag, da er sie als Koralle bei den Saccards gesehen hatte.

Auch die Damen waren wieder vollzählig da: Die Herzogin von Sternich in ihrem ewigen Landauer; Frau von Lauwerens mit der Baronin von Meinhold und der kleinen Frau Daste in einem Wagen, Frau Teissière und Frau von Guende in einer leichten Viktoria. Inmitten dieser Damen lagen Sylvia und Laura d'Aurigny in den Kissen einer herrlichen Equipage. Auch Frau Michelin fuhr in einem Coupé; die niedliche kleine Frau hatte Herrn Hupel de la Noue in dem Hauptort seines Departements aufgesucht und bei ihrer Rückkehr war sie im Bois in diesem Coupé erschienen, welchem sie binnen kurzer Zeit einen offenen Wagen hinzufügen zu können hoffte. Renée entdeckte auch die beiden Unzertrennlichen: Die Marquise d'Espanet und Frau Haffner, die unter ihren

Sonnenschirmen verborgen, nebeneinander lehnten und sich zärtlich lächelnd in die Augen blickten.

Darauf kamen die Herren vorüber: Herr von Chibray in eleganter Kalesche, Herr Simpson im Dogcart, darauf die Herren Mignon und Charrier, die trotz ihrer Behauptung, sich zur Ruhe setzen zu wollen, ihren Geschäften eifriger denn je nachgingen und ihren Wagen am Beginn der Allee zurückgelassen hatten, um zu Fuß ein Stück Weges zurückzulegen; Herr von Mareuil, der noch Trauer um seine Tochter trug und sorgfältig die ihm von allen Seiten werdenden und seinem ersten Zwischenruf in der Kammer geltenden Grüße erwiderte, im Wagen des Herrn Toutin-Laroche, der den Crédit Viticole wieder einmal gerettet hatte, nachdem er ihn hart an den Rand des Verderbens gebracht, und der im Senat immer magerer und ehrwürdiger wurde.

Und gleichsam als Abschluss des Ganzen, als größte Zierde der langen Reihe erschien der Baron Gouraud, der in den doppelten Kissen seines Wagens ruhend, sich an den warmen Sonnenstrahlen erfreute. Zu ihrer Verwunderung, in die sich ein Gefühl des Ekels mengte, erkannte Renée neben dem Kutscher das weiße Gesicht, die feierliche Miene Baptistes. Der würdige Mann war in die Dienste des Barons getreten.

Immer noch glitten die Dickichte vorüber, das Wasser des Teiches glitzerte in den immer schiefer werdenden Sonnenstrahlen, die lange Reihe der Wagen warf hüpfende Schatten auf den Boden. Die junge Frau, die sich dem Zauber des herrlichen Tages nicht zu entziehen vermochte, war sich all' der Begierden bewusst, die sich da im Sonnenschein ergingen. Sie empfand keine Entrüstung gegen diese Leute, die den Genüssen des Lebens nachjagten. Doch hasste sie dieselben der Genugtuung, des Triumphes wegen, welchen ihre Mienen im goldenen Lichte des Himmels zur Schau trugen. Sie alle sahen so schön, so lächelnd aus: Weiß und wohlgenährt boten sich die Frauen den Blicken dar und die Männer blickten lebhaft, bewegten sich mit den anmutigen Gebärden glücklicher Liebhaber. Sie aber empfand in der Tiefe ihres leeren Herzens nichts mehr als eine Mattigkeit, ein dumpfes Verlangen. War sie denn besser als die Anderen, dass sie unter der Wucht der Vergnügungen derart zusammenbrach? Oder verdienten die Anderen Lob, weil ihr Leib widerstandsfähiger war als der Ihrige? Sie vermochte es nicht zu sagen, sie wünschte neue Begierden zu empfinden, um das Leben neu zu beginnen, als ihr bei einer Wendung des Kopfes auf dem sich längs der Hecke hinziehenden Fußwege ein Anblick zuteilwurde, der ihr den letzten niederschmetternden Schlag versetzte.

Arm in Arm schritten Saccard und Maxime langsam dahin. Der Vater hatte dem Sohn offenbar einen Besuch gemacht und darauf waren beide über die Avenue de l'Impératrice plaudernd bis zum Teich gegangen.

»Du bist ein Narr«, sagte Saccard; »verstehe mich doch recht. Wenn man Geld hat wie Du, so lässt man es nicht tot liegen. In dem Unternehmen, von welchem ich mit Dir gesprochen habe, sind hundert Perzent zu verdienen. Das ist eine ganz sichere Anlage und Du weißt sehr gut, dass ich Dich um keinen Preis zu Schaden bringen möchte.«

Den jungen Mann aber schien dieses Drängen zu langweilen. Er lächelte mit seiner hübschen Larve und betrachtete die Wagen.

»Sieh doch die kleine Frau dort unten, die in violetter Toilette«, sagte er mit einem Mal. »Es ist eine Wäscherin, welche dieser blöde Mussy in die Mode gebracht hat.«

Sie betrachteten die Frau in violetter Toilette, worauf Saccard eine Zigarre aus der Tasche zog und sich mit den Worten zu Maxime wandte, dessen Zigarre bereits brannte:

»Gib mir Feuer.«

Nun blieben sie Gesicht zu Gesicht geneigt einen Augenblick stehen. Und als die Zigarre angezündet worden war, ergriff der Vater neuerdings den Arm des Sohnes und fuhr fort:

»Du wärest nicht recht gescheit, wenn Du nicht auf mich hören wolltest. Also abgemacht? Du bringst mir morgen die hunderttausend Francs?«

»Du weißt doch, dass ich Dein Haus nicht mehr betrete«, erwiderte Maxime und presste die Lippen zusammen.

»Ach, was, Unsinn! Das muss doch einmal ein Ende nehmen!«

Sie schritten einige Minuten schweigend dahin und während Renée, die sich einer Ohnmacht nahe fühlte, den Kopf in die Kissen des Coupe's lehnte, um nicht gesehen zu werden, entstand eine Bewegung, welche sich der ganzen Wagenlinie mitteilte. Auf den Trottoirs blieben die Fußgänger stehen, wandten sich um und betrachteten offenen Mundes etwas, was allmählich näher kam. Rascher rollten die Räder, die Equipagen fuhren ehrfurchtsvoll zur Seite und zwei grün gekleidete Vorreiter erschienen, von deren runden Mützen goldene Eicheln herunterhingen. Sie saßen etwas vornüber gebeugt auf ihren rasch trabenden Füchsen. Hinter ihnen kam der Wagen des Kaisers.

Dieser nahm den Rückensitz seines Landauers allein ein. Er war ganz in Schwarz gekleidet, sein Leibrock bis ans Kinn zugeknöpft und sein hoher, etwas seitwärts sitzender Seidenhut glänzte im Sonnenlicht. Ihm gegenüber saßen zwei Herren in der tadellosen Eleganz, die in den Tuilerien gebräuchlich war, die Hände auf den Knien, mit der ernsten, würdevollen Miene zweier Hochzeitsgäste, die inmitten der neugierigen Menge ihre Rundfahrt machen.

Renée fand den Kaiser sehr gealtert. Unter dem dichten, aufgewirbelten Schnurrbart schien der Mund noch weicher geworden und die Lider schienen so schwer, dass sie das halb erloschene Auge, dessen graugelbe Pupille immer trüber wurde, fast ganz verdeckte. Nur die Nase ragte noch immer scharf und entschieden aus dem verschwommenen Gesicht hervor.

Während die in den Wagen sitzenden Damen leise lächelten, deuteten die Fußgänger mit den Fingern auf den Monarchen. Ein dicker Mann versicherte, der links mit dem Rücken zum Kutscher sitzende Herr sei der Kaiser. Einige Hände hoben sich zum Gruß. Saccard aber, der seinen Hut abgenommen hatte, bevor noch die Vorreiter passiert waren, wartete, bis sich der kaiserliche Wagen gerade ihm gegenüber befand, worauf er mit seiner derben, weithallenden Stimme rief:

»Es lebe der Kaiser!«

Erstaunt wandte sich der Monarch zurück und erkannte zweifellos den Enthusiasten, denn er erwiderte lächelnd den Gruß. Und damit verschwand alles im glänzenden Sonnenschein, die Reihen der Equipagen flossen wieder zusammen und Renée erblickte über den Köpfen der Pferde, zwischen den Rücken der Lakaien nur mehr die grünen Kappen der Vorreiter, deren goldene Eicheln auf- und niederhüpften.

Einen Moment verharrte sie mit weit geöffneten Augen, ganz erfüllt von dieser Erscheinung, die ihr eine andere Stunde ihres Lebens in Erinnerung brachte. Es schien ihr, als hätte der Kaiser, indem er sich unter die übrigen Wagen mengte, der langen Reihe den letzten notwendigen Glanz und dem Siegesdefilé einigen Sinn verliehen. Dies war jetzt ein förmlicher Triumph. Alle diese Räder, diese dekorierten Männer, diese schmachtend hingegossenen Frauen folgten dem Glanz und den Räderspuren des kaiserlichen Wagens. Dieses Gefühl trat so scharf und schmerzlich auf, dass die junge Frau das gebieterische Bedürfnis empfand, diesem Triumph den Rücken zu wenden, diesen Ruf Saccards, der ihr noch in den Ohren tönte, zu vergessen, diesen Anblick des Vaters und Sohnes, die Arm in Arm langsam dahinschritten, zu fliehen. Die Hände auf die Brust gedrückt, als empfände sie dort ein innerliches Brennen, dachte sie nach und mit einer plötzlich erwachenden Hoffnung, Erleichterung und Beruhigung zu finden, neigte sie sich vor und rief dem Kutscher zu:

»Nach dem Hotel Béraud!«

Der Hof hatte sein düsteres Klosteraussehen bewahrt. Renée schritt durch die Arkaden, ganz glücklich über die Feuchtigkeit, die sich auf ihre Schultern senkte. Sie näherte sich dem moosbedeckten Trog, dessen Ränder durch den Gebrauch abgenützt waren, betrachtete den halb verwitterten Löwenkopf mit dem halb geöffneten Rachen, aus welchem durch ein eisernes Rohr ein Wasserstrahl rann. Wie oft hatten Christine und sie die dünnen Arme um diesen Kopf geschlungen, um den dünnen Wasserstrahl aufzufangen, dessen eisiges Gerriesel sie so gerne auf ihren kleinen Händen verspürten! Darauf stieg sie die große, stille Treppe empor. Sie sah ihren Vater in der Tiefe der weiten Räume; er richtete seine hohe Gestalt empor und verschwand langsam in dem Schatten dieses alten Hauses, in dieser feierlichen Einsamkeit, welche er seit dem Tod seiner Schwester nicht mehr verließ und sie dachte an die Männer, die sie im Bois gesehen hatte, an diesen anderen Greis, den Baron Gouraud, der seinen zwischen zwei Kissen gebetteten morschen Leib von den Sonnenstrahlen erwärmen ließ. Sie stieg noch höher, über die Dienertreppe, schritt die hallenden Korridore entlang, dem Kinderzimmer zu. Oben angelangt fand sie den Schlüssel am gewohnten Nagel, einen großen, verrosteten Schlüssel, in dessen Griff sich Spinnen häuslich niedergelassen. Das Schloss gab einen klagenden Laut von sich. Wie traurig war dieses Kinderzimmer! Das Herz krampfte sich ihr zusammen, als sie dasselbe so leer, so grau, so still wiedersah. Sie verschloss die offen gebliebene Tür des Vogelkäfigs von der unbestimmten Empfindung geleitet, dass die Freuden ihrer Kindheit durch diese Tür entflattert sein mochten. Vor den noch mit verhärteter, geborstener Erde gefüllten Blumentöpfen blieb sie stehen; ihre Finger zerbröckelten unbewusst einen vertrockneten Rhododendronzweig, – dieses Skelett von einer Pflanze, verdorrt und von Staub bedeckt, war alles, was von den blühenden Blumenkörben zurückgeblieben war. Und auch die Matte, die ihre Farbe verloren und von den Ratten zernagt worden war, bedeckte noch den

Boden, melancholisch wie ein Leichentuch, das seit Jahren des versprochenen Leichnams harrt. In einer Ecke fand sie inmitten dieser stummen Verzweiflung, dieser grenzenlosen Verlassenheit, eine ihrer alten Puppen wieder; die ganze Kleie war durch ein Loch ausgeronnen und der Porzellankopf lächelte dessen ungeachtet noch immer mit seinen Emaillelippen auf diesem zusammengeschrumpften Leib, welchen Puppen-Torheiten erschöpft zu haben schienen. Renée erstickte fast in dieser verdorbenen Atmosphäre ihrer ersten Jugend, Sie öffnete das Fenster und blickte in die endlose Landschaft hinaus. Hier war nichts beschmutzt worden; sie fand die ewigen Freuden, die ewige Jugend der freien Luft wie ehedem vor. Hinter ihr sank die Sonne allmählich tiefer und sie sah nur die Strahlen des schwindenden Gestirns mit unendlicher Zartheit diesen Teil der Stadt vergolden, welchen sie so gut kannte. Es war wie ein letzter Gesang des Tages, ein Refrain der Heiterkeit, der sich schlummernd über das ganze All herniedersenkte. Unten lag der Kohlenabladeplatz in flimmerndem Licht, während bei der Constantinebrücke das schwarze Spitzenwerk der eisernen Bögen und Balken sich scharf von den weißen Pfeilern abhob. Zur Linken breiteten sich die Schatten der Weinhalle und des Jardin des Plantes gleich einem regungslosen Meer aus, dessen grüne Oberfläche sich in dem beginnenden Dunkel zu versenken anschickte. Links waren der Quai Henri Quatre und der Quai de la Rapée mit denselben Häusern sichtbar, welche die beiden Schwestern schon vor zwanzig Jahren gesehen hatten, mit denselben braunen Wagenremisen und rötlich schimmernden Schornsteinen. Und die Bäume überragend erschien ihr das schieferbedeckte, im Glanz der scheidenden Sonne bläulich schimmernde Dach der Salpêtrière mit einem Mal wie ein alter Freund. Was sie aber gewissermaßen beruhigte, ihre Brust mit einiger Frische erfüllte, das waren die lang gedehnten, grauen, steilen Ufer, das war in erster Linie die Seine, die Riesin, die sie vom Rand des Horizonts gerade auf sich zueilen sah, ganz wie zu jener glücklichen Zeit, da sie gefürchtet hatte, der Fluss könnte immer größer werden und bis zu ihrem Fenster emporsteigen. Sie erinnerte sich, wie sehr Christine und sie diesen Fluss geliebt hatten, wie sie von einem Schauer vor diesem grollenden Wasser erfasst worden waren, welches sich zu ihren Füßen ausbreitete und sich hinter ihnen in zwei Arme teilte, welche sie nicht mehr sahen, deren große, reine Liebkosung sie jedoch deutlich empfanden. Sie waren schon damals kokett und sagten, die Seine habe ihr schönes Kleid aus grüner, weiß geflammter Seide angelegt, welches bei den Strömungen, wo sich das Wasser kräuselte, mit Rüschen besetzt schien, während über den Gürtel der Brücke hinaus das helle Tageslicht sonnenfarbenes Zeug über den glatten Spiegel breitete.

Und indem Renée die Augen emporhob, betrachtete sie den unendlichen Himmel, welcher sich blau und rein über ihr wölbte, in der herannahenden Dämmerung aber schon ein wenig dunkler anzusehen war. Sie gedachte der mitschuldigen Stadt, der hell beleuchteten Boulevards, der heißen Nachmittage im Bois, – und als sie den Kopf sinken ließ, sah sie mit einem Schlag das friedliche Bild ihrer Kindheit, diesen Winkel arbeitsamer Tätigkeit vor sich, in welchem sie von einem friedlichen, ruhigen Leben geträumt hatte. Maßlos quoll die Bitterkeit in ihrem Herzen empor und die Hände faltend schluchzte sie in die sinkende Nacht hinaus.

Als Renée im darauffolgenden Winter an vorgeschrittener Hirnhautentzündung starb, wurden ihre Schulden von ihrem Vater bezahlt. Die Rechnung bei Worms allein belief sich auf zweihundertsiebenundfünfzigtausend Francs.